ASADA Jirô

Le Roman de la Cité Interdite

Roman traduit du japonais
par Corinne Atlan

TOME 1

Le Mandat du ciel

Éditions Philippe Picquier

DU MÊME AUTEUR
AUX ÉDITIONS PHILIPPE PICQUIER

Le Cheminot, récits

Le Roman de la Cité Interdite, tome II

OUVRAGE TRADUIT AVEC LE CONCOURS
DU CENTRE NATIONAL DU LIVRE

Titre original : *Sokyu no subaru*

Mas de Vert
B.P. 20150
13631 Arles cedex

www.editions-picquier.fr

En couverture : Jiang Guo Fang, *Dream*, 1992
in *History of Chinese Oil Painting*, Schoeni Art Gallery Ltd, 1995

Conception graphique : Picquier & Protière

ISBN : 978-2-8097-0066-4
ISSN : 1251-6007

SOMMAIRE

TOME I

LE MANDAT DU CIEL

TABLEAU GÉNÉALOGIQUE DES EMPEREURS TS'ING

HONG-LI, *CH'IEN-LUNG* KAO-TSONG
6e empereur (règne : 1736-1795)

YONG-YEN, *KIA-TS'ING* JEN-TSONG
7e empereur (1796-1820)

MIN-NING, *TAO-KOUANG* SIUAN-TSONG
8e empereur (1821-1850)

YI-NING, *SIEN-FENG* WEN-TSONG
9e empereur (1851-1861)

L'IMPÉRATRICE D'OCCIDENT
TSEU-HI

L'IMPÉRATRICE D'ORIENT
TSEU-NGAN

TSAI-TCH'OUEN, *T'ONG-CHE* MU-TSONG
10e empereur (1862-1874)

YI-SIN, PRINCE KONG

YI-TSONG, PRINCE TCH'OUEN

YI-HOUAN, PRINCE TCH'OUEN

TSAI-T'IEN, *KOUANG-SIU* TÖ-TSONG
11e empereur (1875-1908)

TSAI-FENG, PRINCE TCH'OUEN

P'OU-YI, SIUAN-TSONG
12e et dernier empereur (1909-1911)

I

LES EXAMENS SUPÉRIEURS

1

An 12 de l'ère Kouang-siu, sous la dynastie des Ts'ing. Hiver 1886 selon le calendrier occidental…

« Li Tchouen-yun, fils d'une pauvre veuve du village de Liang-kia-t'ouen !

Petit Li, malheureux enfant qui subsiste en ramassant le crottin de cheval gelé sur les routes !

Rien ne t'oblige à m'écouter. Mais si tu veux savoir, ouvre grand tes oreilles rongées de dermatose ! Et tant pis si tu n'entends pas bien ma voix chevrotante de vieille femme malade. Je te dirai ton destin tel qu'il se déroulera, car tu n'as d'autre choix que de t'y conformer.

Petit Li, quatrième fils de la misérable famille Li !

Tu es né le 11 octobre de l'an 2 de l'ère Kouang-siu. J'ai ici la carte du ciel indiquant la position des vingt-huit maisons célestes cette nuit-là.

Tant pis si tu ne comprends pas. Il s'agit de la configuration exacte des étoiles à l'instant où tu es sorti du ventre de ta mère.

Tu es sous la protection de la constellation barbare de la Pléiade.

La nuit de ta naissance, le manche du Grand Chariot séparant le ciel et la terre s'est tourné vers la Pléiade, qui scintillait au sommet du ciel, comme pour lui ordonner de cueillir dans cette louche céleste le Palais Pourpre où réside l'Empereur de Jade.

Petit Li, misérable ramasseur de crottin ! Je te l'assure, tous les trésors existant sous le ciel se trouveront un jour rassemblés entre tes mains !

Il est dit dans le Livre du Vertueux Souverain Yao : “Les jours sont brefs, l'astre est la Pléiade, ainsi se manifeste l'exact milieu de l'hiver.”

Etrange phénomène : l'astre qui annonce le milieu de l'hiver culminait dès le premier mois de la saison froide. Qui plus est, le manche du Grand Chariot tournait comme pour te rendre hommage.

En frémissant d'effroi, j'ai déployé la carte des maisons célestes transmise depuis le fondateur. Et j'ai prédit le destin de l'enfant né cette nuit-là, à cet instant-là.

Si tu ne veux pas écouter une vieille radoteuse, à ton aise !

Mais sache, Petit Li, que, de temps immémoriaux, seules deux personnes sont nées sous la protection de la constellation barbare de la Pléiade, au moment où les trois étoiles du manche du Grand Chariot, Alkaïd, Mizar et Alioth, et en outre les quatre étoiles qui en forment le corps, Megrez, Phecda, Mérak et Dubhe, se tournaient vers l'étoile du Dragon, où se trouve le Palais Pourpre, comme pour la désigner.

L'une se trouve dans le passé proche : c'est l'empereur Ch'ien-lung, qui unifia tous les territoires du grand empire des Ts'ing.

L'autre appartient au passé lointain : Ts'in-che Houang-ti, le premier empereur, qui établit sa suprématie sur un pays de tigres et de loups.

N'aie nulle crainte. Tout est affaire du destin. De tout temps, les Pléiades ont gouverné le Palais du Ciel. Astres de la richesse et du pouvoir, les Pléiades gouvernent le monde !

O Petit Li, fils d'une pauvre veuve !

Un jour prochain tu te rendras à la capitale et deviendras un proche serviteur du souverain au fond de la Cité Interdite violette. Au beau milieu d'une rébellion qui déclenchera un épouvantable chaos, tandis que dans le ciel s'affronteront Alkaïd et les étoiles qui décident du sort des armes, tes propres mains s'empareront de toutes les richesses de la Chine.

Oui, tes paumes crevassées, enflammées par les engelures.

Toi, Li Tchouen-yun, petit ramasseur de crottin, dernier fils d'une famille misérable !

N'aie pas peur. Car les Pléiades, qui gouvernent le Palais du Ciel, seront toujours à tes côtés. »

Les branches du sophora bruissaient dans le vent.

A plat ventre sur le lit de briques chaudes, où ses joues glacées regagnaient un peu de tiédeur, le garçon écoutait la voix éraillée de la vieille.

— Quelle drôle d'histoire, Taitai ! Toutes les richesses de ce monde sont entre les mains du Vieux Bouddha. Comment deviendraient-elles miennes ?

Tirant à elle sa veste sale, la vieille s'en couvrit les épaules, puis se redressa en s'appuyant au mur.

— Le Vieux Bouddha ? Qui est-ce donc ? On dirait le nom d'un grand personnage.

— Tu ne connais pas celle qu'on surnomme le Vieux Bouddha ? Tu peux prédire le futur mais tu ne sais rien du présent, Taitai !

— Nul besoin de connaître le présent, puisque mes prédictions sont toujours justes.

— Alors je vais t'expliquer qui est le Vieux Bouddha. C'est la concubine de l'empereur Sien-feng, et la mère du précédent empereur. La tante de l'empereur actuel.

— Ah, la vénérable impératrice d'Occident ?

La vieille tira une poignée de grains d'anis d'un sac de chanvre au chevet de son lit et la mit dans la main de Tchouen-yun.

— Tu es un garçon intelligent. Qui t'a appris cela ?

— Monsieur le licencié Liang. Il ne me l'a pas vraiment appris mais... répondit Tchouen-yun, l'air un peu confus, fourrant comme à regret les graines dans sa bouche.

Le fils cadet des Liang, clan des chefs de village de Liang-kia-t'ouen, avait l'année précédente passé brillamment l'examen provincial, et même un enfant savait quel privilège représentait le fait que « Monsieur le licencié » ait daigné lui enseigner quelque chose.

— Tu as donc de bonnes relations avec cet excentrique de jeune maître ?

— C'est beaucoup dire. C'était un camarade de jeu de mon défunt frère aîné, c'est tout. C'est pourquoi il me fait l'aumône de crottin de cheval, et me fait l'honneur de m'adresser la parole.

— Je vois. Il était ami avec ton grand frère, ce meneur d'une bande de garnements, n'est-ce pas ?

— Moi, je ne suis pas particulièrement ami avec lui. Je n'aimerais pas que tu dises cela à qui que ce soit, Taitai !

La vieille hocha la tête en contemplant l'enfant, et soupira.

— Tu es un garçon intelligent. Personne ne croirait en parlant ainsi avec toi que tu as à peine dix ans. Si tu étais né dans une famille tant soit peu fortunée, tu aurais pu obtenir non seulement le titre de licencié, mais même devenir mandarin.

— Si c'était le cas, je comprendrais un peu mieux tes prédictions !

Ces mots à peine prononcés, Tchouen-yun cessa de suçoter ses grains d'anis.

S'il faisait une carrière de haut fonctionnaire, et si le Vieux Bouddha lui faisait don ne fût-ce que d'une infime partie des richesses qu'elle possédait, alors sa mère ne serait plus obligée de passer ses nuits devant son métier à tisser. Il pourrait offrir une tombe à son père qui reposait sous un simple tertre. Il pourrait montrer Deuxième Frère, alité depuis des mois, à un médecin, et engager des recherches pour retrouver Troisième Frère qui avait disparu sans laisser d'adresse. Et sa petite sœur ne souffrirait plus de la faim.

L'enfant se rendit compte qu'il avait peur. Non pas, bien sûr, des prédictions extravagantes de la vieille, mais d'un sentiment tout nouveau pour lui : l'espoir.

Une sensation totalement inconnue jusque-là, éblouissante, brisant la carapace de son cœur, jaillissait en lui comme une source. Et l'enfant tremblait de peur, ébranlé tout entier par cette connaissance nouvelle qui accédait soudain à sa conscience.

— Je ne mens pas, tu sais, Petit Li !

L'espoir se muant aussitôt en énergie, le garçon sauta à bas du lit.

— Ces graines m'ont redonné des forces !

La vieille ricana :

— Ce n'est pas ça. Tu es déjà aimanté par la puissance de ton astre protecteur dans le Ciel du Sud. Comment quelques grains d'anis pourraient-ils te donner une énergie pareille !

— Bien vrai, Taitai ? Je deviendrai riche ?

— Cela ne fait aucun doute. Tous les trésors du Vieux Bouddha seront tiens. Le jade vert, le jaspe, l'or, et l'ambre jaune, le cristal, tout ce qui se trouve *là-bas* sera tien. Ce n'est pas un mensonge. Le Ciel en a décidé ainsi.

Le garçon poussa un cri de joie et agita violemment les manches de ses vêtements maculés de graisse, en sautant à pieds joints sur la terre battue, dans ses chaussures de toile au bout troué. A coup sûr, ces gestes semblaient dictés par une force inconnue logée dans son corps.

— Merci, Taitai !

— Pas de remerciements. Laisse-moi plutôt un peu de crottin pour mon feu, il ne va pas tarder à s'éteindre.

La vieille pointa un bras pareil à une branche morte vers la porte, derrière laquelle sifflait le vent.

— Va, Petit Li ! Tu n'es encore qu'un enfant aux mains souillées de crottes. Avant de te conformer au destin que le Ciel t'a préparé, tu devras verser du sang, et bien des larmes. Mais ne crains rien. Va, maintenant !

Tchouen-yun vida sur le fourneau le contenu encore gelé de son sac de chanvre, puis se précipita au-dehors en poussant des cris perçants. Sur la route, une multitude d'éclats de gel tourbillonnaient dans le vent soufflant en oblique.

Malgré le ciel bleu, des volutes jaunâtres flottaient dans l'air.

Tchouen-yun reprit au pas de course, en sens inverse, le chemin d'un li et demi, menant au village, qu'il venait de parcourir en quémandant du crottin. Un cheval de poste, soufflant une haleine blanche et glacée, le dépassa en cours de route. L'enfant se suspendit comme un singe à la planche à bagages, et parcourut ainsi le dernier li en passager clandestin.

Une fois au bord du canal, il se laissa tomber de la charrette, toujours à l'insu et du cheval et du cocher. Sur la rive opposée s'allongeaient les murs de brique rouge de la maison Liang, au-dessus desquels on pouvait voir s'agiter dans le vent, tout en haut du toit, la banderole indigo symbolisant la position de licencié.

Tchouen-yun n'hésita pas longtemps avant de traverser le pont de bois couvert de stalactites. De toute façon, même s'il rentrait chez lui, ni son frère cloué au lit par la maladie, ni sa mère ne prêteraient la moindre attention à son histoire. De surcroît, son sac à crottin était vide.

Passant la tête dans l'entrebâillement du magnifique portique de pierre qui marquait l'entrée de la résidence Liang, Tchouen-yun jeta un coup d'œil à l'intérieur.

— *Sien-cheng* (Professeur) ! appela-t-il à voix basse.

Un silence total régnait sur les lieux.

Il y a encore six mois, les domestiques auraient annoncé le petit visiteur en riant, mais depuis que le maître de céans était devenu « Monsieur le licencié », il en allait autrement.

Liang Wen-sieou était le fils cadet de Maître Liang, propriétaire de tous les champs et rizières de Liang-kia-t'ouen. En dépit de sa réputation de rustre et de parasite, il n'en avait pas moins réussi haut la main, en un rien de temps, les cinq épreuves des examens préparatoires du service civil supérieur, s'était qualifié pour les examens de la sous-préfecture de Tsing-hai, et finalement, à l'issue de l'examen d'automne de la province de Tcheli, s'était vu décerner le titre de licencié.

Au regard de la mauvaise réputation de Wen-sieou, pareil événement paraissait tout bonnement incroyable aux villageois. Bon nombre d'entre eux, obstinément incrédules, restaient d'ailleurs persuadés que le lauréat était Wen-yuan, le frère aîné de Wen-sieou.

Qui plus est, Monsieur le licencié lui-même, laissant libre cours aux commérages, n'avait rien changé à son comportement.

— Professeur ! appela à nouveau Tchouen-yun, d'une voix plus forte maintenant qu'il avait vérifié l'absence des serviteurs.

La fenêtre du cabinet de travail situé face au jardin intérieur s'ouvrit, laissant apparaître le visage maigre de Wen-sieou, l'air plus excentrique que jamais avec sa natte enroulée sur le front.

— Votre père… ? s'enquit Tchouen-yun, étouffant sa voix d'une manche placée devant sa bouche. Wen-sieou lui fit un grand sourire et l'invita de la main à approcher.

— Ne sois pas si nerveux ! Mon père n'est pas là, il est parti à la préfecture avec mon frère aîné. Entre donc ! dit-il en cassant les stalactites sur l'encadrement de la fenêtre.

Apparemment, il s'était remis à boire de l'alcool toute la journée, car son teint ordinairement pâle de fonctionnaire était aussi cramoisi que sous l'effet d'un fard.

— De nos jours, les examens ne sont pas si faciles : on n'obtient pas son titre en négociant avec le préfet. Ils vont se donner du mal pour rien. Un aîné qui se laisse dépasser par son cadet, ça ne fait pas très bonne impression !

— Monsieur Wen-yuan est l'héritier de ce domaine, n'est-ce pas ?

— Oui. De toute façon il n'a jamais été très intelligent, il n'aura qu'à se contenter de calculer l'impôt foncier. On n'a pas la même chose dans le cerveau, lui et moi, pas la même chose !

Liang Wen-sieou tapota la tête de Tchouen-yun à travers l'embrasure de la fenêtre.

— Que veux-tu, au fait ? Si c'est du crottin, va te servir à l'étable. Nos chevaux mangent du fourrage de qualité supérieure, leur crottin fait du bon combustible !

— Il ne s'agit pas de ça. Enfin, je suis aussi venu pour ça, mais surtout, j'ai une question à vous poser.

— Combien de fois faut-il te le dire ? Quand un gamin sans éducation comme toi me pose des questions compliquées, je me trouve bien embarrassé pour répondre. Il faut commencer par la base, par la base ! Apprends à écrire les caractères. Allez, monte et viens travailler. Ce sera la suite de la dernière fois.

Tchouen-yun repoussa la main que Wen-sieou lui tendait.

— Il ne s'agit pas de ça ! Tout à l'heure, la vieille Pai Taitai m'a raconté des choses invraisemblables.

A ce nom, Wen-sieou prit une mine ostensiblement dégoûtée.

— Ce que dit cette vieille sorcière est toujours invraisemblable.

— Mais certaines choses le sont plus que d'autres ! Elle m'a dit que j'allais devenir très riche. Et que tous les trésors du Vieux Bouddha seraient à moi !

Avant même d'avoir tout entendu, Wen-sieou avait craché d'un jet l'alcool qu'il avait dans la bouche. Il éclata de rire à la vue de Tchouen-yun tout éclaboussé, mais reprit aussitôt son sérieux.

— Hum. C'est invraisemblable, pas de doute ! Mais attends, quelque chose me dit que ce n'est pas impossible.

— Comment, vous aussi, Professeur, vous le pensez ? Arrêtez, ou je vais m'évanouir !

— Autrement dit…

Saisissant l'enfant à bras-le-corps, Wen-sieou le hissa par la fenêtre jusque dans la pièce.

— Le Vieux Bouddha, qui sait…

— Qui sait… ?

— Elle est si riche, qui sait si même ses excréments ne sont pas en or ! Si tu te rends à la capitale, tu pourras peut-être faire fortune. Quelle bonne nouvelle, hein, Tchouen-yun ?

L'enfant haussa les épaules.

Un tel fouillis régnait dans le cabinet de travail qu'il n'y avait plus la moindre place où poser le pied. Sur la table et le lit, livres et papiers s'entassaient en désordre, le sol était jonché de bouteilles d'alcool renversées, de vêtements jetés en boule. Tchouen-yun contempla d'un air rêveur la carte du monde accrochée au mur.

— Et puis, cesse donc de me donner du « Professeur ». Quand même toi, tu m'appelles comme ça, j'ai vraiment l'impression d'être l'objet de la risée générale.

— Comment dois-je vous appeler alors ? Monsieur le licencié ?

— C'est encore pire. Je déteste ce changement radical d'attitude. On me traite à l'envi de bon à rien et d'ivrogne, et tout à coup, me voilà passé « Professeur », parce que je me suis élevé au rang de licencié ?

— Moi, je n'ai jamais dit ça, Jeune Maître ! Je ne vous ai jamais traité de bon à rien ni d'ivrogne.

— Vraiment ?... Allez, va pour « Jeune Maître », comme autrefois. A propos, je suis stupéfait que cette vieille sorcière tout juste bonne à crever s'attaque à un gamin comme toi.

Liang Wen-sieou poussa à terre une pile de documents posée sur le lit, souleva l'enfant dans ses bras et l'assit sur la couche.

— Installe-toi donc comme chez toi. Après tout, ce lit, c'est la sueur de ton défunt père et ton défunt frère aîné qui l'a payé. Alors, que voulais-tu me demander ?

— Eh bien, elle a dit que j'étais protégé par un astre important qui s'appelle la Pléiade, et que j'entrerais au service de l'empereur et gagnerais plein de richesses.

Wen-sieou écarquilla les yeux, puis tapa sur la table en éclatant d'un gros rire.

— Au service de l'empereur ! Ha ha ha ! Mais c'est de moi qu'il s'agit, plutôt ! Car je le ferai tôt ou tard. Moi, je ne suis pas du genre à subsister chichement avec une érudition inutile, comme certain précepteur sans talents de ma connaissance. La vieille a dû te dire ça pour que tu me le transmettes et que je lui paie son dû.

— Pas du tout, Jeune Maître, elle a dit que cela m'arriverait à moi, et que le Ciel en avait décidé ainsi.

— Je m'avoue vaincu ! dit Liang Wen-sieou en passant sa main sur son crâne rasé de près, à l'exception de la longue natte.

Il parut réfléchir un moment, puis tourna vers l'enfant un visage métamorphosé, empreint d'une intelligence rusée, qui en fait devait être sa véritable expression.

— Moi aussi, je connais la réputation de Pai Taitai : on dit qu'autrefois elle lisait si bien l'avenir dans les astres que les dignitaires de la capitale louaient ses services. Mais ça ne suffit pas pour que je la croie. Il est aussi difficile à un garçon comme toi de devenir riche que de transformer la fiente en or.

— Elle a donc menti ?...

— Ma foi...

Liang Wen-sieou posa sa main soyeuse comme celle d'une femme sur la joue gercée de l'enfant.

— Ton frère aîné et moi avions fait serment de fraternité. Rien ne saurait me rendre plus heureux que de te voir, toi, son cadet, faire carrière. Si tu études, tu seras plus fort. Qu'en penses-tu ?

— Moi, apprendre à lire et à écrire ?... Et puis, Taitai a dit que je servirai bientôt l'empereur. Je n'aurai pas le temps d'apprendre d'ici là.

— Bientôt ? Voilà qui est encore plus curieux. J'ai beau réfléchir, cela me paraît impossible.

Liang Wen-sieou s'assit sur une chaise d'ébène, ses longs yeux en amande, au dessin plein de noblesse, fixés sur l'enfant.

Tchouen-yun aimait ce jeune homme excentrique, du même âge que son frère aîné disparu. Enfant, il se mêlait toujours aux gamins du village et partageait leurs jeux. Tchouen-yun se souvenait de l'affolement de ses parents, qui ne savaient comment s'y prendre avec le fils du hobereau : il avait beau faire les pires bêtises, ils ne pouvaient le gronder, encore moins le battre, ils étaient presque obligés de l'enlever pour le ramener de force, à la tombée de la nuit, à la résidence familiale.

L'austère Maître Liang et sa hautaine épouse avaient toujours négligé leur fils cadet, si bien que la tenue de Wen-sieou ne différait guère de celle des enfants du village ; il avait même généralement le ventre aussi vide qu'eux.

A l'âge où ses camarades de jeux commencèrent à aller pêcher ou travailler aux champs, le comportement insolent de Wen-sieou ne changea pas. Avec des arrière-pensées sarcastiques, les villageois se mirent à appeler « Jeune Maître » ce fils cadet de la maison Liang qui laissait son fil de pêche tremper toute la journée dans l'eau stagnante du canal et allait s'enivrer dans les débits de boissons alors que le soleil était encore haut.

Avec ces antécédents, rien d'étonnant à ce que les villageois aient été décontenancés lorsqu'à vingt ans le jeune maître devint « le licencié de la maison Liang ». Mais les plus surpris, en voyant ce cadet définitivement considéré comme un débauché réussir brillamment le premier l'examen de la province, furent sans aucun doute son propre père, Maître Liang, et le « Jeune Maître Aîné », objet de toutes les espérances familiales, dont on vantait les talents depuis l'enfance.

L'événement était encore plus inattendu pour le professeur à domicile qui avait toujours clairement affiché sa préférence pour Wen-yuan, l'aîné.

A la table du banquet de célébration, le précepteur, bien en peine de commenter ce succès, commença sur une intuition soudaine son discours par cette phrase sibylline :

— Comment moineaux et alouettes connaîtraient-ils les desseins de l'aigle ?

Il aurait sans doute mieux fait de dire quelque chose d'encore moins compréhensible, car cette phrase eut le don de faire aussitôt peser un silence glacial sur l'assistance. En effet, son employeur Maître Liang avait une culture suffisamment vaste pour saisir l'allusion, et même le malheureux recalé venait de réviser ses citations historiques.

Le vieux précepteur, ayant comparé Wen-sieou à un aigle, et réduit ainsi sans le vouloir le frère aîné et le père à la taille d'un moineau et d'une alouette, était devenu blanc comme linge.

Wen-yuan, proprement ridiculisé devant toute la famille rassemblée, s'effondra en larmes, et le professeur fut bien sûr renvoyé.

Ce genre de petit incident se répéta fréquemment au cours des six mois qui suivirent, mais Wen-sieou n'y prêta pas la moindre attention. Revêtu de la robe indigo des licenciés, il continua à fréquenter les bouges et à faire frémir les maquignons.

Assis au bord du canal, il fumait du tabac dans une pipe longue de presque un mètre, abreuvant de plaisanteries obscènes chaque fille du village qui venait à passer.

Tchouen-yun n'en aimait que davantage cet esprit remarquable et peu conventionnel, qui n'avait rien changé à son attitude depuis que le titre de licencié l'auréolait de gloire.

Or, cet aîné qu'il admirait tant venait de briser son rêve éphémère ; Tchouen-yun était au bord des larmes.

— Taitai s'est donc moquée de moi ? C'est affreux…

Wen-sieou prit alors un air grave :

— Non, il y a sûrement quelque chose derrière cette prédiction.

— Pas la peine de dire ça pour me consoler !

— Ecoute, Tchouen-yun. Que cela reste entre nous, mais…

Après ce préambule, Wen-sieou fit soudain au garçon une déclaration surprenante :

— En fait, moi aussi, autrefois – je devais avoir ton âge –, Taitai m'a dit des choses étranges, un jour que je m'étais aventuré jusqu'à la sortie du village avec ton frère…

— Frère Aîné ?

— Oui. Nous voulions chiper des œufs dans le poulailler de Taitai, mais elle nous a surpris. Nous avons eu droit à un bon sermon, et finalement elle nous a tout de même donné un œuf dur à chacun. Elle nous a fait asseoir sur son lit de briques chaudes, nous a demandé quand nous étions nés, et nous a prédit l'avenir, après avoir longuement réfléchi.

Tchouen-yun retint son souffle. Il crut entendre résonner à nouveau le bruissement de mauvais augure du sophora du jardin de Pai Taitai.

— « Toi, Liang Wen-sieou, tu monteras au palais, tu gouverneras le grand empire aux côtés de l'empereur. Ton maître ne sera pas le Fils du Ciel actuel, l'empereur T'ong-che, lequel mourra et sera remplacé par son cousin, Tsai-t'ien, fils du prince de sang Tch'ouen. Empereur clairvoyant mais qui ne pourra suivre sa volonté, il connaîtra un sort malheureux et de nombreuses épreuves. Toi, tu feras de brillantes études et étendras tes connaissances, et c'est à toi que reviendra l'écrasant destin de soutenir l'empereur. Est-ce clair, Wen-sieou ? Ta vie sera semée d'embûches. Sers ton souverain de tout ton cœur, place haut ta fierté. » Voilà ce que m'a dit Taitai.

— Ce sont des mots trop compliqués, je n'y comprends rien.

— Eh bien, expliqua Wen-sieou, cela signifie que je n'en resterai pas au grade de licencié, je réussirai aussi l'examen de la capitale, j'obtiendrai le titre de docteur, et un jour je serai premier ministre.

Tchouen-yun poussa un cri effaré et se dressa d'un bond sur le lit.

— Premier ministre ! C'est fabuleux, Jeune Maître ! Si moi je me procure tous les trésors du Vieux Bouddha et que vous devenez le chef du gouvernement, le monde est à nous !

— Ne t'excite donc pas comme ça. Si on nous entend, que va-t-on penser ? Nous n'avons pas encore récolté les fruits du destin.

— Mais c'est pour bientôt ! N'êtes-vous pas déjà licencié ? Vous réussirez sûrement les examens de la capitale et, oui, c'est cela, vous serez reçu premier à l'examen du palais, et vous serez nommé aux plus hautes fonctions !

Wen-sieou posa une main sur la bouche de Tchouen-yun en lui faisant signe de se taire.

— On se méfie déjà de ma personnalité. Ne parle pas trop fort. En tout cas, l'empereur T'ong-che est mort sans héritier et c'est Tsai-t'ien de la maison Tch'ouen qui règne aujourd'hui. Sur ce point, la prédiction de

Taitai était juste. Et moi, je ne sais comment, j'ai réussi l'examen provincial.

— Mais oui. Tout va se réaliser !

— Cependant, on peut aussi penser que c'était de la part de la vieille sorcière une habile façon de m'encourager à étudier, de me dire de persévérer. J'ai toujours été sensible à la suggestion. Il m'est souvent arrivé d'être pris de convulsions en voyant un prêtre taoïste faire des exorcismes.

Tchouen-yun secoua la tête d'un air d'incompréhension totale.

— C'est impossible, Jeune Maître. Vous, à force de persévérance, deviendrez peut-être premier ministre, mais moi, j'aurai beau ramasser du crottin tant et plus, ça ne me mènera jamais à rien.

Wen-sieou dénoua sa natte, tourna son visage pâle et intelligent vers le jardin. L'espace d'un instant, son ivresse parut se dissiper ; ses pupilles, derrière leur rideau de longs cils, scrutèrent le ciel d'hiver comme pour en percer les desseins.

— Pourtant, Tchouen-yun... La vieille Taitai a longuement observé ton frère, qui réclamait à son tour de connaître son destin, et elle est restée silencieuse. Elle le regardait fixement, et il a eu beau insister, elle secouait la tête en disant qu'elle n'en savait rien. Elle avait l'air affreusement triste. Ce n'est pas qu'elle ne savait pas : la page du futur de ton frère était blanche.

Wen-sieou se retourna et commença à ranger les objets éparpillés dans la pièce, bousculant Tchouen-yun au passage.

— C'était quelqu'un de bien, pourtant... murmura-t-il tout en empilant des livres avec des gestes brusques.

— Je m'en vais, Jeune Maître Liang. Sinon ma mère me battra.

— Passe donc à l'écurie. Tu y trouveras du bon crottin de chevaux bien nourris, il flambera bien.

Tchouen-yun jeta un coup d'œil prudent au-dehors puis enjamba la fenêtre et partit en courant, son sac de chanvre à la main.

2

Au printemps de l'année suivante, en 1887, le licencié Liang Wen-sieou de la province de Tcheli, sous-préfecture de Tsing-hai, monta à nouveau à la capitale pour passer son doctorat.

Tandis que le bateau de Liang Wen-sieou, qui arborait un pavillon portant l'inscription *Candidat participant à l'examen des Rites sur ordre impérial*, remontait le canal, toutes les autres embarcations abaissaient leurs voiles et lui cédaient le passage. Sur les chemins encombrés de charrettes tirées par des mules, des grappes de villageois se pressaient pour jeter un coup d'œil sur le candidat.

Tchouen-yun était tout fier : même s'il dormait sur le pont et n'avait que de modestes tâches, la principale consistant à courir derrière les mules, il n'en faisait pas moins partie de la suite du candidat. Jamais il n'avait osé espérer que le jeune maître remplirait sous cette forme la promesse qu'il lui avait faite de l'emmener un jour avec lui à la capitale. Il avait reçu une robe, un bonnet et des chaussures neuves pour l'occasion, et sa mère avait été gratifiée d'une vertigineuse quantité de pièces d'argent : Tchouen-yun était officiellement sélectionné pour accompagner le cortège solennel.

Une carriole tirée par une mule transportait le licencié et son père Maître Liang qui, en cette occasion, ne manifestait plus aucune discrimination, loin de là, envers ses fils. Dans le second véhicule voyageaient deux fonctionnaires de la préfecture. Dans leurs vêtements de cérémonie, ils dégageaient un prestige certain, mais leurs arrière-pensées obséquieuses n'étaient que trop évidentes. Derrière les carrioles venaient les serviteurs, tous vêtus des mêmes manteaux fermés par une ceinture de gaze noire et coiffés d'un bonnet. Leur unique tâche consistait à sortir les carrioles des ornières où elles s'embourbaient dès que le gel matinal se mettait à fondre, mais les quatre robustes valets, tout fringants, bombant le torse, arboraient une attitude solennelle, conscients que suivre les carrioles des candidats était un rôle des plus importants.

C'est pourquoi le cinquième valet, qui courait avec acharnement derrière eux, flottant dans un manteau trop grand aux manches maintenues par une ficelle, offensait grandement leur vue. Ils marmonnaient d'un air soupçonneux, se demandant ce que ce ramasseur de crottin faisait avec eux, vêtu des mêmes atours.

Mais Tchouen-yun, lui, connaissait sa mission.

Le candidat Liang détestait plus que tout se voir ainsi érigé en héros. Voilà pourquoi il avait tenu à emmener avec lui au moins un valet à qui il pouvait parler sans façons, avec l'accent de Tientsin.

A preuve, le candidat, qui jetait de temps à autre des coups d'œil à travers le rideau de sa carriole, avait l'air nettement mécontent ; dès que l'on faisait reposer les mules, il en profitait pour sauter à bas du véhicule et venir bavarder avec Tchouen-yun.

Wen-sieou portait une longue robe d'un bleu à donner le vertige et le bonnet orné, en guise de gland, du moineau d'argent des fonctionnaires de huitième rang.

Ainsi vêtu, il s'asseyait par terre au pied d'un saule aux bourgeons gonflés et invitait Tchouen-yun à le rejoindre pour bavarder. Sa conversation ne différait en rien de l'ordinaire : c'étaient les mêmes blagues vulgaires, soulignées de gros rires et d'abondants crachats.

Maître Liang, cependant, se gardait de réprimander son fils. Il s'agissait après tout de « Monsieur le licencié », en route pour passer son doctorat et qui, peut-être, allait exaucer le vœu le plus cher et le plus ancien de la famille. Il se contentait de plisser les yeux comme un bienveillant bouddha ventripotent, d'un air de dire : « Ma foi, si cela peut lui permettre de dissiper tant soit peu une tension bien naturelle avant l'examen… »

Il se trompait, bien sûr. Si cet excentrique de Wen-sieou salissait sa robe indigo en s'asseyant par terre, c'était seulement parce qu'il appréciait la conversation de son petit serviteur morveux.

— Jeune Maître, vous vous rappelez cette histoire ?

Arrachant une jeune branche de saule qui pendait au-dessus de son épaule, Wen-sieou en fouetta l'air pour chasser les villageois agglutinés autour d'eux.

— Les prédictions de Pai Taitai ?

— J'y ai réfléchi de nouveau, et je pense que c'est vrai finalement, puisque aujourd'hui vous vous rendez à la capitale à l'invitation de l'empereur.

Fourrant dans sa bouche des feuilles de saule avec des airs de voyou, le candidat, amusé, se mit à rire.

— Ça reste entre nous, mais mon père m'a demandé d'attendre trois ans pour passer l'examen en même temps que mon frère. Travaille encore trois ans, m'a-t-il dit, de toute façon, cette fois, tu vas le rater.

— Il est si difficile que ça, cet examen ?

— Oui. Les licenciés de plus de quatre cents provinces se rassemblent pour le passer. Maintenant qu'on m'a dit cela, je n'ai plus qu'à compter sur ma propre obstination. Cependant...

Wen-sieou s'interrompit pour bâiller d'un air plein d'ennui.

— Je serais vexé de donner raison à mon père en ratant l'examen, mais ça me gênerait aussi que tout se déroule comme cette vieille sorcière l'a lu dans les astres. Je me demande bien pourquoi.

Surpris, Tchouen-yun tira sur la manche indigo.

— Ah non, Jeune Maître, cessez de n'en faire qu'à votre tête. Si vous allez dans le sens contraire à votre destin, le Seigneur de la Mort Yama vous frappera cent fois et vous expédiera dans le dix-huitième enfer inférieur infini.

— Ah ? Et toi alors ? Ton sort est peut-être de rôtir dans le dix-huitième enfer pour avoir essayé de forcer le destin !

Tchouen-yun se couvrit le visage de la main avec un cri. Il respectait tellement le jeune maître qu'il prenait pour argent comptant la moindre de ses paroles.

La mine apeurée du garçon parut si drôle à Wen-sieou que le rire déforma un long moment son visage aux beaux yeux et aux dents blanches. En voyant que même Monsieur le licencié pouvait rire, un murmure parcourut la foule des villageois qui faisaient cercle de loin autour d'eux.

— Allons, allons, il n'y a pas de quoi avoir honte. Nous réfléchirons tranquillement à ton destin quand nous serons arrivés, en visitant la capitale.

— Moi, ça n'a pas d'importance. Mais vous, je vous en prie, ne ratez pas cet examen !

Fendant la foule, un vieillard bien mis s'approcha et s'agenouilla pour saluer Wen-sieou. A ses côtés se tenait un villageois, qui présentait sur un plateau à pied un service à thé et des gâteaux cuits à la vapeur.

— Euh… Jeune Maître Liang Wen-sieou, nous nous réjouissons vivement de voir qu'après avoir réussi brillamment vos examens, et rapidement obtenu le titre de licencié, vous partez avec entrain prendre part aux examens supérieurs. L'ensemble du village prie pour votre réussite, souhaitant que tout se déroule pour le mieux, que vous soyez admis au titre de docteur, et que vous fassiez partie des trois pieds du tripode. Veuillez accepter cette modeste collation…

A peine le vieillard eut-il fini de réciter ce compliment visiblement appris par cœur, que le licencié lui tourna le dos.

— Eh bien ! « Puissiez-vous faire partie des trois pieds du tripode ! », et en plus on me présente des offrandes, me voilà vraiment traité comme un dieu !

Les « trois pieds du tripode » étaient un titre respectueux désignant les trois premiers lauréats de l'examen du palais, promis aux postes les plus importants. Quant aux phrases « Puissiez-vous faire partie des trois pieds du tripode » ou « Puissiez-vous être le premier lauréat », c'étaient des formules de salutation traditionnelles que l'on adressait aux fils de bonne famille.

Dans les familles de l'élite intellectuelle, on offrait aux filles, à l'occasion de leur mariage, un miroir au dos duquel étaient moulés les mots *Cinq fils reçus aux examens*, et la naissance d'un fils était célébrée en lançant des pièces de cuivre sur lesquelles étaient moulés les caractères *Admission au titre de premier lauréat*. Autrement dit, réussir les examens du mandarinat tenait, plus encore que d'un but réel, d'une véritable religion.

Si Wen-sieou s'était ainsi détourné avec une mine écœurée, c'est parce qu'il avait été lui-même élevé dans ce contexte. Et si les villageois révéraient comme un dieu ce licencié qui se rendait à Pékin pour participer aux examens, c'était pour la même raison : l'objet de leur foi était apparu en chair et en os sous leurs yeux.

— Jeune Maître, dites quelque chose à ce grand-père, il est tout embarrassé.

Pressé par Tchouen-yun, Wen-sieou finit par se retourner. Les villageois attendaient en retenant leur souffle. Wen-sieou jeta un regard circulaire sur cette assemblée suspendue à ses lèvres comme à celles d'un prophète, puis s'écria d'une voix discordante :

— *Siue eul che si tche pou yi yue hou !* Comprenez-vous ? Chantez cela cent fois tous les matins à la place des sûtras !

« Apprendre, s'exercer à tout moment et surtout s'en réjouir ! » Après avoir crié bien fort cette première phrase des *Entretiens* de Confucius que tout écolier apprenait par cœur dès l'âge de cinq ans, le licencié s'empara des gâteaux posés devant lui et se mit à les dévorer goulûment.

— C'est affreux, Jeune Maître, ils sont complètement éberlués maintenant.

Retroussant le bas de sa longue robe bleue, le licencié se hâta vers sa carriole, la bouche pleine de gâteau.

— Qu'y a-t-il de si affreux ? Regarde, les gamins ont très bien compris ce que je disais.

— Même moi, je suis capable de comprendre ça ! Vous auriez pu trouver quelque chose d'un peu plus élaboré.

— Mais non, personne n'y aurait rien compris ! Si on n'étudie pas dans la joie depuis tout petit, ça ne sert à rien. Prends mon frère, qui a toujours pleurniché pour apprendre ses leçons : regarde le résultat !

Postillonnant des miettes de gâteau, Wen-sieou éclata d'un rire vulgaire, comme s'il se trouvait dans un de ses débits de boissons favoris au bout du village.

Son escorte familiale l'attendait, debout autour de la carriole. Personne n'émit la moindre remontrance.

— Hein, petit, toi tu comprends, puisqu'un jour tu auras tous les trésors de l'empire entre les mains.

Jetant son gâteau entamé à la poitrine de Tchouen-yun, Wen-sieou monta en voiture et disparut derrière le rideau.

La carriole reprit sa route vers la capitale, ses roues grinçant dans la boue.

Les examens… Ce système, d'abord instauré sous l'antique dynastie des Han, s'était transmis au long des générations successives d'empereurs, sans jamais tomber en désuétude, bien au contraire. Rendu plus complexe au cours des siècles, afin de garantir une plus grande impartialité, le système des examens s'était perpétué jusqu'en cette fin de dynastie mandchoue, chose qui en soi tenait du prodige.

Les classes intellectuelles étaient obsédées par le passage des examens de recrutement des hauts fonctionnaires, et toute autre ambition était considérée comme anormale.

Dès la plus tendre enfance, les garçons devaient se familiariser avec les Quatre Livres et les Cinq Classiques, le principe fondamental des études consistant à connaître ces ouvrages par cœur avant le rite de majorité, célébré à l'âge de quinze ans.

Même en omettant *La Grande Etude* et *Le Juste Milieu* qui ne faisaient en fait que répéter le contenu du *Livre des rites*, il fallait retenir par cœur les *Entretiens* de Confucius, Meng-tseu, le *Classique des mutations*, le *Classique des documents*, le *Classique des vers*, le *Livre des rites* et les *Commentaires*, soit au total quatre cent trente mille caractères.

Il fallait en outre lire et comprendre les commentaires en annotation des textes, ce qui multipliait encore le volume de caractères à retenir, s'entraîner à la composition de poèmes, qui faisait partie des sujets obligatoires des examens, apprendre à rédiger les dissertations en huit parties, vestige du formalisme ancien, et étudier également à fond l'histoire et les légendes, indispensables pour développer des théories politiques.

Après s'être bourré le crâne de tout cela dès leur plus jeune âge, les élèves passaient le tout premier des examens de qualification, qui donnait droit au statut de candidat sérieux, ou *tongcheng*. Très rapidement, on avait vu des hommes faits se présenter à ces épreuves, destinées à l'origine à des adolescents de quatorze ou quinze ans; les « vieux *tongcheng* », candidats âgés de quarante, voire cinquante ans, n'étaient pas rares.

Les candidats reçus à l'examen de qualification se présentaient alors à l'examen de la sous-préfecture, puis à l'échelon suivant: l'examen préfectoral.

Le titre de *chengyuan*, ou bachelier, sanctionnait la réussite à ces premières séries d'épreuves, qui ouvraient l'accès aux examens supérieurs proprement dits, et aux postes de fonctionnaires tout en bas de la hiérarchie. Déjà, « Messieurs les bacheliers » faisaient partie d'une élite révérée par les gens du peuple et bénéficiaient de privilèges tels que l'immunité pénale.

Après de nouvelles épreuves de niveau, qui permettaient une sélection rigoureuse, les bacheliers étaient enfin habilités à se présenter à l'examen de la province, le premier des véritables examens d'entrée dans l'administration supérieure.

L'examen provincial n'avait lieu qu'une fois tous les trois ans et rassemblait dans les capitales de chaque province les élèves les plus doués d'une même région. Le taux de sélection était extrêmement sévère, c'est pourquoi une comparaison élogieuse assimilait les candidats reçus à des « étoiles au firmament. »

Ces vingt mille licenciés venus de tout l'empire et considérés comme des dieux étaient ensuite réunis dans le palais des Tributs à Pékin, pour passer les épreuves capitales d'entrée dans le service civil supérieur : l'examen des Rites.

En venant ainsi tenter de décrocher l'une des trois cents places de docteurs qui couronnaient cet examen, les licenciés ne poursuivaient pas un doux rêve personnel de brillant avenir ou de gloire familiale. Ils représentaient plutôt l'honneur de tout un groupe : d'eux dépendaient la renommée de leur famille, la grandeur ou la décadence de leur province natale.

Réussir le doctorat était une épreuve si héroïque qu'on la surnommait « mouvoir le soleil et la lune ».

Le licencié Liang et le cortège qui l'accompagnait arrivèrent à Pékin, dans le quartier des Tributs Conformes au Ciel, dans l'après-midi du 6 mars selon l'ancien calendrier, c'est-à-dire trois jours avant le début des épreuves, qui devaient se dérouler en trois parties.

La petite troupe prit soin de pénétrer dans l'enceinte de la capitale à une heure de bon augure selon l'avis des devins, et par une porte orientée dans la direction jugée propice. Les abords extérieurs et intérieurs de la porte de la Vaste Paix, ainsi que la grande avenue sur laquelle elle donnait, grouillaient d'une multitude de carrioles tirées par des mules ou des chevaux, venues du pays tout entier.

Chaque candidat était accompagné d'une bonne dizaine de personnes, si bien que des dizaines de milliers de voyageurs se bousculaient dans les auberges et les foyers des différentes provinces situés autour des remparts extérieurs de Pékin.

Les boutiquiers avaient précipitamment sorti leurs marchandises sur les étals, les camelots rivalisaient de boniments, on voyait même des artistes de rue aux carrefours. La police, débordée, ne semblait pas à même de contrôler cette agitation inhabituelle, et des soldats de renfort patrouillaient en bon ordre, par petits groupes. Les gardes de l'armée des Huit Bannières, dans leurs longs uniformes, armés de petits arcs de cavalerie, avaient une allure particulièrement dissuasive.

Une immense clameur, où se mêlaient les harangues des marchands, les grincements de milliers de roues et les hennissements des chevaux, s'élevait vers le ciel d'un bleu éclatant qui surplombait la ville.

Tchouen-yun, cependant, n'avait pas le loisir d'admirer le paysage. Au milieu du désordre inimaginable qui régnait dans les rues, il courait à toutes jambes, uniquement préoccupé de ne pas perdre de vue le cortège de son maître.

Les candidats montant vers l'est par l'avenue de la porte de la Vaste Paix se heurtèrent bientôt à un groupe venant du nord par la porte de la Paix de Droite.

Dans une bousculade de piétons et de charrettes, tout le monde s'engouffra dans la même direction : le quartier commerçant de Tsai-che-keou.

Tout différait dans cette foule venue du pays entier : la forme des carrioles, la robe des chevaux ou des mules, les injures que se criaient les voituriers. Les imposants soldats des Huit Bannières de l'armée mandchoue étaient seuls capables de contrôler cette atmosphère de champ de bataille.

Indifférents à la présence dans chacun de ces véhicules d'au moins un candidat à l'examen, c'est-à-dire d'un respectable fonctionnaire de huitième rang, les gardes maintenaient l'ordre à coups de fouets et de violentes réprimandes.

Du sud au nord, sur toute la zone comprise entre Tsai-che-keou et le pont Houafang, étaient disséminés les foyers d'accueil des différentes provinces ; plus on avançait, plus le nombre de carrioles diminuait : elles disparaissaient par petits groupes de trois ou cinq dans les ruelles.

Le petit foyer d'accueil du Tsing-hai, établi par les soins de fonctionnaires de cette sous-préfecture en poste à la capitale, se trouvait au fond d'une étroite ruelle.

Tout en déchargeant la voiture dans la cour intérieure du foyer qui paraissait déjà bien plein, Tchouen-yun demanda à un valet plus âgé que lui :

— Dis, c'est dans ce palais que vit l'empereur ?

— De quel palais parles-tu ?

Le valet, occupé à éponger sa sueur, leva les yeux dans la même direction que l'enfant, vers les murailles de la porte du Gouvernement Ordonné, qui se dressaient bien haut au-dessus de la ruelle.

— Ce n'est pas ça, le palais, il se trouve tout au fond, de l'autre côté de neuf enceintes comme celle-là.

Tchouen-yun ne comprenait pas : si le palais de l'empereur était encore si loin, qu'était-ce donc que cette immense et somptueuse avenue qu'ils venaient de traverser ?

— Allons, petit, le centre de l'univers ne peut pas être quelque chose d'aussi insignifiant. Ici, on n'est encore qu'à l'extrémité ouest de la ville.

— Vraiment ? Mais c'est incroyable ! Tu te moques encore de moi, n'est-ce pas ?

— Mais non, je ne mens pas. J'ai déjà accompagné le jeune maître ici l'été dernier, et je l'ai vu de mes yeux, le palais. Il est fait de murailles et de tuiles d'un éclat éblouissant.

— Et l'empereur vit dedans ?

— Bien sûr. C'est le centre du monde, et l'empereur est assis à l'intérieur sur son trône, qu'il ne quitte jamais.

— Le Vieux Bouddha aussi ?

Le domestique sursauta, jeta un coup d'œil rapide aux alentours, puis donna une petite tape sur la tête de Tchouen-yun.

— Attention à ce que tu dis ! Tu risques la punition du Ciel !... Qu'est-ce qui a donc pris au jeune maître d'emmener avec lui un gamin stupide qui ne fait pas la différence entre un mortel et un bouddha ?

Vexé, Tchouen-yun bomba le torse :

— Je ne voudrais pas me vanter, mais le jeune maître et mon frère aîné étaient comme des frères.

Le valet parut chercher intensément la solution d'une énigme, puis un ricanement déforma son visage hérissé de barbe.

— L'aîné de ta famille, ce bon à rien qui dirigeait une bande de garnements ? C'est vrai, ça, enfant, il jouait souvent avec le jeune maître. Ils s'étaient donc juré fraternité ?

— Tu as compris maintenant ? C'est pour ça qu'il m'a choisi pour l'accompagner.

Le valet hocha la tête d'un air admiratif, puis tapota la tête de Tchouen-yun.

— Oui, alors évidemment je comprends. Mais n'en parle à personne, au grand jamais, tu entends ? De toute façon ton frère est mort, et le jeune maître est devenu un homme important.

— Et pourquoi je n'en parlerais pas ? Mon frère et le jeune maître ont fait serment d'amitié éternelle. C'est bien pour ça qu'il est si gentil avec moi et m'a emmené avec lui jusqu'à Pékin, non ?

— Ecoute, petit, commença le valet d'une voix vibrante de colère, puis il baissa le ton : Ne crois pas qu'il fait ça par devoir envers ton frère. Ta famille est pauvre, et si le jeune maître t'a emmené, c'est pour avoir l'occasion de donner de l'argent à ta mère. Tu rêves, petit ramasseur de crottes !

Peut-être, songea Tchouen-yun.

Tout excentrique qu'il était, le jeune maître avait bon cœur. Pour ne pas avoir l'air de faire une aumône, chose que ni son père ni les villageois n'auraient appréciée, il s'y était pris de cette manière pour donner à sa mère l'argent nécessaire aux soins de son frère cloué au lit par la maladie.

— Tu m'as entendu, hein, petit ? Tu es étonnamment malin pour ton âge, alors je pense que cette explication est suffisante… Hé, il n'y a pas de quoi pleurer, il faut que tu saches, c'est tout.

— C'est que je viens juste de comprendre. Moi, j'étais persuadé que le jeune maître m'avait emmené parce qu'il aimait bien discuter avec moi.

— Ridicule ! Comment un candidat aux examens supérieurs pourrait-il apprécier la conversation d'un petit ramasseur de crottin comme toi ? Bon, maintenant que tu sais de quoi il retourne, trêve de paroles inutiles, concentre-toi plutôt sur ton travail. Tiens !… Le jeune maître s'apprête à sortir. Montre-toi respectueux, et évite de lui parler d'un ton familier.

La porte venait de s'ouvrir sur Monsieur le licencié, qui avait revêtu une tenue ordinaire. Les valets, aussitôt imités par les serviteurs de l'auberge, s'agenouillèrent.

Sans son habit indigo, Wen-sieou n'avait plus l'allure d'un licencié. Dans sa longue robe et son manteau doublé de vermillon, sa natte enroulée sous un chapeau de fourrure, il avait tout d'un jeune élégant de la capitale.

— Hé, Tchouen-yun, je sors. Accompagne-moi.

— Ecoute, murmura le valet en tirant la manche de Tchouen-yun, qui s'était aussitôt relevé avec un « oui » retentissant. Tu ne l'accompagnes pas, tu l'« escortes », tu saisis la nuance ?

— Mmm...

— Et attention, ne le laisse pas boire. Pas de visites dans des endroits louches, non plus. Si jamais une patrouille vous surprenait, Monsieur le licencié serait interdit d'examen, et tu serais tenu pour responsable. Surtout, ne proteste pas.

Tchouen-yun se libéra du bras du valet qui lui tordait le poignet, et demanda :

— Qu'est-ce que c'est, les endroits louches ?

— Tu comprendras une fois en ville. Ce sont les bars, les bordels, les théâtres, bref, tous les endroits où le jeune maître voudra se rendre.

Si c'était difficile à ce point, ce bon conseilleur n'avait qu'à y aller lui-même ! Personne d'autre, cependant, ne se proposait pour chaperonner Wen-sieou, qui avait déjà jeté son dévolu sur une lavandière près du puits et était en train de lui débiter des plaisanteries salaces, accompagnées de rires stridents.

— Bon, tu as saisi ton rôle, en gros ?

— Oui. Je dois l'empêcher d'aller là où il aura envie d'aller. Mais comment faire ? Quand le jeune maître a une idée en tête, rien ni personne ne l'arrête.

— C'est simple, tu n'as qu'à pleurer. Il n'écoute jamais ce qu'on lui dit mais ne sait pas résister aux pleurs d'une femme ou d'un enfant.

Flanqué des fonctionnaires de sa suite, Maître Liang attendait derrière la fenêtre, la mine sévère. Chaque fois que ses yeux rencontraient ceux de Tchouen-yun, il lui adressait un signe du menton, comme pour dire : « Vas-y ! »

Le hobereau semblait vouloir lui transmettre le même message que le valet. Conscient de l'importance de son rôle, le gamin se sentit gonflé d'orgueil.

— Compris ? Au moment crucial, tu éclates en sanglots. Tu lui dis que tu vas être battu, que tu n'as pas envie de te faire casser un bras, et tu pleures à chaudes larmes.

Les trois visages alignés derrière la fenêtre hochèrent gravement la tête, comme s'ils avaient entendu le discours persuasif du valet.

— Reviens vite, Che-leao, fit Maître Liang d'une voix mielleuse, en appelant son fils par son petit nom.

— Mais oui, Père. Je vais seulement visiter le temple de la Fortune et du Bonheur et le sanctuaire de Kouan Yu.

— Ne t'avise pas d'aller dans des temples où l'on chante en chœur des chansons à boire ! Ni de faire un pèlerinage auprès d'un Kouan Yu poudré et fardé !

— Mais non, mais non. Allez, petit, viens.

Monsieur le licencié partit en ricanant, sous des regards chargés d'angoisse dardés sur lui de tous les coins de la cour.

A peine eut-il passé la porte de l'auberge et tourné au coin de la ruelle qu'il accéléra le pas.

— Attendez-moi, Jeune Maître !

— Dépêche-toi, on n'a pas de temps à perdre. Demain, je dois rendre visite à une relation de mon père et au fonctionnaire qui se porte garant de ma candidature.

— Vous n'avez pas besoin de réviser ?

Wen-sieou répondit en riant à Tchouen-yun, qui s'efforçait de le suivre :

— Réviser ? Que pourrais-je apprendre de plus à la veille des épreuves ? Dois-je réciter encore une fois le *Vaste commentaire des leçons du Saint* ? « Obéis pieusement à tes parents, respecte tes aînés, établis la paix dans ta province, éduque tes enfants, que chacun fasse son métier en paix... » Qu'est-ce que c'est déjà ensuite ? J'ai oublié.

— « Ne commets aucun acte déloyal... » Allons, ne fléchissez pas, Jeune Maître !

Tout en répondant, Tchouen-yun se rendit compte qu'aucune de ces maximes ne pouvait s'appliquer à Wen-sieou, et eut envie de rire.

Le candidat posa une main sur la capuche de l'enfant.

— Tu es intelligent, on dirait un novice à la porte du temple !

— C'est vous qui me l'avez appris, Jeune Maître. Je n'oublie jamais ce qu'on m'a dit une fois. Ça ne me sert pas à grand-chose, mais…

— Cela te servira un jour. Regarde, dans toute cette foule, il n'y a pas un homme qui sache lire et écrire correctement.

— Hein, vraiment ? Même à la capitale ?

— Bien sûr. Il n'y a pas que les paysans de Liang-kia-t'ouen qui soient illettrés ! Sur quatre cents millions de Chinois, trois cents millions quatre-vingt-dix mille n'ont jamais entendu parler du *Vaste commentaire des leçons de Confucius* !

— Mais quand j'étudie à la maison, cela ne me vaut que des corrections de ma mère. Elle me dit toujours : « Si tu as tant de temps libre, va donc plutôt ramasser du crottin ! »

— Ça me paraît sensé...

Wen-sieou s'était arrêté à l'extrémité de la ruelle et regardait la rue en face d'un air de profonde réflexion.

— Ta mère a tout à fait raison, des études faites à moitié ne servent à rien.

Wen-sieou se dirigea vers le nord, à contre-courant de la foule. Des files ininterrompues de carrioles continuaient à affluer. Derrière les bâches, on apercevait des visages tendus de candidats.

— Regarde-moi ça : de vraies courges !

— Vous avez confiance en vous, hein, Jeune Maître ?

— Evidemment ! Pai Taitai l'a dit, non ? Je n'ai pas la tête faite comme eux ! répondit le jeune homme, le doigt pointé sur son bonnet de fourrure.

— Tenez bon ! Si vous réussissez aux examens, c'est que Pai Taitai a dit vrai, et alors, moi aussi, je deviendrai riche, c'est sûr !

Wen-sieou abaissa le regard sur l'enfant, et poussa un soupir. Son visage était loin d'exprimer autant d'assurance que ses paroles.

— Vous allez réussir, hein, Jeune Maître…

— Parlons d'autre chose ! En fait, je fais de l'autosuggestion : c'est ça, je vaux mieux qu'eux, moi, bien mieux qu'eux !… Allez, viens boire un verre !

Tchouen-yun se hâta de tirer sur la manche de son compagnon, qui s'était arrêté devant un débit de boissons.

3

Si vraiment, comme l'avait dit Pai Taitai, les astres décidaient du destin des hommes, la scène dont Tchouen-yun fut témoin en cette soirée du 6 mars était sans nul doute voulue par le Ciel. Aux yeux de l'enfant, cependant, seul le hasard pouvait expliquer une rencontre aussi imprévue.

Wen-sieou lui avait proposé d'aller voir le palais.

Bifurquant à droite dans le quartier animé de Tsai-che-keou, ils pénétrèrent à l'intérieur des remparts par la porte du Gouvernement Ordonné, tournèrent vers l'est au coin de la tour d'angle, au moment où le soleil du soir déclinant derrière les murs d'enceinte du palais allongeait et noircissait leurs ombres au sol.

A peine eurent-ils cru sentir un souffle de vent balayer les feuillages des saules après une accalmie, qu'un épais nuage de poussière jaune s'abattait brutalement sur les environs.

Ils se retournèrent : le soleil teignait les volutes poudreuses de reflets sanglants.

Dans cette véritable tempête de sable, Tchouen-yun manqua perdre de vue Wen-sieou, qui continuait à avancer en se protégeant le visage des manches de son long manteau.

Les boutiques commencèrent à fermer leurs portes. Au fur et à mesure que le vent augmentait de violence, les rues se vidaient.

Combien de temps marchèrent-ils ? Espace et temps semblaient se fondre dans l'étrange couleur née du mariage du sable avec le couchant.

Quand la tempête s'apaisa, les deux compagnons étaient debout sur une vaste place dallée de pierres, la plus grande que Tchouen-yun eût jamais vue.

Le sable, toujours en suspension dans l'air, avait recouvert la place d'une curieuse teinte dorée. Un instant, Tchouen-yun se crut transporté par une tornade dans un lieu qui n'était pas de ce monde.

– Ouaaah ! Voilà donc le palais ? C'est fabuleux !

L'enfant ouvrait des yeux éblouis devant la splendeur de l'énorme porte qui dominait la place.

– Non, ce n'est que l'extrémité sud du palais. L'empereur réside bien plus loin, au-delà de cette porte.

Quelle structure avait donc cette ville ? Ils avaient déjà longuement marché dans les rues depuis qu'ils avaient passé la porte de l'enceinte extérieure du palais, et la Cité Interdite violette où vivait l'empereur se trouvait toujours aussi loin !

Tchouen-yun avait mis le pied dans un monde où le temps et les distances dépassaient son imagination.

Le vent s'était complètement calmé ; au bout d'un moment, le nuage jaune qui recouvrait le ciel retomba comme une averse de grêle.

A ce moment, émergeant du rideau de sable rougi par les rayons du couchant, apparut un imposant cortège, encadrant une chaise à porteurs.

Les manches de tous ceux qui allaient et venaient sur la place plongèrent aussitôt vers le sol, et la foule s'agenouilla avec ensemble.

Le cortège surgi soudain de la porte du palais, comme apparu de nulle part, avançait lentement, droit devant lui sur les dalles. Les eunuques venant en tête agitaient les manches courtes et étroites de leurs longues robes gris souris, criant avec des voix perçantes de dégager le passage. Un valet brandissant un encensoir marchait à côté de la chaise à porteurs reposant sur les épaules de huit hommes, et protégée de la poussière par une ombrelle de soie tendue au-dessus.

Probablement un grand seigneur ou un ministre quittant le palais, songea Wen-sieou, le visage baissé dans ses manches, un genou au sol, tandis que le palanquin s'approchait.

— Qui est-ce, Jeune Maître ?

Quand le cortège fut tout près de lui, Tchouen-yun leva les yeux pour regarder le palanquin.

La dizaine de serviteurs qui l'encadraient portaient tous le même gilet sans manches par-dessus leur longue robe et une ceinture de satin noir à la taille. Leur bonnet était orné d'un gland rouge vif, leurs pieds chaussés de bottes de fourrure avançaient en parfaite cadence.

On aurait dit quelque énorme mille-pattes bardé d'antennes, s'approchant en rampant dans un tourbillon de sable.

— J'ai peur, Jeune Maître. Qui est-ce ?

Wen-sieou releva un instant la tête, en exerçant une pression sur le bras de Tchouen-yun qui s'était reculé inconsciemment.

— C'est Li Lien-yin, le chef des eunuques du gynécée. Ne regarde pas, surtout !

Wen-sieou avait à peine levé les yeux pour les rabaisser aussitôt. Tchouen-yun songea qu'il n'oublierait jamais l'expression de l'homme qu'il avait craintivement observé, dissimulé derrière le dos de son maître agenouillé.

Sur la poitrine de son vêtement de cour bordé de martre noire, était brodé un python lové sur lui-même, et en haut de sa coiffe brillait l'insigne de corail indiquant un fonctionnaire de deuxième rang. Appuyée contre le dossier de rotin, sa tête, d'une pâleur cadavérique, dodelinait de fatigue, comme s'il était épuisé par une journée de pénible labeur.

Un des eunuques tança Tchouen-yun en passant près de lui :

— Tu ne baisses pas la tête, petit ?

Wen-sieou décocha aussitôt un coup de coude à son jeune compagnon.

Li Lien-yin se redressa lentement sur sa chaise, comme une bête sauvage qui se réveille.

— Arrêtez ! fit le haut dignitaire d'une voix aiguë de femme.

Les montants de la chaise grincèrent et le cortège se figea sur place.

— Toi, relève la tête !

Wen-sieou souleva craintivement la tête des manches de sa robe. Après avoir scruté les traits et les vêtements du jeune homme comme s'il jaugeait une marchandise, Li Lien-yin murmura dans un mandarin élégant et chantant :

— Tu dois être un candidat aux examens. Un futur mandarin n'a pas à se prosterner aux pieds d'un eunuque. Debout !

Dans le visage bistre, les yeux étincelaient. Wen-sieou se leva, la tête toujours dissimulée dans ses manches.

— Votre Excellence fait un grand honneur à mon humble personne en daignant m'accorder ces paroles aimables. Veuillez, je vous prie, pardonner son manque de civilité à ce garçon. Ce n'est qu'un vil petit esclave, qui n'avait encore jamais mis les pieds à la capitale.

Le haut personnage hocha la tête, toujours à demi redressé sur sa chaise.

— Tu parais bien jeune. C'est la première fois que tu te présentes aux examens ?

— Oui. Je viens tout juste de passer l'examen de la province de Tcheli l'an dernier.

— De quelle partie du Tcheli viens-tu exactement ?

— Je suis le licencié Liang Wen-sieou, de la sous-préfecture de Tsing-hai. Je suis très honoré de faire votre connaissance.

— Oh, de Tsing-hai ? Moi-même, je viens de Ta-tch'eng. Quelle bonne surprise de rencontrer quelqu'un de la sous-préfecture voisine ! C'est le Bouddha en personne qui a voulu que nous échangions ces mots ! Toi, mon ami, tu es sous la protection du Bouddha, j'en suis sûr !

Sur ces mots, le chef de palais frappa légèrement sa chaise du talon de sa botte, et le cortège se remit aussitôt en branle.

Tchouen-yun restait figé sur place, bouche bée, les yeux fixés sur le profil du chef de palais qui s'éloignait, se découpant dans la lumière du couchant.

Wen-sieou le tira par la manche :

— Baisse donc la tête, Petit Li.

Le cortège, qui avait à peine fait quelques pas, s'arrêta net à nouveau. Les eunuques se retournèrent d'un air soupçonneux. Wen-sieou, s'apercevant de la bévue qu'il venait de commettre en laissant échapper ce nom, s'efforça aussitôt d'y remédier :

— Cet enfant s'appelle Li. J'ai parlé sans malice. Que Son Excellence daigne me pardonner.

A ce moment, le chef de palais, depuis sa chaise, regarda fixement Tchouen-yun, et un léger rictus déforma son faciès allongé, aux traits peu communs.

— Pardonnez-moi, Excellence !

— Ne t'en fais pas. Depuis toujours, les enfants des familles Li sont nommés Petit Li. Qui plus est...

Le chef de palais jeta un regard torve et glacial sur Wen-sieou :

— ... Il n'y a pas la moindre chance que je baisse un jour la tête devant toi.

Le cortège repartit, soulevant un nuage de sable qui s'abattit bruyamment sur la tête des deux compagnons figés sur place, face contre terre.

— Pff !... J'ai bien cru ma dernière heure arrivée ! Ma langue a fourché. Que les dieux me préservent !

Wen-sieou essuya son visage poussiéreux, comme s'il venait de reprendre conscience.

— Ce haut personnage a donc le même nom de famille que moi ?

— Oui, et dans l'ombre, on le surnomme « Petit Li ». Mandarins, guerriers, grands seigneurs ou fonctionnaires, il n'est personne qui ne le craigne : il est le chef du palais de l'impératrice douairière et commande à cinq mille eunuques.

Ils se remirent à marcher. Au bout d'un moment, Tchouen-yun demanda, comme pris d'une idée soudaine :

— Ce qui veut dire que lui aussi, c'est un eunuque ?

— Naturellement. Seuls sont admis au palais de l'impératrice les dames d'honneur et les grands castrats comme lui. Cela fait des milliers d'années que ce système est en vigueur.

Grand castrat… En entendant Wen-sieou prononcer ce mot, Tchouen-yun sentit la chair de poule l'envahir. Ce terme évoquait un personnage de bien plus haut rang que le mot « eunuque » employé d'ordinaire, mais avait aussi un écho plus cru, qui laissait imaginer son état.

La castration était un procédé fort ancien, utilisé à l'origine pour stériliser les ethnies étrangères, ou comme sanction de substitution à la peine de mort. Le phénomène avait ensuite évolué jusqu'à devenir un facteur de réussite sociale, puisqu'il fallait renoncer à sa virilité pour obtenir un emploi dans les appartements privés de l'impératrice.

C'était la première fois que Tchouen-yun voyait de près un de ces êtres à part. Mais celui-là était à mille lieues de la triste image que l'enfant s'était faite jusque-là de ces personnages ni hommes ni femmes :

pour lui, tous les eunuques avaient de sinistres voix de fausset, une démarche trottinante et trébuchante, et répandaient une affreuse odeur de poisson. Or, ce qu'il avait vu, c'était un homme bardé de richesses et d'honneurs, le prestige et la majesté personnifiés.

— Même chez les eunuques, il y a donc des gens haut placés...

— Personne n'a plus de pouvoir que lui : il est le membre le plus influent de l'entourage du Vieux Bouddha.

— Le Vieux Bouddha ! s'exclama Tchouen-yun d'une voix bizarre, en s'arrêtant net.

— Que t'arrive-t-il ?... commença Wen-sieou, puis il parut comprendre de quoi il retournait, et saisit Tchouen-yun au collet pour l'attirer à lui.

— Pas d'idées stupides, mon garçon ! Devenir eunuque, c'est un moyen que choisissent seulement ceux qui en sont réduits à la dernière extrémité, et n'ont aucun moyen de subsistance. Ce n'est pas un acte anodin, de se couper ce qu'un homme possède de plus précieux pour faire carrière.

— Mais, Jeune Maître, moi aussi, j'en suis réduit à la dernière extrémité.

— Je ferai quelque chose pour ton avenir, pour que tu puisses au moins subvenir à tes besoins. Oublie ces idées stupides.

— Ce n'est pas comme ça que je deviendrai aussi puissant que l'a dit Pai Taitai.

Wen-sieou soupira, se pencha pour scruter le visage grave de l'enfant.

— Tu es sérieux ?

— Vous vous rendez compte, Jeune Maître, il s'agit d'avoir les richesses du monde entre les mains. En contrepartie, il faut sûrement que j'y sacrifie non seulement mon corps, mais même ma vie.

— Idiot. Tu parles comme un joueur prêt à miser tout ce qu'il possède... Bon ! Puisqu'on est arrivés jusqu'ici, je vais te montrer quelque chose d'intéressant, et qui t'ôtera ces bizarreries de la tête.

Wen-sieou se remit à avancer à grands pas dans l'avenue où les lanternes commençaient à s'allumer.

4

— Où allez-vous, Jeune Maître ? Il faut rentrer maintenant, tout le monde va s'inquiéter.

Quand tous deux s'engagèrent dans le lacis de ruelles près de la porte de la Splendeur de l'Ouest, la nuit était complètement tombée et il n'y avait plus un souffle de vent.

Dans l'air moite des venelles, flottaient des relents de pourriture. Il s'agissait à n'en pas douter d'un lieu tabou, où les citadins ne s'aventuraient pas, dissimulé tout au fond de cette magnifique capitale. Au-dessus de murs de terre fendillés pendaient des branches de saules laissés à l'abandon. Ces ruelles tortueuses et entrelacées formaient un labyrinthe de mauvais augure. Il y avait bien des maisons tout au long, mais pas un signe de vie derrière les fenêtres, et les lumières de l'avenue ne pénétraient pas jusqu'à ces sombres recoins. Tchouen-yun marchait les yeux levés vers le ciel où luisait à peine un reste de clarté, et se retournait à chaque croisement, inquiet pour le chemin du retour.

— Je t'emmène chez un compagnon de beuverie. Je dois avoir avec lui un lien originaire d'une vie passée, car chaque fois que je viens à la capitale, nous nous retrouvons et faisons ensemble la tournée des tavernes.

— Vous n'avez pas le droit de boire !

— Je sais. D'ailleurs il travaille en ce moment. Il ne sort jamais avant minuit. Quand sa bande de braillards est endormie, il quitte son logis sans mot dire en ma compagnie, et nous partons nous enivrer.

— C'est un artisan ?

— En quelque sorte. Voilà, nous y sommes.

Un vieux *tch'ang-tseu*[1] de pierre s'élevait tout au fond d'une impasse que les habitants de la capitale surnommaient « ruelle de la Mort ». L'auvent était tout affaissé, des herbes folles poussaient sur le toit dans les interstices des tuiles à demi arrachées. La flamme vacillante d'une lampe éclairait faiblement un œil-de-bœuf.

— On dirait une femme qui pleure…

On n'entendait pas seulement une voix de femme en pleurs : un véritable concert de sanglots, grêles comme des notes de luth oriental, parvenait du fond de la maison.

Franchissant un porche tout de guingois, ils tournèrent devant le muret masquant l'entrée principale, pour s'arrêter face à une « porte-lune » évidée en rond dans un mur de brique. Les murs extérieurs délabrés abritaient, contrairement à toute attente, une splendide demeure : la porte-lune s'ouvrait sur un vaste jardin intérieur, autour duquel s'ordonnaient quatre bâtiments vermillon. Elle avait beau être laissée à l'abandon, c'était une résidence traditionnelle de Pékin.

---

1. Résidence chinoise traditionnelle. *(N.d.T.)*

Au centre du jardin, les fleurs blanches épanouies d'un grand magnolia ressortaient dans la nuit. La lune dessinait nettement l'ombre des énormes fleurs sur la pierre, et la petite fille qui jouait à la balle sous l'arbre paraissait jongler avec ces ombres.

— Bonsoir, Mademoiselle !

Comme il le faisait chaque fois qu'il voyait un enfant, Wen-sieou se pencha gentiment vers elle et posa la main sur son chignon pour demander :

— Bi le Cinquième est-il là ?

La fillette jeta d'abord un regard méfiant sur les visiteurs, puis elle inspecta à la lueur de la fenêtre la pièce de cuivre qu'on lui tendait, et un sourire lui fendit le visage. On eût dit un coquillage qui s'entrouvrait.

Une main posée en un geste coquet sur l'épingle en forme de papillon qui ornait son chignon, elle répondit :

— Le patron est là, mais... qui êtes-vous ?

— Tu veux bien lui annoncer que cet ivrogne de licencié est là ?

Au mot de « licencié », la fillette poussa un cri et bondit comme une balle en direction du bâtiment principal.

Bientôt une sorte de géant se présenta à leurs yeux, poussant une porte disjointe.

Sa charpente herculéenne suffisait à faire de lui un monstre de contes de fées, et Tchouen-yun resta stupéfait devant cette étrange apparition.

— Tiens ! Mais c'est ce bon à rien de Wen-sieou ! Désolé de ne pas pouvoir sortir avec toi, la nuit n'est pas assez avancée, j'ai encore des choses à régler, dit Bi le Cinquième. Il se tenait debout pesamment, les deux mains sur les hanches, pareil à un géant de conte.

Sa voix grave, bien distincte, semblait faire trembler les ténèbres. Il portait à même la peau sur son torse épais une veste de cuir, dont il n'avait enfilé qu'une manche, ainsi qu'un caleçon de cuir, noir également, et si ajusté qu'on distinguait tous ses muscles. Une bande de coton blanchie était enroulée autour de sa courte natte, et il avait à la taille une ceinture de la même matière ; ces deux morceaux d'étoffe étaient noircis de sang séché. Qui plus est, une des mains posées sur ses hanches serrait une faucille à la lame aiguisée.

— Je ne suis pas venu te chercher pour aller boire, mais seulement pour te saluer avant d'être trop pris par les examens.

— Tu es toujours aussi original, toi ! Tu viens à la capitale passer un illustre examen, et ta première visite est pour le castrateur !

Les yeux de Bi le Cinquième, brillant dans la pénombre comme ceux d'une bête sauvage, se dirigèrent alors vers Tchouen-yun, debout près de son maître.

— Hein ? Qu'est-ce que c'est que ça ? Tu veux me le vendre ? Je n'ai besoin de rien en ce moment mais… voyons toujours la marchandise.

Dans un crissement de cuir, il s'approcha de Tchouen-yun et le souleva lentement à hauteur de ses yeux.

— Hé, il n'est pas vilain. Il a l'air intelligent.

Repoussant la main que Tchouen-yun tendait vers lui pour réclamer du secours, Wen-sieou renchérit :

— C'est une bonne occasion : une peau blanche, un joli minois. Qui plus est, il sait lire et écrire.

— Lire et écrire ? Où l'as-tu enlevé ? Il faut éviter des complications futures.

— Peu importe. Je te le vends cinquante taels.

— Cinquante ? C'est cher. Comme tu le sais, avec ces famines continuelles, j'ai trop d'enfants. Dès que j'en ai plus de dix en stock, ils me coûtent trop cher en nourriture et en vêtements. Et je suis obligé de les déguiser en filles et de les élever jusqu'à ce qu'ils soient nubiles.

Tchouen-yun, qui ne comprenait rien à tout cela, jeta un coup d'œil circulaire sur le jardin. Derrière la fenêtre du bâtiment principal, la petite fille de tout à l'heure, avec d'autres du même âge coiffées en chignon, une frange sur le front, épiait la scène.

— Le palais et les maisons princières deviennent de plus en plus exigeants. Ils ne les prennent pas avant douze ans, et quand ils sont trop mignons, on me dit qu'ils ne peuvent pas faire de travail de force et ne servent à rien. Voilà comment j'en suis réduit à élever des enfants alors que je n'en ai pas l'habitude. Baisse donc jusqu'à quarante taels, ça paiera ta boisson quelque temps.

Sur ces mots, Bi le Cinquième pinça d'une main l'entrejambe de Tchouen-yun.

— Aïe ! Qu'est-ce que vous faites ? Arrêtez !

Mais Tchouen-yun avait beau lui frapper le visage, Bi le Cinquième ne cillait même pas et continuait à tâter à pleine main l'entrejambe de l'enfant qui se débattait au bout d'un de ses bras.

— Hum, la peau n'est pas encore enlevée. Les testicules ne sont pas descendus. Dans un an tout juste, il sera bon à couper.

Tchouen-yun frémit : il venait de comprendre clairement ce qui se passait dans cette demeure sinistre, et quelle était la profession de cet homme.

— Bon à couper ? Arrêtez ! Jeune Maître, c'est une blague ? Arrêtez !

Wen-sieou souriait méchamment. A l'idée que son maître était prêt à le vendre pour se payer à boire, Tchouen-yun éclata soudain en sanglots bruyants.

— Oh oh ! Il a de l'énergie, cet enfant ! C'est exactement ce qu'il faut. S'ils n'ont pas un peu de force de caractère, ils ne supportent pas l'opération. Si je te paie une somme pareille et qu'il vienne à mourir, j'aurai mangé le fonds avec le revenu !

Tout en se débattant, criant et pleurant, Tchouen-yun s'était rendu compte qu'il ne pouvait se mesurer en force au castrateur. Aussi se mit-il à joindre les mains dans un geste de supplication.

— Très bien, Jeune Maître, j'ai compris ! Mais je vous en prie, donnez la moitié de cet argent à ma mère. Si c'est pour payer votre vin, c'est trop affreux. Alors que ma mère sera heureuse de me savoir vendu pour vingt taels.

Wen-sieou reprit enfin son sérieux et arracha Tchouen-yun des bras du castrateur.

— Bien, bien, tu as compris la leçon, j'espère. C'était une blague, Bi. Cet enfant est à mon service, c'est le frère d'un défunt camarade d'enfance. J'ai voulu lui faire un peu peur : il m'a dit qu'il voulait devenir grand castrat.

Vexé, Bi le Cinquième cracha par terre.

— Je suis un homme occupé, moi. Je n'ai pas le temps de m'associer à tes extravagances d'ivrogne, Monsieur le licencié ! Si tu as terminé ce que tu avais à faire ici, va-t'en vite !

— Ne parle pas ainsi, Bi le Cinquième ! Tout à l'heure, en passant devant la porte de la Paix Céleste, nous avons croisé le cortège du chef de palais Li Lien-yin, et ce gamin en a perdu la tête !

En entendant ces justifications, Bi le Cinquième bomba son torse velu et éclata d'un rire tonitruant.

— Ah, vous avez croisé la chaise à porteurs de Petit Li ! Il est insupportable ! Et il passait par la porte de la Paix Céleste, que même les princes de sang n'empruntent pas d'ordinaire ! Où s'arrêtera-t-il dans la course aux honneurs, celui-là ?

— C'était là la raison de ma petite plaisanterie, ne la prends pas mal.

Bi le Cinquième avait déjà retrouvé sa bonne humeur.

— Il vaut mieux éviter de médire du chef de palais. A l'origine, c'est mon père qui s'est occupé de lui. Il a gagné gros grâce aux pots-de-vin qu'il lui distribuait. Si tous mes eunuques faisaient une carrière pareille, je pourrais me la couler douce !

Il poursuivit en fixant sur Tchouen-yun un regard plein de regret :

— C'est bien que tu voies les choses de l'intérieur, petit, cela t'épargnera des idées bizarres. Le monde n'est pas tendre, mieux vaut le savoir. Seul un castrat sur cinq mille peut prétendre devenir chef de palais, et même, comme il faut en général s'incruster des dizaines d'années à un poste subalterne avant d'y parvenir, comptons plutôt un sur plusieurs dizaines de milliers. Et si un jour il perd la faveur du Vieux Bouddha, Li Lien-yin finira assassiné comme son prédécesseur Ngan Tö-hai. Voilà ce que c'est finalement d'être un eunuque.

Toujours cramponné à la taille de Wen-sieou, Tchouen-yun écoutait craintivement.

— Alors pourquoi ces enfants ne s'enfuient-ils pas ?

— C'est leur estomac qui les retient ici. Ils renoncent à la partie la plus précieuse de leur anatomie pour trois repas par jour. Et s'ils ont de la chance et font un jour carrière au palais, ils recevront des primes en plus de leur salaire. Mais aucun ne songe à arriver à un poste aussi important que Petit Li.

Bi le Cinquième se retourna ; aussitôt les enfants en rang derrière la fenêtre ronde rentrèrent la tête dans les épaules comme des tortues.

— Viens, ça te servira de leçon. Et regarde bien, puisque tu es venu jusqu'ici, dit-il en inspectant la pointe de sa faucille à la lumière de la lune rousse qui s'était levée par-dessus le toit.

L'intérieur de la vieille baraque était d'une taille inattendue. Ils grimpèrent un escalier de pierre, traversèrent une pièce où des enfants jouaient, débouchèrent dans une cuisine malpropre. Une vieille femme aux pieds bandés, accroupie près du fourneau, marmonnait des remontrances dans le vide.

Au fond de la cuisine, derrière une lourde porte d'acier aux battants ouverts, un couloir pavé de pierres s'enfonçait dans la pénombre. Une fois devant cette porte, les sanglots lointains qu'ils avaient entendus en arrivant se précisèrent. L'odeur du sang aussi.

Tchouen-yun se courba pour passer sous les candélabres alignés le long du couloir.

Ils parvinrent dans une cellule de pierre, déserte. Sur la paillasse du lit, des taches de sang frais, comme une gerbe de pivoines éparses. A terre, en désordre, une tasse ébréchée, des fioles de médecine, une pipe à opium, et une étoffe de coton ensanglantée.

Mais personne.

Au bout, une autre porte entrouverte donnait sur une petite pièce. C'est de là que parvenaient l'odeur étrange et les sanglots.

— Regardez donc !

Poussés par Bi le Cinquième, Tchouen-yun et Wen-sieou risquèrent un œil dans la pièce. Un jeune garçon, du même âge que Tchouen-yun, était allongé, les bras en croix sur un lit de brique.

En voyant une ombre se profiler dans l'entrée, le garçon redressa un visage livide et gémit :

— De l'eau, de l'eau…

Un homme habillé de la même façon que Bi surgit alors de la pièce voisine en hurlant :

— Pas encore ! Dans deux jours, je te ferai boire de l'eau tant que tu voudras, ou alors, veux-tu en boire maintenant, et crever ?

L'homme tenait dans la main une flasque en étain qui contenait, sans aucun doute, le liquide mortel.

Bi le Cinquième chuchota :

— Moi, je ne leur demande pas de tout supporter, comme Liu la Fine Lame, de la porte de la Paix Terrestre. Je suis le cinquième d'une lignée réputée de castrateurs. Je respecte la volonté du principal intéressé.

L'homme en vêtements de bourreau approcha la flasque tout près du visage du garçon, l'agita contre son oreille.

— Tu veux boire ?

Le garçon détourna le regard de l'étain étincelant, se mordit les lèvres et secoua violemment la tête. Ce qu'il refusait ainsi avec l'énergie du désespoir, c'était la mort.

— Très bien. Courage ! Plus que deux jours…

Le garçon ferma les yeux, entre la vie et la mort.

— Pourquoi ne doit-il pas boire ? demanda Tchouen-yun en frissonnant.

— Un bâton de cire blanche est enfoncé dans la plaie pour la fermer. Si on le laisse boire avant que trois jours soient écoulés, l'urine restera bloquée et lui empoisonnera le sang. Ou alors le bâton sautera, et la chair formera un petit bourrelet qui bouchera l'urètre. Dans l'un et l'autre cas, c'est le départ pour l'autre monde assuré.

— Il y en a sûrement qui boivent quand même.

Même Wen-sieou, qui était pourtant déjà au courant de ces choses, fronçait le sourcil.

— Voilà pourquoi il faut de la force de caractère pour se faire castrer. Comme vous voyez, ceux qui ont envie de boire, on ne les en empêche pas. Mais après on les laisse dans la cellule d'à côté : en quelques instants, l'urine se bloque et ils meurent dans des souffrances atroces. Il n'y en a pas un sur dix mille qui s'en sort.

Le garçon qu'ils avaient vu n'était pas le seul à gémir. Dans l'ombre de la porte, ils étaient plusieurs à haleter, récupérant de l'opération.

Les deux visiteurs se remirent en route, guidés par Bi le Cinquième.

— Vous tombez à une période de grande activité. Chaque année, je reçois une bonne quarantaine de commandes au moment où les nouveaux docteurs sont nommés. Une vingtaine pour le palais, et trois ou quatre pour chaque résidence des princes de sang. Normalement, je n'ai pas vraiment le temps de musarder, dit Bi d'un air quelque peu embarrassé.

Au bout du couloir pavé de pierres, se trouvait une porte peinte d'un vermillon éclatant. Deux lanternes octogonales éclairaient les décorations rouge et or, surgies soudain de la pénombre comme une apparition.

Wen-sieou s'arrêta pour lire les inscriptions en caractères dorés sur les deux bandeaux symétriques de part et d'autre de la porte.

— Voilà qui est curieux... Ah, il doit s'agir de l'introduction des *Annales des Trois Royaumes*. La scène où le grand général Tchou-ko Liang propose la tactique de la Cité Vide.

Bi le Cinquième, qui s'apprêtait à ouvrir la porte, poussa un petit murmure d'admiration.

— Eh bien, je vois que tu ne t'es pas contenté d'apprendre par cœur les Quatre Livres et les Cinq Classiques ! Tu connais même des répliques de théâtre. Tu es un homme hors du commun, pas de doute !

— Malheureusement, je préfère les *Annales des Trois Royaumes* aux *Entretiens* de Confucius.

Sur ces mots, Wen-sieou tourna la tête et prit une posture théâtrale pour déclamer :

— Le vieil homme que voici se nomme Tchou-ko Liang, son surnom est Kong-ming !

A son tour, Bi le Cinquième brandit sa faucille et prit la pose dans un crissement de cuir, imitant à son tour un acteur :

— Les généraux en chef, sur leurs chevaux, obéissent aux ordres de leur supérieur. Les trois armées se séparent... Ha ha, un licencié libertin, ça ne s'est jamais vu ! Ceci dit, si un original comme toi obtient le titre de docteur, cela devrait changer bien des choses en ce monde !

En un instant l'atmosphère s'était détendue, et Bi poussa la porte vermillon comme s'il opérait un brusque changement de scène.

Un air vicié leur piqua aussitôt les yeux. La première chose que Tchouen-yun distingua fut un autel disposé juste en face de la porte, dans une vaste pièce aux murs de brique.

Devant cet autel d'or et de vermillon brûlaient des bâtonnets d'encens ; il était entouré d'un étrange écran de rotin sur lequel était peint un ermite taoïste. Tout l'intérieur de la pièce était décoré comme un temple, le plafond couvert à la feuille d'or, le sol et les murs laqués de vermillon.

— Fantastique ! s'exclama Wen-sieou, admiratif.

— C'est l'endroit où l'homme renaît. Autrement dit, l'utérus maternel.

— On se croirait dans un autre monde…

— Ça m'a coûté de l'argent. Et ça donne une idée du nombre d'eunuques de chez moi qui ont fait carrière. C'est que notre maison est ancienne : cinq générations de castrateurs ! Liu la Fine Lame de la porte de la Paix Terrestre, ce n'est rien à côté… Bon, d'abord, il faut se purifier.

Bi le Cinquième prit un peu d'alcool dans une jarre posée devant l'autel à l'aide d'une puisette à long manche, qu'il tendit à ses invités. Tchouen-yun but une gorgée et grimaça. C'était de l'alcool de sorgho qui brûlait le gosier.

— Bon, si je me remettais au travail ?

Bi le Cinquième prit à son tour de l'alcool avec la puisette que Wen-sieou lui avait rendue, se gargarisa bruyamment puis souffla un jet d'écume énergique sur la lame de sa faucille.

Sur un lit de brique recouvert d'un tapis rouge, était allongé, entièrement nu, un jeune homme robuste qui semblait âgé d'au moins vingt ans.

Son corps tout entier était envahi par la chair de poule et, à la lueur des lanternes, sa peau ressemblait à du galuchat. Trois vigoureux apprentis lui maintenaient, l'un les mains au-dessus de la tête, les deux autres les jambes.

Les apprentis, tout comme leur maître, portaient une étoffe de coton blanc enroulée autour de leur natte, une veste de cuir laissant une épaule découverte, des caleçons courts de cuir noir. Dans leur sombre accoutrement, ils évoquaient des assistants tout de noir vêtus sur la scène d'un théâtre.

— Voilà qui va me donner du mal. Ce garçon a passé son temps à s'amuser et à accumuler les dettes, et voilà qu'à vingt-cinq ans il veut purifier son corps. Je lui ai conseillé d'abandonner l'idée, mais il ne veut rien entendre. C'est une opération délicate, même pour moi. D'ailleurs, même si elle réussit, ça m'étonnerait qu'il fasse carrière.

Bi parlait exprès assez fort pour être entendu du jeune homme, comme pour lui signifier qu'il n'était pas encore trop tard pour renoncer à sa décision.

— Vous lui avez donné de l'opium ?

— Oui, patron. Quatre pipes allongé sur le côté droit, et quatre sur le côté gauche. Cela suffira-t-il ?

Bi le Cinquième hocha la tête en grommelant en guise de réponse, et examina le teint du jeune homme, déjà sous l'emprise de la drogue.

Le lit de brique supportait une table d'opération cunéiforme, sur laquelle le jeune homme était à demi allongé. Les apprentis maintenaient ses membres tremblants, mais il ne leur opposait aucune résistance. Malgré la tension de son corps, il arborait une expression absente, sans doute due à l'effet de l'opium. Un apprenti qui préparait jusque-là des médicaments dans un coin de la pièce accourut, un bandeau de coton à la main. Il attacha le jeune homme d'une main experte à hauteur des hanches, puis serra fermement l'étoffe autour de l'aine, jusqu'à faire ressortir les chairs.

Un autre apprenti apporta une bassine de cuivre rouge d'où s'élevait de la vapeur ; un puissant arôme d'huile poivrée se répandit dans la pièce.

Tout en chauffant sa faucille sur le brasero, Bi le Cinquième désigna d'un geste aux deux témoins extérieurs les chaises disposées dans un coin de la pièce. Il semblait leur faire signe de s'éloigner plutôt que de s'asseoir. Wen-sieou et Tchouen-yun reculèrent et restèrent debout contre le mur au fond de la pièce.

Les apprentis lavaient soigneusement l'entrejambe du jeune homme. Bi le Cinquième, la faucille chauffée au rouge à la main, se tenait debout à ses pieds, son ombre immense recouvrant le corps du jeune supplicié.

— *Heou houei, pou heou houei ?* Regrettes-tu ou non ? demanda-t-il à voix basse d'un ton plein de cérémonie. Il semblait s'agir d'une phrase rituelle préalable à ce genre d'opération.

Le visage du jeune homme, embrumé par l'opium, se crispa comme il ouvrait la bouche pour la première fois :

— Finis-en vite, castrateur, d'un coup.

A peine eut-il entendu cette réponse que Bi s'accroupit au bord du lit avec une agilité de fauve, tandis que les apprentis maintenaient le jeune homme en appuyant sur lui de toutes leurs forces. Les deux bras toujours étirés au-dessus de la tête, le malheureux détourna le visage.

Une odeur de chair brûlée s'éleva.

Le jeune homme poussa un bref hurlement d'animal, aussitôt suivi par de faibles gémissements. Le changement survenu dans sa voix disait clairement qu'il venait de faire ses adieux à sa virilité.

Bi le Cinquième se releva, dénoua sa ceinture, essuya le sang qui avait giclé sur sa poitrine. Un des apprentis, d'un geste habitué, enfonça un embout de cire blanche dans la plaie, suscitant un nouveau cri aigu chez le jeune homme. A la lumière des lanternes, les deux observateurs, souffle coupé, regardaient l'entrejambe mutilé. Comment Bi et ses acolytes s'y étaient-ils donc pris pour que le sang ne coule qu'un bref instant ? Déjà, la plaie était recouverte de papier blanc et, sur un plat aux pieds du jeune homme, reposaient avec désinvolture son sexe et le scrotum.

— Debout, ce n'est pas fini ! hurla Bi, et le jeune homme, soutenu par les apprentis, se redressa sur le lit en pleurant. Toute combativité, toute détermination avaient déjà disparu de ses traits : il n'y avait plus en lui la moindre trace d'émotion virile ou d'énergie indomptée.

Wen-sieou et Tchouen-yun venaient vraiment d'assister, sur la scène rouge et or de ce théâtre, à la naissance d'une créature d'une espèce différente, ni homme ni femme.

Le nouvel eunuque se mit en marche, soutenu par les apprentis, laissant échapper de faibles sanglots d'une voix de fausset.

— Marche fermement ! Si on ne fait pas sortir le sang vicié, la blessure va s'envenimer.

Le sang s'était à nouveau mis à goutter de la plaie du jeune homme, traçant des arcs de cercle sur le sol où les apprentis le traînaient plutôt qu'il ne marchait.

Bi le Cinquième remit la faucille à un apprenti, puis s'approcha des deux témoins en s'essuyant les mains.

— Il faut le faire marcher trois heures de la sorte. L'étape suivante, c'est ce que vous avez vu tout à l'heure... Bon, si on buvait un coup, avec son truc en amuse-gueule ?

Les apprentis étaient occupés à laver le morceau de chair dans un bol en argent. Ils l'essuyèrent ensuite avec une étoffe, attendirent que l'huile poivrée, dans la marmite qu'ils avaient posée sur le brasero, commence à bouillir, puis jetèrent l'objet dedans en riant et en échangeant des plaisanteries.

L'odeur de gibier frit qui s'éleva alors souleva le cœur de Tchouen-yun.

Bi le Cinquième observa le teint de ses deux compagnons et eut un rire mauvais :

— Rassurez-vous, c'est une blague. Je vous rends la pareille pour tout à l'heure.

Respirant péniblement, Wen-sieou demanda :

— Mais pourquoi le fais-tu frire dans l'huile ?

— Pour le conserver : je le garde en gage. Comme ceux-là.

Il désigna le fourneau au fond de la pièce, au-dessus duquel étaient suspendus un nombre impressionnant de vases en céramique.

— L'opération coûte six pièces d'argent, mais les candidats à la castration n'ont pas assez d'argent pour la payer. Je dois aussi faire des dépenses pour leur équipement officiel, et il faut encore donner des pourboires aux serviteurs du palais ou des résidences des princes de sang. Avec tout ce que je dois faire pour eux, c'est bien le moins que je garde quelque chose en gage pour me faire rembourser un jour.

— Mais ces restes n'ont pourtant aucune valeur?

Bi le Cinquième s'interrompit pour tancer le jeune homme à bout de souffle que les apprentis traînaient toujours à travers la pièce, puis répondit:

— Selon une règle ancienne, quand les eunuques deviennent fonctionnaires du palais, reçoivent une promotion ou changent de poste, ils doivent montrer leur bricole aux autorités supérieures. Pour eux c'est un trésor précieux qui contient leur vie, la preuve qu'ils ont bien été émasculés. Sans compter qu'ils doivent l'emporter dans le cercueil à l'heure de leur mort. Sinon, ils risquent de renaître mules dans leur prochaine vie.

N'y tenant plus, Tchouen-yun se précipita hors de la pièce et se mit à vomir sur la dalle devant la porte. Il transpirait à grosses gouttes.

— Qu'en penses-tu, Tchouen-yun? C'est pire que de ramasser du crottin, non? plaisanta Wen-sieou, pourtant lui aussi en sueur.

Tchouen-yun essaya de répondre, mais au lieu des mots, un nouveau flot au goût acide monta du fond de son estomac. Wen-sieou lui caressa gentiment le dos.

— Bon, tu as compris maintenant? Vendre son corps pour s'acheter une vie meilleure, c'est stupide. Tu peux oublier ce que t'a dit Pai Taitai, va.

Tchouen-yun n'avait plus la force de protester. Ce n'était pas seulement une sensation de dégoût physiologique qui avait eu raison de lui. Il avait aussi vu de ses yeux où pouvaient mener l'extrême misère ainsi qu'une ambition insatiable.

— Tu as compris la leçon, petit ? Change d'avis et va dès demain t'engager comme domestique. Mais si tu n'arrives pas à renoncer à tes ambitions, tu peux revenir me voir quand tu veux. C'est mon commerce, après tout.

La voix de Bi le Cinquième résonna sur les dalles. La porte se referma, et Wen-sieou prit l'enfant encore paralysé de terreur sur son dos pour parcourir le couloir.

— Pardonnez-moi, Jeune Maître. J'ai uriné sous moi, je vais salir vos vêtements.

— Je m'en moque. En revanche, il est très tard. A l'auberge, ils doivent être dans tous leurs états.

Sur cette fine observation, Wen-sieou se tut et pressa le pas. Le garçon qui gémissait un instant plus tôt allongé sur le lit était maintenant assis par terre, hébété, dans la cellule aux murs de pierre. La flasque en étain serrée contre sa poitrine, il regarda passer les deux compagnons d'un œil éteint. Ils traversèrent en courant le jardin intérieur et, une fois à l'air libre, Wen-sieou prit une inspiration profonde, comme s'il venait d'émerger à la surface de l'eau.

— Ça va mieux, Jeune Maître. Vous pouvez me poser à terre.

— J'ai eu tort de t'amener ici. Je ne pensais pas que c'était horrible à ce point. Rentrons dormir maintenant, tout cela m'a fatigué.

Le garçonnet travesti en fille jouait toujours à la balle sous le magnolia. Tchouen-yun avait l'impression qu'il venait de faire un effroyable cauchemar. Le garçon, si mignon qu'on ne pouvait que le prendre pour une fille, sa balle serrée contre la poitrine, adressa un sourire à Tchouen-yun, toujours sur le dos de son maître.

— Grand Frère, tu vas être engagé au palais ?

Tchouen-yun secoua violemment la tête en réponse à sa question naïve. Wen-sieou semblait désireux de fuir ces lieux comme la peste, mais une pensée subite le fit se retourner :

— Et toi ? demanda-t-il.

— Moi ? Ce n'est pas encore fait. Mais c'est pour bientôt. Le maître a dit qu'il me purifierait cet été. Je suis petit de taille, mais j'ai l'âge, répondit l'enfant d'un air plutôt fier de lui, puis il se remit à jouer à la balle en fredonnant une comptine. La lune, bas dans le ciel, allongeait son ombre fluette jusqu'à leurs pieds.

Un air moite flottait dans les ténèbres de la ruelle de la Mort. On n'entendait plus les gémissements à l'intérieur de la vieille bâtisse. Seul le bruit de la balle frappant la pierre semblait poursuivre indéfiniment Tchouen-yun.

Tout au long du chemin du retour jusqu'au foyer, Wen-sieou garda le silence.

5

Les examens du palais de l'an 13 de l'ère Kouang-siu rassemblèrent plus de vingt mille licenciés à Pékin, dans le palais des Tributs Conformes au Ciel.

Les examens débutèrent le 9 mars, mais les candidats avaient déjà commencé à faire leur entrée la veille à l'aube, au signal donné par un coup de canon.

Les sujets furent distribués tôt le matin du 9, trois portaient sur les Quatre Classiques, un sur la poésie. Pendant tout un jour et une nuit, les candidats rédigèrent leurs réponses dans de petites cellules individuelles étroites comme des stalles d'écurie. Ils devaient rendre leurs copies et se retirer avant le soir du 10.

Le 11 débuta la seconde série d'épreuves, qui durait jusqu'au 13 et portait cette fois sur les Cinq Livres.

De même, les troisièmes épreuves se déroulèrent du 14 au 16 mars, avec cinq sujets portant sur la théorie politique.

Durant neuf jours, entrecoupés de deux périodes de repos, les candidats devaient donc rédiger sans discontinuer des compositions fort difficiles.

Les moins résistants physiquement s'effondraient avant la fin, les plus vieux épuisaient leurs ultimes énergies et succombaient, les plus faibles devenaient fous. On comptait de nombreux échecs, même parmi ces candidats qui avaient pourtant tous passé avec succès les examens préparatoires de leurs provinces, au déroulement similaire.

L'honneur du titre de docteur était à portée de leur main. Pourtant, le mur qui se dressait encore entre eux et cette réussite toute proche était écrasant.

Liang Wen-sieou, licencié de la sous-préfecture de Tsing-hai dans le Hopei, passa la porte monumentale du palais des Tributs le soir du 8 mars. Il fallait une journée entière pour que tous les candidats puissent pénétrer sur les lieux de l'examen, après une fouille corporelle.

Une fois passée la grande porte du palais des Tributs entourée de hautes murailles, se dressait la magnifique porte des Cérémonies, puis la proverbiale porte des Dragons, qui donnait sur une vaste et interminable allée plantée d'arbres. Des deux côtés de l'allée s'étendaient d'innombrables passages dallés de pierres où s'alignaient, de part et d'autre, de longs baraquements numérotés divisés en petites cellules individuelles.

Vers le centre de l'enceinte des examens, se dressait un pavillon de garde d'où l'on voyait l'ensemble des vingt mille cellules, et il y avait en outre une tour de surveillance au point stratégique de chaque rangée. Les licenciés devaient marcher jusqu'à la cellule qui leur était attribuée en portant sur leur dos les vivres, les ustensiles de cuisine et le matériel de couchage nécessaires pour y passer trois jours et deux nuits.

Les cellules de brique, munies de murs et de plafond mais dénuées de portes, ressemblaient exactement à de petits box d'écurie. La première précaution des licenciés était de se protéger du vent et de la pluie en bouchant l'entrée avec un rideau de fortune, fait de nattes ou de couvertures qu'ils avaient apportées. Il n'y avait ni chaise ni table à l'intérieur, seulement trois planches épaisses qui, installées en travers de la pièce longue et étroite, serviraient de bureau, d'étagère et de siège.

Une fois ces préparatifs terminés, il ne restait qu'à attendre le matin et la distribution des sujets d'examen.

Il était bien sûr interdit d'apporter des documents écrits dans l'enceinte des examens et ces moments d'attente paraissaient terriblement longs aux candidats qui, habitués dès leur tendre enfance à étudier sans gaspiller un instant, ne savaient comment occuper leur temps libre.

Liang Wen-sieou, après avoir habilement procédé à l'installation de sa cellule, s'enroula dans sa couette dans l'intention de faire un petit somme. Mais à peine allongé, il se sentit trop excité pour s'endormir. Dès qu'il fermait les yeux, il croyait entendre battre les cœurs des vingt mille candidats présents dans la vaste enceinte. S'il fixait les murs de brique de la cellule d'un regard absent, aussitôt la pensée obsédante des angoisses de ceux qui l'avaient précédé en ces lieux venait l'assaillir.

Pour garder ses esprits, Wen-sieou se mit à se lever et s'asseoir tour à tour sans raison particulière, en récitant à voix basse des citations tirées des Classiques.

Le soir tombait avec une agaçante lenteur, la lune basse dans le ciel avait l'immobilité d'un tableau.

Wen-sieou entendit des gardes vociférer au fond d'une allée et peu après il en vit passer deux, traînant un homme entièrement nu, uniquement coiffé d'un chapeau, qui se retourna en s'écriant :

— Quelle lune magnifique ! Regardez donc, vous tous ! *Le disque lunaire orne le casque du ciel. Dans mille villages et dix mille hameaux, les coqs chantent, une mêlée de voitures, grandes et petites, s'avance.*

L'homme déclamait des vers, le visage tourné vers la lune qui venait de se lever et éclairait le ciel du crépuscule.

— Le malheureux... murmura un candidat qui avait passé la tête par l'ouverture de la cellule voisine. Wen-sieou se retourna, aperçut un vieillard à la barbe et aux cheveux blancs, vêtu de loques.

— Que lui est-il arrivé ? demanda-t-il en suivant des yeux l'homme qui s'en allait, entraîné par les gardes, laissant derrière lui l'écho d'un rire de dément.

— Il est devenu fou... Ah, c'est donc la première fois ?

Wen-sieou hésitait à répondre, ne sachant si son voisin voulait parler de la rencontre avec un fou ou du passage des examens, puis, se rendant compte que cela revenait au même, son humeur s'assombrit. Les fous et les examens vont de pair, voulait dire le vieillard, sans aucun doute. Ce dernier, qui était sorti de sa cellule, se tenait si courbé qu'il devait lever la tête pour regarder Wen-sieou.

— Moi, c'est la seizième fois, dit-il, je ne compte plus le nombre de scènes de ce genre auxquelles j'ai assisté.

La vue de ce vieillard passant les examens pour la seizième fois parut à Wen-sieou bien plus sinistre que celle du licencié devenu fou.

Les examens n'ayant lieu qu'une fois tous les trois ans, un calcul rapide permettait de conclure que cet homme tentait sa chance depuis au moins quarante ans.

— Seize fois ! Pardon, vous m'impressionnez !

Ces mots suscitèrent un sourire ambigu chez le vieillard : était-il loué ou ridiculisé par ces paroles ?

— Les « trois mille empans de cheveux blancs » dont parlent les poèmes, c'est tout à fait moi. La première fois que je me suis présenté aux examens du palais, c'était sous l'empereur Tao-kouang. Et avant cela, j'avais raté deux fois les examens provinciaux, et trois fois ceux de la préfecture, soupira-t-il en pliant pour compter sur ses doigts pareils à des branches mortes.

— Cela va faire pas loin de soixante-dix ans que je passe des examens. A tel point que, comme tu peux le constater, mon habit bleu de licencié est devenu couleur de cendres.

Sa robe indigo à la couleur passée était rapiécée comme un vêtement de paysan.

On entendait toujours la voix du fou, dont la silhouette avait disparu, déclamant ses poèmes en errant dans les allées.

Le vieillard plissa les yeux en direction de l'étroit passage entre les baraquements :

— Question : d'où est tiré le poème que récite ce fou ?

Il avait pris un ton professoral. Peut-être enseignait-il dans l'école primaire d'un temple de sa province ?

— Eh bien… Il s'agissait du poème intitulé *Contemplation de la lune à Lou-keou*, de Yin Ting-kao, poète Yuan.

— Récite le premier vers.

— *L'eau coule impétueusement, les voix s'en sont allées…* C'est bien ça ?

Les rides sculptées dans le visage du vieillard se creusèrent encore davantage tandis qu'il souriait à Wen-sieou.

— Me suis-je trompé ?

— Non. Bonne réponse. Si tu connais par cœur jusqu'aux poèmes de l'époque Yuan, c'est que tu es un véritable érudit. Profite de ton jeune âge. Quand on manque d'énergie ou qu'on s'affaiblit physiquement, on a beau avoir accumulé les connaissances, on ne peut plus prétendre à devenir docteur. C'est cela, les examens.

— Oui… fit Wen-sieou, sans trouver de mots pour poursuivre.

Au cours des examens de qualification, il avait rencontré de ces vieillards pathétiques, mais c'était la première fois qu'il voyait un homme qui s'était consacré durant tant d'années aux études.

Comme s'il avait lu dans les pensées de Wen-sieou, qui hésitait à lui demander son âge, le vieillard déclara en baissant la tête :

— J'ai la chance d'avoir atteint quatre-vingt-quinze ans. Aussi, si je réponds sans faire de faute, je serai l'objet d'une faveur spéciale. J'obtiendrai le rang de rédacteur honoraire de l'académie Hanlin. Sans une plainte, je me suis donné bien du mal sans trêve ni repos depuis des jours lointains. Mais aujourd'hui, je ne sais même pas si je survivrai à ces neuf journées.

Il s'appuya au mur, la respiration sifflante, et émit un toussotement sec. Wen-sieou passa la main sur le dos voûté de son vieux compagnon en lui prodiguant des encouragements :

— Ça ira, honorable prédécesseur. Vos soixante-dix années d'efforts seront récompensées cette fois. Reprenez courage.

— Ah, tu es un homme de cœur, toi. En revanche…

Il jeta un rapide coup d'œil sur la cellule voisine et reprit d'une voix à peine audible :

— Mon autre voisin donne des coups de pied dans la cloison chaque fois qu'il m'entend tousser, et ne mâche pas ses mots : « Maudit vieillard, dépêche-toi de crever », voilà ce qu'il dit !

Avant même qu'il ait fini sa phrase, le rideau de la cellule d'à côté se soulevait violemment et un bonnet de fonctionnaire flambant neuf, un moineau d'argent fixé à l'arrière en guise de gland, apparaissait.

— Silence, l'aïeul ! J'ai l'intention de dormir, moi !

— Pff. Et moi, j'ai l'intention de mourir !

— A ton aise. Si c'est là ton véritable souhait... Faible comme tu es, tu prétends sans doute être nommé docteur honoraire, pour te voir considéré à l'égal des lettrés de l'académie Hanlin.

L'homme fronça des sourcils épais à la vue de Wen-sieou, tout en invectivant le vieillard.

— Tiens ? Ne serait-ce pas là le jeune maître du Tsing-hai ? Quelle bonne surprise !

C'était Wang Yi, licencié de la sous-préfecture de Ho-kien ; Wen-sieou l'avait rencontré l'année précédente aux examens de la province.

— Comment ? Vous êtes amis ? s'exclama le vieillard en regardant tour à tour les deux jeunes gens.

— Je n'oserais me prétendre l'ami de Wang Yi, reçu premier à l'examen de la province de Tcheli l'année dernière.

Le vieillard contempla d'un air ébahi la robe indigo vif de Wang Yi.

— Premier à l'examen de la province de Tcheli ! Voilà qui est fantastique. Votre réussite aux examens de la capitale est assurée.

Wang émit un petit rire méprisant en abaissant le regard sur le vieillard qui s'évertuait depuis soixante-dix ans à passer l'examen.

— Cela n'a rien d'extraordinaire. Il y a ici plusieurs centaines de candidats reçus parmi les premiers dans leurs provinces respectives.

— Vous avez raison. Moi-même, j'ai été reçu premier à la sous-préfecture de Hang-tcheou.

Une quinte de toux interrompit le rire du vieillard. Wen-sieou et Wang Yi s'entre-regardèrent.

La sous-préfecture de Hang-tcheou, dans la province de Tche-kiang, autrefois capitale des Song du Sud, était une terre de sciences et d'art, d'où étaient issus depuis les temps anciens nombre de hauts fonctionnaires et d'ambassadeurs. Etre reçu premier dans cette province représentait un niveau nettement supérieur à ce que cela supposait ailleurs. Passe encore s'il était venu d'une obscure province du Yunnan, mais qu'un personnage reçu premier licencié dans la province de Tche-kiang ne trouve pas d'emploi haut placé en soixante-dix ans d'études était pour le moins étonnant.

Le vieillard souleva le rideau de sa cellule comme s'il entrait dans une demeure familière, et déclara nettement, quoique d'un air un peu triste :

— A l'examen provincial, on sélectionne une personne sur cent, c'est une tâche difficile. Mais à l'examen de la capitale, c'est trois cents candidats sur vingt mille qu'il faut choisir, comprenez-vous ? Les licenciés sont tous des hommes de talent, il est difficile de dire lequel est meilleur que l'autre. Les résultats ne dépendent pas seulement du niveau d'études. Il faut aussi avoir la chance avec soi. Pendant qu'on est jeune.

Une conviction inébranlable perçait dans les paroles du vieillard. Quand on échouait, on avait beau se remettre d'arrache-pied aux études, on ne pouvait retrouver la chance une fois disparue, semblait-il dire.

Wang pensait sans doute la même chose que Wen-sieou. Fronçant son visage qui respirait l'intelligence, il ricana :

— Nous sommes tombés sur un vieillard impossible comme voisin ! Si nous allions nous remplir un peu l'estomac pour nous en remettre ? Viens, Jeune Maître, fit-il, invitant Wen-sieou dans sa cellule.

— Cesse de m'appeler Jeune Maître, veux-tu ? Mon nom est Liang Wen-sieou, mon surnom Che-leao.

— Je sais. Mais tu es quand même un jeune maître, non ? Tout le monde sait que les Liang du Tsing-hai sont de grands propriétaires terriens. Tu as dû venir cette fois encore escorté par une file de carrioles flambant neuves ! A propos, et ton frère aîné ?

— Il a échoué. Moi, le laissé-pour-compte, j'ai été reçu, ça les a tous sidérés. Ah, merci !

Wang Yi tendait à son camarade un pain rond à la vapeur enveloppé de papier huilé qu'il avait tiré d'une malle. La pièce était si étroite qu'une fois assis côte à côte, leurs épaules se touchaient. Celles de Wen-sieou, plus grand que son camarade, dépassaient celles de Wang, qui en revanche avait la poitrine plus large et musclée. C'était sans doute cela qui lui donnait cette allure posée, et déjà la dignité d'un docteur plus que d'un licencié.

— J'ai lu tes réponses à l'examen provincial. On les fait circuler comme exemple de corrigé. C'était magnifique, dit Wen-sieou tout en mâchant son pain.

Ce n'était pas de la flatterie : parmi les réponses ayant reçu les meilleures notes, toutes publiées après l'annonce des résultats, la copie de Wang Yi ressortait vraiment du lot.

— J'ai entendu dire que ton père était fonctionnaire de la sous-préfecture de Ho-kien, tu dois être issu d'une illustre famille ?

Wang éclata de rire, postillonnant des miettes de pain.

— Quelle absurdité ! Ce n'est qu'un petit fonctionnaire qui végète à un poste obscur. Enfin, comme il est fonctionnaire des impôts, son travail lui rapporte gros. Moi, je suis son fils adoptif.

— Adoptif ?

— Oui. Il a trois enfants de son sang, mais ce sont des balourds sans esprit. Il a acheté des enfants intelligents l'un après l'autre, les a adoptés et nommés Premier Bonheur, Deuxième Bonheur, etc. Moi je suis le dernier : Sixième Bonheur. Tu peux m'appeler ainsi.

Ce genre de procédé était courant. Wen-sieou songea que si son frère et lui s'étaient révélés stupides, son père aurait sans doute fait la même chose. Les familles riches n'étaient pas tenues en haute estime pour leur fortune. En revanche, si un fils obtenait le titre de docteur, aussitôt, qu'ils fussent fonctionnaire des impôts ou propriétaire terrien, ils devenaient une « illustre famille ». « Sixième Bonheur » allait sans doute réaliser le vœu le plus cher de la famille Wang.

— C'est une situation compliquée, tout de même : si tu es nommé docteur, tes véritables parents regretteront de t'avoir laissé adopter.

Comme pris au dépourvu, Wang Yi s'arrêta soudain de mastiquer.

— Je ne vois pas pourquoi ils le regretteraient. J'ai reçu une éducation supérieure grâce à une famille d'adoption fortunée, voilà pourquoi j'en suis là aujourd'hui. Dans ma véritable famille, ç'aurait été impossible. Mon père a combattu dans les troupes Han sous le commandement des Mandchous.

— Ah, tu viens d'une lignée de militaires ?

— Oui. Mon père est parti se battre pour soumettre les révoltés du Royaume céleste de Taiping et y a laissé la vie. Mes frères aînés ont eux aussi été enrôlés dans l'armée. C'est pour ça que ma mère m'a appris à lire et à écrire, elle avait décidé que le dernier fils qui lui restait serait fonctionnaire.

— Pourquoi t'a-t-elle fait adopter alors ?

Wen-sieou eut honte de sa phrase, à peine prononcée. La réponse n'était que trop claire.

Wang Yi tourna un regard plein de mépris vers son compagnon, mais il répondit en mâchant ses mots :

— Parce qu'elle n'avait pas assez d'argent, voyons. Ce n'est pas à moi de le dire, mais le fait est que depuis tout petit, j'ai toujours été premier. Un riche voisin en a entendu parler et est venu me chercher. Il a donné une grosse somme à ma mère. Mais ce n'est pas pour l'argent qu'elle m'a vendu. Il faut dépenser beaucoup pour préparer les examens supérieurs. Ma mère n'avait pas les moyens de m'acheter ne fût-ce que les livres, les pinceaux, le papier, des vêtements corrects... Si elle a fait ça, c'est en pensant à mon avenir... Tiens, mange. Ils sont bons, non ?

Peut-être Wang Yi devait-il son allure différente des autres licenciés au sang de guerrier qui coulait dans ses veines ? Ouvrant sa grande bouche volontaire, il y enfourna un petit pain.

— En fait, ma mère m'a rendu visite hier soir en cachette à mon auberge, dit-il en baissant la voix.

— Ta vraie mère ?

— Oui. Elle est venue à pied de Ho-kien, ses vêtements étaient pleins de boue. Je me suis levé d'un bond en entendant cogner au carreau de ma fenêtre, et je l'ai vue là, debout dans le jardin, silencieuse, sous les rayons de la lune.

— Cela va t'encourager. C'est une belle histoire.

— Pas du tout, dit Wang en soupirant, avant de jeter sur la table son chapeau orné d'un moineau. Ma mère m'a tendu ces pains à la vapeur sans dire un mot, elle s'est agenouillée dans la boue du jardin et a joint les mains en prière. Quand j'ai voulu lui parler, elle a secoué la tête de toutes ses forces, et est repartie comme si elle s'enfuyait, de sa démarche clopinante. Je me suis demandé comment elle avait fait pour marcher jusqu'à la capitale avec ses pieds bandés.

Wen-sieou n'arrivait plus à avaler le morceau de pain qu'il avait dans la bouche.

— Je suis désolé. J'ai mangé sans me rendre compte de tout cela. Pardon.

— Ça ne fait rien. C'est moi qui t'en ai offert, ils sont tellement délicieux. Voilà, c'est tout ce qu'il y a à raconter.

Tous deux continuèrent à mastiquer les petits pains en silence. Wang Yi réfléchit longtemps tout en activant ses mâchoires, puis finit par dire, comme en conclusion de ses réflexions :

— Autrement dit, réussir aux examens, c'est une affaire d'honneur pour moi. Je ne le fais pour personne.

Wen-sieou se sentait bien loin d'égaler cet homme.

Son compagnon éclata soudain de rire, comme pour chasser la mélancolie ambiante :

— Tout de même, tu es fidèle à ta réputation d'original ! Tout le monde dit que le jeune maître Liang doit son titre de licencié à une quelconque erreur. Mais à l'instant, en écoutant ta conversation avec ce vieux fou, j'ai compris pourquoi tu avais obtenu ce titre.

— Hein ? Mais je n'ai rien fait ou dit de particulier.

— Si. Tous les licenciés sont des gens infects et prétentieux. Y compris moi-même, naturellement. Mais toi, tu as appelé ce vieux gâteux « honorable prédécesseur ». Tu l'as traité avec les égards dus à son grand âge. Autrement dit, à la différence de tous ces débris qui se contentent d'apprendre par cœur les Cinq Livres et les Quatre Classiques, toi tu as digéré le savoir qu'ils transmettent.

— Arrête ! Je ne suis pas…

— Si. La preuve que tu as vraiment digéré ces connaissances, c'est que tu les transformes en actes sans même y réfléchir. Et c'est pour ça qu'on te traite d'excentrique. Si Confucius renaissait aujourd'hui, nul doute qu'on le prendrait pour un original.

Les coudes sur la table, Wen-sieou réfléchit un moment aux paroles de son ami. Les compliments ne lui déplaisaient pas, mais Wang Yi n'avait aucune raison de le flatter à dessein.

— Tu ne comprends donc pas, Che-leao ? L'empire mandchou s'enfonce dans l'erreur. Dis-moi, que s'est-il passé depuis vingt ans, depuis que nous sommes nés ? Des révoltes, des guerres absurdes qui nous ont été imposées de l'extérieur. Et qu'en a-t-il résulté ? La répression du peuple, des traités inégaux, voilà tout. Et les causes de notre malheur sont uniquement en nous-mêmes. Tout cela arrive parce que le pays est gouverné par des gens qui lisent les livres sans en saisir l'esprit.

Il s'exprimait simplement, mais avec une grande force de conviction.

— Tu es un homme de talent ! s'exclama Wen-sieou, admiratif.

— Tous ceux qui sont arrivés jusqu'ici sont des hommes de talent, voyons ! Toi-même tu ne le cèdes à personne en la matière.

— Exposer des choses simples de manière compliquée est certes facile, mais dire simplement des choses compliquées, voilà l'art qui dénote l'homme de talent.

Spontanément, Wang Yi étouffa un petit rire :

— Bravo, Che-leao ! C'est toi qui as un véritable talent. Tu es le premier que je rencontre à comprendre instantanément ce que je veux dire, et à exprimer son appréciation en un mot…

Il s'arrêta, parut réfléchir, puis se mit à réciter à mi-voix, en regardant Wen-sieou dans le blanc des yeux :

— Pour gouverner vertueusement le pays sans se contenter de répéter des théories de médiocres lettrés, il faut avant tout obtenir le respect du peuple en fondant son esprit et en conformant sa vie sur l'exemple des hommes célèbres, et songer en toutes matières à l'intérêt de la nation…

Après avoir psalmodié cette citation comme s'il lisait des sûtras, il s'empiffra du reste des petits pains.

C'était un extrait de la réponse de Wen-sieou à l'un des sujets de l'examen provincial l'année précédente.

— Mais… Comment se fait-il que tu saches par cœur ce que j'ai écrit ?

— Ne sois pas si surpris. Un de mes professeurs particuliers, un homme très compétent, a pour habitude d'acheter les copies marquantes des candidats aux examens de province. La tienne en faisait partie.

— Comment est-ce possible ? J'ai été reçu quatre-vingt-dixième.

— Oui, mais… fit Wang Yi d'un air de profonde réflexion, mon professeur m'a expliqué que tu avais raté la première place à cause d'une seule erreur d'idéogramme.

— Impossible, je ne te crois pas.

Tout en parlant, Wen-sieou voyait se dérouler en pensée devant lui sa copie d'examen et le point vermillon tracé par le pinceau du correcteur au milieu des caractères à l'encre de Chine. Quelle faute avait-il pu commettre ?

— Fais-moi donc part de cette erreur, cela me sera utile par la suite.

— C'est lorsque tu parles de suivre l'exemple des grands sages pour faire preuve de « respect ». D'après le commentaire du correcteur, le sens de cette expression n'est pas très clair. Si tu avais utilisé à la place le caractère « loyauté », tu aurais sans doute obtenu la première place.

— Mais ce n'est pas ce que je voulais dire. Je ne voulais pas parler de « loyauté » envers notre vénéré empereur, mais bel et bien de « respect » envers toute la nation.

— Oui. Voilà bien pourquoi je dis que les examinateurs, tout comme mon professeur particulier, manquent d'intelligence. Ces imbéciles sont incapables de saisir ta conception progressiste de « respect envers le peuple ». Ils ont pris cette expression pour une erreur, d'après eux il aurait fallu écrire à la place « faire preuve de dévotion » ou de « respect » envers le Fils du Ciel.

— Mais cela change le sens de l'ensemble. Mon essai ne voudrait plus rien dire.

— Ces gens-là n'ont aucune conception générale du monde, comment veux-tu qu'ils saisissent le sens global de ce que tu veux dire ? Enfin, heureusement pour toi que ces examinateurs sont de fieffés imbéciles.

— Pourquoi ça ?

— Réfléchis. Ta dissertation renie le formalisme et le système féodal. S'ils avaient compris correctement ce que tu voulais dire, tu n'aurais jamais été reçu !

L'humeur de Wen-sieou s'assombrit. Dans les thèses politiques, la moindre critique du système en vigueur était taboue. Mais s'il fallait pour cette raison se perdre en vaines élucubrations abstraites, cela n'avait aucun sens. Il fallait donc exposer ses théories politiques de façon détournée, en prenant prétexte d'anecdotes historiques : telle était la bonne méthode pour répondre aux examens.

Wen-sieou avait confiance en lui en ce qui concernait les dissertations en huit parties. Les examinateurs n'avaient-ils pas jusqu'à présent apprécié favorablement le contenu pourtant radical de ses dissertations, sans doute mystifiés par l'habile construction de ses phrases ? Mais pareilles réponses seraient-elles considérées comme valables à l'examen du palais, à la correction duquel participaient les lettrés les plus éminents de l'époque ?

Cependant, il n'avait pas l'esprit assez tortueux pour se mettre à rédiger à dessein des thèses à l'encontre de ses idées, et même s'il s'avisait d'essayer, ses notes s'en ressentiraient car on jugerait alors, en comparant avec sa copie de l'examen provincial, que sa pensée manquait de cohérence.

— Pourquoi fais-tu cette tête ? Tu n'as pas de souci à te faire. Les correcteurs comprendront sans aucun doute tes théories, cette fois.

— Oui, mais il n'y a plus dans ce pays de positivistes tels que Kou Yen-wou ou Houang Tsong-si, il ne reste plus que de médiocres lettrés qui n'osent même pas évoquer les problèmes réels, par crainte du despotisme du Vieux Bouddha.

— Tu parles trop fort, Che-leao, dit Wang Yi en tendant l'oreille aux bruits de pas dans les allées au-dehors. Il pencha une flasque, versa de l'eau dans une tasse, puis reprit : Dans ce cas, nous pourrions réformer la politique. Ces médiocres lettrés eux-mêmes attendent sans doute l'arrivée d'hommes comme nous, en leur for intérieur.

Les rayons de lune, qui avaient un temps filtré à travers le rideau de l'entrée, avaient disparu, laissant la cellule dans les ténèbres. Wang Yi alluma la flamme d'un candélabre en clignant des yeux.

— Tu as confiance en toi, dirait-on. Je t'envie.

— Allons, allons. Le défaitisme de notre voisin aurait-il déteint sur toi ? Tu sais, si j'ai parlé durement à ce vieillard, ce n'est pas tant parce que je le considérais comme un paria que par crainte.

A la lumière incertaine des bougies, le visage de Wang Yi sembla soudain manquer totalement d'assurance. Il avait l'expression, pleine d'appréhension et d'impatience, de n'importe quel jeune homme se présentant à un examen. Wen-sieou se dit que cette expression, que pour rien au monde il n'aurait révélée au grand jour, devait, à n'en pas douter, se lire aussi sur son propre visage.

— Allez, vidons une coupe !

C'était, non de l'eau, mais un alcool au bouquet agréable qu'il avait versé dans la tasse.

— Tu as amené du vin ici ?

— Oui, pour pouvoir dormir. Il faut bien se reposer cette nuit. Car la nuit prochaine, nous ne pourrons pas fermer l'œil.

Wen-sieou but d'un coup la moitié de la tasse puis la poussa vers son camarade.

— C'est décidé, hein, Sixième Bonheur ? Echangeons ici la coupe de la fraternité. L'engagement du palais des Tributs. Ça sonne bien, non ?

Wang Yi cligna des yeux en direction de Wen-sieou, à qui cette unique gorgée d'alcool avait redonné toute son énergie.

— Impossible, je ne mérite pas cet honneur, Che-leao.

Une fois la tasse vide, les deux jeunes licenciés firent voleter les manches de leurs robes indigo en riant haut et fort.

6

Le vent s'était calmé. La pleine lune apparut entre les nuages, révélant la silhouette de Tchouen-yun, assis au beau milieu de la cohue de la grand-rue de Tsai-che-keou, serrant ses genoux dans ses mains.

Une fois les licenciés entrés dans le palais des Tributs, leurs domestiques, qui avaient secrètement attendu le moment où ils seraient enfin libérés de leurs obligations, s'étaient répandus en masse dans le quartier fréquenté de Tsai-che-keou. La large avenue, où s'alignaient débits de boissons et restaurants, grouillait de tréteaux de marchands ambulants éclairés par des lanternes comme pour un soir de fête.

On y trouvait de tout: fripiers, barbiers, montreurs de singes ou de marionnettes, rétameurs, vendeurs de nourritures diverses. Quand ils n'arrivaient pas à s'entendre avec leurs clients sur le prix, les marchands faisaient de grands gestes et donnaient de la voix, rajoutant encore à l'animation. Les gongs des artistes de rue, les chansons des femmes, les cliquetis d'armes se fondaient en une unique rumeur montant dans le bleu outremer de la nuit.

Après avoir arpenté les rues jusqu'au vertige, Tchouen-yun s'était installé sous l'auvent d'un débit de boissons, et suçait une friandise. Tout ce qu'il avait vu et entendu lui faisait l'effet d'un rêve. Partout où il dirigeait son regard, à perte de vue, ce n'étaient que lumières et sons dont il n'aurait même pas soupçonné l'existence et qui l'enveloppaient à l'infini.

Il était assis au milieu d'inépuisables sources de bonheur. Le bâton de *tang-hou-lou* qu'il avait acheté à un vendeur ambulant était un rêve de douceur. Tandis que le sucre fondait lentement dans ses joues gonflées, un suave parfum de fruit lui emplissait la bouche.

Bon, qu'est-ce que je vais m'acheter quand j'aurai fini ce bonbon ? se demandait l'enfant. Il gardait précieusement dans l'échancrure de son vêtement les pièces reçues en pourboire. Ici, si on avait l'argent pour payer, on pouvait se procurer tout ce qu'on voulait.

Un montreur de souris venait de s'installer juste sous ses yeux, dressant une lanterne colorée à l'entrée de la rue. Habillé en bouffon, il frappa sur un gong, souffla dans une trompette pour attirer les clients.

— Venez, venez, approchez ! Cette souris-là n'est pas de la même nature que les affreux rats d'égout des alentours. C'est une gracieuse souris blanche qui venait chiper les restes de la table d'or du vénérable Vieux Bouddha, au fond de la Cité Interdite, derrière les neuf enceintes du palais. Comme vous pouvez le constater, elle est ravissante, et aussi très intelligente.

Tout en faisant son boniment, le saltimbanque exhibait une souris blanche dans le creux de sa main, et les badauds se rassemblèrent devant la table garnie de minuscules accessoires.

Obéissant à la voix de son maître, la souris gravit une échelle miniature, puis s'arrêta devant la petite roue dressée au sommet.

— Allons, qu'y a-t-il ? Ah, tu ne veux pas montrer la suite pour rien ? Quelle petite souris insolente ! Allons, mesdames et messieurs, veuillez donner un pourboire à cette comédienne élevée au palais.

Le public lançait en riant des piécettes dans la petite boîte qui pendait sur la poitrine du dresseur. Ce dernier attendit le moment opportun pour agiter une baguette, et à ce signal la souris, tel un acteur prenant la pose sur scène, fit le tour de l'assistance du regard, puis sauta d'un bond dans le cercle qu'elle se mit à faire tourner.

Tandis que la roue tournait, le dresseur se mit à raconter une histoire en chantonnant doucement. Une simple souris ne pouvait connaître davantage de tours, mais en la regardant tourner ainsi en rythme, on avait l'impression qu'elle dévidait le fil de l'histoire. Quand la saynète fut terminée, les badauds applaudirent : ils en avaient eu pour leur argent.

L'« actrice » fut renfermée dans son panier, et la foule se dispersa rapidement. Tchouen-yun reconnut alors parmi les spectateurs le garçon travesti en fille qu'il avait rencontré la veille chez l'ignoble Bi le Cinquième.

— Bonsoir, Grand Frère, fit-il, le chignon penché, en souriant à Tchouen-yun. Avec sa veste de soie verte voyante, ses chaussures en satin rouge et son visage blanc légèrement maquillé, il avait tout l'air d'une jolie petite fille. Tchouen-yun recula un peu.

— Et Monsieur le licencié qui vous accompagnait ? demanda le garçon en approchant ses lèvres de l'oreille de Tchouen-yun, après avoir jeté des regards méfiants autour de lui.

— Il est déjà dans l'enceinte des examens. Et toi, que fais-tu ici ? demanda Tchouen-yun sur un ton protecteur, tout en détournant la tête à cause de la suffocante odeur d'encens qui imprégnait les vêtements du garçon.

— J'ai accompagné les apprentis venus faire des achats dans le quartier, ils m'ont dit de les attendre ici pendant qu'ils allaient boire un verre.

Il était un peu plus petit de taille que Tchouen-yun, mais il avait comme lui un ton d'enfant précoce qui imite les adultes, et devait avoir sensiblement le même âge.

En échangeant quelques mots, dans ce décor irréel, avec ce garçon qu'il avait déjà rencontré, Tchouen-yun comprit soudain qu'il ne rêvait pas. Il était cependant en proie à une impression étrange et onirique, comme si une ravissante héroïne de conte de fées venait d'apparaître devant lui.

Chaque fois qu'il bougeait la tête, la lueur des lanternes des échoppes voisines animait ses joues blanches de reflets changeants.

— Tu vas entrer au palais, Grand Frère ? demanda l'enfant en s'accroupissant sur les dalles devant une échoppe.

Tchouen-yun secoua la tête : il lui semblait revivre la scène de la veille.

— Je t'ai déjà dit que non ! Mon maître et le tien sont amis, je l'accompagnais, c'est tout.

— Mais quand tu es parti, j'ai entendu mon maître te dire de revenir quand tu voulais, si l'envie t'en prenait.

On aurait dit une invite.

— Et qui voudrait faire une chose pareille ? Je n'aime pas les eunuques, moi.

Tchouen-yun cracha à ses pieds d'un air de dégoût.

— Personne ne les aime, rétorqua le garçon avec un sourire honteux, enserrant ses genoux de ses mains.

Songeant au sort qui attendait bientôt cet enfant, Tchouen-yun se rattrapa comme il put :

— Enfin, chacun fait ce qu'il veut. Mais moi, je dis mon opinion, voilà tout.

L'enfant murmura comme sur la défensive :

— On vit aux côtés de l'empereur et de l'impératrice tous les jours, et puis on peut manger de bonnes choses, les restes de leurs repas. Peut-être même qu'on peut devenir aussi riche que Li Lien-yin.

Il avait de gracieuses inflexions de voix, différentes de celles des gamins de la capitale. C'était sans doute une façon de parler particulière, qu'on lui avait inculquée en vue de servir un jour au palais.

Tchouen-yun commença à s'agiter :

— Ce Li Lien-yin, c'est le patron de tous les eunuques, n'est-ce pas ?

— Oui, le chef du palais de l'impératrice. Il a plus de pouvoir encore que le premier ministre, répondit le garçon, sur un ton de vantardise.

L'approche des examens, une fois tous les trois ans, mettait la capitale entière en ébullition. Au milieu de l'extraordinaire passion suscitée par les examens, l'enfant semblait vouloir affirmer de toutes ses forces la justesse d'une façon de vivre différente.

— Ce que tu dis est impardonnable pour les licenciés qui ont travaillé comme des forcenés pour préparer leurs examens.

— Ah, tu crois ? fit le garçon en pointant ses lèvres carmin dans une moue dépitée. Hier, tu as vu, n'est-ce pas ? Nous aussi, nous sacrifions notre vie et nous souffrons atrocement pour servir l'empereur.

— Oui, mais la différence c'est que les uns souffrent des dizaines d'années, d'autres ne souffrent qu'un instant. Ça me paraît un peu lâche…

— Tu as les idées très claires, Grand Frère, fit l'enfant tandis qu'un soupir gonflait ses lèvres couleur de pêche.

— Tu en veux ? proposa Tchouen-yun en sortant le bâton de sucre d'orge de sa bouche. L'enfant émit un rire fleuri et se mit à lécher à son tour le *tang-hou-lou* entamé, en gonflant ses joues.

— Ah, ce que c'est sucré, ça me fait fondre la langue !

Le dresseur de souris s'était remis à frapper sur son gong et à réciter son boniment.

La mignonne petite souris, pareille à un jouet dans la large paume de son maître, se frottait les pattes comme pour faire la coquette devant les badauds.

En regardant l'enfant lécher sa friandise, absorbé dans le spectacle du dresseur de souris, Tchouen-yun imagina son passé.

Il avait dû être enlevé dans quelque ville lointaine et vendu à un trafiquant d'enfants, puis atterrir sans rien comprendre de ce qui lui arrivait dans la maison de Bi le Cinquième, où on l'avait transformé en beau petit page, de son apparence à sa façon de parler.

Quant à ses vantardises sur le magnifique avenir qui l'attendait, c'était sans doute Bi le Cinquième lui-même qui lui avait dressé ce tableau flatteur. Oui, « comme vous pouvez le constater », il était différent de ces vulgaires rats d'égout…

Ce garçon ne peut plus revenir en arrière. Il est déjà en marche vers le palais de l'impératrice, songea Tchouen-yun.

— Je peux te poser une question ?

— Laquelle, Grand Frère ?

— C'est vrai que même les excréments du Vieux Bouddha sont en or ?

Le garçon leva son petit menton vers le ciel nocturne, haut au-dessus de lui.

— Je ne sais pas… Mais l'impératrice d'Occident est une réincarnation de Kouan-yin, la déesse de la Compassion, alors peut-être qu'elle ne défèque même pas.

— C'est impossible, voyons ! Que deviendrait ce qu'elle mange ?

— Ça…

Le garçon abaissa à nouveau le regard vers les lumières et l'animation de la ville, et parut réfléchir.

— Son vaste cœur englobe jusqu'à la voûte céleste, elle rend heureux la multitude des êtres. Tant que la terre durera, la compassion infinie du Vieux Bouddha s'étendra sur tous les êtres.

La voix du bonimenteur s'était éteinte sans qu'ils s'en aperçoivent, les badauds commençaient à déserter les lieux.

Le garçon s'apprêtait à se lever, quand il poussa un cri en s'agrippant au bras de Tchouen-yun.

Un groupe imposant de soldats aux cheveux nattés était apparu sur la place de Tsai-che-keou, traînant derrière eux un criminel aux mains attachées dans le dos. Autour d'eux, la foule faisait cercle, à distance respectueuse. Les cris de joie, les chansons, s'étaient instantanément mués en brouhaha ; bientôt le silence tomba.

Un soldat se tourna successivement vers les quatre coins de la place en soufflant dans une trompette. Un fonctionnaire armé d'un fouet s'avança et annonça les circonstances du crime d'une voix aiguë de chanteur.

— Qu'est-ce qu'il dit ? Je n'entends pas bien.

— Qu'il a volé et vendu des bijoux appartenant au Vieux Bouddha. Quelle horreur ! fit le garçon, debout sur la pointe des pieds.

— Qu'est-ce qu'ils vont lui faire ?

— Comme d'habitude. Les criminels sont toujours traînés jusqu'ici et ont la tête tranchée.

Tous deux grimpèrent sur les dalles devant le débit de boissons, et promenèrent leurs regards sur la place de Tsai-che-keou, soudain métamorphosée en lieu d'exécution publique.

Le criminel, la natte enroulée au sommet de la tête, semblait déjà résigné à son sort.

Derrière le dos des enfants, deux ivrognes qui venaient de sortir de la taverne chuchotaient entre eux :

— Ma parole, c'est un Vieux Noble ! Ils auraient pu s'occuper de son cas au palais, au lieu de le traîner jusqu'ici !

En entendant ce terme de Vieux Noble, le petit travesti étira son dos encore davantage pour regarder. C'était un terme sarcastique employé pour désigner les castrats.

— Oui, vraiment. Le malheureux ! Ils lui ont déjà coupé sa bricole, il ne reste plus qu'à lui couper la tête !

Les clairons résonnèrent à nouveau. Un vigoureux soldat dégaina son cimeterre, un autre ôta la cangue qui enserrait le cou du prisonnier.

Le fonctionnaire qui avait lu l'acte d'accusation brandit au bout de son bras levé un cruchon de céramique, et fit lentement un tour pour que tout le monde le voie.

Sans aucun doute, c'était le même genre d'objet que Tchouen-yun avait vu dans la maison du castrateur : il contenait le « trésor » de l'eunuque. L'expression du fonctionnaire semblait indiquer que la présence de ce cruchon était due à l'infinie bonté de l'impératrice. Toute l'assistance contempla l'objet en hochant la tête.

— C'est sûr, grâce à ça, il ne renaîtra pas sous forme de mule, mais va savoir, dans sa prochaine vie, il sera peut-être une tortue sans tête !

Autour d'eux, des gens riaient à voix basse de la bonne plaisanterie que les ivrognes venaient d'échanger. Tchouen-yun ferma la bouche pour réprimer à son tour un fou rire. Le garçonnet, comme si le mépris contenu dans ces propos lui était directement adressé, s'était accroupi aux pieds de Tchouen-yun.

Le fonctionnaire, quand il eut fini de faire le tour du cercle de badauds, brandit cette fois le cruchon face au condamné. L'homme, à genoux, tremblait de tous ses membres, le visage déformé par les pleurs. Ses sanglots pareils à des gémissements de femme résonnèrent longuement sur la place.

Un filet d'urine sombre se mit à couler le long de son cache-sexe sale, gouttant bruyamment sur la terre sèche.

Un ricanement parcourut la foule.

Tchouen-yun, lui, fut incapable de rire : il venait de se rappeler la scène dont il avait été témoin chez Bi le Cinquième. Ce liquide qui dégoulinait entre les jambes du condamné s'écoulait à n'en pas douter du trou ménagé après l'opération par le bâton de cire, autour duquel la chair s'était refermée.

Les deux bras du prisonnier furent maintenus derrière son dos, la lame blanche du cimeterre étincela à la lueur de la lune. Alors, Tchouen-yun baissa les yeux devant l'insoutenable spectacle. La foule excitée criait, applaudissait, comme au dénouement d'une pièce de théâtre. Il y eut un bruit sourd, et les cris de supplication du condamné cessèrent net. Le clairon résonna à nouveau et, à ce signal, le vacarme reprit sur la place comme auparavant.

— Hé ! Il n'y a pas de quoi pleurer. Il n'a pas été exécuté parce que c'était un eunuque, mais parce qu'il avait volé.

Tandis qu'il serrait le petit garçon contre lui, Tchouen-yun fut soudain attristé par le toucher soyeux de son vêtement et le parfum de bois de santal qui imprégnait son chignon. Allons, tu ne vas pas te mettre à pleurer toi aussi, se morigéna Tchouen-yun, mais il devait serrer les dents; sa nuque lui faisait mal, ses oreilles bourdonnaient, le vacarme s'était éloigné, les laissant seuls tous deux au fond de la nuit. Il avait la bouche sèche.

— Rends-moi le bonbon, je ne me sens pas bien.

Tchouen-yun prit les joues de l'enfant dans ses deux mains. Ses deux incisives étincelantes tenant le bâton de sucre d'orge et ses traits à la lumière de la lune lui parurent d'une beauté indicible.

Tchouen-yun pencha la tête et reprit le bonbon à moitié sucé entre les lèvres du gamin en pleurs. Ce bref contact avec la douceur de sa bouche le fit trembler de tout son corps. Un écœurant goût sucré se répandit dans son corps raidi.

Le garçon s'essuya les paupières, détacha ses lèvres de celles de Tchouen-yun.

— Qu'y a-t-il ? Ça va, Grand Frère ?

Le vacarme de la foule parvenait à nouveau aux oreilles de Tchouen-yun.

Tous deux se tenaient debout côte à côte, comme si de rien n'était.

— Il suffit de ne rien faire de mal, et il n'y a rien à craindre, dit Tchouen-yun dans l'intention de consoler le petit.

Leur excitation calmée, les gens redescendaient l'avenue principale.

Tchouen-yun prit la main du garçonnet dans la sienne pour lui redonner courage. Il se disait aussi que s'il lâchait sa main, dans cette immense foule, l'enfant serait entraîné loin de lui, et il ne le reverrait peut-être jamais.

Il tenait le petit index enfermé dans sa main ; l'image de la silhouette de poupée de son compagnon était imprimée derrière ses paupières.

— Merci, Grand Frère. C'était bon.

Tchouen-yun serra fermement le doigt qui cherchait à se libérer. Même à la mort de son père et de Frère Aîné, il ne s'était pas senti aussi désespéré.

— Il faut que je m'en aille. Regarde, les apprentis sont revenus.

Arborant des vestes de coton matelassé par-dessus leurs caleçons de cuir noir, les deux apprentis de Bi le Cinquième s'approchaient d'une démarche titubante. Leurs visages rougeauds grimacèrent en apercevant l'enfant, comme pour dire : « Ah, on t'a enfin retrouvé ! »

— Ils vont te battre ?

— Non. On ne me frappe jamais. Si j'étais blessé, ce serait ennuyeux.

Tchouen-yun chipa dans le chignon de l'enfant une épingle en forme de papillon qui se trouvait juste à hauteur de ses yeux.

— Tu me la vends ? Elle me plaît.

— Je te la donne, j'en ai plein.

Il sourit en plissant ses yeux en forme de croissants de lune, et repoussa doucement la bourse que Tchouen-yun lui tendait.

Puis son doigt se sépara des siens, comme une amarre détachée de la berge.

— Idiot ! On t'avait pourtant dit d'attendre devant l'entrée. Où as-tu été traîner ?

Un des apprentis leva sa grosse poigne pour attraper la nuque du garçon, le souleva dans les airs.

— Tiens, et celui-là ? Je me demandais où je l'avais vu, c'est le gamin d'hier, hein ?

Tchouen-yun leva les yeux vers l'apprenti qui soufflait une haleine avinée juste au-dessus de lui.

— Ne lui faites pas de mal, Oncle, il est encore petit.

— Pff, c'est toi qui es encore petit, oui. Allez, ne reste pas planté là, on rentre.

Ils partirent, entraînant le garçon avec eux. Tchouen-yun se retourna plusieurs fois pour regarder l'enfant jusqu'à ce qu'il ait atteint l'autre côté de la place. Tandis qu'il s'éloignait, seul le rouge de ses chaussons restait visible, comme une braise dans l'obscurité, dérobée à ses yeux par instants puis visible à nouveau.

Tenant l'épingle en forme de papillon bien serrée sous les longues manches de sa veste, Tchouen-yun resta longtemps debout au même endroit, au milieu de la foule.

7

Il faisait nuit noire au palais des Tributs. Emmitouflé dans la couette qu'il avait apportée avec lui, les yeux grands ouverts, Wen-sieou contemplait la pleine lune entre les rideaux de l'entrée de sa cellule.

La nuit était déjà bien avancée, l'heure du début des examens approchait. Le lendemain, il devrait travailler toute la nuit sur un poème en vers et en prose et sur trois sujets concernant les Classiques. Il avait beau se dire qu'il vaudrait mieux dormir un peu, ses yeux refusaient de se fermer.

Le calme régnait sur l'immense palais des Tributs, seulement interrompu par les allées et venues incessantes jusqu'aux latrines situées au bout de l'allée. Les licenciés, qui étaient restés imperturbables durant le jour, devaient tous être dans le même état d'esprit.

Les tuiles du toit grinçaient dans le vent, des grains de poussière tombaient sur la tête de Wen-sieou. Pris d'une idée subite, il tira de sa malle un tissu qu'il étendit au-dessus de sa tête en un plafond improvisé. Si jamais une copie était souillée par de la poussière ou des gouttes de pluie, la règle voulait que le candidat fût non seulement disqualifié mais même interdit d'examen pour plusieurs sessions.

Wen-sieou s'allongea à nouveau sur le plancher étroit, dans une position inconfortable. La saison était à n'en pas douter la plus agréable pour passer les examens, mais la floraison des cerisiers s'achevait à peine et les nuits étaient encore très froides.

Wen-sieou se releva, remua les braises dans le brasero posé à ses pieds, se réchauffa les mains et les pieds un moment. La tête levée vers la lune argentée qui surplombait le toit de sa cellule, il songea qu'il était lui aussi enfin arrivé aux examens des Rites. S'il était reçu, il ne lui resterait plus qu'à participer aux examens du palais, présidés par l'empereur en personne, qui décideraient de son rang de fonctionnaire. Autrement dit, c'étaient les épreuves qu'il se préparait à affronter qui décideraient de l'obtention ou non de ce titre de « docteur » dont on lui rebattait les oreilles depuis l'enfance comme d'une prière dédiée au Bouddha.

Un frisson de trac lui parcourut le dos. L'homme qui avait perdu la tête dès son entrée sur les lieux et avait été expulsé de l'enceinte dans le plus simple appareil, avait simplement compris tout cela un peu plus tôt. Les autres candidats devaient en ce moment, comme lui-même, se pencher sur leur passé et sur les circonstances qui les avaient amenés jusque-là.

Le frère aîné de Wen-sieou, âgé de trois ans de plus que lui, avait depuis sa tendre enfance une réputation d'intelligence et de talent. Son père, sa mère, ses précepteurs, tous fondaient de grands espoirs sur lui. Et si Wen-sieou ne se sentait pas une vocation impérieuse à devenir docteur, c'est qu'il savait qu'il ne partait pas favori dans la course et servait seulement de faire-valoir à son frère.

Tous les professeurs particuliers qu'ils avaient eus, comme s'ils s'étaient donné le mot, ne manquaient jamais de critiquer le cadet, lui donnant même parfois du fouet, afin d'ancrer fermement chez l'aîné confiance en soi et amour-propre.

Si Wen-sieou portait toujours une mise rustique, si son papier, ses pinceaux et même sa pierre à encre étaient d'une qualité bien plus médiocre que ceux de son frère, cela faisait sans doute partie d'un scénario soigneusement préparé. Dans le village de Liang-kia-t'ouen, à quelques dizaines de lis à peine de la sous-préfecture, pareille mise en scène était sûrement nécessaire pour obtenir d'un élève le même esprit de compétition qu'un petit citadin.

C'est pourquoi l'aîné avait reçu une éducation soignée, apprenant à se servir correctement de ses baguettes et à s'exprimer poliment, tandis que Wen-sieou n'essuyait pas un seul reproche pour sa mauvaise conduite. On faisait de lui un modèle d'enfant médiocre face au génie de son frère. Tout était mis en œuvre pour mener un jour son frère aîné Wen-yuan jusqu'au titre de docteur.

C'est ainsi que les deux frères avaient commencé à gravir le chemin menant à une carrière de fonctionnaire. L'aîné avait franchi sans difficulté les premières étapes, avait été reçu aux épreuves de qualification de la préfecture et de la sous-préfecture, et s'était fait remarquer par l'excellence de ses notes. Trois ans plus tard, Wen-sieou avait été à son tour reçu, à grand-peine, aux épreuves de qualification.

Puis, lors de l'examen de la préfecture qui suivait ces premières sélections, il s'était produit une chose inattendue. Cette passe difficile, si on la réussissait, donnait droit au titre de bachelier de la préfecture de Tientsin ; on recevait une robe indigo et une coiffe ornée d'un moineau d'argent, et on pouvait ensuite se présenter à l'examen de la province de Tcheli. Or, son frère aîné avait échoué.

Extrêmes furent la surprise et les lamentations de son entourage. Sa mère avait pleuré trois jours et trois nuits, son père était resté enfermé cinq jours dans son cabinet de travail.

La malchance de Wen-yuan se poursuivit. Le fonctionnaire qui présidait aux examens venait de remplacer le chef de l'éducation, si bien qu'il n'y eut pas d'examen de la préfecture l'année suivante, ni l'année d'après. Mais les épreuves de qualification continuèrent normalement sous la direction d'un chef temporaire, si bien que lorsque l'examen de la préfecture eut lieu à nouveau, il s'y présenta trois fois plus de candidats que d'ordinaire. Et parmi ces jeunes gens qui avaient rattrapé leurs aînés dans la course aux honneurs, se trouvait aussi Wen-sieou.

Bien entendu, pendant cette longue période d'inactivité, Wen-yuan avait continué à bénéficier de leçons particulières. On avait même engagé pour lui, outre trois précepteurs, un magicien taoïste lié par contrat à la famille Liang.

Wen-sieou, qui s'était retrouvé malgré lui à passer l'examen de la préfecture en même temps que son frère, jugeait en son for intérieur qu'il pourrait en rester là. Son frère monterait certainement à la capitale où on lui donnerait un poste de haut fonctionnaire, et lui resterait à Liang-kia-t'ouen, où il prendrait tranquillement la succession de son père. En fait, il se conformait inconsciemment aux attentes de son entourage.

Cette fois, personne ne doutait que Wen-yuan serait reçu, et chacun s'estimait heureux que le cadet ait pu au moins parvenir jusque-là.

Les résultats des examens étaient toujours annoncés en grande pompe, avec une fastueuse mise en scène. Au jour dit, Wen-yuan attendit la nouvelle, tout bouillant d'impatience, entouré de la parentèle au complet. Wen-sieou, lui, ne mettait pas un point d'honneur à être présent au moment où preuve serait faite devant toute la famille réunie qu'il avait uniquement servi de faire-valoir à son frère. Il avait préféré aller pêcher comme d'habitude au bord du canal, à la sortie du village.

Dans l'après-midi, il prit une énorme carpe qui, à vue d'œil, faisait presque un mètre de long. L'idée l'effleura bien que c'était là un symbole de bon augure, mais il l'écarta aussitôt – sa réussite était si peu plausible ! – et, sa prise sur le dos, se rendit à la taverne, où il offrit un festin aux maquignons.

Au même moment, un coursier rapide de la préfecture de Tientsin galopait jusqu'aux portes de la maison Liang, apportant – ô prodige – deux messages de victoire.

— Rassemblez-vous, membres de la maison Liang ! Je viens vous annoncer la réussite aux examens ! s'époumona le messager coiffé d'un bonnet rouge, en frappant sur un gong.

Tandis que toute la famille sortait l'accueillir, un deuxième puis un troisième coursier firent halte aux côtés du premier.

Il était d'usage d'offrir une forte somme d'argent aux messagers et de les convier au banquet qui s'ensuivait. Mais les membres de la maison Liang rassemblés en rangs devant la porte manifestèrent davantage de surprise que de joie à l'annonce de la double bonne nouvelle contenue dans la lettre que leur tendait le premier messager.

Maître Liang vérifia aussitôt auprès du deuxième puis du troisième messager : aucun doute n'était possible, la victoire qu'ils lui annonçaient avec force louanges était bien double. Maître Liang fit appeler son vieil intendant et lui ordonna de trouver Wen-sieou.

L'intendant avait du flair et savait où trouver le cadet. Wen-sieou ne devait jamais oublier l'expression hagarde de ce vieil homme quand il apparut à l'entrée de la taverne. Aussi stupéfait que si un miracle venait de se produire, il restait planté sur place, tendant au bout de son bras le message de victoire inscrit sur une grande feuille rouge, parsemée de motifs de fleurs :

Votre fils Liang Wen-sieou est reçu à l'examen de la préfecture. En conséquence, nous, préfet de Tientsin, province de Tcheli, sur ordre de Sa Majesté l'Empereur, lui accordons l'autorisation de poursuivre ses études et de passer l'examen de la province, et lui souhaitons de prendre place dans l'avenir parmi les trois premiers lauréats de la capitale.

— Messire Che-leao, vous aussi vous êtes reçu… marmonna l'intendant tandis que les maquignons, occupés jusque-là à raconter des histoires grivoises, manifestaient bruyamment leur enthousiasme.

Wen-sieou fut le premier surpris. Heureux et embarrassé à la fois, il trinqua avec les maquignons et l'intendant pour fêter la nouvelle. Lorsque les maquignons le ramenèrent à la maison sur leur dos, complètement soûl, son père et toute la famille le considérèrent d'un air gêné.

Maître Liang renversa un seau d'eau sur la tête de son fils, étendu dans l'entrée, avec la dalle du vestibule en guise d'oreiller, et lui dit ceci :

— Reprends tes esprits, imbécile ! Et écoute-moi bien : tu n'as pas été reçu à cet examen en même temps que Wen-yuan, on t'a accordé ces résultats par indulgence, en te faisant bénéficier de la bonne fortune de ton frère. Mais maintenant, cela suffit, apprends plutôt à te servir d'un boulier et à t'occuper des affaires familiales.

Ces paroles piquèrent Wen-sieou au vif. Se redressant soudain, il fit du regard le tour de l'assistance et déclara :

— Je vais me présenter aux examens de la province, Père. Et même, à l'examen de la capitale, et à l'examen du palais. Et je deviendrai docteur, j'en suis sûr. Parce que le Ciel en a décidé ainsi !

La stupéfaction fut générale.

La raison pour laquelle son père tenta par la suite de le faire renoncer à passer l'examen provincial était claire : la bonne fortune du cadet lui faisait peur. Si, poussé par la chance, il parvenait à passer les examens supérieurs de la fonction publique, un jour ou l'autre aurait lieu un incident ridicule, et la réussite sociale de l'aîné pourrait en être entravée, voilà ce qu'il craignait.

Une année durant, Wen-sieou n'adressa pas la parole aux membres de sa famille, refusa ses professeurs, et s'enferma dans son cabinet de travail. Quand il était fatigué d'étudier, il se rendait invariablement au bord du canal, laissait tremper sa ligne dans l'eau et allait fumer sa longue pipe sous les saules de la berge ou s'amuser bruyamment à la taverne en compagnie des maquignons.

Et en août de l'année précédente, sur le registre du Dragon et du Tigre où figurait la liste des admis à l'examen provincial, le nom de son frère était absent.

Liang Wen-sieou, fils d'un hobereau du Tsing-hai, avait pour sa part obtenu le rang lui permettant de se présenter à l'examen solennel de la capitale. Contre toute attente, « Monsieur le licencié », que l'on disait protégé par les astres, était né.

« Tout de même... » songeait Wen-sieou tout en réchauffant au-dessus des braises ses orteils transis.

L'objet de son principal souci, c'étaient les prédictions que lui avait faites Pai Taitai l'astrologue, lorsqu'il était enfant :

« Tu feras de brillantes études et étendras tes connaissances, c'est à toi que reviendra l'écrasant destin de soutenir l'empereur. Est-ce clair, Wen-sieou ? Ta vie sera semée d'embûches. Sers ton souverain de tout ton cœur, place haut ta fierté. »

Des nuages voilèrent la lune, l'étroite cellule devint sombre comme le fond d'une jarre. Wen-sieou s'enroula dans sa couette et ferma les yeux.

Qui pouvait être en position de venir en aide à l'empereur, hormis les grands lettrés du Conseil privé, le premier ministre ou le ministre des Affaires Militaires ?

Pour que cette prédiction puisse se réaliser d'ici quelques dizaines d'années, il lui faudrait franchir victorieusement l'étape de cet examen, obtenir ensuite une des meilleures notes à l'examen du palais et entrer à l'académie Hanlin, condition primordiale pour faire une carrière politique. S'il devait se contenter de notes ordinaires, la prédiction de Pai Taitai ne deviendrait jamais réalité, car il serait alors simplement nommé préfet dans une quelconque province.

Pourtant, en ce moment, loin d'espérer une des meilleures places, la simple perspective de réussir cet examen équivalait pour Wen-sieou à décrocher la lune. Dans l'obscurité des cellules voisines dormaient un vieux savant qui se présentait en vain depuis soixante-dix ans ainsi que le candidat reçu premier à l'examen provincial, sans rival depuis les épreuves de qualification.

Il entendit le vieillard tousser de l'autre côté de la cloison. Le froid nocturne de ce début de printemps le transperçait lui aussi, malgré sa jeunesse. Le vieillard, qui avait déjà dû avoir du mal à parcourir de sa démarche mal assurée la longue distance entre la porte d'entrée et sa cellule, n'avait peut-être emporté aucun bagage avec lui.

Il se leva, entrouvrit le rideau pour jeter un coup d'œil dans la cellule voisine. Le vieillard, adossé au mur, se tenait recroquevillé, les bras autour des genoux, sans couette, dans la pièce sans feu. Des tremblements convulsifs agitaient son corps grand et maigre pareil à celui d'un héron.

En s'apercevant de sa présence, il baissa la tête pour s'excuser, et étouffa une nouvelle quinte de toux dans sa manche.

Wen-sieou apporta le brasero de sa cellule, l'installa aux pieds de son voisin, posa une couverture sur le dos voûté. Glacé jusqu'aux os, le vieillard continuait à trembler, acceptant ses attentions d'un air résigné.

Wen-sieou fit bouillir de l'eau, mit une pincée de thé de K'ou-ting dans la théière en fonte et lui en proposa une tasse.

— Ça va vous remettre d'aplomb, honorable prédécesseur. *La tête de dragon est l'apanage de la vieillesse*, dit le proverbe. Reprenez donc courage.

Exposant son visage couvert de rides à la vapeur du breuvage, le vieillard hocha faiblement la tête, puis essuya ses paupières de la manche rapiécée de sa robe indigo.

— Voilà soixante-dix ans que je m'obstine à me présenter...

— Oui, vous me l'avez dit. Reprenez courage, ayez confiance, vous serez l'objet d'une faveur spéciale, eu égard à votre grand âge, répondit Wen-sieou, tout en commençant à se lasser de ces radotages de gâteux.

— Pourtant, quand je repense à ces soixante-dix années passées, jamais je n'ai été aussi ému qu'aujourd'hui. Même la première fois que je suis arrivé de ma province de Hang-tcheou, je n'étais pas plus heureux.

— Pourquoi donc ?

— Tous les candidats sont des monstres. Ils pensent que leur seule chance de réussir aux examens et d'obtenir le titre de docteur est de devenir un monstre sans cœur, d'étudier sans relâche, au mépris de toute émotion, de toute humanité. Et un beau jour, ces monstres dirigent l'empire. Si ce pays a pu être envahi par des puissances étrangères, si le peuple souffre aujourd'hui de la plus affreuse misère, c'est parce que ce sont des monstres qui ont la charge de le gouverner ! Mais toi…

Approchant son visage humide de larmes tout près de celui de Wen-sieou, le vieillard déclara d'une voix forte :

— Toi, tu seras docteur, j'en suis sûr.

— Merci, fit Wen-sieou, déconcerté. En fait, ma confiance en moi est si ébranlée que…

Scrutant ses traits où s'était peint le doute, le vieillard chuchota d'un ton de reproche :

— Ne te laisse pas aller au découragement. Tu seras docteur, c'est certain. On dit que le licencié obéit aux étoiles, mais que le docteur fait mouvoir le soleil et la lune. Pourquoi les hommes qui règnent sur tous les phénomènes du cosmos devraient-ils être des monstres ? Le sage vertueux adoucit avant tout la souffrance du peuple, il partage sa tasse de thé avec un vieil homme. Tu es cet homme sage et vertueux, apte à devenir un des mandarins qui dirigeront la politique de l'empire. Tu n'as aucune crainte à avoir. Ne te décourage pas, Liang Wen-sieou !

Wen-sieou sourit et souleva le vieillard pour le déposer sur son lit de planches.

— Merci, honorable prédécesseur. Vous m'avez redonné de la force. Bonne nuit.

Cette nuit-là, entre le froid et les quintes de toux de son voisin, Wen-sieou ne put fermer l'œil et attendit simplement que le jour se lève.

En ce 9 mars 1887 débutaient les épreuves de l'examen des Rites. A l'aube, un coup de canon retentit. A ce signal, tous les candidats émergèrent de leurs cellules comme des fourmis d'une fourmilière et allèrent chercher leurs copies dans la salle de l'Equité Suprême.

Pour que l'ensemble des candidats traversent les rangées de baraquements serrés les uns contre les autres, parcourent la longue allée qui s'étendait depuis la porte du Dragon, reçoivent les copies et regagnent leurs cellules, il fallut tant de temps que le soleil était déjà haut dans le ciel quand l'opération s'acheva. Wen-sieou fit l'aller et retour avec son vieux voisin, qu'il soutenait et protégeait le long des allées où couraient des candidats débordant d'esprit combatif.

De retour dans sa cellule, il commença par ouvrir le rideau d'entrée pour laisser passer la lumière du jour, puis prépara son encre, frottant lentement le bâton sur la pierre. Il avait tout le temps : la remise des copies avait lieu le lendemain soir.

Pour calmer son anxiété croissante, il entonna une prière à Kouan-yin.

Bientôt, le surveillant affecté à leur allée de baraquements passa la tête dans l'entrée de sa cellule pour vérifier son identité, comme celle de chaque candidat. Il apposa un sceau indiquant « vérifié » sur la copie de Wen-sieou et ressortit.

Wen-sieou parcourut des yeux l'énorme questionnaire. Il fallait répondre aux sujets de ce premier jour en moins de sept cents caractères, et également rédiger un poème au nombre de syllabes fixe.

On avait remis à chaque candidat sept feuilles de brouillon, dix feuilles de papier à lignes rouges pour la copie au propre, le tout broché, avec sur la couverture un somptueux dessin représentant un dragon accompagné d'une calligraphie, qui disait : *Sujets d'examen portant sur les Quatre Livres par ordre impérial.*

A première vue, ce cahier avait l'aspect d'un livre richement relié. Le terme « par ordre impérial » indiquait que les questions sur les Quatre Livres étaient choisies par l'empereur en personne. C'est pourquoi cette épreuve-là avait, sur l'ensemble de l'examen, le coefficient le plus important.

Un silence total régnait sur le palais des Tributs, seulement troublé par le mugissement du vent sur les toits des innombrables cellules.

Dans l'après-midi, des mouvements commencèrent à s'ébaucher parmi les candidats : certains prenaient leur repas, d'autres allaient aux latrines, d'autres encore faisaient bouillir de l'eau pour préparer du thé.

Wen-sieou était lui aussi sorti de sa cellule et s'étirait, faisait des rotations de la tête. Au loin, par-delà les volutes de sable jaune qui embrumaient les lieux, se dressait, légèrement brouillée, la tour de contrôle située au milieu de l'immense enceinte d'examen. Le paysage paraissait terne et désolé.

Wen-sieou jeta un coup d'œil dans le box voisin, et aperçut le vieillard, le dos rond, penché sur la planche qui lui servait de table, le pinceau courant sur la feuille.

Comme toujours, il était secoué par des quintes de toux sèches, et chaque fois détournait la tête de sa copie pour éviter de la souiller.

— Vénérable prédécesseur, avez-vous déjeuné ?

Le vieillard laissa son pinceau courir encore un moment sur la feuille sans répondre, puis, quand il eut fini d'écrire sa phrase, leva la tête vers Wen-sieou.

— Déjeunons ensemble, si vous voulez. J'ai plus de provisions qu'il n'en faut.

— Je n'en veux pas, répondit sèchement l'ancien. Je n'ai pas le temps de manger, et à mon âge, de toute façon, on n'a plus d'appétit.

— Mais c'est mauvais pour votre santé. Vous avez encore beaucoup de temps à passer ici.

Wen-sieou alla sortir de sa malle des gâteaux de riz gluant et des graines de soja grillées, qu'il revint poser sur un coin de table dans la cellule de son voisin.

En le voyant s'approcher, le vieillard posa aussitôt sa manche sur sa copie.

— Ah, excusez-moi, je n'avais pas l'intention de regarder.

Le vieillard considérait Wen-sieou d'un air soupçonneux, son regard était celui d'un animal à qui l'on vole sa nourriture, à mille lieues de l'expression paisible qui est d'ordinaire l'apanage du grand âge.

— Ne t'occupe plus de moi. L'examen est commencé maintenant.

Ce vieillard qui traitait les licenciés de monstres semblait bien en être devenu un, lui aussi, avec l'âge ! Cette constatation suscita plus de chagrin que d'indignation chez Wen-sieou.

Il sortit dans l'allée, appela Wang Yi :

— Sixième Bonheur, comment ça va ? Ça avance ?

Pas de réponse. L'autre ne l'ignorait sans doute pas consciemment, mais devait être si concentré sur sa copie qu'il ne voyait ni n'entendait plus rien. Wen-sieou retourna dans sa pièce, enroula sa natte autour de son front comme il avait coutume de le faire chaque fois qu'il étudiait seul, et s'installa à sa table.

La forme obligatoirement utilisée pour répondre aux examens, inchangée depuis les Tang et les Song, était celle de la dissertation en huit parties. Cet exercice très complexe, qui demandait une grande virtuosité, pouvait paraître inutile pour faire de la politique mais, d'un autre côté, quiconque ne connaissait pas à fond ses Classiques ne pouvait en user librement. C'était donc aussi une façon de vérifier les connaissances du candidat.

En ce qui concerne la calligraphie, il fallait également utiliser l'insipide écriture moulée aux caractères carrés, bien éloignée de la belle écriture des calligraphes. Si, par exemple, les fameux calligraphes Wang Si-tche ou Yan Tchen-k'ing avaient inscrit leurs noms sur la liste des candidats, ils auraient été éliminés d'office, simplement à cause de leur calligraphie.

Elaborer un plan de dissertation. Réfléchir à ses phrases comme un artisan. Les rédiger comme une machine. Et ce faisant, graduellement, se transformer en un monstre incapable de la moindre émotion…

Le soleil commençait à décliner, l'air sec, chargé de poussière jaune, piquait la gorge.

Des soldats parcouraient les allées en distribuant des seaux d'eau, mais le sable s'engouffrait impitoyablement jusqu'au fond des cellules.

La toux du vieillard s'était faite de plus en plus rauque. Plusieurs fois, Wen-sieou s'était levé dans l'intention de lui apporter du thé, puis s'était rassis, songeant que le vieillard, concentré sur sa copie malgré les quintes de toux, n'aurait guère apprécié d'être interrompu.

Tandis qu'il hésitait ainsi, l'état de son voisin parut empirer. Sa respiration était devenue haletante, on l'entendait gémir. De temps en temps, Wang Yi, n'y tenant plus, se mettait à tempêter, donnait des coups de pied dans le mur. Les gémissements se calmaient alors un moment, puis une respiration sifflante s'élevait à nouveau.

La copie de Wen-sieou ne progressait pas très vite. A plusieurs reprises déjà, il avait relu son brouillon et tout recommencé. Son humeur s'assombrissait au fur et à mesure que les ratures à l'encre noire s'étendaient sur sa feuille.

Le fait qu'il n'avait pas fermé l'œil de la nuit y était également pour quelque chose. A la pensée que si le sommeil le gagnait maintenant, tout serait fini pour lui, il lui devenait d'autant plus difficile d'ordonner ses phrases.

Quand le soleil se coucha et que les lampes commencèrent à s'allumer, Wen-sieou n'avait encore rédigé que le plan d'un sujet. Un an plus tôt, lors de l'examen provincial, à cette heure-ci il avait déjà terminé son brouillon et s'attelait à la rédaction au propre.

Le vent s'était calmé, et dans les allées on allumait des feux de torchères avec des broussailles. Les quintes de toux incessantes du vieillard continuaient à faire obstacle à la concentration de Wen-sieou. Tout à coup, il lui sembla entendre un cri étouffé, suivi d'un bruit de vomissements. Il se précipita dans la cellule voisine : à la lueur d'une chandelle, il aperçut le vieillard effondré à plat ventre sur sa table. Sa main pendait mollement vers le sol, tenant encore un pinceau, d'où l'encre tombait goutte à goutte. Wen-sieou regarda plus attentivement, s'aperçut que le liquide noirâtre qui souillait le sol n'était pas de l'encre. Il releva le buste du vieillard : la robe indigo était tout ensanglantée.

Le jeune homme s'apprêtait à aller chercher de l'aide, quand il sentit la main tremblante du vieillard le retenir. Il respirait faiblement, par saccades, comme s'il allait rendre l'âme d'un instant à l'autre. Il fit un effort pour soulever les paupières et murmura :

— Laisse-moi, ça va aller.

Il détourna son visage de la table, cracha du sang sur la poitrine de Wen-sieou. Aspirant un peu d'air à grand-peine, il murmura dans un souffle :

— As-tu réussi à répondre ?

— Pas encore…

— Je t'ai dérangé ?

— Non, pas spécialement. J'ai le trac, c'est tout.

Le visage du vieillard était devenu serein, comme s'il avait recraché avec le sang tout ce qui l'étouffait.

— Ma copie est tachée. Je serai interdit d'examen trois fois de suite, c'est la règle. Neuf ans sans examens… Tout est fini…

— Reprenez-vous, vénérable prédécesseur. Vous devez voir un médecin.

— Il n'y a pas de médecin au palais des Tributs. On dit que ceux qui tombent malades sont victimes de leurs mauvaises actions dans le passé… Ah, si je meurs ainsi, non seulement je ne serai jamais docteur, mais on m'enlèvera même mon titre de licencié.

Serrant toujours le bras de Wen-sieou, il poursuivit d'une voix presque inaudible :

— J'ai une demande à te faire. Exauceras-tu le souhait d'un vieillard à l'article de la mort ?

— Tout ce que vous voudrez !

Le vieil homme eut un faible sourire et désigna, du bout du pinceau qu'il serrait toujours dans sa main, la copie posée sur la table.

— J'ai fini le brouillon. Cette dissertation et ce poème sont l'œuvre capitale de ma vie. Je n'ai rien négligé, le moindre caractère, la moindre phrase sont parfaits. C'est ici qu'intervient ma demande.

Il attira à lui les pages de brouillon tachées de sang, les tendit vers la poitrine de Wen-sieou pour les lui confier.

— Je voudrais absolument que tu présentes mon travail comme ta propre réponse. Ne te méprends pas, je ne fais pas cela pour m'acquitter d'une dette de reconnaissance envers toi, mais uniquement parce que je veux que ma réponse obtienne la meilleure note.

— Impossible !... Le travail d'un autre...

— Lis et tu comprendras. C'est une prose si magnifique que même si tu t'évertues soixante-dix ans comme moi, tu n'arriveras jamais à en produire de pareille. Je suis sûr de moi.

— La question n'est pas là. Je ne veux pas tricher en me servant du travail d'autrui, c'est tout.

Les traits du vieillard se crispèrent. Les yeux injectés de sang, sa bouche édentée bavant une écume sanglante, il se mit à hurler :

— Ingrat ! Te prétends-tu toujours un disciple de Confucius ? Je veux être nommé docteur ! Après soixante-dix ans de ténacité, je veux réussir mon doctorat, et devenir un des correcteurs de génie de l'académie Hanlin ! Réussir mon doctorat ! Mon...

Il poussa un soupir, puis son corps se cambra brusquement, on entendit ses vertèbres craquer, puis, les membres raidis, il cessa de bouger.

— Aaah, fit Wen-sieou médusé, tenant toujours dans ses bras le corps du vieillard soudain alourdi. Il était mort !

Wen-sieou le remit comme il l'avait trouvé en arrivant, le visage contre la table. Mais à sa grande surprise, le cadavre se redressa, le cou bien droit, les coudes sur la table ! Le jeune homme passa la main devant le nez du vieillard, posa l'oreille contre son dos, pour vérifier qu'il était bien mort.

Il l'était bel et bien, mais fixait pourtant sur son rouleau de papier des yeux vides, grands ouverts comme s'il était vivant, et ses doigts émaciés serraient toujours fermement son pinceau.

Entendant des bruits de pas dans l'allée, Wen-sieou sortit. Des torchères crépitaient dans l'obscurité.

— Qu'est-ce qui se passe ? On n'entend plus le vieux, dit Wang Yi en passant la tête entre les pans du rideau de sa cellule. D'un geste vif, Wen-sieou dissimula derrière son dos la copie que lui avait confiée le vieillard.

— Je lui ai fait boire un peu de thé, ça l'a calmé. Je crois qu'il va dormir un peu.

— Tu es un drôle de type, toi ! Et ta copie, ça avance ? Tu as fini ?

Protégeant de son dos l'entrée de la cellule du vieillard, Wen-sieou répondit par un mensonge :

— Oui, en gros, j'ai fini. Et toi ?

— Moi aussi, j'ai terminé mon brouillon. Je vais me reposer un peu, je recopierai au propre demain quand il fera jour.

— Tu as raison, si jamais une goutte de cire tombée d'une chandelle salissait une feuille, on aurait perdu le fonds avec le revenu ! Je vais faire comme toi. Bonne nuit !

— Bonne nuit !

Wang Yi disparut derrière son rideau sans se douter de rien.

Wen-sieou rentra dans sa chambre avec un soupir de soulagement. Approchant un candélabre, il se mit à lire la copie du défunt.

Elle était tachée de sang, mais les caractères tracés à l'encre de Chine avaient gardé leur clarté.

Naturellement, Wen-sieou n'avait pas la moindre intention de respecter les dernières volontés du vieillard. Mais il avait consacré ses dernières énergies à écrire ce texte, résultat de soixante-dix années d'échecs répétés. Ces feuilles souillées seraient de toute façon éliminées d'office à cause de leur état abominable et jetées au feu, il se devait donc de les lire, afin qu'il ne fût pas dit que personne n'avait même posé les yeux dessus.

Cependant, dès les premières lignes, il eut le souffle coupé. C'était un admirable exemple de dissertation en huit parties. Plus il avançait dans sa lecture, plus il se rendait à l'évidence devant la perfection sans artifice de ces longues phrases. La forme était élégante et fluide, les phrases nobles et régulières, le fond dense. Le choix des caractères était également parfait, conforme au bon usage. Qui plus est, tout le texte était imprégné d'une érudition naturelle, dénuée de toute pédanterie.

Le poème avait le nombre de syllabes requis et faisait avec distinction l'éloge d'un délicat crépuscule de printemps.

Wen-sieou relut plusieurs fois le tout, puis se perdit longtemps en douloureuses réflexions.

L'échange de copies était un acte des plus malhonnêtes. Cependant, s'il le recopiait tel quel au propre, et remettait en cachette le brouillon souillé sur la table du vieillard, la supercherie ne serait jamais découverte.

Wen-sieou jeta un coup d'œil à son propre brouillon posé à côté de lui. Il aurait beau retoucher sa composition, il ne pourrait en faire une copie satisfaisante. Dans l'état où était son travail, il serait recalé, c'était certain. Et la première cause de cet échec serait la toux persistante du vieillard, qui lui avait embrouillé les idées. Ce qui venait d'arriver était la récompense du Ciel pour ses actes vertueux, conclut-il.

Il coupa la mèche de sa lampe, une flamme nouvelle et claire s'éleva ; sans hésiter davantage, Wen-sieou ouvrit son rouleau de feuilles aux lignes rouges.

Quand s'était-il donc endormi ?

Appuyé contre sa table, Wen-sieou faisait un rêve merveilleux. Il assistait à une scène grandiose : la proclamation officielle des résultats de l'examen du palais.

Il se trouvait en bas des escaliers de la salle de l'Harmonie Suprême, dans les rangs des licenciés portant comme lui une coiffe ornée de trois branches et de neuf feuilles d'or.

Tous les officiers et les mandarins, en vêtements de cour, dans une attitude solennelle, faisaient cercle autour d'eux, et en haut de la salle s'alignaient les hauts dignitaires de l'empire, pareils à des étoiles dans le ciel.

Sous les huit bannières flottant dans le ciel bleu, la garde du palais composée de soldats mandchous, Han et mongols en armure formait une haie de hallebardes.

Bientôt, précédé par les musiciens de la cour, arriva le cortège de l'empereur, brandissant l'étendard jaune frappé d'un dragon. Enveloppé d'une splendide robe de brocart aux motifs de dragons, le jeune empereur Kouang-siu monta sur son trône et le ministre des Rites lança un ordre.

Les nouveaux docteurs s'avancèrent alors vers l'empereur, se jetèrent à ses pieds et se prosternèrent de la façon la plus respectueuse, en s'agenouillant trois fois et en frappant neuf fois leur front sur le sol.

Le ministre des Rites lut le message impérial, puis annonça dans l'ordre les noms des lauréats de la liste d'or.

— Reçu premier à l'examen du palais : Liang Wen-sieou, préfecture de Tsing-hai, province de Tcheli !

Au moment où il inclinait la tête en réponse, Wen-sieou se réveilla.

Il se redressa aussitôt devant sa table, mais resta plongé dans son rêve quelques instants encore.

Finalement, la voix du surveillant qui faisait des allées et venues devant les baraquements le ramena à la réalité.

— Remise des copies, remise des copies !

Le même appel résonnait çà et là dans toutes les allées. Le soleil déclinait déjà vers l'ouest.

Wen-sieou blêmit : emporté par le démon du sommeil, il avait dormi tout l'après-midi ! La dernière limite pour la remise des copies approchait.

— *Pou ko !* Impossible ! s'écria-t-il inconsciemment en se couvrant le visage de ses mains.

La remise d'une copie incomplète entraînait une sévère punition : interdiction d'examen pour trois sessions.

Il fallait qu'il remette rapidement le brouillon du vieillard en place, songea-t-il soudain. Si, non content de rendre feuille blanche, il était accusé d'avoir dérobé la copie d'un autre candidat, qui sait quelle punition il encourrait ? En tout cas, ce serait bien pire qu'une simple interdiction d'examen !

Cependant, il eut beau chercher, il ne trouva nulle part dans sa cellule le brouillon que le vieillard lui avait donné la veille. A l'idée qu'il avait rêvé toute cette scène, il se sentit à la fois envahi par le soulagement et en proie à un tel découragement qu'il n'était même plus capable de se relever. Sans aucun doute, il était devenu fou, sous l'effet de l'épuisement et de la tension extrême.

Empli d'une crainte révérencielle, il ouvrit son rouleau de feuilles. Il le referma aussitôt avec brusquerie, levant les yeux au ciel. Il avait vraiment perdu la raison ! Serrées au-dessus des lignes rouges, s'alignaient des rangées de caractères à l'encre noire : la réponse au sujet portant sur les Quatre Livres !

— Rendez votre copie ! Vite, dépêchez-vous ! cria la voix du surveillant qui venait de passer la tête par le rideau d'entrée.

— Ah ! Oui, oui, tout de suite !

Wen-sieou essuya de sa manche son visage en sueur et, reprenant ses esprits, rouvrit le rouleau.

Les feuilles étaient entièrement remplies. S'il n'avait pas rêvé la scène de cette nuit, il devait s'agir de l'essai du vieillard reproduit point par point.

Il entendit le surveillant crier à la porte de la cellule voisine :

— Votre copie ! Vite !… Hé, qu'avez-vous ?

D'autres cris suivirent, puis les bruits de pas des soldats qui accouraient, et enfin Wang Yi, serrant contre lui son panier d'effets personnels, passa la tête entre les pans du rideau :

— Hé, Che-leao ! C'est incroyable, le vieux d'à côté est mort cette nuit !

Wen-sieou se leva en feignant la surprise, son rouleau de feuilles serré sur son cœur :

— Mort ?

— Il a vomi une effroyable quantité de sang. Je me disais bien aussi que sa toux s'était calmée brusquement ! Tu lui as servi du thé cette nuit, n'est-ce pas ?

— Hein… ? Ah, oui, mais à ce moment-là, il se portait bien…

Wen-sieou regarda ses vêtements : nulle part, il n'y avait trace du sang qui normalement aurait dû les souiller. Il sortit de sa cellule et vit les soldats emporter le corps raidi du vieillard, le pinceau toujours serré dans la main droite. Il le regarda disparaître dans le fond de l'allée, figé par la mort en position assise, bras et jambes tenus par les soldats.

Le surveillant sortit de la cellule du vieux, tenant à la main ses maigres effets personnels, dont la copie tachée de sang, que Wen-sieou remarqua aussitôt.

— C'est le… laissa-t-il échapper en frissonnant.

Le surveillant regarda d'un air dégoûté les feuillets qu'il tenait à la main.

— Il n'a pas écrit un seul caractère. Le malheureux, on dirait qu'il n'est venu ici que pour mourir !

— Rien du tout ? Et son brouillon ?

— Pareil ! Je me demande bien ce qui vous pousse tous à passer aussi obstinément ce doctorat ! C'est de la souffrance inutile, rien de plus. Tenez, regardez !

Le surveillant qui, à n'en pas douter, s'était contenté d'un poste de fonctionnaire subalterne en s'arrêtant au grade de bachelier ou au mieux de licencié, lui montrait la copie du vieillard. Effectivement, on ne voyait pas le moindre caractère sur les feuilles blanches éclaboussées de sang encore frais.

— Attention de ne pas vous tuer à la tâche, vous aussi ! Quels honneurs y aurait-il gagnés, à son âge ? Une robe de fonctionnaire, voilà tout. A quoi ça lui aurait servi d'obtenir un poste, vieux comme il était ?

Après un regard obséquieux sur Wang Yi et Wen-sieou, le surveillant s'en alla.

— Ne prends pas ça trop à cœur, Che-leao. Lui parti, nous pourrons mieux nous concentrer demain pour la deuxième partie des épreuves.

Wen-sieou était figé sur place, l'air hébété.

— Hé, que t'arrive-t-il ? Reprends-toi. L'examen ne fait que commencer, tu sais.

Une tape sur l'épaule, administrée par Wang Yi, fit finalement revenir Wen-sieou à lui.

— Ah… Ah, oui, c'est ça, il faut que je me dépêche de remettre ma copie, et puis je rentrerai à l'auberge. Il vaut mieux que je dorme un peu…

Pendant que Wen-sieou rassemblait ses affaires, Wang regarda sa table d'un air étonné :

— Mais, et ton brouillon ? Tous les feuillets sont blancs !

— Mon brouillon… Ah, oui, je n'en ai pas fait. Ce n'était pas si difficile, j'ai écrit directement au propre pour ne pas m'ennuyer avec ça.

La règle voulait que l'on rendît le brouillon en même temps que la copie définitive. Mais les feuilles couvertes de ratures de la veille s'étaient muées en feuilles blanches.

Wang Yi écarquilla les yeux :

— Vraiment ? Pas de brouillon ? Alors ça, c'est fabuleux ! Incroyable. Tu es vraiment doué.

— Mais non, je suis tombé sur un sujet que j'avais préparé, c'est tout. Viens, allons-y.

Tous deux, leur rouleau de feuilles dans l'échancrure de leur robe, se dirigèrent vers la sortie.

8

Pendant les trois jours et deux nuits que son fils passa enfermé au palais des Tributs, Maître Liang attendit au foyer de la province, dans une humeur des plus mélancoliques.

Il ne mangeait plus, dormait à peine, si bien qu'à la fin du troisième jour, sa masse corpulente avait fondu de plusieurs kilos.

Non pas qu'il s'inquiétât du déroulement des épreuves. Chaque fois qu'il échangeait quelques mots avec des parents ou des frères de candidats qu'il connaissait de vue et qui séjournaient dans les auberges du voisinage, il prenait conscience qu'il n'y avait pas le moindre espoir que son fils réussisse.

Les autres parents se vantaient, confiants dans les résultats. Les membres de la famille Wang qui logeaient dans les maisons de la province de Ho-kien, dans une ruelle voisine, discutaient déjà du classement, racontant à qui voulait les entendre que Sixième Bonheur était un garçon de talent qui avait terminé premier l'examen de la province de Tcheli.

— Et votre fils ? Quelle place a-t-il eue ? demandait-on alors à Maître Liang, qui s'en retournait à l'auberge, tout confus, sans oser répondre que son fils avait fini quatre-vingt-dixième.

En outre, même si cela lui était désagréable, il lui fallait endurer au passage les ragots des domestiques qui campaient çà et là dans la ruelle.

— ... Il paraît que Liang Wen-sieou, du Tsing-hai, passe son examen !

— Hein ? Cet ivrogne ?

— Il est arrivé en carriole tirée par une mule depuis Liang-kia-t'ouen.

— Qui aurait cru ça d'un fils de hobereau de la campagne ? S'il obtient le titre de docteur, alors nos morveux pourraient bien devenir licenciés eux aussi !

— Il va avoir du fil à retordre !

Les rires sous cape qu'il entendait quand il passait devant eux en toussotant poursuivaient longtemps Maître Liang.

Au foyer, il devait subir les visites incessantes des fonctionnaires originaires du Tsing-hai installés à la capitale. La mauvaise réputation de son fils avait bien dû parvenir jusqu'à eux, mais comme on ne sait jamais, ils venaient tout de même saluer le père, par politesse.

Tout cela était extrêmement pénible à Maître Liang. A la pensée qu'il lui faudrait bientôt annoncer publiquement l'échec de son fils, qu'il tenait pour assuré, il se reprochait amèrement son propre manque de discernement : sous l'emprise de quelle fièvre, de quel délire avait-il décidé d'entreprendre ce voyage jusqu'à Pékin ?

A l'aube du troisième jour, Maître Liang, tout amaigri, n'avait plus qu'une idée : que tout cela se termine au plus vite.

Le soir tombait lorsque Wen-sieou réapparut au foyer, à l'issue des trois premiers jours d'examen.

Quand il fit son entrée dans l'auberge, il était pâle comme un spectre, et aussi hagard qu'un homme qui a vendu son âme au diable. A peine arrivé, il alla s'enfermer dans sa chambre sans dire un mot à quiconque.

Son expression ne laissait pas le moindre doute quant à ses résultats désastreux. Sachant bien qu'un miracle était impossible, Maître Liang lui parla à travers la porte, de sa voix la plus caressante :

— Che-leao, tu as bien fini de remplir ta copie, n'est-ce pas ? Tu n'as rien fait qui puisse me créer des ennuis par la suite ?

Seul un gémissement tourmenté lui répondit, bientôt suivi de craquements de plancher sous des pieds qui l'arpentaient violemment, puis d'une volée de coups dans le mur.

— En tout cas, tu dois finir les épreuves. Ne sois pas si impatient. Tu es encore jeune, tu pourras te représenter autant de fois que nécessaire.

Maître Liang entendit alors le bruit sourd d'un corps s'effondrant sur le lit. Des ronflements sonores, tout à fait inhabituels chez son fils, s'élevèrent rapidement.

Ne pouvant rien faire de plus, le père s'attabla avec les fonctionnaires qui l'accompagnaient autour d'un copieux dîner, initialement prévu pour redonner des forces au candidat. En l'absence du héros du jour, les deux fonctionnaires de province faisaient grise mine, eux qui étaient si guillerets en montant à la capitale.

Pendant un moment, les trois convives manièrent leurs baguettes en silence.

— Après tout, c'est déjà bien qu'il soit arrivé jusque-là ! lança soudain Maître Liang, provoquant chez les deux fonctionnaires un désagrément ostensible. Ils se montraient, si toutefois la chose était possible, encore plus découragés que le père du candidat. Un docteur dans la famille Liang, dont ils étaient intimes, signifiait pour eux l'assurance de brillantes possibilités d'avenir, tant au niveau de leurs affaires privées que publiques. Plus exactement, leur seul espoir d'un avenir glorieux était fondé sur la réussite au doctorat de Wen-sieou.

— Le jeune maître est sans doute fatigué, hasarda l'un, choisissant prudemment une formule des plus évasives.

— Il a dû dépenser toute son énergie à rédiger ses réponses, renchérit l'autre en épiant l'expression de Maître Liang.

A chacune de ces reparties creuses, entrecoupées de longs silences, les baguettes restaient en suspens, les mouvements de mâchoires s'interrompaient.

Un sourire contraint sur sa face joufflue de riche propriétaire, Maître Liang tenta de consoler les deux fonctionnaires :

— Je vous remercie d'avoir pris la peine de monter tous les deux jusqu'à la capitale avec nous, et de l'aide que vous nous avez apportée, mais je crois bien que nous nous sommes conduits comme des grenouilles au fond d'un puits. Ne vous laissez pas décourager par cette mauvaise expérience, et faites-moi la grâce de me conserver votre appui dans trois ans, lorsque mon fils tentera à nouveau sa chance.

La natte de l'un des fonctionnaires grisonnait déjà, l'autre n'avait plus besoin de se raser le front pour l'avoir dégarni : leurs épaules semblèrent se tasser un peu plus à l'idée de ces trois années supplémentaires à attendre. Maître Liang, sans doute pour combler le vide de la conversation, les engagea à se servir copieusement des mets qui restaient à peu près intacts sur la table, puis poursuivit :

— Bah… A la réflexion, j'ai été vraiment stupide de croire que cet écervelé pouvait devenir docteur. Il boit, il fume, il court les jupons. Seule la protection du Bouddha lui a permis d'arriver jusqu'ici. Enfin, disons plutôt qu'il doit s'agir d'une erreur. Une erreur dont vous me voyez navré... Si jamais il parvenait à être reçu, même parmi les derniers, il serait nommé préfet de quelque province et pourrait au moins vous remercier de vos bontés...

Tandis qu'il parlait, les gros yeux bovins de Maître Liang s'étaient emplis de larmes. Frappés par la sincérité du hobereau, les fonctionnaires avaient posé leurs baguettes.

— Maître Liang ! Ne baissez pas les bras de la sorte. Nous vous avons accompagné ici sans la moindre arrière-pensée. Ce serait un honneur pour toute la préfecture d'avoir un docteur parmi nous.

— En effet. Mon fils aîné, qui aurait dû se trouver ici aujourd'hui, obtiendra le titre de licencié la prochaine fois, et pourra à son tour tenter sa chance à l'examen de la capitale.

Plus la conversation avançait, plus la gêne devenait tangible.

Les deux fonctionnaires de grade inférieur, voyant leurs rêves s'envoler, picoraient comme des moineaux ; quant à Maître Liang, il avait pris dix ans en une heure.

Le rire tonitruant du licencié retentit soudain dans la salle du banquet, dont il venait d'ouvrir la porte d'un coup de pied.

Sous l'effet de la surprise, tout le monde se leva, dans un désordre de chaises renversées, de tasses ou de baguettes tombant à terre.

— Che-leao ! Que t'arrive-t-il ? Reprends-toi ! Tu es encore jeune, voyons, tu as l'avenir devant toi, disait Maître Liang en faisant son possible pour calmer son fils, qui hurlait de rire en agitant les manches de sa robe comme un bretteur.

Toute l'assistance s'accordait à penser qu'il s'était lancé avec cet examen dans une aventure qui n'était pas faite pour lui et que cela l'avait rendu fou.

Cambré en arrière, Wen-sieou avait éclaté d'un rire aigu, avant de bondir sur une chaise pour s'emparer d'une oreille de porc posée sur un plat.

— Che-leao ! Je comprends ce que tu ressens. Mais tu ne connais pas encore les résultats de l'examen. Tu dois d'abord terminer la deuxième et la troisième épreuve sans t'abandonner au désespoir.

Repoussant les plats, Wen-sieou s'assit en tailleur au milieu de la table, grignotant son oreille de porc et finissant d'un coup les verres d'alcool entamés.

— Je les connais déjà, les résultats ! hurla-t-il en postillonnant de l'alcool, le regard fixe.

— Che-leao, que signifie cette attitude ?

Attirés par le vacarme, des gens s'étaient attroupés au bout du jardin.

— Pff ! C'est donc lui ! C'était étonnant aussi, qu'il se comporte normalement jusqu'à présent !

Wen-sieou fixait un regard haineux sur les fonctionnaires, qui s'empressèrent de se justifier :

— Ce n'est pas ce que vous pensez ! Nous sommes venus assister à votre succès, sans la moindre pensée pour notre propre avenir.

— Nous ne sommes pas là dans le but de recevoir un cadeau de votre père, pas du tout !

Wen-sieou se mit à rire en soufflant du nez, et se remplit une coupe à ras bord.

En entendant les fonctionnaires révéler ainsi malgré eux leurs véritables intentions, Maître Liang se sentit fort dépité, mais il s'agissait bien de cela maintenant ! Se présenter au doctorat avait suffi à plonger son fils dans la démence : à n'en pas douter, ce scandale qui allait faire d'eux, et pour longtemps, l'objet de la risée générale rejaillirait sur son frère aîné !

Maître Liang arracha la cruche d'alcool des mains de son fils. Boire lui changeait le caractère, et il savait assez quelles conséquences néfastes cela pouvait avoir.

— Arrête ! Ça suffit ! Vas-tu cesser à la fin ! Quand l'examen sera fini, tu boiras tout ton content !

Wen-sieou reprit le flacon des mains de son père.

— Père, écoutez !

Les joues déjà cramoisies, il regardait Maître Liang bien en face :

— Calmez-vous ! Je bois pour célébrer mon succès !

— Que dis-tu ? Tu passes la mesure !

Wen-sieou sauta à terre et mit de force une coupe dans la main de son père.

— Réjouissez-vous ! Je suis devenu docteur ! Voilà la sécurité de la famille assurée ! Quand vous serez rentrés en province, pots-de-vin et cadeaux vont affluer de partout, une vraie montagne de trésors ! Dépêchez-vous donc de rentrer et apprenez à mon imbécile de frère à se servir d'un boulier !

— Che-leao... Tu... Tu...

Debout devant son fils définitivement dément, Maître Liang donnait libre cours à ses larmes.

— Soyez content, Père. Désormais, vous n'essuierez plus les sarcasmes, on ne vous traitera plus de richard de campagne, ni à la préfecture, ni à la capitale.

— Content ? Tu veux dire que je suis le plus malheureux des hommes !

Wen-sieou attira à lui son père qui baissait la tête d'un air pitoyable, et lui murmura à l'oreille :

— Je me suis assoupi un moment, et c'est ainsi que j'ai compris : je suis possédé par les dieux. Je ne sais pas si c'est Lao-tseu lui-même, ou encore l'un des trois Augustes ou l'un des cinq Vertueux Souverains, mais quelque chose d'extraordinaire me possède. Je n'ai plus peur de rien.

— Je le vois bien... Che-leao, plus un mot, je t'en prie. Tant pis pour l'examen. Dès demain, nous irons consulter un médecin.

Lâchant son père, Wen-sieou éclata d'un rire aigu et se précipita vers le jardin. Il fit du regard le tour des domestiques de l'auberge et des employés de son père qui formaient un cercle à distance respectueuse et fixaient sur lui des yeux terrorisés, puis hurla :

— Tchouen-yun ! Où est-il ? Où est ce gamin ?

Rien ni personne ne pouvait plus arrêter la folie de son fils, songeait Maître Liang, hagard, soutenu par les deux fonctionnaires.

Tchouen-yun s'était endormi dans la paille, à l'écurie. On le traîna, tout somnolent, jusqu'à la salle à manger.

Wen-sieou le saisit à bras-le-corps et se précipita dehors avec lui. Il parcourut comme un tourbillon les ruelles sinueuses du quartier, puis s'arrêta enfin dans une étroite venelle où un homme pouvait à peine passer.

Jetant le garçon à terre, il regarda longuement le ciel étoilé, dont la vue était limitée par une haute muraille, et éclata d'un rire de dément.

— Jeune Maître ! Que vous arrive-t-il ? Reprenez-vous !

Wen-sieou reprit aussitôt son sérieux et s'accroupit près de l'enfant :

— Ecoute. C'est terrible ! Je me suis endormi et j'ai tout compris. C'est terrible !

— Mais quoi ? L'examen ne s'est pas bien passé ?

— Au contraire ! J'ai été possédé par l'esprit de Lao-tseu en personne !

— Lao-tseu ? Qu'est-ce que vous dites ?

— C'est trop long à raconter. D'ailleurs tu ne comprendrais pas. Quoi qu'il en soit, Pai Taitai a dit vrai ! Je vais réussir mon doctorat, j'obtiendrai même la première place. Je deviendrai premier ministre, à n'en pas douter.

— Vraiment, Jeune Maître ? Tout s'est bien passé, alors ?

— Oui. Qui d'autre aurait pu rédiger une copie aussi parfaite ? Pas moi, en tout cas !

— Hein ? Comment ça ?

— Eh bien, fit Wen-sieou en tapotant le front rasé de l'enfant, le vieux Lao-tseu a emprunté mon corps et a écrit la réponse à ma place. Tu comprends ? Lao-tseu en personne a répondu aux questions de Confucius ! Qui pourrait donner meilleure réponse ?

Tchouen-yun ne comprenait pas grand-chose, sinon que Wen-sieou allait avoir de bons résultats à l'examen.

Comme chaque fois qu'il réfléchissait profondément, Wen-sieou se mit à marcher de long en large, tête baissée, bras croisés, les deux longues manches de sa robe indigo pendant vers le sol. Il se mit à arpenter ainsi en silence le lacis de ruelles plongé dans l'obscurité, si longtemps que Tchouen-yun se demandait à quel sujet compliqué il pouvait bien réfléchir de la sorte.

Il ne s'arrêta que lorsqu'il déboucha sur la grande avenue du marché aux chevaux et aux mules. Les lumières des boutiques clignotaient, éblouissantes. Le vent qui traversait la vaste avenue était chargé de parfums printaniers.

— Le problème, vois-tu, c'est toi. En admettant que dans un futur proche je sois engagé au service de l'empereur, qu'adviendra-t-il de la prédiction selon laquelle tu dois t'emparer des trésors du Vieux Bouddha ? grogna Wen-sieou tout en continuant à réfléchir.

— Si l'une des prédictions est juste, l'autre devrait se réaliser aussi.

— Pas de conclusions hâtives. Cette histoire de s'emparer des trésors impériaux m'effraie assez. A la réflexion, ça sent un peu le crime, tu ne trouves pas ?

— Moi, je ne ferai rien de mal. Jamais je ne serai un voleur ! Mon père m'a dit sur son lit de mort que même au fond de la misère, il ne fallait jamais convoiter les biens d'autrui.

— Mais tu n'en sais rien. Parfois, les circonstances... Tiens, regarde où j'en suis arrivé, simplement en me confiant au cours des événements.

En marchant le long de ces avenues qui le faisaient rêver, Tchouen-yun avait une impression étrange, comme si déjà il avait entamé sa quête du trésor.

— J'ai bien réfléchi à tout ça, dit-il. Si mon père est mort d'épuisement, après avoir travaillé toute sa vie comme un esclave, si mon frère aîné est mort de maladie sans qu'on puisse même l'amener chez un médecin, si mon troisième frère s'est engagé dans l'armée, c'est à cause de la misère. Alors, moi, je veux me procurer ces trésors le plus vite possible, pour les distribuer aux pauvres. Vous aussi, Jeune Maître, vous pensez comme moi, n'est-ce pas ? Vous êtes un homme bon, je le sais.

Embarrassé, Wen-sieou abaissa son regard sur le garçon qui le tirait par la manche.

— Tu es intelligent. Les enfants n'ont pas ce genre de pensées, d'habitude. Mais si tu deviens un voleur, c'est très gênant pour moi qui vais être premier ministre. Voilà à quoi je pensais.

— Comment ? Pourquoi aurais-je quelque chose à voir avec vous ?

— C'est évident. Pour dérober les trésors du palais, il ne faut pas être un malfaiteur ordinaire. Il faut être un chef de brigands, comme Li Tseu-tcheng, qui a causé la chute de l'empire des Ming ! Ce qui veut dire que dans le futur, tu me causeras les pires ennuis, et si je n'agis pas à bon escient, qui sait si je ne finirai pas assassiné...

Wen-sieou regardait fixement Tchouen-yun en parlant, sans esquisser le moindre sourire.

— Mais puisque je vous dis que je ne serai jamais un voleur !

— Li Tseu-tcheng lui-même ne se considérait pas comme un voleur. Il croyait agir pour la bonne cause. En tout cas, moi, dès que j'aurai obtenu le titre de docteur, il faudra que je cesse toute relation avec toi.

Sur ces mots, Wen-sieou tourna les talons et rebroussa chemin. Tchouen-yun continua à marcher un moment droit devant lui sans s'en rendre compte, puis rattrapa le jeune homme en courant.

— Vous êtes rusé, Jeune Maître. Il suffit que les choses tournent bien pour vous pour que vous me laissiez tomber. Vous n'avez vraiment pas de cœur !

— Je plaisantais, voyons ! Mais laisse-moi te dire une chose : quand je serai fonctionnaire et qu'on m'enverra en poste à la capitale, je ne pourrai pas t'emmener avec moi. Je conçois que cela peut te paraître cruel. Mais un docteur ne peut avoir un enfant pour domestique.

— Et que devrais-je faire, alors ? Rentrer au village et continuer à ramasser du crottin ? demanda Tchouen-yun avec une moue de dépit.

Wen-sieou ne répondit pas.

— C'est bien. J'ai compris quel genre d'homme vous étiez. Je me débrouillerai tout seul, je ramasserai du crottin dans les rues de la capitale. Regardez ! Les voilà, les montagnes de trésors !

Tchouen-yun désignait la silhouette d'un homme accroupi, robe retroussée sur les fesses, en train de faire ses besoins au fond d'une ruelle sombre.

Non seulement les gens se soulageaient n'importe où, mais les innombrables mules et chevaux que l'on croisait dans les rues laissaient d'énormes tas de crottin partout. Tchouen-yun se mit à songer très sérieusement qu'il pourrait tirer un revenu substantiel de tout cela.

— Regarde plutôt ça, Tchouen-yun... fit Wen-sieou qui avait pris le gamin par l'épaule et lui montrait le bout de l'avenue.

Une charrette chargée de seaux à purin était arrêtée à l'entrée d'une ruelle, où un robuste portefaix, une pelle sur l'épaule, venait de pénétrer. Il en ressortit presque aussitôt, un seau plein d'excréments au bras.

— Comprends-tu ? Ils ne t'ont pas attendu pour s'organiser. Tu crois peut-être qu'ils prennent des apprentis ? Ceci dit, tu as de l'expérience dans le métier, ils t'engageront peut-être.

Béat d'admiration, Tchouen-yun observait le fonctionnement de cette entreprise de ramassage de crottin de grande envergure. Il y avait trois ouvriers par charrette :

ils empilaient le crottin, faisant systématiquement la tournée des ruelles.

— Ouaah ! Je n'en suis pas encore là, c'est sûr.

— Tu as compris ? Le monde n'est pas tendre. Rentre donc au village ramasser ton crottin sans rien dire. Là-bas, au moins, tu as le monopole de l'affaire, et tout le monde te trouve utile.

La moue boudeuse de Tchouen-yun s'accentua.

— Non, je n'en ai pas envie. Ce n'est pas ce que m'a prédit Pai Taitai. Je veux rester à la capitale et devenir riche.

— D'ici quelques années, je ferai carrière. Toi aussi, tu seras grand à ce moment-là et je te prendrai à mon service. Ça te va ?

— Non, non et non ! Je vais rentrer au village, juste pour demander à Pai Taitai pourquoi votre prédiction se réaliserait et pas la mienne. C'est incompréhensible !

Repoussant la main de Wen-sieou, Tchouen-yun s'enfuit en courant.

Le lendemain matin, c'est un Wen-sieou méconnaissable qui se présenta à la deuxième session d'examen.

Une force aussi immense qu'invisible l'accompagnait. L'étrange incident de la nuit de l'examen ne se résumait pas à un échange de copies, il le savait. Désormais, il était convaincu que le destin guidait ses pas, toutes ses hésitations s'étaient envolées sans laisser de traces.

Personne ne comprenait ce qui lui était arrivé. Mais de toute évidence, il était transformé : très sûr de lui, plein d'une arrogance nouvelle, il arborait des manières empreintes de calme et de sang-froid ; son physique même en paraissait plus imposant.

Les candidats logés dans le même baraquement que lui en écarquillaient les yeux. Les langues allaient bon train : avait-il réussi les premières épreuves au-delà de toute espérance ou accompli quelque étrange exorcisme, pour faire preuve d'une pareille confiance en lui, ou bien encore avait-il un frère jumeau ?

Confronté aux questions sur les Cinq Classiques, Wen-sieou se mit à rédiger ses réponses sans la moindre hésitation ; les citations se présentaient les unes après les autres à son esprit, comme si elles coulaient d'une source abondante. En trois jours et deux nuits, il rédigea une copie parfaite, où chaque expression était à sa place, où ne manquait aucun caractère.

Il ne sentait même pas la fatigue et rentra tout fringant à l'auberge ; il n'échangea pas un mot avec la compagnie toujours aussi mélancolique qui l'y attendait, alla aussitôt se coucher et dormit tout son soûl.

A l'aube, il était prêt à se présenter à la troisième session, toujours aussi arrogant et serein : il avait déjà l'allure d'un grand lettré. Ses voisins de baraquement ne firent plus le moindre commentaire, ils se contentaient de trembler de respect devant tant de prestance.

Au bout de trois jours et deux nuits, Wen-sieou avait rédigé une copie d'une telle perfection que la relire lui arrachait des soupirs d'admiration.

Les épreuves s'achevèrent dans l'après-midi du 16 mars. Tous les candidats quittèrent le palais des Tributs après les trois coups de canon, tirés de la tour de garde, marquant la fin de l'examen des Rites, qui avait duré neuf jours. Ainsi se terminait cet examen auquel vingt mille candidats avaient consacré toutes leurs énergies, rassemblant toutes leurs connaissances dans ce but unique : « réussir le doctorat ».

Les candidats, épuisés, amaigris, ressortaient en titubant de leurs cellules. Certains se traînaient, trouvant à peine la force de tirer leur malle derrière eux, les voisins de cellules se soutenaient les uns les autres, tous se dirigeaient vers l'immense porte d'entrée, silencieux, vidés de leurs dernières forces, le visage taché de poussière et de graisse, parfois même en larmes.

— Che-leao… Tu es vraiment extraordinaire ! Je ne tiens même plus sur mes jambes. Par quel miracle as-tu l'air si fringant ? demanda Wang Yi, dont le corps trapu semblait lui aussi amaigri, en levant un regard stupéfait vers son voisin, lors du dernier appel devant la porte de sortie.

En attendant l'appel de leurs noms, tous les candidats s'étaient accroupis à terre. Seul Wen-sieou restait debout, telle une borne surplombant un marais de robes indigo.

— Ah, j'ai toujours été ainsi : réfractaire au début, et puis peu à peu, la force jaillit en moi. Vous êtes des chevaux, et moi, je suis une mule !

Une fois l'appel terminé, la porte s'ouvrit sur l'ordre d'un surveillant, et les candidats se précipitèrent vers leurs familles et leurs amis : une foule de plusieurs dizaines de milliers de personnes patientait à l'extérieur, massée sur la place.

Wen-sieou et Wang Yi attendirent que le tourbillon se calme un peu avant d'aller chercher leurs escortes respectives. Comme s'ils s'étaient donné le mot, les gens de la maison Wang et l'entourage de Wen-sieou s'étaient regroupés à côté des carrioles de la famille Liang alignées le long de l'enceinte du palais des Tributs.

Le père de Wang Yi, en habit de cérémonie, et celui de Wen-sieou, en vêtement ordinaire, discutaient, debout face à face. L'un souriait avec suffisance, l'autre, la tête un peu basse, opinait du bonnet d'un air résigné.

Depuis l'esclandre des premiers jours, Wen-sieou n'avait pas échangé un mot avec son père. A chaque retour à l'auberge, il se retirait dans sa chambre pour s'endormir sitôt arrivé, et ressortait à l'aube pour retourner sur les lieux d'examen, sans adresser la parole à quiconque.

Quand les deux candidats s'approchèrent, l'escorte des Wang éclata en applaudissements joyeux, tandis que chez la famille Liang personne ne pipait mot. Sans la moindre félicitation à l'adresse de son cher fils qui venait de terminer une rude épreuve, Maître Liang se contenta de le pousser à l'intérieur de la carriole.

Puis il s'engouffra à sa suite derrière le rideau et déclara en dévisageant son fils qui, seul, parmi tous ces candidats épuisés, avait l'air frais comme une rose :

— Pourquoi diantre a-t-il fallu que je me retrouve juste à côté de Wang, entre mille !... Mais tu m'as l'air drôlement en forme ! Ce n'est pas possible, aurais-tu dormi au lieu de rédiger ta copie ?

— Je l'ai rédigée, ne vous inquiétez pas. Sans doute pas aussi bien que Wang, bien sûr.

— Tu sais que rendre une copie incomplète est puni par trois interdictions successives d'examen ?

— Ne vous en faites pas. Je l'ai rédigée du mieux que j'ai pu.

— Du mieux que tu as pu ! Hum. Allez, rentrons vite !

— Ce n'était pas la peine de venir me chercher exprès en carriole. C'est gênant vis-à-vis des autres.

— Oui, j'ai eu droit aux sarcasmes de Wang. Il m'a demandé si je venais chercher mon fils en voiture pour l'habituer. Tu comprends l'allusion, n'est-ce pas ?

— Ma foi…

— C'est la coutume de venir chercher en voiture un candidat malheureux qui a échoué, afin de ne pas l'exposer aux regards d'autrui. Regarde donc les Wang, ils repartent en grande pompe, comme si leur fils fêtait déjà son doctorat !

La carriole des Liang venait de dépasser le cortège des Wang. Wen-sieou souleva le rideau pour appeler son camarade :

— Hé, Sixième Bonheur ! Rendez-vous aux examens du palais !

— Je m'en réjouis d'avance, Che-leao !

En voyant les deux jeunes gens lever la main en se promettant de se retrouver, ceux qui accompagnaient Wen-sieou lui jetèrent un regard méfiant. Son père se hâta de rabaisser le rideau.

— Qu'est-ce que tu racontes, espèce de crétin ! Bon, en tout cas, nous repartons ce soir même, pour éviter d'être vus.

— Mais pourquoi ne voulez-vous pas qu'on nous voie ?

— C'est évident, non ? Les armées vaincues se retirent discrètement, drapeau en berne.

Wen-sieou ne comprenait ni son père, ni son entourage, ni la froideur qu'ils lui manifestaient depuis le début des épreuves.

Tournant son cou épais, Maître Liang regarda son fils comme il eût fait d'une immondice :

— Jamais je ne me suis senti aussi misérable. Je t'avais bien dit pourtant qu'il valait mieux attendre encore trois ans pour étudier bien à fond, et te présenter plus tard en même temps que ton frère.

— Et quand m'avez-vous dit une chose pareille ? N'est-ce pas vous plutôt qui vous êtes mis à parler à tort et à travers de l'examen de la capitale dès que j'ai été reçu dans la province ? Vous disiez que je chevauchais un tigre, que j'irais jusqu'au bout !

— Pff ! Jamais je n'ai dit une chose pareille, mais plutôt que tu avais l'air d'un idiot chevauchant un cochon ! Ah, quel ennui, que vais-je dire à tout le monde au retour ?

Wen-sieou commençait enfin à y voir clair. Pendant que lui-même affrontait les épreuves, son père avait dû s'abreuver de rumeurs sur les difficultés de l'examen, et s'était laissé décourager.

Pour son campagnard de père et les petits fonctionnaires de province qui l'accompagnaient, réussir un examen aussi difficile paraissait sûrement une impossible gageure. Wen-sieou, cependant, ne s'était pas attendu à pareil désarroi de la part de son père.

Le jeune homme s'allongea de tout son long à l'arrière de la carriole et bâilla de toutes ses forces. Maître Liang le regarda en soupirant.

— Tu as un comportement bien négligé par rapport aux autres candidats. Ah, comment vais-je pouvoir réparer cette honte ?

Les deux mains sous la tête en guise d'oreiller, Wen-sieou leva la tête vers la bâche sombre. Y avait-il une règle obligeant un génie à se conduire en homme vertueux ?

— Je ne crois pas, Père, qu'il soit bon de juger les gens uniquement sur leur apparence et leur conduite.

Secoué par les ornières du chemin, Maître Liang, complètement abattu, faisait le dos rond.

— Je connais de vue plusieurs candidats de notre province, ils ne te ressemblent en rien. Tiens, par exemple, ce Wang Yi. Il suffit de le regarder pour voir qu'il a tout d'un lettré : élégant, l'esprit vif. Et toi, il n'y a qu'à te voir au milieu de jeunes gens comme lui pour comprendre que tu vas échouer, c'est limpide. J'ai été bien bête de compter sur la chance. Hélas, le Ciel est juste !

— Ne vous découragez donc pas ainsi ! Les résultats ne sont pas encore publiés.

— Comment ne pas être découragé ? Tu en parles comme si ça ne te concernait en rien, espèce d'âne bâté !

Wen-sieou se demanda qui avait parlé à son père, pour le convaincre à ce point que son fils allait échouer. Comment faire maintenant pour lui redonner confiance ?

— Il reste un mois avant l'annonce des résultats, gardez votre calme, Père.

— Je suis parfaitement calme ! Je n'ai pas besoin de voir les résultats. On ne peut pas changer les gens !

— Attendez un peu !

Piqué au vif, Wen-sieou se redressa.

— Vous exagérez ! Je reconnais que je suis un excentrique. Je bois, je fume, je n'ai pas l'allure d'un gentilhomme. Mais prétendre, l'examen à peine terminé, que vous n'avez pas besoin de voir les résultats, c'est trop injuste ! N'importe quel père encouragerait son fils, lui dirait qu'il a bien fait, qu'il faut attendre pour savoir ce que le destin lui réserve.

— Je suis comme n'importe quel père, c'est toi qui n'es pas un fils normal !

— Certes, je sors de l'ordinaire mais...

— Ça va, ça va.

Maître Liang s'était retourné et tapotait l'épaule de Wen-sieou comme s'il s'agissait d'un cheval rétif.

— J'ai compris. Aujourd'hui, nous rentrons, de toute façon. Tu es un bon fils, va. Tu es stupide, mais moi aussi j'ai été stupide de rêver. Au retour, nous trouverons un bon professeur, et tu recommenceras à étudier à fond les *Entretiens*.

Wen-sieou prit le bras de son père, l'attira à lui et lui murmura distinctement à l'oreille :

— Rentrez si vous voulez sans attendre les résultats. Moi, je reste et me prépare à la suite.

— La suite ? Que veux-tu dire ? Aurais-tu l'intention de te faire moine ?

— Pas du tout.

Wen-sieou redressa son chapeau orné d'un moineau d'argent, bomba le torse dans sa robe indigo et ajouta :

— Je dois me préparer à l'examen du palais, qui aura lieu dans un mois, en présence de l'empereur. C'est le dernier des examens supérieurs à passer. J'obtiendrai mon doctorat, je vous le garantis.

9

Pendant le mois qui suivit, les innombrables copies d'examen, dont les résultats étaient cruciaux pour les candidats, furent soumises à des contrôles rigoureux.

Les copies déposées par les candidats avant leur départ du palais des Tributs étaient d'abord examinées par des inspecteurs pour vérifier qu'elles ne comportaient ni taches, ni espaces blancs, ni fautes de caractères, puis remises à l'examinateur.

Pour éviter toute tricherie dans les corrections, l'examinateur scellait d'un cachet léger, marqué de son sceau, l'en-tête des copies portant le nom et les antécédents du candidat. Il attribuait ensuite à chacune un symbole composé d'un chiffre et d'un caractère tiré du *Texte en mille caractères*[1], puis les liait en liasses de cent choisies au hasard, qu'il envoyait au bureau d'enregistrement.

Deux mille scribes se tenaient prêts dans cet énorme bureau pour retranscrire au pinceau vermillon, sur des feuilles séparées, toutes les copies d'examen. Les corrections seraient ensuite effectuées à partir de ces duplicatas à l'encre rouge.

En dernier lieu, les duplicatas étaient comparés aux originaux à l'encre noire et revus par les lecteurs d'un bureau spécial, afin de vérifier l'absence d'erreurs de copie. Si par hasard il y en avait, elles étaient corrigées, à l'encre jaune cette fois.

Une fois sortis du bureau de lecture, les originaux étaient conservés à part et seuls les duplicatas à l'encre rouge étaient remis aux correcteurs.

Ainsi, les étapes précédant la correction avaient-elles pour but de transformer les copies d'examen en reproductions anonymes ne laissant place à aucune tricherie, aucun préjugé. Toutes ces opérations étaient menées avec une rigueur exemplaire.

L'enceinte des examens était divisée en deux parties séparées par un mur élevé : l'une, extérieure, où se déroulaient les examens, l'autre, intérieure, destinée à la correction. Une fois dupliquées, après une série de minutieuses vérifications, les copies étaient acheminées jusqu'à la salle des Corrections, située tout au fond de la partie intérieure.

---

1. Texte de référence des calligraphes, composé de mille caractères différents. *(N.d.T.)*

Le groupe des examinateurs consistait en un correcteur principal nommé par la cour, trois vice-correcteurs, et dix-huit réviseurs, qui procédaient à la première inspection des copies, enfermés dans des pièces individuelles.

Déjà présents sur place plusieurs jours avant le début des examens, ils devaient rester enfermés un mois et demi, privés de tout contact avec l'extérieur.

Les duplicatas à l'encre rouge étaient d'abord distribués aux dix-huit réviseurs, recrutés parmi des fonctionnaires jeunes et brillants. Jugeant les copies uniquement sur le fond, sans connaître le nom du candidat ni son écriture, ils devaient noter leur appréciation à l'encre bleue, puis transmettre aux vice-correcteurs, qui les examinaient à leur tour, les copies qu'ils jugeaient les meilleures. Ces trois vice-correcteurs et le correcteur principal, mandatés parmi les lettrés les plus réputés de l'époque, tous au moins fonctionnaires du troisième rang, devaient tomber tous les quatre d'accord pour qu'une copie soit admise. A ce moment-là, pour la première fois, les résultats étaient notés à l'encre noire sur les copies.

Déterminer ceux qui occuperaient un jour les plus hauts postes du gouvernement, autrement dit « choisir les étoiles du firmament », était considéré comme une tâche sacrée, qu'il fallait accomplir avec une extrême rigueur.

Le vice-correcteur en chef était Yang Si-tcheng, un homme remarquable qui avait été premier lauréat aux examens de la capitale sous le règne de T'ong-che, et, à trente-cinq ans, occupait déjà un des postes les plus importants des fonctionnaires civils, celui de vice-ministre de la Droite au ministère des Rites.

Il avait la charge de secrétaire privé de l'empereur, une des affectations extérieures de l'académie Hanlin, et faisait partie de l'élite des docteurs ; on disait qu'il deviendrait le précepteur du prince impérial : il était le premier lauréat idéal des examens supérieurs, un de ces mandarins hiératiques que l'on voit figurés sur les peintures d'époque.

Son érudition et sa haute valeur étaient reconnues de toute l'administration, et bien qu'il fût fonctionnaire de troisième rang, on l'appelait généralement « Professeur Yang », ou encore « Vénérable Yang ». Son indépendance de caractère, ses traits altiers, une imperturbable froideur peu en accord avec son âge, tout faisait de lui un lettré tel qu'il en apparaît peu dans un siècle.

Enfermé dans son bureau privé de la salle des Corrections, le dos raide comme la hampe d'un drapeau dans sa longue robe, le professeur Yang lisait silencieusement les copies. Sa silhouette d'ermite taoïste inspirait tellement le respect que l'on hésitait à lui adresser la parole. Même les secrétaires affairés qui couraient dans les couloirs étouffaient le bruit de leurs pas et retenaient leur souffle en passant devant son bureau.

Chaque fois qu'il avait fini de lire une copie, le professeur Yang prenait son pinceau en poussant un profond soupir. Il n'avait pas encore vu passer une seule copie qui méritât le doctorat.

Les copies que des réviseurs confiants en leur jugement lui envoyaient, celles sur lesquelles les autres vice-correcteurs apposaient leur sceau, étaient aussitôt renvoyées avec le tampon indiquant « Ne vaut rien », dès qu'il avait jeté un œil dessus.

Les trois vice-correcteurs et le correcteur principal devaient tomber d'accord pour qu'une copie soit acceptée, si bien que quelques jours après le début des corrections, pas une seule copie portant la mention « Reçu » n'était encore posée sur le bureau de Yang Si-tcheng.

La situation permettait seulement quelques estimations du niveau général des candidats. Les jours passant, les réviseurs qui voyaient revenir toutes les copies qu'ils sélectionnaient commencèrent à manifester leur mécontentement, et le correcteur principal ressentit une certaine urgence à admettre quelques candidats. Si cela continuait ainsi, on arriverait à une situation encore jamais vue dans l'empire : un nombre insuffisant de candidats à l'examen du palais présidé par l'empereur !

A l'issue d'intenses réflexions, il fit mander Yang Si-tcheng dans son cabinet particulier.

Pour ce vieux haut fonctionnaire qui cumulait les fonctions de ministre de la Justice et chef de la garde du palais, le professeur Yang était un interlocuteur gênant.

Yang Si-tcheng était non seulement un grand connaisseur des Classiques, au point qu'on le disait très sérieusement la réincarnation du philosophe Tchou Si, mais il était le précepteur privé de l'empereur et jouissait de sa faveur et de celle des nobles de la cour. Les plus hauts fonctionnaires civils de l'Etat le tenaient en grande estime et le considéraient comme l'autorité suprême du clan académique du sud du Yang-tse. Enfin, pis que tout, il était le bras droit du ministre des Rites, adversaire politique du correcteur principal depuis l'époque de leur doctorat.

Autrement dit, c'était un subalterne, mais il avait un pouvoir réel, des relations haut placées, et appartenait à une faction politique adverse de la sienne.

Lorsque Yang Si-tcheng se présenta devant le correcteur principal et mit un genou à terre pour le saluer, pas un muscle ne bougea dans son visage fin, au regard froid et pénétrant.

Comme d'habitude, ce mandarin pétri de savoir n'affichait pas le moindre semblant d'humanité. Pour le correcteur principal, homme au caractère franc et ouvert, ce salut selon les règles semblait au contraire plein d'une condescendance blessante.

Cachant son trouble derrière un sourire d'apparat, il invita Yang Si-tcheng à s'asseoir. Mais celui-ci, sans se départir de son masque glacial, refusa le siège proposé.

Vu les circonstances, il avait beau être son supérieur hiérarchique, il était difficile au correcteur principal d'ordonner purement et simplement à Yang Si-tcheng de manifester un peu plus d'indulgence dans ses corrections.

— Monsieur Yang, je ne voudrais certes pas assombrir votre humeur, mais…

Le correcteur principal exposa ses pensées, en prenant soin de s'exprimer avec forces périphrases et civilités, afin de ne pas blesser l'amour-propre du vice-correcteur.

Ce dernier resta un long moment silencieux, aussi impassible qu'un portrait, regardant fixement son supérieur.

Il avait la spécialité de ce genre de silence, pénible pour ses interlocuteurs. Cela donnait généralement des sueurs froides à ceux qui ne le connaissaient pas, car ils se demandaient ce qui lui arrivait, mais en réalité ce mutisme ne signifiait en aucune manière que l'intéressé était dans une colère noire, ni qu'il était embarrassé de répondre.

Il réfléchissait, tout simplement.

Une longue immersion dans les études avait fait de lui une sorte d'automate à penser, son existence même se réduisait à cette fonction, si bien que les pensées les plus banales le rendaient totalement inexpressif, pareil à une machine.

Après ce moment d'attente, pendant lequel le correcteur principal frissonna intérieurement, Yang se mit à parler lentement, du bout des lèvres. Il avait passé tant de temps plongé dans les livres que sa façon même de s'exprimer était d'un effrayant classicisme.

— Je comprends vos inquiétudes, Excellence. Il n'en reste pas moins que le principe guidant la correction des épreuves est la subjectivité de chacun des correcteurs.

— Oui, mais ma position en tant que correcteur principal…

— Je comprends tout à fait votre opinion. Cependant, user d'indulgence dans les corrections en considération de votre position serait contraire au principe d'examens qui visent à sélectionner l'élite du pays, et serait par là même susceptible de porter ombrage à Sa Majesté l'empereur que je crains et respecte profondément. Moi, Yang Si-tcheng, je ne puis donner mon accord qu'à des actions conformes aux souhaits impériaux, en refusant celles qui ne le sont pas.

Sur ces mots, Yang Si-tcheng, toujours impassible, quitta la pièce après un nouveau salut plein de condescendance.

Le correcteur principal resta un moment stupéfait, la tête levée vers le ciel. Son subordonné, personnage décidément d'un abord difficile, avait totalement rejeté ses conseils, par des propos qui, certes, ne manquaient pas de logique. Il n'y a plus qu'à attaquer de front, et advienne que pourra, songea le correcteur principal.

Après s'être retiré d'un air indifférent, Yang Si-tcheng regagna son cabinet particulier d'un pas majestueux, comme si les couloirs de la salle des Corrections étaient ceux du palais impérial. Les secrétaires qui le croisaient s'écartaient aussitôt avec crainte sur son passage, impressionnés par son allure pleine de dignité.

De retour dans son cabinet particulier, il aligna sur sa table d'ébène son nécessaire à écrire, traça méticuleusement quelques caractères simples sur une feuille à calligraphie pour lisser le bout de son pinceau, reposa celui-ci, essuya ses doigts humides avec un morceau de soie, puis se remit à lire ses copies d'examen.

Il les lut une à une avec attention, le dos bien droit, complètement immobile. Malgré une lecture soigneuse, à la fin de chaque copie, il notait sommairement : « Ne vaut rien » ou « Sans intérêt ». Les copies recalées continuèrent à s'entasser sur sa table, toujours plus nombreuses.

Même le coucher du soleil n'interrompit pas son travail. Des secrétaires commencèrent à faire la tournée des cabinets des correcteurs pour y apporter des chandeliers, puis de nouveaux paquets de copies à corriger.

Yang Si-tcheng fit une courte pause lorsqu'on vint éclairer sa chambre, but un thé. Il avait choisi ce moment de repos pour une raison logique : les copies lui feraient peut-être une impression différente, lues à la lumière du jour et à la lumière des chandelles, aussi avait-il décidé de s'arrêter un instant pour laisser ses yeux s'habituer à ce nouvel éclairage.

Redressant le dos, il se concentra à nouveau sur sa tâche. C'est à ce moment-là qu'il tomba sur *la* copie. Il ouvrit le rouleau sur la couverture duquel était inscrit, comme sur tous les autres, *Examen portant sur les Quatre Livres, par ordre impérial*. Après avoir lu les premières lignes, il leva les yeux et secoua la tête, dans un geste d'étonnement qui ne lui ressemblait guère.

Il reprit sa lecture depuis le début, et ne releva plus le visage. Plus il avançait et plus son dos, d'abord fermement redressé, s'arrondissait. Bientôt, il commença à suivre d'un doigt fébrile les caractères vermillon tracés sur le papier, puis les coins de ses lèvres se relâchèrent et il se mit à lire des passages à voix haute.

Après avoir parcouru attentivement le texte à trois reprises, il croisa les bras, resta un moment plongé dans ses réflexions. Puis il murmura inconsciemment :

— C'est bien.

Les approbations des autres vice-correcteurs figuraient déjà dans la marge :

Réponse sur les Quatre Livres extrêmement subtile et élaborée, théorie politique bien raisonnée et pleine d'érudition.

Connaissance accomplie des Quatre Livres, dissertation magnifique, pleine de profondeur.

Les deux vice-correcteurs lui avaient chacun attribué la meilleure note.

Yang Si-tcheng prit son pinceau et écrivit sans hésiter à côté des autres commentaires, de son écriture carrée pareille à des caractères d'imprimerie :

Réponses érudites, dissertation profonde et sincère. Amples connaissances des Quatre Livres et des Cinq Classiques, théorie politique extrêmement réaliste et élégante, pas de discours creux. Reçu.

Il n'avait aucun moyen de savoir qui était l'auteur de cette copie, mais à n'en pas douter, elle était parfaite.

Au palais des Tributs, les nuits étaient terriblement longues.

Les examinateurs, coupés du monde extérieur depuis le début des corrections quelques jours plus tôt, n'avaient pas le droit de mettre un pied hors de l'enceinte jusqu'à la fin de leur besogne et l'annonce des résultats. Durant environ un mois et demi, ils devaient rester cloîtrés dans cette place forte de l'administration et de la politique, inchangée depuis plus de mille ans.

Pendant les examens, tant que le palais des Tributs grouillait de milliers de personnes, ils avaient eu de quoi se distraire, mais une fois les épreuves terminées, les candidats étaient repartis, suivis par les copistes, puis les lecteurs, après avoir rempli leur devoir, s'en étaient allés à leur tour ; finalement, secrétaires, soldats et employés d'imprimerie avaient eux aussi déserté les lieux, désormais aussi calmes qu'un cimetière.

Les corrections en étaient au stade le plus intéressant, et dans la salle isolée telle une île dans des mers lointaines, il ne restait plus que les vingt-deux examinateurs, ainsi que quelques domestiques pour les menues besognes et les repas, et quelques secrétaires du ministère des Rites pour préparer l'annonce des résultats.

Si l'on montait au sommet de la tour de garde pour se distraire, on apercevait à perte de vue, comme des vagues sur l'océan, les toits des baraquements désertés. Mais ce qui désolait plus que tout le cœur des examinateurs, c'étaient les montagnes de copies à corriger que les vingt mille candidats avaient laissées derrière eux.

Les trois vice-correcteurs et le correcteur principal prenaient leurs dîners ensemble, échangeant des coupes comme une routine quotidienne.

Hélas, ce qui aurait dû être l'unique moment de plaisir propre à distraire leur ennui était une cérémonie formelle mortellement ennuyeuse.

Tout d'abord, ils étaient écœurés par le menu. Etre coupés du monde signifiait aussi manger chaque jour des plats identiques préparés par les mêmes cuisiniers.

Ils en eurent vite assez de ces repas, où ils ne pouvaient même pas parler librement, ayant tous les quatre été sélectionnés dans le même bureau du gouvernement.

A table, ils n'échangeaient donc que des propos anodins, évoquant les beautés de la nature, leurs provinces natales ou encore des événements historiques, sujets dont ils étaient aussi las que de la nourriture, car ils étaient d'une grande banalité et revenaient souvent entre lettrés.

La présence de Yang Si-tcheng assombrissait encore ces repas moroses. Lorsque plusieurs hommes se trouvent réunis ensemble, les sujets plaisants de conversation ne manquent généralement pas, même sans aller jusqu'à la grivoiserie, mais l'arrivée du taciturne et austère Yang dissuadait aussitôt ses compagnons de tout propos un peu osé.

Il restait bien les histoires de revenants, mais Yang, en véritable lettré, ne parlait jamais de ces fadaises surnaturelles. Toujours droit comme un I, sa seule présence imposait le silence.

En outre, il était totalement végétarien, et ne touchait pas les plats contenant de la viande. Bien entendu, il ne buvait jamais une goutte d'alcool, et même en mangeant, gardait les yeux fixés dans le vide, à une trentaine de centimètres devant lui, plongé dans ses éternelles réflexions.

On aurait pu espérer qu'il se retirerait de bonne heure, mais il mettait un point d'honneur à ne jamais quitter la table avant ses collègues, considérant sa présence aux repas comme faisant partie de ses devoirs. Les autres convives choisissaient donc leurs mots et échangeaient sans joie des coupes d'alcool, tels des invités à une veillée funèbre.

Ce soir-là, cependant, l'attitude de Yang Si-tcheng fut étrangement différente.

Il fit son entrée dans la salle à manger d'un pas plus léger que d'ordinaire, s'assit en souriant. Le correcteur principal et les deux autres vice-correcteurs s'entre-regardèrent. Aucun d'entre eux n'avait encore vu Yang Si-tcheng sourire.

Leur étonnement redoubla quand ils l'entendirent déclarer sitôt installé :

— Je boirais bien une coupe ce soir.

Le correcteur principal, à qui l'on tendit le flacon d'alcool en premier, se sentait sur le gril. Il avait le jour même fait une remontrance à Yang Si-tcheng sur sa façon de corriger les copies. Ce dernier avait-il réfléchi, avait-il quelque proposition à lui faire ?

Sa coupe à la main, le correcteur principal se hâta donc d'orienter la conversation sur un autre sujet, ne voulant pas avoir à polémiquer.

— A propos, mon cher Yang, quel âge avez-vous maintenant ?

Un grand sourire éclaira le visage sans âge du mandarin. Tout le monde resta stupéfait devant cette expression de gaieté : l'effet était aussi sinistre que si un bodhisattva de pierre au bord du chemin s'était soudain avisé de rire.

— Trente-cinq ans, pourquoi ?

Les convives frissonnèrent. Tous savaient que Yang Si-tcheng avait obtenu son doctorat très tôt et qu'il était bien plus jeune qu'il ne le paraissait, mais l'entendre prononcer lui-même ce chiffre paraissait incroyable, tant ses manières étaient celles d'un homme d'âge avancé.

L'un des vice-correcteurs ne put s'empêcher de s'exclamer :

— Vous êtes donc mon cadet de six ans ! C'est incroyable !

Son collègue répliqua en s'efforçant de garder son sang-froid :

— Voyons, c'est parce que le professeur Yang a été reçu premier aux examens. Il a beau être docteur comme nous, nous n'avons pas les mêmes antécédents. Plus tard, il sera ministre des Affaires Militaires, ou grand lettré du Conseil privé, en tout cas ministre et fonctionnaire de premier rang !

Yang Si-tcheng sourit d'un air un peu gêné, puis invita les vice-correcteurs à remplir leurs coupes.

— Bah, qu'importe tout cela ! Je me sens d'humeur joyeuse ce soir. Buvons, mes amis !

Les convives furent à nouveau sidérés d'entendre Yang Si-tcheng s'exprimer comme le commun des mortels, et non de la manière ampoulée qui lui était habituelle. A la réflexion, cela sonnait assez lugubrement de l'entendre dire qu'il était « d'humeur joyeuse ».

— D'humeur joyeuse ? Qu'est-ce à dire ?

— Eh bien, je viens à l'instant de tomber sur une copie satisfaisante !

Les trois autres convives poussèrent un « oh » de stupéfaction simultané.

— Comment ! Une copie a gagné votre faveur ?

Le correcteur principal jubilait intérieurement. Ainsi, Yang Si-tcheng avait obéi à son ordre. Il ne fallait surtout pas blesser son amour-propre maintenant ; il importait de faire semblant de croire que le professeur Yang était « tombé par hasard » sur cette copie !

— … Je la ferai parvenir dès demain sur le bureau de Votre Excellence ; c'est une merveilleuse composition, sans égal même dans le passé.

Les deux collègues de Yang Si-tcheng avaient tout de suite compris de quelle copie il s'agissait. Ils avaient pu en admirer le style le jour même et lui avaient décerné la meilleure appréciation. Ils échangèrent un regard d'intelligence, et l'un d'eux se mit à réciter un vers qui restait gravé dans sa mémoire :

— *Par un soir printanier, un verre de cristal encore humide, ton visage pareil à une rose…*

Le second poursuivit :

— *Le cheval a henni, avant même que sèche la dernière goutte de pluie…*

Serrant sa coupe contre son cœur, Yang Si-tcheng déclama les vers suivants :

— *Ne sois pas triste, bientôt je reviendrai dans la robe bleue des docteurs, avant que ne pâlissent tes cheveux noirs, et le carmin de ton sourire…* C'est beau, n'est-ce pas ?

Les trois vice-correcteurs poussèrent en chœur un soupir d'admiration.

Le correcteur principal calligraphia aussitôt le poème dans sa tête. Merveilleux, à n'en pas douter. Rien ne manquait, les mots choisis étaient parfaits d'exactitude, et en même temps d'une sensibilité pleine de vie.

Comme le titre et le nombre de syllabes des poèmes étaient imposés lors de l'examen, la plupart paraissaient adaptés artificiellement à une forme donnée, mais celui-là était différent. Ces vers semblaient rédigés au gré de l'inspiration et se conformaient de façon naturelle au carcan imposé.

Fermant les yeux, le correcteur principal se le récita à nouveau. Merveilleux, vraiment. Ces couleurs pleines de fraîcheur, cette résonance émotionnelle subtile, oui, la scène de la séparation des amants paraissait peinte comme dans un tableau.

Tandis qu'il réfléchissait à cela, le vieux fonctionnaire qui se piquait lui-même d'être poète et avait des idées personnelles sur la question, conçut une vive jalousie. Il enviait, bien sûr, la perfection du poème, mais aussi le don qu'avaient eu ces vers de plonger Yang Si-tcheng, pourtant si blasé, dans un tel ravissement. Le professeur Yang n'avait pas suivi son conseil, il était bel et bien tombé sur cette copie par hasard !

Il aurait bien sur-le-champ composé à son tour un poème, pour faire valoir sa propre habileté, mais il eut beau chercher, pas le moindre mot ne lui vint. Sur son visage déformé par une grimace, apparut soudain l'ombre d'un doute : il était impensable qu'un contemporain puisse produire un poème d'une forme aussi achevée. Et si ce candidat connaissait à fond les œuvres classiques et avait reproduit de mémoire un poème obscur correspondant au thème et à la forme donnés à l'examen ?...

Si c'était le cas, quelle bonne occasion de rabattre l'orgueil de Yang Si-tcheng et de démontrer son propre génie créateur ! songea le correcteur principal.

— Ne s'agirait-il pas d'un plagiat ? Il me semble bien reconnaître une œuvre de Wen T'ing-yun, murmura-t-il comme si de rien n'était.

Wen T'ing-yun, génial poète de la fin des Tang, s'était dans sa jeunesse chargé d'écrire des compositions poétiques pour son entourage lors des examens supérieurs, ce qui faisait sans doute de lui le premier tricheur aux examens de l'histoire de l'humanité.

En fait, le correcteur principal n'était pas particulièrement versé dans la poésie de Wen T'ing-yun. Il voulait simplement voir Yang Si-tcheng perdre son sang-froid.

Les deux autres vice-correcteurs furent aussitôt troublés par sa remarque. S'ils admettaient au doctorat un candidat ayant emprunté sa composition poétique à une œuvre classique, non seulement leur responsabilité serait engagée, mais leurs connaissances aussi seraient mises en doute. Ils ne connaissaient déjà pas sur le bout des doigts les œuvres de poètes aussi réputés que Li Po ou Po Kiu-yi, alors que dire de Wen T'ing-yun ?

Mais Yang Si-tcheng n'eut pas une seconde d'hésitation et tourna aussitôt son visage aux traits aigus de rapace, aux pommettes hautes, vers le correcteur principal :

— Excellence, s'agit-il là d'une métaphore insinuant que ce candidat a triché ? Ou pensez-vous réellement que ce poème soit emprunté à Wen T'ing-yun ?

Le correcteur principal, un instant décontenancé, reprit vite ses esprits : même Yang Si-tcheng, songea-t-il pour se donner du courage, ne pouvait connaître par cœur la totalité de l'œuvre surabondante de Wen T'ing-yun.

— Non, mon cher Yang, ce n'est nullement une métaphore. Si ma mémoire ne me trompe pas, il y a dans les poèmes de Wen T'ing-yun un morceau qui ressemble étrangement à celui-ci. Cela ne vous dit rien ?

Les deux vice-correcteurs, le souffle suspendu, observaient Yang. Ce dernier jeta un coup d'œil à droite puis à gauche, et hocha la tête légèrement d'un air de dire : il n'y a pas lieu de s'inquiéter. Puis il releva la tête et répondit sans avoir eu besoin de réfléchir :

— Je vais vous dire, Excellence : Ngeou Yang-siun dit dans le soixante et unième discours sur la poésie qu'autrefois Pai Kiao, des Song du Nord, vantait la nostalgie implicite du voyage dans l'œuvre de Wen T'ing-yun. Le saviez-vous ?

— Hein ?... Euh... Oui, bien sûr, mais...

— Ce poème chante lui aussi la nostalgie du départ, c'est sans doute cela qui vous a fait penser à Wen T'ing-yun. Est-ce que je me trompe ?

— Hum, ah oui, peut-être, en effet. Bien des œuvres de Wen T'ing-yun chantent la nostalgie du départ...

Le correcteur principal avait manqué son but. Yang Si-tcheng tordit légèrement les lèvres comme pour réprimer un sourire.

— Mon savoir est bien inférieur au vôtre, Excellence, mais d'après mes humbles connaissances, toutes les œuvres de Wen T'ing-yun ont cette particularité évidente : elles possèdent implicitement cette tristesse attachée aux partances. Autrement dit, c'est l'essence même du génie de Wen T'ing-yun. Ngeou Yang-siun ne va pas jusque-là, mais...

— Sous-entendriez-vous par là que votre intelligence surpasse celle de Ngeou Yang-siun ?

Déjà, le correcteur principal n'avait plus que ce genre d'argument à lui opposer. Yang Si-tcheng paraissait grandir sous ses yeux à vue d'œil.

— Non, ce n'est pas ce que je veux dire, bien sûr. Mais en ce qui concerne Wen T'ing-yun, je crois connaître son œuvre plus en détail que lui.

Tous les assistants se figèrent en entendant Yang Si-tcheng désigner d'un « lui » nonchalant le grand lettré de l'époque Song qu'était Ngeou Yang-siun. Yang poursuivit :

— Le style de Wen T'ing-yun, qui suggère la mélancolie des départs au travers de descriptions réalistes, est un point incontestable de son talent, on peut presque dire une manie chez lui, or je ne vois rien de la sorte dans le poème du candidat. Il chante très clairement la séparation des amants mais aussi leur espoir de se revoir, et si vraiment il avait projeté de plagier qui que ce soit, son poème me paraîtrait plus proche de la *Chanson de la passe de Yang*, de Wang Wei, mais Wang Wei ne donne pas de telles impressions de couleurs, et moins encore Li Po ou Po Kiu-yi. En un mot, si jamais il s'avérait que ce candidat a plagié les poètes classiques, je suis prêt à enlever aussitôt mon bonnet de fonctionnaire et à me pendre en guise d'excuses.

Le correcteur principal en resta pantois. Il n'était même plus question pour lui de revenir à son dessein initial. Yang Si-tcheng qui vidait maintenant sa coupe d'un geste malhabile, s'était mué à ses yeux en un être supra-humain.

— Allons, trêve de propos oiseux. Messieurs, vidons nos coupes !

Tous les convives, baguettes ou coupes à la main, restaient bouche bée.

Yang Si-tcheng déclara, comme pour assener le coup de grâce, tout en leur versant de l'alcool tour à tour :

— Quoi qu'il en soit, c'est une copie magnifique. Elle mérite la première place. Tous les docteurs sont pareils à des étoiles, mais le premier doit être un astre inébranlable, qui règne sur tous les autres dans le firmament. Oui, c'est cela, le premier lauréat doit être semblable à la Pléiade.

10

Tandis qu'il errait en pleurant dans les ruelles désertes, Tchouen-yun avait fini par se perdre complètement.

Le conseil de Wen-sieou, rentrer au village et se remettre à ramasser du crottin, lui apparaissait comme une monstrueuse trahison.

Les prédictions de Pai Taitai avaient enflé dans son esprit comme un ectoplasme jusqu'à recouvrir toute autre réalité. Il s'était imaginé qu'il lui suffirait de monter à la capitale pour que les événements se précipitent et lui permettent de s'emparer au plus vite des trésors du Vieux Bouddha.

Pai Taitai ne pouvait avoir menti. Non, c'était Wen-sieou qui lui avait volé jusqu'à ses rêves, pareil à son père Maître Liang qui prélevait sans merci des taxes sur les villageois de Liang-kia-t'ouen. Wen-sieou avait dû réussir ses examens bien au-delà de ses espérances.

Et maintenant, pressentant que les prédictions de Pai Taitai allaient se réaliser, il cherchait à l'éloigner, lui, Tchouen-yun. L'enfant pestait entre ses dents et trépignait de colère, tout comme les habitants de son village qui ne pouvaient s'en prendre qu'à la terre lorsque les choses allaient mal.

Ce n'était pas la rage envers Wen-sieou qui lui arrachait des pleurs, mais les visages affligés de sa malheureuse famille, qu'il voyait s'élever un à un devant lui dans l'obscurité.

Les traits émaciés de son père et de son frère aîné figés dans la mort. Deuxième Frère qui gémissait, délirant de fièvre. La large poitrine de Troisième Frère lorsqu'il l'avait serré dans ses bras au bord de la route gelée, le matin de son départ pour l'armée ; et puis sa petite sœur rieuse, encore inconsciente de son malheur.

Tchouen-yun murmura intérieurement les mots si souvent répétés en soupirant par sa mère :

– *Mei fa-tseu !*

Elle avait raison : *mei fa-tseu*, on n'y pouvait rien. Le bonheur était à jamais hors de portée des malheureux de naissance. Même si par hasard le Ciel leur octroyait un bienfait, il était à coup sûr raflé au passage par quelqu'un de plus fortuné, tout comme le coton que sa mère filait la nuit, ou le blé que les villageois cultivaient à la sueur de leur front.

Pour la première fois, Tchouen-yun comprenait vraiment le sens de ce *mei fa-tseu*, « on n'y peut rien ! », si souvent murmuré par sa mère.

L'air nocturne était glacial comme en plein hiver. Tchouen-yun se perdit encore davantage dans les ruelles tortueuses, en essayant de repérer son chemin à la position de la lune dans le ciel.

Soudain, le son mélodieux d'un luth oriental parvint à ses oreilles dans la nuit noire.

Un son aigu et délicat, pareil aux gémissements d'un être vivant, s'élevait du fond d'une ruelle. Figé sur place, Tchouen-yun tendit l'oreille, puis, comme envoûté, se remit à marcher en direction de la musique. La ruelle formait un coude. Au bout, sous le mur de brique à demi écroulé qui bouchait le fond du passage, se tenait une ombre noire, assise sur une charrette abandonnée. L'homme se balançait lentement en jouant de son instrument. Il n'y avait aucun public pour l'écouter; de l'autre côté du mur, les habitants devaient dormir profondément.

Tchouen-yun s'approcha en étouffant le bruit de ses pas. Le musicien était un vieux mendiant aveugle. Un genou posé sur la charrette délabrée, les manches crasseuses de sa veste matelassée retroussées, il pinçait les cordes de son luth en s'accompagnant d'une voix fluette comme celle d'une femme:

Notre pays natal
Dans les terres orientales
Est couronné par les neiges
Des monts Tchang-pai.
Il ne nous pacifiera pas,
Le brigand céleste!

Notre gloire,
C'est le drapeau tartare couleur de vent,
Rouge, blanc, bleu et jaune.
Chevauchons ensemble, hallebardes brandies!
Il ne nous anéantira pas,
L'ennemi du peuple!

Notre général,
Le héros des Aisingyoro, descend du Dragon.
Pareil à la Pléiade au firmament,
Il nous montre la voie.
Nous le vaincrons,
L'ennemi des hommes !

— La Pléiade ? s'exclama involontairement Tchouen-yun.

La main du vieillard s'immobilisa instantanément sur les cordes, et ses yeux aveugles se tournèrent vers l'obscurité.

— La Pléiade ? C'est l'astre du pouvoir et de la richesse. L'astre qui dirige le monde.

Le sang de Tchouen-yun se figea en entendant répéter les mots mêmes de la prédiction de Pai Taitai.

— Oh, un enfant ? Tu sens encore le lait ! Que fait un enfant de ton âge dans les rues en pleine nuit ?

Tchouen-yun reprit son souffle, puis répondit :

— Je me suis perdu. Je cherche le foyer de la province du Tsing-hai, près de l'entrée de Tsai-che-keou.

Le vieillard posa son luth sur ses genoux, allongea son cou maigre comme celui d'un pantin, tendit l'oreille :

— Etrange chose que de demander son chemin à un aveugle ! Dis-moi plutôt pourquoi tu t'intéresses à la Pléiade.

— C'est Pai Taitai qui m'en a parlé, elle a dit que la Pléiade me protégeait. Qu'un jour je monterais à la capitale et m'emparerais de tous les trésors du Vieux Bouddha.

Le vieillard se redressa, l'air surpris. Son nez étrangement crochu exhalait une vapeur blanche ; il leva le visage vers la lune, puis hocha plusieurs fois la tête :

— Pai Taitai, oui, moi aussi je la connais.

— Hein ? Vraiment, Grand-père ?

— Bien sûr, elle lisait dans les astres au palais impérial, du temps de l'empereur Sien-feng. Elle a tout prédit : la conspiration de Sou-chouen, les projets machiavéliques des diables étrangers. Si le Vieux Bouddha est encore en vie aujourd'hui, c'est à Pai Taitai qu'elle le doit ! Mais elle est tombée en disgrâce pour avoir prédit la mort prématurée de l'empereur T'ong-che. Le Vieux Bouddha n'a pas supporté qu'elle lui annonce le sort funeste de son enfant. Naturellement, les choses se sont passées comme Pai Taitai l'avait prédit.

— Les prédictions de Pai Taitai se réalisent donc toujours ?

— Oui, c'est certain. A cent pour cent. Je me suis toujours demandé ce qu'elle était devenue, où elle avait échoué après avoir été chassée de la capitale... Elle prédit donc l'avenir à des gamins comme toi maintenant ? Ah, il ne fait bon vieillir pour personne.

Tchouen-yun s'accroupit aux pieds de l'aveugle et demanda :

— Qui es-tu, Grand-père ? Pourquoi connais-tu Pai Taitai ? Et quel était ce chant que tu chantais tout à l'heure ?

— Peu importe qui je suis. Rien d'autre qu'un pauvre mendiant qui joue du luth, comme tu le vois. J'attends que les passants me fassent l'aumône, mais ce soir pas un ne s'est arrêté pour écouter ma musique.

Tchouen-yun sortit sa bourse de l'échancrure de son vêtement, en tira une pièce de cuivre qu'il posa sur les genoux du vieillard.

— Et ce chant ? Dis-moi...

Le vieillard tâta la pièce du bout des doigts, fit la moue.

— C'est un chant composé par le Grand Empereur Guerrier Sincère. Le connais-tu ? C'était le sixième empereur de la présente dynastie, Ch'ien-lung Kao-tsong, petit-fils du vénéré empereur K'ang-si et fils de l'empereur Yong-tchen. Un grand empereur qui a régné sur le vaste monde : il a mené des expéditions au nord depuis Singanling jusqu'aux bords du lac Baïkal, à l'ouest jusqu'au Tibet et au Sin-kiang, par-delà l'Himalaya en Inde et au Népal, au sud en Birmanie et au Viêtnam. Il a régné soixante-dix ans, et sur dix guerres qu'il a menées, il n'en a pas perdu une seule. C'était un grand Fils du Ciel.

Tchouen-yun retint son souffle. Pai Taitai avait elle aussi parlé de cet empereur. Deux empereurs d'autrefois, avait-elle dit, étaient nés sous la même étoile que lui : l'empereur Houang-ti des Ts'in, et l'empereur Ch'ien-lung Kao-tsong de la dynastie actuelle.

Tchouen-yun tira une autre pièce de cuivre de sa bourse, la mit dans la main du mendiant.

— Qui es-tu ? Comment connais-tu cette chanson ?

— Moi… commença le vieillard d'un ton hésitant, puis il tendit l'oreille aux alentours avant de confier à Tchouen-yun dans un chuchotement :

— Ne le répète à personne. Si le Vieux Bouddha savait que je suis encore vivant, elle me ferait aussitôt mettre en pièces. Et même si elle m'épargnait, je n'échapperais pas à ce chien de Li Lien-yin.

— Li Lien-yin ? Le… ?

— Oui. Ecoute : je m'appelle Ngan Tö-hai. Ce sale Petit Li a aujourd'hui pris ma place, mais je suis Ngan Tö-hai, l'ancien chef du palais.

— Impossible !…

Tchouen-yun contemplait les contours du visage du vieillard à la lumière de la lune.

— Quel intérêt aurais-je à mentir ?

— Mais on dit que Ngan Tö-hai a encouru la colère du Vieux Bouddha et a été condamné à mort.

— Oh oh, tu me parais bien au courant ! C'est vrai, j'ai eu les membres brisés et les yeux crevés, ma dernière heure était arrivée, mais le bourreau, ébloui par les pièces d'argent que je dissimulais dans ma robe et que je lui ai tendues, ne m'a pas donné le coup de grâce. Depuis, je mendie pour vivre et, fuyant à dessein les regards, je chante d'anciennes chansons de cour dans les ruelles pour gagner mon pain quotidien. Triste vie, n'est-ce pas ?

— C'est étrange. Li Lien-yin est riche, il a de nombreux vassaux. Comment as-tu pu tomber aussi bas, si tu avais la même situation que lui, tu devais être un homme influent ?

— Ma famille, mes subordonnés, tous ont péri assassinés. Mon domaine, mes richesses, ce scélérat m'a tout volé. Et ces choses se sont passées exactement comme l'avait prévu Pai Taitai. Quand quelqu'un te prédit l'avenir de façon aussi précise, cela dépasse en horreur tout ce que tu peux imaginer. *Mei fa-tseu !*

Mei fa-tseu, on n'y peut rien, soupira Tchouen-yun en même temps que le vieillard.

— Alors, à toi aussi, Pai Taitai avait prédit ce qui allait arriver ?

— Cette vieille sorcière est incapable de tenir sa langue. Seulement, à l'époque où elle me l'a dit, j'avais cinq mille eunuques sous mes ordres, j'étais chef de palais et fonctionnaire de deuxième rang. Comment l'aurais-je écoutée ? J'étais le favori du Vieux Bouddha, je l'ai aidée à écraser la rébellion de Sou-chouen, et j'ai obtenu en récompense le palanquin couleur abricot et la coiffe de haut mandarin, agrémentée de deux plumes de paon. Ma gloire égalait celle du général Jong-liu ou du prince impérial Yi-sin. Moi qui avais le pouvoir d'abattre un aigle en plein vol, comment aurais-je cru à ma décadence ? Mais maintenant, c'est Li Lien-yin qui circule dans le palanquin abricot…

Tchouen-yun s'apprêtait à lui faire part de sa rencontre avec Li Lien-yin, mais il se ravisa :

— Que t'avait dit Pai Taitai exactement ?

— Le souvenir de ses paroles me torture encore. Mais voilà ce qu'elle m'a dit : « Chef de palais Ngan, tu consacreras tes vieux jours à jouer du luth dans les ténèbres, tu vivras des aumônes des passants. » Et tu vois, je vis bel et bien dans les ténèbres, je ne distingue même pas la lueur d'une lanterne.

Le vieillard montrait du doigt ses orbites creuses. Il ne pouvait avoir inventé cette histoire. Il avait même, en plaisantant, imité les intonations de Pai Taitai.

Tchouen-yun réfléchit un moment en silence, puis la lumière envahit son esprit :

— Alors, moi aussi… C'est donc vrai, je m'emparerai des trésors du Vieux Bouddha !

Le vieillard se mit à rire en aplatissant les lèvres, et frappa le front de l'enfant de son archet.

— Oh oh ! Si Pai Taitai l'a dit, tu y arriveras sûrement. Elle ne peut pas se tromper. Tu m'as l'air intelligent, petit. Tu finiras par passer ton doctorat et obtenir un poste de fonctionnaire en vue. Alors toi aussi, tu auras un palanquin abricot, une coiffe de mandarin à deux plumes de paon, et un manteau de martre.

— Mais non, tu n'y es pas, il ne s'agit pas de ce genre de choses.

— Ah ? Et de quoi alors ? Que t'a dit Pai Taitai ?

— Tous les trésors sous le ciel. Elle a dit que tous les trésors de l'empire m'appartiendraient.

Le vieillard éclata de rire, bouche grande ouverte, son corps malingre cambré en arrière, la tête levée au ciel :

— Tout ? C'est impossible.

— Et pourquoi ?

— Tu m'ennuies avec tes questions ! Parce que les trésors de la Cité Interdite sont inépuisables, voyons. Même si les diables occidentaux viennent nous chercher querelle et nous les volent, ils ne pourront jamais tout emporter ! Tout, vraiment tout, cela veut dire prendre la place de l'empereur et pas autre chose. Si tu prends possession de la Cité Interdite violette, alors là, oui, tu auras tout.

— Mais ce serait une rébellion. Comme ce brigand de Li Tseu-tcheng.

Le vieillard rit à nouveau d'une voix étouffée, puis, reprenant son sérieux, il étendit les mains pour tâter les habits de Tchouen-yun.

— Eh bien, vêtu comme tu l'es, on ne peut croire que tu montes si haut. L'histoire est d'autant plus étrange. Il faut de l'argent pour passer le doctorat. Et si tu n'es pas haut fonctionnaire, comment t'emparerais-tu des biens du Vieux Bouddha ?

— Alors, je serais le seul à qui Pai Taitai ait menti ? Elle a prédit la mort de l'empereur, elle a lu ton destin dans les astres, et pour moi seul, ce qu'elle a dit serait faux ?

— Ne te fâche pas !

Le vieillard reprit son luth comme pour éluder la question, mais le reposa après avoir joué quelques notes. Il tourna ses lugubres orbites vides vers Tchouen-yun et déclara d'une voix basse et cassée :

— Il y a bien un moyen auquel je pense…

Tchouen-yun, d'un geste résolu, prit une pièce dans sa bourse et la déposa dans la paume du vieillard.

— Lequel ? Dis-le-moi !

Le vieillard tâta la pièce avant de la fourrer dans l'échancrure de son vêtement en loques.

— Je connais une chanson que se transmettent depuis fort longtemps les eunuques du palais de l'impératrice. Un chant que personne d'autre qu'eux ne doit entendre. On dit que lorsque la vie d'un eunuque est en danger, lorsqu'il est battu en punition de quelque négligence, s'il chante cette chanson, il sera sauvé. Ecoute !

Le vieillard se pencha et se mit à fredonner tout en s'accompagnant tout bas sur son luth :

Père de Dix Mille Ans,
Père de Dix Mille Ans,
Pardonne au pauvre esclave.
Tes bienfaits infinis
Résonnent jusqu'au ciel,
Illuminent la terre entière.

Père de Dix Mille Ans,
Père de Dix Mille Ans,
Ton esclave ne dira pas,
Même si on lui fend la bouche,
Où se trouve la Perle du Dragon
Cachée par l'empereur Ch'ien-lung.

Père de Dix Mille Ans,
Père de Dix Mille Ans,
Ton esclave ne dira pas,
Même si on lui fend la bouche,
Où se trouve la Perle du Dragon
Cachée par l'empereur Ch'ien-lung.

— La Perle du Dragon cachée par l'empereur Ch'ien-lung ?

Le vieillard reposa son luth sur ses genoux et se mit à raconter sans plus tergiverser :

— D'après la légende, il s'agit d'un diamant gros comme une tête de nourrisson. Naturellement, personne ne l'a jamais vu, mais il est le symbole de la passation du pouvoir impérial. Autrement dit, ce diamant a été transmis depuis l'Empereur Jaune, qui l'a transmis à l'empereur Tchouan-siu, qui l'a transmis à l'empereur K'ou, qui l'a lui-même transmis à Yao, qui l'a transmis à Chouen et ainsi de suite... C'est le signe des empereurs, le joyau qui incarne leur pouvoir. Le grand khan des Mandchous, Nouratchi, a reçu une révélation du Ciel, alors qu'il déployait ses troupes dans les monts Tchang-pai : les trois Augustes et les cinq Vertueux Souverains de l'histoire chinoise, apparaissant tour à tour devant le cheval du khan, lui ont ordonné d'abattre la dynastie décadente des Ming et de s'emparer de la Perle du Dragon.

Le vieillard avait parlé en chuchotant, soufflant une haleine légère dans les oreilles de Tchouen-yun.

— Ce n'est donc pas le bandit Li Tseu-tcheng qui a causé la chute des Ming ?

— C'est Li Tseu-tcheng qui a forcé l'empereur Tch'ong-tchen des Ming à se pendre, c'est certain.

Mais il a eu beau chercher partout dans la Cité Interdite violette, il n'a pu mettre la main sur la Perle du Dragon. Pendant ce temps, la puissante armée mandchoue, rangée sous les Huit Bannières, conduite par Dorgon, le héros des Tartares, déferlait sur la capitale tel un raz-de-marée. Li Tseu-tcheng fit fondre la vaisselle d'or et d'argent en plusieurs dizaines de milliers de pièces, mit le feu au palais et s'enfuit dans le Chan-si. Bientôt le petit-fils de Nouratchi, Foulin Chouen-tseu, fit son entrée au palais, et c'est ainsi que commença la dynastie mandchoue des Ts'ing.

— Pfff ! Alors Li Tseu-tcheng était un simple voleur, rien de plus.

— Exactement. Il a eu beau dérober des montagnes d'or et d'argent, il n'a jamais pu établir sa suprématie sur le trône impérial. Le Ciel ne l'a pas laissé s'emparer du symbole du pouvoir. La voie du Ciel n'est pas toujours conforme à la raison des puissants. La Perle du Dragon est le symbole même du Mandat du Ciel. Voilà pourquoi Li Tseu-tcheng fouilla désespérément la Cité Interdite. Il était persuadé que le Ciel l'avait choisi pour être empereur. Et s'il a fini par mettre le feu au palais, c'est sans doute par dépit de n'avoir pu s'emparer de la Perle du Dragon.

Comme s'il éprouvait de la pitié pour Li Tseu-tcheng, le vieillard secoua son long cou décharné, le menton tendu en avant.

— Sur un des bandeaux qui ornent la porte Long-tsong, est toujours plantée la flèche que tira Li Tseu-tcheng de son cheval en quittant la Cité Interdite, quand il comprit qu'il ne serait jamais empereur. Cette flèche, tirée par un chef de brigands doublé d'un héros capable de bander un arc avec une force surhumaine, a traversé la poutre placée sous le bandeau de bois, et personne n'a jamais pu l'enlever.

— Fabuleux… A propos, où était passée cette fameuse Perle du Dragon ?

— D'après la légende, l'empereur Tch'ong-tchen des Ming, qui se pendit à une branche de pin sur la Colline de Charbon, avait, avant la chute du palais, incrusté la pierre de ses propres mains dans le mur extérieur masquant l'entrée de la porte de la Pureté Céleste, puis l'avait à nouveau laqué par-dessus. Ce mur existe encore aujourd'hui, c'est le plus magnifique mur de laque rouge qui soit à l'intérieur de la Cité Interdite. L'empereur voulait éviter que le joyau, et donc le pouvoir, puisse être un jour volé par un brigand du même acabit que Li Tseu-tcheng. Après avoir fait mettre à mort ses femmes et ses enfants, l'empereur monta en compagnie d'un seul eunuque sur la Colline de Charbon, et se pendit à une branche de pin. Personne ne savait où était le joyau. Li Tseu-tcheng eut beau chercher, il ne le trouva nulle part.

A ce moment-là, le vieillard eut un large sourire, comme s'il pouvait voir Tchouen-yun, tenu en haleine, qui l'écoutait passionnément.

— Je n'ai plus d'argent à te donner, fit le garçon. Il me reste bien quelques pièces, mais je dois les garder pour mon voyage de retour…

— Dans ce cas, mon récit s'arrête ici. Tu n'as qu'à imaginer la suite.

— Attends un peu. Tu es vraiment sans pitié, tu veux ma mort !

Le vieillard éclata bruyamment de rire, et posa la main sur le visage de Tchouen-yun.

— Bon, allez, tu as droit à un supplément gratuit.

Il reprit son récit de sa voix éraillée :

— Donc, le grand général Dorgon qui avait chassé Li Tseu-tcheng de la capitale était le frère cadet du défunt empereur mandchou Houangtaiki, quatorzième fils de Nouratchi. Ses prouesses militaires, qui surpassaient celles de son impérial aîné, lui avaient gagné la vénération de tous les généraux. L'empereur Foulin, son neveu, n'était encore qu'en enfant de six ans, et l'ambitieux Dorgon entendait si possible profiter de cette occasion pour s'emparer de la Perle du Dragon. Ce héros tartare dans la fleur de l'âge, nommé régent à trente-deux ans, disposait de la force et de l'intelligence nécessaires à l'exercice du pouvoir. Mais lui aussi eut beau chercher, il ne put mettre la main sur le joyau. Pendant ce temps, le petit empereur Foulin avait été installé dans la Cité Interdite, avec le soutien de la famille des princes mandchous Aisingyoro. Chevauchant un cheval gris, revêtu d'une armure en or, il fit son entrée dans la Cité violette sous la protection de la garde du palais, sous la bannière jaune impériale. C'était naturellement la première fois que ce jeune prince tartare né dans la grande plaine de Mandchourie mettait le pied à Pékin. En outre, le palais, incendié par Li Tseu-tcheng, n'était que ruines et cendres. Pourtant, dès que Foulin eut passé la porte du Méridien, il se mit à chevaucher en tête de la procession, traversa le Ruisseau aux Eaux d'Or comme si quelque chose le guidait, passa les ruines des Trois Grandes Salles incendiées, et arrêta son cheval devant le mur de laque de la porte de la Pureté Céleste. Là, l'empereur enfant descendit de sa monture, se jeta à terre, se prosterna trois fois. Puis il s'approcha du mur, tendit respectueusement les mains en avant : ô miracle !

le mur s'effondra d'un bloc, et la Perle du Dragon, étincelant de toutes les couleurs de l'arc-en-ciel, vint rouler dans les mains de l'enfant. Les membres de sa suite, abasourdis, se prosternèrent, et l'oncle de l'enfant, le grand général Dorgon lui-même, ôta son casque, défit son armure et se jeta face contre terre. Foulin prit le joyau dans ses petites mains d'enfant et proclama que désormais il était le maître de la Chine. C'est ainsi que le petit-fils de l'Aisingyoro Nouratchi, désigné par le Ciel pour régner, devint l'empereur Foulin Chouen-tseu, nouveau maître incontesté de l'Empire du Milieu.

En écoutant le récit du vieillard, Tchouen-yun s'était mué en imagination en ce prince tartare des temps jadis. Il tremblait de tous ses membres, mais ce n'était pas à cause du froid.

— Ce qui veut dire… que si je m'empare de ce joyau, moi aussi je serai empereur ?

— Si vraiment Pai Taitai te l'a prédit, tu seras celui désigné par le Ciel, et la Perle du Dragon sera tienne.

— Et… et maintenant, où est-elle ?

Tchouen-yun avait saisi le vieillard par un genou et le secouait.

— C'est évident, voyons. La Perle du Dragon, garante du pouvoir impérial, se trouve auprès de l'empereur, au plus profond de la Cité violette. C'est la seule chose à laquelle le Vieux Bouddha ne peut toucher. S'emparer de tous les trésors de la Chine signifie peut-être obtenir ce joyau et régner. Je ne vois pas ce que cela pourrait signifier d'autre. Mais dans ce cas, quelle histoire ! Quel enfant ai-je rencontré là !

Frissonnant, le vieillard traîna son vieux corps décrépit le long de la ruelle, comme pour éviter d'avoir davantage à faire avec cet enfant extraordinaire. Son luth et son archet sur le dos, il progressait le long du chemin en s'aidant de ses deux mains sur les dalles.

— Cependant... fit-il en se retournant soudain pour regarder Tchouen-yun figé sur place, à quelque distance de lui. Notre rencontre de ce soir ne peut être fortuite. Jamais je n'aurais dû te rencontrer normalement. Et si... Mais non, c'est impossible, j'aurais malgré moi guidé le destin...

Tchouen-yun se disait, lui aussi, qu'il ne pouvait s'agir d'un hasard. Dans cette ville immense, dans ce lacis de ruelles aussi serré que les mailles d'un filet, comment le simple hasard aurait-il suffi à le mener jusqu'à l'ancien chef de palais, un homme qui connaissait lui aussi Pai Taitai ? Non, le Ciel même avait dû décider de leur rencontre.

— Dis-moi, Grand-père, que dois-je faire maintenant ?

L'aveugle répondit d'une voix chantante, avant de se fondre dans l'obscurité de la ruelle :

— Tu n'as ni argent, ni appui, ni éducation... Je ne connais qu'une seule façon de t'élever... Tu n'as plus qu'à purifier ton corps, comme je l'ai fait, moi, Ngan Tö-hai, et comme l'a fait Li Lien-yin.

Cette expression « purifier son corps » évoqua aussitôt à l'esprit de Tchouen-yun la scène atroce dont il avait été témoin chez Bi le Cinquième.

— Non, je ne veux pas ! hurla-t-il. Jamais je ne pourrai faire une chose aussi horrible, j'ai trop peur !

Il ne voyait plus le vieillard, invisible dans l'ombre du mur d'argile que la lune n'éclairait pas. Seule la voix de l'eunuque résonna dans les ténèbres :

— Je plaisantais, petit ! Aucun trésor au monde ne vaut la peine de renoncer à sa virilité !

11

Tchouen-yun marcha longtemps au hasard. Ses pas le menèrent, sans qu'il sût comment, au fond de la ruelle de la Mort, devant la porte-lune dont l'arrondi se découpait nettement dans la nuit. Une atmosphère étouffante et délétère planait comme toujours sur la demeure de Bi le Cinquième. Sur le magnolia pourrissaient des masses de fleurs épanouies.

Le cri d'appel de Tchouen-yun se répercuta aux quatre coins du jardin. Plusieurs visages d'enfants apparurent à la fenêtre grillagée mais celui du joli travesti ne figurait pas parmi eux.

— Hé ! Dites au patron que je suis là ! J'ai quelque chose à lui demander !

Un bruit de pas résonna sur les dalles, et aussitôt, l'ombre énorme de Bi le Cinquième se découpa dans l'embrasure de la porte.

— Tiens, c'est Che-leao qui t'envoie ? Malheureusement je n'ai pas encore fini de travailler. Dis-lui de cesser de me lancer des invitations sans prévenir, quand ça lui chante.

Tchouen-yun s'avança jusqu'aux pieds de l'homme dressé au-dessus de lui, la mine furibonde, tel un géant gardien de temple, puis resta figé sur place, à l'idée des paroles irrémédiables qu'il était sur le point de prononcer.

— Pourquoi cet air pleurnichard ? Ton maître va te battre si tu reviens sans moi ?

— Non... répondit Tchouen-yun, la tête levée vers l'ombre immense qui le dominait. S'il vous plaît, faites de moi un castrat.

Les mots, soufflés par quelque démon, lui avaient échappé.

Bi abaissa un regard méprisant sur l'enfant, et le rire qui lui secoua les côtes fit crisser son vêtement de cuir.

— Sais-tu au moins de quoi tu parles, hein ?

— Je le sais. Je veux devenir eunuque, je veux aller au palais servir le Vieux Bouddha.

Bi le Cinquième émit un sinistre rire de gorge et cracha un jet de salive sur les dalles.

— Tu en as donc tellement assez d'être pauvre ? Che-leao est-il au courant ?

— Je n'ai plus rien à voir avec lui. Je l'ai seulement accompagné à la capitale pour les examens. Dès qu'il sera docteur, il se débarrassera de moi.

— Ça, c'est sûr ! répondit Bi en inspectant le corps de Tchouen-yun, avec le regard d'un serpent prêt à étouffer sa proie. Et l'argent ? Six taels pour l'opération, cinquante-quatre pour ma peine et pour les pots-de-vin des fonctionnaires du palais, soit soixante taels en tout.

— Mais n'aviez-vous pas dit que vous avanciez l'argent et gardiez les parties en gage pour être sûr de rentrer dans vos frais plus tard ?

— Je suis toujours prêt à le faire, à condition que Che-leao se porte garant de toi. Tous les gamins que tu as vus ici ont des rabatteurs qui se portent garants d'eux.

— Je ne veux pas du jeune maître comme garant. Je ne veux plus rien lui devoir, de toute ma vie.

— Dans ce cas, n'y pense plus. Tu es bien présomptueux de vouloir purifier ton corps sans argent ni garantie. Si tu ne survis pas à l'opération, ton gage ne vaudra plus rien.

— Mais je tiendrai le coup. Je ne crains pas la douleur.

— Il ne s'agit pas seulement de ça. Si tu passes ta vie à faire le domestique chez un noble quelconque, tu n'économiseras jamais assez pour me rembourser. Et si par chance tu entres au palais, tu finiras peut-être battu à mort comme beaucoup. C'est ça, la vie de castrat.

Tchouen-yun s'agrippa au pantalon de cuir de Bi le Cinquième qui s'apprêtait à faire demi-tour.

— Ne dites pas ça, je vous supplie d'accepter. Je ne commettrai pas de maladresses, je ne serai pas battu à mort, je deviendrai chef de palais comme Li Lien-yin et vous rembourserai au centuple.

L'homme eut un rire nasal et repoussa Tchouen-yun, qui s'abattit sur les dalles.

— De l'argent, apporte-moi de l'argent ! Avec soixante taels, je ferai de toi un eunuque, et ce sera du travail bien fait !

Il cracha à plusieurs reprises sur la tête de l'enfant.

Sa voix pleine de cruauté résonnait comme une cloche fêlée. Toujours étendu à terre, Tchouen-yun leva les yeux vers le castrateur et crut voir un démon : il était pareil au fonctionnaire des impôts qui venait prélever sans pitié jusqu'au dernier grain de blé de la maison, jusqu'à la couverture tissée par sa mère.

— Vous êtes un monstre ! cria Tchouen-yun dans le dos de Bi qui repartait vers ses appartements.

— Exactement, je suis un monstre, répondit le castrateur en se retournant. Mais vous autres, qu'êtes-vous donc ? Qu'y a-t-il de mal de la part d'un monstre de l'enfer à exaucer les vœux des âmes en peine ?

Tchouen-yun songea que le visage de cet homme ne s'effacerait jamais de sa mémoire.

Les enfants alignés derrière la fenêtre grillagée n'avaient pas perdu une miette de la scène. La rage avait envahi Tchouen-yun à tel point qu'il ne distinguait plus rien, pas même le ciel ni les étoiles. Détournant ses yeux embués, il changea de sujet :

— Où est l'enfant qui jouait à la balle ici l'autre jour ?

Bi le Cinquième se tourna vers la fenêtre, et les enfants rentrèrent tous le cou dans les épaules.

— Ah, Lan-ts'in ? Il est dedans, tu ne l'entends pas gémir ? C'est ce soir qu'il franchit le col, tu devrais aller lui dire bonjour.

Le castrateur s'en alla en traînant les pieds. Tchouen-yun tendit l'oreille dans le noir. Du fond de la maison provenait un faible bruit de sanglots.

— Il a donc été castré ?

D'un des visages effrayés à la fenêtre parvint une petite voix :

— Lan-ts'in a belle figure, il a attiré l'attention d'un fonctionnaire du palais. Le patron a eu beau dire qu'il était encore trop petit pour l'opération… Va donc le voir, Grand Frère.

Les visages derrière la fenêtre semblaient encourager Tchouen-yun, qui hésitait à entrer. Rassemblant tout son courage, il pénétra dans le bâtiment, et une odeur de médicament le fit aussitôt suffoquer. Rassemblés devant la porte sur le sol de terre battue, les enfants le supplièrent :

— Va vite le voir, Grand Frère ! Lan-ts'in est le plus petit d'entre nous, il ne supportera pas l'opération…

— Vas-y, s'il te plaît !

— Je t'en prie, Grand Frère, dis-lui de tenir bon, dis-lui de ne pas mourir !

La vieille femme accroupie près du fourneau, devant une marmite de riz, se hâta de sortir de la cuisine et traversa le couloir, les genoux tremblotants. Du fond de l'obscurité de cette demeure étrangement agencée, la voix de Lan-ts'in, de plus en plus faible, comme prête à s'éteindre, guidait Tchouen-yun. Il passa devant la cellule déserte, aperçut la silhouette du garçon derrière une porte entrouverte. Dans un vêtement de malade de couleur grise, attaché sur le lit par les poignets et les chevilles, il gémissait, le menton tendu en avant.

Un des disciples de Bi le Cinquième, vêtu d'une veste de cuir au bras dénudé, était debout à son chevet, une gourde d'eau à la main.

— Tu veux boire ? Tu veux soulager ta douleur, Lan-ts'in ?

Les yeux fermés, paupières serrées, l'enfant remua ses lèvres sèches, puis hocha la tête nettement, une seule fois.

Tchouen-yun se précipita dans la pièce, arracha la gourde des mains de l'apprenti.

— Non ! Si tu fais ça, tu vas mourir !

Lan-ts'in souleva légèrement les paupières et, reconnaissant Tchouen-yun, fixa sur lui un regard incrédule.

— Tiens bon ! Si tu meurs maintenant, tu auras vécu pour rien. Courage !

Les yeux de l'enfant se dirigèrent à nouveau vers la gourde. Tchouen-yun la cacha derrière son dos.

— Tu as été bien nourri ici, cela te suffit-il ? Tu as été vêtu de jolis habits de fille, cela te suffit-il ?

Lan-ts'in entrouvrit sa petite bouche pareille à une cosse de haricot pour éclater en sanglots. Mais toutes ses larmes étaient taries, et il n'avait plus de voix, si bien qu'il grimaça simplement, pareil à une petite poupée chiffonnée.

— Tiens bon ! Un être humain ne doit pas mourir au bout de dix années de vie, comme un chat ou un chien !

Lan-ts'in, tout en pleurant, fit entendre sa voix pour la première fois :

— En quoi suis-je différent d'un chien ou d'un chat ? Il ne m'est jamais rien arrivé de bon. Pourquoi cela changerait-il ?

— Non, c'est faux, c'est faux !

Jetant la gourde à terre, Tchouen-yun saisit entre ses mains le petit visage blême.

— Tu n'es pas un chien, tu es un être humain. Un être humain, comme l'empereur !

— Ne dis pas de sottises, l'empereur n'est pas un être comme nous.

— Bien sûr que si ! Il chie et il pète comme nous, je te dis ! Tu sais parler, non ? Les chiens parlent-ils, les chats pleurent-ils ?

Lan-ts'in ouvrit les yeux tout grands et se mit à sangloter de toutes ses forces, comme pour vérifier qu'il était bien un être humain lui aussi.

— Je ne suis pas fort comme toi, Grand Frère. J'ai toujours été un souffre-douleur, il en sera toujours ainsi.

Tchouen-yun saisit à deux mains la frange décoiffée de l'enfant, et posa son front contre le sien.

— Moi, je ne te ferai jamais de mal. Et si quelqu'un te fait souffrir, je te défendrai. Alors tiens bon, je t'en prie, tiens bon !

Lan-ts'in plissa ses yeux en amande pour regarder Tchouen-yun. Hoquetant, clignant des yeux comme s'il était ébloui, il murmura :

— Pourquoi es-tu si gentil avec moi ? Tu me connais à peine, et tu m'as donné un bonbon, tu me prends dans tes bras…

— Mon frère aîné – il est mort maintenant – me disait toujours que les hommes forts sont gentils. Lui, il était très fort.

A ces mots sortis malgré lui de sa bouche, le cœur de Tchouen-yun se serra. Tout à coup, il lui sembla que son frère aîné était là à sa place, et que l'enfant qu'il tenait contre lui c'était lui, le Tchouen-yun d'autrefois.

Oui, son frère était le chef de la bande de garnements du village et personne n'avait le dessus sur lui. Il entraînait toujours les enfants du village à faire des bêtises, mais jamais il n'avait fait souffrir un être plus faible que lui. Et s'il voyait quelqu'un battre un enfant, même si c'étaient ses parents ou des notables, il volait aussitôt aveuglément à son secours.

Tout comme son frère aîné l'avait si souvent fait pour lui, Tchouen-yun posa doucement le visage de l'enfant contre sa poitrine, sur sa veste sale.

— Ne pleure pas, Lan-ts'in, je suis là, murmura-t-il avec conviction, reprenant les mots que son frère lui adressait autrefois.

12

Par ce radieux après-midi de printemps, à Liang-kia-t'ouen, Maître Liang avait fait installer une table et des chaises dans le jardin arrière face au canal, et sirotait du thé, légèrement attendri par cette douce atmosphère de renouveau. Autour de la table émaillée se tenait son fils aîné Wen-yuan, le visage plus blafard que jamais, mais complètement remis de son cuisant échec aux examens provinciaux de l'année précédente, en compagnie de son nouveau précepteur. Maître Liang observait d'un œil satisfait la figure de ce professeur qu'il avait fait venir à grands frais de la préfecture de Tientsin, sûr que cette fois il avait mis toutes les chances du côté de son cher rejeton.

Enfin un véritable professeur ! Il suffisait de le regarder pour se rendre compte qu'il était différent des autres. Tout d'abord, il avait autrefois fait partie de l'état-major du célèbre général Tseng Kouo-fan, qui l'avait qualifié de « puits de science ». En ce qui concerne les diplômes, il n'avait pas dépassé le grade de licencié, mais c'était parce qu'il avait passé de longues années comme engagé volontaire lors de l'expédition contre les rebelles de Taiping, et non parce qu'il n'avait pas les capacités d'obtenir le doctorat – du moins était-ce ce qu'il affirmait.

Il avait ensuite pris congé de l'armée pour retourner dans sa province natale de Tientsin, où il avait mené une vie simple, labourant dehors par beau temps, lisant à l'intérieur par temps de pluie, et s'était fait une réputation de lettré digne de confiance.

Il avait le teint blême et la maigreur des malades de l'estomac, mais Maître Liang était persuadé qu'il était tout le portrait de Tchou Ko-leang.

En comparaison, son fils lui évoquait plutôt un Lieou Pei Hiuan-tö jeune, peu sensible et se plaignant de ses malheurs. De toute façon, il n'y avait aucun moyen de savoir à quoi ressemblaient réellement Tchou Ko-leang et Lieou Pei Hiuan-tö.

Wen-yuan, mon fils ! Les véritables héros subissent des échecs et des pertes avant d'être reconnus. Ne dit-on pas que les grands talents mûrissent tard ? Tu n'es pas de la même trempe que ton frère cadet, cet ivrogne dénué de la moindre piété filiale, qui par je ne sais quelle erreur est parvenu jusqu'aux examens de la capitale… murmurait en son for intérieur Maître Liang, tout confit en magnanimité. Il ne lui avait pas fallu deux mois pour revenir à ses opinions habituelles sur ses fils.

— A propos, Père, que devient Che-leao ? demanda Wen-yuan, maniant le chinois mandarin avec une précision et une élégance que son frère était loin de posséder.

Je n'ai vraiment pas envie de penser à cela en ce moment, songea le père, qui répondit cependant :

— Ah, ne te fais pas de souci pour lui. Il a dû avoir connaissance des résultats il y a deux jours, et se rendre enfin compte de sa propre stupidité. A l'heure qu'il est, il est probablement en train de revenir sur sa décision et de prendre le chemin de la maison, le foyer où il vit à la capitale doit commencer à lui paraître inconfortable.

— Comment quelqu'un comme lui serait-il capable de revenir sur sa décision ? Il doit plutôt être en train de se soûler dans une taverne aux portes du palais.

— Mmm, peut-être. Cela m'ennuierait qu'il suscite des troubles et tombe assez bas pour tourner au voyou. Bon, dès demain, j'enverrai quelqu'un à la capitale pour le ramener ici.

Le précepteur, qui avait été mis au courant de la situation, leva alors son visage émacié et déclara :

— Vous avez raison, ce serait terrible qu'il s'acoquine avec des voyous ou pis encore. J'ai ouï dire que, ces derniers temps, des candidats évincés traînaient à

Pékin, où ils forment des factions politiques et posent aux jeunes réformateurs ; ils parlent de promulguer une Constitution, de créer une Assemblée... Si votre fils adhérait à l'un de ces absurdes mouvements qui se targuent de sauver le pays, alors qu'ils ne sont que des instruments à la solde des diables étrangers, l'opprobre en resterait attaché à votre famille jusqu'aux générations futures.

Quand on a été officier de Tseng Kouo-fan, on ne parle pas comme tout le monde, songea Maître Liang, admiratif. Cependant, il n'y avait pas vraiment de quoi s'inquiéter. Même des révolutionnaires n'avaient pas le loisir de s'encombrer d'un ivrogne et d'un incapable tel que son fils.

— Enfin, il est tout de même licencié. Il est encore trop tôt pour vous retirer, Père, et s'il obtient ne fût-ce qu'un poste de fonctionnaire à la préfecture, cela redorera toujours le blason de la famille. N'est-ce pas une bonne idée, Père ? Moi, une fois docteur, je dirigerai le pays, tandis que vous et Wen-sieou vous consacrerez au développement de la province. Ne formons-nous pas une famille admirable ?

A ce moment, un destrier arriva au grand galop sur la rive opposée du canal. Le messager coiffé d'un bonnet de fonctionnaire qui le chevauchait vociférait quelque chose ; derrière lui une oriflamme rouge claquait au vent.

— Tiens, que se passe-t-il ?

Les paysans occupés à labourer les champs immobilisèrent leurs houes, sur le canal les bateliers laissèrent leurs rames en suspens, tous se mirent à contempler cette apparition imprévue.

Le messager franchit au galop le pont de pierre menant à l'entrée de la demeure des Liang, puis, apercevant le maître des lieux qui prenait le thé au bord du canal, arrêta net son cheval. Brandissant son fouet au-dessus de sa tête, il cria :

— *Kao-ta-chan* Maître Liang ! Votre fils a réussi l'examen !

— Comment ? fit Maître Liang, n'en croyant pas ses oreilles.

— Réussite aux examens, réussite aux examens, hurla à nouveau, les deux mains en porte-voix, le messager qui venait de troubler cette sereine réunion familiale.

Les trois buveurs de thé se soulevèrent à demi, poussant un cri de stupéfaction simultané.

— *Che chouei ?* Qui donc ?

L'espace d'un instant, le paysage bucolique et printanier se figea comme un tableau.

— Qui donc, qui donc ! Mais votre fils bien sûr ! La nouvelle nous est parvenue ce matin du foyer de la province à la capitale : votre fils a réussi brillamment les examens. Félicitations !

Les trois compagnons, à demi soulevés de leur siège, s'entre-regardèrent, incrédules.

— Tu entends ça, Wen-yuan ? Ton frère a réussi son doctorat ! parvint enfin à articuler Maître Liang, en déglutissant bruyamment.

Wen-yuan et son précepteur, figés sur place, l'air hébété, fixaient le messager sur la rive opposée.

— Et que va-t-il se passer maintenant ? demanda alors le professeur, tout en soutenant par le bras Maître Liang qui blêmissait à vue d'œil.

— Dès que la liste des lauréats sera publiée, aura lieu l'épreuve supplémentaire, mais c'est une simple formalité, il n'y a pas à vous inquiéter.

— Là n'est pas la question ! Ensuite ?

— Euh, excusez-moi. Cinq jours plus tard aura lieu l'examen du palais, présidé par Sa Majesté l'empereur.

— Comment ça ? Il est donc arrivé si haut, jusqu'à l'examen du palais présidé par Sa Majesté l'empereur ?

— C'est exact. Mais il s'agit là d'une dernière épreuve, uniquement destinée à déterminer la place des lauréats, vous pouvez donc d'ores et déjà considérer Messire Wen-sieou comme titulaire du doctorat.

La brise couchait les roseaux de la plaine sur la rive opposée ; Maître Liang, saisi d'un violent vertige, s'agrippa à la table pour se maintenir debout.

— Wen-sieou, docteur ! s'écria-t-il avant de s'effondrer, entraînant la table avec lui.

Comme le messager continuait à pousser ses cris de victoire « Liang Wen-sieou a réussi ! Liang Wen-sieou a réussi ! » en faisant tournoyer son fouet dans les airs, des exclamations de joie s'élevèrent de l'intérieur de la résidence.

Maître Liang s'était redressé en s'agrippant aux genoux de son fils aîné, et tout en écoutant ces clameurs qui lui parvenaient comme dans un rêve, il voyait flotter l'un après l'autre dans son esprit les visages de son père, de son grand-père, de son arrière-grand-père, qui, tous, s'étaient présentés au doctorat sans avoir jamais pu l'obtenir.

— Réussite... au doctorat...

Pointant un index tremblant vers le ciel, Maître Liang dessina haut dans l'azur les quatre caractères *réussite au doctorat* que l'on faisait graver sur des pièces à la naissance d'un fils dans l'espoir que ce vœu se réaliserait un jour.

Une fois son nom affiché sur la liste collée devant la porte du ministère des Rites, la vie de Wen-sieou connut une effervescence soudaine.

La plupart des candidats s'en retournèrent dans leurs provinces l'oreille basse, drapeau en berne, et furent aussitôt remplacés par la foule des ambitieux qui commençaient leurs manœuvres d'approche auprès des quelque trois cents lauréats qui restaient sur place. Le foyer de province où était logé Wen-sieou s'anima plus encore qu'au moment des examens. Wen-sieou savait qu'il avait réalisé un exploit aussi brillant qu'inattendu, mais il ne supportait ni le brusque changement d'attitude ni l'agitation de son entourage. Pour lui, qui n'avait jamais fait aucun cas des rumeurs, les louanges dont on entourait « Messire le docteur » étaient aussi embarrassantes que la mauvaise réputation qui le suivait partout autrefois.

Son père était reparti avec ses serviteurs sans même prendre la peine d'attendre la parution des résultats. Le seul qui était resté, avec pour mission de le surveiller, Tchouen-yun, ne lui avait pas adressé la parole depuis la nuit où ils s'étaient séparés sur une dispute. Il n'avait aucune idée de ce qui avait pu vexer l'enfant à ce point, mais depuis, celui-ci s'enfermait obstinément dans l'écurie où il était logé, n'en sortant que pour s'acquitter, sans le moindre mot aimable, des menues tâches qui lui étaient assignées.

C'est pourtant à Tchouen-yun que Wen-sieou avait réservé la primeur de la bonne nouvelle, mais ce dernier s'était contenté de lui dire, sans sourire ni manifester aucune joie :

— Félicitations, Jeune Maître. Je vous souhaite une brillante carrière.

Jour et nuit, les visites se succédaient sans répit : fonctionnaires en poste à la capitale, gens originaires de sa province, et jusqu'à de parfaits inconnus qui venaient lui offrir des cadeaux en prétendant le connaître.

Dans ces conditions, il était incommode de ne plus avoir de domestiques à ses côtés. Qui plus est, au milieu de ces entrevues incessantes, il devait passer l'épreuve supplémentaire, participer à un banquet au ministère des Rites, préparer l'examen du palais qui n'allait pas tarder. Il décida donc de faire montre de fermeté et ordonna à Tchouen-yun de renvoyer tous les visiteurs jusqu'à la fin des épreuves.

C'était le 20 avril, la veille de l'examen du palais.

Pourtant, la nuit venue, lorsque tout le monde à l'auberge fut endormi, Tchouen-yun vint frapper à la porte de son maître pour lui annoncer une visite, malgré l'heure fort tardive.

— Je t'ai dit que je ne voulais voir personne !

— Je sais, mais c'est un personnage important.

— Un personnage important ?

— Oui, il porte une plume de paon et une pierre bleue à son bonnet. Il a fait arrêter sa chaise à porteurs en secret devant la porte et il est entré seul.

Une coiffe à pierre bleue : un haut fonctionnaire de troisième rang. De qui pouvait-il s'agir ? Aucun des fonctionnaires originaires de la même province que lui n'avait atteint de rang si élevé. Tout en se livrant à ces supputations, Wen-sieou se lava la figure pour dissiper les vapeurs de l'alcool, et sortit dans le jardin de l'auberge.

Un homme vêtu d'une magnifique robe de cour l'attendait debout sur les dalles blanches, éclairé comme sur une scène de théâtre par la lune à son premier quartier. Une pierre bleue brillait en effet sur sa coiffe.

Wen-sieou lui fit face à distance, autant sur ses gardes que s'il avait vu un fantôme.

A la lumière de la lune, le visage cireux du visiteur était d'une jeunesse qui rendait le vêtement de cour incongru ; pourtant, le regard dirigé sur Wen-sieou semblait venir du fond des âges. L'homme avait cette expression lointaine, à l'écart du monde ordinaire, commune à ceux qui poursuivent très haut leurs études. Il détailla lentement Wen-sieou de la tête aux pieds.

Le jeune homme n'osait pas lui demander qui il était. Ne le connaissant pas, il n'avait aucune raison de s'agenouiller pour saluer ce mystérieux visiteur de la nuit.

Tous deux s'observèrent donc un moment en chiens de faïence. Ce personnage, songea Wen-sieou, avait dû avoir vent de sa mauvaise réputation et venait se rendre compte par lui-même, avant l'examen du palais, de ce qu'il en était. Il s'agissait probablement d'un fonctionnaire du ministère des Rites, ou d'un examinateur, venu à la faveur de la nuit lui rappeler qu'il convenait de bien se conduire en présence de Sa Majesté l'empereur.

— Quelle affaire vous amène ? s'enquit Wen-sieou, sans demander son nom au visiteur.

Tout contact entre candidats et examinateurs était contraire au règlement. Dans ces conditions, ce personnage ne pouvait ni lui dire son nom, ni la raison de sa venue. Comment comptait-il donc s'y prendre pour sonder sa personnalité, si tel était bien le but de sa visite ?

L'homme contemplait toujours fixement Wen-sieou. Brusquement, un sillon se creusa entre ses sourcils, et il prit la parole dans un mandarin châtié :

— *Un palais d'argent, une porte d'or, au fond de la nuit je dors seul et je songe au lettré de Hanlin.*

C'était un poème de Po Kiu-yi.

Autrement dit, de service de nuit au palais pour préparer l'examen du lendemain, il était venu le voir sur une impulsion soudaine. Quoiqu'un peu déconcerté, Wen-sieou n'eut cependant aucun mal à saisir le sens caché de ce poème.

Cet homme n'était pas ordinaire. Il le testait, de toute évidence. Ta présence ou non demain devant l'empereur dépend de la réponse que tu vas me faire, semblaient dire les yeux perçants fixés sur lui.

Wen-sieou chercha par tâtonnements une réponse, choisit quelques vers d'un poème de Li Po parmi tous ceux qui lui venaient à l'esprit.

— *Ivre, j'aspire au sommeil. Pars pour l'instant mon ami, et reviens au matin, si tu veux, avec ta cithare.*

Vous êtes un malappris, pour venir à pareille heure ! Nous nous verrons bien assez tôt demain, à l'examen du palais. Voilà ce qu'il voulait signifier.

L'homme soupira devant cette réponse inattendue. Puis renchérit avec un nouveau vers de Po Kiu-yi :

— *Je crains de ne plus voir briller les rayons bleus de la lune si, dans les marais, les ombres d'automne sont trop nombreuses.*

Que dis-tu de ça ? semblait traduire le léger sourire qui flottait au coin de ses lèvres minces. Ta réponse est habile, mais ta mauvaise réputation est parvenue jusqu'à moi. C'est pourquoi je crains que l'on ne t'accorde pas l'appréciation que tu mérites lors de l'examen du palais. Prends garde et révise ta conduite !

Wen-sieou lui rendit son sourire et enchaîna aussitôt avec un poème de Li Po.

— *Si je ne te vois point au sommet du K'iun-yu chan, nous nous rencontrerons à nouveau sous la lune au Yaot'ai.*

Le K'iun-yu chan était une montagne et le Yaot'ai un palais situés dans le séjour des Immortels.

Ne vous faites pas de souci, avait répondu Wen-sieou, je déploierai tout mon talent, et nous nous rencontrerons à nouveau sous la lune, dans la Cité Interdite violette.

Finalement l'homme hocha plusieurs fois la tête, comme pour montrer qu'il avait bien compris, avant de tourner les talons et de disparaître entre les battants de la porte.

Les roues du palanquin grincèrent, puis un bruit de pas étouffé indiqua le départ du cortège, laissant seulement derrière lui le parfum raffiné de l'encens dont était imprégnée la robe de cour de ce haut personnage.

Tchouen-yun, qui s'était éclipsé pour assister au départ, revint lui montrer la pièce qu'il avait reçue, en souriant pour la première fois depuis longtemps.

— Regardez le gros pourboire qu'il m'a donné !

— Tu l'as remercié poliment ?

— Oui. Il m'a caressé la tête et m'a dit : « Petit, va porter ce message à ton maître de ma part : dis-lui que Yang l'attend, du fond du cœur. »

— Yang ? Yang Si-tcheng !

Wen-sieou courut au-dehors. Dans la ruelle éclairée par la lune, le palanquin s'éloignait lentement.

Wen-sieou le rattrapa, s'agenouilla, agrippé à la chaise à porteurs.

— Pardonnez mon impertinence ! Je ne savais pas qu'il s'agissait de l'illustre professeur Yang Si-tcheng…

Le cortège s'arrêta et Yang posa ses doigts maigres devant sa bouche pour lui faire signe de ne pas parler si fort. Il descendit du véhicule, l'invita d'un geste à s'approcher. Plaçant ses lèvres tout près de l'oreille de Wen-sieou qui s'avançait vers lui à genoux, il murmura :

— Cesse donc de paraître ce que tu n'es pas.

Wen-sieou le regarda, il lui semblait qu'une main de fer venait de se refermer sur sa poitrine.

— Tu n'as plus besoin de te duper toi-même, ni personne de ton entourage.

— Mais je ne dupe personne, je ne comprends pas ce que vous dites.

Yang Si-tcheng leva les yeux vers la lune qui surplombait la ruelle, et eut un rire léger.

— Un homme qui a accumulé autant de savoir que toi ne devrait pas se montrer excentrique. Je ne sais ce qui t'a incité à le faire, mais cesse dès maintenant cette mise en scène ridicule.

Yang Si-tcheng avait chuchoté ces paroles mais les mots avaient le tranchant d'un sabre. Telle la peau d'une pêche mûre se détachant d'elle-même, la fausse personnalité de Wen-sieou, ce rôle de pittoresque faire-valoir qu'on lui avait fait endosser dès sa naissance, venait de le quitter d'un coup.

Un à un se présentèrent à son esprit, puis s'évanouirent, les visages de son père, de son frère aîné, des professeurs successifs qui ne menaçaient que lui, le cadet, de leur fouet. Sous le regard clairvoyant du grand lettré qui lui faisait face, Wen-sieou, toujours à genoux, inclina le front. Enfin, songea-t-il, il avait rencontré un véritable maître, qui lui révélait sa propre nature.

— Merci…

Il lui devait un aveu. Plein de reconnaissance envers cet homme qui lui avait enseigné qui il était réellement, il ressentit une vive impulsion de lui dévoiler son secret, même si sa vie entière devait pour cela s'écrouler en un instant.

— Messire Yang, écoutez !

— Quoi donc ?

— J'ai échangé ma copie avec celle d'un autre candidat. J'ai pensé à un miracle, je me suis cru investi d'une force surnaturelle. Mais c'était seulement pour duper ma conscience. En fait, j'ai commis le crime le plus impardonnable qui soit : la première nuit de l'examen, j'ai plagié la copie d'un autre.

Yang Si-tcheng regarda longuement Wen-sieou, d'un air plein de compassion. Puis il murmura distinctement, sans marquer la moindre surprise :

— Il n'y a aucune raison que cela se soit produit.

— Si… Je…

— Je peux t'affirmer que non. Un candidat qui possède un savoir pareil au tien n'a nul besoin de tricher.

Messire Yang faisait-il la sourde oreille à sa confession ? Son intention était plutôt de lui révéler une vérité inattendue, car il poursuivit, le visage rayonnant :

— Ce genre de choses arrive souvent. La première nuit de l'examen, chaque candidat est pris de folie : c'est au cours de cette nuit-là que vont se décider tous les bonheurs ou tous les malheurs de son existence. Ceux qui ont fait le plus d'efforts, ont lutté contre vents et marées pour en arriver là, sombrent dans un état second qui ne leur permet plus de distinguer la réalité du rêve. Comprends-tu, Liang? Tu crois avoir copié sur un autre, mais en fait, ce n'était qu'une illusion provoquée par ton esprit à force de persévérance et de concentration dans les études.

— Cependant, je vous assure...

Indifférent aux protestations de Wen-sieou, Yang Si-tcheng ordonna à ses porteurs de se remettre en route.

— Je suis un humble disciple de Confucius. Je dis la vérité. Moi-même, la nuit du doctorat, j'ai fait cette expérience. Pendant longtemps, j'ai souffert de remords, jusqu'à ce que mes vénérables maîtres de l'académie Hanlin m'enseignent que c'était là un phénomène fort courant. Je considère cela comme une preuve que tu as fait autant d'efforts pour étudier que moi-même. Liang... Nous nous reverrons sous la lune au Yaot'ai. Je suis heureux de constater que tu es bien tel que je l'imaginais.

Quand ses porteurs tournèrent au coin de la ruelle, Yang Si-tcheng agita une main dans la direction du jeune homme, du haut de sa chaise, sans même se retourner.

13

L'examen du palais, dénouement des interminables examens supérieurs, consistait, plutôt qu'en une véritable série d'épreuves, en une cérémonie solennelle.

Au bout du chemin vers le haut mandarinat que visaient tous ceux que leur naissance autorisait à faire des études prolongées, se dressaient les toits de béryl de la salle de l'Harmonie Préservée.

Le 21 avril, jour de l'examen, le ciel était bleu et pur. Il n'y avait pas dans l'air un seul grain de la poussière jaune qui recouvrait d'ordinaire la capitale en cette saison, et ce bleu omniprésent pareil à une teinture évoquait plutôt un ciel d'automne.

— Le Ciel vous félicite d'être arrivés au bout de vos ambitions, disait en guise d'accueil le fonctionnaire du ministère des Rites aux lauréats rassemblés devant la porte, et tous en étaient persuadés.

Les heureux élus qui avaient obtenu le droit de se présenter à l'examen du palais – on les appelait *kong-che* – étaient divisés en deux files à l'entrée et se dirigeaient vers les Trois Grandes Salles, par les portes est et ouest, après avoir traversé le pont des Hiérarchies, qui enjambait le Ruisseau aux Eaux d'Or.

Longeant la salle de l'Harmonie Suprême et la salle de l'Harmonie Parfaite, les deux files parvinrent sous le mur des Dragons de l'énorme salle de l'Harmonie Préservée, et là, se réunirent à nouveau.

Bientôt, les grands lettrés du Conseil privé apparaissaient dans la partie supérieure de la salle, entourée de trois balustrades.

Si le premier ministre, fonctionnaire de premier rang, tournait ostensiblement le dos aux *kong-che* rassemblés en dessous de lui et qui le saluaient, c'était parce que devant lui, au fond du palais, se tenait un personnage de plus haut rang encore. Wen-sieou, agenouillé sur les dalles de marbre, se raidit à la vue du rideau jaune qui recouvrait l'entrée d'une tente installée tout au fond.

Quand le premier ministre s'agenouilla devant ce rideau, les accents de la musique de cour éclatèrent soudain, comme si la tension qui régnait avait soudain atteint son apogée. Les pans du rideau s'écartèrent, et la silhouette de l'empereur Kouang-siu, sur son trône doré, apparut.

Wen-sieou ne fit qu'entrapercevoir l'auguste présence. Il baissa aussitôt la tête et se prosterna, s'allongeant trois fois à terre, frappant neuf fois le front au sol, sans avoir le courage de relever les yeux pour regarder une nouvelle fois à la dérobée vers le trône.

Quand il se releva, le rideau jaune était refermé. Il avait cependant entrevu l'empereur de Chine, le monarque des Ts'ing, le tout-puissant Fils du Ciel qui régnait sur le monde par la grâce du Mandat Céleste. Il était plus jeune encore qu'il ne l'eût imaginé : quinze ou seize ans à peine. Dans sa robe d'épais brocart jaune aux motifs de dragons, le cou ceint d'un collier de grosses perles, la tête couronnée d'une coiffe rouge, une étole de martre noire sur les épaules, le jeune empereur avait un petit visage de poupée.

Le premier ministre recula à genoux devant la tenture jaune, puis remit au ministre des Rites, qui se tenait sous l'auvent ouest du toit, le rouleau qu'il avait reçu des mains de l'empereur.

Les trois cents *kong-che* furent alors conduits en bon ordre à l'intérieur de l'immense salle, par les escaliers situés à droite et à gauche. La tente jaune avait été prestement rangée, il n'y avait plus trace de l'empereur.

Autour du trône vide étaient installées en rangs serrés des tables numérotées. Une fois le candidat assis devant sa table, un soldat de la garde en uniforme de cérémonie venait lui porter le nécessaire à écrire. L'attitude des soldats envers ces *kong-che* qui avaient tous d'ores et déjà le titre de docteur était bien plus respectueuse que lors des précédentes épreuves.

De hauts fonctionnaires du ministère des Rites circulaient entre les tables. L'un d'eux s'arrêta à côté de Wen-sieou, qui se tenait silencieux, les yeux fermés.

— Eh bien ? Te sens-tu prêt à monter au Yaot'ai ? murmura Yang Si-tcheng sans même tourner la tête.

— Je ne sens absolument pas les ombres de l'automne, répondit Wen-sieou, regardant lui aussi droit devant lui.

— *Hao !* Bien ! fit Yang avant de s'en aller d'un pas glissant.

L'examen du palais, extrêmement formel et ritualisé, couronnait les épreuves d'entrée dans l'administration supérieure avec toute la solennité nécessaire.

Il n'y avait qu'une seule épreuve, une question politique à laquelle il fallait répondre par une longue dissertation de mille caractères. Comme c'était l'empereur en personne qui avait remis le sujet, la question, formulée de façon très conventionnelle, consistait à demander aux *kong-che*, qui seraient bientôt ses proches vassaux, leur opinion sur la politique à suivre.

Les copies devaient commencer et se terminer par des formules stéréotypées adressées à l'empereur. Il y avait en outre de nombreuses règles à respecter dans le courant du texte, puisque le jury d'examen était présidé par l'empereur en personne. Il fallait par exemple laisser une marge en haut de la feuille d'examen et écrire sur une ligne surélevée, en signe de respect, les caractères signifiant « empire, pays, capitale, palais, jardin », bref, toutes choses qui étaient propriétés de l'empereur, et il en allait de même pour les mots touchant à l'existence ou à la pensée de l'empereur tels que « monarque, vertu, ou politique ».

Les mots « ancêtres, impératrice, dynastie » devaient également être surélevés et mis en exergue. Dans ce type d'écriture particulière, il fallait en outre veiller à ce que les mots honorifiques ne figurent ni après un espace blanc, ni en fin de ligne, ce qui obligeait le rédacteur à calculer le nombre de caractères de ses phrases et à se servir de conjonctions pour remplir les vides.

Ce n'était pas seulement un travail de pure forme : l'ensemble devait exprimer un respect indicible pour l'empereur. Le nombre de caractères honorifiques à inclure dans la dissertation était fixé d'avance, nécessitant ainsi un agencement ingénieux des phrases pour qu'apparaissent à la cinquième et à la septième ligne, puis à la neuvième et à la onzième, ces caractères écrits plus haut que les autres.

La dissertation devait respecter la forme traditionnelle en huit parties et, naturellement, faire la brillante démonstration d'une connaissance sans failles de la réalité historique d'aujourd'hui comme d'autrefois.

Bref, cette ultime copie, qui marquait la fin des études des hauts mandarins, devait être tout simplement prodigieuse.

Même à l'arrivée du crépuscule, pas un des *kong-che* entassés dans l'immense salle ne fit mine de se lever. Le temps s'égrenait dans une tension presque palpable. En effet, cette ultime épreuve devait déterminer, non la réussite ou l'échec, mais l'ordre dans lequel les lauréats seraient reçus. Certes, tous obtiendraient leur doctorat, mais ceux qui seraient en tête de liste seraient orientés vers les postes du gouvernement central, tandis que les derniers se verraient affectés à des postes de province ou dans les marches lointaines. L'examen du palais allait décider de toute la future carrière des lauréats.

Après avoir calligraphié la formule rituelle en vigueur au bas de sa longue dissertation, Liang Wen-sieou relut l'ensemble. Une fois qu'il eut acquis la certitude que c'était une réponse parfaite, où chaque caractère était à sa place, il se sentit soudain vidé de ses forces.

Au moment où tout se terminait, cette carrière de haut mandarin dont il avait rêvé lui paraissait soudain aussi illusoire qu'un conte de fées. Le long chemin vers le doctorat, qu'il avait suivi depuis sa plus tendre enfance en silence, comme une mule butée menée à coups de fouet, voilà qu'il arrivait à son terme. Et il n'en éprouvait pas la moindre satisfaction, pas la moindre sensation d'accomplissement, n'y découvrait pas la moindre parcelle de gloire. Il ne ressentait rien d'autre que le soulagement d'en avoir enfin fini.

Il reposa son pinceau, ferma les yeux, l'esprit en friche.

De petits caractères vinrent se former dans l'espace blanc derrière ses paupières, depuis les tout premiers qu'il avait appris : Un, Dix, le Ciel, la Terre, Jaune, puis les ribambelles d'idéogrammes du *Texte en mille caractères*, ensuite les élégies de Tch'ou, enfin les caractères imprimés des Cinq Livres et des Quatre Classiques se mirent à défiler sous ses yeux.

Il se leva pour chasser cette hallucination, rendit sa copie le premier. Il posa en hâte sur la table du réviseur, à côté du trône impérial, ses huit feuilles d'examen et son brouillon, puis quitta la salle à reculons. Plusieurs autres *kong-che* profitèrent de ce moment pour se lever eux aussi. Dans la salle de l'Harmonie Préservée embrasée par les feux du soleil couchant, une certaine agitation commença à se manifester.

Du haut de l'estrade supérieure, on apercevait la place en contrebas, encore déserte. Un paisible océan de toits de tuiles bleu béryl étincelait dans le couchant.

Wen-sieou marchait, flottant dans un étrange monde doré. Il descendit les escaliers, parcourut en sens inverse l'allée ouest par laquelle il était arrivé le matin, les jambes lourdes, comme si les dalles lui collaient aux pieds. Un garde le suivait comme une ombre, portant ses effets personnels.

De l'autre côté de la place, au bout de l'aile est, d'autres *kong-che* commençaient à sortir eux aussi, la coiffe de travers, les épaules basses dans leur robe indigo, levant de temps à autre les yeux vers la salle qui les dominait de sa hauteur.

Wen-sieou s'arrêta, contempla le ciel rougeoyant. C'est terminé, songea-t-il à nouveau. Une voix qui le remplit de nostalgie vint soudain l'assaillir, au milieu du déluge de caractères qui lui emplissait l'esprit :

— *Au début de la vie, la nature de l'homme est la vertu. Ses dispositions l'en rapprochent, le savoir l'en éloigne,* entendit-il.

Surpris, il regarda autour de lui, cherchant la silhouette de sa mère, qui pourtant ne pouvait se trouver là.

— Qu'y a-t-il ? demanda le garde qui l'escortait.

— Rien, mes oreilles m'auront trompé.

Un large sourire éclaira le visage à la barbe hirsute du soldat, un homme vigoureux dans la force de l'âge.

— Cela arrive souvent ! La dernière fois que j'ai raccompagné un *kong-che*, il s'est arrêté au même endroit que vous, en murmurant le nom de sa mère.

Marchant côte à côte avec Wen-sieou qui s'était remis à avancer d'un pas lourd, le soldat lui demanda à voix basse, de crainte d'être surpris :

— Un rustre comme moi ne connaît rien à ces choses-là, mais pourquoi pensez-vous tous à votre mère et non à votre père ? Après tout, ce n'est pas grâce à votre mère que vous avez reçu votre éducation.

— Oui, c'est vrai... dit Wen-sieou en se tournant vers le soldat qui fixait sur lui un regard plein de curiosité. Il fit la première réponse qui lui vint à l'esprit : Mais après tout, vous aussi, si vous partez à la guerre et savez que vous allez mourir, ce n'est pas le visage de votre père, qui vous a appris le maniement des armes, que vous évoquez, mais bien celui de votre mère.

Le soldat réfléchit, puis poussa un soupir las :

— Oui, vous avez sans doute raison... Il me semble que les pères y sont perdants. J'apprends à mon fils à tirer à l'arc, voyez-vous.

La voix de sa mère obsédait toujours Wen-sieou :

— *Au début de la vie, la nature de l'homme est la vertu. Ses dispositions l'en rapprochent, le savoir l'en éloigne.*

Plus le sens de ces phrases lui apparaissait clairement, plus son cœur se serrait. C'étaient bien les mots que lui avait murmurés sa mère à l'oreille, il y a si longtemps...

Quand était-ce donc ? Du fond de sa mémoire dont il tentait de dévider à nouveau les fils, lui parvint la voix de sa mère :

— *On se sert du talent pour maquiller le vice...* Tu comprends, Wen-sieou ? Cela veut dire que le savoir peut dissimuler les pires défauts.

Il se rappela soudain le gracieux sourire de sa mère, le tenant dans ses bras pour lui dire ces mots, tandis qu'il levait vers elle son visage, jusque-là enfoui dans sa poitrine.

La mère de Wen-sieou était une fort belle femme qu'on appelait Concubine de Cinabre. Achetée comme servante dans un village pauvre du Honan, elle n'avait pas tardé à être enceinte des œuvres de Maître Liang, et avait mis Wen-sieou au monde. Puis, vers l'âge où il commençait ses études, elle était morte, très jeune, elle devait avoir une vingtaine d'années à peine.

A cause de ses origines et de son extrême jeunesse, la mère de Wen-sieou avait dû se contenter toute sa vie d'une position de servante. Sitôt sevré, Wen-sieou fut confié à l'épouse de Maître Liang, qu'il appela désormais « Maman ».

Wen-sieou ignorait tout de la vérité, mais Concubine de Cinabre lui faisait une impression étrange, elle lui semblait différente des autres domestiques. Bien qu'on l'appelât « Concubine », elle n'était en rien traitée comme la deuxième épouse de son père, et le petit Wen-sieou continua à grandir, persuadé qu'elle n'était qu'une esclave-servante et que « Concubine de Cinabre » était un nom comme un autre.

Wen-sieou jouait comme avec une poupée avec cette belle servante silencieuse qui ne lui faisait jamais de reproches, même quand il la frappait avec un bâton ou lui aspergeait le dos avec l'eau du puits. Elle se contentait de dire en riant :

— Pardonnez-moi, Jeune Maître, pardonnez-moi !

Pourquoi lui demandait-elle pardon sans se départir de son sourire, alors qu'en pareil cas les autres domestiques se fâchaient ou prenaient la fuite ? Wen-sieou en profitait pour la tourmenter de plus belle.

Il comprit la vérité par un jour d'hiver où un vent glacial faisait rage dans les rues.

Tandis qu'il étudiait, assis à côté de son frère, son père surgit soudain dans la pièce, le visage livide. Sans même répondre au salut du précepteur, il entraîna Wen-sieou dehors. Wen-sieou ne devait jamais oublier les mots que son père prononça alors, debout dans le jardin gelé :

— Dépêche-toi, ta mère est en train de mourir.

Wen-sieou blêmit.

— Et Frère Aîné ?

— Pas la peine. Ta présence suffit.

Son père le conduisit à l'une des cabanes où étaient logés les domestiques ; la présence de Dame Liang debout, le visage sombre, rendit Wen-sieou encore plus perplexe.

Concubine de Cinabre reposait sur un lit de brique, sous une couverture rustique, respirant faiblement. A la vue de Wen-sieou, elle commença par exprimer sa reconnaissance à Liang et à son épouse, puis fit tous ses efforts pour sourire, invitant de la main l'enfant à s'approcher.

Tandis que ses souvenirs se précisaient, Wen-sieou serra les poings, se mordit les lèvres : les paroles qu'il avait cru entendre un instant plus tôt étaient celles que sa mère lui avait confiées sur son lit de mort.

Elle l'avait fait approcher, l'avait serré contre elle, et avec son bel accent du Tche-kiang plat et clair, elle lui avait dit ceci :

— Ecoutez bien, Jeune Maître. *Au début de la vie, la nature de l'homme est la vertu. Ses dispositions l'en rapprochent, le savoir l'en éloigne*.

Wen-sieou avait aussitôt répondu, comme s'il était interrogé par son professeur :

— Je connais cette phrase. C'est par elle que commence le Troisième Livre.

Sa mère plissa les yeux de satisfaction, et ajouta :

— *On se sert du talent pour maquiller le vice...* Comprends-tu cette phrase aussi ?

— Non, je ne l'ai pas encore apprise.

— Souviens-t'en, cela veut dire que le savoir peut dissimuler les pires défauts. Si tu possèdes le savoir, tu n'auras à avoir peur de rien.

— Que racontes-tu, Concubine de Cinabre ? Tu ne sais pas même écrire ! s'exclama Wen-sieou en levant les yeux vers son père et son épouse, qui se tenaient en silence à côté du lit. Ne comprenant toujours rien à ce qui se passait, Wen-sieou se sentit tout à coup serré à nouveau dans les bras de cette femme. Le contact avec sa peau glacée éveilla alors en lui un souvenir lointain : cette tendre poitrine lui était familière, il l'avait connue autrefois, avant même de savoir parler.

— Concubine de Cinabre, c'est toi, ma mère ?

Concubine de Cinabre souleva faiblement ses paupières vers Liang et son épouse comme pour s'excuser, puis elle murmura, en détachant ses mots :

— Oui, c'est moi. Mais maintenant, oublie-moi, tu dois m'oublier. Travaille de toutes tes forces pour devenir quelqu'un de haut placé, quelqu'un qui n'aura personne au-dessus de lui.

Elle serra passionnément contre elle la tête de son enfant et l'appela pour la première et la dernière fois par son prénom :

— Tu entends, Wen-sieou ? Tu ne devras céder devant personne, jamais ! Mon fils...

Puis la main de sa mère glissa de sa nuque.

En proie à ces douloureuses réminiscences, Wen-sieou s'agenouilla sur la place devant la porte de l'Harmonie Suprême. A côté de lui, d'autres *kong-che* exténués se tenaient accroupis comme lui, les genoux dans les mains ou debout, l'air égaré, la tête vers le ciel.

Les vêtements indigo viraient au kaki sous les feux du couchant. Sans les plumes de paon qui ornaient leurs coiffes, on les aurait pris pour un groupe de statues déposées sur la place.

Luttant contre l'écho douloureux des derniers mots de sa mère, qui résonnaient encore en lui, Wen-sieou avait plié les genoux sur les dalles et posé les deux mains au sol.

Comme il levait les yeux vers la splendeur dorée de la porte de l'Harmonie Suprême qui le dominait, il fit un effort surhumain pour reprendre ses esprits, et ses larmes se mirent à couler à torrents.

Il venait de comprendre comment il était parvenu jusqu'ici, pourquoi il avait pu rédiger des copies si parfaites à toutes les épreuves et répondre sans le moindre doute lors de l'examen du palais. Ce n'était pas grâce au destin ou à quelque pouvoir surnaturel, mais grâce aux mots que sa mère lui avait adressés sur son lit de mort.

— Merci... fit-il d'une voix étranglée, en frappant son front contre le sol.

Le soleil couchant allongeait dans la cour les ombres des nouveaux docteurs, jeunes ou vieux, les uns debout d'un air abattu, les autres effondrés, en larmes, ou se tordant de douleur.

— Maman ! fit une voix grave tranchant sur le brouhaha général. Wen-sieou se retourna : Wang Yi, son visage olivâtre déformé par une grimace, tendait vers le ciel les manches de sa longue robe bleue.

— Maman, j'ai réussi ! Félicite-moi ! Enfin, je suis docteur !

Ses cris de victoire résonnaient dans le ciel du soir qui surplombait l'étincelante porte de l'Harmonie Suprême.

14

« Pourquoi n'est-il pas encore là ?... »

Lasse de folâtrer derrière les chatons de saule tourbillonnant dans le vent, Lingling concentra son regard sur la route. Les bourgeons duveteux, chaque jour plus nombreux, recouvraient les environs comme de la neige. Le printemps était arrivé à Liang-kia-t'ouen, tandis que Lingling attendait le retour de son frère.

Maître Liang et son escorte étaient rentrés de la capitale depuis un moment, pourquoi seuls le jeune maître et Tchouen-yun s'y attardaient-ils ? Chaque après-midi, depuis dix jours, Lingling s'aventurait jusqu'aux abords de la grand-route, à la sortie du village, et guettait le retour de son frère.

Depuis la mort de Deuxième Frère, leur mère n'était pas dans son état normal. Elle se rendait sur la tombe avant l'aube et y restait jusqu'au crépuscule, à brûler des papiers d'offrande aux morts, réciter des sûtras, chanter des berceuses. Quand elle rentrait à la maison, elle se jetait sur le lit vide de Deuxième Frère en sanglotant. Puis les pleurs cessaient, mais quand Lingling commençait à espérer qu'elle s'était endormie, elle se remettait à sangloter de plus belle.

Elle touchait à peine à la nourriture que les gens du village lui apportaient, et n'avait plus que la peau sur les os. Sa chevelure aussi était devenue toute blanche. Son métier à tisser se couvrait de toiles d'araignée.

Si elle continuait ainsi, elle allait mourir d'épuisement à force de pleurer, ou de faim, tout simplement. Frère Aîné et le père étaient morts, on était sans nouvelles de Troisième Frère, parti à l'armée, et voilà que Deuxième Frère venait de s'éteindre à son tour. Peut-être la mère avait-elle envie de quitter ce monde, elle aussi... Si Tchouen-yun revenait, cela lui redonnerait sans doute le goût de vivre.

Sa petite main en visière, Lingling scrutait la grand-route où tourbillonnaient les chatons de saule. On était déjà loin de cette maigre terre sur laquelle les paysans s'échinaient à cultiver le sorgho, et à perte vue ce n'était qu'une plaine de roseaux inculte et nue, hormis les quelques saules qui bordaient les berges du canal.

Son défunt père avait raconté un jour à Lingling qu'un lac occupait autrefois cet emplacement. Le soleil l'avait peu à peu asséché, et la terre était apparue. Voilà pourquoi il faudrait encore du temps – cent ans peut-être – avant que cette plaine soit assez fertile pour y faire pousser des légumes ou du blé.

Elle distingua soudain des ombres au milieu du nuage cotonneux de chatons de saule. Des cris encourageant une mule à avancer, des bruits de sabots se rapprochant.

Grand Frère Tchouen-yun était revenu ! Lingling se précipita, s'empêtrant les pieds dans la boue des ornières.

— Grand Frère Tchouen-yun !

Elle courait en agitant les mains, sûre cette fois de ne pas se tromper : elle avait reconnu la voix aiguë de son frère exhortant la mule. Riant de toutes ses dents, elle l'appela, les deux mains en porte-voix.

— Comment as-tu su que j'arrivais ?

A la vue de son frère, la tristesse submergea soudain Lingling. Désormais convaincue que ni elle, ni sa mère ne mourraient, elle pouvait se laisser aller à son chagrin. Au fur et à mesure que Tchouen-yun s'approchait, guidant la mule, la fillette sentait ses forces l'abandonner; quand il arriva près d'elle, elle tenait à peine debout.

— Qu'y a-t-il, Lingling ? Il est arrivé quelque chose ?

Du haut de la charrette, Tchouen-yun tournait vers elle un visage las et poussiéreux. Ne sachant par où commencer son récit, Lingling éclata en sanglots.

— Et maman ?

— Elle passe son temps à pleurer. Va vite la voir !

Le sourire s'effaça du visage de Tchouen-yun, qui, sans questionner davantage, tendit la main à Lingling pour la faire monter sur la carriole. Maintenant sa sœur de son bras gauche, il maniait les rênes de la main droite.

— Quelle lambine, cette mule ! Tu as pourtant brouté de la bonne herbe et bu ton content d'eau, pourquoi n'avances-tu pas plus vite ?

Tchouen-yun frappait à grands coups rageurs sur le cou de la vieille mule, lui bourrait les flancs de coups de pied.

— Deuxième Frère est mort.

Le bras qui enserrait Lingling se durcit.

— Vous ne l'avez pas montré au docteur ? J'avais pourtant laissé de l'argent pour ça.

— Le professeur Houang est venu, il a dit que c'était la grippe de printemps. Il a dit que comme il avait fait très froid cet hiver, il y avait maintenant une épidémie de grippe, on n'y pouvait rien.

Tchouen-yun eut un claquement de langue exaspéré.

— Une grippe de printemps ! C'est tout ce qu'il sait dire, ce charlatan ! Ça fait des années qu'il ne se levait plus, Deuxième Frère, sa maladie ne date pas du printemps ! Lui a-t-il donné des médicaments au moins ?

— Oui, mais Deuxième Frère vomissait tout, même l'eau. Alors le docteur a dit qu'il était trop tard.

Cette grippe de printemps, elle n'était pas bien grave chez les riches qui dormaient sur de bons lits bien chauffés et mangeaient du riz à satiété. Mais chez les pauvres, c'était une maladie incurable. Le docteur disait que la fatigue de l'hiver se faisait sentir au printemps mais, pour les pauvres, c'était l'hiver toute l'année, le ventre creux et l'âme glacée.

La rage faisait trembler le bras de Tchouen-yun.

— Va vite voir maman, Grand Frère. Elle ne mange plus et ne fait que pleurer.

Laissant Lingling sur la carriole, Tchouen-yun bondit à terre et se mit à marcher, tirant la mule par le mors.

— Imbécile, pourquoi lambines-tu ainsi ? Tu as eu à manger, tu pourrais travailler un peu.

Tiré par Tchouen-yun, l'animal se mit à avancer un peu plus vite.

— D'où vient cette mule ?

— On me l'a prêtée au foyer de la capitale où loge le jeune maître. Prends cette mule et va vite prévenir la famille Liang que leur fils cadet a réussi son doctorat, voilà ce qu'ils m'ont dit. Mais j'aurais eu plus vite fait de venir à pied.

— Le jeune maître a donc réussi ?

— Bah, qu'est-ce qu'il y connaît, celui-là ? Il est incapable de comprendre ce que nous endurons. Je me demande bien pourquoi Frère Aîné a fait serment de fraternité avec lui !

Cela faisait plusieurs mois que Lingling n'avait pas vu son frère, et il lui semblait changé : il avait grandi et forci, et parlait comme un adulte. Tout ira bien maintenant, songea Lingling en poussant un soupir de soulagement. Tchouen-yun contourna le somptueux mur de pierre qui encerclait la résidence des Liang ; juste en arrivant devant leur misérable maison, Lingling désigna la vaste plaine de l'autre côté du canal. Tchouen-yun arrêta la mule et monta sur la berge : un nouveau tumulus se dressait à côté des tertres funéraires de son frère aîné et de son père ; devant, il reconnut la silhouette de sa mère.

Tchouen-yun eut un pincement au cœur.

— Attends ici. Je vais chercher maman.

Il courut sur la berge en appelant sa mère puis, maniant adroitement les amarres du bac, il traversa le canal.

La mère releva la tête d'entre les roseaux. L'écho de ses sanglots bruyants, pareils aux sifflements de la bise, parvenait jusqu'aux oreilles de Lingling sur la rive opposée.

Sa mère se précipita vers lui, les bras tendus pour l'accueillir, mais Tchouen-yun saisit sa main et la tira vigoureusement vers la berge. Cherchant à résister à son fils qui l'entraînait, la mère tomba au milieu des roseaux. Elle se releva, à nouveau entraînée par son fils, qui hurlait :

— Laisse donc les morts où ils sont, on ne peut plus rien pour eux ! A quoi bon agir comme tu le fais ? Ressaisis-toi !

Tchouen-yun finit par prendre sur son dos cette femme qui le dépassait pourtant d'une tête, et la jeta dans le bac.

Elle sanglotait toujours, les yeux secs à force d'avoir pleuré ; on eût dit qu'elle faisait semblant, comme un enfant qui continue à hoqueter une fois son chagrin tari.

— Rentre à la maison et fais-lui manger quelque chose, lança-t-il à Lingling en lui confiant la main de sa mère. Il faut te nourrir, maman, ajouta-t-il.

— Et toi, Grand Frère ?

— J'ai à faire. Je ne serai pas soulagé tant que je ne lui aurai rien dit.

— Au docteur Houang ?

— Non. A quelqu'un d'encore moins sérieux que lui, à qui je vais dire ses quatre vérités. Tiens, voilà les restes de mon déjeuner, dit Tchouen-yun en tendant à sa sœur un paquet attaché à sa ceinture, avant de sauter sur le dos de la mule.

— Hé, vieille friponne, tu n'as pas encore crevé ? cria-t-il en se précipitant dans le jardin de la maison délabrée de Pai Taitai.

Pas de réponse. Seul bruissait dans le vent le nouveau feuillage du sophora. Tchouen-yun frappa à la porte branlante, cria encore une fois :

— Qu'est-ce que ça veut dire, hein ? Ce n'est pas ce que tu m'avais promis ! Non seulement je ne suis rien devenu du tout, mais regarde la situation que je trouve à mon retour ! Réponds, vieille pourriture !

Il ouvrit la porte d'un coup de pied. La maison était abandonnée. Des bouteilles d'eau avaient roulé sur la terre battue, des rats couraient à ses pieds. Le lit était couvert de poussière.

Le poulailler aussi était vide. Un villageois qui passait devant la maison au retour des champs s'arrêta, l'air ébahi, en reconnaissant Tchouen-yun :

— Tchouen-yun ! Quand donc es-tu rentré ? Ah, et ton pauvre frère qui est parti... On n'y peut rien, hein, la grippe de printemps... Quelle tristesse, tout de même.

— Où est Pai Taitai ?

Le villageois regarda Tchouen-yun d'un air benêt.

— La vieille ? Elle est partie.

— Où ça ?

— Je n'en sais rien. Elle a dit quelque chose qu'il ne fallait pas à Maître Liang, et ça l'a mis dans une colère terrible. Il lui a interdit de rester dans cette maison. Sitôt rentrée de chez lui, elle a vendu toute sa basse-cour.

— Le maître l'a réprimandée ?

— Oui. Pour sûr qu'il allait se fâcher: lui dire comme ça en face que Wen-yuan aurait beau faire, il ne réussirait jamais ses examens ! Elle ne sait pas s'y prendre, la vieille ! Elle aurait mieux fait de mentir et de lui dire des choses agréables, elle aurait reçu plusieurs pièces d'argent en récompense.

— Ce n'est pas juste. Où est-elle allée ?

— Comment savoir ? Bah, une fois partie d'ici, à son âge, elle a dû mourir en chemin. On a bien essayé de la retenir, mais...

Pai Taitai disparue, Tchouen-yun se sentit abandonné par le destin. Le rêve qu'il avait poursuivi depuis le jour où elle lui avait lu son futur dans les astres, s'éloignait comme une marée se retire.

— Tu as enduré bien des épreuves, Petit Li, mais reprends courage, remets-toi bien vite à ramasser le crottin.

Jamais ! cria Tchouen-yun au fond de lui.

Pai Taitai n'avait pas menti. Elle ne mentait jamais, même en sachant que cela lui vaudrait d'être bannie et de mourir en chemin.

Quand le villageois eut disparu au bout de la grand-route, Tchouen-yun regarda le vaste marécage inculte qui s'étendait à perte de vue, seulement parcouru par un vent humide qui penchait les têtes des roseaux : un véritable enfer sur terre, où la mort, la maladie et la faim étaient choses si communes qu'elles ne méritaient même pas le nom de malheur. L'enfant sauta au milieu des roseaux et se roula comme un fou dans la boue qui lui arriva bientôt jusqu'à la taille. Puis, lançant des poignées de terre en direction du ciel, il se jura qu'il ne mourrait pas comme son père et ses frères dans ce bourbier sans avoir tout tenté pour s'en sortir.

Il n'y avait plus de temps à perdre. Pour sauver sa mère, qui dépérissait à vue d'œil, et sa petite sœur, il ne fallait qu'une faucille, un peu d'huile bouillante et un bâton de cire. Et le courage de tout supporter jusqu'au bout.

Epoussetant la boue qui le souillait, Tchouen-yun, tourné vers l'horizon, poussa un cri sauvage, pour chasser la peur qui l'avait envahi.

Ce même jour, le 25 avril de l'an 13 de l'ère Kouang-siu, le candidat Liang Wen-sieou, province de Tcheli, sous-préfecture de Tsing-hai, était reçu au doctorat et obtenait la première place à l'examen du palais.

II

LE JOYAU DE CH'IEN-LUNG

1

Eté 1765, an 20 de l'ère Ch'ien-lung, dynastie des Ts'ing.

Le vent chaud de midi soufflait dans le dos du père Giuseppe Castiglione. Agenouillé au pied du trône du palais de la Pureté Céleste, le vieux peintre attendait l'arrivée de l'empereur, tendant l'oreille aux claquements des innombrables bannières et tentures.

Il posa son front, fiévreux depuis plusieurs jours, sur les dalles glacées dont le contact le rafraîchit agréablement.

Il ferma les yeux. Aussitôt, les cigales qu'on entendait chanter dans la cour intérieure évoquèrent à l'esprit du vieil homme des images d'un passé disparu.

Milan, où il était né et avait été élevé, ville magnifique enveloppée de vent et de lumière. Venise, où il avait vécu, une vie consacrée à la foi et à la peinture. Puis il avait levé l'ancre, en partance pour de longues années d'évangélisation dans des pays orientaux inconnus.

Un à un se présentaient à son esprit, avant de disparaître à nouveau, les visages des nombreux religieux qui avaient fini leurs jours en terre étrangère, victimes de la maladie ou auréolés de la gloire du martyre.

L'expression hautaine de l'empereur K'ang-si, lorsqu'il l'avait reçu en audience pour la première fois, après son installation à la capitale comme peintre de cour. Les traits cruels de l'empereur Yong-tchen – tout le contraire de son père si tolérant – qui ne montrait pas le moindre intérêt pour les techniques et les arts occidentaux et avait régné en tyran. Et puis l'empereur Ch'ien-lung, qui, tout enfant, aimait déjà gambader dans l'atelier du peintre étranger en jetant des regards curieux sur les toiles.

C'était un prince intelligent, songeait le vieux peintre, le visage dissimulé dans les manches de la longue robe que, depuis tant d'années, il avait pris l'habitude de porter. Un prince impérial aimé de tous, à l'âme si noble et si clairvoyante qu'on aurait pu prédire la renommée dont il jouirait un jour.

Il était étrange qu'en songeant à l'empereur, seules ces images du jeune prince d'autrefois lui vinssent à l'esprit. Ah, j'ai déjà trop vécu, songea le vieillard.

— Maître, voici Sa Majesté impériale, lui murmura alors un eunuque à l'oreille.

Castiglione pouvait sentir dans son dos voûté la tension palpable qui s'était abattue sur le palais. Dans un parfum de santal et des frôlements de soie, l'auguste présence s'approchait du trône.

Le vieux peintre se releva en s'appuyant au bras d'un eunuque, afin de procéder aux grandes prosternations d'usage. La voix profonde de l'empereur, qui portait loin, résonna alors :

— Mets-toi à l'aise, Lang Shining, je t'autorise à oublier le protocole. Que l'on apporte une chaise.

Deux eunuques obtempérèrent aussitôt et se retirèrent en se prosternant.

— Apportez-la ici. Je veux entendre ta voix de près.

Les deux eunuques qui s'apprêtaient à sortir soulevèrent à nouveau la chaise et la posèrent devant le trône.

Le vieux peintre dit en tremblant, dans un mandarin qu'il maniait avec aisance :

— Veuillez me pardonner, Majesté. Si je m'assieds ici, je serai contraint de voir votre auguste face.

— Peu importe, approche-toi. D'ailleurs, mon intention première n'était pas de te mander ici, mais de venir moi-même te rendre visite. J'ai dû y renoncer, tant l'on m'a fait de remontrances. Allons, assieds-toi.

— Majesté, je ne puis imaginer votre palanquin impérial faire son entrée dans une modeste demeure comme la mienne. C'est un honneur et un privilège de me voir mandé auprès de vous. J'entends votre auguste voix d'ici, n'est-ce pas suffisant ? M'entretenir avec le Fils du Ciel, les yeux à la même hauteur que les siens, me paraît impensable : ce serait un événement sans exemple.

Au-dessus de lui, l'empereur se mit à rire :

— Sans exemple, dis-tu ? Ah, tu es devenu un véritable Mandchou ! Je crois entendre un vieux vassal de mon père me faire des remontrances !

— J'ai été le vassal de votre père, et avant lui, de votre grand-père.

— Il suffit. Je n'aime guère l'étiquette, tu le sais. S'il n'y a pas de précédent, j'en créerai un. Assieds-toi donc là !

Plein de confusion, le vieillard grimpa un à un les degrés menant au trône. Quand il fut assis devant lui, l'empereur scruta longuement le visage du peintre, puis s'enquit d'une voix douce :

— Quel âge as-tu maintenant ?

— Soixante-dix-huit ans. Comblé par les faveurs de Votre Majesté, j'ai vécu longtemps, jusqu'à devenir le vieillard perclus que je suis aujourd'hui.

— Le temps s'écoule vite. Il me semble que j'ai commencé hier à apprendre à peindre auprès de toi.

Castiglione calcula intérieurement l'âge de l'empereur. Il régnait déjà depuis trente ans, et devait donc avoir cinquante-cinq ans. Pourtant, il avait une allure imposante, il débordait d'énergie et dégageait une impression d'autorité écrasante.

— Je prie pour que Votre Majesté vive mille ans.

Il avait prononcé sans y songer cette formule rituelle, mais l'empereur tiqua :

— Tu pries ? Qui pries-tu donc ? Jésus ?

— Non, je prie le Ciel.

Ch'ien-lung hocha la tête, l'air satisfait : le peintre avait bien répondu.

— Ces derniers temps, je ne t'entends plus guère parler de Jésus ni de Dieu. Tu n'as tout de même pas renoncé à ta religion ?

— Je suis un religieux de la Compagnie de Jésus. Cependant…

Que s'apprêtait-il donc à dire ? Son regard avait croisé celui de l'empereur et il avait aussitôt oublié sa phrase.

Cela lui arrivait souvent ces derniers temps. Au moment où elles allaient passer ses lèvres, les phrases qu'il avait préparées s'évanouissaient, comme de l'eau s'échappant d'un poing fermé.

— Que t'arrive-t-il, Vieux Maître ? Parle sans crainte, dis ta pensée.

Il ne pouvait plus parler de Dieu en présence de l'empereur, voilà ce qu'il s'apprêtait à dire.

— Tous mes compagnons jésuites sont aujourd'hui des vieillards comme moi, le Ciel a rappelé certains à Lui, d'autres sont retournés dans leur pays. Resté seul, à mon âge, j'hésite à parler de ma foi.

Il avait un peu maquillé sa pensée, mais ce qu'il venait de dire n'était pas non plus dénué de vérité.

— Vraiment ? Dis-moi, ne songes-tu jamais à rentrer chez toi ?

— Je mentirais en affirmant que je n'y ai jamais pensé. Il n'est personne qui n'ait la nostalgie du pays de ses aïeux, du lieu où il est né et a passé sa jeunesse.

— Sans doute. Mon ancêtre Foulin Chouen-tseu lui-même qui est monté sur le trône à six ans, après avoir franchi la passe Chan-hai-kouan, a longtemps voulu retourner en Tartarie ; il en pleurait souvent, et ses vassaux étaient fort ennuyés, dit-on. Tout le monde a la nostalgie de sa terre natale, conclut l'empereur en se retournant à demi sur son trône pour contempler une calligraphie de la main de son ancêtre, suspendue au-dessus de lui. Le bandeau portait quatre caractères dorés, *tcheng ta kouang ming*, signifiant « justice et clarté », tracés d'une main hésitante comme celle d'un très jeune homme, mais cette maladresse était certainement due au fait que pour l'empereur Foulin, qui avait franchi la Grande Muraille pour venir prendre place sur le trône impérial, les idéogrammes étaient à l'origine une forme d'écriture étrangère. Castiglione savait bien que cette maladresse de traits indiquait le caractère sincère et sérieux de ce peuple inégalé de conquérants. Cette gravité, poussée parfois jusqu'à la naïveté, des princes mandchous qui ne reculaient devant aucun effort pour apprendre et se perfectionner, l'empereur Ch'ien-lung la possédait aussi. Si le peuple tartare, fort d'à peine trois cent mille âmes, avait réussi à établir son hégémonie sur quatre cents millions de Han, ce n'était pas seulement parce qu'ils étaient d'excellents cavaliers et archers, mais aussi grâce à ces qualités-là.

En observant à nouveau la calligraphie impériale, le vieux peintre songea que même lui, s'il prenait le pinceau, s'en tirerait probablement mieux. Cette idée le fit se sentir très proche de l'empereur enfant, venu lui aussi de l'étranger cent vingt ans plus tôt. Tout comme lui-même n'avait cessé, tout au long de ces années passées en Chine, de rêver à son pays natal, le petit empereur, qui s'était appliqué à apprendre une langue et une écriture étrangères, devait songer avec nostalgie à ses chères steppes orientales.

— Comparer l'état d'esprit de votre auguste ancêtre à mon propre désir de revoir mon pays natal est inconvenant, Majesté, mon humble personne a simplement…

Le vieillard se mit à bredouiller. Ces derniers temps, il oubliait facilement ce qu'il voulait dire, mais il lui arrivait aussi fréquemment de formuler sa pensée sans même réfléchir. Il voulait dire « j'ai simplement trop retardé ma fuite », mais changea à la dernière minute :

— Mon humble personne a simplement eu trop de tâches à terminer pour repartir.

— Tu veux parler de la propagation de la foi catholique ?

— Non, Majesté. La peinture est toute ma vie. Ma seule mission est de faire des portraits de votre auguste personne, et de laisser à la postérité une trace des grandes entreprises de votre règne.

Impassible, l'empereur contemplait Castiglione de ses grands yeux profonds comme les lacs de Dzoungarie que le peintre avait pu admirer depuis le campement lorsqu'il avait accompagné l'armée dans cette région.

— Ce n'est pas la vérité, n'est-ce pas ? dit l'empereur.

Incapable de soutenir son regard, le peintre baissa la tête.

— Jamais je n'oserais proférer un mensonge en présence de Votre Majesté…

— Tu penses que tu as laissé échapper le moment de t'enfuir, c'est inscrit sur ton visage. Tu es un homme honnête. Tu ne t'es jamais plaint, tu n'as jamais calomnié personne, tu n'as jamais cherché à me flatter, et quand tu ne dis pas la vérité, cela se voit tout de suite. Tu es l'incarnation même des enseignements de ta religion, on ne peut dire autrement. Telle doit être la véritable nature humaine.

Un rire caverneux secoua, comme le vent caresse la steppe, la vaste poitrine enveloppée de la robe jaune aux motifs de dragons.

— Te rappelles-tu ? A l'époque où mon grand-père l'empereur K'ang-si régnait encore, je t'ai demandé un jour, dans ton atelier au palais d'été, si tu étais un missionnaire ou un peintre. Pour l'enfant que j'étais, cela soulevait un doute, car j'étais persuadé qu'un homme ne peut accomplir deux tâches à la fois.

— C'était il y a fort longtemps, cinquante ans peut-être ? Je ne m'en souviens plus très bien.

— Mais moi, je me rappelle fort bien que tu as jeté un regard aux alentours, puis m'as dit ceci à l'oreille : « Prince, je suis un missionnaire, j'ai reçu un ordre du pape d'un pays lointain, j'appartiens à la Compagnie de Jésus, avec laquelle je suis venu ici. » Voilà ce que tu m'as dit, j'en suis certain.

— Pardonnez-moi, Majesté. Un être ordinaire comme moi ne saurait mettre en doute l'exactitude de vos souvenirs.

— Voilà pourquoi je prétends que tu viens de me mentir maintenant. Ou bien tes convictions auraient-elles changé en cinquante ans ?

— Non... Vous me torturez, Majesté. Au départ, je n'étais qu'un novice, bien incapable de devenir un *padre*, je ne compte même pas au nombre des missionnaires.

Plus il parlait, plus la tension du vieillard se relâchait. Cela parut plaire à l'empereur, qui fit du regard le tour de la salle et ordonna :

— Que le secrétaire se retire. Ma conversation avec Lang Shining n'a nul besoin d'être notée.

Le secrétaire, qui était le seul fonctionnaire tartare présent, se prosterna et sortit à reculons.

L'empereur se mit alors à parler mandchou :

— Il ne reste plus que les eunuques, ce sont tous des Han, nous parlerons donc dans une langue qu'ils ne comprennent pas.

— Comme il plaira à Votre Majesté, répondit le peintre en mandchou. Je préfère cela, moi aussi. J'ai toujours parlé mandchou avec votre défunt grand-père, et moitié manchou, moitié chinois avec votre auguste père. J'ai l'impression de retourner dans le passé en m'entretenant ainsi dans la langue des Mandchous avec Votre Majesté.

— Tu la manies fort bien. De nos jours, même les gardes du palais ne la parlent plus. Et moi-même, il y a bien longtemps que je ne l'ai pas utilisée.

Les eunuques alignés dans la salle se regardaient d'un air surpris en entendant l'empereur et son hôte employer cette langue qu'ils ne comprenaient pas. Leur étonnement amusa l'empereur, qui éclata à nouveau de son rire puissant de cavalier tartare.

— Ces jeunes eunuques seraient bien en peine de comprendre le mandchou ! Très bien, Lang Shining, tu peux donc t'entretenir librement avec moi. Comme autrefois, je suis ton élève.

— Je ne mérite pas tant de mansuétude, Majesté. Et de quoi pourrais-je vous entretenir ? Je ne possède aucun savoir propre à réjouir votre auguste oreille. L'Europe appartient pour moi à un passé lointain, je ne suis même plus sûr de pouvoir parler ma langue maternelle.

— Comment ? Tu aurais oublié même le français et l'italien ?

— Oui. Le mandchou me paraît de loin plus facile. Je suis sans doute encore capable d'écrire les langues européennes, mais les parler…

L'empereur poussa un profond soupir et fixa sur le vieux peintre un regard attristé :

— Tu as vécu bien longtemps en terre étrangère…

— Songez donc ! Au cours des cinquante dernières années, les Tartares ont oublié leur langue, il est donc naturel qu'en cinquante ans j'aie oublié le français et l'italien. En outre, la plupart des missionnaires ont été chassés de la capitale, seuls sont restés ceux qui avaient un talent particulier, peintres ou astronomes, dans les ateliers des jardins de la Perfection et de la Clarté et à l'observatoire d'astronomie. Les uns ne regardent que leur pinceau, les autres les étoiles, il leur est très rare d'échanger ne serait-ce qu'un mot dans leur langue maternelle.

Puis, craignant d'avoir trop insisté sur la persécution des missionnaires, le peintre baissa la tête dans ses manches.

— Mes paroles sont allées trop loin, Majesté. Veuillez me pardonner et mettre cela sur le compte de la vieillesse qui me fait radoter. Je n'avais aucune mauvaise intention.

L'empereur pencha légèrement la tête, ferma les yeux, posa un index sur sa tempe, signe de réflexion profonde que Castiglione connaissait bien.

— Je me suis montré très impoli, veuillez me pardonner, je…

L'empereur leva un doigt en l'air comme pour dire « attends ! » puis resta encore un long moment les yeux fermés, plongé dans ses pensées.

Enfin, il releva ses épais sourcils comme s'il émergeait à l'instant du sommeil et déclara dans un mandchou clair et précis :

— Je ne dirai qu'une fois ce que je vais te révéler maintenant. Tu peux l'entendre en tant que peintre officiel de la cour, ou en tant que Giuseppe Castiglione, missionnaire chrétien, à ton aise.

Le vieillard redressa son dos voûté pour mieux écouter.

— Je n'ai pas, comme tu sembles le croire, persécuté les missionnaires, ni dérobé leurs connaissances à ceux qui possédaient des techniques particulières. Je ne suis pas un monarque rusé et friand d'expédients à ce point. Vous, les missionnaires, ne vous en êtes peut-être jamais aperçus, mais sous prétexte d'évangéliser la Chine, les monarques européens tentaient de s'emparer de l'empire. Si j'avais laissé se propager le christianisme, ceux qui soutiennent les missionnaires auraient envahi l'empire au nom de la guerre sainte ou de l'apostolat. J'ai dû agir d'une façon à première vue contradictoire : en réalité je voulais à la fois protéger l'empire et comprendre l'Europe, en persécutant les missionnaires et en acquérant les techniques européennes. Sans doute avez-vous maudit l'oppression et les tourments dont vous étiez l'objet. Mais à la réflexion, l'enseignement de Jésus est destiné aux humbles. Verser le sang du peuple sous prétexte de promulguer la religion, n'est-ce pas un sacrilège aussi grave que de persécuter des missionnaires ? C'est pour la paix du peuple et pour l'honneur des missionnaires que je les ai chassés. Mais j'ai lu les ouvrages religieux, j'ai étudié la théologie, dans la mesure de mes possibilités. Cet enseignement est précieux. Or, plus un enseignement a de valeur, plus ceux qui ont foi en lui doivent le mettre en pratique. La science et la religion doivent être les deux roues qui équilibrent un seul véhicule. Dans notre empire aussi viendra le jour où la science sera à l'égal des sciences européennes. A ce moment-là seulement, mon peuple pourra comprendre la précieuse doctrine catholique. Je suis persuadé que c'est là la forme correcte de la foi. Cela prendra peut-être cent ou deux cents ans, mais le seigneur Jésus nous pardonnera ce retard.

Le vieux peintre essuya des larmes sur son visage.

Un eunuque apporta du thé et des gâteaux. Le vent de midi avait traversé les neuf épaisseurs de murailles qui protégeaient la Cité Interdite, et apportait sa fraîcheur jusqu'au palais de la Pureté Céleste, faisant trembler la plume de paon sur la coiffe de fonctionnaire de troisième rang accordée autrefois par l'empereur au peintre, avant de repartir souffler sur le gynécée.

Tout tremblant d'émotion, le vieux peintre de cour Lang Shining, Giuseppe Castiglione, novice de la Compagnie de Jésus, ressentit avec intensité qu'il était vivant en cette glorieuse matinée, aux côtés de l'empereur de Chine, sur la vaste Terre qui continuait à tourner.

2

Celui qui allait devenir l'empereur Ch'ien-lung, Aisingyoro Hong-li, arrière-petit-fils à la cinquième génération du fondateur Nouratchi, grand khan de la tribu des Tartares des Jürchens, était né en 1711.

Il avait pour père le quatrième fils de l'empereur K'ang-si, Yin-tchen, connu sous le nom d'empereur Yong-tchen, cinquième de la dynastie des Ts'ing.

Chez les Tartares, la coutume de nommer comme successeur le fils aîné d'un souverain défunt n'existait pas. La tradition, chez ce peuple de valeureux chasseurs, consistait à nommer grand khan d'une tribu l'homme que l'on jugeait doté de la force et de la connaissance suffisantes pour la diriger.

Comme dans une horde de loups, le plus fort devenait le chef. Lorsqu'un fils accédait au trône impérial, il organisait des représailles sans merci contre ses frères moins chanceux et leurs partisans. Les empereurs avaient de nombreuses concubines qui leur donnaient de nombreux enfants ; dès lors, ceux-ci se consacraient aux études, à l'équitation et au tir à l'arc, pour un jour, peut-être, pouvoir devenir empereur à leur tour. Il faut certainement attribuer à cette coutume particulière de succession le fait qu'aucun des empereurs de la dynastie Ts'ing ne fut faible d'esprit et que tous au contraire eurent des personnalités attachantes.

Ch'ien-lung était le quatrième fils de l'empereur Yong-tchen, et Castiglione se rappelait la première fois qu'il avait rencontré le prince impérial aussi nettement que s'il avait couché la scène sur une toile.

Il n'était alors qu'un jeune moine d'une vingtaine d'années et venait d'être nommé peintre officiel de la cour. L'empereur K'ang-si lui avait rendu visite à l'improviste dans son atelier des jardins de la Perfection et de la Clarté. En le voyant arriver, les peintres occupés à travailler sur une nature morte destinée à orner le palais d'été interrompirent aussitôt leur tâche, stupéfaits.

L'empereur, accompagné seulement par un interprète, tenait par la main le petit prince, mignon comme un trésor, âgé de quatre ou cinq ans à peine.

L'empereur ordonna aux peintres de reprendre leur tâche, puis fit le tour des tables, donnant sur les œuvres en cours des avis bien dignes d'un lettré tel que lui. K'ang-si était un empereur tolérant et chaleureux, digne de son rôle de souverain du grand empire chinois.

Quand il se pencha pour regarder le papier de Corée sur lequel Castiglione était en train de brosser un bouquet de fleurs de pavot posé sur un rebord de fenêtre, le pinceau du jeune homme se mit à trembler.

— Cette ombre est fort laide, dit l'empereur en montrant la peinture du doigt. Dans la tradition chinoise, on ne pardonne pas à un peintre de dessiner ainsi l'ombre d'un objet.

Castiglione exprima ses regrets dans un mandchou maladroit.

— Tant mieux si tu comprends, dit l'empereur. Tu dois accommoder les techniques acquises dans ton pays d'origine de façon à respecter la culture chinoise. Il faut représenter les choses avec précision et fidélité.

A ce moment-là, le petit prince impérial, qui avait retiré sa main de celle de son grand-père, regarda celui-ci d'un air de doute :

— Mais, Grand-père, les fleurs ont des ombres. Si la lumière passe par la fenêtre, les fleurs jaunes sont très jaunes à certains endroits, et pas à d'autres. C'est pareil pour les feuilles et pour le vase. Si on doit peindre comme dans la réalité, il faut peindre l'ombre.

Castiglione et le vieil empereur s'entre-regardèrent. L'empereur eut l'air très embarrassé, mais révisa son jugement avec aisance.

— En effet. Tu es un enfant intelligent. Tu as raison, il faut peindre les choses comme elles sont. Continue ainsi, Lang Shining.

Castiglione fut très étonné des facultés d'observation aiguës dont faisait montre ce tout jeune prince. Il n'y avait pas de peintures occidentales à la cour, uniquement des peintures chinoises. Le petit prince n'avait aucun moyen de connaître les règles de perspective de la peinture occidentale.

Le regard fixé sur le pinceau du peintre, le prince ajouta une remarque encore plus surprenante :

— Et puis, les fleurs que voit ce monsieur et celles que tu vois, Grand-père, ne sont pas pareilles.

Castiglione et l'empereur se regardèrent à nouveau sans comprendre.

— C'est impossible, voyons ! Une fleur est une fleur, tout le monde la voit de la même façon.

— Non, Grand-père. Par exemple, quand je regarde un nuage dans le ciel, je vois un lapin là où Cinquième

Frère voit un oiseau et Troisième Frère un visage humain. Chacun a sa façon de voir.

— Quel étrange enfant tu fais ! Mon petit-fils a une façon originale de réfléchir à n'importe quelle question. En tant que peintre, que pensez-vous de ses talents ?

Castiglione resta un instant pris de court. Il regarda ce jeune prince rayonnant de beauté et, ne trouvant pas tout de suite les mots appropriés, il s'adressa en latin à l'interprète chinois, qui retraduisit aussitôt à l'empereur :

— Dans les arts occidentaux, le peintre non seulement représente l'objet, mais transmet aussi l'impression ressentie intérieurement en tant qu'artiste. Il confie cela à la toile. Je suis stupéfait de voir que Son Altesse le quatrième prince possède un tel sens inné de l'art.

L'empereur plissa les yeux d'un air satisfait :

— *Hao, hao !* (Bien, bien !) répéta-t-il plusieurs fois en hochant la tête. Ainsi donc, chacun voit les choses de façon différente. Cet enfant est peut-être un génie !

— Certainement, Majesté.

— Cependant, s'il tient un jour les rênes du pouvoir, ce don fera peut-être son malheur ! On ne peut rien accomplir si l'on prend en considération le point de vue de chacun. Il est impossible de gouverner en mettant tout le monde d'accord.

L'empereur partit sur ces mots mystérieux et fit parvenir ce jour-là à Castiglione un rouleau de soie en présent.

Telle fut la première rencontre de Castiglione avec le prince.

L'empereur, que seules ces histoires du passé intéressaient, était devenu bavard. En contemplant de près le visage de l'empereur, privilège dont ni les princes mandchous ni les plus grands vassaux n'avaient jamais bénéficié, le vieux peintre parvenait à retrouver l'enfant d'autrefois derrière l'autorité majestueuse des traits.

L'habitude de cligner fréquemment ses yeux largement fendus en amande. Les fossettes qui ornaient les coins de sa bouche quand il souriait. Sa façon de ne jamais répondre directement à une question mais de la retourner longuement en lui, qui le faisait ressembler étonnamment à son grand-père, l'empereur K'ang-si.

Les innombrables portraits qu'il avait réalisés de lui au cours de ces cinquante années se superposaient dans l'esprit du peintre, puis devenaient flous et s'effaçaient.

L'un d'eux vint se dessiner sous ses yeux avec précision: un portrait qu'il avait fait du prince impérial à l'âge de douze ou treize ans, dans le palais d'été de Jehol.

Le quatrième prince était déjà beaucoup plus grand et vigoureux que ses frères. Il dépassait tous ses vassaux d'une tête, son torse bien développé était cuirassé de muscles et une barbe, conforme à l'importante pilosité dont s'enorgueillissaient les tartares Jürchens, bleuissait précocement ses joues.

Un vieux vassal qui avait servi les empereurs depuis les débuts de la dynastie disait de lui qu'il était le vivant portrait de Dorgon, l'invincible guerrier et ancêtre des Ts'ing. Un grand lettré chinois chantait ses louanges en affirmant qu'il était la réincarnation de Gengis Khan, le héros de la steppe mongole.

Et vraiment, quand le quatrième prince bandait son arc, même les généraux vétérans de l'armée reculaient, et quand il montait à cheval, il galopait si loin et si longtemps que ses vassaux en restaient bouche bée.

Lors des parties de chasse à courre, il se tenait au sommet d'une colline, brandissant l'étendard jaune, symbole du chef de clan, et hurlant des ordres aux soldats mandchous pour rabattre l'ours ou le tigre qu'ils poursuivaient ; il mettait ensuite lui-même l'animal à mort de façon magistrale.

Il se comportait donc en brave et en guerrier, mais plus encore que tout cela, c'était son assiduité à l'étude, héritée de son père Yong-tchen et de son grand-père K'ang-si, qui suscitait l'admiration générale.

Il maîtrisait le chinois, le mandchou et le mongol, connaissait à fond les Quatre Livres et les Cinq Classiques, et avait un niveau d'éducation de loin supérieur à celui de ses frères.

Il était clair aux yeux de tous que l'empereur Yong-tchen désignerait son quatrième fils comme successeur, et ce choix faisait l'unanimité. Il n'y aurait pas de querelles politiques ni de représailles comme lors de l'accession au trône de son père, puisque sans nul doute le prince impérial se montrerait loyal envers ses frères, qui hériteraient de rangs de cour ou de vassaux proches.

Bientôt, sans qu'on sût d'où elle venait, l'habitude fut prise d'appeler le quatrième fils de l'empereur « Grand Prince ». A la cour mandchoue, la cérémonie de l'intronisation n'existait pas mais le titre de « Grand Prince » désignait toujours le successeur de l'empereur.

C'est vers cette époque que les Jésuites français, nouvellement arrivés en Chine, avaient fait leur entrée à la capitale, porteurs de nombreux présents. L'empereur Yong-tchen, despote d'une cruauté inégalée, détestait l'Occident en règle générale et ne manifestait aucun intérêt pour ce qui venait de cette partie du monde. Castiglione, craignant que tous les présents de Louis XV ne se couvrissent de poussière pour l'éternité au fond d'une remise, conçut un plan.

Parmi les cadeaux se trouvait un télescope du modèle le plus récent. Il n'avait aucune chance d'intéresser l'empereur, aussi Castiglione le fit-il déposer dans la salle d'études du prince pour que celui-ci le voie. Il savait le jeune prince doté d'une rare curiosité.

Le jeune homme, qui venait de terminer une leçon de tir à l'arc à cheval, revint dans ses quartiers, l'épée encore à la ceinture, armé de son carquois. Il fixa le télescope d'un air intrigué et, impatient, sans prendre le temps d'enlever son armure, demanda aussitôt des explications à Castiglione.

Il regarda dans la lunette : les tuiles des Trois Grandes Salles du palais extérieur, pourtant au loin, paraissaient à portée de sa main.

Surpris, le prince encouragea ses vassaux à regarder à leur tour et ordonna de diriger l'appareil vers le sommet de la Colline de Charbon. Les vassaux mirent tour à tour un œil derrière la lunette et reculèrent, effrayés par cette diablerie occidentale. Ils déconseillèrent au prince d'accepter un aussi étrange cadeau.

Mais le prince était obstiné. Reprochant leur couardise à ses vassaux blêmes de peur, il fit mettre le télescope dans son palanquin et partit en courant avec eux vers le sommet de la Colline de Charbon. Voyant passer cet étrange cortège, les dames de cour du palais de l'impératrice s'enfuirent pour se cacher dans leurs appartements.

Une fois au sommet, le prince fit installer l'appareil sous un pin de la Halte des Dix Mille Printemps, regarda de nouveau à l'intérieur en louchant, observa longtemps jusqu'à l'horizon.

Castiglione se demandait quelles réflexions, quelles questions cet appareil allait susciter dans l'esprit si sagace du jeune prince. Cependant, les mots que murmura alors celui-ci, l'œil rivé sur la lentille, surprirent autant Castiglione que les religieux qui l'entouraient :

— C'est étrange. La Terre a l'air ronde... Pourquoi donc ?

Castiglione se trouva embarrassé pour répondre. Les explications scientifiques sur l'univers étaient sacrilèges pour ces nobles mandchous qui révéraient la nature et vouaient un culte au Ciel et à la Terre.

N'importe quel autre prince n'aurait vu dans ce télescope qu'une machine à rapprocher les objets, mais le quatrième prince, avec son sens de l'observation exceptionnellement aigu, avait découvert en regardant dans la lentille que la Terre était ronde. Et malheureusement, ce prince avait une nature à ne jamais laisser une question sans réponse.

— Je ne me trompe pas. Les murailles extérieures forment un léger arc de cercle. La porte de la Loi Eternelle et l'Autel du Ciel se dressent également sur une surface courbe !

Une rumeur courut dans les rangs des vassaux. Quoi ! L'autel où l'on rendait un culte au Ciel était rond ! Cette découverte avait, à n'en pas douter, de quoi bouleverser les esprits. Le prince s'éloigna du télescope, mit sa main en visière et s'écria :

— Je ne m'en étais jamais aperçu, mais même en regardant comme ça, de toute évidence, la ligne de l'horizon est courbe ! Expliquez-moi ce prodige !

Castiglione fit de son mieux pour éluder la question :

— Eh bien, il doit y avoir à l'horizon une vaste colline en pente douce, si vaste qu'on n'en peut faire le tour à pied.

— Quelle étrange réponse ! dit le prince en tournant un visage pensif vers les étrangers qui avaient pâli. Le palais de la Plaine du Milieu est le centre du monde. Il ne devrait pas se trouver sur une terre arrondie.

— Le palais impérial est situé sur un terrain plat, bien entendu. C'est sans doute la porte de la Loi Eternelle au loin, qui se trouve sur une colline.

— C'est curieux…

Le prince remit un œil devant la lentille du télescope et poursuivit :

— J'ai toujours eu un doute : l'horizon ressemble à une ligne plate, pourtant, si on galope dans sa direction, il n'y a jamais de fin, simplement une plaine qui s'étend toujours plus. On chevauche encore et encore, on aperçoit toujours l'horizon. On a beau galoper, on ne trouve jamais la limite. Et j'ai beau questionner les astronomes, personne ne me donne d'explication satisfaisante.

Castiglione ne savait que répondre. Il regrettait d'avoir offert si inconsidérément ce télescope au prince.

Naturellement, les astronomes ne pouvaient expliquer leur science à un prince qui vénérait le Ciel.

— Ne me cache rien, dis-moi pourquoi l'horizon est rond.

— Je ne vous cache rien. Pardonnez-moi, Prince.

— Si, tu dissimules quelque chose. Vous, les Occidentaux, méprisez notre ignorance. Je suis sûr que si nous installions cette lunette à voir de loin en haut de la porte de l'Eternité Céleste, le palais et la Colline de Charbon paraîtraient établis sur une terre ronde. Ce qui veut dire que l'horizon est une succession d'arcs de cercle. Le grand Empire du Milieu est donc situé sur une surface ronde qui n'a pas de fin. Eh bien, voilà qui répond à une question que je me pose depuis des années.

— C'est impossible. Pourquoi le palais où vous résidez serait-il construit sur un terrain déformé ? Il repose sur un socle de pierre dure infini.

Le prince jeta un regard méprisant au malheureux Castiglione qui s'enferrait dans ses justifications. Puis, bombant son torse vigoureux, il leva la tête vers le ciel. Castiglione et les autres religieux étaient effarés par l'intelligence du prince.

— Tu es donc pareil à ces poltrons d'astronomes ! Si tu ne veux pas répondre, ne réponds pas. Je réfléchirai par moi-même.

Longtemps, le prince garda l'œil rivé au télescope, ne s'en éloignant que pour se plonger dans ses réflexions.

— J'ai compris, finit-il par murmurer. J'ai compris ! C'est terrible ! Tu parlais tout à l'heure d'un socle de pierre solide et infini. Mais si la Plaine du Milieu ne repose pas sur un socle de pierre, elle n'est pas non plus infinie !

Le quatrième prince dessinait une forme dans l'espace. Quand ses mains, dont la délicatesse jurait presque avec son physique de guerrier, s'immobilisèrent enfin, après avoir hésité et tâtonné, elles faisaient le geste de tenir une boule. Castiglione et ses compagnons tombèrent à genoux et se prosternèrent, face contre terre.

— Autrement dit, la Terre est un globe. Mais il y a une chose qui m'échappe. Si la Terre est ronde, comment vivent donc les gens dans la lointaine Europe ? Réponds ! A quoi ressemble donc ce monde ?

— Prince, c'est-à-dire, je…

— Ne me cache rien ! Rien ne me surprendra. Dis-moi comment on vit en Europe.

— Pardonnez-moi, Prince !

La tournure des événements semblait l'obliger à expliquer au prince la science de l'univers. Mais s'il faisait une chose pareille, c'était la peine de mort assurée. Les religieux, front contre terre, étaient mués en statues de sel.

— Si vraiment tu ne veux pas parler, je vais te le dire, moi : pour quelle raison vous intéressez-vous à notre terre ? On a beau vous chasser, vous revenez sans cesse. Pourquoi les pays d'Europe viennent-ils ainsi nous offrir présents sur présents précieux ? J'ai enfin résolu cette énigme !

Le prince, dressé comme un guerrier défendant la porte d'un temple, abaissa le regard sur les religieux et déclara d'un ton assuré :

— Les Occidentaux sont tous obligés de vivre d'une façon peu naturelle. Le pape à Rome, le roi Louis XV, Maria Teresa, ils vivent tous la tête en bas ! Ils ne peuvent plus supporter pareils tourments, voilà pourquoi ils vous envoient en émissaires pour envahir notre pays et vivre ici à notre place, voilà l'idée qu'ils ont derrière la tête.

En entendant énoncer une vérité aussi inattendue, les eunuques se mirent à pousser des cris d'orfraie, et certains se laissèrent glisser au sol.

— Mais non, voyons, Prince ! Il y a là un malentendu. Nous ne vivons absolument pas la tête en bas. Nous avons les pieds au sol et marchons sur la terre ferme.

— Trêve de mensonges ! Si ce que je dis est faux, donne-moi donc une explication satisfaisante. Alors ?

— Eh bien… Comme vous venez de l'observer vous-même, la Terre est ronde, c'est exact. Mais par la grâce d'une force qui attire tout vers la Terre, ceux qui vivent à l'endroit comme ceux qui vivent à l'envers de ce globe ont tous les pieds bien arrimés au sol.

— Que dis-tu ? Une force qui attire les choses ? Une force aussi extraordinaire pourrait-elle exister ? Je ne te crois pas.

— Pourtant, nous venons jusqu'ici sur des navires en traversant les mers. Si cette force n'existait pas, la mer de l'Occident devrait s'écouler dans l'espace. Le fait même que nous venions jusqu'ici en traversant les océans sur des navires, prouve bien que nous ne vivons pas la tête en bas !

Le prince cligna des yeux, pencha la tête. Castiglione poursuivit, se disant qu'au point où il en était, autant aller jusqu'au bout :

— La Terre est un immense globe qui flotte dans l'espace. Elle accomplit en une année une révolution autour du Soleil, et tourne également sur elle-même, cette fois en l'espace d'une journée. Le cycle des saisons, la nuit et le jour, sont des manifestations de ce phénomène.

Voilà qui allait occasionner un grave problème, songeait Castiglione. La Chine était un pays intransigeant avec ses coutumes : le simple fait que des messagers ne se prosternent pas front contre terre avait suffi autrefois à déclencher un incident diplomatique. Révéler la vérité scientifique sur le Ciel et la Terre, que ce peuple révérait comme des divinités, pouvait valoir aux Occidentaux d'être tous massacrés et déclencher sur-le-champ une guerre !

Mais la capacité de compréhension vraiment extraordinaire du quatrième prince sauva le monde d'une crise.

— Je vois... Effectivement, si la Terre tourne, il est normal que nous ayons l'illusion de voir bouger le soleil, la lune et les étoiles dans le ciel.

— Exactement, Prince.

Ce jeune homme a vraiment du génie, songea Castiglione.

— Votre clairvoyance ne cesse de m'étonner, reprit-il. Comment se fait-il que vous compreniez si vite des choses aussi contraires à la logique en vigueur dans votre pays ?

— Je viens d'y songer tout à coup : quand je musarde sur une barque, ou me promène en palanquin, j'ai souvent l'impression que ce n'est pas moi qui bouge, mais le paysage qui m'entoure. En fait, cette illusion m'a toujours procuré une agréable distraction, depuis mon plus jeune âge. Je suppose que, pour la même raison, nous ne sentons pas les mouvements de la Terre et avons l'impression que c'est le ciel qui est en mouvement.

— Tout à fait, Prince. Je m'incline respectueusement devant le fils de l'empereur qui règne sur la Chine, et me tais.

La sagacité du quatrième prince était sans limites. Car, sans paraître réfléchir davantage, il déclara aux eunuques qui l'entouraient :

— Ecoutez-moi bien. Ce que vient de dire ce religieux est une légende chrétienne. Vous n'avez pas à la prendre au sérieux ni à en avoir peur. J'ai questionné les missionnaires sur ces histoires fantasmagoriques dans le seul but de compléter mes propres connaissances. Ces légendes ne feraient que terroriser le peuple naïf, c'est pourquoi vous ne devez jamais les évoquer, au grand jamais ! Si vous en dites un mot, je vous ferai décapiter sans pitié. Si vous en entendez parler, venez aussitôt me le rapporter. Vous serez récompensés par cent taels d'argent.

Les eunuques poussèrent force soupirs de soulagement et se prosternèrent, jurant de ne jamais parler à personne de cette légende.

Le prince murmura alors à l'oreille de Castiglione, qui tremblait encore :

— Avec cela, nous sommes tranquilles, les eunuques resteront muets. Mais cette théorie a éveillé mon intérêt. Je souhaite en connaître tous les détails. Je n'en parlerai à personne, naturellement. Si mon père en avait vent, il ne s'en remettrait pas. A propos, poursuivit-il à haute voix, ces lunettes pour voir de loin n'intéresseront nullement mon père. Puis-je demander d'être bénéficiaire de ce présent ?

Toute l'assemblée se prosterna, et le prince ordonna d'un air fort joyeux de déposer l'objet dans ses appartements.

En redescendant la colline, il se retourna vers les missionnaires en faisant cliqueter son armure, et déclara avec un sourire éclatant :

— Lorsque vous aurez l'occasion d'envoyer un courrier à votre roi Louis XV, je voudrais que vous lui transmettiez ceci : cet objet a beaucoup plu au prince impérial, qui en a fait un de ses trésors favoris.

3

Le rire de Ch'ien-lung jeune résonnait encore à son oreille.

A ce moment-là, Castiglione avait eu l'intuition que le jeune homme serait un grand souverain, bien plus grand que Louis XV ou Frédéric de Prusse.

Peu après, Ch'ien-lung monta sur le trône impérial et étendit la prospérité de son empire. Il possédait à présent des territoires aussi vastes que l'Europe entière. L'unification du grand empire Ts'ing, comptant quatre cents millions d'âmes originaires de nationalités diverses, était achevée. Au cours de son long règne, Ch'ien-lung avait à n'en pas douter fait tourner la Terre, grâce à ses seuls pouvoirs.

— Cette lunette fait partie de mes trésors aujourd'hui encore. Voilà quarante ans que je l'utilise. Lors de la conquête du Tibet, j'ai pu observer de tout près les pics sacrés de l'Himalaya. Au cours de mes expéditions répétées, j'ai pu juger du mûrissement des récoltes dans les champs et les rizières. Quand j'ai pacifié les Dzoungares, puis écrasé les Oïrats, cette lunette était avec moi en campagne. Si je ne l'avais pas eue, les batailles ne se seraient sans doute pas déroulées à mon gré.

Tout en parlant, l'empereur souriait avec bonhomie comme pour remercier Castiglione de ses efforts. Le peintre s'inquiétait : les eunuques, bien que ne comprenant pas le tartare, n'allaient-ils pas concevoir des soupçons à la vue de l'expression inhabituelle du souverain ?

— La victoire au combat et la paix du peuple sont les seules justifications du pouvoir… dit l'empereur, étendant soudain la manche de son splendide vêtement de brocart pour saisir dans la sienne la main de Castiglione. Celui-ci, surpris, se laissa faire. Comme la main de l'empereur était délicate !

Maintenant, rien n'était impossible à Ch'ien-lung. Il n'y avait plus de peuple en Asie qui ne reconnût la suprématie de l'empereur dont les armées avaient traversé le désert de Gobi et franchi l'Himalaya.

— Majesté, ma main est indigne de toucher la vôtre…

Ces doigts délicats ne semblaient faits ni pour l'arc ni pour l'épée mais plutôt pour tenir des fleurs ou un pinceau.

Castiglione posa alors sans hésiter une question qui lui tenait à cœur depuis longtemps. Il voulait connaître la réponse avant de succomber à l'âge et à la maladie.

— Majesté, j'ai toujours voulu vous demander pourquoi vous aviez tant guerroyé. Pourquoi ce désir de conquérir jusqu'à des déserts arides, des pics de glace aux versants escarpés ?

Ch'ien-lung retira sa main, comme pris au dépourvu.

— Dites-moi, Majesté, pourquoi vous, le plus sage des souverains, quittant cette plaine fertile, avez poussé vos soldats jusqu'à ses plus extrêmes confins.

— Je ne puis te le dire.

Les mots de l'empereur n'étaient pas froids, mais au contraire emplis d'une compassion affectueuse et pleine d'égards qui attrista le cœur de Castiglione.

— En tant que chrétien, poursuivit-il, je voudrais savoir où est l'obligation morale de la guerre. Pourquoi verser tant de sang ?

L'empereur regarda un moment le vieux peintre, puis répondit sans hésiter :

— Je veux conquérir l'Europe.

— Que dites-vous ?

— Tout ce que vous avez apporté de là-bas : le télescope, vos magnifiques peintures, la musique, l'argent d'Espagne, les fontaines et les bâtiments à l'occidentale des jardins de la Perfection et de la Clarté, les montres, les baromètres… Je veux cette Europe où abondent les fruits de la civilisation.

Castiglione réfléchissait, rendant à Ch'ien-lung son regard profond. L'empereur mentait. Ce souverain hors du commun, ce héros plein de compassion et de sagesse, ne pouvait faire la guerre pour de simples raisons matérielles.

— Même si c'est là la raison apparente des guerres que vous avez menées, votre intention, Majesté, va certainement au-delà. Je ne peux croire que l'empereur pour lequel j'éprouve un si profond respect ait versé le sang de son peuple à seule fin de s'emparer des doublons espagnols.

L'empereur parut troublé pour la première fois.

— Alors c'est moi qui te pose la question, dit-il. Quel est, selon toi, mon but véritable ?

Il ne peut le dire lui-même, songea Castiglione. Il connaissait l'empereur mieux que quiconque, mieux que sa propre famille, mieux que ses plus proches vassaux : depuis sa tendre enfance, l'empereur avait passé tant de temps près de lui, dans l'intimité, ils avaient passé tant d'heures seuls tous les deux dans l'atelier de peinture…

— Je vais vous répondre, Majesté. Veuillez pardonner la grossièreté de mes prétentions à sonder vos impériales convictions.

— Je ne m'offusquerai de rien. J'écouterai ta réponse comme l'enseignement d'un maître.

— Vous cherchez une chose invisible.

— Invisible ?

— Oui. Peut-être ce que nous, chrétiens, appelons l'amour divin. L'amour de Jésus.

Ch'ien-lung ne disait rien. Il se tenait droit, plein de superbe, mais ne cherchait pas à dissimuler le tumulte de son cœur.

— Tu radotes ! Je suis le Fils du Ciel, qui règne sur la Chine.

— Alors, laissez-moi dire les choses d'une autre façon. Majesté, vous êtes un héros sans pareil au monde, mais aussi l'être le plus solitaire que la terre ait porté. Vous refusez de vous prosterner devant le pape de Rome, de vous confesser auprès de lui de vos péchés, comme font les monarques d'Europe, vous ne voulez point recevoir du saint pontife une preuve de l'amour de Dieu. Votre unique culte est voué au Ciel et à vos ancêtres, vous détenez entre vos mains un immense pouvoir militaire et politique. Vous, Majesté, qui ne voulez embrasser aucune foi, depuis votre plus jeune âge vous avez cherché une force qui vous embrasse, qui pleure, qui crie, qui exulte avec vous. Moi qui ai peint d'innombrables portraits de votre auguste face, je perçois le chagrin de votre cœur solitaire avec une acuité charnelle.

Au fur et à mesure qu'il parlait, les larmes étaient montées aux yeux de Castiglione, il avait incliné profondément son front. Il était obligé de s'exprimer par périphrases, afin de ne pas manquer de respect à l'empereur, mais il voulait dire que Ch'ien-lung avait passé sa vie à chercher cet amour auquel a droit le plus humble des humains. Ironiquement, c'était la seule chose au monde qu'il ne pouvait se procurer.

— Votre Majesté a cherché toute sa vie quelqu'un qui l'aimerait du fond du cœur. Je vous plains, je vous plains sincèrement !

Castiglione parvint enfin à s'arracher les mots qui exprimaient directement sa pensée.

Il releva son visage ruisselant de larmes. Sur le trône étincelant, la silhouette impériale ressemblait à quelque sculpture de pierre précieuse.

Le souverain croisa les jambes, pencha la tête, posa un doigt fin sur sa tempe. Il regarda les eunuques alignés devant lui et se mit à hurler comme s'il avait perdu l'esprit, en chinois cette fois :

— *Ngai na che chen na ?* L'amour, qu'est-ce donc que l'amour ?

L'empereur et le vieux peintre avaient oublié le temps et longuement discuté, en échangeant des coupes de lait de jument fermenté.

Le palais sombrait dans l'obscurité du crépuscule.

— Je constate, Vieux Maître, que tu tiens toujours aussi bien l'alcool. Est-il écrit quelque part dans ta Bible qu'il ne faut jamais être soûl ?

— Non, Majesté. Les commandements catholiques enjoignent aux religieux de respecter trois vœux : pauvreté, chasteté et obéissance. L'interdiction de l'alcool ne figure nulle part. A la fin du séminaire, nous avons tous bu du vin à grandes lampées, comme des voyageurs assoiffés. Cependant, il serait inconvenant de rouler à terre ivre mort quand on porte l'habit monastique.

Ch'ien-lung riait à gorge déployée du bavardage de Castiglione.

— Tu as beau boire autant que moi, ton teint ne change même pas. C'est extraordinaire, pour un vieillard de plus de soixante-dix ans !

— Je me sens pourtant ivre ! Des flammes dansent devant mes yeux, j'entends le vent siffler dans mes oreilles. Je regrette de vous quitter, mais je crois que je vais prendre congé tant que mes jambes me portent encore.

— Très bien…

L'empereur appela un eunuque et lui donna un ordre à l'oreille. Ce dernier se prosterna et se retira à genoux, puis annonça d'une voix aiguë aux petits eunuques qui attendaient en bas :

— Apportez le palanquin !

Castiglione se retourna pour regarder le jardin illuminé par le couchant. Sur les dalles de marbre blanc, deux chaises à porteurs attendaient.

— Il fera bientôt nuit, dit l'empereur, mieux vaut rentrer en chaise à porteurs.

— Non, je vous en prie ! J'ai eu l'honneur de m'entretenir amicalement avec vous et d'être régalé de votre vin. Si des princes mandchous me voyaient repartir dans un palanquin impérial, que diraient-ils ?

L'empereur se leva de son trône et soutint par la taille le vieux peintre qui chancelait en essayant de se lever en hâte.

— Tu n'as pas à t'inquiéter. Demain matin, je pars pour le palais d'été de Jehol, les nobles et mes vassaux ont déjà tous quitté la capitale.

Voilà donc pourquoi le palais était si calme! Castiglione trouva soudain étrange que l'empereur demeurât seul au palais, alors que son gouvernement était déjà parti vers des terres plus fraîches.

— Pourquoi Votre Majesté est-elle restée seule ici?

Ch'ien-lung descendit de son trône en s'appuyant sur le vieux peintre.

— Le Père de Dix Mille Ans se lève! cria le chef des eunuques, et aussitôt tous ses subalternes prosternés se mirent à s'activer comme des souris. Cloches et tambours résonnèrent.

— J'avais une tâche à accomplir cette nuit, c'est pourquoi j'ai décidé de partir le dernier.

— Cette nuit?

En sortant de la salle, l'empereur confia le vieux peintre aux eunuques et resta debout un moment en haut des escaliers. Levant les yeux vers les tuiles de béryl des toits, où se reflétait le soleil couchant, il poussa un profond soupir puis, comme saisi d'un brusque vertige, posa un coude sur la rampe.

Repoussant la main d'un eunuque qui voulait le soutenir, il lança péniblement:

— Concubine Parfumée est morte aujourd'hui. Je dois prier pour le repos de son âme.

Castiglione, stupéfait, resta figé sur place. Quelque temps plus tôt, il avait peint le portrait de Concubine Parfumée. Sa beauté indicible, irréelle était encore présente à son esprit. La nouvelle le laissa d'abord sans voix.

— Concubine Parfumée… ? Comment…

— L'impératrice mère l'a autorisée à mourir. Elle est morte en prisonnière Oïrat, sans que notre union soit consommée. En dépit de son nom, elle n'avait pas le rang de concubine. Nul ne peut célébrer les funérailles d'une captive issue d'une tribu étrangère, voilà pourquoi j'ai attendu que tout le monde ait quitté le palais pour procéder en secret à la cérémonie funèbre.

Que l'empereur lui-même ne pût faire de prières pour la prisonnière qu'il aimait paraissait absurde. Cependant, au moment où Ch'ien-lung, adossé à la colonne de la salle, tournait vers lui un regard vide, Castiglione émit une observation fort différente de ce qu'il avait prévu de dire :

— Laissez-moi vous tenir compagnie, Majesté.

Agenouillé aux pieds de l'empereur, il comprit alors la raison de son invitation au palais ce jour-là.

— C'est moi qui te le demande, Vieux Maître. J'ignore tout des prières à Allah, en qui Concubine Parfumée avait foi. Et il ne serait pas loyal de ma part de suivre les rites funéraires tartares, alors qu'elle avait tant de rancune envers moi et mon peuple.

Castiglione croisa ses vieilles mains sur sa poitrine.

— Demandez-moi ce que vous voulez, Majesté, si j'en suis capable, je le ferai.

— Je souhaite que tu dises les prières de ta religion pour le repos de l'âme de Concubine Parfumée. Allah les acceptera-t-il ? Je pense que cela vaut mieux qu'une cérémonie conduite suivant les rites de son ennemi mortel, qui a semé la désolation dans le pays de ses ancêtres.

— Vous avez raison, Majesté. Guidée par Jésus, l'âme de Concubine Parfumée se rendra auprès d'Allah, où est sa place. Je vais prier de tout mon cœur pour elle.

— *Hao*, murmura seulement l'empereur, puis il descendit les escaliers en prenant appui sur la balustrade. Castiglione se rendit compte que, même s'il manifestait tous les symptômes de l'ivresse, l'empereur avait l'esprit parfaitement lucide. Pour sa part, il était maître de lui-même, malgré les coupes de lait de jument fermenté. Il savait bien qu'il n'y avait aucune raison pour que l'empereur, qui se montrait toujours joyeux convive, ait le pas chancelant après si peu d'alcool. Tout à l'heure, il avait ri et devisé gaiement pour dissimuler son chagrin et, pour la même raison, feignait maintenant d'avoir passé le seuil de l'ivresse.

A l'idée de cette ruse maladroite, les yeux de Castiglione se mouillèrent de larmes. La somptueuse robe aux motifs de dragons étincelant dans le couchant, l'étole de brocart richement brodée qui couvrait ses épaules, la coiffe de martre, paraissaient s'être fanés sur son corps.

— L'amour, qu'est-ce donc ?

Le souvenir de la voix de l'empereur criant cette phrase aux eunuques vint déchirer la poitrine de Castiglione. Personne n'avait répondu. C'était une question qui n'attendait pas de réponse.

L'expression fugitive de honte qu'avait ensuite arborée l'empereur, tel un jeune homme s'apercevant du ridicule d'une remarque qu'il a faite, tourmentait Castiglione comme un portrait inachevé.

4

Les deux chaises à porteurs progressaient lentement le long du mur de laque rouge qui ceignait la cour intérieure.

Concubine Parfumée, captive ramenée des lointaines contrées musulmanes aux confins du désert de Gobi, avait un lien profond avec le vieux peintre, unique interlocuteur au palais avec qui elle pouvait s'entretenir en langue turque. Tel était à n'en pas douter le principal motif de ses fréquentes visites à l'atelier du peintre.

Dès qu'elle était seule avec lui, elle devenait volubile, bavardant gaiement ou se plaignant de son sort de prisonnière. Non seulement Castiglione comprenait sa langue, mais il était lui aussi étranger dans ce pays, et à ce titre le seul à qui elle ouvrait son cœur.

Elle était morte...

Le souvenir du beau portrait qu'il avait fait d'elle ouvrit une vanne dans les obscures profondeurs du cœur de Castiglione. D'où venait donc cet intense sentiment de perte qu'il éprouvait ?

Les événements s'étaient déroulés cinq années avant la conquête du royaume de Dzoungarie qui occupait une immense steppe aux confins de la Russie et de l'Afghanistan, au nord des lointaines chaînes du T'ien-chan.

La citadelle des Dzoungares venait de tomber sous les attaques acharnées et répétées de Tsao Houei, grand général des Ts'ing, qui avait vaincu, dans la steppe de Badakshan, le héros musulman Hoja Djihan, malgré son âpre résistance. Hoja Djihan était mort, mais les généraux de son état-major, poursuivis par l'armée chinoise jusqu'aux rives de l'Ili, s'étaient enfuis vers le nord, à la recherche d'un gué. Le valeureux général Tsao Houei, lancé au galop à la tête des poursuivants, tirait des volées de flèches, abattant les uns après les autres les derniers survivants de la tribu des Oïrats.

Le massacre s'achevait et Tsao Houei s'apprêtait à tourner bride quand un cavalier intrépide fonça sur lui en hurlant le nom d'Allah.

Tsao Houei ne recula pas le moins du monde : il cria un avertissement, puis tira du haut de son cheval une flèche qui atteignit aussitôt son but et étendit l'ennemi à terre. Le général sauta à bas de sa monture, s'avança vers le guerrier allongé dans l'herbe dans une armure d'acier de style occidental, et dégaina son sabre pour lui donner le coup de grâce. Mais son geste resta en suspens comme il découvrait le visage, sous le casque, d'une jeune et belle princesse aux cheveux châtains flottant sur les épaules, aux yeux bleus étincelants. Tous les soldats chinois qui s'étaient approchés écarquillèrent les yeux à la vue de tant de beauté, et s'étonnèrent du parfum indiciblement suave qui émanait de son corps.

C'est ainsi que l'épouse du héros Hoja Djihan, la reine de haute renommée surnommée « Parfum de l'Islam », fut faite prisonnière par les Tartares.

Le général Tsao Houei réfléchit longuement au moyen de faire parvenir saine et sauve la belle princesse auprès de l'empereur Ch'ien-lung. Frottée d'onguents médicinaux et enveloppée dans plusieurs épaisseurs de soie blanche, elle traversa sous bonne escorte le vaste désert de dix mille lis.

En avril de l'an 25 du règne de Ch'ien-lung (1761), le grand général Tsao Houei arriva à Pékin et, sans prendre le temps de dévêtir son armure, se dirigea vers les jardins de la Perfection et de la Clarté pour annoncer à l'empereur la nouvelle de la victoire.

La conquête de la Dzoungarie était restée en suspens depuis le règne de l'empereur K'ang-si. Pour le général qui avait achevé cette guerre à laquelle trois générations de ses ancêtres avaient déjà consacré leur vie de soldat, il s'agissait de l'exploit le plus glorieux de sa carrière.

Au sein de l'état-major de l'expédition de Dzoungarie, circulaient divers avis sur une délicate question : à qui offrir le précieux butin de guerre que rapportait le général ?

Tsao Houei, totalement illettré, était avant tout un guerrier solitaire, sans femme ni enfants. Quant à l'empereur, il n'avait guère eu de bonnes fortunes avec les femmes. On disait que depuis la mort de l'impératrice Fou-tch'a, disparue avant lui, il se désintéressait totalement de son harem.

L'état-major craignait de faire au général un présent dont il ne saurait que faire, et à l'empereur un cadeau qui ne lui agréerait pas.

Ces appréhensions se révélèrent sans fondement. Dès que la princesse fut amenée devant lui et les bandelettes de soie qui l'enveloppaient dénouées, le cœur de Ch'ien-lung fut ravi par sa beauté. Fasciné, il descendit de son trône pour l'admirer de plus près.

— Comme elle est belle ! Ces cheveux châtains sont pareils à la crinière d'un coursier, ces prunelles bleues évoquent les profondeurs du lac Balkhash, dans les lointaines marches occidentales. Et ce parfum, qu'est-ce donc ? Il me semble chevaucher avec cette belle princesse le plateau afghan traversé par les vents. Quel est ton nom ?

La prisonnière détourna fièrement le menton délicat que l'empereur avait saisi dans sa main. Tsao Houei et son état-major étaient bien en peine de répondre à cette question. Depuis son arrestation, la princesse dzoungare n'avait pas prononcé un mot.

— Je m'y attendais. Après tout, je suis l'ennemi qui a anéanti ton peuple et assassiné ton époux. Désormais, tu te nommeras « Concubine Parfumée ».

La princesse arqua ses beaux sourcils, injuria violemment Ch'ien-lung dans une langue inconnue, puis cracha sur sa robe.

Stupéfait, le général tira en arrière la nuque de la prisonnière, mais l'empereur arrêta son geste en souriant :

— Ne t'en fais pas, Tsao Houei. Le cœur de Concubine Parfumée doit déborder d'amertume. Quoi de plus normal ? J'attendrai que sa colère s'apaise.

Le lendemain, l'empereur avait mandé Castiglione au palais, et lui avait ordonné de mettre en œuvre les moyens auxquels il avait songé pour calmer la blessure du cœur de la jeune Dzoungare : faire construire dans les jardins de la Perfection et de la Clarté un minaret à la mode musulmane, dont Castiglione devrait dresser les plans et où serait logée la princesse. Eriger une mosquée à proximité. Envoyer les peintres qui travaillaient sous ses ordres en Dzoungarie, pour qu'ils en reviennent avec des fresques de paysages dont on ornerait les murs. Exécuter de sa main des portraits de la princesse qui décoreraient la chambre de l'empereur.

Castiglione se mit aussitôt à l'ouvrage, consacrant toute son énergie au bien-être de la princesse.

Cependant, Concubine Parfumée n'accorda jamais un sourire au souverain qui faisait pour elle des efforts si touchants. Chaque matin et chaque soir, l'empereur rendait visite à sa bien-aimée, lui offrait des vêtements, des bijoux, la regardait de loin, fasciné, et repartait chaque fois déçu. Pour rester fidèle à cette princesse qui se refusait obstinément à lui, il éloigna toutes ses concubines, ne dormant qu'avec les portraits de la belle Dzoungare qui décoraient tous les murs de sa chambre.

La princesse avait une volonté de fer. Ni les discours persuasifs des musulmans dont on l'entoura, ni les formules magiques, ni les aphrodisiaques ne parvinrent à ébranler sa détermination. Les seuls mots qu'elle consentait à prononcer devant l'empereur étaient ceux-ci :

— Je vous en supplie, faites-moi exécuter…

Cet hiver-là, l'empereur alla jusqu'à faire édifier un bain turc et un pavillon de plusieurs étages, d'où l'on apercevait au loin une partie du quartier Tchang-ngan, où il avait fait reproduire les rues d'un village turkmène.

Les habitants de Pékin furent surpris de l'apparition soudaine d'un village barbare au sein de la capitale. Les étrangers qui y déambulaient, les ruelles dallées, les mosquées, les prières coraniques que psalmodiaient les fidèles, les scènes animées du bazar et les marchandises rares : l'ensemble avait été aménagé avec la plus grande magnificence et la plus grande minutie, à seule fin que Concubine Parfumée pût le contempler du haut de son pavillon du palais.

Les efforts de l'empereur s'étaient poursuivis cinq années durant, toujours en vain…

A la faveur de la nuit, les palanquins qui transportaient Ch'ien-lung et Castiglione s'arrêtèrent à l'extérieur de la porte de l'Harmonie de l'Ouest, devant le temple de la Compagnie de Jésus que K'ang-si, unique Fils du Ciel tolérant à l'égard d'autres religions, avait autrefois offert aux jésuites. Des mauvaises herbes croissaient dans la cour. L'église, désertée par les missionnaires qui avaient quitté le pays, et où plus personne ne venait prier, dressait sa silhouette imposante et inutile, symbole de l'échec de l'évangélisation.

Castiglione monta les degrés de pierre à la suite de l'empereur. La poignée de moines qui restaient encore brandissaient des torches pour éclairer la route aux deux seuls participants aux funérailles.

Le corps de la princesse, enveloppé d'un linceul de pure soie blanche, reposait à côté de l'autel.

— Quelle beauté… soupira malgré lui Castiglione.

La princesse souriait dans la mort, comme si elle reposait dans un champ de fleurs de la plaine dzoungare.

— Elle est belle, n'est-ce pas ? renchérit l'empereur. Est-il possible que cette princesse n'ait eu d'autre souhait au monde que la mort ? murmura-t-il pour lui-même, en caressant d'une main hésitante la joue de la défunte.

— Ma mère l'impératrice douairière a fini par exaucer le désir de Concubine Parfumée. Je n'ai pas de mots pour défendre son acte. On m'a rapporté que la princesse avait bu avec joie la coupe de poison que lui tendait l'impératrice douairière. Elle est morte en reine des Oïrats. Dis-moi, Vieux Maître. Comment son visage peut-il être aussi radieux, alors qu'elle a rendu l'âme en vomissant le sang, les intestins brûlés par le poison ?

Castiglione ne put s'empêcher de répondre :

— Concubine Parfumée a choisi le trépas le plus digne en ce monde, Majesté. Elle a préféré la mort au déshonneur, c'est cette beauté-là qui se reflète sur son visage.

L'empereur leva la tête vers la voûte de l'église, et son cri déchira soudain la sérénité du lieu.

— Ah ! Refuser mon amour sincère, c'était donc pour elle préserver son honneur ? J'ai dépensé dix mille pièces d'or, mis à son service dix mille eunuques ! Qu'aurais-je pu faire de plus pour gagner ses faveurs ?

Le peintre se prosterna aux pieds de l'empereur, frappa le sol de son front.

— Majesté, la pureté de votre cœur est infinie, sur la Terre et dans le Ciel ! Grâce à l'immensité de votre sincérité, l'âme de Concubine Parfumée montera droit au Ciel.

— Non, non, Vieux Maître ! cria l'empereur en tremblant. Je ne te demande pas de juger de l'étendue de ma sincérité. Dis-moi plutôt pourquoi moi, prince de sang Aisingyoro, qui ai toujours obtenu ce que je désirais, moi à qui les Quatre Mers appartiennent, à qui les Cinq Tribus obéissent, pourquoi seul le cœur de Concubine Parfumée m'a-t-il échappé, dis-le-moi, Vieux Maître !

Castiglione se rendit compte que toute la souffrance de l'empereur venait d'être resté dans l'ignorance de l'unique chose qu'il ne pouvait posséder, qui ne se trouvait pas entre les murs de laque rouge de son palais, alors qu'elle roulait dehors librement, comme un caillou, jusque dans les plus pauvres ruelles de la ville en contrebas du palais. Mais faire comprendre cela à l'empereur était plus difficile que tout.

— Je vais vous répondre, Majesté : personne au monde, fût-il empereur, ne peut acheter le cœur d'un être humain avec de l'or.

— Pourtant, n'essayez-vous pas depuis le règne de mon père de gagner nos faveurs avec vos présents rares d'Occident ? N'avez-vous pas tenté d'acheter mon cœur avec des biens matériels ?

— Vous avez raison, Majesté. Dans le but d'évangéliser la Chine, nous vous avons offert des trésors, nous avons lu dans les astres, bâti des fontaines, peint des tableaux. Mais Votre Majesté, et votre père avant elle, ont répondu à nos présents par l'oppression et la persécution. L'argent n'est pas tout-puissant, le vieux radoteur que je suis le sait mieux que quiconque !

— Dans ce cas, tu aurais dû le déplorer et renoncer. Les autres missionnaires sont rentrés dans leurs pays ou sont morts persécutés. Pourquoi es-tu encore là devant moi, dans ton vieux corps décrépi ? Tu t'es fait le complice de ma volonté, tu as tout fait pour m'aider à gagner les faveurs de Concubine Parfumée.

Pourquoi en effet ? Castiglione se mit à réfléchir. La réponse était évidente : un beau jour, pris sous le charme de ce splendide prince tartare, de ce héros qui incarnait la connaissance et la vertu, il avait oublié sa mission d'évangélisation, il avait oublié son rêve de rentrer en Europe et d'y devenir un peintre célèbre. Aujourd'hui, Ch'ien-lung était à ses yeux l'égal de Dieu descendu sur la terre.

— Réponds, Vieux Maître !

Au-dessus de la tête du peintre prosterné, les mains de l'empereur tremblaient. Ignorant parce qu'il était un dieu, solitaire parce qu'il était un dieu, Ch'ien-lung tremblait…

— Majesté, je pense qu'il est temps de commencer nos prières pour que l'âme de la princesse rejoigne le paradis, déclara le peintre pour éluder la question de l'empereur, en tirant une croix d'argent du col de sa robe de cour.

Tandis qu'il procédait à la cérémonie, assisté par les moines, l'empereur demeura debout, impassible, à côté de la dépouille mortelle.

Tout en priant, Castiglione jetait de temps à autre un coup d'œil vers le souverain, qui semblait réfléchir à quelque grave secret militaire.

— L'âme de Concubine Parfumée a été accueillie au Ciel, déclara Castiglione en conclusion de la messe, et l'empereur, toujours debout auprès du cadavre, hocha la tête une seule fois, d'un air satisfait. Puis il souleva doucement la nuque de la princesse morte, peigna du bout des doigts son abondante chevelure brune, et dit, de sa voix délicate de Fils du Ciel :

— Je viens d'appliquer toute mon intelligence à cette question, et j'ai enfin compris la nature de l'amour. J'aimais Concubine Parfumée, et elle aimait le défunt Hoja Djihan. Devant l'amour, même une armée d'un million d'hommes recule, et rien ne saurait l'acheter, ni l'or ni tous les trésors du monde. Autrement dit, le pouvoir est vain…

Après le départ de l'empereur, Castiglione demeura seul dans l'église et pria dévotement la nuit durant.

Vers l'heure la plus profonde de la nuit, des hennissements soudains vinrent rompre le calme des lieux.

Castiglione prit un candélabre, ouvrit la grande porte de l'église et cligna des yeux, ébloui par la lumière d'innombrables torches et le scintillement des armures.

L'empereur Ch'ien-lung, revêtu de son armure de cérémonie destinée à la revue des troupes, en damas rehaussé de fils d'or, regardait le peintre du haut de son destrier moucheté.

— Viens avec nous, Lang Shining, c'est un ordre ! commanda l'empereur d'une voix transformée, fouettant son cheval de son carquois plein de flèches vermillon.

Sa voix était celle d'un guerrier menant ses troupes au combat, et sa physionomie n'avait plus rien de celle de l'empereur lettré que connaissait Castiglione : c'était un chef tartare, d'humeur martiale. Derrière lui, mors contre mors, s'alignaient des cavaliers armés de lances et brandissant des torches, qui arboraient le drapeau jaune impérial.

L'un d'entre eux, revêtu d'une armure dont la splendeur des pièces laquées de vermillon se remarquait, s'approcha du peintre, tirant un cheval par la bride :

— Par ordre de l'empereur, montez !

Castiglione s'exclama involontairement, à la vue du visage du cavalier illuminé par les torches :

— Général Tsao Houei !

Il s'agissait en effet du vieux militaire, facilement reconnaissable à la barbe blanche flottant jusque sur sa poitrine et à l'effrayante physionomie que lui conférait son œil unique.

Plusieurs années s'étaient écoulées depuis que le fameux guerrier considéré à l'égal du dieu de la guerre avait quitté la capitale et reçu le titre de Grand Général Obéissant au Ciel. Il avait été relevé de ses fonctions de général des expéditions punitives contre les barbares, à cause de son grand âge, mais n'avait pas jugé loyal de déposer l'épée pour autant et avait été nommé à sa propre demande général de la pacification des territoires du Nord-Est, terre d'origine des Tartares.

— Mais enfin, que signifie… ?

Dans les grincements de son armure martiale mal assortie à ses traits de vieillard, Tsao Houei pressa le peintre, toujours immobile, d'obéir :

— Fais vite, Lang Shining. Même nous deux, qui n'avons plus longtemps à vivre, sommes mandés spécialement pour l'occasion. C'est un honneur suprême.

Toujours sans comprendre, Castiglione enfourcha son cheval, et le fastueux cortège de cavaliers, pareil à ceux qu'on voit représentés sur d'anciens rouleaux peints, s'éloigna dans l'obscurité, dans un bruit étouffé de sabots.

La capitale était plongée dans le silence.

Les soldats qui montaient la garde aux carrefours, debout autour de feux de camp, s'empressaient de tourner le dos à l'approche des cavaliers, de crainte de poser par mégarde le regard sur l'empereur. Si aucun ne les arrêtait pour les interroger, c'est qu'ils avaient été prévenus du passage du cortège impérial.

Bientôt, ils pénétrèrent dans l'avenue Tchang-ngan Est, où s'alignaient les pavillons abritant les ministères. Le cavalier de tête s'arrêta en brandissant sa torche devant une vieille porte coincée entre la résidence des princes Yu et l'académie Hanlin. De part et d'autre de la porte s'étendaient de somptueuses barrières rouges.

— Où sommes-nous ? demanda Castiglione à Tsao Houei sans descendre de cheval. La voix du général, étouffée par la mentonnière du casque, répondit :

— Au Tang-tseu…

— Le Tang-tseu ? C'est donc ici ? Depuis cinquante ans que je vis à la capitale, jamais je ne l'ai su.

— Les étrangers n'ont pas à savoir cela. C'est le lieu de culte des Tartares, même les Chinois Han n'ont pas le droit d'y pénétrer.

Sans en connaître l'emplacement, Castiglione avait entendu parler de l'existence du Tang-tseu, ce lieu où était dressé l'autel des ancêtres tartares. Les Ts'ing, dynastie conquérante qui régnait aujourd'hui sur plus de quatre cents préfectures, avaient suivi les traditions

Han et perpétué les rites de la cour des Ming. C'est ainsi qu'ils se rendaient en pèlerinage à l'Autel du Ciel, à l'extérieur de la ville, où ils procédaient à des cérémonies religieuses. Mais cette cour de conquérants extraordinaires, qui avait hérité des systèmes et de la culture des cours impériales précédentes, n'avait pas renoncé à ses propres traditions.

Les Mandchous avaient rapidement assimilé la langue des Han, mais avaient continué à utiliser leur propre langue pour les documents officiels de la cour; ils s'étaient appliqués à l'étude de la poésie chinoise et des sûtras bouddhiques, sans pour autant négliger leurs arts ancestraux de la chasse et du tir à l'arc à cheval.

Enfin, tout en rendant un culte sur l'Autel du Ciel selon l'antique tradition des Han, ils n'avaient pas oublié les prières des Tartares primitifs. Le Tang-tseu était précisément le lieu sacré où se déroulaient en secret les cérémonies religieuses mandchoues.

Les cavaliers s'étaient alignés, torches brandies, devant la porte du Tang-tseu. Il n'y avait pas un souffle de vent, l'air nocturne était lourd et moite. La sueur dégoulinait dans le dos de Castiglione, sous la robe de cour, lorsqu'il descendit de cheval à la suite de l'empereur.

Il se demandait toujours ce que signifiait cette expédition, et le calme solennel qui régnait maintenant parmi les participants. Une silhouette, prosternée devant la porte d'entrée vermillon, en barrait l'accès. Sur sa coiffe brillait la pierre précieuse désignant les fonctionnaires de premier rang.

Front contre terre, le prince impérial Yu annonça:

— Majesté, je vous adresse respectueusement ces paroles: l'accès au Tang-tseu est autorisé uniquement aux empereurs mandchous descendants de la tribu des Aisingyoro et à leurs familles. A partir d'ici, c'est moi qui vous guiderai. Que le général Tsao Houei et le peintre Lang Shining se retirent.

Il paraissait avoir couru depuis la résidence des princes impériaux toute proche. L'empereur se tourna vers ce prince dévoué et hocha une fois la tête d'un air magnanime :

— Je connais l'interdiction, dit-il. Laisse-moi passer.

— Mais, Majesté…

— Tu as beau être un prince de sang de premier rang, ta loyauté est ici inutile. Mes ordres sont les ordres du Ciel. Le Ciel a décidé de laisser ces personnes pénétrer au Tang-tseu.

Le prince Yu recula d'un air terrifié et libéra le passage.

— Jamais tu ne devras dire mot de tout ceci. As-tu bien compris ?

Cela dit, l'empereur fit ouvrir les portes par ses gardes, puis pénétra dans le Tang-tseu, accompagné du général et du peintre. La torche que tenait Tsao Houei éclairait le sable blanc du jardin.

La porte se referma avec un lourd grincement. Une atmosphère de pureté et de sacralité emplissait les ténèbres.

— C'est certainement la première et la dernière fois qu'un étranger pénètre en ces lieux…

A ces mots de l'empereur, Castiglione se raidit. Il lui semblait que tous les dieux tartares l'épiaient, tapis immobiles dans les ténèbres.

Seul le cliquetis des armures résonnait dans le jardin paisible. Le chemin de sable immaculé menait à un vieux temple octogonal. L'empereur s'agenouilla en bas des marches et pria un long moment, comme s'il implorait le pardon des dieux.

Castiglione se retourna soudain : les alentours venaient de s'éclairer. La pleine lune, lançant des reflets roux, apparaissait entre les nuages épais, au-dessus des murs vermillon qui entouraient le Tang-tseu.

— La lune. Le Ciel m'approuve.

L'empereur monta les degrés en faisant grincer son armure et poussa la porte du temple.

Castiglione fut stupéfait de constater, à la lumière de la torche, à quel point l'architecture du temple et sa disposition intérieure différaient de tout ce qu'il avait pu voir au palais. Ici, pas la moindre trace des ornements vivement colorés auxquels il s'était accoutumé en cinquante ans de vie au palais. Il n'y avait qu'un autel tartare, solidement taillé dans un bois patiné, lourdement décoré d'acier et de cuivre rouge. La forme même de l'objet exprimait un esprit guerrier, empreint de bravoure et de rusticité, qui impressionna vivement Castiglione.

— Qu'en dis-tu, Vieux Maître ? Voilà nos vraies couleurs, notre figure authentique, à nous, Mandchous. La splendeur des Han n'est qu'un vêtement d'emprunt, dit l'empereur.

Le général Tsao Houei, une torche à la main, un genou en terre, immobile, ressemblait à une sculpture du temple. Une boîte en bois de camphrier poli par le temps était posée sur l'autel. L'empereur monta jusqu'à l'autel, ôta son casque et son épée, les déposa près de lui, puis s'assit en croisant les jambes à la mode tartare. Ensuite il se prosterna longuement avec des gestes inconnus de Castiglione, et chanta des prières en mandchou.

— Approchez-vous, ordonna-t-il sans même se retourner, en redressant son dos où sinuait sa longue natte par-dessus l'armure.

Le général Tsao Houei, toujours agenouillé près de l'entrée, répondit :

— Je suis saisi d'une crainte respectueuse, Majesté. Simple vassal dans le sang duquel ne coule pas le sang de vos ancêtres, je redoute, en osant poser mon regard sur vos dieux, que l'œil qui me reste ne soit aussitôt crevé, ou que mon corps ne tombe en pièces.

— Ne crains rien... C'est l'empereur qui vous l'ordonne. Approchez !

Tsao Houei et Castiglione gravirent l'autel en tremblant, retenant leur souffle. L'empereur attendit d'être encadré par ses deux compagnons pour soulever le couvercle de la boîte en bois de camphrier. Castiglione se retint pour ne pas sursauter : un éclat violent venait de frapper son regard. Il crut un instant que ses yeux étaient crevés.

— Regardez ! Voici la Perle du Dragon ! Le symbole même du pouvoir des empereurs de Chine, le Mandat du Ciel matérialisé !

C'était un énorme diamant de la taille d'une tête de nourrisson, qui irradiait les sept couleurs de l'arc-en-ciel. Il répandait une vapeur transparente et émettait une sorte de sifflement très bas.

Comme intimidé par la lumière que répandait le joyau, le général Tsao Houei recula, agita sa torche pour l'éteindre. Dans les ténèbres, l'étrange éclat du diamant, loin de diminuer, sembla au contraire emplir le temple tout entier de lueurs irisées.

— Celui qui prend ce diamant dans ses mains doit exercer le pouvoir ! Depuis l'empereur Yao jusqu'à moi, il a été transmis de main en main à tous les souverains qui ont régné sur la Plaine du Milieu. Mais jamais il ne tombera dans les mains d'un homme qui ne vénère pas le Ciel. Si cela arrivait, pareil homme serait anéanti sur-le-champ.

Tout en parlant, l'empereur gardait un regard triste fixé sur le joyau.

Le cœur de Castiglione battait à se rompre : qu'est-ce que l'empereur allait donc leur ordonner, à Tsao Houei et à lui-même ?

Ch'ien-lung glissa la main à l'intérieur de la boîte en bois de camphrier, et serra contre sa poitrine le joyau posé sur un socle recouvert de soie violette.

— Mais moi, ajouta-t-il, j'ai compris : le pouvoir est vain, il l'a toujours été.

Entre les mains de l'empereur, le joyau, pareil à une créature animée, augmenta la puissance de son éclat et continua à émettre de la vapeur, avec un sifflement accru…

5

An 13 du règne de l'empereur Kouang-siu, 1887.

Par une chaude soirée de fin d'été, Yang Si-tcheng, vice-ministre de la Droite au ministère des Rites, se rendait à l'académie Hanlin, pour la première fois depuis longtemps.

Yang Si-tcheng avait de nombreuses charges. Outre celle d'annaliste, il assumait les fonctions de précepteur du jeune empereur. Tant ses collègues que ses supérieurs se reposaient beaucoup sur lui, et des services sans rapport avec ses propres attributions lui adressaient souvent des textes à retoucher ou des questions à rédiger en bonne et due forme. Yang était si sérieux de nature qu'il lui était impossible de refuser ce genre de tâches: il se rendait donc au palais avant l'aube pour pouvoir venir à bout de tout ce qu'il avait à faire, et ne rentrait chez lui que fort tard dans la nuit.

Lorsque l'empereur Kouang-siu et l'impératrice d'Occident revinrent de leur séjour au palais d'été de Jehol, le bureau de Yang Si-tcheng fut soudain envahi de documents destinés à la maison impériale, comme s'ils n'avaient attendu que ce retour.

Le prince consort Kong, prénommé Yi-sin, homme capable et de confiance, venait d'être destitué de son poste de premier ministre et remplacé par son frère, le prince consort Tch'ouen, prénommé Yi-houan. Les tâches de Yang Si-tcheng s'en trouvaient encore multipliées car, à la différence de son frère aîné, Yi-houan était un personnage nerveux, scrupuleux mais d'une nature si indécise que l'on doutait qu'il fût réellement le petit-fils de l'illustre empereur Ch'ien-lung.

Au départ, il n'avait pas l'étoffe d'un premier ministre, mais les circonstances l'obligeaient malheureusement à prendre la relève de son frère Yi-sin: il était le père de l'empereur Kouang-siu et avait pour épouse la sœur cadette de l'impératrice d'Occident. Naturellement il ne pouvait tenir tête à l'impératrice douairière, et comme son frère aîné avait été destitué, les documents que lui adressaient les différents ministères le rendaient d'autant plus nerveux. Il devait en ce moment faire face à d'importantes négociations à mener, après le conflit avec la France qui venait de se terminer un an plus tôt, surcroît de malheur pour ce premier ministre déjà trop sensible. C'est pourquoi, avant de passer les stores en bambou du bureau de l'impératrice douairière, pour ainsi dire tous les documents de la maison impériale se trouvaient renvoyés pour révision à leurs rédacteurs. Et la majeure partie des fonctionnaires, faibles en composition, venaient par conséquent rendre visite au professeur Yang au bureau des Rites.

Pour toutes ces raisons, le travail de Yang Si-tcheng, qui consistait également à stimuler dans leur tâche les fonctionnaires nouvellement nommés à l'académie impériale, s'avérait de plus en plus étendu...

— Modérez votre pas et veillez à ne pas trop me secouer, ordonna Yang à ses domestiques, dans son habituel langage de lettré.

Ces derniers temps, le surmenage lui valait des maux d'estomac, et voyager en palanquin ou à cheval le rendait malade. Il n'avait guère confiance dans les vertus des potions aux herbes que lui administrait le médecin traditionnel, et, tout en luttant contre la nausée, il se promit de passer en secret au retour au consulat anglais proche de l'académie Hanlin, pour se procurer des médicaments efficaces auprès d'un médecin étranger qu'il connaissait de vue.

Toute l'académie Hanlin travaillait alors d'arrache-pied à la rédaction des hauts faits de l'empereur Ch'ien-lung. L'impératrice d'Occident avait ordonné au collège impérial de s'atteler à cette tâche, sur une idée soudaine qui lui était venue au beau milieu de la guerre sino-française. Le projet était compréhensible : elle voulait restaurer la puissance de l'empire mandchou, en vantant son pouvoir et son autorité à travers les exploits du grand empereur. Mais la réalité était bien éloignée de tout cela, songeait Yang en arpentant les couloirs de l'académie où allaient et venaient des fonctionnaires affairés chargés de documents.

Depuis la Guerre de l'Opium quelque quarante ans plus tôt, les conflits avec les pays étrangers n'avaient pas cessé. Tous avaient commencé sous des prétextes forgés de toutes pièces, et s'étaient soldés par le paiement d'énormes tributs et la signature de traités inégaux. Les puissances étrangères n'ignoraient pas que, quelle que fût la raison invoquée, le moindre coup de canon faisait trembler l'empire et que chaque fois ils pouvaient en tirer de l'argent et des droits supplémentaires. Si les choses continuaient ainsi, une guerre capable d'embraser la capitale et de la réduire en cendres pourrait bien éclater dans un proche avenir, ou encore une révolution soutenue par les grandes puissances occidentales.

Ce pays, gouverné par un souverain aux pouvoirs absolus, devait attendre l'apparition d'un empereur avisé pour surmonter la crise. Cependant, les sages souverains des débuts de la dynastie mandchoue, Chouen-tseu, K'ang-si, Yong-tchen et Ch'ien-lung, avaient connu des successeurs si médiocres qu'on ne les eût pas dits du même sang. Ils n'avaient rien fait d'autre que dilapider les richesses accumulées par leurs ancêtres. Kia-ts'ing et Tao-kouang étaient encore convenables, mais à la génération suivante, Sien-feng, de santé déficiente, n'avait manifesté aucun intérêt pour la politique, abandonnant les rênes du pouvoir aux mains de sa concubine l'impératrice d'Occident Tseu-hi. Son successeur, l'empereur T'ong-che, s'échappait chaque nuit de la Cité Interdite pour aller se débaucher en ville, tant et si bien qu'il était mort de la syphilis. Il ne restait plus qu'à espérer que le jeune empereur Kouang-siu, qui lui avait succédé, avait hérité du sang de ses ancêtres K'ang-si et Ch'ien-lung et saurait être un souverain avisé…

Une porte s'ouvrit, et un vieux lettré passa la tête dans l'embrasure, comme s'il guettait précisément l'arrivée de Yang Si-tcheng.

— Ah, Professeur Yang ! Entrez donc, je vais faire apporter du thé.

Ce vieillard occupait déjà un poste de correcteur à l'académie Hanlin à l'époque où Yang Si-tcheng, quinze ans plus tôt, avait terminé premier lauréat aux examens du palais ; il avait depuis gardé le même titre et continué à passer ses journées dans cette obscure salle d'études.

— Désolé de vous avoir laissé sans nouvelles, honorable prédécesseur. Ne m'appelez pas « Professeur », je vous en prie, j'en transpire de honte. Vous êtes mon aîné, appelez-moi Yang comme par le passé, répondit-il en s'inclinant poliment.

Le vieillard se rengorgea et jeta un coup d'œil du côté des fonctionnaires qui allaient et venaient dans le couloir. Naturellement, cette remarque pleine de considération de Yang Si-tcheng était destinée à éviter une humiliation à un aîné d'un rang bien inférieur au sien. Il se sentait l'estomac plus barbouillé que jamais.

— Je ne puis rester longtemps, dit-il, mais votre invitation me tente…

Il resta bouche bée en entrant dans la salle : des malles débordant de documents, empilées les unes sur les autres, remplissaient la pièce au point qu'on pouvait à peine faire un mouvement. Elles ne semblaient pas être emmagasinées là, mais bel et bien en attente d'être traitées. Les manuscrits envoyés au vieux correcteur pour être révisés avaient augmenté de façon anarchique !

Pendant que Yang faisait le tour de la salle d'un regard stupéfait, un fonctionnaire était entré et avait déposé sans un mot une nouvelle malle pleine de documents dans un coin.

— C'est certainement la dernière besogne que l'on me confie, mais je ne suis pas certain de pouvoir l'achever. Les exploits du Grand Empereur Guerrier Sincère ont de quoi émerveiller aujourd'hui encore, n'est-ce pas ?

— Certes… Mais quelle énorme quantité de documents !

— Il ne s'agit pourtant là que d'une infime partie. Au fur et à mesure des corrections, je les transmettrai au ministère des Rites. Merci d'y prêter toute votre attention.

Une violente nausée assaillit Yang Si-tcheng. Quelle étourderie de ne pas y avoir songé plus tôt ! Bien évidemment, une fois révisée par les soins de l'académie Hanlin, cette énorme masse de documents atterrirait au ministère des Rites pour une ultime inspection, et comme il s'agissait d'un travail ordonné par l'impératrice d'Occident en personne, la censure finale lui incomberait, à lui et lui seul, Yang Si-tcheng !

— Apportez tout de suite le thé ! ordonna le vieux correcteur en frappant dans ses mains pour appeler un secrétaire. Yang Si-tcheng s'inclina de façon rigide, une main devant la bouche :

— Excusez-moi, fit-il, j'ai l'estomac dérangé ces temps-ci et m'abstiens de boire du thé. La prochaine fois…

Sur ces mots, il se précipita dans le couloir en bousculant au passage quelques liasses de documents, et courut aux toilettes.

De quand datait ce nom de « Grand Empereur Guerrier Sincère », évoquant un dieu, pour désigner l'empereur Ch'ien-lung ? Symbole de la gloire de l'empire mandchou, il était le plus jeune dieu de l'empire.

Depuis cent ans, le pays vivait selon le modèle établi par ce puissant empereur. Le peuple perpétuait avec loyauté les coutumes instaurées par Ch'ien-lung, respectait les lois édictées de sa main, vivait dans des territoires dessinés par ses soins. Son nom était partout calligraphié, à la cour comme dans les bureaux du gouvernement, et l'on citait son exemple en toute occasion, aussi bien dans l'armée que chez les fonctionnaires civils.

Les ministres terminaient tous leurs discours officiels par cette phrase : « Cette nuit, l'empereur Ch'ien-lung m'est apparu en rêve et m'a confié ce que je viens de vous transmettre. » Evoquer Confucius ou le premier empereur Houang-ti était considéré comme suranné, mais en revanche évoquer le nom de Ch'ien-lung, encore vivace dans le système en vigueur, était le meilleur des prétextes pour faire valoir une opinion personnelle. Le prince consort Yi-houan avait été le premier à utiliser ce stratagème commode pour pallier son indécision chronique et sa faiblesse de caractère, et les autres ministres, inspirés par son exemple, n'avaient pas tardé à le suivre.

Autrement dit, l'empereur Ch'ien-lung était considéré à l'égal d'un dieu capable d'exaucer tous les vœux et de résoudre tous les problèmes.

Quand Yang se dirigea vers le pavillon, en sortant des toilettes, il avait repris son air sévère habituel.

Au moment où il parvenait en haut du vieux pavillon situé entre le consulat anglais et l'académie Hanlin, il fut rattrapé par trois jeunes gens. Bien que Yang fût une autorité reconnue en matière de confucianisme, les salutations empruntées n'étaient pas son fort. Comme s'ils le savaient déjà, les trois nouveaux fonctionnaires qu'il avait fait appeler plièrent les genoux en un salut rapide en entrant.

— Eh bien ? Vous habituez-vous à vos nouvelles charges ? demanda Yang Si-tcheng en arpentant la pièce, mains croisées derrière le dos. Il alla lui-même ouvrir la fenêtre, laissant entrer la lumière du crépuscule.

— Nous devons abattre chaque jour des sommes de travail vertigineuses, comment nous y habituer ?

Le jeune homme qui avait répondu d'une voix calme n'était autre que Liang Wen-sieou, le premier lauréat des examens du palais. Il était réputé pour ses beuveries et sa morale douteuse, mais avait prouvé sa supériorité par l'excellence de sa copie d'examen. Grand, les traits réguliers et distingués, il avait tout à fait la physionomie d'un grand lettré.

— C'est un honneur pour nous d'être, sitôt en poste, attelés à la tâche de rédiger les hauts faits du Grand Empereur Guerrier Sincère, rétorqua Chouen-kouei, le second lauréat. Son visage blanc et ses épaules tombantes évoquaient un fils cadet de famille noble mandchoue. Il était en effet issu d'une famille renommée : son père était général de la Bannière Ecarlate dans l'armée mandchoue et son grand-père avait été inspecteur de la province du Chan-si. Naturellement, ses nobles origines et sa note aux examens n'avaient aucun rapport. Il avait réussi, tout comme les candidats de souche plus modeste, uniquement grâce à ses propres capacités. Ce jeune homme plein de promesses possédait la sincérité et le sérieux particuliers au peuple tartare, qualités qui ces derniers temps tendaient à disparaître, et qui ressortaient tant de sa copie d'examen que de ses traits et de son attitude.

— Je voudrais vous poser une question, Professeur Yang… commença Wang Yi, le troisième lauréat, de sa voix rauque et profonde.

— Quoi donc ?

— La rédaction des hauts faits de l'empereur Ch'ien-lung est sans conteste une tâche utile, mais est-ce vraiment le moment de s'atteler à pareille entreprise dans la conjoncture actuelle ?…

— Surveille tes paroles, Wang Yi.

Yang Si-tcheng avait beau le réprimander en fronçant les sourcils, au fond de son cœur, il approuvait totalement ce que disait le jeune homme. « Tu as tout à fait raison, songeait-il. Et tu ne manques pas de courage pour exprimer ici ce que tu penses. Tu n'es peut-être pas très compétent pour l'instant comme fonctionnaire, mais une fois dégrossi, si tu n'as rien perdu de ton audace, tu seras exactement le genre d'homme dont le pays a besoin. »

Il fixa tour à tour son regard d'aigle sur chacun des trois jeunes gens, veillant à ne rien laisser transparaître de ses pensées.

Autrefois, jamais l'on n'aurait choisi des jeunes gens de vingt ans à peine comme premiers lauréats des examens. Qui plus est, à les voir ainsi alignés tous les trois, ils paraissaient avoir chacun des caractères bien trempés, qui les prédisposaient à de brillantes carrières.

A chaque entrevue, Yang Si-tcheng les considérait d'un air mécontent et gardait ses distances pour mieux leur en imposer, mais au fond de lui son cœur se gonflait de joie.

— Voilà plusieurs mois que vous êtes en poste à l'académie Hanlin, et je n'ai jusqu'ici rien trouvé à redire à votre travail. Si je vous ai fait venir dans ce pavillon aujourd'hui, c'est que j'ai quelque chose à vous montrer.

Il traversa d'un pas glissant la vaste salle éclairée par le jour filtrant à travers les panneaux coulissants puis resta debout dans un coin, devant trois tableaux recouverts de soie blanche. D'un geste brusque, il entrouvrit chacun des rideaux de soie, dévoilant des peintures d'un réalisme fascinant.

Les trois jeunes gens s'approchèrent, puis restèrent figés sur place, les yeux écarquillés devant les majestueuses œuvres d'art qu'ils contemplaient.

Celle du centre représentait un guerrier à cheval, en armure dorée ; juste à côté, comme pour lui tenir compagnie, se trouvait le portrait d'une belle jeune femme vêtue de rouge. Un peu plus loin, à côté de la fenêtre, était accrochée une monumentale scène de bataille, très détaillée.

Le guerrier paraissait prêt à bondir hors du cadre doré pour galoper vers le spectateur, un arôme exquis semblait flotter autour du portrait de femme, et en regardant la scène de bataille, on croyait entendre le hennissement des chevaux et le fracas des armes.

— Ce tableau-ci est un portrait de l'empereur Ch'ien-lung passant son armée en revue.

Les trois jeunes gens plièrent les genoux en même temps et se prosternèrent, front contre terre, devant le portrait. Yang Si-tcheng, mains croisées derrière le dos, allait et venait lentement entre eux.

— Le tableau de gauche est intitulé : *La Victoire*. Il s'agit d'une scène de bataille lors de la pacification des Dzoungares. Et le portrait de droite représente une princesse Oïrat que l'empereur Ch'ien-lung prit pour concubine. Ces trois œuvres furent réalisées par Lang Shining, un peintre étranger au service de l'empereur. Qu'en pensez-vous ?

Toujours à genoux, les trois docteurs, que la fascination rendait muets, contemplaient les tableaux.

— Ces tableaux ont donc plus de cent ans... finit par remarquer Wen-sieou.

— Oui. C'est incroyable, n'est-ce pas ? On croirait qu'il y a là quelque sorcellerie occidentale. Ce peintre, fort renommé, s'appelait en réalité Giuseppe Castiglione, il était originaire de Venise, en Italie. C'était un homme de talent qui, à la fin de sa vie, bénéficia de l'extrême faveur de l'empereur. On dit que rien ne lui était impossible quand l'empereur le lui ordonnait, et pas seulement en matière de peinture. On lui doit les fontaines et les édifices à l'occidentale des jardins de la Perfection et de la Clarté, une montre qui donne l'heure juste depuis plus de cent ans, divers automates, le système d'entretien des rues de la capitale, l'installation de conduites d'eau, d'égouts, la culture de plantes qui fleurissent toute l'année, tant de choses... L'empereur Ch'ien-lung, dit-on, affirmait toujours qu'il possédait deux vassaux que l'empereur lettré des Tcheou et l'empereur guerrier des Han pouvaient lui envier : l'un était le général Tsao Houei, l'autre ce peintre italien.

Les jeunes hommes s'étaient approchés peu à peu pour voir de plus près, et après s'être à nouveau prosternés devant le portrait de l'empereur, ils examinèrent les trois tableaux sous tous les angles.

— C'est surprenant. En ce moment, je participe à la compilation de l'histoire de la pacification des Dzoungares, mais cinq volumes n'en diront jamais autant que ce tableau. Cette scène de bataille dépeint sans rien en omettre l'étendue du pouvoir de l'empereur Ch'ien-lung, dit Chouen-kouei en se frottant les yeux plusieurs fois devant *La Victoire*.

— Pourtant, Professeur, si la bravoure du général Tsao Houei est restée légendaire, le nom de ce peintre m'est totalement inconnu. Sans doute est-ce dû à ma propre ignorance, mais... dit Wang Yi en se retournant pour regarder Yang Si-tcheng.

— Excellente remarque. Ton doute a une profonde signification.

— Que voulez-vous dire ?

— Lang Shining était un jésuite. Après la disparition de l'empereur Ch'ien-lung, cent ans de politique xénophobe et de pensée anti-occidentale ont délibérément effacé de l'histoire officielle les traces laissées par les jésuites. Mais il était impossible de détruire ce magnifique portrait de l'empereur et ce tableau qui relate ses hauts faits, aussi le nom du peintre a-t-il été effacé, pour ne conserver que les fruits de la technique artistique qu'il a fait connaître en Chine. Il ne fait aucun doute que le général Tsao Houei et Castiglione ont été les deux piliers – les arts et la guerre – qui soutenaient le règne de l'empereur et qu'il leur doit en partie sa renommée. Ils ont été des vassaux d'une loyauté sans pareille dans l'histoire.

Parvenu à ce point de son discours, le vice-ministre parut hésiter, et se dirigea vers la fenêtre. Au-dehors, le crépuscule commençait à s'étendre.

— Je vais vous confier mon opinion personnelle : c'est en vain que les générations suivantes ont déifié l'empereur Ch'ien-lung. Ce n'était pas souhaitable. Prendre l'habitude de l'appeler « Grand Empereur Guerrier Sincère » est, à mon sens, un sacrilège !

Surpris par une déclaration aussi imprévue dans la bouche du vice-ministre, les trois jeunes mandarins s'entre-regardèrent.

— Il est fort probable, poursuivit Yang sur un ton docte et précis de professeur, les bras croisés dans les manches de sa longue robe de cour, que l'histoire de Concubine Parfumée soit un mythe inventé de toutes pièces, tout comme a été enjolivée la scène de victoire célébrée dans ce tableau. Les exploits de l'empereur Ch'ien-lung ont certainement été amplifiés et déformés par son entourage. L'empereur connaissait sur le bout des doigts le mandchou, le chinois, le mongol et le tibétain, et il a compilé en vingt-trois années quatre-vingt mille rouleaux consignant ses hauts faits depuis la pacification des Cinq Tribus et des Quatre Mers. L'empereur a également compilé les œuvres dispersées de l'Antiquité, afin de les léguer à jamais à la postérité. Y sont inclus les enseignements interdits de Jésus, des écrits historiques et des essais qu'il faudrait, du point de vue politique, expurger. Autrement dit, l'empereur a officiellement rassemblé et archivé la somme des écrits religieux et philosophiques qu'il considérait comme excellents et nécessaires pour la conduite de la politique et des affaires militaires. C'est là un exploit qu'aucun souverain, fût-il occidental ou oriental, n'avait réalisé avant lui.

Yang Si-tcheng s'était rapproché lentement du portrait de l'empereur en cavalier mais, au lieu de se prosterner comme on s'y serait attendu, il poussa un soupir et conserva le calme maintien digne d'un authentique mandarin.

— Il serait impossible, même en y consacrant une vie entière, de lire et d'apprendre tout ce que contiennent ces archives. Puisqu'il a accompli de si grandes choses dans le domaine de la pensée, outre ses succès politiques et militaires, l'empereur Ch'ien-lung était sans nul doute un génie d'une portée extraordinaire. Nous-mêmes, cent ans plus tard, sommes encore sous l'influence de ce grand souverain. Il est dit que tous les êtres vivants sont dans les mains du Bouddha, les chrétiens, eux, enseignent que l'amour de Jésus englobe tous les êtres. Nous autres, mandarins qui aspirons à la connaissance, devrions considérer l'empereur Ch'ien-lung comme notre dieu. Dresser son apologie à seule fin de rétablir le prestige national, ou faire de lui un symbole de la pensée anti-occidentale, est un sacrilège vis-à-vis du génie de cet empereur lettré.

La diatribe de Yang Si-tcheng constituait une critique ouverte de la politique de l'impératrice douairière. Le cœur battant à tout rompre, les jeunes gens digéraient lentement ces paroles.

— Toujours est-il que la Chine prend une direction totalement contraire au futur qu'avait imaginé l'empereur Ch'ien-lung. Et cela avec une force terrifiante. Du train où vont les choses, destructions, massacres, effusions de sang, famines, assassinats nous attendent. Les seuls à pouvoir empêcher cela, c'est vous, vous et les forces neuves de votre jeunesse. Voyez l'exemple de notre voisin le Japon : la brillante réussite de la restauration de Meiji, il y a une vingtaine d'années, a été le fruit de la passion et du courage de jeunes gens qui ont refusé de rester esclaves des coutumes néfastes du passé.

Autrement dit, nous devrions nous aussi ouvrir notre pays et faire la paix avec les puissances étrangères, pour former le projet d'un pays prospère doté d'une armée puissante. Cela seulement serait conforme à la véritable pensée de l'empereur Ch'ien-lung.

Après avoir tenu ces propos d'un ton grave, sans le moindre changement d'expression, Yang Si-tcheng tourna les talons et quitta le pavillon.

Un long moment, les trois jeunes gens restèrent debout en silence, sidérés. Dans un pays où la moindre critique du système était sacrilège, ce discours pour le moins inattendu dans la bouche du mandarin le plus érudit et le plus réputé de l'époque, tenu qui plus est dans une salle du collège impérial, leur avait causé un choc qui les laissait cloués sur place.

Le ciel s'était couvert et soudain une bourrasque s'engouffra dans la pièce, tandis que de grosses gouttes de pluie commençaient à frapper le toit de la galerie.

Wen-sieou alla fermer la persienne et, en regardant par la fenêtre, remarqua en contrebas, de l'autre côté d'un canal, un vaste jardin planté de grands camphriers dont le feuillage ployait sous l'averse.

— Qui peut bien habiter là ? Cette demeure a l'air plutôt somptueuse…

— Ah, ça, c'est le Tang-tseu, répondit Chouen-kouei en replaçant les caches de soie blanche devant les tableaux de Castiglione.

— Le Tang-tseu… ?

Wen-sieou et Wang Yi, qui n'avaient jamais entendu prononcer ce nom, échangèrent un regard.

Chouen-kouei poussa un cri et se courba, surpris par un éclair qui venait de passer tout près, puis redressa son visage délicat et pâle de noble mandchou.

— Vous l'ignorez sans doute, puisque vous êtes des Han. Il s'agit d'un temple réservé aux Mandchous, et encore, seuls peuvent y pénétrer l'empereur et les princes de sang.

Wen-sieou regarda encore une fois le luxuriant bosquet d'arbres qui entourait le Tang-tseu. Le long des barrières rouges du temple, une haie de hauts camphriers battus par la pluie, agités par le vent, protégeait de sa masse épaisse le domaine sacré.

6

Dans le lacis des vieilles ruelles au cœur de la capitale, les insectes d'automne avaient entamé leur concert nocturne. Ils s'arrêtaient à l'approche des pas du jeune garçon, mais reprenaient leurs stridulations sitôt qu'il était passé, comme pour se moquer de son infirmité.

Tchouen-yun se retourna, lança un coup de pied dans une pierre. Il avait beau savoir que le seul endroit sur lequel il pouvait compter dans cette ville était le foyer du Tsing-hai où Wen-sieou avait logé au moment des examens, une fois passées les rues animées de Tsai-che-keou, il s'engagea dans le quartier des auberges d'un pas plus lourd. Un petit vase tintait dans le sachet de lin suspendu à sa taille.

Quand il fut devant la porte de l'auberge, il imagina l'air éberlué de Wen-sieou en le voyant, et chercha en vain les mots qu'il lui dirait. Ne trouvant rien, il passa son chemin tête basse, sans entrer.

Ensuite, il erra au hasard des ruelles, n'ayant aucune idée de l'endroit où il pourrait aller.

L'air de la nuit était lourd et humide, le vent s'était calmé et il faisait terriblement moite. Tchouen-yun était épuisé, il était venu à pied depuis son village, et commençait à se sentir prêt à s'effondrer n'importe où.

Les quelques mois qui s'étaient écoulés depuis son émasculation avaient passé comme un rêve. Il se rappelait clairement comment il s'était ligoté lui-même la taille et les cuisses avec une grossière corde de paille, comment il avait abattu sans hésitation la faucille, enfoncé le bâton de cire dans la plaie, puis s'était forcé à marcher longuement pour faire couler le « mauvais sang ». Mais il n'avait aucun souvenir bien net de ce qui s'était passé ensuite, après qu'il s'était effondré sur le sol de terre battue, évanoui. Il lui restait dans les oreilles les sanglots de sa sœur, les cris aigus de sa mère, comme un écho lointain. Il avait longtemps oscillé entre la vie et la mort, puis, une fois hors de danger, avait passé des jours et des jours à s'agiter et se retourner sur sa couche, en proie à des accès de fièvre et de douleur.

Il se rappelait avoir craché au visage du docteur Houang en hurlant avec rage :

— Ah, cette fois ce n'est pas l'épidémie de printemps, hein, ce n'est pas la grippe de printemps !

Puis, quand l'épuisement l'avait laissé sans forces et sans mouvement, l'intendant de la maison Liang était venu l'examiner. Entre rêve et réalité, il l'avait entendu lui dire des choses inattendues : une récompense de cinquante taels d'argent était offerte aux enfants qui choisissaient d'eux-mêmes la castration. Qu'ils parvinssent ou non à obtenir une place au palais, le fait de s'être mutilé dans le but d'entrer au service de l'empereur leur valait de recevoir un salaire de la préfecture. « C'est l'empereur Ch'ien-lung en personne qui a établi cette règle autrefois, touché par les souffrances qu'endurait son peuple », avait expliqué pompeusement l'intendant.

Un employé de la préfecture vint en effet voir le jeune malade. Mais au lieu de déposer cinquante taels d'argent à son chevet, il se contenta d'un sac de pièces de cuivre et d'une nouvelle veste de lin. « *Mei fa-tseu!* (On n'y peut rien) », murmura la mère de Tchouen-yun en ramassant les quelques pièces. Elle avait bien une vague idée d'où étaient passées ces cinquante pièces d'argent. L'employé de la préfecture, l'intendant des Liang, les messagers, tous avaient prélevé leur dîme au passage pour se payer de leurs peines, et quand l'argent était arrivé à Tchouen-yun, il ne restait pas même une pièce d'argent. Quant à la nouvelle veste, c'était sans doute l'un d'entre eux qui, pris d'un tardif remords de conscience, l'avait ajoutée aux piécettes de cuivre.

Cette nuit-là, gémissant sur sa couche, luttant contre la fièvre, Tchouen-yun rêva que des fonctionnaires subalternes dévoraient son corps. Au réveil, il se dit qu'en réalité les fripouilles qui l'avaient dévoré n'avaient pas levé le petit doigt pour l'aider.

Par un beau matin de la fin de la saison des pluies, Tchouen-yun revêtit sa veste neuve, accrocha à sa ceinture le petit vase contenant son « trésor », et quitta la maison sans faire de bruit. Il n'avait pas un sou pour le voyage, mais se disait que s'il parvenait à la capitale, même en mendiant, il se débrouillerait toujours ensuite. A la sortie du village, alors qu'il commençait à marcher sur la grand-route bourbeuse, sa sœur le rattrapa.

— Ne t'en va pas, Grand Frère ! Je t'en prie ! dit Lingling d'une voix étranglée.

Comme Tchouen-yun allait poursuivre sa route sans se soucier d'elle, elle s'inclina jusqu'à frotter dans la boue le petit chignon qui ornait son crâne et se mit à hurler :

— Ne pars pas, ne pars pas !

Comme moi autrefois… songea Tchouen-yun. Lui aussi, le matin où Troisième Frère avait quitté la maison pour ne jamais revenir, avait suivi son aîné jusqu'à la sortie du village et lui avait crié ainsi : « Ne pars pas, ne pars pas ! »

Il fit demi-tour, prit sa sœur dans ses bras pour la relever. Elle était couverte de fange de la tête aux pieds. Il fallait lui dire quelque chose. Lui, Troisième Frère l'avait serré contre lui, mais ne lui avait rien dit, sans doute muet de chagrin à l'idée de partir ainsi en cachette.

— Regarde, Lingling ! On dirait que tu t'es roulée dans la boue comme un ver de terre !

Il se mordit aussitôt les lèvres. La comparaison était juste : qu'étaient-ils, lui et les siens, si ce n'est des vers de terre ? Ils n'étaient bons qu'à verser des larmes d'impuissance, mourir de froid quand il neigeait, être emportés par les eaux quand il pleuvait, calcinés par le soleil en été...

Tchouen-yun serra contre lui sa petite sœur qui, dès demain, devrait prendre le sac de jute à sa place pour aller ramasser le crottin, et lécha doucement son visage boueux.

Quand il l'eut nettoyée en léchant son front, ses joues, ses paupières, sa bouche était emplie de terre et de cailloux, mais au lieu de les recracher, il croqua les cailloux et avala la glaise.

— Tu as faim, Grand Frère ? demanda Lingling, le visage levé vers Tchouen-yun, en le retenant par la taille pour l'empêcher de partir.

— Faim ? Je n'ai plus de sexe, et plus d'estomac non plus !

— Menteur ! Maman et moi, nous avons faim.

Tchouen-yun se libéra violemment, mais elle s'agrippa de toutes ses forces à ses jambes. Alors il leva la tête vers le ciel pâle et le prit à témoin de sa promesse :

— Je ne ferai pas comme Troisième Frère, je reviendrai. Un jour, je reviendrai, avec beaucoup d'argent et de nombreux vassaux.

Lingling le lâcha comme si elle renonçait à le retenir, puis fouilla dans l'échancrure de sa robe souillée. Dans la petite paume qu'elle ouvrit ensuite sous les yeux de son frère, brillait une pièce de cuivre usée. Tchouen-yun allait repousser sa main, quand son regard s'arrêta sur les caractères gravés sur la sapèque :

— Ch'ien-lung…

Sur la piécette percée d'un trou, qui n'aurait même pas suffi à payer une nuit dans une auberge, il distinguait le nom de l'empereur.

— Prends-la pour t'acheter quelque chose à manger.

Sur ces mots, Lingling éclata en sanglots, sans même songer à se couvrir le visage de la main.

— Celle-là, je ne la dépenserai pas, ce sera mon porte-bonheur.

Tandis qu'il serrait la sapèque dans ses doigts, un étrange courage l'envahit.

— Il ne faut pas rester à attendre ! Il faut aller de l'avant et saisir ce qui se présente ! Un homme ne doit jamais dire *mei fa-tseu*, quand bien même on lui fendrait la bouche. Il ne faut pas rester à attendre !

Tchouen-yun se mit à courir dans la boue. Dès qu'il avait eu cette pièce dans la main, les larmes qui se pressaient au bord de ses paupières avaient reflué, un feu avait flambé dans sa poitrine.

— Je reviendrai, Lingling ! Je reviendrai dans un palanquin du palais, avec une foule de serviteurs ! Je reviendrai cousu d'or !

Sa sœur suivit sa silhouette du regard jusqu'à l'endroit où la route disparaissait à l'horizon, debout, immobile, vacillante comme une fleur au vent des marécages.

Errant toujours dans le dédale de ruelles assombri par la nuit, Tchouen-yun s'arrêta soudain devant une impasse formant un coude, qu'il lui sembla reconnaître. Le gémissement d'un luth lui parvint alors du fond de l'obscurité, comme cette nuit-là. Comme si une force invisible l'avait attiré au même endroit... La peur l'envahit.

Comment pouvait-il se retrouver là, après avoir erré dans ce lacis de ruelles aux mailles aussi serrées qu'un filet, où il était quasiment impossible de retrouver son chemin ?

Il était environ la même heure que cette fameuse nuit. Il tremblait de peur, tandis que ses jambes le menaient malgré lui en direction du son.

Le vieillard aveugle était assis sur la même charrette délabrée et jouait du luth alors que personne ne l'écoutait.

Tournant ses orbites creuses vers la pleine lune, le bras qui maniait l'archet s'arrêta.

— Ah, tu es revenu ?…

Tchouen-yun s'accroupit aux pieds du vieillard.

— Comment sais-tu que c'est moi ?

— Je le sais. Mes oreilles et mon nez remplacent mes yeux.

Le nez crochu du vieillard, au milieu de son visage couvert de rides, se mit à frétiller comme celui d'un animal.

— Ah… Tu as donc purifié ton corps ?

Tchouen-yun, surpris, leva la tête vers lui :

— Comment le sais-tu ?

— Allons donc ! Je suis Ngan Tö-hai, l'ancien favori du Vieux Bouddha. J'ai été autrefois à la tête des cinq mille eunuques de son palais. Mais, pourquoi…

— Ne pose pas de question si banale ! Tout le monde le fait pour les mêmes raisons.

Le vieillard soupira, et débita une litanie d'imprécations inaudibles. De temps en temps, il s'arrêtait, levait la tête vers le ciel : sans doute se rappelait-il sa conversation d'une certaine nuit avec le jeune garçon.

— C'est terrible. Tu as vraiment l'intention de t'emparer de la Perle du Dragon ?

— C'est le Ciel qui en a décidé ainsi, pas moi.

— Hum. Je ne sais que répondre à cela. Mais il arrive parfois en ce monde qu'on se persuade tout seul…

— Ne te moque pas de moi !

Tchouen-yun, soudain en colère, tira de sa veste la piécette de cuivre de sa sœur et la tendit au vieillard :

— Celle-là, je ne te la donne pas, c'est seulement pour te montrer.

Le vieillard tâta la pièce du bout des doigts, puis sa main se recroquevilla soudain dessus :

— Une pièce émise par l'empereur Ch'ien-lung ! Comment t'es-tu procuré une monnaie aussi ancienne ?

— Elle faisait partie des pièces de cuivre que m'ont données les fonctionnaires de la préfecture. Elle n'a aucune valeur, mais j'ai décidé d'en faire mon talisman.

Le vieillard pressa la pièce sur son front, puis la remit précautionneusement dans la paume de l'enfant.

— Pardonne-moi. Cela voudrait dire que le grand empereur Ch'ien-lung lui-même guide tes pas ?

— J'en suis sûr. Quand je serre cette pièce dans mes mains, la force m'envahit. Si j'ai faim, que je suis épuisé, prêt à m'effondrer, je n'ai qu'à la toucher pour aller mieux. Mais je ne sais pas ce qui m'attend maintenant. Je suis simplement fatigué de marcher.

Tchouen-yun s'assit aux côtés de l'aveugle sur la charrette puis s'allongea, les deux mains autour de la tête, le visage tourné vers le ciel. Dans le sachet de lin suspendu à sa taille, le vase faisait entendre un petit bruit sec.

Le vieillard posa la main dessus, étonné :

— Mais dis-moi, tu te promènes avec ton trésor, tu ne l'as pas confié au castrateur ?

— Bi le Cinquième me réclamait de l'argent ou un garant pour m'opérer. Mais si j'avais eu l'un ou l'autre, je n'en aurais pas été réduit à devenir eunuque ! Alors finalement je suis rentré à la maison et je l'ai fait moi-même !

Le vieillard, éberlué, eut un mouvement de recul.

— Que dis-tu ? De ta propre main ? Tu es un enfant bien surprenant. Ton père ne t'a même pas aidé ?

— Il n'y a plus d'homme à la maison. Je n'allais tout de même pas demander à ma mère ou à ma sœur !

— Tu es courageux. Tu as dû beaucoup souffrir, non ?

— Pour ça, oui. Mais je me disais que si je perdais connaissance, j'allais y passer, alors j'ai mordu un bout de bois pour… Mais je ne veux plus penser à ça.

Comme pour vérifier la véracité de cette incroyable histoire, le vieillard passa sa main maigre entre les cuisses de l'enfant, et exhala un nouveau soupir.

— Que comptes-tu faire maintenant ?

— Je dois trouver un emploi quelque part. Comme je n'ai aucune relation, je pense retourner voir Bi le Cinquième et lui demander de m'aider.

— Surtout pas, répliqua le vieillard en secouant la tête.

— Pourquoi ?

— Les castrateurs sont tous des usuriers. Ils émasculent des jeunes gens pauvres et des enfants naïfs et les tiennent ensuite toute leur vie sous leur coupe, en leur extorquant de l'argent sous divers prétextes. Il n'y a pas à Pékin un seul castrateur qui soit honnête et gagne sa vie uniquement avec les opérations. Et Bi le Cinquième est le pire de tous. Pour les eunuques, le trésor qu'ils lui confient vaut plus que leur vie. S'ils ne l'ont pas…

Le vieillard tripota affectueusement le petit sachet de lin.

— … Pas de travail ! Pas de possibilité de carrière ! Et après la mort, on se réincarne en mule ! Voilà pourquoi, une fois l'opération payée, les dettes s'accumulent vite : les frais de garde du trésor, les prêts…

— Mais moi qui me suis opéré tout seul, je n'ai aucune raison de m'endetter.

— Tu es bien naïf. Bi déduira les frais d'opération, c'est tout. Il prendra ton trésor en gage sous prétexte qu'il doit payer des pots-de-vin à des fonctionnaires ou faire des démarches pour te trouver du travail. Après, ce sera comme s'il t'avait opéré, il te procurera peut-être un poste, mais toute ta vie, tu devras lui verser la quasi-totalité de ton salaire. Tout de même, on peut dire que tu as de la chance : si tu ne m'avais pas rencontré, tu te serais laissé mener par le bout du nez par cette fripouille de Bi le Cinquième.

Tchouen-yun se souvint des innombrables fioles suspendues au plafond de la maison du castrateur. A la réflexion, certaines semblaient bien vieilles, et devaient être là depuis fort longtemps.

— Je devrais rembourser l'argent emprunté à Bi le Cinquième toute ma vie ?

— Oui. Il n'y a qu'une poignée d'eunuques qui font carrière et deviennent assez riches pour racheter leur trésor. C'est le cas de mon ennemi, Petit Li. Mais la plupart passent leur vie à se faire dépouiller par leur castrateur. D'ailleurs, ils ne vivent généralement pas très longtemps.

Le vieillard tourna tristement ses yeux vides vers le bout de la ruelle.

— Oui… Ils ne font pas de vieux os. Même s'ils doivent rembourser une dette injuste, ceux qui restent en vie peuvent déjà s'estimer heureux. Ceux qui s'y prennent mal ou tout simplement n'ont pas de chance, sont battus à mort avant même d'avoir commencé leur carrière. Naturellement, les castrateurs n'en ont cure. Les candidats à l'émasculation ne manquent pas.

Tchouen-yun se mit à broyer du noir. Le gynécée au fond de la Cité Interdite était donc un repaire de démons ?

— Il semble que je ne t'aie pas assez prévenu. Si je t'avais expliqué tout cela avant, tu n'aurais pas commis un acte aussi inconsidéré…

Il était trop tard pour revenir en arrière. Allongé sur la charrette, visage tourné vers le ciel, Tchouen-yun se mordait les lèvres. La pleine lune éclairait un firmament pâle, où l'on distinguait peu d'étoiles.

— Pléiade, où es-tu ? fredonna Tchouen-yun, davantage pour lui-même que dans l'espoir d'une réponse. Sa voix monta vers le ciel comme une bulle, s'évanouit dans l'espace. Le garçon se sentait seul, démuni, perdu au milieu d'un désert.

— Pléiade, poussière d'astres qui commande au ciel tout entier, où es-tu donc ?

Le vieillard reprit tranquillement son luth, comme pour consoler ce jeune garçon à l'air absent, et se mit à chanter d'un filet de voix presque inaudible.

Père de Dix Mille Ans,
Père de Dix Mille Ans,
Pardonne au pauvre esclave.
Tes bienfaits infinis
Résonnent jusqu'au ciel,
Illuminent la terre entière.

Père de Dix Mille Ans,
Père de Dix Mille Ans,
Ton esclave ne dira pas,
Même si on lui fend la bouche,
Où se trouve la Perle du Dragon
Cachée par l'empereur Ch'ien-lung.

Dans le chant mélancolique de Ngan Tö-hai, on croyait entendre la voix de l'eunuque battu implorant qu'on l'épargne.

Quand il eut fini de chanter, il reposa son archet et secoua le menton d'un air découragé.

— Il s'est écoulé beaucoup de temps. Il n'y a sans doute plus personne au palais qui connaisse cette chanson. Bientôt ma propre vie sombrera dans les ténèbres de l'oubli, comme cette vieille chanson. Tout n'est que rêve… La nuit est bien avancée. Il semble que ce soir, je ne gagnerai pas la moindre piécette.

Tchouen-yun se leva, fouilla dans l'échancrure de sa veste. Il savait bien qu'il aurait beau chercher, il n'y trouverait pas un sou. Le vieillard posa doucement sa main sur la sienne et plissa ses yeux aveugles :

— Cela ne fait rien, va, dit-il. Tu as vraiment bon cœur. Tu as renoncé à ta virilité et perdu tout espoir, pourtant tu es prêt à faire l'aumône à un misérable mendiant... Qui sait, tu es peut-être vraiment celui que le Ciel a choisi.

Il mit son luth sur le dos et glissa à bas de la charrette. A croupetons sur les pavés de la ruelle, il leva vers Tchouen-yun son visage souillé de traînées de crasse :

— Tu n'as sans doute nulle part où aller. Viens donc avec moi.

Tchouen-yun prit par la taille et souleva le vieillard qui n'avait plus que la peau sur les os, puis se mit à marcher dans l'obscurité dans la direction que lui indiquait son fardeau.

Une porte vermoulue surmontée d'un pavillon délabré se dressait sous un grand jujubier, tout au fond d'un labyrinthe fait d'un assemblage de pierres et de briques empilées.

Dans cette ruelle si étroite que même une charrette n'aurait pu y pénétrer, on pouvait distinguer, en plissant les yeux dans l'obscurité, un alignement d'autres vieilles portes semblables. Les rayons de la lune n'éclairaient pas ce lieu retiré, il n'y avait pas un souffle de vent.

Ngan Tö-hai se retourna vers la venelle obscure :

— C'est une ruelle sans nom à l'origine mais on la surnomme la ruelle des Vieux Nobles.

— La ruelle des Vieux Nobles ?

— Oui. Les eunuques qu'un âge avancé force à prendre leur retraite finissent confortablement leur vie dans des temples et des palais des faubourgs de la capitale, mais ceux qui tombent malades avant la fin de leur service, ou deviennent infirmes à force d'être battus, n'ont nulle part où aller. Et c'est ici, dans ce temple, que vivent dans la promiscuité tous ces malheureux castrats. Ceux qui sont encore alertes sortent jusqu'aux artères principales, chantent et dansent, prédisent l'avenir, font des exorcismes, bref, se servent de ce qu'ils ont appris autrefois au palais, et ceux qui ne peuvent rien faire se contentent de mendier. Ainsi, ils gagnent de quoi entretenir leurs camarades grabataires. La maison que tu vois et toutes celles des alentours sont occupées par des eunuques déchus. Ici, ni la renommée ni le rang qu'ils avaient au palais ne comptent plus. Ces malheureux attendent la mort, abandonnés du monde, sans parents et sans descendance.

Des graminées poussaient entre les tuiles du toit, les murs de brique étaient tout de guingois. Malgré sa vétusté, la grande porte de temple surmontée d'un pavillon paraissait incongrue dans ce cadre misérable. On l'eût dit prête à s'écrouler à la première poussée. Les deux battants fermés portaient une inscription calligraphiée. Avec l'usure du temps, les caractères s'étaient effacés et un seul de chaque côté restait lisible, un peu au-dessus de l'endroit où les mains des visiteurs se posaient pour ouvrir.

— *Abondance et Noblesse*, déchiffra Tchouen-yun aux rayons de la lune. Magnifique ! Mais je me demande ce qu'il y avait d'écrit en dessous.

— Tu sais donc lire, murmura le vieillard avec admiration.

— C'est Monsieur le licencié qui m'a appris, parce qu'il était ami avec mon frère, quand ils étaient enfants. En fait, tout à l'heure, je suis allé jusqu'à l'auberge où il loge pour lui demander de l'aide, mais… Il a réussi son doctorat. Il est fort, hein ?

Le souvenir nostalgique du visage souriant de Wen-sieou attrista l'enfant.

— Dans l'état où tu es maintenant, tu ne peux plus guère compter sur son aide.

— Pourquoi ?

— Les relations entre fonctionnaires et eunuques sont strictement interdites. Les fonctionnaires qui enfreignent cette règle sont destitués, les eunuques dépecés et tués. Comment pourrait-il te servir d'intermédiaire pour t'obtenir un emploi ? C'est bien grâce à cette loi que les scélérats comme Bi le Cinquième font leur beurre.

— Pourquoi n'a-t-on pas le droit de fréquenter les fonctionnaires ?

— Il suffit de songer aux précédents historiques. Si un grand castrat au service de l'empereur se faisait complice d'un puissant haut fonctionnaire, à eux deux ils tiendraient les rênes du pays. Beaucoup de dynasties se sont effondrées à cause de ces alliances pernicieuses. Les exemples ne manquent pas : Wang Tchen, Lieou Tsin, Wei Tchong-sien à la cour des Ming… Tous ont brigué le pouvoir avec la complicité de hauts fonctionnaires. C'est pourquoi l'empereur Chouen-tseu a fermement interdit les relations entre eux et les eunuques et a même fait graver cette loi sur une plaque de fer dans les jardins intérieurs du palais. C'est la première chose que l'on enseigne aux fonctionnaires nouvellement nommés, si bien que même si par hasard tu allais lui rendre visite, ton mandarin deviendrait tout blême et te chasserait probablement sur-le-champ.

Le vieillard leva la tête vers le grand jujubier dont le feuillage dissimulait le ciel, et promena un doigt sur les caractères inscrits sur la porte écaillée.

– *Abondance et Noblesse*… Que pouvait bien dire la suite ? Je crois qu'il s'agit d'une calligraphie de la main de l'empereur Ch'ien-lung.

– Non ? Ce n'est pas possible !

– Si. Ce temple a été édifié à l'origine sur ordre de l'empereur Ch'ien-lung, pour y abriter les eunuques malades ou blessés qui ne pouvaient plus servir au palais. Il l'aurait orné d'une calligraphie de sa main, et on dit qu'il quittait parfois le palais en cachette pour venir leur rendre visite. On l'appelle le temple de la Noble Abondance, d'après les deux premiers caractères de la calligraphie impériale. Le nom est certes curieux quand on voit ce que l'endroit est devenu, mais son abandon est la preuve vivante de la stupidité des empereurs suivants. C'est à croire que la descendance de l'empereur Ch'ien-lung, doué d'une si vive intelligence, a disparu je ne sais où… Mais en voilà assez, tu dois être fourbu.

Glissant d'entre les bras de Tchouen-yun qui l'avait pratiquement porté tout au long du chemin, le vieillard descendit à terre.

Rampant et claudiquant comme un crabe, il poussa la porte, qui s'ouvrit en grinçant sur un jardin à l'abandon.

– Comme tu le vois, la raison d'être de ce temple a été oubliée de tous, et nul ne s'approche plus de ces lieux lugubres. A vrai dire, cela nous arrange aussi de rester à l'écart du monde.

Le petit jardin intérieur du temple était envahi par les mauvaises herbes. Un bâtiment à l'auvent penché, autour d'une table d'offrande, formait le seul édifice religieux de ce lieu qui n'avait de temple que le nom. Des objets indéfinissables et hors d'usage s'entassaient pêle-mêle : roues de charrettes, tuiles, barriques... Une odeur pestilentielle flottait sur l'ensemble.

— Bon retour, vieux Ngan ! As-tu gagné de l'argent aujourd'hui ?

Une silhouette s'était approchée de la fenêtre et tendait une lanterne vers eux d'un geste las.

— Tiens, tu amènes un visiteur ? Voilà qui est rare !

Tout en se hissant en rampant sur les pierres de l'entrée, le vieux Ngan présenta son protégé.

— Voilà un garçon comme on n'en trouve plus de nos jours. Il voulait tellement devenir eunuque qu'il s'est purifié le corps lui-même. Ma foi, si je l'ai rencontré, je pense que c'est la volonté du destin, et je l'ai amené ici avec moi, nous pourrons peut-être l'aider.

— Comment, il s'est émasculé lui-même ? Avec les chaleurs de l'été, il a de la chance de ne pas avoir attrapé d'infection mortelle, s'étonna l'homme qui agitait sa lanterne à la fenêtre. Plusieurs fenêtres s'ouvrirent çà et là, des chandelles se tournèrent vers le jardin.

— A propos, je ne sais même pas ton nom, dit le vieux Ngan en s'asseyant sur l'escalier de pierre du bâtiment principal.

— Je m'appelle Li Tchouen-yun.

Un instant, les murmures qui s'étaient élevés autour du jardin se turent. L'homme à la fenêtre poussa un cri strident :

— *Hyaaah* ! Petit Li !

Des rires fusèrent d'un peu partout autour du jardin.

— Petit Li ! Petit Li !

— Splendide ! Tu finiras chef du palais, aucun doute !

— Petit Li ! Il aura deux plumes de paon à son bonnet !

— Pardonnez au pauvre esclave, Messire Petit Li !

Poursuivant leurs moqueries, des ombres noires émergèrent en rampant des portes et des fenêtres. A la vue de ces étranges silhouettes contrefaites qui surgissaient des ténèbres, Tchouen-yun s'agrippa malgré lui au dos du vieillard.

Les uns se traînant par terre, les autres appuyés sur des bâtons, le groupe de vieux eunuques infirmes oubliés du monde s'approcha pour former un cercle autour de l'objet de leur curiosité.

— N'aie crainte. Malgré leur apparence, ce sont tous de braves gens.

Ngan Tö-hai prit Tchouen-yun, paralysé de peur, entre ses genoux comme pour le protéger, et entreprit d'expliquer à ses camarades les circonstances de sa rencontre avec l'enfant. Un murmure stupéfait s'éleva.

— Pai Taitai lui a prédit un brillant avenir ?

— C'est lui qui doit s'emparer de la Perle du Dragon ? Quelle surprise !

— Et il est tombé sur le vieux Ngan ! Voilà qui n'est pas ordinaire.

— Allons, allons, fit Ngan Tö-hai en agitant son archet pour calmer l'assemblée. Il s'agit à coup sûr d'une rencontre voulue par le Bouddha, et nous devons trouver un moyen d'aider ce garçon. Grâce à nos relations, il sera aisé de le faire entrer au palais.

Tchouen-yun, éberlué, reprit ses esprits à ces mots :

— Hein ? Vraiment ? Dans ce cas, je vous en prie instamment : emmenez-moi chez le Vieux Bouddha.

Aux mots de Vieux Bouddha, de nouveaux rires parcoururent l'assemblée.

— Ne crois pas que ce soit si simple. Le Vieux Bouddha est une véritable divinité. Penser que, sitôt entré au gynécée, tu seras affecté au service de l'impératrice, relève d'une imagination chimérique. La plupart des eunuques passent leur vie dans des emplois subalternes, ou sont battus à mort pour quelque faute vénielle. La vie de castrat est un chemin semé d'embûches.

Tous les eunuques qui entouraient Tchouen-yun avaient, à n'en pas douter, été roués de coups à en devenir infirmes, et échappé de justesse à la mort. Tandis que le garçon parcourait silencieusement du regard leurs étranges silhouettes, les rires s'éteignirent peu à peu autour de lui. L'air nocturne sembla tout à coup plus étouffant.

Soudain, la porte du jardin s'ouvrit, la lueur d'une chandelle éclaira distinctement les visages ; une voix jeune et joyeuse résonna dans la nuit :

— Moi, je me charge de lui apprendre le chemin le plus rapide pour parvenir jusqu'à l'impératrice. Hein, vieux Ngan, c'est une bonne idée, non ?

L'homme avait la tête couverte d'un sac de lin, avec deux fentes pour les yeux, et tenait dans chaque main un candélabre d'argent étincelant supportant de grosses chandelles. Sans crier gare, il bondit par-dessus la tête du vieillard et de Tchouen-yun, fit quatre ou cinq sauts périlleux époustouflants, puis atterrit devant la porte d'entrée du temple, sans qu'une seule des chandelles se fût éteinte.

Tous les assistants applaudirent avec enthousiasme.

— Ouaah ! Fabuleux !

L'homme prit une pose avantageuse, tel un acteur sur scène, tout en fixant son regard sur Tchouen-yun complètement ébahi, tandis que les eunuques frappaient sur les bouteilles et les pots disséminés aux alentours, comme sur des gongs ou des cloches.

— Magnifique, Pivoine Noire !

— On voit bien que tu es un acteur de la troupe impériale !

— Même Yang Yue-leou et T'an Sin-p'ei, les plus grands acteurs de notre temps, ne t'arrivent pas à la cheville !

— Tu es un fabuleux acteur !

L'homme masqué qu'ils appelaient « Pivoine Noire » refit quelques sauts périlleux comme pour répondre aux applaudissements. Son corps se contorsionnait dans tous les sens, aussi flexible qu'une nouille, tandis que ses avant-bras et ses mains immobiles tenaient toujours les candélabres.

— Ah, moi aussi je voudrais bien voir ça de mes yeux ! dit Ngan Tö-hai en se frottant les paupières.

— Pivoine Noire, quel nom prestigieux !

— Il était l'acteur le plus extraordinaire de la troupe du palais, spécialisé dans les rôles de guerrier. Il excellait particulièrement dans les rôles de vassaux fidèles, ceux qu'on appelle « Pivoines Vertes ». Je ne sais pas qui lui a donné un jour ce nom mais on s'est mis à l'appeler Pivoine Noire, parce qu'il portait toujours un effrayant maquillage noir.

— C'est donc un acteur d'une troupe de la capitale ?

— Oui. Et pas d'une de ces bandes de forains comme on en trouve partout : c'était l'étoile de la troupe impériale du gynécée composée uniquement d'eunuques, la troupe de théâtre du Vieux Bouddha.

Pivoine Noire s'approchait, avançant lentement sur le chemin dallé, les candélabres à la main. Sa voix énergique, forgée par la scène, résonna dans le jardin :

— Pour entrer au service du Vieux Bouddha, je ne connais rien de mieux. Car, si la Vénérable Aïeule est privée de spectacle ne serait-ce que trois jours, elle ne peut fermer l'œil de la nuit.

Tous les eunuques se mirent à rire à voix basse, en murmurant :

— Moi, en revanche, j'ai passé vingt ans à balayer.

— Et moi, je n'ai fait que casser du charbon.

— Et moi donc : trente ans de lessive ! Pour finalement être jeté au rebut, les jambes brisées.

Chacun riait en tenant ces propos comme pour railler sa propre vie, avec une étrange gaieté.

Tout en serrant entre ses genoux les épaules de Tchouen-yun déconcerté, qui ne comprenait pas bien de quoi il retournait, le vieux Ngan lui murmura :

— Tu m'as l'air bien ignorant ! Vois-tu, les eunuques du gynécée sont partagés en différents groupes assignés à vingt-quatre postes de travail différents : certains s'occupent uniquement de la lessive, d'autres uniquement du charbon et du combustible, d'autres encore du balayage. Tous ceux-là ont beau travailler du mieux qu'ils peuvent, jamais le Vieux Bouddha ne leur accordera un regard. En toute logique, il est vrai qu'entrer dans la troupe de théâtre qui se produit tous les trois jours devant le Vieux Bouddha est le moyen le plus rapide de se faire remarquer. Même pour jouer un cheval, ou un des nombreux rôles de simple soldat. Si par chance tu obtiens un rôle, et que tu as l'heur de lui plaire, la Vénérable Aïeule dira simplement : « Comment s'appelle celui-là ? Ah, Li Tchouen-yun ? Faites-le venir dès demain au palais. »

Ngan Tö-hai acheva cette phrase sur un rire moqueur, signifiant sans doute qu'il ne fallait pas trop y compter.

Les eunuques firent écho à son rire, mais gardèrent fixés sur Tchouen-yun des yeux éblouis et rêveurs.

— Mais alors, pourquoi Pivoine Noire est-il tombé en disgrâce ? On ne lui a pas brisé les jambes. Il peut faire de magnifiques sauts périlleux et semble un fabuleux acteur, dit Tchouen-yun en montrant du doigt Pivoine Noire debout devant lui.

Aussitôt, un silence de mort s'établit.

— Ah, lui... finit par bredouiller Ngan Tö-hai, en tournant ses orbites vides vers l'acteur.

Pivoine Noire regarda fixement Tchouen-yun à travers les fentes de son masque de lin, mit un genou à terre d'un geste hardi et déposa ses candélabres sur les dalles.

— J'étais le plus grand acteur de l'empire, c'est sûr. Le Vieux Bouddha a fait venir les acteurs les plus accomplis et les plus célèbres de la capitale pour leur dire : « Minables, vous ne valez rien, vous n'arrivez pas à la cheville de ma Pivoine Noire ! »

Son imitation de la voix de l'impératrice douairière provoqua des rires étouffés. Il poursuivit sur un ton théâtral :

— Oui. Autrefois, j'ai été *sa* Pivoine Noire. J'ai été le trésor le plus précieux parmi tous ceux que possédait le Vieux Bouddha. Elle avait la possession exclusive d'un acteur plus beau et plus doué encore que Yang Yue-leou et T'an Sin-p'ei, dont toutes les femmes de la capitale étaient folles. Elle ne pouvait pas se passer de moi et, en un rien de temps, je suis devenu un de ses eunuques les plus proches. J'ai rêvé de succéder un jour à Petit Li comme chef du palais. Oui, j'en étais sûr, un jour, je prendrais sa place et m'assiérais à mon tour dans le palanquin abricot. J'étais, entre tous, le favori du Vieux Bouddha ! Jusqu'à ce que je devienne ceci.

A ces mots, il enleva d'un coup le sac de lin qui lui recouvrait le visage, révélant des traits d'une laideur atroce, si déformés qu'on n'en distinguait même pas l'expression. C'était une énorme plaie ulcérée.

Tchouen-yun poussa un cri et se couvrit les yeux de la main.

— La lèpre ! Je ne peux déjà plus bouger convenablement les doigts des pieds ni des mains. Voilà pourquoi je ne fais plus que les pirouettes que je vous ai montrées tout à l'heure, ajouta Pivoine Noire d'un ton plein de regret, puis il étendit une main maigre et s'empara du bras de Tchouen-yun.

— Ne tremble pas ainsi, petit. Si vraiment tu es celui que le Ciel a désigné, la lèpre ne te contaminera pas.

Il fit pivoter le poignet de l'enfant terrorisé, lui plia le coude, tira ses épaules en arrière vers les omoplates, puis tourna vers le vieux Ngan son visage ulcéré où seuls les yeux brillaient d'un vif éclat au milieu des sanies.

— Alors, Pivoine Noire ? Crois-tu pouvoir en faire quelque chose ?

— Il n'est pas si mal. Les articulations sont souples, le corps menu. On dirait que sa voix n'a pas encore mué, s'il s'entraîne à la casser dès maintenant, il aura un beau timbre clair.

Tchouen-yun se dégagea d'une secousse et courut se réfugier contre la poitrine du vieux Ngan.

— Qu'est-ce qu'il raconte ? Qu'est-ce que vous voulez faire ? Je ne veux pas devenir acteur, moi !

— Assez ! cria Pivoine Noire de sa voix aiguë de scène. Il n'y a pas d'erreur possible. Le sort a voulu que tu rencontres le vieux Ngan, et que moi, j'échappe à la mort pour attendre ta venue. Comment autrement expliquer ces hasards ?

Des dizaines d'eunuques avaient entouré Tchouen-yun, un curieux sourire aux lèvres. Tournant le dos au ciel plein d'étoiles, ils lui souriaient avec amour comme à un enfant abandonné qu'ils auraient recueilli.

— Empare-toi de la Pléiade, Tchouen-yun ! lança le vieux Ngan Tö-hai, son archet dressé vers le ciel.

7

L'été de l'an 13 de l'ère Kouang-siu fut plus long et plus chaud que d'ordinaire. Toute la zone du Hopei souffrit de la sécheresse et, à la capitale, les rumeurs affirmaient que l'on ne pourrait pas espérer grand-chose de la récolte d'automne. Si l'impératrice d'Occident et l'empereur Kouang-siu quittèrent plus tard que d'habitude le palais d'été de Jehol cette année-là, c'est qu'ils attendaient l'arrivée des premières fraîcheurs pour rentrer à la capitale.

Ce retour tardif arrangeait en un sens les lettrés de l'académie Hanlin, qui avaient passé tout l'été à Pékin accaparés par leurs travaux de compilation. Mais ils ne pouvaient s'empêcher de réprimer des murmures de récrimination à l'égard de ces souverains qui prenaient leurs aises loin de la chaleur, à un moment de pareille incertitude dans les affaires du pays.

Le ministre des Affaires Militaires et les autres importants personnages qui dirigeaient la politique de l'empire avaient accompagné l'empereur à Jehol, laissant en leur absence à Yi-houan, prince Tch'ouen, le soin de régler seul les suites de la guerre sino-française.

Cette décision revenait en fait à suspendre tout l'été le fonctionnement de l'empire. Confiées aux mains de ce prince mou et indécis, les négociations d'après-guerre avec la France, pourtant capitales, n'avançaient guère.

Tout le monde attendait l'automne, avec des sentiments mêlés.

Les trois premiers lauréats de l'examen du palais furent conviés à une audience avec l'impératrice d'Occident dix jours après le retour de celle-ci en calèche du palais d'été.

En temps ordinaire, cette cérémonie se déroulait à la fin du printemps, mais la précieuse impératrice d'Occident avait fui la capitale très tôt, chassée par l'arrivée précoce des chaleurs estivales, si bien que l'audience avec les lauréats s'était vue retardée de quatre mois.

L'audience devait se dérouler dans la cour intérieure du palais de la Nourriture de l'Esprit, dans le pavillon chauffé de l'Est, lieu où l'impératrice douairière assistait aux audiences politiques, dissimulée derrière un rideau.

Depuis que l'empereur Yong-tchen avait choisi de s'y installer pour administrer les affaires de l'Etat, le palais de la Nourriture de l'Esprit était resté l'axe central où se jouait la politique de l'empire : au cours des cent soixante années qui s'étaient écoulées, sept empereurs successifs y avaient tenu leurs réunions quotidiennes avec les ministres. Cependant, depuis le règne de l'empereur T'ong-che auquel l'empereur enfant Kouang-siu avait succédé, c'était l'impératrice douairière qui supervisait les affaires de l'Etat et elle avait pris l'habitude d'assister, cachée derrière un rideau, aux audiences politiques qui se déroulaient dans ce petit pavillon que l'on appelait le « bâtiment chauffé de l'Est ».

Les trois lauréats durent attendre longuement, un genou à terre, que l'impératrice daigne les recevoir. Pas un souffle de vent ne pénétrait dans la petite salle et il était pénible d'attendre ainsi, immobilisé dans une position peu naturelle.

Le ministre des Rites et le prince impérial Tch'ouen, qui les accompagnaient, discutaient, debout tous les deux, mais il était impensable que des lauréats nouvellement nommés imitent pareille attitude. Les jambes ankylosées, le dos mouillé de sueur sous ses vêtements de cour, Liang Wen-sieou commençait à perdre patience.

— Qu'attendent-ils pour nous faire entrer ?... murmura Wang Yi d'un ton excédé tandis que des gouttes de sueur tombaient de la pointe de son menton.

— C'est en vertu du même principe que l'on nous impose ce travail absurde à l'académie Hanlin. Ici, le temps s'est arrêté, répondit Wen-sieou après s'être retourné rapidement pour jeter un coup d'œil aux dignitaires debout sous l'auvent.

Seul Chouen-kouei, assis entre ses deux collègues, gardait le silence, l'air très sérieux.

Dans le coin ouest du bâtiment allongé d'est en ouest, était posé un simple trône de bois derrière lequel, recouvert d'un rideau de soie légère, était installé un autre trône beaucoup plus luxueux, tendu de damas jaune. Le petit trône situé devant était celui de l'empereur, le grand à l'arrière était réservé à l'impératrice mère.

Le style somptueux qui prédominait dans le palais extérieur n'avait pas cours ici, et les seules notes de couleur étaient le jaune et le rouge des lanternes suspendues au plafond. On aurait pu se croire dans le cabinet particulier de l'empereur K'ang-si, qui aimait par-dessus tout la simplicité, et plus encore du très ascétique empereur Yong-tchen.

Bientôt, les voix aiguës des eunuques annonçant l'arrivée de l'impératrice d'Occident résonnèrent dans le bâtiment.

Le premier ministre et le ministre des Rites traversèrent la salle en courant, pliés en deux, et vinrent s'agenouiller à leur tour devant les trois lauréats, face au rideau.

— La Vénérable Aïeule fait son entrée ! annonça l'un des eunuques du service privé de l'impératrice douairière, rampant comme une taupe. Toute l'assemblée se prosterna aussitôt.

On entendit une chaise à porteurs traverser la salle principale, précédée des étranges cris des eunuques. Bientôt, un claquement de semelles de bois retentit derrière le rideau, se rapprocha peu à peu.

D'autres bruits de pas l'accompagnaient. Le prince Tch'ouen et le ministre des Rites, surpris, levèrent furtivement les yeux, puis s'entre-regardèrent.

L'assemblée se releva pour faire les grandes prosternations. Derrière le rideau, l'impératrice d'Occident avait pris place sur son trône. De part et d'autre de sa personne se tenaient deux ombres, tels des disciples encadrant le Bouddha.

Une fois les salutations terminées, les eunuques écartèrent les pans du mince rideau de soie. Des nuages d'encens parfumé au santal s'élevèrent aussitôt en volutes délétères.

— Toutes ces formalités me fatiguent. Relevez la tête, dit l'impératrice douairière d'une voix chantante et débonnaire.

Toujours à genoux, Wen-sieou leva les yeux et vit de près, pour la première fois, la femme qui dirigeait l'empire et que l'on surnommait le Vieux Bouddha.

Elle lui parut noble et belle.

Veuve, elle devait selon la règle s'abstenir de tout maquillage, pourtant la blancheur et la finesse de sa peau attiraient immédiatement le regard. Rien en elle ne rappelait ses cinquante et un ans. Elle avait ces traits élégants et martiaux, nettement découpés, caractéristiques des femmes mandchoues.

Elle portait pour seuls ornements un collier et un diadème de grosses perles. Ses mains reposaient avec abandon sur les accoudoirs du trône, dévoilant la longueur inhabituelle des ongles du majeur et de l'auriculaire. Sa robe de gaze de soie noire faisait ressortir la blancheur de son visage aux traits réguliers.

Elle n'avait absolument pas l'air masculine, contrairement à ce que prétendaient les rumeurs circulant dans les rues de la capitale, mais son aspect correspondait tout à fait aux surnoms de Vieux Bouddha et Tseu-hi la Bienfaisante qu'on lui avait donnés.

L'impératrice douairière prit les trois plaquettes que lui présentait un des eunuques et les lut, les tenant à distance de ses yeux. Chacune des plaquettes ornées de pompons verts portait inscrits le nom et le curriculum vitae de l'un des lauréats.

— Vous êtes jeunes tous les trois, dit-elle. C'est un fait sans précédent d'avoir pour les trois pieds du tripode des jeunes gens de vingt ans à peine. C'est bien. Vous pourrez soutenir et servir votre empereur de longues années durant.

Elle avait une voix claire et précise qui vibrait comme la corde d'un arc.

— La Vénérable Aïeule daigne vous féliciter. Remerciez-la !

La voix de Li Lien-yin, chef des eunuques du palais, debout à côté du trône, venait de se faire entendre.

Les trois lauréats se raidirent et posèrent aussitôt leur front au sol.

Ce furent les seuls mots que leur adressa l'impératrice d'Occident, qui se mit soudain à fixer le prince Tch'ouen, agenouillé devant les trois jeunes gens.

— Eh, bien, Prince Tch'ouen, vous en faites une tête ! Avez-vous quelque sujet d'insatisfaction ?

Les deux ministres regardaient comme une apparition l'autre homme debout à côté de Tseu-hi.

Le prince Tch'ouen reprit ses esprits et bredouilla :

— Non... Mais... Je m'attendais si peu à voir le général Jong-liu aux côtés de la Vénérable Aïeule que j'en ai été légèrement étonné.

— Il n'y a là rien de surprenant. C'est moi qui l'ai autorisé à m'accompagner.

— Bien sûr... Mais, Vénérable Aïeule, quand donc avez-vous pardonné son crime au général ? Je ne savais pas, pour ma part, que vous lui aviez accordé votre grâce.

Li Lien-yin interrompit sèchement le filet de voix presque inaudible du prince Tch'ouen :

— Vous êtes devant la grande impératrice, Prince. Montrez donc un peu plus de retenue.

L'espace d'un instant, le prince soutint le regard de l'eunuque, puis baissa la tête d'un air déconfit.

Le général Jong-liu... Wen-sieou se rappelait avoir entendu parler de ce personnage à la réputation sulfureuse. C'était un vassal proche de l'impératrice d'Occident, appartenant à la bannière blanche des tribus mandchoues. Il était issu de l'école des généraux de la garde impériale et avait occupé successivement bon nombre de postes importants, sous l'autorité directe de l'impératrice d'Occident. Mais de sombres rumeurs l'entouraient, et il avait finalement été révoqué quelques années auparavant pour malversation et corruption, et banni de la capitale.

Le prince Tch'ouen se tut, mais le ministre des Rites prit la parole pour exprimer les mêmes doutes et affirmer clairement, quoique fort poliment, que ce fait était inacceptable.

— L'indulgence de la Vénérable Aïeule est infinie comme celle de Kouan-yin, déesse mère de la Compassion. Si nous avons manifesté à l'instant quelque surprise, c'est uniquement en constatant avec force respect l'étendue de la tolérance et de la compassion de la Vénérable Aïeule. Cependant, il me paraît légèrement fâcheux que le prince Tch'ouen, frère cadet du défunt empereur Sien-feng, qui dirige actuellement les affaires politiques et militaires, ait été tenu dans l'ignorance de la réhabilitation du général Jong-liu.

Le sarcasme transparaissait dans le ton du ministre. Le dos du prince Tch'ouen tremblait. Les trois docteurs agenouillés derrière lui le virent caresser subrepticement le bord du vêtement du ministre, du bout de sa botte, sans aucun doute pour lui faire signe d'arrêter.

— Silence ! cria l'impératrice d'Occident d'un ton péremptoire. Aussitôt, les deux ministres rentrèrent le cou dans les épaules comme des tortues.

— Imbéciles ! Qui oserait contredire mon avis ? Oublieriez-vous qu'il s'agit ici de l'audience des trois premiers lauréats ? Si vous avez des opinions à me soumettre, demandez-moi une audience par l'intermédiaire de mon chef de palais.

L'impératrice douairière se leva d'un air furibond. Li Lien-yin, un léger sourire flottant sur son visage olivâtre, la suivit en bombant la poitrine plus encore que d'ordinaire.

Bientôt les cris des eunuques annonçant que l'impératrice quittait la salle d'audience résonnèrent au loin, comme pour ordonner de libérer le passage.

Le général Jong-liu attendit un peu avant de passer à son tour de l'autre côté du rideau, et resta debout un instant devant les deux ministres prosternés sous le trône. Jetant un regard méprisant au prince Tch'ouen qui avait levé la tête pour le regarder, il murmura à voix basse :

— La Vénérable Aïeule n'est pas encore montée dans son palanquin, Prince. Gardez votre réserve. Vous levez la tête trop haut.

Les bottes du général écrasaient les doigts du prince.

Son regard courroucé croisa celui de Wen-sieou qui, de surprise, avait relevé les yeux.

Il devait avoir la cinquantaine, soit à peine quelques années de plus que le prince Tch'ouen, mais son visage lourd à la peau sombre rayonnait d'une vitalité de fauve et son corps révélait sa puissance sous la graisse qui l'enrobait. Tout en lui contrastait avec l'allure noble du prince Tch'ouen.

Un sourire flottait au coin des lèvres du général, mais ses yeux triangulaires aux paupières tombantes ne souriaient pas le moins du monde. Son expression était grossière et arrogante.

Sans nul doute, le général entendait montrer aux jeunes docteurs qu'il écrasait les doigts du prince sous sa botte.

Les dos du prince Tch'ouen et du ministre des Rites, figés depuis un long moment dans une attitude respectueuse, tremblaient maintenant de colère et d'humiliation.

Jong-liu déclara alors, d'une voix basse et énergique, qui ne semblait s'adresser à personne en particulier :

— Le temps où les princes consorts Tch'ouen et Kong se tenaient aux côtés de la Vénérable Aïeule pour la servir est révolu. Le prince Kong a été révoqué pour n'avoir pas su mener à bien les négociations d'après-guerre avec la France. Au tour maintenant du prince Tch'ouen de déployer ses talents : je suis curieux de le voir à l'œuvre !

A bout de patience, le vieux ministre des Rites releva la tête :

— Général Jong-liu, vous êtes par trop irrespectueux. Ne vous en déplaise, le prince Tch'ouen est le père de l'empereur actuel et descend du grand empereur Ch'ien-lung.

Sans se démonter, le général étira ses lèvres fines en un sourire cruel.

— Et que m'importe, vieux radoteur ? Crois-tu que je vais reculer parce que tu évoques le nom de l'empereur Ch'ien-lung ? Un bouddha vivant est plus précieux qu'un dieu mort !

Sur ces mots, le général écrasa encore plus fort les mains du prince, puis décocha un coup de rotule dans la tête du ministre des Rites, avant de quitter la salle.

— Quel grossier personnage ! Quel tyran inhumain ! A bout d'arguments, il a osé insulter l'empereur Ch'ien-lung et le traiter de « dieu mort » !

Le prince Tch'ouen tira par le bord de sa robe le vieux ministre qui se levait en tremblant.

— Arrêtez !...

— Mais, Prince, vous ne pouvez vous laisser ridiculiser en silence par ce parvenu, ce vil garde impérial ! Il n'est pas même mandarin, et a été chassé plusieurs fois pour avoir déshonoré sa charge.

— Je sais, je sais tout cela. Mais ne parlez pas ainsi dans ces lieux.

Le ministre des Rites se mordit les lèvres et jeta un coup d'œil sur la tenture agitée par le vent. Les yeux du prince Tch'ouen, tournés dans la même direction, débordaient de tristesse.

— Il est vraiment invulnérable. Cette fois, je pensais qu'il ne reviendrait jamais à la capitale, mais... Cet homme m'effraie !

On entendit le bruit de la calèche impériale quittant le palais.

Assis par terre, un genou dans une main, le prince Tch'ouen étendit ses doigts fins qui donnaient une impression de timidité et de réserve, et souffla dessus, comme pour effacer la souillure de la semelle du général.

— Oui… Autrefois déjà, ce sont les recommandations de la Vénérable Aïeule qui lui ont ouvert le chemin des honneurs ; de simple général de la garde il est devenu fonctionnaire des finances au ministère de la Population, alors qu'il n'avait passé aucun examen d'entrée dans l'administration. Dès qu'il a eu ce poste, il s'est mis à détourner l'argent de l'Etat. Il a été condamné à avoir la tête tranchée par Sou-chouen, le premier ministre de l'époque. Mais je ne sais comment, grâce à l'intercession de la Vénérable Aïeule, il a eu la vie sauve.

Le prince Tch'ouen parlait en regardant les trois jeunes gens.

— Il a été chassé de la capitale, poursuivit le vieux ministre à sa place, dans un murmure plein de rancœur. Mais grâce à l'argent qu'il avait recelé, il a acheté des fonctionnaires de province et s'est engraissé de la sueur du peuple. Et au bout de quelque temps on l'a vu réapparaître à la capitale comme si de rien n'était.

Le prince Tch'ouen leva les yeux vers le plafond.

— Avec une stupéfiante rapidité, pourrait-on dire. Le gaillard est un habile intrigant. Profitant du désordre, Sou-chouen et ses complices ont fomenté un complot contre mon frère aîné l'empereur Sien-feng. Le général en a eu vent avant tout le monde, et en a informé la Vénérable Aïeule, qui lui a ainsi pardonné ses forfaits. Bah, c'était une ruse, mais…

— A coup sûr, il en a eu vent avant tout le monde…

— Sou-chouen a été bien naïf de compter le général au nombre de ses partisans. Il lui a fourni l'occasion de faire d'une pierre deux coups : regagner la confiance de la Vénérable Aïeule et assouvir une vieille haine.

— Ensuite, les choses se sont accélérées. Il a été promu général en chef de la garde impériale, mais cela ne lui a pas suffi : vice-ministre, puis ministre des Travaux Publics… On se demande ce qui a pu passer par la tête de la Vénérable Aïeule pour l'autoriser à faire une carrière aussi extravagante.

Le vieux ministre et le prince se regardèrent et poussèrent en même temps un profond soupir, comme si rien ne pouvait s'opposer à la ténacité du général.

Wen-sieou répliqua à voix basse :

— Qu'un guerrier parvienne jusqu'au poste de ministre, est certes un exemple inhabituel.

— Bien sûr… dit le prince en baissant la voix, conscient de la présence des eunuques qui circulaient dans le bâtiment. A l'origine, le pouvoir s'appuyait sur l'administration civile : c'est un système dont nous pouvons nous prévaloir et qui empêchait cette sorte d'abus. Autrefois, même le général Tsao Houei, dont l'empereur Ch'ien-lung avait fait son bras droit, n'a pu aller plus loin que le rang de grand général des Huit Bannières. L'exemple du général Jong-liu, qui a conservé contre vents et marées son siège de ministre des Travaux Publics, est tout à fait surprenant. Comprenez-vous pourquoi il souhaitait à ce point un poste de ministre ?

— Non… A mon avis, il y a davantage de gloire pour un guerrier à être nommé grand général.

— Certes, mais Jong-liu est un homme sans principe aucun. Est-ce clair ? Le ministère des Travaux Publics s'occupe des grands travaux, de l'architecture et de l'irrigation. Autrement dit, le ministre qui le souhaite n'a aucune difficulté à détourner les fonds publics, à recevoir des pots-de-vin de province. Le gaillard avait soif de ce pouvoir-là. Une fois ministre, il n'avait plus qu'à se baisser pour ramasser l'argent.

Wang Yi intervint, plein d'une indignation sincère :

— Mais c'est épouvantable ! Personne ne l'a donc châtié pour des actes aussi répréhensibles ?

Le prince Tch'ouen répondit d'un ton détaché :

— Naturellement, cela a posé un problème. Mais, quoi que l'on dise, la Vénérable Aïeule a en lui une confiance totale. Il n'est pas si facile de l'attaquer. Après délibération de l'ensemble des hauts dignitaires, le prince Kong a demandé audience à la Vénérable Aïeule. Mon frère bénéficiait de la confiance et du soutien des lettrés, des guerriers et des fonctionnaires, et tant en popularité qu'en habileté politique, je ne saurais me comparer à lui. Nul autre que lui n'aurait été capable d'évoquer le problème du général Jong-liu face à la Vénérable Aïeule.

Le prince bredouillait un peu, comme s'il avait honte, et le ministre des Rites vint à sa rescousse en ajoutant :

— Tout cela est vraiment regrettable : si l'empereur Tao-kouang avait désigné le prince Kong comme héritier, les choses seraient bien différentes.

— Oui. Ainsi, la Vénérable Aïeule n'aurait pas eu l'occasion d'entrer en scène, et ni Jong-liu ni Li Lien-yin n'auraient fait carrière.

— En choisissant le doux empereur Sien-feng à la place du prince Kong au tempérament fougueux, votre révéré père devait avoir son idée.

— Il était trop doux… L'empereur Sien-feng n'avait aucun intérêt pour les affaires politiques. Sans doute encore moins que moi.

En observant le profil mou du prince Tch'ouen, Wen-sieou crut comprendre comment l'impératrice d'Occident s'y était prise pour s'emparer du pouvoir.

Cette concubine habile avait agi par procuration, prenant la place de son époux l'empereur Sien-feng dans les affaires de l'Etat, et après la mort de ce dernier, son pouvoir n'avait fait que se consolider, pendant que se succédaient les empereurs enfants T'ong-che et Kouang-siu.

— Dans l'affaire du général Jong-liu, le fait que le prince Kong et la Vénérable Aïeule aient fait cause commune est si horrible que j'en tremble encore en y pensant aujourd'hui ; A l'origine, l'impératrice mère craignait le pouvoir du prince Kong. C'est pourquoi, après le décès prématuré, à l'âge de dix-neuf ans, de l'empereur T'ong-che, elle a fait introniser sous le nom d'empereur Kouang-siu le petit prince Tsai-t'ien de la maison princière Tch'ouen, ma propre famille. Comprenez-vous ? Si jamais l'empereur enfant avait été choisi dans la famille Kong, mon frère aîné, en tant que premier ministre, serait devenu régent, et la Vénérable Aïeule disparaissait de la scène…

— Prince, n'allez pas jusque-là… interrompit le vieux ministre des Rites, reprochant sa verve au prince Tch'ouen.

Mais il était déjà évident que les trois jeunes docteurs pleins d'intelligence en avaient entendu assez pour se faire une idée précise des coulisses de la scène politique.

Autrement dit, Tseu-hi, qui n'avait cessé de protéger les malversations de Jong-liu, avait cédé à la demande du prince Kong et fait chasser le général de la capitale.

Mais le prince Kong n'avait pas tardé à être révoqué à son tour, sous prétexte qu'il ne menait pas à bien les négociations avec les Français, et Jong-liu avait été réhabilité.

Le ministre des Rites et le prince Tch'ouen avaient compris avec effarement, un instant plus tôt, en voyant le général aux côtés de l'impératrice mère, que cet infâme personnage allait prendre sa revanche sous forme d'un remaniement politique imprévu, à savoir, la destitution du premier ministre.

— Dans cette affaire, mon frère aîné n'a rien à se reprocher. Seules la rancune de la Vénérable Aïeule et la haine acharnée de Jong-liu sont en cause.

— Prince, ne parlez pas si fort. N'oubliez pas que vous êtes dans le palais de l'impératrice mère et que tous les eunuques lui sont acquis. Qui plus est, si jamais Jong-liu vous mêlait à sa vengeance, l'empire courrait droit vers ses heures les plus sombres.

— Qu'il essaie donc de s'attaquer à moi ! Je suis le père de l'empereur !

De toute évidence, le prince faisait le fanfaron.

Bientôt, un eunuque du service privé de l'impératrice mère vint les inviter à quitter le palais.

Après avoir assisté au départ du palanquin des ministres, les trois docteurs sortirent d'un pas lourd dans les jardins du palais. Une fois passés les murs vermillon, le vaste ciel d'automne, sorti des limites qui l'enserraient jusque-là, s'étendit au-dessus de leur tête.

La pompeuse fierté qu'éprouvaient les jeunes gens en se rendant à l'audience avait laissé la place au désespoir et au découragement.

Chouen-kouei, qui avait gardé le silence tout au long de l'entrevue, lança soudain en marchant, comme sur une idée soudaine :

— Les rôles sont complètement inversés ! Voyez devant qui se prosterne un prince qui appartient à la branche aînée du premier empereur de la dynastie : devant un traître et un eunuque qui entourent une femme issue d'une famille vassale de basse extraction ! Les enseignements de

Confucius n'ont plus cours dans ce pays, tout est sens dessus dessous !

Plus encore que les complexités de la situation politique, la scène dont ils venaient d'être témoins les avait effrayés. Cela ne faisait aucun doute, les rôles étaient renversés ; au cœur même de l'empire, régnait le plus affreux désordre.

Les invasions répétées, les rébellions de tribus barbares et d'hérétiques, la sécheresse et les inondations, les épidémies de lèpre et de variole... La capitale grouillait de vagabonds ayant fui les campagnes.

— Il ne s'agit pas d'une simple lutte pour le pouvoir : c'est la malédiction des Yehonala ! marmonna Chouen-kouei, livide.

— La malédiction des Yehonala ? Que nous chantes-tu là ?

— Allons, allons, reprends-toi, Chouen-kouei ! Cela ne te ressemble pas de parler ainsi.

Chouen-kouei accéléra le pas, comme pour s'éloigner de ses compagnons.

— Attends-nous ! Ton histoire a l'air intéressante. Qu'est-ce donc que cette malédiction ? Raconte ! fit Wang Yi en le rattrapant par la manche.

— Vous n'avez pas à le savoir.

— C'est donc une histoire que seuls les Mandchous ont le droit de connaître ? Voilà qui ne me plaît pas. Cela fait des centaines d'années que vous parlez et écrivez en chinois, le mot « mandchou » ne devrait plus rien vouloir dire aujourd'hui !

Chouen-kouei se libéra d'un geste, scruta les alentours pour vérifier qu'ils étaient bien déserts, puis appela ses deux compagnons d'un geste :

— Très bien. Vous êtes mes collègues. Je vais vous raconter l'histoire. Mais n'en dites mot à personne. Si vous ne gardiez pas le secret, votre vie serait en danger. Voulez-vous toujours savoir ?

Tous trois se dirigèrent lentement vers le bout du vaste chemin d'où l'on apercevait, par-dessus les murailles, les toits des Trois Grandes Salles.

8

Chouen-kouei se mit à parler, dans le mandarin précis des nobles mandchous.

— Que je vous fasse ce récit, à vous qui êtes des Han, est impensable selon nos coutumes mandchoues, mais voilà déjà six mois que nous sommes amis et que je me dis qu'un jour ou l'autre il me faudra bien vous révéler tout cela.

Ne croyez donc pas que je vous en parle parce que vous m'y obligez. En fait, vos personnalités, vos idées m'inspirent le respect au point que j'ai décidé de vous soumettre ce récit.

Le pays traverse une crise épouvantable, vous le savez aussi bien que moi. Les affres que traverse l'empire Ts'ing en ce moment sont celles de l'agonie. Et je ne parle pas seulement de catastrophes visibles telles que la famine et les épidémies.

A ce rythme-là, dans un avenir proche, l'empire s'effondrera, colonisé par les puissances européennes, et une grande partie de la population sera emmenée en esclavage.

Tout cela est clair comme le jour. Comment en sommes-nous arrivés là ? Comment un pays comme le nôtre, aux richesses inépuisables, doté de la plus importante population au monde et qui s'enorgueillit d'une histoire si longue et si glorieuse, est-il tombé dans un état aussi misérable ? L'âme de cette cabale, c'est le Vieux Bouddha !

Le Vieux Bouddha… Non, évitons d'utiliser ce surnom obséquieux. L'impératrice d'Occident a séduit l'empereur Sien-feng par ses charmes, aspiré ses forces vitales, empoisonné l'impératrice d'Orient, épouse officielle de l'empereur, et jusqu'à son propre fils l'empereur T'ong-che enfanté dans la douleur, pour s'emparer du pouvoir. Aujourd'hui, elle se prélasse dans les plaisirs de la table, de la boisson, du théâtre, attendant le jour où les puissances européennes envahiront l'empire. Car elle attend ce jour…

Mais entrons dans le vif du sujet.

La malédiction des Yehonala est une terrible et très ancienne histoire qui se transmet secrètement de génération en génération au sein de la noblesse mandchoue. Ecoutez plutôt.

Comme vous le savez, notre ancêtre Nouratchi, il y a plus de deux cents ans, a franchi avec une vaste armée les hautes passes montagneuses pour venir prendre la place du quatorzième et dernier empereur Ming.

A cette époque, des tribus tartares rivales se disputaient la Mandchourie. Notre tribu d'origine, celle des Aisingyoro, faisait partie du clan des Jürchens, qui occupaient toute la région s'étendant de la rive supérieure de la Mutanchiang jusqu'aux monts Tchang-pai, à la frontière coréenne.

Le fondateur de l'actuelle dynastie, mûrissant en secret le projet ambitieux de déferler par-delà la Grande Muraille et d'envahir l'empire Ming, alors en pleine décadence, mit longtemps à unifier les Jürchens dans les vastes territoires du Nord-Est.

Ce fut son petit-fils, l'empereur Chouen-tseu, qui mena à bien la prise de Pékin : la conquête de la Chine s'était étendue sur trois générations, l'empereur Chouen-tseu est donc considéré comme le premier empereur de la dynastie fondée par Nouratchi.

Il fallut à Nouratchi plus de trente ans pour unifier les tribus rivales de Mandchourie. La dernière tribu à se soumettre à son autorité fut celle des Yehonala.

Ne prenez pas cet air étonné, l'histoire ne fait que commencer.

Les Yehonala, d'origine mongole, n'étaient pas de la même ascendance que les Aisingyoro ; les deux tribus, ennemies jurées de longue date, se livraient sans cesse combat.

Le fondateur lui-même, dans son enfance, avait fait maintes fois l'expérience de guerres entre sa tribu et celle des Yehonala, au cours desquelles il avait vu disparaître de nombreux parents et valeureux guerriers de son clan.

Il existait donc une haine ancienne et héréditaire entre les deux tribus, et les Yehonala refusèrent jusqu'au bout de capituler devant les puissants Aisingyoro. Ils finirent cependant par succomber sous le nombre, vaincus par les Aisingyoro qui avaient déjà quasiment unifié tous les territoires mandchous.

Pu Yang, le chef des Yehonala, était un valeureux guerrier, un héros qui mesurait, dit-on, près d'un mètre quatre-vingts, avait une musculature d'acier et un corps poilu comme un ours.

Les châteaux tartares étaient plutôt primitifs, entourés de plusieurs rangs de barrières de bois et de remparts d'argile, encerclés de douves. L'armée des Aisingyoro, forte de plus de quatre-vingt mille hommes, assiégea donc la place forte des Yehonala, défendue par trois mille soldats à peine.

L'hiver arriva, les barrières de bois devinrent des colonnes de glace, les remparts des blocs de terre gelée.

Les soldats tartares, habitués à vivre dans la neige et la glace la moitié de l'année, ne craignaient pas les frimas. Au contraire, Nouratchi avait attendu ce moment où l'eau des douves gèlerait.

Les soldats de notre vaillante armée Aisingyoro fixèrent des cornes de bœuf aux semelles de leurs bottes et entreprirent de combattre dans la glace, ainsi qu'ils s'y étaient exercés autrefois sur la Mutanchiang.

Glissant sur les douves gelées, ils s'accrochèrent aux palissades de bois ; les cornes de bœuf garnissant le fond de leurs bottes se muèrent en pointes de fer qui leur permirent d'escalader les murs gelés, et ils déferlèrent à l'intérieur de la place forte.

Au cœur de la tempête de neige qui s'était déchaînée, le chef des Yehonala, Pu Yang, se battit comme un démon de légende. Il massacra des centaines de soldats qui se précipitaient sur lui pour tenter de le décapiter, avant de se réfugier en haut d'une tourelle de guet aménagée sur un grand cryptomère. Des volées de flèches s'abattaient sur lui de toutes parts ; son casque et son armure criblés de flèches le faisaient ressembler, dit-on, à un hérisson.

Vous vous étonnez sans doute que je raconte cela comme si je l'avais vu de mes yeux. Mais il y a une raison : mon ancêtre à la douzième génération était officier supérieur et vassal héréditaire des Aisingyoro.

A l'époque de ce combat, il faisait partie de l'état-major de Nouratchi et fut directement témoin de ces événements, dont le récit s'est transmis dans ma famille de génération en génération.

Pu Yang ne se rendait toujours pas. L'attaque de la forteresse avait commencé à l'aube et, au crépuscule, tous les soldats Yehonala étaient décimés, hormis le général Pu Yang, chef des armées, qui, debout sur sa tourelle gelée, lançait toujours ses flèches et faisait des moulinets avec sa lance.

A la fin, dressé dans la tempête qui faisait rage, sa lance brisée à la main, il ressemblait, dit-on, à une statue de glace ensanglantée.

Tandis qu'il agonisait, debout, le corps criblé de flèches, dont deux fichées dans ses yeux, il hurla d'une voix si forte qu'elle résonna jusqu'au camp des assaillants : « Ecoutez-moi, Aisingyoro, écoutez mes dernières paroles ! Ma vie s'achève ici. Mais ma mort crie vengeance !

« Nouratchi, écoute bien ! S'il demeure ne fût-ce qu'une fillette en laquelle coule le sang des Yehonala, un jour, je te l'assure, elle me rendra justice ! Tous tes descendants et les Huit Bannières de ton armée sombreront dans une mer de sang ! »

Il enfonça sa longue épée dans sa bouche, se transperça de part en part jusqu'au bas des reins sous les yeux des soldats mandchous frémissants d'épouvante, puis tomba à la renverse du haut de la tourelle.

Il va sans dire que le fondateur ne prit pas au sérieux la malédiction de Pu Yang. Mais avant de repartir en triomphe, il lui fit ériger un tombeau digne de son rang et veilla à donner une sépulture à tous les soldats morts au combat. Les survivants sortirent de la forteresse au vu de ce qui se passait, tremblant de crainte révérencieuse devant Nouratchi, ce héros Jürchen qui régnait désormais en maître sur la Mandchourie. Ils ôtèrent leurs armures et se prosternèrent devant lui. Pas un seul des soldats vaincus qui venaient de jurer fidélité à Nouratchi ne fut condamné, ils furent aussitôt incorporés dans un bataillon de l'armée des Huit Bannières.

Tel était notre fondateur. Il possédait une vertu capitale dans l'exercice du pouvoir : savoir rendre le bien pour le mal et transformer les malédictions en chants de louanges. Vous aussi, bien sûr, avez souvent entendu vanter ses mérites. Je pense qu'ils apparaissent clairement dans le fait que nous, Mandchous, avons su perpétuer les cérémonies religieuses de la cour des Ming et préserver depuis plus de deux cents ans les tombeaux des anciennes dynasties impériales qui, selon la volonté du Ciel, ont disparu les unes après les autres.

La malédiction de Pu Yang fut, elle aussi, neutralisée par l'habileté du fondateur. Les Yehonala, une fois soumis, devinrent de nouveaux vassaux de Nouratchi.

Tous les enfants nobles mandchous ont été bercés par la belle histoire de la fondation de la dynastie des Ts'ing. Cependant, dans notre famille, a été transmis un complément à cette histoire qui dans les autres familles vassales de l'empereur se termine par ces mots : « Toi aussi, sois sage et travaille bien, afin de ne pas porter ombrage aux vertus de notre fondateur. » Dans notre famille, de génération en génération, une phrase différente et terrible concluait ce récit de légende.

Tout à l'heure, en voyant cette Yehonala de mes yeux, je me suis rappelé cette terrible conclusion au récit que me faisaient dans mon enfance mon père et mon grand-père.

La nuit où il regagna sa citadelle en triomphe, Nouratchi le fondateur, devenu le maître incontesté de toute la Mandchourie, manda au cours du banquet somptueux qui suivit l'annonce de la victoire, mon ancêtre dans sa tente d'état-major. Pour la première fois, le visage du Dragon était tendu quand il prononça ces mots : « Pour pouvoir régner sur la Chine, les cinq tribus mandchoues devront être unies et coopérer. Il importe donc que tous oublient la malédiction des Yehonala. Toi seul, cependant, je te charge de garder ce souvenir gravé au fond de ton cœur. De génération en génération, transmets à ta descendance l'histoire de cette malédiction, et si un jour il arrivait quelque chose, que la force de ta descendance protège la nôtre. »

Voilà le récit qui a bercé mon enfance.

Sur le chemin désert à cette heure de pleine chaleur, Chouen-kouei acheva son récit en murmurant :

— L'empire est en pleine décadence. J'en suis sûr, c'est à cause de la malédiction des Yehonala.

Seul Wang Yi se mit à rire, en tapant sur l'épaule de son compagnon :

— Arrête donc, Chouen-kouei. Il y a trop de légendes qui courent sur le Vieux Bouddha. Ce genre d'histoires surnaturelles lui va très bien. Elle aurait empoisonné l'impératrice d'Orient, attenté à la vie de l'empereur T'ong-che, mangerait de la chair humaine la nuit pour préserver sa vitalité... Les rumeurs ahurissantes ne manquent pas. Enfin, quoi qu'il en soit, c'est une belle histoire, bien racontée. Une des meilleures de toutes celles que j'ai entendues jusqu'ici.

— Tu as tort, Wang, dit Chouen-kouei avec une gravité accrue. Ces faits datent d'avant ma naissance, mais je sais que lors de l'entrée à la cour de la concubine Yehonala, mon grand-père a été en grand désarroi en apprenant qu'elle était originaire de cette tribu. Cependant un fonctionnaire de province isolé n'a guère de moyens d'agir. Très vite, l'impératrice d'Occident a su s'assurer les faveurs de l'empereur et lui a donné un fils. Elle est devenue son épouse officielle, noble parmi les nobles du palais. Lorsque son fils est mort prématurément, c'est irrespectueux à dire, mais mon grand-père a été soulagé de voir disparaître cet empereur qui avait du sang Yehonala dans les veines. Mais ensuite, comme vous le savez, a commencé une politique propre à inspirer l'effroi.

— Que pense ton père de tout cela ? demanda Wen-sieou. Il n'avait pas envie de balayer cette histoire d'un rire, comme le faisait Wang Yi. En vérité, la politique de l'impératrice d'Occident était néfaste. On pouvait penser qu'elle menait volontairement le pays à sa perte, c'était tout à fait plausible...

— Ah, mon père, je ne peux pas compter sur lui. Il est le parfait modèle du fonctionnaire d'aujourd'hui. Il tient trop à son poste pour songer à l'ordre secret donné par le fondateur à notre famille. Ce matin encore, il m'a dit au moment où j'allais sortir : « Mon fils, même si elle se trompe, prends garde de ne rien dire ou faire devant la Vénérable Aïeule qui puisse paraître suspect à ses yeux : si tu te rends coupable d'irrespect, c'est toute ta famille qui sera châtiée, souviens-t'en. » Voilà comment il est.

— Que penses-tu faire alors ?

— Ça… Je ne sais pas encore. Que peut faire un rédacteur qui vient juste d'entrer à l'académie Hanlin ?

Rien. La seule chose claire pour moi, c'est que je ne veux devenir ni un fonctionnaire de province comme mon grand-père, ni un poltron comme mon père.

Le récit de Chouen-kouei avait encore élargi la faille creusée dans l'esprit des jeunes gens par cette étrange audience. Wen-sieou se sentait d'humeur sombre en songeant aux lamentations passives du prince Tch'ouen et aux graves admonestations de Yang Si-tcheng.

A ce moment lui revint inopinément le souvenir des prédictions que Pai Taitai lui avait faites sur sa destinée lorsqu'il était enfant. Jaugeant du regard le garnement venu lui chiper ses œufs, elle lui avait dit ceci :

— Un jour, tu monteras au palais impérial et tu gouverneras aux côtés de l'empereur. Ton maître ne sera pas l'empereur actuel T'ong-che. A sa mort, c'est Tsai-t'ien, de la maison princière des Tch'ouen, frère cadet de l'empereur, qui sera placé sur le trône. Un empereur au destin malheureux qui traversera de nombreuses épreuves et, malgré sa clairvoyance, ne pourra suivre sa volonté. Toi, ton destin est d'étudier pour élargir tes connaissances et pouvoir ainsi un jour remplir la lourde charge de soutenir l'empereur. Ta vie sera semée d'embûches, Wen-sieou. Place haut ta fierté, sers le pays de tout ton cœur.

Tsai-t'ien, devenu l'empereur Kouang-siu, avait aujourd'hui seize ans et n'était empereur que de nom. Et lui-même, s'il considérait l'âge qu'il avait maintenant, risquait fort d'être au faîte de sa carrière lorsque la dynastie des Ts'ing amorcerait son déclin.

Déjà, il était entré dans la voie qu'indiquaient les étoiles selon la prédiction de Pai Taitai.

— En tout cas, pour ma part, je ferai comme si je n'avais jamais entendu l'histoire que tu viens de nous raconter, fit Wang Yi sans se départir de son sourire. Qu'elle soit vraie ou inventée de toutes pièces, y croire changerait le cours de ma vie. Et moi, je veux vivre à ma guise.

A la vue des trois jeunes gens portant sur leurs bonnets la pierre des fonctionnaires de sixième rang et une plume de paon flottant en panache, les fonctionnaires subalternes et les gardes qu'ils croisaient s'arrêtaient au bord du chemin, en inclinant la tête.

Cette position, qui lui valait soudain le respect de si nombreuses personnes, effrayait Wen-sieou.

Dans cinq ans, dans dix ans, quel genre de vie mènerait-il dans ce magnifique palais ? Comme le disait Wang, lui non plus ne devait pas se laisser abuser par les prédictions de Pai Taitai. Trop y croire risquerait de changer le cours de sa vie.

S'il s'inquiéta alors tout à coup du sort de Tchouen-yun, ce ne fut pas par hasard. Les prophéties de Pai Taitai lui paraissaient déjà bien lourdes à porter, comme elles devaient peser sur le petit Tchouen-yun !

— Excusez-moi, je viens de me rappeler une affaire urgente. Je vous quitte ici, lâcha soudain Wen-sieou, une fois traversé le pont enjambant le Ruisseau aux Eaux d'Or.

Il se dirigea seul vers la porte de la Splendeur de l'Ouest.

Le soleil était encore haut lorsque Wen-sieou pénétra dans la maison de thé de l'avenue Tchang-ngan Ouest, où il avait invité Bi le Cinquième.

Laissant derrière eux les marchands joviaux qui discutaient aimablement autour de longues tables étroites, Wen-sieou et son compagnon montèrent au salon privé du premier étage. Wen-sieou commanda du thé parfumé et des gâteaux. Seul leur parvenait de temps à autre d'une salle voisine le claquement de plaques de mah-jong que l'on mélangeait. Aucun bruit des conversations du rez-de-chaussée ne filtrait jusqu'à eux.

Tous deux restèrent silencieux jusqu'au départ de la serveuse.

— Eh bien, Wen-sieou, tu ne te sens pas un peu gêné ici, dans ta tenue de docteur ? demanda Bi le Cinquième, fixant longuement de ses yeux soupçonneux la somptueuse tenue de Wen-sieou.

— Ce n'est pas comme si j'allais au bordel ! Même les fonctionnaires viennent ici souffler un peu, tuer le temps en attendant que le soleil se couche…

— Bah, moi, ce genre de choses ne me fait pas honte. Alors, comme ça, tu as fait mouvoir le soleil et la lune, et te voilà devenu docteur ! Mais si tu n'amendes pas un peu ta conduite, tu ne feras jamais carrière. Que tu veuilles t'offrir un peu de bon temps, passe encore, mais t'entretenir cordialement en plein jour avec un castrateur, ce n'est pas très bon pour toi, tu sais.

Wen-sieou émit un rire nasal, sirota un peu de thé odorant. Puis il fixa son compagnon d'un regard sévère.

— Qu'est-ce que tu as ? Si tu as quelque chose à me dire, dis-le vite ! Ai-je fait quelque chose qui te déplaise, hein ? fit Bi le Cinquième, ouvrant son mantelet à col montant et gonflant son torse épais d'un air menaçant.

— Tchouen-yun t'a bien rendu visite ?

Enfournant d'un seul coup un gâteau dans sa bouche, Bi le Cinquième parut réfléchir.

— Tchouen-yun ? Qui est-ce ? Je ne me rappelle pas le nom de tous les garnements qui défilent chez moi.

— L'enfant qui m'a accompagné un jour chez toi. Il voulait absolument devenir eunuque.

— Ah, ce petit morveux insolent. Et que lui est-il arrivé ?

— Je te demande s'il est venu te voir.

Devant l'expression menaçante de Wen-sieou, Bi le Cinquième hésitait à répondre.

— Ah, pour ça, oui, il est venu…

— Alors ? Tu n'aurais pas purifié son corps, tout de même ?

Les sourcils fins de Wen-sieou, qui avait ôté sa coiffe, étaient dressés en équerre.

Bi le Cinquième secoua vivement la tête, faisant déborder le thé de la tasse qu'il tenait à la main.

— Pas de blagues ! Je n'en ai peut-être pas l'air, mais je représente la cinquième génération de la maison Bi, castrateurs de la porte de la Splendeur de l'Ouest. Rien à voir avec les charlatans qu'on peut trouver partout. Tu crois que je m'occuperais d'un gamin sans le sou ?

— Pourtant, la rumeur dit que tu t'es fait une spécialité d'enlever des vagabonds et des gamins sans le sou, justement, pour en faire des eunuques. On dit que tu es un véritable vampire, que tu leur suces la moelle en les endettant à vie.

Bi le Cinquième avala son thé en ouvrant une bouche comme un four, et lança de son exécrable voix éraillée :

— Mais dis donc, te voilà bien curieux de mes affaires, maintenant que tu es fonctionnaire ! Tu as peut-être quelque chose derrière la tête, mais moi aussi j'ai mes petites idées sur la question. Li Lien-yin, qui est à l'apogée de sa gloire aujourd'hui, c'est mon père qui l'a opéré, vois-tu. Tu es peut-être premier lauréat, mais tu ne sais rien ! Les débutants comme toi, Li Lien-yin peut les envoyer d'un seul mot valdinguer de l'autre côté de la Grande Muraille !

— Je ne mène pas une enquête, je te demande seulement ce qui s'est passé avec Tchouen-yun.

— Je l'ai chassé, cet avorton. Je lui ai dit que j'étais prêt à l'opérer si tu te portais garant de lui, il m'a répondu qu'il ne voulait rien te devoir. Drôle de gamin ! C'est bien la première fois que j'en vois un demander de son propre chef à être opéré.

Wen-sieou observa un moment l'expression du castrateur. Il semblait dire la vérité.

— Et depuis, tu ne l'as pas revu ?

— Si, il est revenu plusieurs fois, et chaque fois je l'ai chassé. Les eunuques sont des produits de consommation, il faut que j'en fabrique sans arrêt. Je suis débordé de travail en permanence.

— Des produits de consommation ?

— Oui. Ça casse tout de suite. Moi, je ne veux pas d'ennuis, un enfant qui a des liens avec Monsieur le premier lauréat, je refuse sa demande. Mais je ne suis pas le seul castrateur de la ville. Il a pu aller en voir un autre. Il y en a à foison. Ces temps-ci, on entend même parler de pères crevant tellement de faim qu'ils tranchent eux-mêmes la bricole à leur fils.

— Ça c'est impossible, il ne reste plus un homme vivant dans sa famille.

A peine avait-il prononcé cette phrase que Wen-sieou tressaillit : cet obstiné de Tchouen-yun n'aurait tout de même pas eu l'idée de purifier son corps lui-même sans l'aide de personne ?

— Après avoir cherché en vain comment faire, il a pu, tout seul…

— Impossible ! fit Bi en éclatant de rire. Il arrive parfois à un adulte ivre mort d'essayer, mais comment un gamin de dix ans pourrait-il faire ça ? Et même si c'était le cas, avec les chaleurs de l'été, la blessure se serait infectée et il serait mort.

Wen-sieou se promit de demander un congé et d'aller prendre des nouvelles de l'enfant dès que son travail lui laisserait un peu de répit. Si Tchouen-yun n'avait toujours pas renoncé à son rêve, il le ramènerait avec lui à la capitale et lui trouverait un petit emploi au foyer de sa province.

— Désolé, Bi. Je n'ai pas pu m'empêcher de penser à ça.

— Ce n'est rien. Tu travailles dur tous les jours, tu dois être tendu. Que dirais-tu d'aller boire un verre à la tombée de la nuit ?

— J'en avais justement l'intention.

— En attendant, tu devrais rentrer chez toi et changer cette tenue voyante. On dirait que tu sors d'une audience avec le Vieux Bouddha.

C'est exactement cela, faillit dire Wen-sieou, pais il se retint à temps. Pour les gens du peuple, l'impératrice d'Occident était le Bouddha en personne. Et ce Bouddha vivant, reclus au fond de son palais aux neuf enceintes, lui, Wen-sieou, l'avait réellement rencontré tout à l'heure !

Bi le Cinquième pencha sa chaise pour ouvrir la fenêtre ; le vacarme de la rue pénétra soudain dans la pièce.

Wen-sieou se sentait dans un espace instable, entre deux mondes : à peine sorti d'une audience avec le Vieux Bouddha, il se retrouvait attablé dans une maison de thé. Il flottait entre rêve et réalité, comme dans son lit à l'instant du réveil.

Le jeune homme s'appuya au rebord de la fenêtre. Le soleil automnal déclinait, teignant d'un orange vif la large artère de Tchang-ngan Ouest, grouillante de marchands, de camelots et d'un flot continu de passants. On remarquait parmi eux, depuis quelque temps, des familles de réfugiés que la sécheresse de l'été avait chassées de leurs villages, et des groupes de vagabonds errant au hasard, d'enfants perdus ou abandonnés.

— As-tu compris, Monsieur le docteur ? dit Bi le Cinquième, adossé à sa chaise, d'un ton las. Même si j'attends les bras ballants, il y a au moins chaque jour trois gamins que leurs parents traînent jusque chez moi. Sans compter les rabatteurs qui enlèvent les petits vagabonds. Et ceux qui font la tournée des villages où sévit la famine pour acheter des enfants et les ramener ici. Je ne manque pas de travail, contrairement à ce que tu sembles croire.

Wen-sieou cherchait des yeux dans la foule la silhouette de Tchouen-yun.

Mais non, Tchouen-yun était un garçon courageux. Il avait dû rentrer au village et se remettre avec toute son énergie à ramasser du crottin comme avant.

Sous l'auvent d'une boutique, en face, s'était réfugiée une famille de vagabonds qui semblait ne plus avoir la force de bouger. Tendant un sein flétri au bébé qu'elle tenait dans les bras, la mère, tête levée, fixait le ciel d'automne d'un œil vague. Le dos voûté d'un homme allongé sur le flanc à même la rue – le mari sans doute – était secoué par intermittence de quintes de toux sèches.

L'automne commençait à peine, pourtant, il y avait déjà des groupes de vagabonds pareils à ceux-là à tous les carrefours.

Dans quelques jours, cet homme serait mort et chargé sur la charrette d'une patrouille de gardes ou de bénévoles, pour être jeté à la fosse commune à l'extérieur de la ville. Même à ce moment-là, aucun membre de cette famille n'aurait sans doute la force de se lever ; ils resteraient assis indéfiniment au même endroit, comme des herbes fanant au bord du chemin.

Le regard absent de la femme glissa lentement du ciel d'automne en direction de Wen-sieou. Quand ces yeux s'arrêtèrent sur lui, il referma la fenêtre.

9

Une douce atmosphère d'automne emplissait le palais de l'impératrice. Dans les jardins intérieurs, grenadiers, acacias, abricotiers et pêchers offraient l'ombre de leur feuillage, et à leurs pieds s'étendaient des parterres de chrysanthèmes jaunes en pleine floraison.

De légères tentures de soie bleue frissonnaient dans le vent, les meubles noirs, en ébène patiné par les siècles, convenaient parfaitement aux appartements d'une veuve. L'impératrice d'Occident, Tseu-hi la Bienfaisante, pénétra lentement dans la salle, appuyée au bras d'une dame d'honneur, et s'installa dans un fauteuil tendu de damas jaune.

Elle était petite de taille, mais son maintien impeccable et son dos parfaitement droit la faisaient paraître deux fois plus grande. A peine eut-elle remué élégamment sa paume gantée que les dames d'honneur, attentives, passèrent aussitôt derrière elle pour ôter son diadème et changer ses hautes chaussures de bois pour des pantoufles d'intérieur damassées.

L'impératrice murmura quelque chose au petit chien qu'elle tenait serré dans ses bras, puis le posa à terre, le suivit un instant des yeux et tourna ensuite vers le jardin ses belles prunelles à l'expression de profonde compassion. Dans la cage suspendue sous l'auvent, les oiseaux se mirent à gazouiller comme pour fêter le retour de leur maîtresse. Le jardin, les galeries, les pièces intérieures, tout croulait sous les fleurs fraîches, dont l'éclat faisait ressortir le teint blanc de l'impératrice douairière. Tandis qu'elle tendait ainsi l'oreille au gazouillis des oiseaux, Tseu-hi paraissait dix ans de moins que son âge. Cette femme intelligente et gracieuse, en qui se mêlaient la sagesse chinoise et le mystère tartare, portait à la perfection son surnom de « Bouddha féminin à la compassion infinie ».

A n'en pas douter, elle était une Kouan-yin vivante.

— Sortez ! ordonna-t-elle d'une voix basse mais énergique. Aussitôt, les dames de cour se prosternèrent à ses pieds et quittèrent la salle. Il ne resta plus que les deux eunuques du service privé de l'impératrice, ombres grises accroupies à ses pieds.

— Vénérable Aïeule, votre humble esclave vous demande si vous voulez boire du thé, ou bien fumer votre pipe à eau.

— Je ne veux rien. Sortez !

Les deux eunuques se redressèrent à demi, se retirèrent rapidement sans relever la tête et disparurent dans la galerie.

Jong-liu et Li Lien-yin entrèrent à leur tour. Après avoir salué formellement la souveraine en s'agenouillant trois fois et en frappant leur front neuf fois à terre, ils prirent la parole l'un après l'autre, toujours prosternés :

— Vénérable Aïeule, moi, Jong-liu, vous remercie au nom des cent fonctionnaires de l'Etat pour les mots aimables que vous avez daigné adresser aux docteurs nouvellement nommés, déclara Jong-liu en redressant son visage bouffi.

— Vénérable Aïeule, votre humble esclave vous demande si vous souhaitez vous reposer un moment, ou si vous souhaitez que nous restions auprès de vous pour vous servir, s'enquit Li Lien-yin de sa voix aiguë d'eunuque.

— Fais-moi partir tout ce monde, répondit l'impératrice en croisant les genoux dans son fauteuil d'un air nonchalant. Elle jeta un coup d'œil par la fenêtre : dans les jardins, les eunuques poursuivaient le petit chien.

Li Lien-yin sortit à croupetons sur la galerie extérieure, et réprimanda les eunuques à voix basse. Après avoir vérifié qu'il n'y avait plus personne aux alentours, il revint auprès de la souveraine et reprit sa posture à genoux.

L'impératrice Tseu-hi abandonna alors son expression distinguée et formelle, comme un vernis qui se fend brusquement. Elle jeta le collier de grosses perles qu'elle portait autour du cou contre le mur, et se mit à hurler en frappant sur les bras du fauteuil et en trépignant de rage.

— J'en ai assez ! Assez, assez, assez ! Assez, je vous dis, assez ! Ce détestable pusillanime de Yi-houan ! On dirait qu'il insinue que je suis de connivence avec vous ! Je ne veux plus voir la figure de cet imbécile ! Je préférais encore Yi-sin, au moins il disait les choses en face !

Les deux vassaux s'approchèrent, chacun d'un côté du fauteuil, pour tenter de l'amadouer.

— Majesté, vous parlez trop fort. Calmez-vous !

— C'est bien à toi de me dire ça, hurla l'impératrice en se déchaînant sur Jong-liu. Tu reviens tranquillement comme si de rien n'était, alors que tu aurais mieux fait de rester moisir quelque temps à Tientsin !

— Mais, Vénérable Aïeule, puisque vous m'aviez pardonné !

— Je ne t'ai pas pardonné ! C'est le gouverneur général du Tcheli, Li Hong-tchang, qui m'a demandé de faire quelque chose pour toi. Je ne peux rien lui refuser. Mais je viens de le comprendre : c'est encore une de tes ruses ! Tu as dû lui proposer de l'argent pour qu'il intercède en ta faveur.

— Je n'ai rien fait de tel. Son Excellence Li Hong-tchang appartient à la catégorie des hommes intègres. Du genre à refuser, même si on lui tend…

Se rendant compte qu'il venait de se trahir, Jong-liu s'arrêta net.

— Cela te ressemble bien. Ton âme est aussi noire que ton visage. Enfin, tu es un ami d'enfance, et le fiancé que mes parents me destinaient autrefois, c'est pourquoi je ne te demande pas ce que tu es revenu faire ici. Mais il ne faut pas chasser Yi-sin. Même s'il n'en a pas l'air, c'est le plus capable de la famille. Son frère aîné est un bon à rien, son cadet un couard. Yi-sin est le seul prince impérial qui sache exercer correctement des fonctions de premier ministre.

— Ne vous inquiétez pas. Je me charge de prendre sa suite.

L'impératrice fixa Jong-liu en grinçant des dents puis se mit à parler avec volubilité, avec un terrible accent pékinois :

— Toi ! Mais tu es incapable d'accomplir quoi que ce soit ! Tu n'attires que des corrompus autour de toi et tu bâillonnes avec de l'argent tous ceux qui s'opposent à tes volontés. Comment serais-tu apte à remplacer le prince Kong ? Ah, que faire ? Si je révoque Yi-sin, qui saura prendre sa suite ? Non, non, je ne veux pas. Il n'en est pas question !

Le chef de palais, prosterné aux pieds de l'impératrice, leva son long visage chevalin :

— Votre humble esclave vous demande, Vénérable Aïeule…

— Qu'y a-t-il, Li ? Tu étais donc encore là ?

— L'humble esclave demeure toujours auprès de la Vénérable Aïeule pour la servir. Voulez-vous que je vous apporte votre pipe ? Cela apaisera votre esprit…

— Je n'en veux pas. Ou alors, c'est de l'opium qu'il me faudrait. Moi qui pensais que Yi-sin allait amadouer habilement ces Français ! Je n'avais plus qu'à confier la régence à Yi-sin et Li Hong-tchang, et je pouvais me retirer.

— Vous retirer ? Certes pas ! Confiez donc à votre humble esclave Petit Li et au général Jong-liu le soin de gouverner, et votre esprit sera toujours en paix.

L'impératrice d'Occident éclata de rire, une main devant la bouche.

— Ha ha ! Toi et Jong-liu ? Trêve de sottises ! Comment osez-vous vous comparer à Yi-sin et Li Hong-tchang ? Vous n'avez ni la même dignité, ni les mêmes visages !... Ah, tout va de mal en pis. Ceux qui voulaient le bien de l'empire sont morts prématurément, seuls les mauvais ont survécu. Il faudra donc que je fasse tout moi-même finalement !

— Majesté, cessez donc de tenir des propos aussi rudes, même pour plaisanter. Si jamais on vous entendait, ma position à moi, Jong-liu, deviendrait fort déplaisante.

— Plaisanter ? Je ne plaisante nullement. Si Tseng Kouo-fan et Tso Tsung-t'ang[1] étaient encore de ce monde, ta tête ne serait déjà plus sur tes épaules. Comme je suis malheureuse de voir qu'il ne reste plus que de mauvais sujets comme toi à mes côtés. Mon époux l'empereur est mort, mon fils est mort, ah, j'envie l'impératrice d'Orient d'être morte elle aussi ! Vous savez comme les rumeurs m'accusent de les avoir empoisonnés ! Ils sont tous morts, c'est donc moi qui suis coupable, puisque je suis la seule restée en bonne santé...

Agenouillé à côté d'un bras du fauteuil, Li Lien-yin releva son long visage sinistre, haï de tous.

— L'humble esclave s'adresse à la Vénérable Aïeule...

— Encore toi ? Tu es toujours là ?

— L'humble esclave demeure toujours auprès de la Vénérable Aïeule pour la servir. Votre humble esclave et Son Excellence Jong-liu vous servent du cœur le

1. Généraux qui s'étaient distingués dans la lutte contre les rebelles de la Grande Paix (Taiping) dans les années 1860. *(N.d.T.)*

plus sincère qui soit dans tout l'empire. Je me prosterne à vos pieds pour vous supplier de modérer vos propos.

Sur ces mots, il se mit à sangloter, penchant profondément en avant sa coiffe de fonctionnaire de deuxième rang.

— Li ! Cesse donc tes larmes de crocodile ! Je suis lasse de tes jérémiades. Rappelle-toi : à l'époque où tu faisais partie de la troupe du palais, tu étais l'acteur le plus habile à te travestir en femme et à sangloter ainsi. Combien d'argent m'as-tu déjà soutiré grâce à tes talents d'acteur ? Chaque fois que ta vilenie est sur le point d'être découverte, tu te mets à pleurnicher : « Votre Majesté sait-elle à quel point je la sers d'un cœur sincère ? » Mais je sais tout. Tout, je te dis. Et pourtant, je te pardonne. Ah, je regrette presque aujourd'hui de t'avoir écouté et fait battre Ngan Tö-hai à mort. Il n'était pas aussi habile que toi, mais il n'avait commis aucune erreur, j'en suis sûre, c'était encore une de tes perfides manigances. Une fois Ngan Tö-hai disparu, la place de chef de palais était à toi !

— Ah, quelles paroles cruelles ! Majesté, mon dévouement sincère…

— Cesse tes pleurnicheries ! Puisque tu es si bon acteur, c'est le moment de trouver une ruse…

Passant devant les deux vassaux qui reculèrent précipitamment, l'impératrice se leva de son fauteuil pour monter sur son trône, où elle s'installa, le dos bien droit, d'un air empreint d'une imposante autorité, tandis que sa vive émotion de tout à l'heure disparaissait comme par enchantement. Le petit chien arriva en trottinant par la porte entrouverte et vint se nicher sur ses genoux en remuant la queue.

— Que l'on m'apporte ma pipe à eau !

La voix perçante d'un eunuque répondit aussitôt à cet ordre, et une grande pipe d'argent fut immédiatement présentée.

L'embout dans la bouche, l'impératrice murmura :

— Je ne comprends pas pourquoi le gouverneur du Tcheli te soutient. Il est rapace et entêté, mais il a un jugement sûr.

Jong-liu, toujours agenouillé, ne fit pas mine de répondre. Sans doute lui-même ne comprenait-il pas très bien ce qui avait poussé le gouverneur à l'accompagner à la capitale depuis Tientsin et à obtenir pour lui le pardon de Tseu-hi. Il avait refusé le pot-de-vin que Jong-liu lui proposait pour son entremise. Les intentions du vieux gouverneur, qui l'aidait sans rien demander en échange, ne paraissaient pas très claires au général félon.

— Enfin, ce qui est fait est fait. J'ai décidé de te redonner une chance et de croire en ta loyauté, ainsi que me l'a recommandé Li Hong-tchang. Jong-liu…

Jong-liu s'avança jusqu'au trône et se prosterna.

— Je te nomme ministre des Affaires Générales. Mais je ne t'autorise aucun despotisme. En toute matière, tu devras consulter le ministre des Affaires Militaires, le prince Tch'ouen et les grands lettrés ; et enfin, demander mon autorisation avant de prendre quelque décision que ce soit. Est-ce clair ?

— Il en sera fait selon votre volonté. Moi, Jong-liu, je m'engage de tout mon être et de toutes mes forces à tenter de résoudre les difficultés du pays, répondit le général, un sourire de joie aux lèvres.

— Bien. Partez maintenant. Je suis fatiguée, je vais me reposer un moment.

Après le départ de Jong-liu et de Li Lien-yin, Tseu-hi s'abîma un moment dans ses réflexions en tirant sur sa pipe.

Cette femme qui, depuis la mort de son époux, dirigeait les affaires de l'empire, n'avait certes pas l'air rêveur lorsqu'elle réfléchissait. Son visage débordait plutôt d'une singulière tension. Dans ces moments-là, elle était d'un abord plus difficile encore pour ses ministres que quand elle les recevait en audience pour leur donner des ordres précis et détaillés.

Quand elle en eut assez de la pipe, Tseu-hi fit un geste de la main pour qu'on lui prépare ses chaussures de bois et son diadème. Une dame de cour âgée s'avança aussitôt et scruta les traits de l'impératrice :

— Votre Majesté semble lasse. Ne préféreriez-vous pas vous reposer un instant ?

— Non, répondit Tseu-hi en tournant un regard sévère vers la dame de cour. Pendant que je me repose, les affaires n'avancent pas. Je vais faire une petite promenade pour mettre de l'ordre dans mes pensées.

Quand elle réfléchissait à des sujets cruciaux pour l'empire, Tseu-hi allait toujours se promener dans les jardins de la Tranquillité Impériale, qui s'étendaient à l'arrière de son palais.

Les dames d'honneur se hâtèrent de préparer l'impératrice douairière pour la promenade. Elle n'utilisa pas son palanquin, et sortit, appuyée au bras d'une dame de cour, suivie par une procession d'eunuques, les uns brandissant une ombrelle au-dessus de sa tête, d'autres agitant un encensoir, ou portant sur leur tête le service à thé impérial. Plusieurs dizaines d'autres eunuques et dames de cour suivaient la promenade, loin derrière afin de ne pas entraver le cours des réflexions de l'impératrice.

Avançant à pas lents et cérémonieux dans ses chaussures hautes, Tseu-hi parcourut le jardin où s'épanouissaient différentes variétés de chrysanthèmes précoces. Sur son passage, les eunuques de rang inférieur, qui n'avaient pas le droit d'apercevoir l'impératrice, se retournaient et s'agenouillaient à côté des parterres de fleurs.

Au bout de la longue promenade, elle s'arrêta devant un mur bas, peint d'un vermillon éclatant.

— Je vais me recueillir un instant auprès du Grand Empereur Guerrier Sincère. Que ma suite m'attende ici.

Toute son escorte s'agenouilla avec ensemble.

Derrière le mur vermillon s'élevait une curieuse colline artificielle composée de rochers grossièrement entassés. Dans un bosquet d'arbres à mi-pente, se trouvait une petite chapelle bouddhiste où, disait-on, l'empereur Ch'ien-lung avait passé en retraite la fin de sa vie.

Tseu-hi se glissa seule sous l'ouverture hexagonale qui s'ouvrait dans le mur et se dirigea vers l'étrange amas de pierres.

Chaque fois qu'elle pénétrait dans ces lieux, Tseu-hi ne pouvait s'empêcher de songer à l'extravagance des goûts de l'empereur Ch'ien-lung. En fait de colline de rocaille, il n'y avait pas là une seule pierre digne de ce nom, mais seulement un amas de blocs sans intérêt empilés n'importe comment. Au cours des ans, de vieux cryptomères avaient poussé dans les interstices et des racines de pins emprisonnaient de gros rochers dans leurs serres.

Après s'être retiré de ses fonctions, l'empereur Ch'ien-lung, vêtu de haillons comme un ermite, un bâton de santal à la main, s'était installé sur cette colline de pierres, où il restait assis en méditation toute la journée. Il s'agissait davantage d'excentricité que de méditation sérieuse, de l'avis de Tseu-hi. Cette conduite absurde pouvait-elle s'expliquer par un affaiblissement de ses facultés, à plus de quatre-vingts ans ? Ou bien, ayant épuisé tous les plaisirs de la vie, avait-il voulu prendre pour modèle quelque vieux sage taoïste ?

La colline avait été laissée sans soins, battue par la pluie et les vents, conformément aux derniers souhaits de l'empereur. Cet étrange monticule était ainsi resté abandonné depuis cent ans, tel un pic émergeant du royaume des ombres.

Naturellement, personne n'avait compris le sens des dernières instructions de l'empereur. Depuis cent ans, personne n'y avait mis les pieds. Seule Tseu-hi, depuis sa jeunesse, venait souvent sur la colline. Son défunt époux l'empereur Sien-feng, et l'impératrice d'Orient qui avait longtemps vécu auprès d'elle, s'étonnaient des curieuses promenades de Tseu-hi. Chaque fois qu'on lui demandait ce qui l'attirait dans ces parages étranges, Tseu-hi répondait :

— Je m'y entretiens avec l'empereur Ch'ien-lung, pour qui j'éprouve le plus profond respect.

Ce n'était pas un mensonge. Les vastes jardins édifiés par l'empereur de son vivant sur le modèle de célèbres jardins du Sud démontraient le caractère généreux d'un souverain à l'esprit hardi et rappelaient ses hauts faits à la mémoire. Pourtant, dans ce grand parc fleuri en toute saison, Tseu-hi ne sentait pas la présence de l'empereur. Mais le jour où, pour la première fois, elle approcha cette ténébreuse colline couverte de rochers et d'arbres morts, elle perçut avec force la présence concrète du grand empereur qu'elle révérait tant au fond de son cœur.

Naturellement, lorsqu'elle était assise au pied d'un vieux pin dont les racines emprisonnaient la roche, ce n'était pas la silhouette étincelante de l'empereur vêtu de la robe aux motifs de dragons qu'elle voyait s'avancer vers elle, mais plutôt l'ombre d'un vieil ermite, un bâton à la main, couvert de vêtements rapiécés, une barbe blanche descendant jusqu'à la poitrine.

L'impératrice d'Occident suivit seule, au hasard, le sentier creusé dans la pierre, attentive aux endroits où elle posait ses hautes semelles de bois, s'appuyant du poignet sur les rochers afin de ne pas risquer de casser ses ongles longs.

Soudain, elle ressentit aux alentours la présence du vieil empereur. Elle s'agenouilla sur les rochers en équilibre instable, se prosterna. Quand elle releva la tête, elle avait sous les yeux la silhouette du vieil empereur qui lui adressait un sourire plein de douceur.

Son visage était celui d'un ancêtre bienveillant, qui ne portait en rien la marque de l'autorité d'un souverain.

Tseu-hi sourit à son tour comme une jeune fille, puis s'assit sur le rocher le plus proche.

— Qu'y a-t-il ? Tu sembles à nouveau avoir des ennuis, dit l'empereur comme s'il lisait dans ses pensées.

— Oui, c'est encore Jong-liu. Il est revenu de Tientsin, Li Hong-tchang le soutient. Alors j'ai été obligée de révoquer le prince Kong…

— Hum…

La tête penchée, le vieil empereur se caressa la barbe.

— Tu parles comme si tu n'y étais pour rien. C'est bien toi qui l'as limogé, pourtant ?

— Oui, bien sûr, mais… J'ai peur de Jong-liu, et plus encore de Li Hong-tchang. Il tient entre ses mains tout ce qui reste des troupes de Tseng Kouo-fan et il a le soutien des étrangers. Si l'envie lui en prenait, il pourrait s'emparer du pouvoir.

— Allons bon ! Le prince Kong non plus ne vaut rien, alors. Il n'a donc pas assez d'autorité pour remettre une bonne fois à sa place le gouverneur de Tientsin ? De tous mes descendants, j'avais cru que celui-là au moins aurait un peu de poids, mais je me suis trompé, semble-t-il.

— Ne parlez pas de tout cela avec une telle indifférence, Vénérable Aïeul. Réfléchissez en vous mettant un peu à ma place.

Le vieillard voûta son grand corps – il avait le physique majestueux des temps anciens – et eut un rire amusé.

— Mais cela m'indiffère totalement. Je ne fais plus partie de ce monde. Que les hommes du temps présent règlent les affaires du temps présent !

— Quelle négligence de votre part...

Tseu-hi était attristée. C'était toujours ainsi. Elle tendit le menton en avant, prête à pleurer, puis plaça devant ses yeux la manche de sa robe noire, pour regarder le ciel bleu à travers.

— Pourquoi est-ce moi qui dois m'occuper de tout cela ? Vénérable Aïeul, je n'ai aucun lien de parenté avec vous. Vous devez le savoir, je suis une descendante de la tribu des Yehonala, la fille d'un de vos vassaux les plus pauvres, de rang inférieur.

— Je sais. Mais tu es impératrice. Il te faut donc supporter le poids de ces épreuves.

— Mais non, protesta Tseu-hi, tandis que le vieillard souriait toujours. La faute en est à la négligence de vos descendants. Jugez-en : l'empereur mon époux était un fainéant qui détestait la politique, mon fils un débauché qui a succombé à la syphilis, tous les princes sont morts de maladies de nerfs, et même Yi-sin, le seul qui fasse preuve d'un peu de caractère, comme vous dites, n'a aucune capacité, en dépit de toute son intelligence, et à cause de lui, voyez où nous en sommes. Vous devez comprendre, Noble Aïeul, que le sort de cet immense empire constitué par vos soins repose désormais entre mes seules mains.

— Allons, allons, ne te fâche pas. Il y a Tsai-t'ien tout de même. Il a seize ans maintenant, tu vas bientôt pouvoir le laisser gouverner seul. Son père le prince Tch'ouen n'est d'aucune utilité, mais sa mère est ta sœur cadette. Il a peut-être hérité des brillantes qualités des Yehonala et fera un excellent empereur.

— Est-ce bien vous qui dites cela ? demanda Tseu-hi en fixant le vieillard d'un regard surpris. Il ne pouvait penser cela sérieusement ! Il paraissait se réjouir des malheurs de ses descendants ! Dans ce cas, il aurait dû en aller de même pour Tsai-tchouen, le prince que j'ai mis au monde. Or il quittait le palais en cachette la nuit pour aller voir des grues de bas étage, avec le résultat que l'on sait. Non, celui-là aussi a du sang de bon à rien dans les veines.

Le vieillard se mit à rire en réponse au regard coléreux de l'impératrice :

— Mais moi, je n'étais pas un bon à rien.

— Je ne sais pas, je ne vous ai pas connu quand vous étiez jeune.

— Si j'avais été un bon à rien, le monde que j'ai construit n'aurait pas duré.

— C'est certain. Vous avez été un empereur admirable. Mais alors, pourquoi aucun de vos descendants n'a-t-il hérité de vos qualités ? Vos héritiers sont de tels bons à rien que c'est une fille de fonctionnaire pauvre comme moi qui doit diriger le pays. Je ne suis plus très jeune. Un de ces jours, c'est sûr, Li Hong-tchang va lever une armée, les étrangers nous envahiront, et ce sera la fin de l'empire.

— Si cela doit arriver, pourquoi pas ?

— Que dites-vous là ?

— Si l'empire doit disparaître, pourquoi pas ?

— Je ne puis vous laisser dire cela sans protester ! Voyons, il s'agit de votre pays, du grand empire Ts'ing fondé par votre aïeul Aisingyoro.

— A l'origine, ce n'était pas mon pays. Du point de vue des Han, nous, les Mandchous, sommes des étrangers.

Le vieillard leva le menton qu'il avait appuyé sur son bâton de santal, étendit sa main presque trop délicate par rapport à son grand corps, saisit la nuque de Tseu-hi dont les lèvres tremblaient de surprise :

— Comprends-tu, Tseu-hi ? Le pouvoir est vain, toujours. Un seul être gouvernant le monde, en quoi cela diffère-t-il des hordes de bêtes sauvages ? Le pouvoir n'est pas fait pour être détenu par un seul prince, mais pour être partagé entre dix mille hommes du peuple.

— Pourquoi dites-vous des choses pareilles ? Vous parlez comme les Français !

Tseu-hi haletait, oppressée par la surprise et le chagrin. Elle avait perdu son époux, son fils, fait tuer de nombreux vassaux, pour finalement être crainte de tous comme une démone qui allait mener le pays à sa perte, et soudain, tous les efforts qu'elle avait déployés, les malheurs qu'elle avait connus, lui paraissaient futiles.

— Si ce que vous dites est vrai, je suis vraiment ridicule…

Dans les bras glacés du vieillard, elle se mit à pleurer comme une enfant.

Le vieil empereur dit tout en caressant doucement le dos voûté de l'impératrice douairière :

— Mais non, ce n'est pas ce que je veux dire. Ecoute, Tseu-hi : tu portes le pouvoir comme un fardeau, mais ce n'est pas là le mandat que t'a confié le Ciel. Le Ciel dit qu'il faut rendre au peuple de l'empire un pouvoir qui lui a toujours appartenu, depuis la plus haute antiquité.

— A nouveau, vous parlez comme les Français…

— Non, nous ne sommes pas un petit pays comme la France, ni un pays neuf. Notre empire compte quatre cents millions d'âmes et possède une histoire très ancienne. Il n'est pas simple en Chine de renverser le pouvoir par une insurrection comme dans les autres pays. Ici, le temps et l'espace sont vastes, le pouvoir est imposant et ne peut être changé qu'avec lenteur.

— Et moi, que dois-je faire ? Quel est mon rôle ?

— Tu es une femme d'une intelligence et d'un courage rares. C'est à toi et à nul autre qu'il incombe de tirer le rideau sur cinq mille ans d'histoire. Le Ciel t'a choisie pour cela.

— Cinq mille ans d'histoire ?

— Le système impérial de ce pays s'est perpétué depuis les temps anciens des empereurs Yao et Chouen. Une longue, longue histoire au cours de laquelle les empereurs ont régné, et les fonctionnaires tyrannisé le peuple. Tu seras la démone, ou le demi-dieu guerrier Ashura qui fera chavirer l'empire !

— Non, je ne veux pas… C'est trop affreux…

Tseu-hi s'accrochait à la poitrine du vieillard, sanglotait et tremblait.

— Oui, c'est affreux, c'est terrible. Mais ce sont les esprits les plus étincelants qui passent par les pires tourments. Tu devras mener à bien la mission la plus cruelle qui soit. C'est pour toi une bénédiction du Ciel. Tu devras goûter, comme moi de mon vivant, à des tourments que les êtres ordinaires ne peuvent comprendre. Toi seule as les dispositions nécessaires pour réaliser ce qui doit l'être.

Tseu-hi comprenait la prophétie sibylline du vieillard à un point qui la surprenait elle-même. L'idée la traversa qu'elle était la seule à déchiffrer clairement les volontés de Ch'ien-lung, et elle maudit sa propre lucidité.

Son pressentiment d'un malheur qui s'approchait sans bruit, ces signes précurseurs qui se manifestaient, soudain tout s'expliquait.

— Pleure, si tu veux. Mais jamais tu ne devras laisser voir tes larmes. Tu dois devenir un esprit du mal. C'est en laissant à la postérité la réputation d'un être exécrable que tu sauveras le peuple de ce pays, à jamais.

— Je sais, je sais cela.

— Accepte mes excuses sincères : pas un de mes descendants n'a eu assez de génie pour accomplir cette tâche à ta place.

Tseu-hi leva la tête. Pourquoi ce rôle lui était-il échu à elle, et à nul autre ? Elle en ressentait de la frustration.

Le vieillard contempla un moment l'impératrice douairière d'un air désolé, puis déclara :

— Mettre fin à un empire est aussi difficile qu'en construire un. Ou plutôt non, cela exige davantage de force encore. J'ai privé de sa force toute ma descendance, voilà pourquoi aucun d'eux n'est capable aujourd'hui d'en finir avec cet empire.

— Privé de sa force ? Que voulez-vous dire ?

— Je ne puis te le révéler. La chose la plus à craindre, après la chute de cette dynastie, serait que le pouvoir soit repris, non par le peuple, mais par une nouvelle dynastie impériale. C'est pour éviter cela que je dois me taire ; je ne peux te dire ce qui a causé la décadence de ma propre lignée.

— Mais c'est impossible, impossible ! s'exclama violemment Tseu-hi en s'essuyant les yeux. Si l'empire des Ts'ing s'effondre, Li Hong-tchang s'emparera du pouvoir ! Et il mettra un nouvel empereur sur le trône, j'en suis sûre.

— Non, cela ne se produira pas, dit le vieillard, levant soudain la tête vers l'orient. Le gouverneur Li n'a pas qualité pour cela. En outre, il est plus loyal que tu ne le penses. Il soutiendra l'empire jusqu'à la fin.

— Mais il possède des navires de guerre, des canons. L'armée mandchoue de Pékin n'a pas de forces à lui opposer. Dans l'ombre, les rumeurs courent, affirmant que le général Li va lever une armée…

— Ne t'inquiète pas. Li n'est pas ton ennemi. Et il ne peut s'emparer du pouvoir. Il le sait certainement lui-même.

Peu après, la silhouette du vieillard s'éloigna de l'épaule de Tseu-hi, et s'évapora entre les rochers.

Bientôt, sa voix résonna sur la colline, pareille à une voix divine :

— Brave et fière Tartare, descendante des Yehonala, Tseu-hi la Bienfaisante, impératrice d'Occident, épouse de l'empereur Sien-feng qui te donna un fils, écoute ! Tu es celle par qui la paix régnera pour toujours sur le peuple de Chine. Vis comme une véritable Kouan-yin revêtue d'un masque de démone. Tu devras affronter bien des épreuves…

— Attendez, attendez, Vénérable Aïeul ! cria Tseu-hi vers les rochers. Mon époux est mort, mon fils est mort ! Je n'ai plus une seule joie sur cette terre en tant que femme. Connaître encore des épreuves, c'est trop cruel !

Il n'y eut pas de réponse. Seule l'entourait une succession de roches aux formes étranges.

La voix d'un eunuque résonna soudain, depuis le mur vermillon caché entre les arbres en contrebas :

— Vénérable Aïeule ! Tout va bien ?

Tseu-hi s'essuya les paupières, reprit contenance et répondit :

— Ne vous inquiétez pas ! Je récitais des tirades de théâtre toute seule.

Quand elle arriva au bas de la colline, elle vit les eunuques se rassembler en hâte et se prosterner avec ensemble. Passant sous la porte hexagonale, Tseu-hi se retrouva dans les jardins impériaux, tournant le dos à la colline.

— Vénérable Aïeule, le vice-ministre des Rites Yang Si-tcheng vous attend dans la salle d'audience. Souhaitez-vous le recevoir ? demanda l'un des eunuques en épiant l'expression de la souveraine.

— Encore ce confucianiste ? J'en ai assez de ses sermons. Dites-lui que je ne me sens pas bien et renvoyez-le. Ah !... Je suis vraiment d'humeur sombre. Il faut que je voie un opéra ce soir. *Les Quatre Héros*, ce serait bien. Rassemblez suffisamment d'acteurs pour que les trois scènes du pavillon des Sons Agréables soient remplies de bruit et d'animation. En plus de la troupe du palais, faites venir de la ville celle de Yang Yue-leou, et invitez aussi T'an Sin-p'ei. Je veux que l'empereur soit présent et qu'il y ait une grande fête ! Envoyez un messager au palais de la Nourriture de l'Esprit, et faites dire de la part du Vieux Bouddha que les études, c'est mauvais pour la santé !

III

LE GOUVERNEUR GÉNÉRAL DU HOPEI

1

L'automne avançait, dénudant les arbres touffus qui entouraient la ruelle des Vieux Nobles et offrant ainsi à la vue un nouveau carré de ciel.

— Debout, petit ! Au travail !

Chinpa secouait Tchouen-yun dans le noir.

Malgré son jeune âge, son bassin brisé donnait à Chinpa une allure de vieillard de quatre-vingts ans : il marchait courbé comme une langouste. A l'époque où il travaillait au gynécée, il balayait du matin au soir.

Au temple de la Noble Abondance, on avait beau balayer, cela ne changeait rien, car le bâtiment était en ruines et des tas de vieilleries inutiles s'amoncelaient partout. Chinpa, cependant, qui ne savait rien faire d'autre que passer inlassablement le balai, réveillait Tchouen-yun avant le jour pour accomplir cette tâche. Et comme Chinpa lui faisait la faveur de lui prêter un espace à côté de son lit pour étendre son mince matelas, Tchouen-yun pouvait difficilement refuser.

Chinpa avait une curieuse méthode pour balayer. Armé d'un balai sans manche fait d'un faisceau de branchettes de bambou, qui ressemblait plutôt à une brosse, il arpentait le jardin, tout courbé, en l'époussetant dans les moindres recoins. Pour lui qui ne pouvait pas se redresser, c'était sans doute la seule manière possible de balayer, mais cela obligeait Tchouen-yun à prendre une posture des plus inconfortables pour l'imiter. En outre, l'automne était déjà bien avancé, et à peine avaient-ils balayé une couche de feuilles de ginkgo et d'orme qu'il en retombait aussitôt une autre. Chinpa poursuivait en silence cette tâche sans fin. Il ne donnait pas de leçons à Tchouen-yun, et ne débitait pas de propos oiseux.

Quand ils apportaient à la cuisine les tas de feuilles mortes qu'ils avaient balayées, ils y trouvaient Tcheou Ma-tseu qui les attendait, les bras croisés.

Après avoir posé une casserole d'eau sur le grand fourneau, l'eunuque allumait le feu, puis tournait vers Tchouen-yun le visage grêlé qui lui valait son surnom de Tcheou Ma-tseu le Vérolé, et lançait avec un grand sourire :

— Allez, petit ! Au travail, au travail !

Tcheou Ma-tseu était bancroche et ne se déplaçait qu'en s'appuyant sur un bâton long comme la hampe d'un drapeau.

— Tu travailles avec zèle, vieux Chinpa. Je sors un moment me réapprovisionner.

— Oui, oui, vas-y donc, vieux Tcheou, vas-y donc. On va bientôt pouvoir manger du chou, n'est-ce pas ?

Tcheou Ma-tseu fermait les yeux, serrait les poings, comme pour évaluer le froid :

— Oui… Les premiers choux devraient commencer à arriver.

Il était comique de les entendre répéter la même conversation tous les matins, et leur façon respectueuse de s'adresser l'un à l'autre amusait fort Tchouen-yun.

Tcheou Ma-tseu partait en sautillant, appuyé sur sa canne. Comme il était très grand, on eût dit qu'il chevauchait un cheval de bambou maladroitement façonné.

Il faisait encore noir. Tandis que Tchouen-yun trottinait à ses côtés, Tcheou Ma-tseu bavardait sans relâche. C'était un habile conteur, et ses récits très détaillés satisfaisaient pleinement la curiosité du garçon. Quand Tcheou Ma-tseu lui parlait de contrées inconnues dont il n'avait jamais entendu parler, il avait l'impression d'y être aussitôt transporté. La direction qu'ils prenaient différait selon les jours mais ils finissaient toujours par arriver dans un quartier fréquenté.

— Les choux ?...

— Ils vont commencer à apparaître, murmura Tcheou Ma-tseu tout en promenant son regard sur les passants.

Ils venaient d'aboutir à un carrefour animé, où des lanternes commençaient à percer la lueur blanchâtre du matin.

Le vieux Tcheou boitilla jusqu'à l'entrée imposante du restaurant le plus luxueux et le meilleur de la capitale, le *Houei-fong-tang*.

Tchouen-yun le tira par la manche avec vivacité :

— Non, vieux Tcheou, c'est dangereux ! Vous vous ferez briser les os si vous allez mendier dans ce genre d'endroit.

— Ne t'inquiète pas ! Mes os sont déjà en miettes, je ne risque rien.

— Il vous reste une jambe, vous devriez en prendre soin. Allons plutôt comme d'habitude chez le marchand de nouilles, regardez, il est déjà ouvert.

— Ils veulent tous manger du chou. Je vais leur en trouver... Mais, c'est vrai, dans cette tenue, c'est risqué.

— C'est bien ce que je vous dis. Ce restaurant est fréquenté par les fonctionnaires du palais et les riches seigneurs.

— Entrons par la porte de service, alors.

Aussitôt, Tcheou s'enfonça dans une ruelle sur le côté du restaurant.

— Je vous préviens, je ne vous connais plus, vieux Tcheou. Si je vous vois sur le point de vous faire battre, je prends la poudre d'escampette.

— Ne te gêne pas !… Bonjour tout le monde !

Se traînant dans ses haillons, Tcheou Ma-tseu venait d'entrer dans les cuisines du restaurant, sans se soucier des détails de son entreprise.

Dans l'immense cuisine, d'innombrables cuistots, jeunes et vieux, s'affairaient dans des volutes de vapeur.

— Allons-nous-en, vieux Tcheou. On va se faire battre, on aura des ennuis.

Au moment où Tchouen-yun s'apprêtait à prendre la fuite, il se passa une chose étrange. Dans la cuisine emplie de victuailles achetées au marché du matin, un silence complet se fit, puis des saluts pleins de vivacité firent écho les uns après les autres à celui du vieux Tcheou.

Au lieu de s'en étonner, Tcheou Ma-tseu répondit d'une voix étrangement joviale :

— Ne vous occupez pas de moi, Messieurs, poursuivez votre travail. Le patron est-il là ?

Un cuisinier au visage rougeaud, gras comme un porc, se précipita vers lui en se frottant les mains :

— Maître Tcheou ! Cela fait bien longtemps… Venez, venez, vous prendrez bien une tasse de thé ?

— Non, malheureusement je n'ai pas le temps, Moi aussi j'ai des préparatifs à faire à la maison… A propos, Patron, auriez-vous du chou ?

— Nous avons reçu les premiers hier, justement. Prenez tout ce que vous voudrez, je vous en prie.

Sur ordre du maître queux, un marmiton accourut avec de magnifiques choux plein les bras.

— Tiens, petit, prends-les.

— Je peux ?…

Tchouen-yun ouvrit son sac de chanvre et l'apprenti y déposa les choux en veillant à ne pas abîmer une feuille des précieux légumes, les premiers de la saison.

— Je n'ai pas d'argent, Patron, dit Tcheou Ma-tseu d'un ton quelque peu arrogant, mais le chef cuisinier secoua violemment le menton d'un air de dire : « Pas de ça entre nous ! »

— Aucun problème, Maître Tcheou. En revanche, en remerciement, si vous vouliez bien enseigner quelque chose à ces jeunes apprentis... Ma demande est bien impertinente, mais enfin, si vous consentiez…

— Entendu, répondit Tcheou, après quoi il traversa la cuisine silencieuse d'un pas altier et se plaça près des fourneaux. Tous les marmitons se rassemblèrent autour de lui. Pendant qu'ils se bousculaient avec des cris pour se mettre en bon ordre, Tcheou Ma-tseu réglait le feu sans mot dire.

— Vous êtes prêts ? demanda-t-il en se redressant. Les quarante ou cinquante cuistots répondirent tous « Oui ! » d'une seule voix. Les visages étaient tendus.

— Qu'étiez-vous en train de préparer ?

— Un sauté de produits de la mer et de la montagne farcis en feuilles de chou. Puisque nous avons du chou nouveau…

— Des *pao-tseu* ? Mmm, oui, bien sûr.

Il jeta un regard circulaire sur la cuisine, puis désigna les paniers pleins de victuailles.

— Ecoutez-moi bien. Il ne faut pas croire que plus les ingrédients sont nombreux, meilleur sera le plat. Au contraire: plus les ingrédients sont nombreux, plus il est difficile à réussir.

Tchouen-yun avait du mal à saisir ce que disait Tcheou, qui était devenu volubile et parlait avec l'accent et les mots particuliers du Chantong que les cuisiniers employaient entre eux. Ce langage était difficile à comprendre des clients, ce qui, naturellement, arrangeait bien les cuisiniers. Les cuisiniers de la capitale étaient pour la plupart originaires du Chantong, c'est pourquoi on utilisait le dialecte de cette région depuis fort longtemps dans les corporations de maîtres queux.

— Bon, rappelez-vous l'ordre de cuisson, c'est primordial: le canard tue le poulet, le poulet tue l'oie, l'oie tue le crabe, et le requin tue tout le reste. Autrement dit, si vous vous trompez dans l'ordre pour faire sauter les ingrédients, vous aurez beau mettre les viandes les plus variées dans votre plat, il aura un goût de sauté de porc et de requin, et voilà tout.

Il confia son bâton à Tchouen-yun et changea rapidement l'ordre des paniers sur la table.

— Comme ça, voilà. Ensuite, le feu, le sel et l'huile. Il faut le voir faire pour prendre le coup de main. Regardez bien.

Le cercle des cuisiniers autour des fourneaux se resserra. Tcheou observa le feu, posa dessus une grande marmite, y versa plusieurs sortes d'huiles. Tout en ajoutant les uns après les autres les ingrédients dans l'ordre qu'il avait préparé, il tenait la queue de la marmite de sa main gauche et l'agitait. Malgré leur apparente désinvolture, ses gestes étaient exacts et précis, ainsi que vint bientôt le confirmer le délicieux fumet qui se mit à flotter dans l'air. Des soupirs et un brouhaha admiratif s'élevèrent. Un moment plus tard, le sauté de viande et de poisson s'amoncelait sur un plat, chaque morceau brillant comme s'il était glacé.

Les murmures s'éteignirent d'un coup.

— Ensuite, il n'y a plus qu'à l'enrober dans des feuilles de chou. Goûtez donc. Je suis sûr que cela n'a pas le même goût que quand vous le préparez.

Le cuisinier en chef piqua le premier ses baguettes dans le plat.

— *Tsouei hao tch'e!* Excellent, vraiment excellent! Bravo, Maître Tcheou!

Tous les cuistots qui vinrent goûter l'un après l'autre en soupirèrent d'admiration.

— Qu'en dites-vous? On sent à la fois la mer et la montagne dans ce plat, n'est-ce pas? Avec des ingrédients identiques, mon plat n'a pas le même goût que le vôtre. Cette différence de saveur, c'est toute la différence entre l'intérieur du palais et l'extérieur! Voilà, le cours est fini pour aujourd'hui!

Les cuisiniers vinrent le remercier l'un après l'autre, puis s'en retournèrent chacun à ses attributions.

— Bon. Nous avons nos choux, partons maintenant, dit Tcheou Ma-tseu, qui, s'appuyant sur son bâton, repartit en clopinant vers la ruelle.

— Vieux Tcheou, vous êtes célèbre. Quelle surprise! Je comprends maintenant pourquoi nous mangeons de si bonnes choses tous les jours.

— C'est seulement parce que tu as faim que tu trouves tout bon. Quand on sue sang et eau pour travailler, on trouve tout bon. La preuve, ni le Père de Dix Mille ans ni le Vieux Bouddha ne m'ont jamais fait de compliments sur ma cuisine. Ils n'ont jamais eu faim, voilà tout.

Une fois de retour dans la grand-rue, Tchouen-yun se retourna sans raison particulière pour jeter un coup d'œil sur l'entrée du *Houei-fong-tang*. Il lui semblait qu'il venait de visiter un monde de rêve.

Tcheou Ma-tseu, qui s'était retourné en même temps que lui, émit un petit rire nasal.

— Ces riches qui se piquent d'être fins gourmets, croient-ils donc pouvoir manger aussi bien qu'à la table de l'empereur, simplement parce qu'ils y mettent le prix ?... Bon, maintenant, passons à la viande et au poisson. Allons donc fouiller un peu les poubelles du coin, dit Tcheou Ma-tseu, qui ne semblait pas entendre les voix du chef cuisinier et de son assistant, sortis en hâte devant le restaurant, qui lui adressaient de vibrants « au revoir ! ».

Ils furent de retour au temple de la Noble Abondance une fois le jour complètement levé. Tcheou Ma-tseu entreprit de confectionner un déjeuner mirifique avec les restes dont ils avaient empli leurs sacs.

Comme Tcheou avait du mal à s'accroupir à cause de sa jambe, le rôle de surveiller le feu revenait à Tchouen-yun qui, suivant les indications de son aîné, rajoutait ou enlevait des bûches. Quand il cuisinait, Tcheou Ma-tseu, si disert d'ordinaire, était muet comme une carpe : on aurait dit une autre personne.

Ensuite, quand il avait servi ce petit déjeuner roboratif à ses camarades qui se levaient les uns après les autres, il ordonnait à Tchouen-yun de débarrasser, tandis que lui-même allait faire un somme. Après le repas, Chinpa se traînait jusqu'au jardin et se remettait à son balayage sans fin.

— Vieux Chinpa, à mon avis, faire ce travail une seule fois le soir serait aussi efficace que d'y passer la journée entière. Les feuilles retombent dès que tu es passé quelque part.

Chinpa ne répondit pas, mais ce silence semblait signifier : « Mêle-toi de tes affaires. » Derrière son dos voûté, tandis qu'il continuait de manier en silence son balai sans manche, les feuilles jaunes de ginkgo retombaient aussitôt, comme si elles le faisaient exprès.

— Allez, petit, en piste ! Un peu de courage !

La voix de Pivoine Noire, parfaitement modulée, retentissait dans le jardin où il venait d'apparaître, un fouet à la main, le visage couvert d'un masque de coton.

Une routine terrible commençait alors.

— Allez, on y va ! disait Pivoine Noire en lui assenant un premier coup de fouet sur les fesses. Tchouen-yun poussait un cri perçant et se mettait à courir. Il avait confiance en la vitesse de ses jambes, mais Pivoine Noire fendait littéralement les airs. Tout en poursuivant le garçon, il brandissait son fouet, qui s'abattait comme l'éclair au moment voulu. Tchouen-yun faisait alors un bond de côté et se mettait à courir de plus belle.

Il avait beau courir de toutes ses forces, hors d'haleine, dans les venelles tortueuses, l'ombre noire le suivait toujours.

Comme dans un cauchemar, quand il sentait dans son dos, toute proche, la présence de Pivoine Noire, le masque légèrement rougi par la sueur et les sanies, Tchouen-yun poussait un hurlement et se remettait à courir.

Quand finalement il s'écroulait dans la ruelle, essoufflé, son maître lui écrasait la figure de son pied et faisait pleuvoir sans pitié les coups de fouet.

— Pardon, pardon !

— Tu ne le dis pas assez fort. Ça ne te suffit donc pas ?

— Pitié, pitié !

— Plus fort ! Tiens, prends ça, et encore ça !

Quand il avait le derrière enflé jusqu'à l'engourdissement et la voix complètement cassée à force d'avoir crié, Pivoine Noire s'arrêtait enfin.

Sitôt qu'il se relevait, commençaient des séries d'exercices d'assouplissement et de musculation.

Tchouen-yun passait sa journée à crier et à gémir. Dès qu'il relâchait un peu ses efforts, une pluie de coups de fouet s'abattait sur lui.

Cependant, les jours passant, il vit ses jambes et ses bras s'épaissir, son ventre et sa poitrine se durcir. Alors, Pivoine Noire lui suspendit aux chevilles des sacs de sable, d'une livre au début, auxquels il ajouta des poids en plomb au fur et à mesure que son corps se musclait, ce qui ne l'empêchait pas de continuer à le battre comme plâtre.

Quand Tchouen-yun eut des sacs de trois kilos suspendus aux chevilles, Pivoine Noire commença enfin à lui apprendre les rudiments du théâtre. Battements de jambes, pirouettes, sauts périlleux, bref, les acrobaties de base, indispensables pour jouer les rôles de guerrier.

Les arbres s'étaient maintenant complètement dénudés, la bise sifflait au-dessus de l'étroit jardin. Chinpa continuait à balayer les feuilles mortes du matin au soir.

Ces journées d'hiver étaient courtes, la nuit tombait rapidement, et vers l'heure où ceux de leurs compagnons sortis mendier dans les rues réintégraient le logis, l'entraînement de Tchouen-yun se terminait enfin. Sa sueur qui n'avait pas le temps de sécher se muait en vapeur qui montait le long de son corps.

— Merci, Maître ! disait l'enfant à genoux, en baissant la tête.

Ce jour-là, tandis que son élève rangeait ses menus accessoires, Pivoine Noire qui d'ordinaire partait sitôt son cours fini, sans un mot aimable, le fixa longuement de derrière son masque.

Tchouen-yun se raidit, craignant quelque punition.

Pivoine Noire pénétra dans le bâtiment principal, en ressortit avec deux chandeliers munis de trois bougies chacun. Des eunuques s'étaient rapprochés, se demandant ce qu'il mijotait.

— Essaie, petit, fit-il en tendant à l'enfant les deux candélabres.

— Hein ? Quoi donc ?...

— Regarde, je vais te montrer d'abord. Tu dois faire trois pirouettes jusqu'à la porte d'entrée sans lâcher les chandeliers.

— Je n'y arriverai jamais !

Derrière le masque, les yeux riaient.

— Si, tu le peux. Tu n'as qu'à faire comme d'habitude.

— Comme d'habitude ?...

— Comme quand tu tiens des chandeliers.

Pour les pirouettes, Tchouen-yun était confiant. Au début, il prenait son élan en posant les mains, mais à force de répéter sous les coups de fouet et de poing, il avait fini par apprendre à tourner sur lui-même plusieurs fois de suite ou même à faire des sauts périlleux en arrière, sans l'aide de ses mains.

— Vingt coups de fouet pour chaque bougie éteinte !

— Non, c'est trop dur, je vous en prie, je ne peux pas !

— Tu peux. Si tu ne commets pas d'erreur.

Pivoine Noire mit de force les chandeliers dans les mains de Tchouen-yun qui hésitait toujours, puis se tourna vers les fenêtres autour du jardin intérieur pour crier :

— Venez tous assister au tour que Li Tchouen-yun, acteur de la troupe du palais, va réaliser pour vous !

Les fenêtres s'ouvrirent çà et là, des applaudissements, des cris de joie fusèrent.

— Je ne peux pas, Maître, je ne connais pas ce tour.

Tout en parlant, Tchouen-yun se sentait envahi par une sorte d'excitation ; il bondit sur les dalles devant le bâtiment principal, se figea dans une pose théâtrale.

Aussitôt les applaudissements se calmèrent, le silence se fit. Les chandeliers au bout de chacun de ses bras tendus, Tchouen-yun fit pivoter son corps d'un bloc, trois fois de suite, sur les dalles. Il atterrit juste devant la porte d'entrée et prit à nouveau la pose, après avoir vérifié que les six bougies brûlaient toujours.

— Magnifique ! cria Pivoine Noire en claquant des mains au-dessus de sa tête ; aussitôt des cris de joie s'élevèrent tout autour.

Plus encore que d'avoir réussi sans la moindre faute, Tchouen-yun se sentait heureux du compliment de Pivoine Noire. Après l'avoir humilié et injurié à loisir, son maître lui décernait des louanges pour la première fois.

— Qu'en dis-tu, petit ? J'avais raison, tu vois. Ton esprit croit que tu ne peux pas le faire, mais ton corps y arrive très bien. Voilà à quoi ça sert de s'entraîner aussi dur.

Tchouen-yun rendit les chandeliers à Pivoine Noire et contempla ses propres mains d'un air incrédule.

— Le tour que tu viens de faire s'appelle le *fanlan*. Sur scène, tu dois avoir sept bougies placées ici et là sur ton corps, mais en fait c'est plus facile qu'en tenant des chandeliers. Sans parler de premier rôle, te voilà déjà capable de jouer de petits rôles secondaires de bouffons.

— Vraiment ?

Pivoine Noire lui frappa le front de petits coups de chandelier :

— Ne te réjouis pas trop vite ! Il y a de nombreux acteurs dans la troupe du palais capables de réaliser le *fanlan*. Pour le Vieux Bouddha, c'est normal de le réussir. En revanche, si tu le rates, cela te vaut cent coups de bâton.

— Cent coups de bâton ? On doit en mourir ?

— C'est la mort assurée. N'oublie pas que, si les acteurs sont ceux qui ont le plus de chances de gagner les faveurs de l'impératrice, c'est aussi parmi eux qu'on trouve le plus de membres brisés, de bastonnades à mort. Pour une performance accomplie dans un rôle de guerrier, tu recevras cinq cents taels. Mais à la moindre erreur, tu seras battu à mort sur-le-champ, et ta dépouille jetée aux bêtes sauvages.

— Cinq cents taels ! Jeté aux bêtes sauvages !

— Ne sois pas si ébahi, petit. Vois-tu, un vrai travail d'homme…

Il s'interrompit et jeta un coup d'œil sur l'entrejambe de l'enfant.

— Un vrai travail d'homme consiste à risquer sa vie à chaque instant…

Sa phrase à peine achevée, il disparut.

Tchouen-yun se mit à battre des paupières, n'en croyant pas ses yeux. A bien y regarder, Pivoine Noire était toujours là: il s'était allongé par terre sans un bruit, les mains tenant toujours le chandelier, sans bouger la position de ses pieds.

Pivoine Noire se releva, comme un automate, sous les yeux écarquillés de Tchouen-yun.

— Incroyable ! On dirait une apparition.

— Ce tour-là aussi est utilisé dans les rôles de guerrier ; il faut tomber en arrière sans bouger la position des pieds. On l'utilise pour exprimer la mort soudaine d'un personnage.

— Fabuleux ! Je peux essayer ?

— Pas encore. Tu risquerais de te fendre le crâne et de mourir pour de bon.

Pivoine Noire posa les chandeliers à terre et prit une posture de scène en poussant un grand cri théâtral. Il fit claquer deux ou trois fois les manches de sa robe, puis sauta en projetant bras et jambes vers le ciel, et retomba au sol sur le dos comme un pantin désarticulé.

— Ça, c'est le *houai-tseu* !

Il se releva d'un bond et, les deux bras croisés, retomba à nouveau à terre.

— Et ça, le *tiaomao* !

Il se releva, fit plusieurs pirouettes en arrière et tomba cette fois le torse en avant, bras en croix.

— Et le *tao-cha-fou* ! Tu vois, Tchouen-yun, un acteur doit connaître toutes les manières de représenter la mort. Seul celui qui a assimilé cent tours et ne se trompe jamais est un véritable acteur !

Eberlué, Tchouen-yun se laissa glisser à terre.

— Jamais je ne pourrai…

— Que dis-tu ? Tu n'es pas handicapé, tu peux tout faire. Si un homme s'en croit incapable, il ne peut même pas marcher droit. Regarde donc tous ces fainéants qui traînent en ville, rôdant çà et là comme des chiens errants. Crois-moi, la chose la plus difficile au monde, c'est de marcher droit, en bombant la poitrine !

Exaspéré, Pivoine Noire arracha son masque et le jeta à terre. Sa figure purulente grimaça ; il se racla la gorge, expectora un crachat sanguinolent puis fit avec dextérité plusieurs pirouettes d'affilée, comme autant de pieds-de-nez au démon de la maladie.

Après avoir fait le tour du jardin tel un moulin à vent, il vint atterrir juste aux pieds de Tchouen-yun et lui assena une gifle violente.

— Compris, petit ? Ne redis jamais devant moi que tu ne peux pas faire quelque chose !

Tandis que le poing de Pivoine Noire s'agitait sous ses yeux, Tchouen-yun vit nettement que déjà ses mains n'étaient plus que des moignons sans forme.

— J'ai compris, j'ai compris, Maître. Je ne me plaindrai plus jamais.

Les lèvres retroussées sur des gencives à nu, Pivoine Noire tourna vers le ciel ses prunelles injectées de sang et dit d'une voix qui montait du fond de son ventre :

— Si seulement j'avais un corps valide, je te montrerais qu'on peut voler dans le ciel.

Une voix appela alors Tchouen-yun du fond de l'obscurité.

Le vieux Ngan lui souriait, les coudes appuyés sur l'embrasure de la fenêtre.

— Eh bien, si tu as fini ton entraînement, ta leçon de musique t'attend, Tchouen-yun. Viens par ici.

Tchouen-yun épongea sa sueur au bord du puits, puis se dirigea vers la chambre de Ngan Tö-hai.

Tard dans la nuit, l'enfant continua à chanter au son du luth, jusqu'à cracher du sang.

2

Le spectacle qui eut lieu ce soir-là au palais, sur un caprice de l'impératrice douairière, s'avéra lamentable.

A peine eurent retenti les quatre coups de gong annonçant le début des *Quatre Héros* que le trouble des acteurs parut manifeste.

Ils oubliaient leurs tirades, n'étaient pas en rythme, laissaient tomber leurs accessoires, rataient leurs sauts périlleux et retombaient sur les fesses. A chaque nouvelle erreur, leur tension augmentait d'un cran, et ils se trompaient encore davantage.

Leur désarroi était bien explicable. Car l'impératrice, entichée de pièces sentimentales, avait fixé son choix trois jours auparavant, à la fin du dernier spectacle, sur l'opéra *Yu-t'ang-tch'ouen*.

Soumis aux désirs de l'impératrice, les eunuques de la troupe du palais s'entraînaient donc exclusivement à jouer des scènes d'amour romantique, quand ils s'étaient vus sommés à l'improviste d'exécuter un opéra guerrier tel que *Les Quatre Héros*.

Cette pièce n'avait pas été donnée depuis plusieurs années et la plupart des acteurs de la troupe avaient changé. A l'époque, c'était Pivoine Noire qui tenait le rôle principal de Louo Hong-siun, de façon parfaite et naturelle, car il le connaissait sur le bout des doigts.

Les acteurs n'avaient eu que quelques heures, après le revirement soudain de l'impératrice, pour apprendre leurs tirades et se rappeler les figures avant de monter sur scène.

Ils n'étaient d'ailleurs pas les seuls à trembler devant le tyran. Dans la tour Yue-che-leou, séparée de la scène du pavillon des Sons Agréables par un jardin, une extrême tension régnait chez les spectateurs installés en rangs serrés, depuis les ministres et les hauts dignitaires jusqu'aux dames de cour et aux eunuques. Même l'empereur Kouang-siu, assis sur son trône aux côtés de l'impératrice douairière, arborait de temps en temps un air inquiet et surveillait le profil de sa tante, dont la colère pouvait exploser à tout moment.

Le spectacle n'avait pas commencé depuis très longtemps quand Tseu-hi se leva en hurlant :

— En voilà assez ! Qu'est-ce que c'est que ces maladroits !

La musique s'arrêta net, les acteurs qui tourbillonnaient sur scène tombèrent tous à terre, prosternés. Le vieil eunuque qui était le metteur en scène de la troupe se précipita dans la cour, et se frappa le front sur les dalles.

— J'implore votre pardon, Divine Souveraine, pardonnez ma maladresse !

— Quel manque de grâce ! Jamais je n'ai vu opéra si mal joué ! Pourquoi ne pouvez-vous jouer comme Pivoine Noire ?

Se laissant aller à sa vindicte, l'impératrice jetait rageusement à terre les gâteaux empilés devant elle.

— J'implore votre pardon, Majesté ! Pivoine Noire était un acteur comme il en naît un par siècle, les capacités de vos misérables esclaves ne peuvent être comparées aux siennes !

— Silence !

Les acteurs s'étaient faits tout petits et tremblaient de peur, le menton rentré dans les épaules.

— Vous deux, vous recevrez cent coups de bâton. Les autres, trente coups.

Le vieux metteur en scène et l'acteur principal levèrent un instant la tête et jetèrent un regard implorant en direction du chef de palais Li Lien-yin. Ce dernier détourna son visage olivâtre de ses malheureux subalternes. Impassible et glacial, manifestant une totale indifférence, il appela les fonctionnaires de la justice qui se tenaient en faction aux coins de la salle. Ces eunuques au corps musculeux, qu'on appelait *san-tch'a*, s'avancèrent aussitôt, leur bâton à la main, au-devant de l'impératrice.

— Battez ces deux-là à mort.

Comme les *san-tch'a* s'apprêtaient à sortir de la salle, traînant les deux condamnés qui gémissaient et pleuraient, une voix noble au timbre doux se fit entendre :

— Attendez ! Je vais intercéder pour vous auprès de l'impératrice et tenter d'apaiser sa colère.

Un murmure d'ébahissement parcourut la salle.

L'empereur Kouang-siu descendit lentement de son trône et vint s'agenouiller aux pieds de Tseu-hi :

— Voilà qui est étonnant ! L'empereur qui obéit au Ciel me demande d'épargner la vie de deux eunuques !

Contenant sa colère, elle fixait sur l'empereur Kouang-siu un regard méprisant.

— Vénérable Père de Famille impériale, la faute de ces acteurs est manifeste aux yeux de tous, mais il s'agit seulement de théâtre. Que les représentations soient de qualité inégale ne justifie pas de prendre plusieurs vies.

Je prie la Vénérable Aïeule d'exercer en cette matière son infinie compassion.

C'était la première fois que le jeune empereur de seize ans prenait la parole pour s'opposer à un ordre de son impérieuse tante, qu'il allait jusqu'à appeler « Père de Famille impériale », tant son autorité était toute-puissante. Tseu-hi en fut plus ébahie encore que les dignitaires de la cour. Contenant à grand-peine sa rage, elle se força à répondre d'un ton calme :

— Tu es devenu un jeune homme remarquable. Très bien, puisqu'il s'agit d'une prière de l'empereur. Que ces deux hommes reçoivent vingt coups de bâton ! Je pardonne leur crime aux autres.

Un sourire apparut sur le visage fin et intelligent de l'empereur Kouang-siu.

— Recevez toute ma gratitude. Votre geste de bonté me rend très heureux. La renommée de votre magnanimité s'élèvera jusqu'au Ciel.

Un soupir admiratif monta de la tour Yue-che-leou et des rangs des dignitaires. Tseu-hi tournait vers cet empereur enfin adulte un visage impassible, mais son corps tremblait de colère.

— T'an Sin-p'ei, continue à leur place ! ordonna-t-elle de sa voix la plus douce à l'acteur présent dans la salle. Montre donc à l'empereur comment on joue le rôle de Louo Hong-siun

T'an Sin-p'ei, le plus réputé des acteurs de la capitale, s'avança devant l'impératrice douairière, frappa son front contre terre, puis se précipita vers les coulisses afin de se costumer et de se maquiller pour le rôle.

Tseu-hi se laissa retomber sur son trône comme si elle était brisée, et murmura sans s'adresser à personne en particulier :

— Autrefois, quand Pivoine Noire était là, il rivalisait avec les troupes de T'an Sin-p'ei et de Yang Yueleou. Dans des moments comme celui-ci, si seulement Pivoine Noire était là, je ne me sentirais pas si pitoyable…

Tseu-hi ne se sentait pas humiliée le moins du monde par la performance exécrable de sa troupe, mais bien plutôt par l'intervention inattendue de l'empereur.

Un silence pesant régnait dans la salle.

Ce qui venait de se produire n'avait rien d'anodin. Si le jeune empereur affirmait son pouvoir, Tseu-hi perdait le sien. Il va sans dire que Li Lien-yin et le général Jong-liu étaient blêmes.

L'empereur avait regagné son trône et dirigeait son regard intelligent vers la scène, comme si de rien n'était. Tseu-hi lui jeta un regard furtif, puis agita ses longs ongles pour appeler une dame de cour, qui lui apporta aussitôt du thé et des pâtisseries ; elle en proposa à l'empereur.

— Non merci, je viens de dîner, répondit celui-ci, au grand mécontentement de Tseu-hi. Derrière l'empereur, la voix conciliante de Li Lien-yin se fit entendre :

— Vénérable Père de Dix Mille Ans, daignez accepter ces gâteaux que vous propose la Vénérable Aïeule.

Cette fois, ce fut l'empereur qui tourna vers lui un visage manifestement mécontent :

— Vous n'avez pas à intervenir. Gardez donc votre place.

L'eunuque recula en se confondant en excuses. C'était aussi la première fois que l'empereur réprimandait le chef de palais de l'impératrice douairière.

Le silence devint plus pesant encore. Tout le monde avait conscience que ce moment devait arriver tôt ou tard, mais pour l'entourage de l'impératrice, qui n'osait lui adresser la parole autrement que pour lui demander chaque jour de façon formelle des nouvelles de sa santé, le ton sûr de lui de l'empereur paraissait trop choquant. L'impératrice d'Occident, tenant à la main le gâteau qu'elle avait voulu offrir à l'empereur, le geste en suspens, demanda alors sur une idée soudaine :

— Le professeur de Votre Majesté est-il là ? Yang Si-tcheng est-il dans la salle ?

De son siège, dans les rangs des dignitaires, Yang Si-tcheng avait observé la scène d'un bout à l'autre. De toute l'assistance, celui qui s'était senti le plus tendu et le plus remué par ce qu'il venait de voir, c'était lui, sans conteste, car il cumulait avec ses charges celle de précepteur du jeune empereur ; il rectifia sa coiffe et s'avança devant l'impératrice.

— Vénérable Aïeule, votre humble vassal Yang Si-tcheng vous remercie et vous exprime sa profonde gratitude pour l'avoir invité ici ce soir.

L'assistance retint son souffle, ne perdant pas une miette du calme face-à-face de l'impératrice douairière et de Yang Si-tcheng. Yang Si-tcheng, réputé pour être le personnage le plus érudit de son époque, était celui de ses professeurs auquel l'empereur Kouang-siu accordait le plus de confiance ; personne ne doutait que dès que l'empereur serait entré en fonction, dans un futur proche, Yang Si-tcheng serait nommé à un poste clé du gouvernement, ministre des Affaires Militaires ou de l'un des six ministères. La confrontation de ce personnage et de l'impératrice autoritaire qui présidait depuis un quart de siècle aux destinées de l'empire était cruciale pour l'orientation politique à venir.

En outre, il était de notoriété publique que Yang Si-tcheng, en tant que professeur du jeune empereur, rendait souvent visite à l'impératrice douairière, mère adoptive du jeune homme, pour l'informer des progrès de son élève. Depuis quelque temps déjà, il ne cessait de répéter en privé à l'impératrice que l'empereur Kouang-siu était désormais en âge de prendre lui-même en main les rênes du pouvoir, autrement dit qu'il était temps pour elle de se retirer.

Tout le monde s'accordait à reconnaître que Yang était un personnage intègre, une âme noble dépourvue d'égoïsme. Cette réputation était peut-être ce qui déplaisait le plus à l'impératrice d'Occident et à ses fidèles serviteurs.

— Vénérable Professeur Yang, il semble que votre enseignement ait porté ses fruits et que le cœur de l'empereur soit empli de compassion. Bien qu'il s'agisse de mon propre neveu, je trouve exemplaire de la part de ce jeune empereur de vouloir épargner la vie de vils eunuques, dit Tseu-hi en pinçant ses lèvres décolorées, avec une ironie intentionnelle.

— Vénérable Aïeule, qu'il s'agisse d'un eunuque, d'un dignitaire ou d'un fonctionnaire, les cœurs prêts à vous servir et à servir l'empire sont identiques. Vous êtes certainement, Majesté, la première à le savoir.

Les regards s'étaient tournés vers Li Lien-yin, qui se tenait derrière l'impératrice. Toute la salle tremblait devant la hardiesse de Yang Si-tcheng qui avait répondu aux sarcasmes par une ironie plus mordante encore.

Ce dernier ne quittait pas le trône des yeux. Tseu-hi, elle aussi, regardait Yang fixement sans ciller. Au bout d'un moment, il poursuivit d'une voix forte, avec des paroles qui prouvaient à quel point il était honnête :

— Vénérable Aïeule, veuillez me pardonner des propos discourtois, sans souci du lieu de divertissement où nous nous trouvons, mais…

Jong-liu se hâta de l'interrompre :

— Allons, Yang, notre Divine Souveraine est venue se distraire en regardant un opéra, un peu de retenue !

L'assistance imaginait facilement ce que Yang allait dire. S'il s'exprimait publiquement devant les dignitaires du gouvernement réunis, le général, qui dépendait de l'autorité de l'impératrice, perdrait la face. Sa présence à cette soirée était pour lui l'occasion de faire savoir à tous qu'il était réhabilité.

Yang Si-tcheng, cependant, regarda fixement le général et poursuivit sans la moindre hésitation :

— C'est vous, Excellence Jong-liu, qui devriez manifester un peu plus de retenue. Vous qui n'êtes qu'un fonctionnaire de troisième rang, vous osez donner un ordre au vice-ministre des Rites, au précepteur de l'empereur ? Vous n'avez aucun droit à donner des ordres, vous qui avez été déchu de votre rang de fonctionnaire et rétrogradé au troisième rang pour crime de corruption l'an passé. Un peu de retenue !

Ainsi réprimandé par un mandarin chinois, de surcroît plus jeune que lui, le général Jong-liu s'avança auprès du trône, mit un genou en terre et déclara d'une voix forte :

— Silence ! Aujourd'hui même, la Divine Souveraine m'a réhabilité et nommé ministre des Affaires Intérieures. Il est de mon devoir d'intervenir lorsque vous vous adressez à Sa Majesté.

— Voilà qui est étrange, interrompit Yang en haussant la voix plus encore. C'est moi qui suis chargé de l'élaboration des décrets concernant les nominations et les retraits de poste, selon le bon plaisir de l'empereur.

Il n'est pas un document officiel qui ne passe par une révision de mes services. Comment donc vous y êtes-vous pris, Excellence, pour devenir ministre des Affaires Intérieures à mon insu ? Je vais poser plutôt la question à Sa Majesté l'empereur. Majesté, êtes-vous au courant de la nomination du général ?

L'empereur Kouang-siu, les yeux tournés vers la scène de théâtre qui lui faisait face, eut un sourire espiègle :

— Je ne suis pas au courant. Ni de cela, ni du fait que le crime de Jong-liu ait été pardonné.

Yang Si-tcheng feignit de tomber à la renverse, dans un geste emphatique :

— Que dites-vous, Majesté ? Jong-liu aurait eu l'insolence de se présenter ici sans votre autorisation ? Il s'absout lui-même de ses fautes, s'arroge frauduleusement un poste de ministre : c'est un crime de lèse-majesté !

— Allons, allons, fit l'empereur d'un ton apaisant en agitant une main blanche.

De toute évidence, cet échange de reparties avait été préparé, mais l'accord subtil de ces deux comédiens souleva l'admiration de toute l'assistance, surtout après l'exécrable prestation qu'ils venaient de subir.

— Attendez, Vénérable Professeur Yang. En fait, hier, j'ai reçu inopinément la visite de Li Hong-tchang, gouverneur de la province de Tcheli, venu juger des progrès de mon éducation. Je ne puis croire qu'il soit venu de Tientsin uniquement dans ce but. Ne serait-il pas plutôt venu débattre avec l'impératrice du sort du général Jong-liu ?

— Cependant, Majesté, ce serait inverser l'ordre des priorités. Comment aurait-il pu consulter Sa Majesté l'impératrice douairière, sans en informer Votre Majesté, souverain de cet empire ?

— Sans doute le gouverneur de Tientsin, qui vit fort éloigné de la capitale, ignorait-il l'étendue de mes responsabilités dans les affaires de l'empire. Vous ne pouvez l'en blâmer. Je prends part aux décisions importantes de cet ordre, mais l'impératrice mère ne m'a pas encore confié la charge entière du gouvernement. Je trouve au contraire fort avisée la décision du gouverneur Li Hong-tchang de ne pas évoquer devant moi un sujet qui aurait pu entraver ma concentration dans mes études.

Après cette tirade prononcée avec un calme imperturbable, l'empereur se tourna vers sa tante stupéfaite :

— Je suppose, Vénérable Impératrice Mère, que vous avez approuvé la proposition du gouverneur Li et que vous aviez l'intention de me rendre visite dès demain pour me demander s'il convenait, puisque vous aviez pardonné son crime à Jong-liu, de lui confier le poste de ministre des Affaires Intérieures. Les choses sont allées un peu vite et n'ont pas été réglées dans l'ordre, voilà tout. Quoi qu'il en soit, maintenant que j'ai atteint l'âge adulte, il serait étrange que nous n'ayons pas des divergences dans nos idées ou sur les mesures à prendre, n'est-ce pas, Vénérable Père de Famille impériale ?

Jong-liu se taisait, Li Lien-yin tremblait, l'impératrice elle-même était bien embarrassée de répondre.

— Enfin... Ce n'est ni le lieu, ni le moment... Vous avez raison, j'allais dès demain vous faire part de ma décision... Mais écoutons ce que Yang avait à dire. Parlez sans crainte.

Tseu-hi était tombée dans le piège que lui avaient tendu Yang Si-tcheng et le jeune empereur : elle ne pouvait faire autrement que de répondre comme elle l'avait fait, en gardant le sourire, afin de ne pas porter atteinte à sa réputation de « Vieux Bouddha bienveillant. »

Saisissant l'occasion qui lui était donnée de s'exprimer, Yang Si-tcheng proféra d'une voix claire et forte, afin qu'aucun des membres du gouvernement ne manque une parole :

— Vénérable Aïeule, je m'adresse à vous : voilà longtemps que je remplis auprès de l'empereur Kouang-siu mon office de précepteur, et d'après ce que j'ai pu observer respectueusement, Sa Majesté est aujourd'hui suffisamment éclairée pour prendre en main les rênes du pouvoir. La Vénérable Aïeule pourra donc renoncer sans la moindre inquiétude à prendre place derrière le rideau de la salle d'audience, car il est essentiel que Votre Majesté puisse poursuivre en paix et en repos ses jours immortels. Votre humble vassal, Yang Si-tcheng, vous prie respectueusement d'accepter…

L'ensemble des hauts fonctionnaires présents restèrent médusés par cette déclaration historique de Yang Si-tcheng. Les uns tremblaient de crainte devant des paroles aussi hardies, d'autres étouffaient des larmes d'admiration, et tous attendaient, tendus de tout leur être, la réponse de l'impératrice.

L'impératrice d'Occident se composa une attitude calme :

— C'est une grande joie d'apprendre cela. Prince Tch'ouen !

Yi-houan sursauta en entendant prononcer son nom au moment où il s'y attendait le moins.

— Qu'en pensez-vous, en tant que père de l'empereur ?

Yi-houan commença par bredouiller, leva la tête vers le plafond, hésita, s'affola, et déclara finalement :

— C'est en effet un grand bonheur. Cependant, il ne faut rien précipiter. Il conviendrait d'abord de sacrer une impératrice, et après la cérémonie de mariage seulement, il serait judicieux de…

Cela lui avait coûté un réel effort, mais il avait réussi à faire une réponse appropriée. Les hauts dignitaires se sentirent soulagés.

Choisir une épouse à l'empereur, organiser les cérémonies de mariage nécessiterait plusieurs mois. Il fallait du temps pour la passation de pouvoir, les choses devaient se faire posément.

— En effet, cela me semble raisonnable. Une fois que l'empereur exercera ses pouvoirs, j'aurai moi-même quelques détails à lui communiquer, il faudra un certain temps pour cela. Occupons-nous de toute urgence de trouver une épouse à l'empereur. Qu'en pensez-vous, Yang ?

Yang Si-tcheng, comme s'il marchait sur le tranchant d'une lame, accepta ce compromis.

— J'approuve entièrement la décision de la Vénérable Aïeule, qui, tout comme l'empereur Ch'ien-lung lorsqu'il abdiqua en faveur de l'empereur Kia-ts'ing, permettra l'avènement d'une période de Grande Paix pour notre peuple.

Tel fut le baisser de rideau de cette pièce inattendue qui avait suscité angoisse et émotion chez les spectateurs.

— Bien. Je pense que les préparatifs de la troupe de T'an Sin-p'ei sont terminés. Que chacun prenne plaisir au spectacle. Yang, approchez…

L'impératrice mère tendait à Yang Si-tcheng le gâteau cuit à la vapeur qu'elle avait oublié dans sa main depuis un moment. En proie à une grande confusion, Yang s'approcha du trône à genoux, et, frappant plusieurs fois son front à terre, reçut le gâteau des mains de l'impératrice.

Ce fut la scène la plus émouvante de la soirée : le vassal fidèle avait rassemblé tout son courage pour faire cette proposition, et l'impératrice reconnaissait par ce geste sa sincérité. Une nouvelle ère s'ouvrait.

Les quatre gongs continuaient à retentir, annonçant l'ouverture de l'opéra des *Quatre Héros*, joué par la troupe du célèbre T'an Sin-p'ei.

Cependant, tandis qu'il regagnait son siège sous le tonnerre d'applaudissements qui marquait l'entrée des acteurs en scène, Yang Si-tcheng ressentit de la peur pour la première fois. Le petit pain fourré aux haricots rouges qu'il avait rapidement rangé dans l'échancrure de sa robe de cour portait les traces profondes des ongles effilés de l'impératrice, et la pâte rouge sucrée qui en avait coulé tachait ses mains comme du sang.

Le spectacle terminé, Tseu-hi regagna ses appartements privés, sous l'escorte de ses deux fidèles vassaux, Li Lien-yin et le général Jong-liu.

— Pourquoi avoir répondu aussi ouvertement, Majesté ? Quelle sera ma position à moi, Jong-liu, si vous vous retirez ? Je n'existe que par vous, Vénérable Aïeule. Et l'empereur n'a pas bonne opinion de moi. Votre décision pourrait bien me coûter la vie cette fois.

— Et que deviendra votre humble esclave ? Je ne pourrai vous accompagner dans votre retraite. Et si vous me laissez au gynécée, je ne sais ce qu'il adviendra…

Irritée, l'impératrice s'emporta sans raison contre ses dames d'honneur, chassa les eunuques qui l'entouraient d'une volée de gifles, puis se jeta dans sa chaise à porteurs en grimaçant comme une démone.

— Toutes vos jérémiades ne sont d'aucune utilité maintenant. Je me suis fait berner par ce rusé de Yang ! J'avais un mauvais pressentiment. Leur petit numéro était préparé, j'en suis sûre ! Tout d'abord, Tsai-t'ien me cherche querelle. D'ordinaire, je lui rabats son caquet d'un mot, mais là, devant tous les ministres assemblés, la chose était impossible. Je ne peux qu'en appeler à Yang, qui en profite pour faire cette odieuse déclaration. Ils m'ont percée à jour, je suis tombée dans leur piège ! A la réflexion, c'était habile de leur part, me faire promettre une chose pareille avec toute la cour pour témoin ! Ce gredin de Yang a joué son rôle à merveille, et sur une véritable scène de théâtre, qui plus est !

— Certes, Majesté, mais moi, Jong-liu…

L'impératrice se redressa et contempla Jong-liu d'un air ébahi.

— C'est incroyable ! Tu ne penses donc jamais qu'à toi-même ? Tu n'as pas changé, enfant tu étais déjà ainsi. Ne t'inquiète pas, j'ai pensé à tout.

— Ce qui signifie… ?

L'impératrice d'Occident invita d'un geste ses deux hommes de confiance à se rapprocher, et murmura à voix basse :

— J'y ai songé chemin faisant, vous êtes les seuls à qui je puis le dire : pour rien au monde, je ne ferai ce que Yang Si-tcheng croit que je vais faire. Elle poursuivit, tirant l'oreille de chacun des deux hommes pour les faire se rapprocher davantage : Pour commencer, c'est ma nièce qui sera sacrée impératrice, et personne n'y trouvera rien à redire.

— La nièce de Votre Majesté… ?

Li Lien-yin semblait réfléchir.

— Vous voulez dire… La fille du général Kouei-siang ?… Ce laideron… Euh, veuillez me pardonner.

— Exactement ! En l'occurrence, peu importe à quoi elle ressemble. En choisissant une impératrice de ma parenté, je saurai tout des pensées de l'empereur et de ses alliés. Ce Tsai-t'ien a beau être le fils de ma propre sœur et du prince Tch'ouen, jamais il n'a eu la moindre affection pour moi, sa mère adoptive ! Pas la moindre reconnaissance envers moi, qui ai fait de lui un empereur ! Je sais bien ce qu'il décidera dès qu'il gouvernera l'empire. Je suis sûre qu'il y pense tellement qu'il n'en dort pas la nuit.

— Hum, en effet. Si la fille de votre frère cadet, le général Kouei-siang, devient impératrice en titre, elle ne vous cèlera rien des intentions de son époux. En outre, Vénérable Aïeule, vous mariez votre nièce avec votre neveu. S'ils ont un héritier, ce prince sera de votre sang…

Jong-liu hochait la tête d'un air admiratif.

— Exactement. L'impératrice douairière, l'empereur et l'impératrice, tous seront du sang des Yehonala ! Leur héritier sera un pur Yehonala. Et moi, je ne suis pas près de me retirer ! Je suis encore là pour longtemps. Et tout continuera comme auparavant : Tsai-t'ien viendra prendre de mes nouvelles trois fois par jour, je l'obligerai à se prosterner devant moi, et s'il veut en faire à sa tête, je le battrai !

— Autrement dit, vous dirigerez toujours le pays, même si les assemblées politiques n'ont plus lieu au palais de la Nourriture de l'Esprit.

— Exactement !

Jong-liu et Li Lien-yin relevèrent la tête avec un petit cri de joie, le visage illuminé de bonheur.

Un eunuque du service privé de l'impératrice apporta un plat de *pao-tseu*, et les deux vassaux se retirèrent prestement, frappant leur front à terre.

Aussitôt, Tseu-hi reprit ses manières distinguées habituelles et regarda le plat fumant.

— Tiens, du chou ? L'hiver approche…

L'impératrice douairière était très friande de ces *pao-tseu* fourrés d'un assortiment de viandes et de poissons rares que l'on mangeait enveloppés dans une feuille de légume cru.

Autrefois, lorsque le vaillant général Dorgon avait franchi la Grande Muraille de Chine, il avait distribué à ses soldats affamés du sorgho réquisitionné dans les villages, enveloppé dans des feuilles de légumes crus, et c'est ainsi, emplis d'une nouvelle vigueur, que les Mandchous avaient pu vaincre les armées Ming. Ce plat était donc considéré comme de bon augure, et la coutume était demeurée, à la cour des Ts'ing, de manger des mets enveloppés de feuilles de légumes pour célébrer les événements favorables. L'impératrice Tseu-hi, pour qui chaque jour était une fête, en faisait souvent servir à sa table.

L'eunuque enveloppa avec dextérité une portion de sauté dans une feuille de chou et le présenta à l'impératrice en tenant le plat au-dessus de sa tête.

— Quel délicieux arôme ! On a beau dire, les véritables *pao-tseu* se préparent avec du chou, seulement du chou. Et les premiers choux de la saison, venus du Chantong, sont les meilleurs.

L'impératrice fourra le *pao-tseu* dans sa bouche en fermant les yeux d'un air extatique. Mais dès la première bouchée, elle s'arrêta net de mastiquer et fixa sur le malheureux eunuque un regard féroce de fauve qui vient de s'éveiller.

— C'est infect !

Les eunuques, tremblants, se jetèrent face contre terre.

— Infect ! Infect infect infect ! On dirait qu'il n'y a que du requin et du mouton sauté là-dedans ! C'est complètement saboté !

L'eunuque, toujours aplati au sol, chercha désespérément à se justifier :

— Votre humble esclave vous supplie de croire, Vénérable Aïeule, que ce plat est bien constitué des produits les plus rares de la montagne et de la mer, il y entre divers ingrédients, en quantité abondante, pas seulement du requin et du mouton. Veuillez vérifier en le goûtant à nouveau !

— Je te dis que c'est infâme ! hurla Tseu-hi en recrachant ce qu'elle avait dans la bouche sans se soucier de salir sa robe. Après quoi, elle s'empara du plat posé sur la table et le jeta à la tête des eunuques.

— Faites venir les *san-tch'a* ! Trente coups de bâton pour ceux-là, et la même chose pour les eunuques chargés de ma cuisine !

Aussitôt les robustes *san-tch'a* apparurent et entraînèrent sans ménagement les eunuques qui sanglotaient.

— Pardonnez-nous, Vénérable Aïeule, pardonnez-nous !

Les violents échos de la bastonnade retentirent jusque dans la salle.

Tout en buvant du thé pour chasser le goût déplaisant du *pao-tseu*, Tseu-hi, en proie à une intense fatigue, porta à son front une main maculée de graisse.

Rien ne se passait comme elle le voulait. Mais comment lutter contre la destinée ? Elle était au bord du précipice, son palanquin courait droit vers le vide où il allait bientôt basculer.

Ce n'était pas tant les *pao-tseu* qui étaient durs à avaler. Elle avait des cailloux autrement plus coriaces à écraser entre ses molaires. Ce qui lui restait sur l'estomac, c'était le visage intelligent du jeune empereur clamant pour la première fois à la face du monde ses divergences d'opinion avec elle. L'empereur était proche par le sang de T'ong-che, son propre fils mort prématurément, pourtant l'un était un modèle de stupidité, l'autre d'intelligence ; plus pénible encore était pour elle le fait que ces deux enfants se ressemblaient trait pour trait.

Personne ne comprenait pourquoi elle s'accrochait si désespérément au pouvoir. Le fait est qu'elle aimait à la folie l'empereur-enfant Tsai-t'ien, si beau et si intelligent. Elle ne voulait pas qu'il endure ce qu'elle endurait, cette terrible souffrance qui la taraudait jour et nuit.

Après leur châtiment, les eunuques revinrent en titubant, s'agenouillèrent en pleurant à la porte. Le fond de leurs robes grenat était déchiré, laissant apparaître les fesses d'où suintait un sang noirâtre.

— Veuillez pardonner notre faute, Vénérable Aïeule, nous reconnaissons nos torts.

Les suppliques et les lamentations se poursuivirent tandis que les eunuques ensanglantés baissaient un à un la tête devant la porte en présentant leurs excuses.

— Veuillez pardonner notre faute, Vénérable Aïeule, répétaient-ils, pareils à des âmes en peine suppliant la compatissante Kouan-yin. L'impératrice gardait un visage de marbre, mais son cœur saignait.

Des jeunes gens qui, pour échapper à la misère, avaient dû renoncer à leur virilité. Des adolescents émasculés par leur père, pour permettre au reste de la famille de survivre. Malheureux eunuques qui devenaient les esclaves du gynécée, où ils étaient battus, frappés sans merci, parfois même assassinés...

Il ne fallait pas détourner les yeux. Il ne fallait pas avoir pitié d'eux. Ils étaient l'expression même de l'infamie d'un régime qui se perpétuait depuis cinq mille ans. Afin de rassembler tout son courage et de mettre définitivement un terme à ce monde où la pauvreté obligeait les hommes à renoncer à l'essence même de leur virilité, elle devait garder les yeux fixés sans ciller sur ce spectacle honteux. Elle devait frapper, tuer, devenir une véritable démone, pour réaliser l'ordre du Grand Empereur Guerrier Sincère.

Les yeux fixés sur les jeunes eunuques prosternés qui demandaient son pardon, Tseu-hi sentait son cœur se fendre de pitié. Si elle l'avait pu, elle aurait couru prendre dans ces bras ces corps endoloris, elle aurait léché leurs blessures et pleuré avec eux.

La lune s'était levée sur les toits de béryl du palais de l'impératrice, allongeant aux pieds de « la Compatissante » les ombres des eunuques en pleurs.

Les lourds relents du mauvais *pao-tseu* lui restaient dans la bouche. Levant son visage blanc baigné de lune, Tseu-hi murmura comme si elle pensait tout haut, exprimant son plus cher désir :

— Ah, je voudrais à nouveau manger de ces *pao-tseu* que me préparait Tcheou Ma-tseu... J'ai été stupide de lui faire briser les jambes pour un moucheron tombé dans un plat. Ah, comme je voudrais manger ces extraordinaires *pao-tseu* de Tcheou Ma-tseu !

3

Quelques jours plus tard, se déroulait au palais du prince Tch'ouen une réunion secrète sous couvert d'un banquet pour admirer la lune sur le lac.

Chouen-kouei et Wang Yi étaient déjà installés dans la calèche princière qui se présenta au foyer du Tsing-hai pour chercher Liang Wen-sieou, qui n'avait pas été prévenu. Après quelques mots de salutations, les trois mandarins se mirent en devoir de composer des poèmes, activité qui accompagnait inévitablement tout banquet destiné à admirer la lune.

Se faufilant le long du mur d'enceinte de façon à ne pas être vue, la calèche parvint bientôt au palais du prince Tch'ouen.

Dès qu'il fut introduit par un eunuque dans une vaste pièce située tout au fond de la résidence, Wen-sieou comprit que leurs poèmes seraient inutiles. Les visages des hommes qui les attendaient, installés autour d'une table ronde, dans une salle aux persiennes fermées éclairée par des chandeliers, exprimaient tous une tension incompatible avec un banquet en l'honneur de la pleine lune. Et il ne voyait sur la table pas le moindre préparatif de festin.

— Vous pouvez omettre les civilités d'usage. Tout d'abord, asseyez-vous, dit Yang Si-tcheng après avoir fait du regard le tour de la salle pour obtenir l'accord tacite de ses compagnons.

Wen-sieou salua légèrement, un genou à terre, avant de s'asseoir, et tandis qu'un eunuque servait le thé, il fit le tour des visages à la lueur des chandelles. Les cinq personnes qui se trouvaient là à leur arrivée portaient des vêtements ordinaires. A droite de Wang Yi était assis un noble de petite taille, dont les traits ressemblaient à ceux du prince Tch'ouen, mais avec un regard bien plus perçant. Sans aucun doute, il s'agissait du précédent premier ministre, le prince Kong.

A côté de lui, le prince Tch'ouen, souriant comme toujours d'un air patelin, courbait un peu son corps qui dépassait d'une tête celui de son frère aîné.

Le siège à droite du prince Kong était libre, ensuite était assis Yang Si-tcheng, qui semblait présider la réunion, puis deux autres hommes inconnus de Wen-sieou.

Le prince Tch'ouen, maître des lieux, rappela le vieil eunuque d'un geste pour lui demander :

— Mon épouse est-elle endormie ?

— Oui, Altesse, elle dort à poings fermés.

A ce bref échange de paroles, Wen-sieou comprit aussitôt qu'il s'agissait d'une réunion extraordinaire. L'épouse du prince Tch'ouen était en effet la sœur cadette de l'impératrice d'Occident.

Yang Si-tcheng commença par se tourner vers le prince Tch'ouen pour lui présenter les trois mandarins. Wen-sieou fut surpris de voir à quel point Yang Si-tcheng se rappelait en détail l'origine et les antécédents de chacun d'eux. En même temps, un doute le saisit : il se demandait à quel titre lui et ses compagnons se trouvaient réunis autour de cette table avec ces hauts personnages.

— Enfin, voilà un premier lauréat qui est un dévergondé comme on en fait peu ! plaisanta Yang Si-tcheng en conclusion de sa présentation de Wen-sieou. Un léger sourire tordit la moustache du prince Kong.

— C'est très bien. Moi-même je suis aux yeux du Vieux Bouddha le membre de la famille impériale le plus dévergondé qui soit, fit-il remarquer avec un rire qui sonna désagréablement.

Yang présenta alors aux jeunes lettrés les deux hommes assis à côté de lui :

— Voici K'ang Yeou-wei, originaire de Canton. Il n'a pas le titre de docteur comme vous, mais il a passé beaucoup de temps à Hong-kong et possède une connaissance de l'Occident qui impose le respect. C'est un occidentaliste, un homme indispensable pour l'avenir de la Chine.

En entendant prononcer son nom, K'ang Yeou-wei, qui semblait âgé d'une trentaine d'années, souleva ses paupières qu'il avait gardées closes jusque-là et inclina légèrement la tête. Ses grands yeux débordaient d'une impressionnante assurance.

— A côté, voici... Ah, comment vous appelez-vous ?

Le jeune homme qui venait de se lever précipitamment en renversant sa chaise, au grand amusement de l'assemblée, devait avoir un peu plus d'une vingtaine d'années, comme les trois jeunes docteurs. Sa longue robe de coton matelassé mal adaptée à la saison semblait avoir été empruntée, et sur son crâne rasé à l'exception de la natte, les cheveux commençaient à repousser.

Le jeune homme releva sa chaise en hâte, rectifia sa position comme un militaire puis prit la parole :

— Tan Sseu-tong, de la province du Hounan. Mon père adoptif occupe le poste d'inspecteur du Houpei.

— Personne ne te demande qui est ton père, le réprimanda K'ang Yeou-wei. Comme vous le voyez,

Messieurs, c'est un novice, aussi vais-je vous le présenter moi-même. Tan Sseu-tong fait partie de mes disciples, il est le plus jeune et le plus prometteur des étudiants en sciences occidentales. Il a le même âge que vous, Messieurs, qui faites partie de la nouvelle promotion de l'administration, et je l'ai amené avec moi, pensant qu'il pourrait être de quelque utilité pour l'avenir du pays. Nous sommes enchantés de faire votre connaissance.

Tan Sseu-tong, toujours debout, salua maladroitement, puis se rassit. Le terme d'étudiant en sciences occidentales utilisé par son professeur ne lui convenait absolument pas, mais il dégageait une impression sympathique, avec ses airs de fils de fonctionnaire de province que n'avaient pas encore contaminé les mauvaises habitudes de la capitale.

Wen-sieou était depuis longtemps persuadé que les grands esprits éclairés ne pouvaient être issus des classes de guerriers ou de grands propriétaires à l'éducation confucéenne. Mais Tan Sseu-tong et K'ang Yeou-wei avaient une sorte de charme innocent qui laissait pressentir l'évolution nouvelle de l'époque.

Les présentations achevées, Yang reprit son regard perçant de faucon et son air austère pour déclarer :

— Messieurs, c'est sur mon initiative que vous avez été invités ce soir en présence de Leurs Altesses les princes consorts Kong et Tch'ouen. Si jamais l'impératrice d'Occident apprenait cette réunion et que nous nous attirions son châtiment, moi, Yang Si-tcheng, j'en prendrais seul l'entière responsabilité. Je souhaite que ce principe soit bien clair.

Après ce préambule qui lui ressemblait bien, Yang poursuivit :

— L'impératrice d'Occident nous a fait part il y a quelques jours de sa décision secrète : la Vénérable Aïeule entend se retirer dans un futur proche, pour laisser l'empereur Kouang-siu gouverner seul l'empire. Nous avons tous attendu ce moment.

Comme frappés par la foudre, les trois mandarins levèrent la tête. C'était sans conteste l'avènement d'une ère nouvelle !

— Vous avez sûrement déjà tous réfléchi à cela, mais actuellement l'empire connaît de graves difficultés : il se ferme à l'Occident et la quasi-totalité du gouvernement est confié à l'impératrice qui maintient le pays dans l'obsolescence. Heureusement l'empereur Kouang-siu fait preuve d'une grande clairvoyance et a pleinement conscience de la nécessité de promouvoir les études occidentales, que je lui ai enseignées en secret en tant que précepteur. Son intention, lors de son entrée en fonction, est de reléguer l'impératrice d'Occident dans son palais d'été, de restaurer son oncle ici présent le prince Kong à son poste de premier ministre, de nommer son père le prince Tch'ouen tuteur des affaires de l'Etat, et de procéder à une restauration basée sur une politique d'ouverture aux étrangers. L'humble vassal que je suis entend soutenir l'empereur dans cette tâche au moyen de ses modestes connaissances. Cependant, par suite des effets nuisibles de la politique arbitraire de l'impératrice au cours de longues années, puis du décès du précédent empereur, fort peu de fonctionnaires sont préparés à ces changements. Nous craignons surtout le général Jong-liu qui vient d'être réhabilité à l'improviste, et le chef de palais Li Lien-yin qui manœuvre le gynécée en fonction de ses propres intérêts, sans compter tous les traîtres qui se chargeront de communiquer nos projets à l'impératrice douairière. C'est pour cette raison que nous vous avons choisis, vous, hauts fonctionnaires nouvellement nommés, pour faire partie de nos camarades.

Les trois jeunes docteurs réfléchirent un moment en silence, tandis que le reste de l'assistance attendait patiemment leur réaction. Le mot qui avait fait le plus d'impression à Liang Wen-sieou était ce terme de « camarade » sur lequel Yang Si-tcheng avait appuyé avec force.

— Vos camarades ? répéta Wen-sieou comme pour vérifier.

— Oui, nos camarades, insista Yang en hochant la tête.

A l'origine, c'était une expression subversive utilisée par ces jeunes gens qui, après avoir échoué aux examens supérieurs d'entrée dans l'administration, restaient à la capitale où ils formaient des bandes d'agitateurs critiquant ouvertement le système. Ils étaient devenus si nombreux que c'était un véritable problème de société.

En rupture de ban avec les études confucéennes, ces jeunes gens se réunissaient dans des maisons de thé et des débits de boissons, où se déroulaient des débats passionnés. A bien les écouter, leurs revendications sur la nécessité de créer un Parlement et d'adopter une Constitution n'étaient rien d'autre qu'un rejet de la société confucéenne, dénué de toute force d'action réelle. La plupart d'entre eux, ayant échoué à l'examen provincial et à l'examen des Rites, avaient perdu tout but dans l'existence. Ne pouvant plus retourner dans leur province natale, ils étaient devenus des sortes de vagabonds intellectuels.

Wen-sieou n'ignorait pas que ces jeunes gens aimaient à employer entre eux, pour se réconforter mutuellement, ce terme subversif et à la mode de « camarade ». Ces derniers temps, la formule plus extrémiste de « camarade de révolution » avait même fait son apparition.

— Oui : camarades. C'est une belle expression pour désigner des gens animés de la même volonté, dit K'ang Yeou-wei en ouvrant ses grands yeux pour regarder Wen-sieou avec franchise.

Etrangement, cet homme qui n'était ni un mandarin ni un guerrier, avait une stature de grand personnage.

— Mais ne vous méprenez pas. Il ne s'agit pas d'une révolution. Nous n'avons pas l'intention de renverser l'empereur comme lors de la Révolution française. Nous voulons plutôt construire un grand empire mandchou moderne, qui possède un Parlement et une Constitution, sur le modèle de la restauration qui a eu lieu au Japon. Il faut que s'ouvre une nouvelle ère, sous l'égide de l'empereur Kouang-siu, pour endiguer définitivement les pouvoirs caducs rassemblés autour de l'autorité de l'impératrice douairière.

Quel homme intelligent ! songea Wen-sieou. K'ang Yeou-wei venait en quelques mots concis de définir parfaitement le but de ces « camarades ».

La voix de stentor de Wang Yi retentit soudain :

— Camarades ! Camarades ! Parfait, le mot me plaît ! Etre appelé camarade par des hommes aussi loyaux que vous et participer à une réunion aussi importante que celle-ci est pour nous un honneur sans précédent !

Ce cri de joie dénoua la tension des participants. Wang Yi avait toujours eu le talent de chasser d'un mot les idées noires.

Mais pas celles de Wen-sieou.

Car les choses n'étaient pas si simples. Pourquoi ces hauts dignitaires étaient-ils obligés de prendre pour « camarades » de tout jeunes mandarins comme eux ? A n'en pas douter, parce que l'autorité de l'impératrice s'étendait sur la quasi-totalité des militaires et des fonctionnaires de l'empire. Yang Si-tcheng les avait choisis par défaut : non pour leurs capacités, mais parce qu'il ne pouvait se fier qu'à ces trois innocents, pareils à des nourrissons.

La seconde question était : pourquoi une telle hâte, qui n'était pas sans risque ? Alors que l'impératrice vieillissait de jour en jour, et que l'empereur devenait inéluctablement un homme adulte ? Sans aucun doute, parce que la situation politique les acculait à une impasse, qui ne leur permettait plus une heure de délai supplémentaire. L'économie de la nation était ruinée, l'administration et l'armée corrompues, le peuple épuisé par la misère. Si un gouvernement de restauration n'était pas mis en place dans un avenir immédiat, le pays deviendrait la proie des grandes puissances européennes. C'est pourquoi, au moment de la passation de pouvoir, il ne fallait pas hésiter un seul instant. Le pays ne pouvait se permettre la moindre vacance politique.

Plus il réfléchissait, plus Wen-sieou broyait du noir.

— Et vous, Chouen-kouei, qu'en pensez-vous ? demanda le prince Kong d'un air plein d'attente, au seul fonctionnaire présent d'origine mandchoue.

Le carmin envahit les joues pâles de Chouen-kouei.

— Excellences, en ce qui concerne l'impératrice douairière, tout le monde sait que, déjà, du temps de l'empereur T'ong-che, elle accaparait le pouvoir et que son époux n'était empereur que de nom. C'est ce point-là qui m'inquiète : acceptera-t-elle si facilement d'abdiquer, bien que son âge et celui de l'empereur le lui conseillent fortement ?

Chouen-kouei fit le tour de l'assistance d'un regard entendu. L'allusion était claire : l'impératrice, qui avait elle-même révoqué le prince Kong, n'avait aucune raison d'accepter sans mot dire les décisions d'un Conseil privé présidé par ce dernier, et le prince Tch'ouen, faible comme il était, aurait du mal à se soustraire à l'autorité de Tseu-hi. Yang Si-tcheng était un lettré, non un homme d'action. Et il était inévitable que la promotion de K'ang Yeou-wei rencontre une opposition de la part des fonctionnaires déjà en place.

C'est de cette réalité-là que parlait Chouen-kouei en évoquant ses « inquiétudes ».

Comme l'assistance se taisait, Chouen-kouei reprit, arborant la fière expression d'un noble mandchou.

— Si elle se refuse à abdiquer, il faudra se résoudre à la chasser par la force, sinon nous ne pourrons atteindre notre but.

Tout le monde fut étonné par ces paroles sorties de la bouche du jeune noble au visage si doux.

Le prince Tch'ouen secoua précipitamment la tête :

— C'est impensable ! Ce serait un crime de lèse-majesté envers la mère du précédent empereur !

— Pourquoi donc, Votre Altesse ? L'abdication ou la destitution sont les deux seuls moyens de changer d'empereur quand il n'est pas conforme aux souhaits du Ciel.

— Impossible, impossible ! protesta à nouveau Tch'ouen. Je n'aime pas les effusions de sang, et ce genre de choses…

— Nous n'avons plus le temps de nous arrêter à ce que vous aimez ou non, Votre Altesse, coupa Chouen-kouei d'un ton sévère. C'est par ce moyen que le grand fondateur de la dynastie mandchoue a mis fin au pouvoir corrompu des Ming. Refuser de détrôner un souverain indigne par crainte de voir répandre le sang, c'est s'opposer aux ordres du Ciel.

Wen-sieou et Wang Yi s'entre-regardèrent. Pareils propos étaient proprement stupéfiants dans la bouche de Chouen-kouei, d'ordinaire si pacifique.

Comme pour assener le coup de grâce au prince Tch'ouen, tout décontenancé, Chouen-kouei ajouta :

— Altesse, n'oubliez pas que l'impératrice douairière est une descendante des Yehonala.

A ces mots, les lèvres du prince Tch'ouen parurent blêmir, tandis que le prince Kong levait les yeux au ciel.

C'était la mission dont sa famille était investie depuis l'époque du fondateur qui avait dicté à Chouen-kouei des paroles aussi tranchantes.

— J'ai déjà réfléchi à tout cela, intervint le prince Kong comme pour venir en aide à son frère cadet assis près de lui.

Devant le tour martial que prenait la discussion, le sang s'était retiré de tous les visages.

— Si nous ne sommes pas résolus à détrôner l'impératrice, de force s'il le faut, nous n'aboutirons à rien. Mais nous ne le ferons qu'en dernier recours. Il faut obtenir qu'elle abdique, en la prévenant que si elle résiste, elle sera de toute façon déposée par la force. Cela me semble le meilleur moyen.

Tout en parlant, il regardait le siège resté vide à côté de lui. Sur la chaise d'ébène, les incrustations de nacre luisaient d'un éclat sourd à la lumière des chandelles.

Si le visage du prince Kong, qui avait légèrement posé la main sur le dossier de cette chaise comme pour s'appuyer sur elle, avait pris une expression de détresse qui le faisait ressembler à son cadet, c'était bien à cause de l'absence de celui qui aurait dû occuper ce siège.

— Nous avons déjà envoyé des messagers à Tientsin, dit Yang Si-tcheng comme pour balayer l'anxiété du prince. Quelque affaire urgente aura sans doute empêché le gouverneur de se libérer au dernier moment.

— En êtes-vous certain ?

— Oui. Je connais bien le caractère du général Li Hong-tchang. Il est celui qui souhaite le plus aujourd'hui l'entrée en fonction de l'empereur Kouang-siu.

Le prince Kong soupira d'un air un peu mécontent, puis le prince Tch'ouen prit la parole, choisissant ses mots avec hésitation :

— Cependant, Yang, n'est-il pas vrai que Jong-liu a été réhabilité grâce à l'appui de Li Hong-tchang ? C'est ce que je me suis laissé dire.

— En avez-vous une preuve, Altesse ?

— Aucune preuve tangible, non. Mais la Vénérable Aïeule, toute despotique qu'elle soit, n'aurait pas rétabli Jong-liu dans son poste contre l'avis de l'administration. Il n'a pu réapparaître ainsi qu'à la faveur d'un appui important. Et à l'heure actuelle, le seul qui puisse faire taire l'ensemble des dignitaires pour imposer une décision…

—… est le gouverneur général de Tientsin, n'est-ce pas ?

— Je ne puis m'empêcher de le croire.

— Mais pour ma part, je ne le pense pas. Jong-liu a toujours manœuvré pour faire croire qu'il entretenait des relations étroites avec Li Hong-tchang. A mon avis, c'est une ruse de sa part, il a cherché à créer cette illusion auprès de son entourage. Le général Li a hérité du savoir-faire de feu son maître Tseng Kouo-fan, il sait juger à qui il a affaire.

Tch'ouen se tut, comme subjugué par l'énergie mentale de Yang Si-tcheng. Son frère aîné laissa tomber à sa place :

— Autrement dit, c'est un pari…

Si Yang Si-tcheng n'osa pas répondre, c'est sans doute parce qu'il n'était pas lui-même parfaitement assuré des intentions de Li Hong-tchang. L'importance du grand général, qui à l'heure actuelle avait entre les mains la quasi-totalité des forces armées du pays, était immense.

— Moi-même, je ne sais pas très bien. Li Hong-tchang est un personnage fort difficile à cerner. Sa réputation fait de lui à la fois un ange et un démon. Moi-même, qui ai coopéré autrefois avec lui au gouvernement, c'est l'idée que j'ai du personnage.

Le jeune Tan Sseu-tong, cet homme d'action issu du peuple, leva soudain la main pour demander la parole.

— En écoutant votre discussion, j'ai vraiment l'impression de vous entendre préparer un complot.

— Allons, Tan Sseu-tong, le réprimanda aussitôt son maître K'ang Yeou-wei.

— Non, laissez-le poursuivre, intervint le prince Kong qui réfléchissait, l'index sur le front.

Tan Sseu-tong continua, de sa voix à l'accent campagnard :

— Nous sommes réunis ici pour débattre posément de réformes politiques. Il n'y a rien à redouter. Si la présence de Li Hong-tchang est indispensable pour prendre une décision, cela signifie que l'avenir de l'empire est entre ses mains. Et si l'on croit cela, aucune réforme démocratique n'est possible.

Il a raison, songea Wen-sieou.

De toute évidence, les deux princes s'inquiétaient plus de l'avenir du pouvoir que de réelles mesures de changement politique. Eux qui assistaient depuis longtemps à des luttes d'influences acharnées au sein de la Cité Interdite, n'avaient plus le loisir de débattre de simples réformes.

Peut-être Yang Si-tcheng en avait-il conscience. Et sa véritable motivation pour inviter les trois jeunes docteurs et ce provincial entreprenant résidait peut-être là. Yang Si-tcheng hocha enfin la tête d'un air satisfait :

— Tan Sseu-tong a raison. Nous ne sommes pas ici pour discuter des moyens de la réforme, mais pour mettre au point un projet concret de remaniement du pouvoir central. Qu'en pensez-vous, Altesse ?

— Eh bien, fit Yi-sin en hochant la tête, nous avons tous peur de l'ombre de Li Hong-tchang, c'est certain. Mais c'est sans doute parce qu'il ne se trouve pas à Pékin que nous parlons un peu trop de lui. On redoute ce que l'on n'a pas sous les yeux... Nous sommes donc d'accord. Tan Sseu-tong a raison : que nous puissions faire confiance ou non au général Li n'entre pas dans le sujet de cette réunion. Laissons donc cela de côté et examinons concrètement les mesures à prendre. Si nous prenons les mesures convenables, nous emporterons naturellement l'adhésion. N'est-ce pas, Tan Sseu-tong ?

— Bravo, c'est ça ! Euh... Je veux dire, Votre Altesse a raison.

Tan Sseu-tong avait d'abord crié puis, sous le regard sévère de son maître, rectifié sa phrase en employant des mots qui sonnaient mal dans sa bouche.

K'ang Yeou-wei fit remarquer en épiant la réaction des deux princes impériaux :

— Nous sommes des gens peu éduqués. Veuillez nous pardonner si, au cours de la discussion, ce genre d'impolitesse nous échappe.

Par « peu éduqués », K'ang Yeou-wei entendait qu'ils n'avaient pas le titre de docteur. Aussitôt, Wen-sieou se rappela les épreuves de l'examen du palais, où il fallait surveiller sa calligraphie, rédiger les dissertations en huit parties…

Oui, les discussions sur les réformes devaient avoir lieu librement, sans aucun formalisme. Ce serait le premier pas vers la nouveauté. Même s'il y avait une contradiction à se consacrer à pareille tâche pour des gens comme lui, bercés depuis l'enfance par le confucianisme, formés à tout apprendre de l'exemple du passé. Même si réformer ce pays équivalait à se renier soi-même.

Cette nuit-là, un débat animé se poursuivit jusqu'aux premières lueurs de l'aube.

4

Quelques jours plus tard, le travail de compilation historique mené à l'académie Hanlin connut enfin une légère accalmie et les trois docteurs furent autorisés à prendre un congé.

Fait sans précédent, cette année-là, à cause des chaleurs de l'été et du caprice de l'impératrice douairière, les lauréats de l'examen du palais avaient dû attendre six mois pour revenir triomphalement dans leur province natale.

Wen-sieou et Wang Yi montèrent ensemble dans une carriole de l'administration pour se rendre à Tientsin. Ils mirent trois jours pour l'atteindre, parcourant une piste de terre jaune qui se poursuivait à perte de vue. Au relais de poste de Tientsin retentissaient des coups de maillet : la construction du chemin de fer était en marche.

A partir de Tientsin, les routes des deux amis se séparaient, chacun rentrant dans sa province natale. L'usage voulait qu'un important cortège fasse une partie de la route à la rencontre des lauréats, pour leur permettre un retour au pays triomphal, accompagnés d'une escorte comme après une victoire au combat, mais cette fois, leur voyage avait été tellement retardé qu'il ne pouvait se faire qu'avec discrétion.

A la gare de Tientsin, dont la construction était presque achevée, les attendaient deux splendides attelages tirés chacun par deux mules, venant respectivement de Tsing-hai et de Ho-kien.

Sitôt à la gare, Wen-sieou et Wang Yi écarquillèrent les yeux devant les changements de la ville : en six mois à peine, Tientsin s'était métamorphosée en une cité internationale. Les bâtisses occidentales avaient poussé comme des champignons, des lignes d'électricité se croisaient partout, des étrangers en grande tenue déambulaient fièrement dans les rues bordées d'élégants réverbères. La ville regorgeait de marchandises et d'activité, comme si elle n'avait jamais souffert de la sécheresse.

Le paysage était extrêmement différent de celui de la capitale, avec ses rues pleines de vagabonds, d'orphelins et de victimes des épidémies.

— Voilà donc ce qu'a réussi à accomplir Son Excellence Li Hong-tchang ! dit Wen-sieou en regardant les alentours avec ébahissement.

Les conducteurs de carrioles chargées de montagnes de choux – alors que les premiers de la saison venaient à peine d'apparaître à Pékin – les dépassaient en criant : « Ecartez-vous ! » Apparemment, vêtements de cour et bonnets de fonctionnaires ne donnaient droit dans cette ville à aucun égard.

Au moment de quitter son compagnon, Wang proposa soudain :

— Dis, Wen-sieou, je pense faire un petit détour avant de rentrer, veux-tu m'accompagner ?

— Tu veux aller boire dans le quartier ? Je préfère m'abstenir, quand je serai rentré chez moi, je vais devoir boire jusqu'à plus soif ! Tous mes compagnons de beuverie m'attendent !

— Bon, alors je n'insiste pas. De toute façon, tu es le premier lauréat, le génie qui a la charge du destin du pays. Tu ne peux te permettre un détour.

Sur ces paroles sibyllines, la carriole de Wang Yi disparut dans la bruine.

L'attelage de Wang fit halte devant la porte de la résidence du gouverneur général de Tientsin.

Cette somptueuse bâtisse à l'occidentale, fort différente de l'architecture traditionnelle de la capitale, était le cœur véritable de l'industrie, des relations diplomatiques et de l'armée du pays.

Même les bosquets qui recouvraient les alentours étaient des arbres venus d'Occident à feuilles persistantes. Et les soldats qui montaient la garde devant la porte de fer et d'acier étaient vêtus d'uniformes occidentaux encore inconnus à la capitale, et armés de baïonnettes.

Un ignorant se serait cru à coup sûr dans quelque place forte de « diables étrangers ». Laissant dans la carriole les fonctionnaires de sa préfecture qui tremblaient de peur sans savoir pourquoi, Wang Yi franchit la porte.

Les soldats se mirent au garde-à-vous à la vue de sa robe de cour, vêtement rare à Tientsin. Le commandant de la garde accourut vers lui.

— Je viens de l'académie Hanlin. Veuillez m'annoncer au gouverneur.

L'officier à l'air énergique et viril salua respectueusement, une main en visière, et le conduisit jusqu'au vestibule de la demeure. Wang Yi n'avait pas de but particulier en rendant cette visite à Li Hong-tchang. Il voulait seulement se rendre compte par lui-même de quel genre d'homme il s'agissait, voir enfin qui était ce général qui commandait à l'armée du Nord, la seule à disposer d'un équipement moderne, cet homme craint et vénéré à la capitale à l'égal d'un empereur.

Sans aucun doute, le personnage détenait les clés de l'époque.

— Je ne lui ai pas encore été présenté et je n'ai pas rendez-vous, mais est-il possible de voir le gouverneur ?

On l'avait laissé entrer si facilement que Wang était pris d'un doute. Mais l'officier répondit sans la moindre hésitation :

— Dans la mesure où il n'a pas d'engagement particulier, le gouverneur Li reçoit volontiers les visiteurs qui se présentent. Si nous les refusions, c'est nous qui serions réprimandés. Son Excellence déteste les arrangements trop compliqués.

— Je vois.

Intuitivement, Wang sentait que la logique rigide en vigueur à la capitale n'avait pas cours dans cette demeure occidentale.

Pendant qu'il patientait dans une antichambre, il continua à réfléchir au personnage de Li Hong-tchang. Plus le temps passait, plus ce portrait imaginaire enflait comme un ectoplasme, jusqu'à former la silhouette d'un général à l'allure aussi sévère que le dieu de la Guerre Kouan Yu.

Quel genre d'homme était donc Li Hong-tchang ?

– Excellence, un nommé Wang Yi, de l'académie Hanlin, demande une entrevue. Souhaitez-vous le recevoir ?

L'aide de camp avait attendu un instant en silence avant de parler. Le vieux général continuait à travailler comme un cheval qui fonce au galop droit devant lui, au milieu de montagnes de dossiers empilés sur trois immenses tables de travail. Il était aussi difficile de l'interrompre que d'arrêter une diligence filant à toute allure.

– Attendez, fit le général, vêtu d'une longue robe aux manches retroussées jusqu'aux coudes, sans cesser de s'activer.

Le général Li était doué d'une capacité de travail surhumaine. A soixante-trois ans, son long corps aussi décharné que du bois sec rebondissant sur les ressorts de son fauteuil à l'occidentale, il expédiait des dossiers les uns après les autres.

Sa main droite feuilletait une pile de télégrammes entassés sur sa table, tandis que la gauche se tendait vers une montagne de circulaires ; pendant ce temps, ses lèvres murmuraient des phrases destinées à d'autres courriers officiels. Gardant un œil braqué sur ses dossiers, il leva l'autre vers son aide de camp :

– Wang Yi ? Qui est-ce ? Je ne le connais pas.

— Un jeune mandarin, semble-t-il. Dois-je le renvoyer ?

— Non, je vais le recevoir. Faites-le attendre un peu, je dois d'abord achever cet adversaire ! Mmm. Même un docteur de l'académie Hanlin serait capable de faire le calcul que je suis en train de terminer... A propos, jeune homme, vous avez encore grossi ces derniers temps, dirait-on. Un militaire ne doit pas s'empâter. Evitez les plats gras, et buvez du thé en quantité. Le thé du Foukien, c'est le meilleur pour éliminer les graisses. Ne le buvez pas léger, prenez une tasse de thé très fort, bien amer, avant le repas et deux après. Je vous promets qu'en un mois, vous aurez perdu trois kilos.

De quoi se mêle-t-il ? songea l'aide de camp avec agacement, mais le général, qui tout en parlant était déjà en train de traiter trois autres dossiers, était vraiment désarmant.

— Quelle heure est-il ?

— Bientôt quinze heures.

— Précisément ?

— Quatorze heures cinquante-sept minutes, répondit l'aide de camp en tirant une montre à gousset d'une poche de son uniforme. Le général poussa un cri de poulet.

— Ah ! Mais c'est l'heure de ma promenade ! Il faut que je commence ma promenade dans trois minutes ! Je dois faire une pause. Bon !

Ni ses mains ni ses lèvres ne cessèrent leur activité pour autant, il se mit même à déployer une énergie accrue. Les mains qui maniaient les dossiers étaient aussi vives que si elles faisaient des moulinets avec un sabre, ses yeux s'agitaient comme ceux d'un insecte.

Plutôt qu'un être humain, on eût dit les mouvements d'une machine précise et rapide.

L'aide de camp, un colosse nommé Yuan Che-k'ai, regardait, ébahi, le général s'activer ainsi.

Ce jeune homme, issu d'une illustre famille du Honan, n'était pas très doué pour les études et avait échoué plusieurs fois aux examens supérieurs. Son père, un homme très rigoriste, puis son tuteur, étaient morts l'un après l'autre de façon fort opportune : cela lui avait permis d'abandonner ses études et de jeter sa robe indigo aux orties pour se métamorphoser en militaire. A n'en pas douter, il avait davantage le physique d'un guerrier que d'un lettré, et s'était aussitôt senti dans l'armée comme un poisson dans l'eau. Il avait obtenu rapidement une suite de promotions et, à vingt-sept ans, faisait partie de l'état-major de l'armée de Chine du Nord.

Etant donné ces antécédents, l'aide de camp ne voyait pas d'un bon œil ce jeune docteur de l'académie Hanlin revêtu d'un habit de cérémonie.

Redressant le dos comme s'il tirait sur les rênes pour arrêter un cheval emballé, le général reposa enfin son pinceau.

— Bon, j'ai fini. La promenade, la promenade. Ah oui… Un visiteur, dis-tu ? De l'académie Hanlin ? Je ne peux pas le recevoir dans cette tenue, ce serait impoli. Je vais mettre ma robe de cour.

Le général commençait déjà à se déshabiller.

— Excellence, ce n'est pas la peine, c'est un jeune blanc-bec de l'académie…

— Non non non, Yuan ! Il doit avoir une bonne raison pour être venu me voir ainsi, sans rendez-vous. Je dois l'écouter attentivement. Justement parce que c'est un jeune blanc-bec. Holà, quelqu'un ! Rangez-moi tous ces documents. Et apportez-moi les circulaires suivantes dans trente, non, trente-cinq minutes ! Posez les télégrammes sur mon bureau au fur et à mesure de leur arrivée. Et retardez la réunion d'état-major de ce soir de trente-cinq minutes.

Cinq officiers du secrétariat venaient de faire irruption, et commençaient à ranger les documents ratifiés accumulés sur les trois tables. Toutes les feuilles étaient étiquetées et couvertes de la petite écriture fine et serrée du général.

Tout en se changeant, le général continuait à lancer des ordres brefs aux secrétaires. Cinq officiers des plus brillants se relayaient tous les trois jours pour assister jour et nuit ce surhomme dans sa tâche. Ou plutôt, il fallait ni plus ni moins de quinze personnes pour arriver à suivre le rythme du général.

— Ecartez-vous, dit ce dernier, bousculant au passage de son corps maigre son immense aide de camp.

Chaque fois qu'il prenait une pause, le général commençait par se plier pendant cinq minutes à une stupéfiante routine.

Il commençait par se mettre face au nord-est, en direction de la capitale, et après s'être agenouillé trois fois et avoir frappé le sol neuf fois de son front selon les règles, il se tournait vers les trois portraits accrochés au mur, devant lesquels il s'agenouillait à nouveau.

L'image centrale était un portrait de l'empereur Ch'ien-lung, que l'on disait de la main du peintre italien de la cour Lang Shining. A droite, le portrait en cavalier du général Tsao Houei, qui avait conquis la Dzoungarie sur ordre de Ch'ien-lung, et permis à l'empire Ts'ing posséder les vastes territoires dont il s'enorgueillissait aujourd'hui. A gauche, une photographie du général Tseng Kouo-fan, son supérieur d'autrefois, qu'il considérait comme son maître. Quand il avait fini de se prosterner devant son maître et relevait la tête, le général murmurait immanquablement ces quelques mots précis, comme s'il récitait des sûtras :

— Moi, Li Hong-tchang, je viens de terminer ma tâche. Grâce à vous, j'ai pu la mener à bien. Je suis encore plein de vigueur et d'énergie pour vous servir. J'attends vos ordres.

Yuan échangea un regard entendu avec les secrétaires et eut un sourire amer. Ce n'était pas une manifestation de mépris envers le général, loin de là : tous pensaient que si un jour ils s'asseyaient à leur tour dans un fauteuil de général, nul doute qu'ils accrocheraient au mur de leur bureau le portrait du général Li et se prosterneraient devant lui, même s'ils étaient sûrs de ne jamais lui arriver à la cheville en matière de capacité de travail.

Le général se leva, se coiffa calmement du bonnet de fonctionnaire de premier rang que lui tendait un domestique.

— Faites attendre ce jeune homme de l'académie Hanlin à la Halte de la colline artificielle. Je m'y arrêterai au cours de ma promenade, ordonna le général Li avec une expression sereine : il semblait déjà entré en méditation.

Gouverneur général de la province de Tcheli et ministre du Commerce avec l'Occident, grand lettré, commandant en chef des armées de Tcheli et général en chef de l'armée de Chine du Nord, tel était l'ensemble des titres du général Li Hong-tchang, fonctionnaire de premier rang.

Autrement dit, il était responsable de l'administration autonome de Tientsin et de ses environs, représentait la souveraineté de l'Etat pour tout ce qui concernait les échanges commerciaux et les relations diplomatiques avec l'étranger, avait entre les mains la responsabilité des industries modernes – construction navale, fabrication d'armes et de munitions, télégraphie, mines de charbon – et il était à la tête d'une puissante armée sur terre et sur mer formée à l'occidentale.

Pendant que les hauts dignitaires de la capitale perdaient leur temps en cérémonies protocolaires et en luttes de pouvoir, sans rien vouloir changer à l'ancien système de fermeture du pays aux étrangers, Li Hong-tchang, chantre du modernisme, se laissait porter par le courant de l'époque, jusqu'à créer un véritable Etat à l'intérieur de l'Etat.

Les conservateurs l'appelaient l'Eminence grise de la Cité Interdite, l'accusaient de vendre aux étrangers un empire moribond. En réalité, il n'avait ni intentions malhonnêtes ni ambitions démesurées. C'était un homme sérieux qui faisait sérieusement son travail, et les résultats s'en ressentaient.

Enveloppé d'une robe de cour de soie noire brodée de neuf pythons, un sautoir de jade vert au cou, coiffé d'un bonnet orné de l'insigne de corail et des trois plumes de paon des fonctionnaires de premier rang, Li Hong-tchang sortit dans les jardins de la résidence. Le parc à l'occidentale recouvert de pelouse était enveloppé d'une bruine glacée.

Ces somptueux jardins étaient considérés comme le symbole de sa puissance mais, en réalité, le gouverneur les avait fait aménager principalement parce qu'il avait besoin de salles de réception et d'espaces verts dignes de recevoir commerçants et ministres étrangers.

Il avait financé la construction de ces lieux de réception de ses propres deniers, tout comme il avait payé de sa poche le budget de l'armée de l'An-houei dont on disait qu'elle était son armée privée, ainsi que les frais de construction des navires de la flotte de Chine du Nord. La cour ne lui octroyait pas un seul centime pour soutenir ses projets.

Puisant dans ses fonds pour couvrir les frais nécessités par les relations diplomatiques et l'armée du pays, il ne pouvait naturellement subvenir à ses propres besoins grâce aux seuls impôts de la province de Tcheli, et pour maintenir en place ce qu'il avait créé, il avait élargi ses activités au domaine de la construction du chemin de fer et de la gérance des mines de charbon.

Le gouverneur général de Tientsin assumait par procuration les fonctions de l'Etat dans les relations extérieures. De ce fait, la plupart des pays étrangers situaient à Tientsin le siège du gouvernement de l'empire Ts'ing. Certains allaient même jusqu'à prendre Li Hong-tchang pour l'empereur de Chine !

Le général s'était déjà engagé sur le petit sentier du parc quand son aide de camp accourut, brandissant un parapluie occidental. Il se mit à escorter son supérieur en silence, marchant derrière lui, le parapluie au bout de son bras tendu, bien raide dans son uniforme empesé.

A l'ombre de cet homme robuste et gras, le vieux général paraissait encore plus émacié.

Originaire de Ho-fei, dans la province de l'Anhouei, le général Li était un génie qui avait réussi son doctorat à l'âge de vingt-quatre ans. Il n'avait alors pas le moindre lien avec la carrière des armes et arborait le teint pâle d'un lettré.

Cependant, lorsqu'il reçut de Tseng Kouo-fan, qu'il considérait comme son maître, l'ordre de mater la révolte de Taiping, sa vie prit un tournant inattendu.

Tseng Kouo-fan lui-même était à l'origine un lettré et non un militaire. Il était alors assistant de la Gauche au ministère des Fonctionnaires, et, consterné de voir que la raison principale qui empêchait les troupes régulières Han et mandchoues de venir à bout de la révolte de Taiping était l'état de délabrement et de corruption de l'armée, il avait demandé à l'impératrice de lever de nouvelles troupes.

C'était une proposition difficile à accepter. Raisonnable, certes, mais l'économie de l'empire, au plus bas, ne disposait pas des fonds nécessaires au budget d'une nouvelle armée. Cependant, l'armée mandchoue des Huit Bannières, qui n'avait plus de glorieux que le nom, et l'armée de soldats Han, affaiblie par l'opium, essuyaient défaite sur défaite contre les insurgés de Taiping.

— Je m'en remets à toi, Tseng Kouo-fan, avait alors tranché l'impératrice, et c'est ainsi que le lettré confucianiste au teint maladif avait été élevé au rang de général en chef du corps expéditionnaire contre les insurgés.

Cet ordre, naturellement, n'impliquait pas seulement de partir au combat à la tête d'une armée, l'impératrice lui confiait aussi le soin de trouver les fonds et de lever les troupes.

Il aurait fallu être alchimiste pour réussir. Mais Tseng, personnage tout droit sorti des œuvres de

Confucius, sincère et sérieux, honnête et ascétique, sut accomplir ce miracle.

Sans accorder un regard aux militaires corrompus de l'armée officielle, il rentra dans sa province natale de Hiang-hing, mobilisa des soldats et forma en peu de temps une armée disciplinée.

Li Hong-tchang, qui était jeune alors, suivit son maître et servit sous ses ordres, puis, mettant à profit ses leçons, rentra à son tour à Ho-fei dans sa province natale de l'An-houei, mobilisa des soldats-paysans sur les bords de la Houei, et créa ainsi l'armée de l'An-houei.

Engagé lui aussi dans une carrière militaire, sans y avoir jamais songé auparavant, Li Hong-tchang contribua à l'écrasement de la révolte de Taiping, mettant fin à une guerre civile qui avait fait rage pendant plus de dix ans.

La paix revint. Une paix que l'on associe généralement au règne de T'ong-che, mais on ne peut guère dire que le fils indigne de l'empereur Sien-feng et de l'impératrice d'Occident, emporté par la syphilis à l'issue d'une brève vie de débauche, en fut vraiment l'artisan. Si l'empire retrouva son intégrité, ce fut grâce aux troupes de soldats-paysans et aux généraux lettrés. Mais le gouvernement ne fit pas le moindre geste pour les soutenir ni récompenser leur exploit.

Tseng Kouo-fan avait pourtant accompli un véritable miracle. Il s'était procuré l'argent nécessaire à la constitution de cette armée auprès des riches fortunes de province, avait reçu des conseils tactiques et s'était procuré des armes auprès des étrangers de Shanghai, et avait écrasé le gouvernement insurgé sans le moindre soutien de la part du régime impérial.

Les fonctionnaires de la capitale, et particulièrement les hauts dignitaires mandchous, après être restés assis les bras croisés en se contentant d'observer l'évolution des combats, ne manifestèrent pas une joie particulière à l'annonce de la victoire. Surpris par cet exploit, ils en ressentirent surtout de la crainte et de la jalousie.

Aussitôt le bruit courut à Pékin que Tseng Kouo-fan briguait le pouvoir. Mais Tseng Kouo-fan avait toujours été un confucianiste sincère, et n'avait nullement l'ambition de s'emparer du pouvoir.

Le trop puissant général, pour prouver son innocence et échapper aux intrigues politiques des dignitaires mandchous qui cherchaient à freiner son ascension, dispersa l'armée de Hiang-hing qu'il avait formée et éduquée lui-même en y mettant tous ses efforts, et rendit les soldats à leurs champs.

Il mourut en l'an 11 du règne de T'ong-che à Nankin. Sans un mot d'amertume à l'égard d'une carrière où ses mérites n'avaient pas été récompensés, il nota dans son journal intime peu avant de mourir:

Trente ans après son premier poste, le fonctionnaire parvient au plus haut rang. Les études n'ont pas de but, la conduite morale n'a pas de but. Le Vieux Maître s'inquiète en vain. Je n'ai pas été vaincu par la peur, je n'ai à rougir de rien.

Cependant, s'il fut fidèle à l'empereur jusqu'à sa mort, peu de gens connaissaient le legs et les instructions qu'il laissa à son héritier Li Hong-tchang et à son armée de l'An-houei.

Le legs: un arsenal de marine, des armes modernes, des d'officiers de valeur issus de l'armée de Hiang-hing. Quant aux instructions qu'il lui confia en secret avant de mourir, les voici:

Conserve l'armée de l'An-houei. Qu'elle devienne l'armée du peuple, non celle des Ts'ing. Si aucun souverain digne de ce nom n'apparaît et qu'il faut sauver la nation, prends sans hésiter la tête de ces soldats pour t'emparer du pouvoir.

Tseng Kouo-fan connaissait les mérites de ses soldats-paysans. Et il regrettait amèrement que tant de paysans aient versé leur sang dans une longue guerre civile.

Bientôt Li Hong-tchang fut nommé gouverneur général du Tcheli. La puissante armée de l'An-houei, mobilisée sur les bords de la Houei, et qui, grâce à l'effort de gestion de ses généraux, disposait d'importantes allocations, fonctionnait désormais comme une armée privée à son service.

C'est ainsi que furent constituées l'armée et la flotte de Chine du Nord, dépendant du gouvernement de Tientsin, qui exerçait toutes les fonctions d'un Etat, sans avoir jusqu'à l'autorité d'un régime officiel. Le gouverneur de Tientsin possédait un corps d'armée autonome, il ne tenait qu'à lui de fomenter un coup d'Etat militaire.

La figure de Li Hong-tchang n'était ni celle d'une éminence grise politique, ni celle d'un médiateur à la solde des marchands étrangers. Un homme qui, s'il le voulait, pouvait à tout instant abattre l'empire Ts'ing et régner sur la Chine : tel était Li Hong-tchang.

Yuan Che-k'ai, trempé par la pluie, continuait à marcher un peu en retrait en tenant le parapluie au-dessus de la tête du vieux général, tandis que ce dernier arpentait les allées du parc.

Cette promenade méditative de trente minutes dans les jardins constituait pour le général une routine quotidienne à laquelle il ne dérogeait jamais. Cette habitude lui venait de son maître Tseng Kouo-fan. Il avait véritablement hérité de toutes les habitudes de son vénéré maître.

Lever à cinq heures tous les matins, consommation restreinte d'alcool, alimentation pauvre en graisses et peu salée, trente minutes de marche méditative chaque jour: il tenait cette hygiène de vie de l'exemple du défunt Tseng Kouo-fan.

De temps en temps, le général Li s'arrêtait et restait sur place, les yeux fermés. Il réfléchissait puis se remettait à marcher une fois qu'il était parvenu à une conclusion. Répétant ces gestes, il suivait ainsi, pendant exactement une demi-heure, le sentier de promenade de ses jardins à l'occidentale.

Tout en marchant dans le sillage du général, Yuan Che-k'ai, qui était jeune et avait le sang vif, caressait, lui, un rêve irréalisable: qu'un beau jour, Li Hong-tchang décide de lever son armée pour marcher contre la cour. Le général avait accumulé d'importants capitaux, grâce à la gestion de ses mines et au commerce. L'armée des Huit Bannières de la capitale et les troupes Han n'étaient rien, face aux puissantes armées de l'An-houei et de la Chine du Nord. S'il engageait une action, lui qui était le chef de file du mouvement pro-occidental, nul doute qu'il bénéficierait du soutien de plusieurs puissances étrangères. Et, plus important que tout, c'était ce valeureux héros Han qui devait mettre un terme aux agissements d'une cour corrompue d'origine étrangère.

Yuan Che-k'ai n'aurait jamais osé le dire, mais en son for intérieur, la silhouette flegmatique du général Li se confondait avec celle de Tchou K'iuan-tchong, chef de la révolte de Houang-tch'ao, qui avait pris le pouvoir après avoir abattu la cour Tang décadente. En ces temps de désordre et de confusion, si un homme devait être chargé du Mandat du Ciel, ce ne pouvait être que Li Hong-tchang, songeait le jeune homme.

Cependant, si ceux qui rêvaient de cet événement étaient nombreux, personne n'en parlait. Tous ceux qui travaillaient auprès du gouverneur savaient qu'il était, à l'instar de son maître Tseng Kouo-fan, à la fois confucianiste et homme d'action.

L'idée de lancer son armée à l'assaut de la capitale était sans doute bien loin des pensées du général, qui s'était arrêté pour réfléchir : il devait plutôt songer à l'avenir de la nation et à ce qu'il pouvait faire pour l'aider.

Je comprends cela, je le comprends, mais… songeait Yuan, poursuivant son rêve du jour où une armée Han se lèverait pour renverser les Mandchous et rétablir une dynastie d'origine chinoise.

Marchant à pas lents, Li Hong-tchang entreprit bientôt de gravir la colline artificielle couverte de gazon en haut de laquelle se dressait un pavillon de style occidental.

Le jeune fonctionnaire en vêtements de cour l'attendait, agenouillé sur le sol de marbre mouillé. Sa tête profondément baissée laissait apparaître en haut de son bonnet une plume de paon à un seul œil et une pierre blanche qui indiquaient le grade de fonctionnaire de sixième rang.

— Un blanc-bec qui ne sait pas se tenir à sa place ! songea l'aide de camp Yuan à sa vue.

— C'est un honneur pour moi que vous daigniez me rencontrer. Je me nomme Wang Yi, de l'académie Hanlin.

— *Hao*, fit le vieux général en souriant. Relevez-vous donc, vous allez salir votre vêtement de cour.

Il lui tendait la main, tel un père affectueux. Puis il arrêta d'un geste Yuan Che-k'ai qui s'avançait pour fouiller l'intérieur du vêtement de Wang Yi, et dit en riant :

— C'est inutile ! Personne n'en veut à ma vie. Même en admettant que cela soit possible, un patriote qui voudrait supprimer un fonctionnaire vendu aux étrangers tel que moi n'irait pas pour cela souiller sa robe de cour de mon sang !

Yuan Che-k'ai ressortit du pavillon et se mit à monter la garde devant, son fusil à la main.

Le général et Wang s'assirent de part et d'autre d'une table de marbre. Wang dévisagea d'abord longuement, d'un regard soupçonneux démentant son attitude polie, le vieux général qui souriait en silence, tripotant sa barbe blanche.

Finalement, il se mit à parler, comme s'il pointait un sabre sur le général :

— J'ai une question à vous poser, Excellence. Qui êtes-vous ? Un activiste militaire, un marchand à la solde des commerçants étrangers, ou un grand général patriote ?

Un long silence glacé s'étendit sur le pavillon enveloppé de bruine. Dehors, Yuan Che-k'ai avait levé le chien de sa baïonnette et mis le jeune homme en joue.

Sans le moindre mouvement de recul, Wang Yi fixait toujours le général.

Il n'avait pas eu l'intention d'engager la conversation de manière aussi discourtoise. Mais les détours n'étaient pas dans sa nature. Après tout, se dit-il, je suis venu pour vérifier de mes yeux si le général Li est un marchand prêt à vendre le pays aux étrangers, ou au contraire un vrai patriote.

Il ne fallait pas avoir peur. Ce gouverneur du Hopei assis devant lui tenait, à n'en pas douter, l'avenir de l'empire entre ses mains.

Le sourire revint sur les lèvres du général Li.

— Si je comprends bien, jeune homme, vous êtes venu me demander, parmi les réputations que l'on me prête à la capitale, laquelle est la juste ?

Cet homme sait exactement ce qui se dit de lui, songea Wang Yi. Il est parfaitement au courant, comme un dieu omniscient, de ce que les hauts dignitaires disent de lui à la capitale. La peur monta soudain en lui : dans ce pavillon enveloppé de brume, il se trouvait autant à la merci du général que s'il reposait au creux de sa grande main blanche.

— Il est trop tard pour reprendre tes paroles, dit le général Li, devenant familier et s'amusant ouvertement de la mine du jeune homme qui s'était mis à bredouiller. Heureusement pour toi, tu es en face de moi et non du Vieux Bouddha ! Pose-moi donc toutes les questions que tu veux, puisque tu as déjà posé celle-ci. Je te répondrai.

Wang avait déjà compris une chose : qu'il fût ange ou démon, cet homme ne mentait pas.

Rassemblant tout son courage, il exprima au hasard l'un des nombreux doutes qui bouillonnaient dans son esprit :

— Une question me tourmente, Excellence.

— Demande ce que tu voudras, et à ta manière. Ne sois pas intimidé.

— J'ai entendu dire qu'autrefois, lors de la répression de la révolte de Taiping, vous aviez engagé des mercenaires étrangers de Shanghai, est-ce vrai ?

— Mais dis-moi, malgré ta jeunesse, tu me sembles bien connaître le passé ! Oui, c'est la vérité. Taiping, l'« Empire Céleste de la Grande Paix », était pour nous une rébellion de barbares que nous n'arrivions pas à soumettre. « Se servir des barbares pour vaincre les barbares » est une tactique connue. Y trouves-tu à redire ?

— Cependant, les révoltés de Taiping étaient des Chinois Han comme nous. N'était-il pas inhumain de les faire massacrer par des Occidentaux ?

— La révolte de Taiping n'était pas une révolte ordinaire. Les insurgés avaient établi leur capitale à Nankin et détenaient le pouvoir dans le Sud de la Chine depuis plus de dix ans. Autrement dit, pour nous, ils étaient devenus des barbares étrangers. On ne peut reconnaître un ennemi ou un allié seulement à la couleur de ses yeux ou de sa peau. J'ai jugé que c'était le meilleur moyen de se débarrasser d'une menace qui s'étendait rapidement.

— A mon avis, l'Occident aussi représente une menace.

— Certes. Seulement, c'est une menace avec laquelle on peut composer, par le biais de la diplomatie, alors qu'il était impossible de parvenir à un accord avec l'Empire Céleste de la Grande Paix. Lequel de ces deux problèmes était le plus urgent ? A mes yeux, la réponse est évidente.

— En tout cas, vous ne me ferez pas croire que c'était là la meilleure tactique. Vos troupes et celles du général Tseng Kouo-fan ne suffisaient-elles pas à soumettre les insurgés ?

— Peut-être auraient-elles pu suffire, mais il aurait fallu davantage de temps. Ce qui veut dire davantage de pertes humaines et matérielles. Demander l'aide des étrangers était la meilleure tactique dans les circonstances où nous nous trouvions.

Le général avait répondu clairement. Il avait agi après mûre réflexion, semblait-il dire. Wang Yi était à court d'arguments.

— Eh bien, j'ai une autre question. Lors de la guerre avec la France, il y a bien des années, malgré la supériorité de nos armées, vous avez, Excellence, conclu un traité de paix humiliant et concédé l'Annam à la France. La rumeur court aussi que ce pays vous a envoyé quantité de pièces d'argent en échange.

— C'est faux ! Je ne ressemble pas à tes supérieurs !

— Dans ce cas, expliquez-moi la raison de ce traité de paix humiliant.

— J'avais les pleins pouvoirs. J'ai agi de ma propre volonté.

— Ce n'est pas une réponse !

— Mmm... Le général regarda Wang d'un air dubitatif et poursuivit : Je vais t'expliquer mon idée. A l'origine, l'Annam n'était pas un de nos territoires, mais un pays tributaire de la cour. Par conséquent, quand tu dis que j'ai cédé ce territoire, tu ne t'exprimes pas de façon exacte. Autrement dit, j'ai pensé que, plutôt que de conserver une colonie dans nos régions affaiblies du Sud, il valait mieux que cette colonie aille à la France. C'était aussi la décision du peuple : le gouvernement de l'Annam préférait lui aussi, à un empire Ts'ing qui se contentait de lui soutirer d'énormes taxes, une France qui lui apportait en échange les techniques et les capitaux étrangers.

— Les Occidentaux n'ont-ils pas emmené en esclavage de nombreux Vietnamiens ?

— C'est une légende. Depuis la révolution industrielle, l'Europe n'a pas besoin de ressources humaines comme force de travail. Et si jamais ce genre de choses arrivait…

Le sourire s'était effacé du visage du général, qui avait pris l'expression martiale d'un guerrier menant ses troupes au combat.

— Si jamais ce genre de choses arrivait, reprit-il, je partirais avec l'armée de Chine du Nord combattre la France. Ils ne seraient pas vainqueurs.

Juste à ce moment-là, la relève de la garde passa dans le jardin, en rangs serrés. A la vue de ce bataillon à l'occidentale parfaitement entraîné, Wang Yi sentit la confiance lui manquer pour poursuivre la discussion.

— Je voudrais vous questionner sur l'administration des mines, du chemin de fer et des filatures. On dit que dans ces industries modernes gérées par vos soins, Excellence, entre une part de capitaux étrangers, et que la moitié des bénéfices s'en va en Occident. C'est là, je crois, la principale raison pour laquelle on vous accuse de vendre le pays aux étrangers.

— Notre pays manque de techniques. Je crée des industries en me procurant les techniques de l'étranger. Vois-tu un mal à cela ?

Le général ne semblait pas éprouver le moindre remords de conscience à agir ainsi. Cet homme, songea Wang Yi, possède une profonde conviction du bien-fondé de ses actes, à un point dont ses détracteurs ne peuvent avoir idée.

— C'est difficile à expliquer, mais… En Occident, les progrès de la révolution industrielle ont transformé la structure même de l'économie. C'est ce qui se passe naturellement quand l'échelle de production s'élargit. Autrement dit, quand des personnes fortunées rassemblent leurs capitaux pour fonder une industrie, les bénéfices qu'elles en retirent sont en rapport avec la somme qu'elles ont investie. C'est ce qu'on appelle le capitalisme. Je ne peux accomplir seul des grands travaux tels que l'ouverture de mines ou la construction de chemins de fer. Il en va de même pour les commerçants occidentaux, bien sûr. Nous rassemblons donc les capitaux de plusieurs personnes pour former un consortium, ou *konsu*.

— *Konsu* ? Qu'est-ce donc ?

— Ah, c'est moi qui ai inventé ce terme. Il désigne la distribution des bénéfices en fonction du montant du capital investi. Ce procédé rend possible l'accomplissement de grands travaux. Ainsi, l'Etat n'est pas mis dans la gêne par la réussite ou non d'une entreprise.

— Mais si toutes les fortunes de province faisaient de même, ce serait terrible. L'Etat ne réaliserait plus aucun bénéfice, les bases de l'économie s'effondreraient.

Le général Li éclata de rire :

— Wang Yi ! Tu es vraiment un jeune homme de talent. Les problèmes économiques de l'empire ne sont pas uniquement dus aux gaspillages inconsidérés du Vieux Bouddha, vois-tu. Une économie basée sur l'agriculture est trop limitée, on ne peut espérer relancer l'économie de l'empire en prélevant des taxes ou par le monopole du sel. Quand il y a une famine, c'est tout le pays qui meurt de faim. Si nous continuons à dépendre de l'agriculture, les bénéfices, prélevés en cours de route, se contenteront d'engraisser les classes de riches propriétaires terriens et notables de province. Pour transformer cette situation, il faut implanter des industries variées et imposer les bénéfices des consortiums. Voilà une méthode saine. Les percepteurs n'auront plus à compter le nombre de sacs de riz, mais seulement à inspecter les livres de comptes des sociétés. Tu comprends, Wang Yi ? La politique d'industrialisation qui a porté ses fruits au Japon, ce n'est autre que cela.

— Industrialisation…

Wang Yi avait des palpitations comme sous l'effet d'une trop forte dose d'eau-de-vie.

— Oui. Avec cette politique, le moindre faux pas peut mener à une tragédie comme la Révolution française, c'est vrai. Mais comment a fait l'Angleterre ? Comment a fait le Japon ? Ces pays s'enrichissent tout en préservant leur système monarchique. Il est possible d'enrichir le pays sans bouleverser la structure de l'Etat. Comprends-tu ? Les dignitaires de la capitale crient à l'occidentalisation, mais le véritable remède contre l'occidentalisation est là. Et ceux qui refusent de le concevoir me traitent de marchand vendu aux étrangers, de fossoyeur de l'empire. C'est d'un ennui ! A Tientsin, le moindre vendeur de rue me comprend, mais à Pékin, ni Son Altesse le prince Kong, ni Yang Si-tcheng, que l'on dit pourtant un lettré comme il en apparaît peu dans un siècle, n'acceptent de suivre mon raisonnement. Qu'ils sont donc têtus et arriérés !

Remarquant l'expression de surprise de Wang Yi en entendant prononcer ces deux noms au moment où il s'y attendait le moins, Li Hong-tchang parut saisir le but réel de la visite du jeune homme :

— Ah, je vois ! Tu fais partie de leur faction. Depuis quelque temps je reçois beaucoup de courrier de Yang. Comme je ne lui réponds pas, il m'aura envoyé un de ses protégés, c'est bien cela ?

— Absolument pas. Je suis venu de mon propre chef.

Le courrier de Yang Si-tcheng sollicitait sûrement le soutien du général Li pour l'entrée en fonction du jeune empereur. Ce n'était pas le moment d'évoquer ce sujet, décida Wang Yi.

Il avait une foule de questions à poser. Et quel que fût le point soulevé, il en était sûr, le général répondrait sans mentir et sans propos nébuleux.

Le jeune aide de camp aux allures de géant qui montait la garde sous la pluie fixa sur Wang Yi un regard courroucé qui semblait dire : « En voilà assez maintenant ! », puis il tira ostensiblement sa montre à gousset.

Wang choisit une dernière question parmi toutes les énigmes qui enveloppaient encore à ses yeux le personnage du gouverneur :

— Excellence... Caressez-vous l'ambition de prendre le pouvoir ?

Le sourire s'effaça à nouveau du visage du général, et il tourna vers le jeune homme un regard dangereusement soupçonneux. L'aide de camp avait laissé retomber sa montre et s'était remis en position, baïonnette au canon.

— Veux-tu me demander par là si j'ai l'intention de prendre part au gouvernement ? demanda le général du bout des lèvres.

— Non, je veux savoir si vous avez l'intention de renverser les Ts'ing.

Le général se laissa aller contre le dossier de sa chaise, porta la main à son front avec embarras, et poussa un grand soupir.

— Tu es vraiment un homme sans détours. Me demander en face si j'ai l'intention de fomenter un complot contre l'Etat !

Derrière le général, l'aide de camp semblait ne plus pouvoir en supporter davantage. Wang Yi trouva sa réaction étrange : pourquoi s'énervait-il ainsi, alors qu'il l'avait laissé sans broncher traiter son vénéré supérieur de marchand à la solde des étrangers ?

— Je ne suis pas homme à éprouver ce genre d'ambition.

Wang Yi fut en même temps rassuré et secrètement dépité par cette réponse.

— En êtes-vous certain ?

— Oui. Je me considère en toute humilité comme un disciple de Confucius. Lever une arme sur mon souverain est contraire à mes principes.

Pourquoi l'aide de camp avait-il baissé son fusil et contemplait-il le dos de son supérieur d'un air décontenancé ? Wang Yi demanda alors, pensant exprimer le doute qui brûlait les lèvres de l'aide de camp :

— Expliquez-m'en la raison, Excellence. Vous possédez une armée très bien entraînée, vous disposez du soutien de plusieurs puissances étrangères… Vous êtes un héros du peuple Han, qui subit le joug des Mandchous. Il semble étrange que vous soyez dépourvu de toute ambition de ce genre.

— Toi-même, fit le général Li en se redressant et en pointant un doigt vers son interlocuteur, tu es un mandarin, n'est-ce pas ? Et même, n'es-tu pas l'élite de l'élite des mandarins, puisque tu as été nommé malgré ton jeune âge à l'académie Hanlin ? Tu as assimilé les enseignements des Cinq Classiques et des Quatre Livres, tu es devenu une étoile au firmament, tu as fait mouvoir le soleil et la lune ! Aurais-tu oublié tout ce que tu as appris dès les examens terminés ?

Devant le ton énergique du général, Wang avait inconsciemment reculé.

— Qu'est-il dit dans le quatrième chapitre des *Entretiens* ? Réponds !

— Euh… Le quatrième chapitre…

— Tu vois, tu as dû oublier ! Ce sont les fonctionnaires avec de telles dispositions d'esprit qui finissent par mener le pays à la ruine. Ecoute : *La seule voie passe par*… Alors ?

— … *Par la sincérité et la loyauté*, répondit Wang Yi, se rappelant enfin la phrase.

— Exactement. La loyauté est le seul chemin. Moi qui ai près de soixante-dix ans aujourd'hui, toute ma vie je me suis efforcé de suivre ce précepte de Confucius.

Derrière le général, l'aide de camp avait soulevé la visière de sa casquette militaire pour regarder le ciel en poussant un soupir.

Wang Yi s'agenouilla aux pieds du général Li qui venait de se lever. Saisissant le bord de la longue robe du général, dressé devant lui comme une immense statue, il déclara :

— Attendez, Excellence ! Ce gouvernement auquel vous vous efforcez d'obéir avec loyauté se désagrège aujourd'hui comme un morceau de chanvre. La guerre était à peine terminée que la sécheresse puis les inondations l'ont suivie, et le peuple ne peut que maudire le Ciel. Tant que durera la politique du Vieux Bouddha, le peuple ne pourra être sauvé.

Sa voix avait enflé sous l'emprise de l'indignation qui le submergeait.

— Qu'es-tu donc venu me dire ? rétorqua le général. Es-tu venu seulement te plaindre ?

Wang Yi ressentit une certaine honte à l'idée que sa colère n'était pas le fruit d'une juste indignation mais se nourrissait de son histoire personnelle ; cependant ces mots lui vinrent aux lèvres malgré lui :

— Mon père était fantassin dans l'armée chinoise. Mon père et tous mes frères sont morts dans les combats pour réprimer la révolte de Taiping. Et si ma mère m'a vendu, moi, le seul enfant qui lui restait, à une famille de riches notables de province, ce n'est pas pour l'argent. Quel parent vendrait son dernier enfant, se privant ainsi de descendance ? Non, elle a renoncé à moi pour que je puisse un jour devenir un homme capable de réformer le gouvernement.

— Ah ! s'écria le général sous le coup de la surprise.

— Tout le pouvoir est entre les mains du Vieux Bouddha ! Je ne puis comprendre votre pensée, Excellence, vous prétendez rester loyal envers une souveraine qui passe son temps à s'empiffrer et à aller au théâtre. Craignez-vous à ce point l'impératrice douairière, Excellence ?

— Je ne la crains nullement. C'est elle plutôt qui a toutes les raisons d'avoir peur.

— Dans ce cas, pourquoi parlez-vous de loyauté ? En montrant tant de dévotion pour cette souveraine, vous êtes déloyal envers le peuple !

Le général caressa sa barbe d'un air songeur, comme si cet argument l'avait touché.

— Ces mots m'ont surpris, répète donc ce que tu viens de dire.

— Autant de fois que vous voudrez : Votre loyauté, Excellence, est de la déloyauté envers quatre cents millions de Chinois.

— En effet… Tu as vraiment du talent, jeune homme. Je ne m'attendais pas à entendre une phrase pareille dans la bouche d'un lettré de l'académie Hanlin. As-tu des contacts avec des Occidentaux ?

— Pas du tout. C'est simplement ce que je pense, en songeant à mon père mort au combat, à mes frères et sœurs morts de faim.

— Eh bien, puisque tu t'es dévoilé avec une telle franchise, je me dois moi aussi de te confier mes véritables motivations.

Le général Li choisit soigneusement ses mots, tourné vers le rideau de pluie au-dehors, puis il dirigea à nouveau le regard vers Wang Yi et l'aide de camp qui attendaient, suspendus à ses lèvres, pour déclarer enfin, d'un ton désolé qui ne lui était pas habituel :

— Je n'ai pas le Mandat du Ciel.

— Le... Mandat du Ciel ? s'exclama malgré lui Yuan Che-k'ai. Que voulez-vous dire ? D'ordinaire vous n'employez pas ce genre de termes.

Cette fois c'était l'aide de camp qui exprimait les doutes de Wang Yi. Le général secoua la tête comme pour chasser son humeur sombre, et déclara simplement :

— C'est l'heure.

Puis il ajouta :

— Le Mandat du Ciel, c'est le Mandat du Ciel. Je n'engage jamais de combats perdus d'avance.

— Perdus d'avance ? protesta Yuan Che-k'ai, son corps de géant tremblant comme s'il venait d'être libéré de ses liens. Vous qui êtes venu à bout de la révolte de Taiping, vous qui avez pacifié les rébellions des musulmans et des Nien, vous parlez de bataille perdue d'avance face à ces poltrons de soldats mandchous ? Je ne puis vous croire. Si vous me confiiez le commandement ne serait-ce que d'un seul de vos bataillons, la capitale tomberait en un jour !

— Mesure tes paroles, Yuan, tu parles devant témoin.

Le visage empâté de l'aide de camp était blême de colère. Il reprit en levant la main :

— Une fois que vous vous serez levé pour vous en emparer, le Mandat du Ciel tombera de lui-même entre vos mains.

Le général lui coupa la parole sans ménagements :

— Il n'en va pas ainsi. Le Mandat du Ciel n'est pas quelque chose d'aussi vague et abstrait que tu le penses. Sans le Mandat du Ciel, même un homme qui assiégerait la capitale ne pourrait prendre le pouvoir. Tout au plus pourrait-il, comme Li Tseu-tcheng, mettre le feu au palais et provoquer le tumulte. Moi, je sais exactement en quelles mains repose le Mandat du Ciel.

— De quoi parlez-vous ?

— Je ne puis le dire. Autrefois, mon maître Tseng Kouo-fan m'a proposé de m'emparer du pouvoir avec lui, il fallait nous rebeller pour le bien du peuple, disait-il. Cependant… Mais restons-en là. Je vous dirai seulement que ni Tseng Kouo-fan ni moi-même n'avons les qualités requises pour devenir souverain de ce pays. Nous avons les dispositions. Mais pas les qualités.

La voix du général Li avait enflé, comme sous un brusque accès de fièvre. Il ferma les yeux et continua d'une voix embrouillée, comme s'il réveillait des souvenirs pénibles :

— Nous voulions créer un nouvel empire Ts'ing, en installant le prince Kong sur le trône. L'empereur régnerait, l'Assemblée gouvernerait. Une monarchie constitutionnelle, une Assemblée élue par le peuple, un pays industrialisé, riche, une armée forte : tel était notre rêve. Alors, tous trois, nous sommes allés au Tang-tseu… Et là… Mais cessons cette conversation, je ne me sens pas bien.

Le général croisa les bras comme pour contenir les palpitations de sa poitrine, et sortit dans le parc pluvieux. Sous le parapluie que l'aide de camp avait ouvert en hâte au-dessus de sa tête, il tourna un visage déjà apaisé vers le jeune mandarin :

— A propos, Wang Yi, ne voudrais-tu pas venir à Tientsin auprès de moi ? Un talent aussi exceptionnel que le tien à l'académie Hanlin, c'est une vraie perte pour l'Etat.

— Moi, ici ?

— Oui. Si tu le souhaites, je peux t'envoyer un ordre de nomination à tout moment. Ton père était un soldat des troupes Han, dis-tu. L'uniforme de l'armée de l'An-houei te siérait…

Après un léger salut de la main à l'occidentale, le général Li Hong-tchang disparut derrière le rideau de pluie.

5

Des nuages bas s'étendaient sur la vaste plaine du Tsing-hai.

Une pluie fine s'accrochait à la bâche de la carriole tirée par des mules, comme une déplaisante toile d'araignée, tout au long de la route en bordure du canal du sud.

Les épis de blé clairsemés, les plants de riz séchés sur pied exprimaient assez la récolte catastrophique de l'automne. Çà et là dans les champs, on voyait des paysans accroupis comme des statues de pierre abandonnées, rassemblant des balles de riz pour y chercher encore quelques minuscules grains. Plus il approchait de son village natal, plus le cœur de Wen-sieou s'assombrissait. Il ordonna au cocher d'enlever de la voiture les ornements et la bannière indiquant sa haute condition.

Les roues s'embourbant de temps à autre dans des ornières, la carriole avançait entre les premières rangées de maisons de Liang-kia-t'ouen.

Soudain un poids inhabituel se fit sentir à l'arrière, et Wen-sieou aperçut un chignon sale entre les pans de la bâche. Comprenant qu'il s'agissait de quelque garnement du village qui attendait le passage d'une carriole pour se faire transporter gratis jusqu'au village, il se garda du moindre reproche. Lui-même, autrefois, n'avait-il pas souvent fait de même ?

Une bourrasque oblique souleva la bâche, et les yeux du mandarin rencontrèrent ceux de l'enfant suspendu aux ridelles arrière, qui se retourna aussitôt et bondit à terre.

Tchouen-yun ? Non, ce devait être sa sœur cadette, Lingling.

Wen-sieou ordonna au cocher de s'arrêter, passa la tête entre les pans de la bâche. De part et d'autre du chemin ce n'était qu'une étendue plate de roseaux, et Lingling, ne sachant où se dissimuler, s'était allongée à plat ventre dans la boue.

— Pardonnez-moi, pardonnez-moi, ne cessait-elle de répéter, prosternée aux pieds de Wen-sieou, qui remarqua le sac à crottin accroché à sa taille.

— Lingling, c'est moi, Wen-sieou ! Tu m'épates, dis donc ! Tu as donc appris à ramasser le crottin, toi aussi ?

— Hein ? C'est vous, Jeune Maître ?

Lingling avait soulevé son visage plein de boue et souriait, telle une fleur des champs.

— Bienvenue au pays, Jeune Maître !

— Eh oui, me voilà de retour ! Allez, grimpe ! fit-il en lui tendant la main. Mais la fillette, éblouie par la robe de haut fonctionnaire de Wen-sieou, cacha aussitôt sa main derrière son dos.

— Je vais vous salir si je monte.

— Qu'est-ce que ça peut faire ? Allez, grimpe vite !

Lingling hocha la tête d'un air joyeux et, saisissant la manche de Wen-sieou, hissa son corps menu sur la charrette.

Le véhicule avançait cahin-caha, tiré par les mules. Wen-sieou prit la fillette, qui s'était assise à l'autre bout du tapis, par les épaules et l'attira vers lui, puis essuya son visage souillé de boue avec la manche de son vêtement de cour. L'odeur de la terre de son village natal, oubliée pendant son séjour à la capitale, montait de la nuque blanche de la jeune fille.

— Jeune Maître, vous êtes gentil. Vous n'avez pas changé, même en devenant un grand personnage.

— Je ne suis pas un grand personnage ! Je me suis installé à la capitale et je reçois un salaire, c'est tout, je ne fais rien de différent de toi qui ramasses du crottin, le fais sécher et le revends.

— Pourtant, tout le village dit que vous avez été reçu premier à l'examen, et que grâce à ça vous serez un jour premier ministre. N'est-ce pas que vous êtes quelqu'un d'important ? Dites, entre les fonctionnaires de la préfecture et vous, qui est le plus important ?

— Je vaux un peu mieux qu'eux tout de même.

— Pourtant, eux ils ont les coups de poing et de pied faciles ! Tous les gens importants sont comme ça.

D'un air admiratif Lingling posa le doigt sur les broderies de fil d'or cousues sur le devant de la robe de Wen-sieou :

— Qu'est-ce que c'est ?

— Ah, ça s'appelle un python, c'est un signe pour montrer que je suis au service de l'empereur.

— Et ça ? fit la fillette en désignant la coiffe de velours.

— Ça... Eh bien, mais c'est un bonnet. A la capitale il fait froid, aussi tout le monde porte des bonnets.

— Mais il y a une jolie pierre dessus. Et une plume de paon.

— Bah, une simple verroterie, et la plume de paon c'est pour faire joli, je suis coquet, vois-tu. Qu'en penses-tu, c'est élégant, non ?

— Oh, fit Lingling qui tâtait maintenant la longue manche de soie noire. Quel beau tissu, il est tout doux...

— Ta mère en tisse d'aussi jolis sur son métier à tisser, pourtant.

Le sourire de Lingling s'effaça.

— Maman tissait des étoffes bien plus rugueuses... répondit-elle en prenant ses genoux entre ses mains et en détournant la tête.

— Il est arrivé quelque chose à ta mère ? Elle ne va pas bien ?

Lingling tira à elle le sac de crottin, le mit entre ses genoux comme pour le dissimuler.

— Qu'y a-t-il, Lingling ? L'état de Deuxième Frère a empiré ?

Wen-sieou rattrapa la fillette, qui avait fait mine de sauter à bas de la carriole, et insista :

— Qu'y a-t-il ? Pourquoi t'enfuis-tu ?

— Deuxième Frère est mort depuis longtemps, et maman aussi, elle s'est pendue sur sa tombe !

— Que dis-tu ? s'exclama Wen-sieou, serrant Lingling contre sa poitrine.

— Pardon, pardon, répétait celle-ci en sanglotant et en se débattant.

— Ne t'excuse pas. Tu n'as rien fait de mal.

— Mais ça ne vous concerne pas. Vous êtes un homme important maintenant, je ne dois pas vous dire ce genre de choses. Laissez-moi partir, je salis vos vêtements.

— Bien sûr que cela me concerne : j'ai fait serment de fraternité avec ton frère aîné. Et pourtant, je n'ai rien fait pour vous. Une fois à la capitale, je vous ai complètement oubliés !

Tout en maintenant dans ses bras Lingling qui se débattait, Wen-sieou arracha son bonnet et le jeta sur les planches d'un geste rageur.

— Et Tchouen-yun ? Où est-il parti, pourquoi vous a-t-il abandonnés ?

— Je ne sais pas. Il a dit qu'il allait tenter sa chance à la capitale. Il s'est tranché le pénis, et l'a emporté avec lui, en disant qu'à la capitale ça permettait de devenir riche.

Wen-sieou prit le chignon malhabilement noué de la fillette entre ses mains, attira son front contre le sien. Ce front palpitait contre le sien comme un oisillon blessé, ne sachant plus où aller, ni que faire à force de douleur et de chagrin.

— Ça va aller, Jeune Maître, je me débrouillerai. Ne vous inquiétez pas.

Une de ses mains était toute maculée de ce crottin qu'elle devait ramasser du matin au soir sur les routes.

La fillette avait-elle donc continué, jour après jour, à répéter les gestes qu'elle avait vu faire à son frère ? Une fois ramassée, elle devait faire sécher cette fiente, puis aller la proposer pour allumer les fourneaux dans des maisons un peu plus à l'aise que les autres. Elle ne se doutait même pas que le bol de bouillie, la poignée de blé qu'on lui offrait en échange valaient plus que ces misérables bouts de crottin séchés, et n'avait pas conscience de vivre de mendicité.

Tout en essuyant le crottin collé sur son vêtement de cour, Wen-sieou présenta ses excuses à la fillette :

— Je ne peux plus te laisser faire ça. Je t'emmènerai avec moi à la capitale.

— A la capitale ?... Pourquoi ?

— Tu es la sœur cadette de mon frère en amitié, tu es donc comme une sœur pour moi.

— Alors Tchouen-yun aussi est votre frère, n'est-ce pas ? Pourtant, il s'est disputé avec vous. Il a dit qu'il ne voulait plus rien avoir à faire avec vous.

— Tchouen-yun est un garçon. Les hommes peuvent toujours ramasser du crottin et vivre à genoux. Mais une femme ne peut subvenir seule à ses besoins.

Lingling leva ses yeux innocents vers la bâche de la carriole et réfléchit un long moment.

— Vraiment, vous m'emmènerez ?

— Oui. Mieux vaut faire la lessive ou puiser l'eau que ramasser du crottin. Et puis, il faut retrouver Tchouen-yun...

Lingling poussa un cri de joie strident et, soulevant la bâche, sauta de la carriole en marche.

— C'est promis, hein, Jeune Maître ?

— Oui. Dans trois jours, je viendrai te chercher. Prépare tes bagages !

Lingling suivit la voiture en agitant la main, criant toujours :

— C'est promis, hein, c'est promis ?

— Tiens, garde donc ça en attendant ! cria Wensieou à son tour en lui lançant son bonnet de fonctionnaire de sixième rang.

Lingling le ramassa, le posa sur son chignon et, immobile, regarda la carriole s'en aller.

Dès que la pluie s'arrêta, les marchands qui attendaient devant la porte de la résidence du gouverneur commencèrent à installer leurs étals.

Une foule de coolies et de soldats affamés accourut aussitôt comme une colonne de fourmis. L'animation augmenta à vue d'œil, et fut bientôt celle d'un marché.

Wang Yi était surpris de constater la vivacité avec laquelle se déroulaient les échanges. Pas de boniment de la part du vendeur, pas d'hésitation de la part du client. Simplement, un échange de marchandises sur un rythme trépidant.

Toute cette prospérité était due à l'œuvre de Li Hong-tchang. Bientôt, quand la ligne de chemin de fer de Tang-shan arriverait jusqu'ici, Tientsin deviendrait peut-être une ville plus importante que la capitale elle-même.

Les montagnes de fruits d'automne sur les étals, l'animation des vendeurs et des acheteurs, rien de tout cela n'avait son pareil à la capitale.

Dans la foule, Wang Yi perdit de vue l'endroit où l'attendait son attelage, et il se mit à déambuler à travers le marché, dans les ruelles encore humides de pluie.

La voix bien rythmée d'un marchand de fruits vantant ses produits dans le dialecte de Tientsin l'arrêta. De grosses poires juteuses de la taille d'un poing d'enfant étaient empilées sur son étal.

Wang en acheta quelques-unes. Elles étaient chères, mais c'était une preuve de plus que l'argent circulait dans cette ville. Les récoltes du Nord-Est étaient rassemblées à Tientsin, puis expédiées à la capitale. Oui, à n'en pas douter, le gouverneur général de Tientsin tenait Pékin à la gorge, ou plus exactement détenait les richesses de l'empire.

Tout en mordant dans une poire, Wang continua à faire le tour du marché, oubliant totalement qu'il était en train de chercher sa carriole. Plus il avançait, plus des étals se montaient sous ses yeux, s'étendant à perte de vue, comme les rues d'une ville en construction.

Il lui semblait errer au milieu de ce marché comme s'il cherchait en vain à échapper à l'énorme poing du général Li Hong-tchang.

Robe de cour et coiffe de mandarin ne semblaient pas signifier grand-chose ici. Les marchands continuaient à vendre à la criée sans s'interrompre à son passage, comme s'ils ne le voyaient même pas, ou le regardaient mâcher sa poire d'un œil soupçonneux.

Parvenu au coin d'une grande avenue où s'arrêtait enfin le marché, Wang Yi rencontra une étrange diseuse de bonne aventure.

Installée sur une natte à côté des solides persiennes d'une banque de devises étrangères, la vieille balançait le torse d'avant en arrière, comme si elle était en transe. C'était une chamane mandchoue, qui semblait sortir tout droit d'une époque révolue. N'eût été son costume de prêtresse en soie blanche toute sale, on l'eût prise pour une vieille mendiante.

Quand Wang Yi s'arrêta devant elle, elle agita un objet rituel orné de clochettes, tout en continuant ses balancements. Elle répéta deux ou trois fois ce geste étrange, puis releva la tête, en proie à des tremblements comme si elle allait prononcer un oracle.

– Pourquoi te tourmentes-tu de la sorte ? Il n'y a aucune hésitation à avoir, dit-elle de sa voix éraillée.

Wang Yi recula, effaré : cette vieille avait lu en lui ses préoccupations intimes. Mais non, elle devait s'adresser ainsi à tous les passants. Elle faisait son boniment, comme les marchands devant leurs étals...

Mais au moment où il se ressaisissait à cette pensée, la vieille se tourna vers lui et murmura, d'une voix pareille au sifflement de la bise :

– A quoi te servira d'être haut fonctionnaire à la capitale ? Bientôt, les planètes vont se rencontrer dans le ciel, une grande et effroyable révolte aura lieu. Mars pousse l'empereur à fuir le palais, Jupiter apporte la famine et Vénus, l'invasion des barbares. Quand ces trois planètes se rencontreront, le fracas de la bataille résonnera dans les ténèbres, morts et funérailles se succéderont, le peuple fuira ou sera exterminé, les cadavres s'amoncelleront au palais et dans la capitale. Fuis, car tu dois vivre ! N'hésite pas, accroche-toi pour ton salut au grand prunier, cache-toi sous les plumes du coq[1]. Tu dois traverser vivant cette époque troublée. Tu dois vivre, pour protéger la Perle du Dragon, emblème du pouvoir impérial, de

1. Les idéogrammes signifiant « prunier » *(li)* et « coq » *(hong)* figurent dans le nom du général Li. *(N.d.T.)*

l'emprise des brigands. C'est pour cela que tu es né, pour cela que le Ciel t'a choisi.

Quand elle eut fini de parler, la vieille s'effondra en haletant sur sa natte. Accroupie aux pieds de Wang Yi figé sur place par la stupéfaction, elle se redressa un peu et tourna vers le jeune homme un visage plus paisible, maintenant que sa transe l'avait quittée.

— M'accrocher au grand prunier, me cacher sous les plumes du coq... Quel oracle impressionnant !

Wang n'était guère porté à croire aux phénomènes surnaturels. Il se baissa en riant, déposa une pièce dans le giron de la vieille.

— Vous êtes chamane, Grand-mère ? C'est rare de nos jours.

— Oui. Sous le règne de Tao-kouang et de Sien-feng, c'est moi qui conduisais les rites religieux et la divination au palais. Elles ont l'air bonnes, ces poires. Donne-m'en donc une.

La vieille essuya de sa manche sale le fruit que lui tendait Wang, et planta adroitement dedans l'unique chicot qui lui restait.

— Mmm, quel régal ! Après la sécheresse qui a accablé le pays, comment peuvent-elles être juteuses à ce point ?

Regardant fixement le jeune homme sous ses paupières tombantes, elle s'arrêta brusquement de mâcher.

— Tu es bel homme. On dirait un acteur d'opéra guerrier. Tu as l'air bien musclé. Je passerais bien une nuit dans les bras d'un homme comme toi.

Wang Yi éclata de rire devant ce compliment flatteur, destiné sans doute à le remercier de sa générosité.

— Je pourrais y songer si tu avais cinquante ans de moins !

— Oh oh ! Si j'avais cinquante ans de moins, c'est toi qui me courrais après. Telle que tu me vois, j'ai été une superbe femme à la peau blanche, autrefois je surpassais toutes les beautés du gynécée, à ce qu'on disait. On m'appelait Pai Taitai, Taitai la Blanche, Celle qui lit dans les étoiles.

— Pai Taitai ? Tu es une femme remarquable.

— Bah, tout cela c'est du passé. Comme tu le vois, je ne suis plus qu'une vieille au visage informe. A propos, tu m'as donné une belle somme, t'aurais-je dit quelque chose d'intéressant ?

Tandis qu'elle lui posait cette question avec grand sérieux, Wang Yi frémit au souvenir de sa prédiction.

Même si elle faisait commerce de ses oracles fantaisistes pour gagner quelques pièces, il était étrange que cette vieille femme ait eu le front de prédire à un dignitaire en vêtements de cour l'imminence d'une grande rébellion. Annoncer la fuite de l'empereur et l'invasion des étrangers aurait pu, loin de lui rapporter de l'argent, lui coûter la tête. C'était aller un peu loin pour divertir la compagnie...

— Tu ne te rappelles donc pas ce que tu as dit ? demanda Wang Yi.

— Je l'ignore. Ce n'était pas moi qui parlais, mais le dieu tartare qui prend possession de mon corps.

La vieille femme s'exprimait avec naturel et semblait dire la vérité.

— Qu'est-ce que la Perle du Dragon ?

Pai Taitai mordit dans la poire, essuya le jus qui dégoulinait avec un pan de son vêtement.

— J'ai employé ces mots ?

— Tu ne te rappelles vraiment pas ?

— Qu'ai-je donc dit au sujet de ce joyau ?

— D'après l'oracle de ton dieu tartare, je suis né pour protéger la Perle du Dragon.

La vieille se mit à battre des paupières.

— Toi ? Ma foi, il est vrai que tu as tout d'un grand personnage. Tu sembles avoir l'étoffe d'un héros.

Elle le regardait d'un air ébloui et hocha la tête plusieurs fois, comme si elle avait une vision de l'avenir qui attendait le jeune homme.

— Grand-mère, puis-je te poser encore une question ?

— Je t'en prie. Je te répondrai si je connais la réponse. Je suis tombée amoureuse de toi, vois-tu. Un vrai coup de foudre !

Wang Yi jeta un coup d'œil prudent aux alentours, puis demanda en baissant la voix :

— Le gouverneur Li Hong-tchang prendra-t-il le pouvoir ?

La vieille, un genou à terre, approcha son visage de si près qu'il sentit son haleine sur lui. Les yeux fermés, elle se taisait.

— Qu'y a-t-il ? Veux-tu davantage d'argent ?

— Non, mais je voudrais autre chose.

— Quoi donc ? Une autre poire ?

— Non. Un baiser.

Les yeux toujours fermés, elle l'attira contre elle en prenant appui sur son épaule et leva le menton. Quelques passants s'étaient arrêtés en riant.

— Allons, qu'y a-t-il ? Allez, embrasse-moi, fit-elle d'un ton plein de coquetterie. Elle n'avait pas l'air de plaisanter.

Des badauds intervinrent :

— Passez votre chemin, Monsieur le fonctionnaire, cette vieille est folle.

— Elle est nymphomane, et en outre elle est sûrement malade, mieux vaut en rester là, Messire !

— Ce genre de folie n'est pas bon pour votre carrière !

Des plaisanteries et des rires couraient parmi les passants. Mais l'instant d'après, Wang Yi, sans même réfléchir, prenait la vieille par la nuque, l'attirait à lui et la renversait sur ses genoux pour l'embrasser.

Pai Taitai tremblait comme une jeune vierge, tandis que ses lèvres collantes de suc de poire se mettaient à sucer goulûment la langue du jeune homme.

Le silence tomba sur le cercle de badauds médusés. Après un long baiser, elle se mit à lécher la joue de Wang Yi, lui mordit amoureusement le lobe de l'oreille.

— Mmm… Tu m'as étonnée. Tu es donc un vrai…

— Un vrai ?

— Un vrai homme d'honneur. Seul un homme d'honneur exauce le souhait d'un être faible, même si c'est une nymphomane ou une malade. Tu es le protecteur de la Perle du Dragon, ça ne fait aucun doute.

Elle sanglotait, au comble de l'émotion.

— Tant mieux, Grand-mère, si cela t'a rendue heureuse au point de pleurer.

— Non, ce n'est pas ça. Vois-tu, je suis née dans un monde mauvais, j'ai dû prédire toute ma vie des événements néfastes. Rien n'est plus triste pour un être humain que de lire dans les étoiles. Mais tu as soulagé ma souffrance.

Tenant toujours la vieille dans ses bras, Wang se pencha à son oreille pour demander :

— Li Hong-tchang prendra le pouvoir, n'est-ce pas ? Et moi, je ferai partie de son état-major et je protégerai son gouvernement ?

— Non, les choses ne se passeront pas ainsi. Autrefois, quand j'étais encore au palais, j'ai lu le destin du général Li dans les étoiles : il devra affronter de grandes difficultés, sa vie s'écoulera en combats perpétuels, il ne connaîtra pas le repos. Toujours, il fera partie de l'arrière-garde et devra perpétuellement défendre l'empire contre les ennemis assoiffés de sang qui poursuivront leurs attaques. L'humble bouclier de l'empereur…

— C'est impossible ! Le général Li a écrasé la révolte de Taiping, il a pacifié la rébellion des musulmans et le mouvement des bandits Nien, c'est un grand général qui n'a connu qu'une succession de victoires.

— L'as-tu vu combattre ?

— Non, bien sûr…

— Les batailles de cet homme ne sont jamais facilement gagnées. Il perd beaucoup d'hommes et continue à se battre seul, couvert de sang. Il a toujours lutté seul.

La vieille femme se redressa, s'écartant enfin de la poitrine de Wang Yi. Les badauds, tremblant de peur, s'étaient éloignés.

— Je ne comprends rien à ce que tu racontes, Grand-mère, soupira Wang Yi, perdu dans ses pensées.

Le Ciel lui ordonnait d'entrer au service du général Li, parce que des événements terribles se préparaient à la capitale. Pourtant, le sort de ce général n'était pas d'exercer le pouvoir, et lui, Wang Yi, avait en revanche un destin important à accomplir. Qu'est-ce que tout cela pouvait bien signifier ?

— Le Ciel est avare de paroles. C'est pourquoi je ne puis rien affirmer avec précision. Cependant il n'y a jamais d'erreur dans les indications venues d'en haut, et moi, je ne mens pas. Ta vie se déroulera comme je te l'ai dit. Que tu le veuilles ou non, cela se fera, de façon naturelle.

Pai Taitai battit des paupières et leva un regard ébloui vers le jeune homme qui s'était relevé.

— Je te laisse les poires. Je crois que je n'aurai jamais plus envie d'en manger.

— J'espère que nous nous reverrons. Tu m'as transmis ton énergie, je me sens rajeunie de dix ans, dit Pai Taitai en éclatant d'un rire strident. Effectivement, elle semblait rajeunie. N'était-elle finalement qu'une vieille nymphomane ?

Au loin, de l'autre côté du marché animé et débordant de marchandises, se dressait le bâtiment blanc de la résidence du gouverneur.

Tout en cherchant sa carriole et ses mules, Wang décida de réfléchir tranquillement pendant son congé. Au retour, se contenterait-il de traverser cette ville ou y resterait-il pour de bon ?

6

Lorsque Liang Wen-sieou, son congé terminé, repassa par Tientsin, à l'automne 1887, Tchouen-yun venait tout juste de commencer sa nouvelle vie dans la ruelle des Vieux Nobles.

L'automne était court dans le Hopei. Les quelques jours que Wen-sieou avait passés dans son village natal avaient suffi pour que les rues de Tientsin prennent des allures hivernales. Les arbres perdaient leurs feuilles, et le ciel bas, sans éclat, était couleur de plomb.

En attendant l'arrivée au relais de poste du véhicule officiel venu le chercher depuis la capitale, Wen-sieou fit un tour dans les rues animées, acheta des vêtements d'hiver à Lingling. Une fois vêtue d'une robe couleur pêche et d'une veste matelassée, les cheveux relevés en chignon, Lingling, qui avait de naissance la peau blanche et des traits réguliers, se transforma en une jolie demoiselle. Wen-sieou avait l'intention de lui trouver un emploi de lavandière à la capitale, en s'adressant aux gérants des foyers qu'il connaissait.

La nouvelle qu'il apprit à l'arrivée de la carriole officielle le surprit : Wang Yi, nommé à un poste d'assistant du gouverneur général, restait à Tientsin au lieu de retourner à Pékin.

Sans doute Wang voulait-il jouer le rôle de coordinateur entre le gouverneur Li et les réformistes de la capitale…

La carriole se mit en route. Lingling, qui observait avec curiosité l'animation des abords de la gare entre les pans du rideau, s'écria soudain :

– Pai Taitai ! Regardez, Jeune Maître, c'est Pai Taitai !

Incrédule, Wen-sieou suivit du regard la direction du doigt pointé de la fillette : à l'entrée de la ruelle qu'ils venaient de dépasser, était assise une vieille femme ressemblant en effet beaucoup à Pai Taitai. Wen-sieou fit arrêter la carriole et sauta à terre en pleine avenue, au beau milieu de la foule de midi venue faire ses emplettes.

Installée sur une natte grossière, Pai Taitai levait vers le ciel bas un regard absent.

– Pai Taitai ! Mais oui, c'est bien toi !

La vieille femme agita la main vers lui, sans manifester la moindre surprise, comme si elle avait attendu sa venue.

— Que fais-tu donc ici ? Tu gagnes ta vie en disant la bonne aventure ?

Levant la tête vers le regard inquisiteur de Wen-sieou, la vieille femme poussa un soupir de lassitude.

— Tu n'es donc pas au courant ? Ou bien tout le monde m'a-t-il déjà oubliée ? En fait, Che-leao, j'ai été chassée du village.

— Que dis-tu ?

— Ton ignorant de père m'a chassée. Belle façon de traiter une femme de mon âge !

— Vraiment ? Mais que s'est-il donc passé ?

— Rien de particulier. J'ai prédit l'avenir de ton frère aîné, c'est tout. J'ai dit qu'il n'obtiendrait jamais son doctorat, mais qu'il s'occuperait à la perfection de Liang-kia-t'ouen et de la maison Liang. Je ne sais pourquoi, il s'en est blessé et a commis cette injustice qui a laissé les villageois perplexes. Dis, Che-leao, qu'est-ce qui a bien pu fâcher ton père à ce point ?

Wen-sieou suivit inconsciemment le regard de Pai Taitai et regarda lui aussi le ciel plombé.

— C'est bien normal qu'il se soit fâché. Lui et ma mère se sont évertués à faire de mon frère aîné un haut fonctionnaire. Leur annoncer dès maintenant qu'il ne sera rien de plus que l'héritier du domaine… Si tu leur avais prédit quelque chose qui les satisfasse, quitte à t'écarter un peu de ta divination, tu aurais reçu une bonne récompense.

— Je suis incapable de mentir. Ah, il m'est arrivé la même chose que lorsque j'ai prédit le futur de l'empereur T'ong-che. Cela m'avait valu le courroux de l'impératrice d'Occident. Ton père a été meilleur qu'elle, lui, au moins, ne m'a pas fait fouetter.

Wen-sieou se remémora soudain la prédiction qu'elle lui avait faite le jour où, enfant, il était venu lui chiper des œufs.

Pai Taitai contemplait fixement les vêtements de cour du jeune homme ; comptant du doigt le nombre de pythons brodés sur sa poitrine, elle hocha la tête d'un air satisfait.

— Cela te va bien, Che-leao. Huit pythons, et une pierre blanche sur ta coiffe… Te voilà docteur à l'académie Hanlin. Tu as donc commencé…

— Quoi donc ?

— Ta vie. De nombreuses épreuves t'attendent. Sois prêt à les affronter.

Wen-sieou n'avait plus le cœur à douter des prédictions de la vieille chamane. Cependant, elle avait une manière de les lancer à la figure de ses interlocuteurs, comme si c'était elle qui présidait aux destinées d'autrui. Le jeune homme ne put s'empêcher de répliquer :

— Attention, Pai Taitai, ne me fais pas de révélations désagréables sur mon destin. Cela énerverait n'importe qui, de s'entendre dire que son enfant va mourir jeune ou qu'il ne sera jamais mandarin. A ce propos… Il poursuivit d'un ton plein de reproches : Tu ne le sais sans doute pas, mais Tchouen-yun a pris tes prédictions au pied de la lettre, et il s'est castré lui-même. Ce n'est pas une question de mensonge ou de vérité, mais de ne rien dire qui puisse nuire à l'intéressé.

— Comment ? Tchouen-yun, castré ?

La surprise étira un instant les rides de son visage, puis elle poussa un soupir et baissa un regard affligé vers le sol. Wen-sieou se retourna vers la carriole. Entre les pans du rideau apparaissait le petit visage de Lingling qui ne perdait rien de la scène.

— Tu dois connaître Lingling, la sœur cadette de Tchouen-yun ?

— Ah oui, la voilà devenue une jolie jeune fille.

— Son frère aîné est mort, Tchouen-yun s'est fait eunuque, et leur mère s'est pendue. Il est étrange qu'elle-même ne soit pas morte de faim. Si seulement Tchouen-yun n'était pas parti, rien de tout cela ne serait arrivé.

— On dirait que tu m'accuses d'avoir tué sa mère !

— Personne ne peut plus rien y faire, mais Tchouen-yun a cru à tes prophéties et…

— Quelle tristesse !

— Voilà pourquoi tu dois réfléchir avant de prononcer tes oracles, même s'ils sont de bon augure. Tu comprends, au moins ?

— Certes, certes, je comprends, mais…

Le dos rond, Pai Taitai se leva et roula sa natte, comme si elle voulait éviter d'avoir davantage à faire avec Wen-sieou.

— Au revoir, fit-elle en s'engageant dans la ruelle sombre, puis elle se ravisa, leva un visage pensif vers le carré de ciel qu'on apercevait au-dessus des épaisses murailles de la résidence du gouverneur :

— Che-leao…

Son regard de vieille vagabonde solitaire glissa sur le jeune mandarin :

— Je n'ai menti qu'une seule fois dans ma vie.

Wen-sieou fut frappé par la tristesse qu'exprimait son visage. Les lueurs du crépuscule, filtrant entre les nuages, jaunissaient la chevelure blanche emmêlée.

— J'ai fait une divination mensongère à Tchouen-yun.

— Que dis-tu ?

Un frisson glacé parcourut le dos de Wen-sieou.

— Tchouen-yun n'est pas protégé par la maison céleste de la Pléiade. Réfléchis. Comment un gamin né dans la boue, dans la plaine de roseaux du Tsing-hai, s'emparerait-il de tous les trésors de l'empire ? Comment entrerait-il au service de l'impératrice douairière ?

Wen-sieou frappa le sol du talon de sa botte.

— Pourquoi, Pai Taitai ? Pourquoi lui as-tu dit cela ? Il t'a cru, et, et…

— Au moins, il est vivant, lâcha Pai Taitai. En réalité, il devrait déjà être mort. Lui, et toute sa famille.

— Que veux-tu dire ?

— Il était si mignon. Son père et son frère aîné étaient morts, pourtant, il continuait à sourire en ramassant son crottin, courant sur les routes gelées pour assurer la subsistance de sa mère, son frère malade et sa petite sœur. Comment aurais-je pu regarder en face ce malheureux enfant et lui dire : « Tu n'as pas le moindre espoir. Tôt ou tard, tu mourras de faim, ton cadavre ira rejoindre ceux de toute ta famille, jetés aux quatre coins de cette plaine de roseaux, vous mourrez tous de faim et de froid ! »

Confronté à cette vérité inattendue, Wen-sieou, figé sur place au bord de la route, se mit à trembler de tout son corps.

— Est-ce vrai ?

— C'est ce que disaient les signes. Lui et sa famille étaient nés sous une mauvaise étoile : tout ce qui les attendait, le froid et la faim venus, était d'errer de fossé en ravine, puis de voir leurs os blanchis dispersés dans la plaine. Je n'ai pas pu le lui dire.

— Toi qui n'as pas hésité à prédire à l'impératrice la mort prématurée de son fils, tu n'as pas dit à Tchouen-yun ce qui l'attendait ? Cela m'échappe.

— C'est simple, Che-leao. Il était si mignon. Plus beau qu'un prince dormant dans un lit doré. Je n'ai pas pu m'empêcher de lui mentir. Mais je ne me suis pas moquée de lui. Je crois en la force humaine. Au fond de chaque être repose le pouvoir de faire bouger les astres. Voilà pourquoi j'ai brisé la règle des chamanes et fait une fausse divination.

— Faire bouger les astres... Comment serait-ce possible ?

Pai Taitai sourit en fixant sur Wen-sieou un regard perçant :

— Quand on le veut... N'en as-tu pas toi-même fait l'expérience autrefois ? Ne dit-on pas que les licenciés sont des étoiles dans le ciel, et que les docteurs font mouvoir le soleil et la lune ? Mais les lettrés ne sont pas seuls à posséder ce pouvoir, tu devrais être le premier à le savoir. Moi, je veux croire qu'il existe en ce monde des êtres capables de faire mouvoir les étoiles, la lune et le soleil. Des êtres capables de prendre en main leur propre destin, de triompher de toutes les adversités, supporter toutes les tempêtes et saisir le bonheur même sans l'aide de la Providence.

Le cœur de Wen-sieou se réchauffa en évoquant le visage espiègle de Tchouen-yun.

— Tchouen-yun pourrait-il y parvenir ?

Pai Taitai leva un regard rêveur vers le ciel.

— Je crois qu'il le peut. Il est plus beau qu'un prince dans un lit doré... C'est cette beauté en lui qui peut mouvoir les étoiles. Toi aussi, Che-leao, tu dois y croire. Veille sur son destin de loin, avec bonté.

Wen-sieou se demanda où était Tchouen-yun en cet instant, ce qu'il faisait. Mais la loi lui interdisait à lui, haut fonctionnaire, de faire quoi que ce soit pour un eunuque...

— Alors, elle non plus ne mourra pas ?

Pai Taitai suivit la direction qu'indiquait le jeune homme et plissa les yeux en regardant Lingling.

— Non. A l'origine, elle était destinée à mourir de faim, mais la mort ne rôde plus autour d'elle. Tchouen-yun a déjà dû réussir à changer quelque chose. La sœur profite de la bonne fortune acquise par le frère. Elle n'aura plus faim…

Son regard revint alors à Wen-sieou, comme si elle venait de faire une découverte :

— Attends, mais oui… C'est étrange. Ce n'est pas la bonne fortune de Tchouen-yun qui influence le destin de Lingling. Un lien étrange te noue à cette fillette. Je vois un fil rouge…

— Un fil rouge ? Allons, allons, cesse donc !

— Non, c'est la vérité. C'est ce fil rouge qui lui a sauvé la vie. Lingling s'est raccrochée à ce fil au moment où elle allait sombrer.

Pai Taitai ouvrit grand sa bouche édentée dans un rire joyeux. Toujours riant, elle retroussa le bord de son vêtement déchiré, et s'en alla vers le fond de la ruelle.

— Ma vie n'est pas encore parvenue à son terme. Nous nous rencontrerons à nouveau. Vis en homme d'honneur, Che-leao. C'est à toi, en fait, que revient le destin d'accompagner et de servir le Ciel. Va, fier mandarin, élite de la Chine. Ta renommée restera gravée dans l'histoire de l'empire Ts'ing. Ton destin est en marche, Liang Che-leao !

Cette prédiction insuffla un nouveau courage en Wen-sieou, mais déjà, la silhouette de la vieille chamane avait disparu de la ruelle.

IV

VERS LE PALAIS
DE L'IMPÉRATRICE D'OCCIDENT

1

Chaque année, au moment de la fête des Chrysanthèmes, alors que tous les chrysanthèmes étaient en fleurs et que les érables de la colline aux Parfums arboraient eux aussi leurs plus belles teintes, une effervescence inhabituelle envahissait la ruelle des Vieux Nobles.

Tous les eunuques au courant de l'événement se réunissaient pour assister à une pièce de théâtre donnée dans les jardins du temple de la Noble Abondance, sur une scène improvisée.

Si le lieu et les acteurs étaient insolites, les spectateurs sortaient eux aussi de l'ordinaire. La rumeur circulait rapidement parmi les marginaux, et tout ce que la capitale comptait de malades incurables, vagabonds et orphelins abandonnés, venait assister au spectacle.

Le vieux Ngan Tö-hai, régisseur de la fête, distribuait à la foule affamée de la bouillie et des gâteaux si délicieux qu'on ne les aurait jamais crus à base de restes.

Ce jour-là, unique dans l'année, c'était la fête des démunis. Tous ceux qui se présentaient, d'où qu'ils vinssent, étaient régalés d'alcool, il y avait même des sucreries préparées spécialement pour les enfants.

Les acteurs infirmes avaient des rôles taillés sur mesure, leurs accessoires de bric et de broc étaient néanmoins magnifiques. Le chant et la musique faisaient naturellement partie des festivités.

Chaque année, on déplorait plusieurs morts dues à ces bombances inhabituelles et à une excitation trop intense, mais c'était de toute façon une fin plus heureuse que de mourir seul au coin d'une rue. En outre, ceux qui décédaient ce jour-là étaient inhumés par les eunuques résidant au temple, qui récitaient même des sûtras pour eux, si bien que certains moribonds se faisaient transporter exprès sur une planche jusqu'à la ruelle des Vieux Nobles pour y mourir.

La première année où il y participa, Tchouen-yun joua un rôle de soldat. Frappé à mort par Pivoine Noire, qui tenait le rôle principal, il devait s'effondrer après une série de sauts périlleux.

L'année suivante, il joua le rôle d'un jeune guerrier et donna la réplique à Pivoine Noire.

La troisième année, il remplaça son maître, dont les forces déclinaient, et joua enfin le rôle principal qu'il avait tant attendu. La pièce représentée, *La Passe de la porte des Oies Sauvages*, était célèbre pour ses difficultés : les acrobaties les plus complexes y étaient rassemblées. Fort de trois années d'entraînement intensif et d'un corps aguerri et transformé par la discipline, Tchouen-yun se sentait plein de confiance en lui.

Pivoine Noire, qui avait endossé l'armure du guerrier ennemi, une lance sous le bras, rejoignit dans l'aile du temple qui tenait lieu de coulisses l'adolescent en train de revêtir son costume de scène. Un effrayant masque de méchant dissimulait le visage impossible à maquiller de Pivoine Noire.

L'acteur marmonna quelques mots en chancelant, puis s'accroupit à terre et se mit à cracher du sang. Tchouen-yun se précipita aussitôt pour frotter le dos de son maître qui, ces derniers temps, était resté alité ; sentant sous la robe de scène la colonne vertébrale qui pointait comme une tige de bambou, il s'écria :

— Maître, vous ne pouvez pas jouer dans l'état où vous êtes ! Faites-vous remplacer.

Pivoine Noire remit son masque et repoussa avec agacement la main de Tchouen-yun.

— Maître, je vous en prie. Plusieurs personnes connaissent vos répliques par cœur et peuvent vous remplacer.

— Cela ne sert à rien de savoir les répliques d'un rôle. Il faut de la présence. Personne ne peut me remplacer.

Il semblait souffrir au point d'avoir du mal à parler. Comment prononcerait-il ses répliques ?

— Attache l'épée à ma main.

Tchouen-yun obtempéra et enleva l'accessoire du fourreau. Il eut la surprise, en prenant la main de son maître, de constater qu'elle n'avait plus un seul doigt capable de tenir la garde de l'épée : Pivoine Noire tendait vers lui un moignon de la taille d'une paume de bébé, couvert de dermatose.

— Abandonnez, Maître. Dans cet état…

— Silence ! Obéis ! ordonna Pivoine Noire. De sous son masque suintait un liquide indéterminé, de la bave ou du pus.

Tchouen-yun fixa la garde de l'épée à sa main droite à l'aide d'une bande de coton, et entoura de chiffons la main gauche qui n'était plus qu'un moignon.

— Bien. Cela se verra sans doute un peu au moment où je prendrai la pose, mais bah… A propos, Tchouen-yun, le vieux Ngan me l'a appris tout à l'heure, mais il paraît que la date est fixée…

Seul un mince filet de voix, faible comme celle d'un grillon, sortait de la gorge de Pivoine Noire.

— Ah, oui. Le vieux Ngan a fait des démarches pour moi. Pardonnez-moi, j'aurais dû vous en parler plus tôt, ne m'en veuillez pas.

C'était Ngan Tö-hai qui avait recommandé à Tchouen-yun de cacher quelque temps à son maître sa nomination au palais. La raison en était facile à comprendre : la seule chose qui maintenait Pivoine Noire en vie était l'énergie qu'il déployait dans le but de faire entrer Tchouen-yun au gynécée et de le voir jouer un jour pour l'impératrice, sur la scène du pavillon des Sons Agréables.

Lorsque Tchouen-yun quitterait le temple de la Noble Abondance, nul doute que Pivoine Noire perdrait le dernier lien qui le rattachait à la vie.

Assis sur le sol de terre battue, adossé au mur, il attira Tchouen-yun vers lui par l'épaule.

— Il faut de l'argent pour acheter un poste au palais. Je ne sais comment Ngan Tö-hai s'est débrouillé mais il a dû distribuer des pots-de-vin peu ordinaires. N'oublie jamais ce que tu lui dois.

— Je sais. Quand je toucherai un salaire, j'apporterai tout ici.

— Idiot, il ne s'agit pas de ça.

Derrière le masque, les coins des yeux se plissaient, comme pour endurer des douleurs insupportables.

— Nous n'avons pas besoin d'argent. Le meilleur moyen de prouver ta reconnaissance, c'est de faire carrière.

Pivoine Noire attira la tête de Tchouen-yun contre sa poitrine, sur son vêtement de guerrier. Comme un tambour lointain, l'adolescent entendit résonner les battements de cœur de son maître.

— Mais y arriverai-je ?

— Sans aucun doute. Avec la belle allure que tu as, tu ne peux manquer d'être remarqué par la troupe du palais. Et si tu montes sur scène, tu es assuré de faire carrière.

— Les choses se passeront-elles aussi bien ?

— Il y aura des épreuves. C'est le sort des apprentis d'être battus. A propos, as-tu déjà un nom d'eunuque ?

— Non. Quel nom me donnera-t-on ?

Pivoine Noire, de sa main gauche enrubannée de coton, serrait toujours Tchouen-yun contre son cœur, comme pour puiser en lui un regain de vie.

— Peu importe le nom qu'ils te donneront. Tu es Pivoine Noire.

Tchouen-yun crut saisir le sens de ces paroles. C'était Pivoine Noire et nul autre qui lui avait transmis tous ses tours au cours de ces trois années.

Les quatre coups de gong résonnèrent.

— En scène, Pivoine Noire !

C'était Pivoine Noire lui-même qui avait prononcé cette phrase, en relevant Tchouen-yun d'une poussée. Tandis qu'il se dirigeait vers la scène, sa lance sous le bras, Tchouen-yun sentit une force étrange et inconnue envahir son corps.

Debout à l'entrée de la scène, il vérifia inconsciemment l'aspect de ses mains et de ses pieds. En se retournant il vit son maître, campé sur ses jambes comme un démon de temple, lui faire signe du menton de se dépêcher d'entrer en scène.

— Tu es Pivoine Noire. Le meilleur acteur au monde. Même Yang Yue-leou et T'an Sin-p'ei ne t'arrivent pas à la cheville.

Tchouen-yun se rendit compte qu'il avait grandi au point de rattraper Pivoine Noire, assez petit de taille. Peut-être les spectateurs le prendraient-ils pour son maître, derrière son grimage d'acteur principal ?

— J'y vais, Maître.

Les préludes comiques venaient de se terminer et, au coup de gong suivant, il bondit sur scène avec toute son énergie.

— Pivoine Noire, le voilà !

Des voix fusaient des rangées de spectateurs. Tchouen-yun bondit avec légèreté puis se figea dans une pose de guerrier. Il avait l'impression d'être devenu son maître. Quand il récita ses premières répliques avec les intonations modulées caractéristiques, il lui sembla que c'était Pivoine Noire lui-même qui les prononçait à sa place.

Chaque fois qu'il réalisait une acrobatie, les spectateurs agglutinés dans le jardin et jusque sur les murs d'enceinte du temple applaudissaient à tout rompre, en scandant le nom de Pivoine Noire.

Bientôt, au son de terrifiants battements de tambour, apparut le véritable Pivoine Noire, dans le rôle du méchant invulnérable.

Tchouen-yun fut surpris de voir sa silhouette arriver du fond de la scène et s'immobiliser dans une attitude imposante. Ce n'était plus le Pivoine Noire presque moribond qu'il venait de croiser dans les coulisses. Sa voix éclatante résonnait jusqu'au plus profond des jardins.

Bientôt, tous deux s'affrontèrent en un combat impressionnant. Sous le coup de lance de Tchouen-yun, l'immortel guerrier ennemi s'effondra après une pirouette, puis se redressa à nouveau, rendu à la vie. La foule poussa des cris de joie.

Pivoine Noire lui murmurait des conseils, tandis qu'ils poursuivaient leur combat acharné à coups de lance :

— Tends bien le bras, frappe fort !

Il esquivait chaque coup de lance par une pirouette ou un saut périlleux, *houai-tseu* ou *tiaomao*. Il paraissait vraiment invulnérable. Mais au moment où il accomplissait le « bond du tigre », *tao-cha-fou*, se produisit un événement imprévu.

Les bras dressés au-dessus de la tête, Pivoine Noire devait faire un saut périlleux arrière et atterrir sur la poitrine, mais il retomba à plat sur le dos sans avoir eu le temps de terminer sa figure. Le bruit sourd du choc de sa colonne vertébrale sur le sol résonna sur la scène, et le guerrier invulnérable cessa de bouger.

— Bravo ! Bravo ! Cette fois, tu l'as eu !

Les spectateurs s'étaient levés et applaudissaient à tout rompre.

Tchouen-yun improvisa aussitôt une pose victorieuse, prit dans ses bras le corps étendu à terre sans mouvement, et quitta la scène en direction des coulisses, marchant d'un pas exagérément martial. La légèreté de cette poupée de chiffons qu'il tenait à bras-le-corps l'épouvantait.

— C'est terrible ! Mon maître… Pivoine Noire… appela Tchouen-yun dès qu'il fut dans les coulisses, derrière le rideau noir.

Il tenait contre lui un gisant immobile, les bras en croix.

— Maître, Maître ! Ne mourez pas !

Quand il lui ôta son masque, un sourire fendit le visage de Pivoine Noire pareil à une grenade éclatée.

— Bravo, Tchouen-yun. Bravo, c'était parfait.

— Ne me faites pas de compliments, non, pas de compliments !

— Si j'étais le Vieux Bouddha, je te donnerais cinquante taels pour une performance pareille.

— Non, non, ne mourez pas, je vous en prie !

Tchouen-yun secouait la poitrine de son maître en sanglotant.

Pivoine Noire tendit alors sa main enveloppée de chiffons vers la scène. Le gong résonnait violemment, pressant l'acteur principal de regagner la scène.

— Va, Pivoine Noire. C'est à toi !

Son bras retomba sur les genoux de Tchouen-yun, et il cessa complètement de bouger.

Le vieux Ngan fendit alors en rampant la haie humaine qui les encerclait tous deux, et prit le cadavre de Pivoine Noire contre lui.

— Vas-y, Tchouen-yun, la pièce n'est pas terminée.

— Mais mon maître, mon maître…

— Le rôle du méchant est terminé. Va !

La canne de Tcheou Ma-tseu frappa le dos de Tchouen-yun, figé sur place, en larmes.

— Qu'as-tu, Tchouen-yun ? Ce n'est pas le moment de pleurer. Courage ! Tu es un acteur. Tu es le héros de cette pièce !

Le gong résonnait sans discontinuer.

2

Dans une pièce du *t'a-t'a-tch'ou*, la résidence des eunuques de grade subalterne dans le vaste gynécée isolé par une enceinte, le vieux Tchen le Neuvième fumait l'opium.

Cet eunuque déjà âgé, dont le rôle consistait à surveiller les apprentis, vivait depuis des lustres au gynécée où il était entré en même temps que Li Lien-yin, devenu depuis chef du palais, et Tch'ang Lien-tchong, le surintendant des Neuf Salles.

Dépourvu quant à lui du moindre mérite et fainéant de nature, il était resté au poste de chef des eunuques apprentis, sans le moindre espoir de carrière.

Ce rôle d'éducateur, qu'il n'aurait même pas osé espérer, lui convenait à merveille. Pour commencer, il n'avait pas à se soucier de décorum, puisqu'il n'avait jamais à se rendre dans un lieu officiel. En outre, non seulement il n'était jamais battu, mais il pouvait tourmenter à son aise les jeunes eunuques qui lui étaient confiés. Enfin, il n'avait aucune chance de recevoir pots-de-vin ou récompenses, mais ne se gênait pas pour spolier les apprentis de la menue monnaie qu'ils possédaient.

Entouré des soins attentifs des petits eunuques qui se prosternaient devant lui en l'appelant « Maître », il passait ses nuits à fumer l'opium, substance interdite, et le reste du temps à boire et à manger les restes de la table de l'impératrice. Pour lui, le *t'a-t'a-tch'ou* était un véritable palais.

Il n'avait jamais fait de rêves d'avenir ; c'était Li Lien-yin, entré en même temps que lui au palais et qui le considérait comme un frère, qui lui avait procuré ce travail sur mesure. Le serment de fraternité qu'il avait conclu avec Li Lien-yin à l'époque de leur entrée au gynécée était devenu pour Tchen le Neuvième un indéfectible droit acquis, et sa qualité de « frère cadet du chef de palais » lui valait autant de mépris que de respect. Derrière son dos, tous les eunuques l'appelaient « Tchen le Passe-pommade ».

Tard dans la nuit, les apprentis rentraient épuisés de leurs divers postes au gynécée. Ils commençaient par se rendre dans la chambre à coucher de Tchen leur maître et, un genou à terre, lui faisaient un rapport sur le déroulement de leur journée.

A ce moment-là, qu'ils fussent félicités, battus ou considérés avec indifférence ne dépendait que d'une chose: l'humeur de Tchen le Neuvième.

Tchen se retourna dans son lit et choisit une pipe parmi celles qui étaient rangées à son chevet comme une armée de lances, puis la tendit vers la flamme de la bougie.

Ces derniers temps, sa consommation d'opium avait augmenté. Quelque chose l'angoissait.

Cela faisait trois ans déjà que l'impératrice mère avait annoncé qu'elle se retirait pour laisser l'empereur Kouang-siu gouverner seul, nouvelle qui, chez les eunuques du gynécée, avait fait l'effet d'une bombe. En effet, si l'impératrice douairière se retirait dans son palais d'été de Yi-he-yuan, elle emmènerait Li Lien-yin avec elle. Rien ne garantissait à Tchen que son aîné l'emmènerait lui aussi, or, privé du soutien de Li Lien-yin, Tchen n'était plus rien. D'autres eunuques proches de l'empereur et inconnus de lui deviendraient des personnages influents. Il pouvait même craindre la vengeance de jeunes eunuques qu'il avait autrefois tyrannisés.

Cependant, l'événement qu'il redoutait tant tardait à se manifester.

L'impératrice douairière s'accrochait au pouvoir. La cérémonie de mariage de l'empereur avait eu lieu, ce dernier était devenu un magnifique adulte, mais Tseu-hi ne faisait toujours pas mine de quitter la Cité Interdite.

L'empereur lui-même se rendait trois fois par jour dans son palanquin jusqu'au palais de sa tante pour la saluer. Tout le monde pouvait constater que l'empereur était un jeune homme plein de noblesse et d'intelligence, mais, retiré dès son plus jeune âge de la résidence de son père le prince consort Tch'ouen et remis entre les mains d'une tante considérée comme un Bouddha vivant, il n'avait pas encore su s'affranchir de sa tutelle.

Même les vassaux les plus compétents de la faction réformiste ne pouvaient intervenir dans les relations de parent à enfant qu'entretenait l'impératrice avec Kouang-siu, et la politique demeurait ainsi entre les mains de l'impératrice d'Occident et des ministres conservateurs de son entourage. Tseu-hi détenait la carte maîtresse et toute-puissante de la morale confucéenne, et quoi qu'on pût lui dire, conservait le monopole de l'autorité comme par le passé.

Ça durera bien encore quelque temps, se disait Tchen pour se réconforter, tout en aspirant la fumée de sa pipe d'opium avec une avidité animale.

Cet étrange équilibre n'était pas sans l'inquiéter, cependant. L'impératrice d'Occident avait cinquante ans passés, elle pouvait tomber malade. Les hauts fonctionnaires de la cour et les eunuques du palais de l'impératrice eux-mêmes étaient divisés entre partisans de Tseu-hi et partisans de l'empereur, mais en toute logique, le parti de l'empereur l'emporterait tôt ou tard.

Tchen n'avait, quant à lui, aucun principe, aucune idée en la matière. Il soutenait les partisans de Tseu-hi parce qu'il était le protégé de Li Lien-yin. Dans ces conditions, il s'affolait au moindre rhume de l'impératrice douairière, et si un seul jour s'écoulait sans que l'empereur rendît visite à sa tante, c'était pour lui la fin du monde. Ce poltron de naissance fumait de plus en plus d'opium.

Un des apprentis de retour du travail venait de pousser la tenture d'entrée de sa chambre.

Allongé sur le côté, les yeux vagues et embués par la drogue, Tchen écouta le rapport du garçon.

— Vénérable Maître Tchen, je viens de rentrer de mon service, déclara le jeune eunuque vêtu d'un costume flambant neuf, un genou à terre, la main gauche posée dessus, la droite pendante.

— Bien, bien. Ton apprentissage se passe-t-il bien ?

— Oui, aujourd'hui encore, j'ai progressé grâce aux conseils que vous m'avez prodigués, Vénérable Maître.

Devant la réponse parfaite du garçon, Tchen détourna les yeux d'un air dégoûté. Cet apprenti était un cauchemar pour lui. Un beau visage aux traits réguliers, un esprit pétillant d'intelligence : sa carrière était déjà assurée.

Comme il était arrivé au palais après la traditionnelle fête des Chrysanthèmes, ses compagnons entrés avant lui auraient dû le regarder de haut, mais personne ne semblait le tourmenter, au contraire, tous le protégeaient.

Au vu de ces manières irréprochables, Tchen ne pouvait s'empêcher d'évoquer Li Lien-yin dans sa jeunesse :

lui aussi ressortait du lot des nouveaux eunuques. De par sa longue expérience du gynécée, Tchen pouvait dire avec certitude que celui-là ferait lui aussi carrière.

Les circonstances mêmes de son introduction au palais différaient de celles des autres.

D'ordinaire, les jeunes eunuques commençaient leur apprentissage chez de hauts fonctionnaires ou des princes de sang, après quoi ils entraient au palais sur recommandation. Ou bien c'était Bi le Cinquième, de la porte de la Splendeur de l'Ouest, ou Liu la Fine Lame, de la porte de la Paix Terrestre, qui les envoyaient au palais avec des pots-de-vin.

Mais celui-là, c'était autre chose.

Un matin, sous un beau ciel bleu, il était entré seul, d'un air digne, par la porte du Génie Militaire. Chose étonnante, ce n'était ni un apprenti de Liu la Fine Lame, ni le domestique d'un prince, qui l'avait accompagné jusque-là, mais plusieurs dizaines d'eunuques infirmes autrefois chassés du palais, qui prétendaient habiter la ruelle des Vieux Nobles au-delà des remparts extérieurs, et qui avaient dit adieu à leur protégé avec force larmes et gémissements.

Ce simple fait obligeait Tchen à traiter le nouveau venu avec des égards particuliers, car parmi les eunuques qui l'accompagnaient il avait reconnu de nombreux visages autrefois familiers. Et si un jour il se retrouvait seul, sans appui, ou malade, il lui faudrait bien, lui aussi, aller demander asile à la ruelle des Vieux Nobles.

La nouvelle recrue disait s'appeler Li Tchouen-yun. Quelle impertinence ! Le même nom de famille que Li Lien-yin et que Li Hong-tchang, gouverneur général du Tcheli ! Dès le début, tout le monde s'était mis à l'appeler par son petit nom, certains le nommaient même, avec un respect un peu prématuré : « Petit Li ».

Tchen n'avait plus rien à lui apprendre, ni les manières, ni le vocabulaire des eunuques : sans doute les vieux eunuques de la ruelle des Vieux Nobles s'étaient-ils chargés de son éducation.

Au palais, l'existence de cette ruelle était de notoriété publique, mais il était interdit d'en parler. L'intelligence du nouvel apprenti et le lieu d'où il venait décourageaient les mauvais traitements. Mais par rapport aux autres jeunes eunuques, cela faisait mauvais effet. Maître Tchen imagina donc un stratagème pour s'en débarrasser. Puisque ce garçon savait tout de l'étiquette d'un eunuque du gynécée, il n'allait pas perdre de temps à l'éduquer ; il l'envoya donc aussitôt au service de l'entretien du palais, où il fut chargé du ménage.

C'était la tâche le plus dure pour un apprenti. Le ménage devait être impeccable, il ne devait pas subsister le moindre grain de poussière, et même le novice le plus consciencieux se faisait battre.

Cependant, quand l'eunuque en chef du service de l'entretien du palais fit son rapport à Tchen, il en écarquillait les yeux : ce garçon savait tout. La façon d'utiliser le balai, les chiffons, les points essentiels dont la négligence lui vaudrait des coups en cas d'inspection, il prévoyait tout. En outre, il avait des jambes et des reins à toute épreuve et pouvait rester la journée entière plié en deux à balayer le jardin sans sourciller.

Tchen le Neuvième trouvait ce garçon de plus en plus impertinent. Il l'affecta au service de la cuisine impériale. Cette fois, ce fut l'eunuque responsable des cuisines qui se précipita auprès du chef du *t'a-t'a-tch'ou* pour lui faire part de sa surprise : non seulement ce garçon savait faire la vaisselle et entretenir un feu, mais il maniait aussi avec habileté les couteaux et les casseroles.

Voyant qu'il avait une certaine connaissance en la matière, le maître queux lui avait demandé de préparer un sauté pour juger de ses talents, et l'apprenti avait confectionné en se servant adroitement des ustensiles un plat étonnamment savoureux. Le maître queux avait conclu d'un air sinistre :

— Sa façon de se pencher sur les casseroles, de les manier, on dirait le portrait craché de Tcheou Ma-tseu. Et jusqu'au goût de son plat. D'où sort-il donc, ce gamin ?

Tchen le Neuvième, dont l'unique tâche consistait à maltraiter ses ouailles, s'obstina : il voulait trouver un moyen de mettre Tchouen-yun en défaut et de lui faire goûter la rigueur des châtiments de ses aînés.

Voilà pourquoi, pas plus tard que la veille, il l'avait envoyé rejoindre la troupe de théâtre du palais qui, en matière de sévérité, atteignait des sommets inégalés. Il ne savait tout de même pas faire du théâtre, en plus ! Et même s'il en connaissait les rudiments, le métier d'acteur était un chemin ardu. S'il essayait de faire l'intéressant et de montrer les acrobaties qu'il savait faire, le bâton sans pitié de ses aînés rabattrait rapidement son orgueil.

— Tchouen-yun, l'apprentissage doit être bien pénible dans la troupe de théâtre. Mais être acteur est le moyen le plus rapide de faire carrière. Entraîne-toi sans perdre courage et tu pourras bientôt espérer un rôle, celui des pattes d'un cheval par exemple, dit Tchen qui regardait attentivement l'adolescent, cherchant des traces de coups sur son corps.

— Oui, Vénérable Maître Tchen, je souhaite progresser rapidement pour pouvoir jouer un petit rôle.

— Bien. Allez, disparais.

La tête entre les mains, embrumé par l'opium, Tchen continuait à observer attentivement l'adolescent, dans l'intention de le rouer de coups s'il commettait la moindre erreur dans la façon de se lever ou de se retirer. Mais l'attitude de Tchouen-yun était sans faille.

— Vénérable Maître, l'honorable Tchao, directeur de la troupe de théâtre, est là, annonça un petit eunuque qui venait d'accourir, à peine Tchouen-yun sorti.

— Comment ? Le directeur… Fais-le attendre un instant…

Tchen se hâta de dissimuler son nécessaire à opium sous son lit. L'intendant Tchao, directeur et acteur principal de la troupe du palais, était beaucoup plus jeune que Tchen mais jouissait des faveurs de l'impératrice douairière.

Pendant que Tchen aérait la pièce pour faire disparaître la fumée, Tchao fit irruption dans la pièce.

— Excuse-moi de te déranger si tard, Vénérable Tchen. Tiens, ça sent le brûlé, ou serait-ce une impression ?

Le personnage était toujours aussi désagréable, avec son beau visage d'acteur, glacial comme un masque.

— Une impression, sans doute. Assieds-toi donc.

Les narines frémissantes, Tchao s'assit sur le lit à côté de Tchen. Tchen l'avait souvent tourmenté et battu autrefois, mais maintenant il était devenu intendant et était plus haut que Tchen dans la hiérarchie du palais, si bien qu'ils ne se faisaient pas de saluts cérémonieux.

— Qu'y a-t-il ? Ce drôle de Tchouen-yun aurait-il commis quelque maladresse ? Dans ce cas, pas la peine de prendre de gants avec moi. Tu peux le battre, le bourrer de coups de pied à ta guise. Traite-le comme bon te semblera.

Tchao ne répondit pas. La mine maussade, il restait silencieux, ses étroites paupières baissées comme celles d'un bouddha en méditation. Au bout d'un moment, il déclara du bout des lèvres :

— Dis-moi, Vénérable Tchen, as-tu agi par calcul ? Je ne me souviens pourtant pas d'avoir dit ou fait quoi que ce soit pour te déplaire.

Au fur et à mesure qu'il parlait, sa mine s'assombrissait et devenait extrêmement grave.

— Hein ?... De quoi parles-tu ?

— Ne fais pas l'innocent. Je parle de ce Tchouen-yun que tu m'as envoyé il y a trois jours à peine.

— A-t-il commis une gaffe quelconque ?

Tchao hésita, se mit à bafouiller, pâlit, puis son visage se ferma complètement.

— Tu es donc jaloux à ce point que je sois devenu un acteur réputé ? Est-ce parce que je ne t'ai pas envoyé de cadeau après ma nomination ? Mais quelle façon de te moquer de moi !

A ce moment-là, Tchao ramassa lentement sous le lit la pipe à opium et, voyant qu'il y avait encore quelques braises dans le fourneau, en aspira avidement une bouffée. L'amertume le fit grimacer.

— Pouah ! C'est de l'opium bon marché ! Ecoute, Vénérable Tchen, il est vrai que je ne suis jamais venu te remercier de m'avoir éduqué et permis de faire carrière, et je ne t'ai pas envoyé de pots-de-vin. Mais aujourd'hui, je suis le directeur de la troupe de théâtre du palais. Je suis un acteur de premiers rôles, à la réputation établie. Si moi, intendant, je me mettais à genoux devant le simple chef du *t'a-t'a-tch'ou*, on se moquerait de moi.

— Comment ça, le simple chef du *t'a-t'a-tch'ou*? Cela fait plus de dix ans que je fais ce travail, moi !

Tchen prit la pipe des mains de Tchao.

— Cet opium que tu trouves amer, toi qui as fait carrière, moi, avec mes petits revenus, il me convient, je lui trouve un parfum très doux. Ah, si Pivoine Noire était encore là, tu en serais toujours à tenir les seconds rôles, tu ne jouerais que les morts !

— Tu peux dire ce que tu veux. Même la chance a besoin de coups de pouce... Dis-moi plutôt quel est le but de tes manigances, et pourquoi tu as envoyé ce garçon dans ma troupe ?

Tchen ne comprenait goutte aux paroles de son ancien élève :

— Sois plus clair.

— Ce n'est pas un apprenti, n'est-ce pas ? Sans doute une perle que tu formais en cachette au *t'a-t'a-tch'ou*, hein ?

— Ne dis pas de sottises. Crois-tu que je sois assez riche pour élever moi-même un castrat ? Je n'ai même pas de quoi racheter mon propre « trésor ». Chaque mois, je dois rembourser de l'argent à Liu la Fine Lame. Si je meurs ainsi, je n'ai plus qu'à me réincarner en mule.

Tchen se fit un peu prier, puis se mit à raconter ses mésaventures avec cet étrange nouveau venu. Plus il racontait, plus Tchao blêmissait.

— Alors, il a tout appris à la ruelle des Vieux Nobles ?

— Eh oui, je ne vois pas d'autre possibilité. En fait, le chef des cuisines est venu spécialement m'apporter du sauté préparé par ce gamin. « Goûte-moi ça », m'a-t-il dit. Et dès la première bouchée, j'ai compris ! Il n'y en a pas beaucoup qui sont capables de préparer pareille cuisine.

— C'était bon ?

— Ce n'est même pas le mot. Tu vas être étonné, mais ce goût, c'était exactement celui des plats de Tcheou Ma-tseu, ce génial maître queux d'autrefois.

— Quoi ? Tcheou Ma-tseu, l'intendant Tcheou Ma-tseu ?

— Oui. La rumeur dit qu'après que le Vieux Bouddha lui a fait briser les jambes, il a trouvé refuge à la ruelle des Vieux Nobles. Ce gamin est un disciple de Tcheou Ma-tseu, j'en suis sûr !

Tchao se leva du lit et se mit à tourner en rond comme un fauve en cage. Il était livide, et couvert de sueur jusqu'en haut de son crâne rasé.

— Impossible, impossible ! Non, une chose aussi ridicule... Mais, attends... Et si jamais... Non, c'est impossible, impensable !

— Que t'arrive-t-il, Tchao ? Tu ne tiens plus en place.

Toujours plongé dans les affres de ses réflexions, Tchao se prit la tête dans les mains et s'assit par terre.

— Que faire, que faire ?

— Hé, Tchao, ne garde pas ça pour toi tout seul, dis-moi ce qui te tracasse.

— Eh bien, tout à l'heure, après avoir éteint les lumières de l'atelier, à la fin de l'entraînement, j'ai assisté à une chose incroyable.

Tchen en avait déjà la chair de poule.

— Cet apprenti, ce Tchouen-yun, faisait des sauts périlleux avec des sacs de sable de six kilos attachés aux tibias. Je n'en croyais pas mes yeux. Avec ces sacs de sable, il faisait des bonds deux fois plus hauts que moi.

— Des sacs de six kilos !

— Oui, et ce n'est pas tout. Il avait pris son balai en guise de lance et répétait des figures de guerrier, des acrobaties à couper le souffle. Si mes yeux ne m'ont pas trompé, c'étaient les figures du premier rôle de la pièce *Tseu-pa-tsie*. Tu comprends, Tchen, les acrobaties de *Tseu-pa-tsie*, même moi, je suis incapable de les réaliser !

Tchen, bouche bée, ne pouvait articuler un mot.

— Mais, écoute… finit-il par bredouiller, tu as dû te tromper. Ce devait être un acteur venu de l'extérieur du palais, qui s'entraînait.

— Je me le suis demandé. J'ai pensé que Yang Yue-leou ou T'an Sin-p'ei avaient dû s'attarder au palais. Mais, réflexion faite, aucun des deux n'était venu s'entraîner aujourd'hui. Au moment où je me disais ça, il a réalisé la figure dite « plonger au fond des mers et attraper la lune », une figure extrêmement impressionnante, tu ne sais sans doute pas de quoi il s'agit : il faut faire tournoyer sa lance tout en ployant le torse en arrière, la tête touchant presque terre, puis accomplir un saut périlleux en arrière en prenant une pose à l'arrivée. Yang Yue-leou et T'an Sin-p'ei eux-mêmes n'y arrivent pas ! Cette figure existe dans les manuels, mais personne ne sait la réaliser. Je me suis mis à trembler, abasourdi, car il n'y a jamais eu qu'un seul acteur capable d'exécuter ce tour : Pivoine Noire !

Quand Tchao eut fini de parler, tout tremblant, lui et Tchen se dévisagèrent un moment en silence.

A ce moment, la patrouille de nuit passa sous la fenêtre. Tchen et Tchao, poussant un cri de terreur, se jetèrent dans les bras l'un de l'autre.

— Pivoine Noire... Pivoine Noire est revenu !

— Ne... Ne dis pas de bêtises, Vénérable Tchen. Pivoine Noire a été chassé du palais quand il a attrapé la lèpre. Il est mort et décomposé à l'heure qu'il est.

— Pas un mot de plus, Tchao, pas un mot de plus là-dessus !

— Aaah, j'ai peur !

— Calme-toi. Ne cherche pas trop loin. Ce Tchouen-yun, il est doué pour tout, aussi...

— Oui, oui, je l'ai reconnu, je suis sûr que c'était lui. Mais dans la journée, il jouait le rôle des pattes du cheval. Attends, dans ce cas, c'est encore plus effrayant ! Il... Il est possédé par l'esprit de Pivoine Noire !

Cette nuit-là, Tchen et l'intendant Tchao fumèrent tout l'opium qu'ils purent trouver, et, assommés par la drogue, s'endormirent dans les bras l'un de l'autre.

3

La somptueuse cérémonie de mariage de l'empereur Kouang-siu et de la nièce de l'impératrice d'Occident, se déroula deux ans après l'annonce publique par Yang Si-tcheng que l'empereur allait prendre en main les affaires de l'Etat.

L'empereur avait donc attendu d'avoir dix-neuf ans pour se marier, exemple plutôt rare chez les empereurs mandchous.

En cette fin de siècle, les puissances étrangères continuaient sans relâche à grignoter l'empire, dévasté par la sécheresse et les inondations.

Ce ne fut ni la voix du peuple, ni la menace des puissances européennes qui décidèrent l'impératrice d'Occident à fixer la date du mariage. Cette année-là, le Japon avait promulgué une Constitution officielle et devancé les autres pays d'Asie sur la voie de la modernité.

L'existence de cette île minuscule, si proche, qu'elle ne pouvait se mettre sous la dent, ne laissait pas d'agacer l'esprit animal et sans finesse de l'impératrice mère.

Les grandes puissances occidentales étaient loin mais le Japon, à portée de main, de l'autre côté d'un étroit bras de mer, n'était séparé du grand empire que par la cartoucherie de la Corée.

L'impératrice douairière était persuadée qu'un jour viendrait où la Chine et le Japon s'affronteraient par les armes. Les Japonais n'avaient-ils pas déjà par le passé monté une expédition contre Formose, sur un prétexte insignifiant ? Ces barbares de l'Asie ne possédaient aucune des vertus confucéennes.

Pour l'instant, Tseu-hi devait se consacrer à remettre rapidement l'empire sur pied.

L'annonce de Yang Si-tcheng n'avait été suivie d'aucun changement notable. Tseu-hi n'avait absolument pas l'impression de se cramponner au pouvoir, mais elle se disait qu'elle ne pouvait léguer à Tsai-t'ien, qu'elle chérissait tant, une situation politique aussi catastrophique. Et elle ne voulait pas non plus aller vivre loin de lui, il était sa seule famille. Tant qu'elle résidait dans la Cité Interdite, elle recevait trois fois par jour la visite de son impérial neveu. Une fois qu'elle se serait retirée au palais d'été de Yi-he-yuan, loin vers le nord, ce ne serait plus possible.

Quand ils étaient face à face, l'empereur s'en remettait à elle. Rien n'avait changé, si ce n'est que le rideau derrière lequel Tseu-hi écoutait les audiences politiques avait été déplacé du palais de la Nourriture de l'Esprit au palais impérial.

Tous ceux qui attendaient l'heure de la prise en main des affaires de l'Etat par l'empereur, étaient écœurés par la soif de pouvoir que manifestait l'impératrice d'Occident. Mais personne ne comprenait réellement ses motivations. Car au fond d'elle-même, Tseu-hi éprouvait un amour extraordinaire pour cet empereur qui ressemblait étonnamment à son propre fils, T'ong-che. La beauté rare, les traits réguliers de Kouang-siu en faisaient le sosie du défunt T'ong-che. Sa franchise, son intelligence lucide, lui donnaient en revanche un caractère fort différent de celui de son cousin, qui était un véritable âne bâté. A quelques années d'intervalle, Tseu-hi avait eu l'impression de voir renaître, en la personne de son neveu, son fils tel qu'elle l'aurait souhaité.

Mais la mère et son enfant portaient un fardeau trop lourd sur les épaules. Le palais impérial était un vaisseau se maintenant à grand-peine en équilibre sur une mer déchaînée. Les partisans de l'impératrice douairière et ceux de l'empereur s'observaient en chiens de faïence et regardaient tanguer, impuissants, la cour extérieure, la cour intérieure et les fonctionnaires de province. Si, malgré leur rivalité, il ne s'élevait jamais entre eux le moindre affrontement, la moindre violence verbale, le mérite en revenait aux fondements traditionnels d'un Etat basé sur l'administration civile. Les jours s'écoulaient, pesants et sombres pour l'impératrice, qui voyait l'avenir comme une coupe de poison posée sur une table devant elle.

Ce n'était pas seulement parce qu'elle avait atteint l'âge de cinquante-cinq ans. Jamais encore elle n'avait ressenti pareille lassitude ni pareille irritation, ni autrefois, lorsque les armées franco-anglaises avaient fait irruption dans la capitale sous un prétexte fallacieux, ni lorsque son époux avait quitté ce monde, au palais d'été de Jehol où ils s'étaient réfugiés, ni quand le ministre Sou-chouen qui briguait la place de l'empereur était mort de justesse, ni même lorsque la débauche avait eu raison de la vie de son fils T'ong-che.

Tseu-hi se sentait vieillir en même temps que son empire.

L'histoire tricentenaire de la dynastie des Ts'ing, ou plutôt l'histoire de cet empire chinois dont la puissance avait mis plus de quatre mille ans à s'affaiblir, reposait tout entière sur ses épaules.

Après avoir si longtemps exercé le pouvoir, elle ne faisait plus qu'un avec l'Empire du Milieu. Il mourrait avec elle, elle le savait. Il *fallait* qu'il meure.

Jamais elle n'avait désiré accaparer le pouvoir. Comme sous l'effet d'un complot, tous ceux qui l'entouraient étaient morts les uns après les autres, jusqu'à ce que le destin de cet empire ne repose finalement plus que sur ses propres épaules.

Elle ne pouvait pas quitter la Cité Interdite et laisser l'empereur Kouang-siu supporter seul ce poids douloureux.

Un beau jour d'hiver, Tseu-hi admirait les pivoines dans les jardins du palais.

Cela faisait bien longtemps qu'elle n'avait pas escaladé la colline de pierres. Elle craignait d'y aller. Mais ce jour-là, écrasée par une lassitude sans nom, elle décida d'aller chercher un peu de réconfort auprès du vieil empereur. Assis sur une pierre, l'ermite de dix mille ans l'attendait. Il tourna vers elle un regard scrutateur:

— Tu sembles lasse, Tseu-hi.

Oubliant même de se prosterner, Tseu-hi poussa un gémissement. Elle était éperdue, ne sachant plus quelle décision prendre pour l'avenir.

L'empereur, qui avait lu dans son cœur, déclara:

— Cela doit t'être pénible. Un père peut oublier son rôle de père, mais une mère n'oublie jamais le sien. Ta souffrance en tant que souveraine, en tant que mère, doit être immense. Cependant, Tseu-hi, tu n'as aucune raison de te tourmenter. J'ai déjà dû te dire que ton destin était d'en finir avec ce vieux monde ridicule. La seule chose que tu aies à craindre, c'est l'intelligence de Tsai-t'ien. Il a trop de talent, pour un être à qui le Ciel ne destine pas son Mandat. Il est studieux, sincère, et il possède un charisme qui attire à lui tous les vassaux. Je me demande pourquoi.

Tseu-hi, elle, savait. Même si Ch'ien-lung ôtait le Mandat du Ciel à son propre descendant, il ne pouvait priver le monde à jamais d'un génie exceptionnel comme le sien. Le legs de l'empereur Ch'ien-lung continuerait à se transmettre…

— Vénérable Aïeul, dit Tseu-hi sans hésiter, laissons-le faire. Tsai-t'ien saura construire un monde équilibré.

Ch'ien-lung éclata de rire:

— Il construira peut-être un monde meilleur, mais lui sera malheureux, s'il occupe la place de l'empereur.

— Pourquoi ? Pourquoi un empereur doit-il être malheureux ?

— Tu le sais mieux que quiconque, tu le vis dans ta chair.

Teu-hi se sentit acculée. Ch'ien-lung riait toujours.

— Et surtout, un empereur qui n'a pas le Mandat du Ciel ne peut bâtir un monde meilleur. Il ne peut que tourmenter son peuple en vain. Même s'il apporte la paix pour un temps, tant que le système impérial perdurera, il n'y aura aucun salut pour le peuple. Parce qu'une véritable paix ne peut être construite qu'avec les forces du peuple lui-même. Ou alors, tiens-tu à léguer tes propres souffrances à Tsai-t'ien ? Si c'est le cas…

Tseu-hi s'était mise à trembler. Le vieillard la contempla d'un œil grave puis murmura :

— Tu es une femme emplie de bonté. Tu es certainement une incarnation de Kouan-yin la Miséricordieuse.

— Tsai-t'ien prétend à tout prix exercer le pouvoir. Son entourage insiste pour qu'il le fasse. Que dois-je faire ? Je ne puis supporter l'idée que cet enfant souffre. Qu'il doive un jour venir ici, et entendre les terribles paroles de son ancêtre... Non, je m'y refuse. Que dois-je faire ?

— Ce n'est pas difficile. Tu dois incarner le mal. Quoi qu'on te dise, tu dois t'efforcer d'être une démone assoiffée de pouvoir.

— Oui, certainement, mais…

— J'avais fait une erreur de calcul. Jamais je n'aurais pensé que Tsai-t'ien deviendrait un jeune homme doué de tant de discernement. Mon sang n'était donc pas totalement éteint…

— Quelle fatuité ! Mais si je reste à la place que j'occupe, l'entourage de Tsai-t'ien voudra l'installer de force sur le trône impérial. Peut-être tenteront-ils de m'assassiner pour y parvenir. Comment faire pour que cet enfant n'ait pas trop à souffrir ?

Ch'ien-lung réfléchit longuement, le regard vide de ses prunelles sans âge tourné vers le ciel d'hiver.

— Si la situation en arrive à ces extrémités, il ne restera qu'une chose à faire : supprimer Tsai-t'ien !

— Ah, gémit Tseu-hi. La surprise et la peur l'empêchaient de parler. Pourquoi ? Pourquoi dites-vous cela ?

— Comment Tsai-t'ien supporterait-il une souffrance qui t'est toi-même difficile à assumer ? Quelle que soit son intelligence, après tout, il est né dans une demeure de prince impérial, il a été élevé au fond de la Cité Interdite, ce n'est encore qu'un enfant au visage glabre. Il est loin de posséder ton énergie, ton courage. Plutôt que de lui céder un poids trop lourd pour lui et écrasant, mieux vaut que ta propre main lui tende le poison.

— Je m'y refuse absolument. Jamais je ne pourrais…

— Dans ce cas, cède-lui le pouvoir de bonne grâce. Ce sera plus facile pour toi. Ensuite, je me charge de le convaincre. Je saurai faire de lui l'empereur d'un empire défunt.

Tseu-hi s'effondra sur un rocher, le corps agité de sanglots.

— C'est affreux, c'est trop affreux. Cet enfant est si gentil. Il est doux comme une fille. Aujourd'hui encore, il m'a porté une pleine brassée de pivoines…

— Cette douceur n'est pas une qualité qui sied à un empereur. Il a beau posséder une intelligence des plus brillantes, le pouvoir ne peut s'exercer avec douceur.

Il coulera beaucoup de sang, le palais sera incendié, le pays dévasté par des hordes d'étrangers. Tsai-t'ien se pendra sûrement à un pin de la Colline de Charbon comme le fit avant lui l'empereur Tch'ong-tchen des Ming, qui emmena avec lui au royaume des ombres un seul de ses eunuques. Tsai-t'ien fera comme Tch'ong-tchen…

Avant même qu'il ait achevé sa phrase, la silhouette du vieillard avait disparu.

— Attendez, attendez, Vénérable Aïeul, ne partez pas !

— Ne presse pas les choses. Tu as encore de longues années de vie devant toi. Progresse lentement, surveille l'évolution de l'époque. D'ici là, une bonne idée te viendra sûrement à l'esprit… Tseu-hi, ma chère enfant… j'ai plus confiance en toi qu'en n'importe lequel de mes descendants. C'est toi qui sauveras les générations futures. Toi, véritable Kouan-yin, déesse de la Miséricorde…

Le front contre les pierres, Tseu-hi sanglotait violemment. Un de ses ongles se brisa mais, même quand le sang commença à perler sur sa peau soyeuse, elle ne sentit pas la douleur.

Le soir même, ordre était donné à la troupe de théâtre du palais de jouer, trois jours plus tard, sur la scène à trois étages du pavillon des Sons Agréables, *Les Quatre Héros*.

Aussitôt l'intendant Tchao reprit courage. Cette pièce était l'une de celles qu'il connaissait le mieux mais il n'avait encore jamais eu l'occasion de la jouer devant la Divine Souveraine. Il était sûr d'y tenir avec succès le rôle principal de Louo Hong-siun.

Il s'agissait d'un opéra guerrier que Pivoine Noire jouait à merveille autrefois. Naturellement, Tchao ne prétendait pas égaler son talent mais il s'était entraîné tant et plus, prévoyant qu'un jour ou l'autre l'impératrice d'Occident réclamerait sa pièce favorite. Alors, elle le féliciterait comme elle avait félicité Pivoine Noire, le récompenserait d'une grande quantité de pièces d'argent, et même, si tout se passait bien, elle le ferait venir près d'elle au palais, où il réaliserait une brillante carrière. Cela faisait plusieurs années que l'opéra des *Quatre Héros* n'avait pas été joué: depuis ce fameux soir où le vice-ministre des Rites Yang Si-tcheng avait annoncé devant tous les dignitaires assemblés que l'empereur allait désormais exercer lui-même le pouvoir.

Tchao n'était alors qu'un figurant qui interprétait divers rôles de soldats. L'impératrice s'était fâchée et avait livré l'acteur principal et le régisseur aux mains des terribles *san-tch'a*.

Depuis, Tchao battait la campagne, songeant à la belle vie qui l'attendait s'il réussissait à jouer à la perfection cette pièce. Et voilà que l'occasion lui en était enfin donnée.

Pendant trois jours entiers, il s'entraîna jusqu'à la limite de ses forces. Il rendit visite en secret à T'an Sin-p'ei dans sa petite salle de théâtre à Pékin, le paya un prix exorbitant pour qu'il lui donne des leçons, reçut toutes sortes de conseils, détailla une à une les répliques, les figures.

Le seul jusque-là à avoir réussi à jouer *Les Quatre Héros* comme il convenait était Pivoine Noire. Tchao était tout excité à l'idée de cette représentation, qui marquerait le plus beau jour de sa vie et lui permettrait d'hériter du siège de chef de palais.

Au jour dit, le pavillon des Sons Agréables était plein à craquer, de même que ce fameux soir.

Sans distinction entre partisans de l'impératrice ou de l'empereur, tous les hauts dignitaires de l'Etat avaient pris place, coiffe contre coiffe, autour des trônes de l'impératrice d'Occident et de l'empereur Kouang-siu. Et ce n'était pas tout : même le gouverneur général de Tientsin, Li Hong-tchang, qui avait la réputation de ne pas apprécier l'opéra, s'était déplacé pour l'occasion, accompagné de distingués visiteurs occidentaux. Entouré du gratin de l'état-major de l'armée de Chine du Nord et de militaires et diplomates étrangers, dans sa robe de cour de fonctionnaire de premier rang et sa coiffe ornée de trois plumes de paon, le général était l'invité d'honneur de cette soirée, à laquelle il avait enfin accepté de se rendre après avoir été invité plusieurs fois en vain en d'autres occasions.

Il n'était cependant pas placé aux côtés de l'empereur ou du Vieux Bouddha, mais juste derrière leurs trônes.

A côté de Tseu-hi étaient assis ses fidèles vieux ministres, dont le général Jong-liu, tandis qu'auprès de Tsai-t'ien s'alignait le clan des ministres réformistes, surnommés « les partisans de l'empereur ».

Tchao se tira fort bien de sa performance devant cet aréopage de hautes personnalités. Il accomplit parfaitement les figures et quand il regagna les coulisses à la fin, après une pose finale, une véritable tempête d'applaudissements s'éleva.

Sans même avoir le temps de se changer, il vint se présenter au pied des trônes impériaux. L'impératrice d'Occident et son neveu semblaient s'entendre à merveille et partager la même émotion.

— Intendant Tchao, c'était magnifique. Je te fais don de trois cents taels d'argent. Tu es nommé dès demain intendant privé de mon palais.

Sur ces félicitations de l'impératrice, les applaudissements éclatèrent à nouveau dans la salle.

— Votre humble esclave, plein de joie, vous adresse ses remerciements, Divine Souveraine. L'éclat de votre puissance illumine jusqu'au Ciel. Acceptez ma sincère prière : puisse Votre Majesté connaître dix mille ans de bonheur et le grand empire Ts'ing une prospérité toujours accrue.

Prosterné aux pieds de l'impératrice douairière, Tchao était l'être le plus heureux au monde, du moins jusqu'à l'instant où il acheva cette phrase. Car la voix de l'impératrice, résonnant à nouveau au-dessus de sa tête, le précipita tout soudain au fin fond de l'enfer :

— Franchement, je ne pensais pas que tu étais un artiste aussi doué, tu n'arrives pas à la cheville de Pivoine Noire, bien sûr, mais je suis tout de même extrêmement satisfaite de ta performance. Je souhaite te voir jouer encore. Joue-moi donc *Tseu-pa-tsie*. Tu feras un excellent Louo Hong-siun.

Tchao, toujours prosterné aux pieds de la souveraine, se sentit envahi d'une sueur froide.

— ... Maintenant, Majesté ?

— Naturellement ! Tout de suite. Je veux voir comment tu te tires de ce rôle que seul Pivoine Noire pouvait jouer.

Soutenant à grand-peine à l'aide de ses bras un corps qui se dérobait, Tchao se sentait prêt à s'évanouir.

Il ne pouvait refuser. S'il ouvrait seulement la bouche pour avouer son impuissance, c'était cinquante coups de bâton assurés, sans compter sa place de directeur de la troupe et sa nouvelle nomination enlevées d'un mot.

— Qu'y a-t-il, Tchao ? Ne me dis pas que tu ne peux pas jouer cette pièce !

— Non, non, naturellement, ce n'est pas le cas, Majesté, mais il me faudrait un peu de temps pour la distribution des rôles…

— Combien de temps ? Une demi-heure, une heure ?

Il ne pouvait répondre qu'il lui fallait dix jours. Pendant qu'il bredouillait une réponse, des mets fins et de l'alcool furent apportés, et les invités se mirent à profiter de l'entracte. Tchao n'avait pas même le temps de trouver un prétexte.

Tandis qu'ils repartaient vers les coulisses, l'eunuque qui tenait le rôle principal féminin lui souffla :

— Qu'allons-nous faire, Intendant Tchao ? En une heure, les rôles secondaires peuvent se préparer, mais…

Mais pas les rôles principaux, qui nécessitaient une succession d'acrobaties et de pirouettes. En une heure, ils n'auraient pas même le temps d'apprendre leurs textes.

— Que faire ? Oui, que faire ? répéta Tchao.

— Il n'y a pas de solution. Moi, je refuse de jouer. Si vous voulez être battu à mort, c'est votre affaire. Si je joue, le même sort m'attend.

— C'est facile à dire.

— C'est clair comme le jour. Pouvez-vous faire le bond du tigre deux fois d'affilée ? Et plonger au fond des mers et attraper la lune ? Non, n'est-ce pas ? Et à la moindre erreur, ce sera cent coups de bâton, et votre corps jeté en pâture aux bêtes sauvages…

— Tais-toi ! Tu vas nous porter malheur. Ah, ne pourrait-il y avoir un tremblement de terre ? Que la foudre s'abatte sur le théâtre. Ah, si seulement les diables étrangers pouvaient nous envahir à l'instant !

— Calmez-vous, Intendant. Chantons plutôt des sûtras.

Les coulisses étaient aussi silencieuses qu'un cimetière. Pressentant le sort qui les attendait dans une heure, les acteurs se tenaient immobiles, blottis l'un contre l'autre comme des tortues au fond de l'eau.

— Envoyons chercher T'an Sin-p'ei ! Il n'y a qu'à lui dire que j'ai été terrassé par la dysenterie et qu'il doit absolument me remplacer.

— T'an Sin-p'ei est justement au fond de son lit, terrassé par une mauvaise dysenterie. Un messager nous en a avertis, tout à l'heure.

— ... Aaah ! Eh bien, Yang Yue-leou alors. Allez vite le chercher.

— Yang Yue-leou est parti en tournée avec sa troupe.

La tête dans les bras, Tchao se tapit dans un coin. Il avait beau réfléchir, il n'y avait pas d'autre acteur à la capitale capable de jouer ce rôle. Les membres de la troupe se levèrent un par un, pesamment, et commencèrent à répéter les répliques de *Tseu-pa-tsie*, leur livret à la main. Dans l'obscurité des coulisses, leurs phrases chuchotées rendaient un son sinistre. On eût dit qu'ils récitaient déjà des sûtras pour accompagner Tchao dans l'autre monde. Tchao se boucha les oreilles.

La porte s'ouvrit soudain, la lumière se fit et une voix enjouée qui détonait avec l'atmosphère lugubre résonna soudain :

— Messieurs ! Voici des gâteaux de la part de la Vénérable Aïeule. Régalez-vous !

Dans la lumière de l'entrée, se découpait la silhouette d'un jeune eunuque, tenant à la main un plateau garni d'une pile fumante de petits pains à la vapeur.

— Servez-vous ! Ne dit-on pas qu'il ne faut pas aller au combat le ventre vide ? Mangez tant que c'est chaud, mangez donc !

Quel garçon facétieux, soupira intérieurement Tchao. Alors que les apprentis passaient leurs journées à surveiller l'humeur de leurs aînés de crainte de prendre un mauvais coup, celui-ci avait toujours un joyeux sourire aux lèvres. Tchao ne voyait pas ce qui pouvait le réjouir à ce point, mais quelle que fût la façon dont on s'adressait à lui, il riait toujours en réponse comme un enfant qui vient de recevoir une récompense. Cependant, comme ce jeune drôle manifestait aussi beaucoup d'esprit d'à-propos, il n'y avait pas moyen de trouver prétexte à le battre.

Ces gâteaux à la vapeur, par exemple : il avait dû courir les chercher dans les cuisines impériales, en se rendant compte de l'atmosphère accablée qui régnait dans les coulisses, pour essayer de remonter le moral de la troupe. Cela ne faisait pas de doute, car l'impératrice n'avait aucune raison de s'embarrasser à envoyer des petits pains dans les coulisses. Mais Tchao avait beau savoir que c'était un mensonge, cela calma tout de même tant soit peu ses esprits.

— Qu'y a-t-il, Intendant ? Mangez donc, vous trouverez bien une solution.

Tchao leva involontairement le poing en pestant contre ce jeune imbécile, mais sa main s'abattit seulement sur un petit pain.

— Il n'y a pas de solution ! Ah, ce gâteau sera donc ma dernière nourriture en ce monde ! Miséricordieuse Kouan-yin, faites que je me réincarne dans un paradis !

Il mâcha une bouchée de son pain d'un air désespéré, puis ses mâchoires s'arrêtèrent soudain.

— Dis-moi, toi... As-tu joué dans la pièce tout à l'heure ?

— Oui, Intendant. Je faisais les pattes d'un cheval. J'avais le cœur battant, c'est la première fois que je montais sur scène.

De fait, il portait toujours les pantalons de cuir de son rôle.

C'est lui, réalisa soudain Tchao. S'il n'avait pas rêvé l'autre jour, c'était ce gamin qui...

Il jeta un coup d'œil prudent aux alentours puis attrapa le gamin par la nuque et l'attira vers lui.

— Comment t'appelles-tu déjà ?

— Li Tchouen-yun, pour vous servir. Tout le monde m'appelle Tchouen-yun. Pourtant j'ai déjà treize ans, mais je n'ai pas encore de nom d'adulte.

— Peu importe. C'est sûrement impossible mais je vais te demander quelque chose. Enfin, je vais te poser la question par acquit de conscience parce qu'à la vérité, c'est totalement impossible et même impensable...

— Oui, Intendant Tchao ? Si je peux faire quoi que ce soit pour vous, je m'y efforcerai.

Vu ainsi de tout près, le regard de cet apprenti avait un je-ne-sais-quoi d'éblouissant qui réchauffa le cœur de Tchao. Qui était donc ce garçon qui possédait le don de changer l'humeur des gens simplement en les contemplant dans les yeux ?

— Saurais-tu jouer *Tseu-pa-tsie* ?

— Hein ? Vous voulez dire, faire les pattes du cheval du héros ?

— Non, je parle du rôle principal, celui de Louo Hong-siun.

Tous les acteurs, sidérés, se tournèrent vers eux.

Tchao priait au fond de lui pour que cette chose totalement incroyable soit vraie. Cet enfant tenait sa vie entre ses mains.

Tchouen-yun lui fit un grand sourire :

— Entendu, Intendant Tchao.

Les yeux toujours fixés sur le visage hilare de l'enfant, Tchao jeta son petit pain par-dessus son épaule.

— Que quelqu'un apporte un livret, vite, le rôle de Louo Hong-siun !

Complètement ébahi, l'eunuque travesti en femme lui apporta un livret et l'intendant, approchant une lampe, demanda :

— Dis-moi, petit, tu ne te moques pas de moi, au moins ? Tu peux vraiment jouer ce rôle ?

— Oui, les rôles de Pivoine Noire, je les connais tous, et je sais les répliques par cœur.

— Très bien, commence.

Tous les acteurs se rassemblèrent autour d'eux. Quand Tchouen-yun se mit à déclamer rapidement de mémoire, ils commencèrent par rire, puis il y eut quelques exclamations de surprise, et bientôt le silence s'établit.

— Ensuite, c'est la scène du repaire de voleurs de Hou-li. D'abord, il y a une longue tirade de Hou-li. Puis, Louo Hong-siun brandit sa lance. Il se bat dans un corps à corps furieux avec Hou-li, il se relève après une figure acrobatique. Là il prend une pose puis tourne sur lui-même, la chevelure ébouriffée. Ensuite...

— Bon, ça va…

Tchao referma le livret. Il fit du regard le tour du groupe d'acteurs qui regardaient fixement Tchouen-yun, comme si une renarde les avait ensorcelés, puis s'exclama :

— Vous tous ! Tenez-vous à la vie ?

Une clameur lui répondit.

— J'ai honte de l'avouer, en tant qu'acteur principal de la troupe du palais, mais je suis incapable de jouer ce rôle. Depuis longtemps, je vous bats et vous malmène à ma guise, cependant l'idée que vous soyez remis aux mains des bourreaux à cause de ma propre négligence m'est insupportable. Nous n'avons rien à perdre, je propose de miser sur cet apprenti. Acceptez-vous de lui confier votre vie ?

A nouveau un chœur de « oui ! » vibrants s'éleva sans la moindre hésitation.

4

Pendant l'entracte, l'impératrice d'Occident se retira dans un salon privé en compagnie de l'empereur Kouang-siu et du gouverneur Li Hong-tchang.

Aussitôt, comme si des vannes s'ouvraient soudain, un vaste remue-ménage envahit la tour du pavillon Yue-che-leou, où étaient installés les dignitaires de la cour. Profitant de l'occasion qui les réunissait tous, ils se mirent à circuler entre les tables, échangeant coupes d'alcool et idées.

De nombreux hauts fonctionnaires défilaient à la table du prince Kong : la rumeur affirmait qu'il allait réintégrer son poste de premier ministre. Une longue file s'était également formée devant la table de Yang Si-tcheng, principal conseiller du parti de l'empereur, et celle du général Jong-liu, chef du parti de l'impératrice.

Personne ne prêtait la moindre attention aux intermèdes comiques que des bouffons gambadant dans le jardin venaient exécuter pour distraire les spectateurs pendant l'entracte.

Autour du siège de Liang Wen-sieou se pressait, allez savoir pourquoi, un groupe de dames d'honneur du gynécée. Trois ans après avoir obtenu la première place aux examens du palais, ce jeune héros élancé à la belle prestance, qui avait bénéficié d'une succession de promotions exceptionnelles jusqu'à son poste actuel de secrétaire du Conseil privé, était la cible des rumeurs des dames de cour.

Le secrétariat du Conseil privé rassemblait des secrétaires de haut niveau choisis parmi l'élite des jeunes fonctionnaires. On pouvait prédire sans craindre de se tromper que tout jeune homme passé par ce secrétariat deviendrait tôt ou tard assistant du ministre des Affaires Militaires ou de l'un des neuf hauts dignitaires des six ministères, avant de finir un jour ministre des Affaires Militaires, l'organisme politique le plus puissant de l'empire. Liang Wen-sieou progressait en ligne droite vers le poste de premier ministre.

– Che-leao ! Cela fait longtemps que je ne t'ai vu. Tu as toujours autant de succès auprès des dames, dirait-on. Je t'envie.

C'était Chouen-kouei, devenu chef de service au ministère de la Population ; il parlait exprès assez fort pour être entendu. Si sa carrière ne s'annonçait pas aussi brillante que celle de Wen-sieou, il avait néanmoins obtenu avec une rapidité exceptionnelle un poste de responsabilité. Cette place de fonctionnaire située vers le milieu de la hiérarchie du ministère de la Population, qui avait la charge du budget et des finances de l'Etat, convenait à la perfection à ce jeune noble ombrageux et sans détours.

Les employés du ministère présents auprès de Wen-sieou cédèrent aussitôt un siège à Chouen-kouei, et les dames de cour, sur un regard, s'éclipsèrent.

En fait, Chouen-kouei et Wen-sieou s'étaient vus récemment, car les réunions secrètes des réformistes se poursuivaient assidûment. Mais Chouen-kouei ne tenait guère à divulguer le fait que lui, noble mandchou, participait à un mouvement cherchant à réformer les lois transmises par le premier empereur de la dynastie mandchoue.

Au milieu du vacarme ambiant, Chouen-kouei murmura :

– La Vénérable Aïeule s'est retirée dans une autre salle avec Sa Majesté l'empereur, as-tu remarqué ?

– Oui. Le gouverneur Li les accompagnait. Je brûle d'envie de savoir ce qu'ils ont à se dire ainsi en privé tous les trois...

Wen-sieou vida sa coupe d'un trait. Autour d'eux, à la lumière feutrée des lampes, lettrés et militaires poursuivaient leurs ronds de jambe. Dans ce climat politique au futur incertain et opaque, les dignitaires se flattaient les uns les autres par intérêt et emmagasinaient les informations.

Nul ne savait de quoi seraient faits les lendemains : aussi, voir l'impératrice douairière, l'empereur et le gouverneur Li, qui détenait la clé de la situation politique, s'isoler pour discuter suscitait des questions dans les deux camps. On ne pouvait que spéculer en vain sur ce qu'ils étaient en train de se dire.

— Dis-moi plutôt, Che-leao, l'as-tu vu ?

— Qui donc ?

— Wang Yi. Il est là.

Surpris, Wen-sieou plissa les yeux dans la direction que lui indiquait Chouen-kouei dans la pénombre. De part et d'autre du siège vide du gouverneur Li, juste derrière les trônes impériaux, étaient assis deux officiers de l'armée de l'An-houei, dans leurs stricts uniformes à l'occidentale.

— Celui à l'allure trapue, à gauche, c'est Yuan Che-k'ai. Tu as dû en entendre parler, on dit que c'est le bras droit du gouverneur Li, il est commandant en chef de l'armée d'occupation de la Corée.

— Ah, c'est donc lui…

Même ainsi vu de dos, Yuan Che-k'ai, qui recevait en ce moment les hommages de cadres militaires étrangers, dégageait une impression d'autorité et de rigueur qui convenait bien au futur successeur du général Li.

— En effet, de l'autre côté, c'est Wang Yi. Il fait partie de l'état-major du gouverneur et il est placé à sa droite, à égalité de rang avec Yuan Che-k'ai. Belle réussite ! chuchota Wen-sieou à son compagnon.

— D'après la rumeur, ces deux-là jouent un rôle primordial dans l'armée de Chine du Nord, au point qu'on les appelle respectivement « Yuan de l'administration militaire » et « Wang des affaires militaires ». Cependant, je me demande ce que Wang a derrière la tête. Depuis qu'il a été détaché à Tientsin, il y a trois ans, pas une nouvelle, pas une visite à la capitale.

— Bah, ne le prends pas mal, Chouen-kouei. Il a dû y penser, mais il était trop occupé. J'aimerais bien lui parler si je peux l'approcher. Son siège est un peu trop loin de nous…

— Tu peux le dire. Jusqu'à sa place, il y a autant de distance que d'ici à Tientsin, appuya Chouen-kouei en contemplant la longue étendue obscure qui les séparait de Wang Yi. En tout cas, l'uniforme lui sied étrangement. On dirait vraiment un militaire de carrière, poursuivit-il, un sourire éclairant enfin son visage grave.

A ce moment précis, Wang Yi se retourna, comme si la voix de son ami avait porté jusqu'à lui. Il sourit d'un air désinvolte, tourna vers ses deux camarades sa physionomie carrée, et, levant une main au-dessus de sa tête, l'agita dans leur direction.

Ce geste n'avait sans doute pas grande signification, hormis de faire savoir à ses deux camarades qu'il allait bien…

Lorsqu'elle se leva pour se retirer dans son salon privé, inviter l'empereur Kouang-siu à la suivre fut pour l'impératrice Tseu-hi une entreprise aussi difficile que de déplacer un rocher.

— Mon cher neveu, toute cette agitation est épuisante, allons nous détendre un peu à côté, finit-elle par dire, après avoir hésité comme une jeune vierge sur le point d'avouer son amour.

— Bien, Vénérable Père de Famille impériale, répondit l'empereur, un sourire flottant sur son visage pâle et délicat.

Tseu-hi poussa intérieurement un soupir de soulagement. Elle se retourna pour inviter Li Hong-tchang à les accompagner :

— Excellence, venez vous reposer avec nous, vous serez plus à l'aise dans le salon privé.

— Soyez remerciée de votre grande bonté, Vénérable Aïeule. Votre humble vassal Li Hong-tchang se plie avec joie à vos instances.

Tseu-hi se leva, la main appuyée à l'épaule d'une dame de cour, marchant comme sur des œufs dans ses hautes chaussures de bois. Tous les dignitaires s'agenouillèrent avec ensemble.

— Messieurs, ne vous souciez pas de moi, continuez à vous désaltérer, je vais me délasser un instant, lança-t-elle en agitant son bâton rituel de bodhisattva comme pour apaiser l'assistance.

Tous les regards étaient rivés sur la silhouette de Li Hong-tchang, qui avançait courbé, à distance respectueuse de l'empereur et de sa tante, attentif à ne pas même effleurer leur ombre du pied.

Sur la robe de cour agrémentée des neuf pythons brodés, il avait revêtu une veste que lui tendait son aide de camp. Et c'était le blason ornant cette veste qui retenait tous les regards : au lieu de la licorne, insigne des fonctionnaires militaires de premier rang, étincelait une grue de brocart indiquant le rang le plus élevé des fonctionnaires civils.

Tout en marchant dans la galerie, Tseu-hi se retourna pour jeter un rapide coup d'œil sur le gouverneur, et glissa à l'oreille de son neveu :

— Tsai-t'ien, cet homme est le vivant portrait du défunt Tseng Kouo-fan.

En s'entendant appeler par son prénom, l'empereur lui adressa un joyeux sourire.

— Sans doute, Vénérable Père de Famille impériale, mais je n'ai pas connu le général Tseng Kouo-fan. Je sais seulement que c'était un célèbre vassal de Votre Majesté, qui a écrasé la rébellion de Taiping.

— Ah oui, bien sûr... Il s'est donc écoulé tant de temps depuis la mort de Tseng Kouo-fan ! Il me semble pourtant que c'était hier...

— Son Excellence Li lui ressemble-t-il à ce point ?

— Tout à fait. Ses attitudes, ses paroles, tout en lui rappelle son maître. Quels que soient ses exploits, quel que soit son titre, jamais il ne manifeste la moindre arrogance. Il continue à nous servir comme un fonctionnaire du plus bas rang. Il est le modèle même de ce que devrait être le fidèle vassal d'un empereur.

Le général Li, qui mesurait près d'un mètre quatre-vingts, courbait comme un esclave sa haute taille et marchait loin derrière eux.

Tseu-hi repoussa sa dame de cour et posa négligemment la main sur l'épaule de son neveu. Le corps du jeune empereur, sous l'étincelante robe en brocart damassé jaune ornée de dragons, était plus robuste, plus adulte qu'elle ne l'eût cru.

Tseu-hi avançait lentement le long de la galerie comme pour profiter au maximum de ce moment d'intimité qui leur était donné à tous les deux. Le simple fait de ne pas être entourée comme d'ordinaire d'une multitude d'eunuques et de dames de cour, faisait tressaillir le cœur de la souveraine comme celui d'une jeune fille.

— Je suis fort chagrine qu'il n'y ait plus de nos jours de vassaux de cette sorte. Ils ne jurent tous que par leur loyauté, mais en réalité, n'ont que leur intérêt en vue. Si seulement le gouverneur résidait à la capitale, cela rabattrait le caquet de bien des dignitaires.

— Mais le gouverneur a un rôle important à jouer : il est le seul capable d'administrer Tientsin, qui est le pivot de l'empire. Si la paix demeure à la capitale, c'est grâce à l'ascendant qu'exerce le général Li sur les diables étrangers.

L'impératrice fut surprise de constater que l'empereur était si au fait de l'importance du gouverneur Li, qui résidait loin d'eux. C'était à vrai dire pour entretenir le jeune empereur de tout cela qu'elle avait choisi Li pour les accompagner.

— Regarde, Tsai-t'ien ! Son Excellence nous suit à distance comme un eunuque, sans se mêler de la conversation. S'il s'agissait de Jong-liu ou du prince Kong, ils seraient déjà venus donner leur avis.

Tous deux s'arrêtèrent et se retournèrent : le gouverneur s'était lui aussi arrêté, à l'autre bout de la galerie. Il avait la tête profondément baissée, et en haut de son bonnet orné d'un corail, les trois plumes de paon tremblaient au vent.

— Vois-tu, Tsai-t'ien, si d'ordinaire je ne puis m'entretenir ainsi avec toi, c'est à cause de tous ces vassaux qui veillent sur moi, mais forment littéralement un mur entre nous, ne crois-tu pas ?

L'empereur Kouang-siu plaça sa main sur celle de sa tante posée sur son épaule, et leva la tête vers la lune à demi cachée par les nuages haut dans le ciel.

— Oui, peut-être. Je vous aime, Vénérable Père de Famille impériale. Et vous aussi sans doute, vous ne me détestez pas ?

Tseu-hi essuya ses larmes du coin de sa manche, et congédia sa dame d'honneur.

Il ne resta plus que l'empereur, caressant tendrement le dos de sa tante, et un peu plus loin dans l'ombre, tel un assistant de théâtre vêtu de noir, le vieux général, un genou à terre, qui les contemplait. Le noble visage de l'empereur était toujours levé vers la lune. « Mère », murmura-t-il soudain malgré lui. Puis il baissa la tête, comme si des mots qu'il avait essayé de toutes ses forces de retenir venaient de passer ses lèvres.

— Veuillez me pardonner, Vénérable Père de Famille impériale.

L'émotion submergeait Tseu-hi.

— Cela ne fait rien, Tsai-t'ien. De toute façon, je ne suis pas ton père, quoique tu me nommes ainsi.

Tout en prononçant ces paroles compatissantes, les yeux de Tseu-hi débordèrent de larmes. Elle serra la main de l'empereur dans la sienne et, comme pour lui prouver à quel point son cœur battait fort, guida ses doigts sur sa poitrine, le long du vêtement noir.

— Tu vois, j'ai une gorge de femme.

En sentant la chaleur du corps de l'empereur réchauffer ses vieux membres glacés, elle se mit à trembler et éclata en sanglots.

— Ne pleurez pas, Mère. Depuis la mort de votre fils le précédent empereur, je suis devenu votre enfant.

Tseu-hi secoua la tête.

— Non, tu n'as rien à voir avec Tsai-tch'ouen. Il était loin d'être aussi intelligent que toi. Et il n'était pas aussi gentil. Il était stupide, vulgaire, désespérant !

— Ne parlez pas ainsi. Regardez, je lui ressemble, n'est-ce pas ?

L'empereur Kouang-siu posa ses deux mains sur le visage mouillé de larmes de sa vieille tante.

— Depuis ma plus tendre enfance, je me suis toujours efforcé de ressembler à mon cousin. Je savais que je devais le remplacer. C'est pourquoi je demandais à mes professeurs et aux eunuques de me décrire ses habitudes, ses manies, sa façon de parler, afin de l'imiter. Nous nous ressemblons comme deux gouttes d'eau, n'est-ce pas ?

— Mais pourquoi as-tu fait cela ?

— Vous étiez si malheureuse. Adoucir les souffrances de sa mère est le rôle d'un enfant.

Tseu-hi ne pouvait nier que le fils de sa sœur avait une ressemblance frappante avec le défunt empereur.

— Mère, j'ai maintenant dix-neuf ans, l'âge qu'avait votre fils quand il a quitté ce monde. Je vous entourerai de piété filiale, puisqu'il n'a pu le faire.

Quel enfant innocent, songea Tseu-hi. Il portait à merveille son titre de « Fils du Ciel ».

— Quand j'étais tout petit, vous m'appeliez Tsaitch'ouen. Je trouvais cela étrange. Et quand j'en ai compris la raison, j'ai décidé de devenir le sosie de mon cousin.

— Pourtant, je te battais. Je t'ai traité brutalement depuis ta tendre enfance, et hier encore, avant-hier même, je t'ai frappé. Pourquoi me dis-tu cela ?

— Vous me frappiez sans doute parce que je ne parvenais pas à ressembler à votre fils. Tout est de ma faute. C'est à cause de mon manque de piété filiale que vous me maltraitiez.

— Non, non. J'étais seulement énervée de te voir si bon. Hier encore, quand tu m'as apporté ces magnifiques pivoines, je te les ai arrachées des mains et je t'ai frappé… Jamais mon propre fils n'aurait fait une chose pareille. Il était stupide, grossier, chaque nuit il quittait le palais en cachette pour se rendre chez les grues des bas quartiers de la capitale, tant et si bien qu'il est mort de la vérole.

— Mère ! fit l'empereur en serrant Tseu-hi contre son cœur. Arrêtez ! Je suis un disciple de Confucius, il est normal que je manifeste un dévouement filial envers vous. Si vous m'ordonniez de mourir, je le ferais avec joie. Ne pleurez plus !

Une pensée surgit soudain avec clarté dans l'esprit de Tseu-hi, ainsi serrée contre son neveu : cet enfant était l'empereur Kouang-siu, descendant direct de la lignée des Aisingyoro. Quoi qu'en dise son ancêtre Ch'ien-lung, il était le Fils du Ciel, dans ses veines coulait le sang de l'illustre fondateur de la dynastie. Il possédait sûrement le pouvoir de faire mentir la parole d'un spectre…

La décision de l'impératrice était prise :

— Je te confie toutes les affaires de l'Etat. Dès que la menace des barbares orientaux sera écartée, je me retirerai dans mon palais d'été.

Elle appela ensuite Li Hong-tchang. Il accourut vers eux, toujours courbé en deux, et posa le front à terre devant les hautes chaussures de l'impératrice douairière.

— Gouverneur Li, je confie la protection de Sa Majesté l'empereur aux soins de ton armée de Chine du Nord.

— La sollicitude de Vos Impériales Majestés me plonge dans la plus grande confusion, répondit Li Hong-tchang en frappant plusieurs fois son front contre le sol. Mes capacités sont insignifiantes mais je les mets tout entières au service de Vos Majestés. Je m'efforcerai d'être digne de mon défunt maître Tseng Kouo-fan, c'est avec le même dévouement et le même cœur fidèle que je m'attellerai à la tâche que vous me confiez.

— Ne sous-estime pas le Japon. C'est un petit pays, mais il représente déjà une puissance comparable à celle des Occidentaux.

— Je m'incline avec admiration devant la vision pénétrante de Votre Majesté. Les fonctionnaires de la cour craignent les diables étrangers, mais méprisent les barbares orientaux. Or, en ce qui me concerne, je suis depuis longtemps conscient que ce petit pays est la plus grande menace pour notre empire. Rassurez-vous…

Tous trois suivirent la galerie jusqu'au salon privé, et bavardèrent ensuite comme de vieux amis pendant une heure entière, en attendant la reprise de l'opéra.

Le gong annonçant le début de la pièce venait de faire vibrer l'air transparent de la nuit.

Les nuages avaient complètement disparu pendant l'entracte et l'ombre des toits de tuiles du palais se découpait nettement sur les dalles de marbre du jardin.

Toute la salle retenait son souffle, guettant le début du spectacle, et ce silence de mort était perceptible jusque dans les coulisses. Les acteurs de la troupe impériale s'étaient changés et attendaient leur tour d'entrer en scène, conscients qu'ils jouaient littéralement leur tête.

Devant le rideau de la scène supérieure, Tchouen-yun, enserrant son torse de ses bras, essayait de contenir les tremblements qui agitaient son corps. Ce premier grand rôle lui était échu tout d'un coup, sans le moindre avertissement. Il connaissait les répliques et les pirouettes par cœur, mais en apprenant que le rideau allait se lever, ses rotules s'étaient mises à s'entrechoquer.

Prosterné sur la scène, Tchao récitait un préambule :

— Veuillez nous pardonner cette longue attente. Nous allons maintenant jouer devant vous l'opéra guerrier *Tseu-pa-tsie*. Dans le rôle de Louo Hong-siun, vous verrez un acteur que vous ne connaissez pas encore, le joyau caché de notre troupe. Veuillez l'applaudir. Selon le vœu formulé par la Vénérable Aïeule, voici *Tseu-pa-tsie* !

Des murmures s'élevèrent de la salle devant cette annonce inattendue.

Cependant, le gong avait beau résonner éperdument, les pieds de Tchouen-yun restaient cloués au sol. Tout en répétant la musique d'ouverture, les musiciens jetaient discrètement des regards inquiets vers la scène derrière eux. Dans les coulisses, un soupir général de désespoir parcourut la troupe. Les pieds de Tchouen-yun refusaient toujours de bouger. Le sang palpitait à ses tempes, son cœur battait à tout rompre.

Soudain, il reçut une bourrade dans les épaules et se retourna, les traits tendus.

— Allez, en scène !

Tchouen-yun se mit à battre des paupières. Pivoine Noire, vêtu comme lui du costume du héros, se tenait debout derrière lui.

— Maître !...

Pivoine Noire frappait le sol du bout de la lance qu'il tenait à la main, comme pour encourager Tchouen-yun pétrifié.

— N'aie pas peur. Tu n'as qu'à faire comme je t'ai appris. Allez, vas-y, Tchouen-yun !

— Je ne peux pas, Maître, je n'y arriverai pas !

— Tu es désespérant. Bon, alors, aujourd'hui, et aujourd'hui seulement, je serai ton assistant. Je te soufflerai les répliques, t'indiquerai les figures. Tu y arriveras comme ça ?

Derrière lui, Tchouen-yun distingua les acteurs alignés, la mine abattue. L'idée qu'il était seul à voir Pivoine Noire lui rendit soudain tout son courage.

Il prit sa lance en main, fit deux ou trois pirouettes sur place, et se tourna vers les coulisses :

— J'y vais. Ne vous inquiétez pas, tout ira bien. Soyez sûrs de vous.

Il poussa un cri et bondit sur la scène, tandis que les battements de gong s'accéléraient.

Dans la salle, Tseu-hi s'impatientait, le sourcil froncé.

— Eh bien ? Que se passe-t-il ? Ce fameux joyau de la troupe, pourquoi n'entre-t-il pas en scène ?

« Un acteur capable de réussir *Tseu-pa-tsie*... de qui peut-il bien s'agir ?

L'empereur Kouang-siu sourit, comme pour apaiser sa mère adoptive.

— Ce doit être une plaisanterie de l'intendant Tchao. Je ne vois pas qui d'autre que lui pourrait tenir le rôle principal. Comme il a longtemps joué les intermèdes comiques, sans doute aura-t-il voulu nous amuser un peu. Il est sûrement en train de se changer et de se maquiller ; c'est lui qui va apparaître sur scène. Ah, voilà, le spectacle commence !

Un guerrier en armure, la lance au côté, venait de bondir sur scène. Levant vers le plafond son visage grimé de noir, menton en avant, il prit une pose altière, fièrement campé sur ses jambes, et promena son regard sur le public. L'impératrice d'Occident se leva en bousculant son trône :

— Pivoine Noire ! Mon Pivoine Noire est revenu !

Une rumeur de plus en plus forte souleva les rangs des spectateurs. Eux aussi croyaient reconnaître le célèbre acteur de génie, chassé du gynécée parce qu'il avait la lèpre.

— C'est Pivoine Noire, regardez !

— Oui, c'est bien lui !

Les exclamations et les applaudissements redoublèrent de violence : les sièges en tremblaient jusqu'en haut de la tour Yue-che-leou. Oubliant qu'ils étaient en présence de l'impératrice, les spectateurs que la virtuosité de Pivoine Noire avait autrefois plongés dans le ravissement se levaient, poussaient des cris, tapaient dans leurs mains. Personne ne songeait à les réprimander. L'impératrice, l'empereur, les eunuques et les dames de cour, et même les soldats montant la garde devant les jardins, ne pouvaient détacher leurs yeux du spectacle de Pivoine Noire tourbillonnant sans relâche sur la scène dans la lumière des flambeaux.

Après avoir fait un bond plus haut que sa propre taille, il se contorsionnait comme une nouille, tout en déclamant ses tirades d'une voix si cristalline que les coupes en tremblaient dans les mains des spectateurs. Les intonations montantes de sa voix aiguë rappelaient exactement le timbre célèbre de Pivoine Noire.

L'impératrice douairière, dressée sur son trône, contemplait fixement la scène sans ciller. Lorsqu'on lui avait annoncé que Pivoine Noire avait dû quitter le palais, atteint d'une maladie incurable, elle avait déploré sa perte davantage que celle d'un empire.

Dès que, sur une succession de pirouettes éblouissantes, l'opéra prit fin, Tseu-hi agita son sceptre rituel en criant :

— Faites venir Pivoine Noire ici ! Immédiatement !

Un de ses eunuques privés se précipita aussitôt dans les coulisses, et l'acteur, qui avait à peine eu le temps d'ôter son maquillage, sortit dans le jardin, accompagné de l'intendant Tchao.

— Tu es donc revenu, Pivoine Noire. Rien ne saurait me rendre plus heureuse. Lève la tête…

Des eunuques avaient apporté des torches, qu'ils s'empressèrent de disposer de part et d'autre des deux acteurs prosternés devant l'impératrice.

Mais le visage qui apparut dans la lumière n'était pas celui de Pivoine Noire. A la vue de ce jeune garçon qui portait encore les traces de l'innocence de l'enfance, Tseu-hi conçut d'abord un grand désespoir, mais l'instant d'après, elle tombait en extase devant son indicible beauté.

Toujours prosterné, Tchao déclara d'une voix encore essoufflée :

— Votre humble esclave vous annonce avec le plus grand respect, Vénérable Aïeule, que cet acteur n'est pas Pivoine Noire, mais un nouveau venu de la troupe du nom de Li Tchouen-yun, un apprenti qui vit en ce moment au *t'a-t'a-tch'ou*.

L'impératrice douairière écarquilla les yeux et regarda Tchouen-yun.

— Que dis-tu ? Un eunuque en cours d'apprentissage ? Voilà qui est grandement extraordinaire. Comment un eunuque aussi jeune peut-il maîtriser l'art de l'opéra à ce point ?

— C'est que… bredouilla Tchao, qui n'en savait rien lui-même. Vénérable Aïeule, cet enfant avait déjà appris avant son entrée au palais.

La tentation était grande de dire qu'il l'avait lui-même formé en secret, ce qui lui aurait sans doute valu une substantielle récompense. Mais il n'osait risquer un mensonge. Car pendant tout le spectacle, il avait été en proie à l'illusion de jouer avec Pivoine Noire, l'homme qu'il avait tant admiré et tant craint autrefois.

L'art de cet acteur était trop accompli pour évoquer l'improvisation. Les rôles secondaires, les soldats, les chevaux, tous avaient joué parfaitement en rythme, comme si le pouvoir mental et la virtuosité de l'acteur principal les entraînaient.

— Il avait déjà appris... ? Mais où ? Auprès de Yang Yue-leou ou de T'an Sin-p'ei ?

Décontenancé, Tchao poussa du coude l'adolescent prosterné à côté de lui.

— Hé... Que t'arrive-t-il ? murmura-t-il. Réponds donc !

Tchouen-yun, livide, tremblait comme une feuille. Ainsi pressé de répondre, il se redressa légèrement et prit la parole en hésitant :

— Je... Je... Vénérable Aïeule, votre esclave vous répond humblement : j'ai appris le théâtre avec mon maître, Pivoine Noire.

Un murmure parcourut les rangs des spectateurs. L'impératrice et l'intendant Tchao étaient si surpris qu'ils ne purent émettre un son.

— Que... Qu'est-ce qui te prend ? Qu'est-ce que tu racontes ? finit par interroger Tchao à l'oreille du garçon. Au même moment, une voix autoritaire posa une question identique au-dessus de sa tête :

— Que dis-tu ? Il est vrai que ton jeu est absolument semblable à celui de Pivoine Noire...

Tchouen-yun hésita. Comment répondre ? Les infirmes de la ruelle des Vieux Nobles avaient été chassés du palais pour avoir commis des fautes graves. Et parmi eux se dissimulaient certains, comme Ngan Tö-hai, que le palais tenait pour morts.

Cependant il prit son courage à deux mains et déclara hardiment :

— C'était une rencontre de hasard. Je devais subvenir seul à mes besoins, et après avoir erré quelque temps sur les routes, j'ai rencontré mon maître, nous avons vécu trois ans sous le même toit.

— Où se trouve Pivoine Noire maintenant ? Que fait-il ?

Pour la première fois, Tchouen-yun leva les yeux pour regarder le trône.

Le Vieux Bouddha ! songea-t-il. Ça y est, j'ai traversé les neuf enceintes qui me séparaient du palais, me voilà face au Bouddha Vivant !

— Mon maître Pivoine Noire n'est plus de ce monde.

Tchouen-yun vit la déception envahir peu à peu le visage du Vieux Bouddha. Tseu-hi retomba sur son trône comme une baudruche dégonflée. L'empereur murmura des mots de consolation :

— Ne vous désespérez pas, Révéré Père de Famille impériale, même un acteur de génie ne peut lutter contre la maladie. C'était inéluctable.

Dès qu'il eut aperçu aux côtés de l'impératrice ce jeune homme d'une beauté irréelle, Tchouen-yun s'aplatit à nouveau sur le sol.

Le Père de Dix Mille Ans. Le Fils du Ciel. C'était le plus auguste personnage de ce monde, le souverain de l'empire : à cette idée, Tchouen-yun se sentit défaillir.

L'empereur déclara de sa voix cristalline :

— Li Tchouen-yun, à l'avenir, tu remplaceras Pivoine Noire auprès de l'impératrice pour la consoler. As-tu compris ? Tel est ton rôle désormais.

Sur ces mots, l'empereur descendit de son trône, salua sa tante et se dirigea vers le palanquin impérial qui l'attendait en bas des escaliers de la tour. Une grande partie de sa suite se retira après lui.

Tchouen-yun, toujours face contre terre, était incapable de faire un mouvement. Après avoir dit au revoir à son neveu, l'impératrice reprit d'une voix plus claire :

— C'est vrai, il est vain de regretter les morts… Tu t'es donné bien de la peine. Pour te remercier, tu recevras cent taels d'argent, et la troupe en recevra cinq cents. Dès demain, je te nomme eunuque de mon service privé. Présente-toi au gynécée.

— Bien, Vénérable Aïeule, répondit Tchao à la place de Tchouen-yun. Nous vous sommes infiniment reconnaissants, le bonheur nous emplit, nous nous conformerons à l'ordre de Votre Majesté…

Des voix parvenaient aux oreilles de Tchouen-yun, comme un brouhaha lointain. Bientôt, il entendit la troupe se rassembler derrière lui, puis les spectateurs commencer à quitter la salle.

Les dignitaires descendaient le long de la galerie, en échangeant leurs appréciations ; le vacarme à l'intérieur du pavillon diminua peu à peu, comme une marée qui se retire, ne laissant plus que le bruit des eunuques en train de ranger la salle.

Conscient d'une présence près de lui, Tchouen-yun releva craintivement la tête.

Des bottes étincelantes, une robe de cour de satin noir, un python brodé de fils brillants sur la poitrine…

A la lumière des torches, un jeune mandarin abaissait son regard sur lui.

Tous deux se regardèrent un moment, dans le jardin dallé de marbre luisant sous les rayons de la lune.

— Tchouen-yun…

— Jeune Maître…

Tchouen-yun croyait rêver.

Il allait sans doute se réveiller dans le lit de sa masure du Tsing-hai. Ses frères seraient en train de jouer autour de la maison, sa sœur endormie à ses côtés, et sa mère, comme toujours, installée sur la terre battue devant le métier à tisser…

— Maman ? demanda-t-il, exprimant la première pensée qui lui vint à l'esprit.

Wen-sieou, fixant sur le garçon ce regard pénétrant qui n'avait pas changé, secoua tristement la tête.

— Il lui est arrivé quelque chose ?

Wen-sieou mit un genou à terre et posa une main sur l'épaule de Tchouen-yun.

— Ta mère et ton deuxième frère sont morts. Tu n'as plus de maison où retourner.

Tchouen-yun ne fut pas autrement surpris de cette réponse. Mais il sentit ses forces l'abandonner à l'idée que sa réussite venait trop tard.

— Mais Lingling va bien. Je m'occupe d'elle, tu n'as pas de souci à te faire. Comme tu as grandi, c'est étonnant !

Tchouen-yun, la tête toujours baissée, finit par dire :

— Oui, je suis le seul qui ait eu le temps de devenir grand… Qu'ai-je fait ? Pourquoi ai-je fait tout cela ?

Wen-sieou chercha ses mots. L'intendant Tchao, qui était toujours à leurs côtés, leva la tête pour réprimander son apprenti.

— Dis donc, en voilà une façon de t'adresser à un dignitaire ! Tu as devant toi Messire Liang Wen-sieou, secrétaire du Conseil privé. Tu tiens la tête trop haute, et ton misérable regard souille cette noble robe de cour.

— Laissez, répliqua Wen-sieou en souriant. C'est mon frère adoptif.

— Comment, Messire Liang, votre... Tchouen-yun, est-ce vrai ? Mais qui donc es-tu, à la fin ?

Tchouen-yun n'entendait rien des propos de Tchao déconcerté, ni des murmures ébahis des eunuques autour d'eux. Il priait seulement pour que tout cela ne soit qu'un rêve.

— Ne sois pas déçu, Tchouen-yun. Je ne connais pas les circonstances exactes de ton arrivée ici, mais je vois bien qu'elles ne sont dues qu'à tes seules forces. Tchouen-yun, tu es quelqu'un d'extraordinaire.

L'adolescent se mordit les lèvres et murmura :

— A quoi me sert maintenant tout cet argent ?

Le silence retomba et, involontairement, tous deux levèrent en même temps la tête vers le ciel. La lune se cachait derrière les toits de béryl du pavillon des Sons Agréables, le ciel nocturne était incrusté d'étoiles.

— Dites, Jeune Maître, où est la Pléiade ?

Les torches crépitaient autour d'eux. Dans le ciel bleu outremer où s'élevaient des étincelles, Wen-sieou chercha des yeux la constellation.

— Tiens, la voilà, regarde, si tu suis les trois étoiles d'Orion, tu la vois. C'est ce groupe d'étoiles qui brille intensément.

La constellation de la Pléiade était visible au centre du ciel d'hiver parcouru de rafales. Après avoir regardé l'astre, Tchouen-yun abaissa à nouveau un regard triste vers la terre. Il fouilla l'échancrure de son vêtement, en tira une ficelle de chanvre. Wen-sieou regarda avec curiosité la paume de son compagnon : Tchouen-yun contemplait fixement une sapèque de cuivre, passée dans une ficelle.

– C'est Lingling qui me l'a donnée pour me porter chance, alors que je les abandonnais, elle, si petite, ma mère, et Deuxième Frère agonisant… Je suis un moins que rien. J'ai tué ma mère et mon frère, abandonné ma sœur. A quoi me sert la Pléiade désormais ? A quoi bon cent taels d'argent ?

Wen-sieou arrêta au vol la main de Tchouen-yun qui s'apprêtait à arracher la sapèque de son cou.

Luisant à la lueur des torches dans la petite paume, la pièce de Ch'ien-lung, humide de sueur, brillait comme de l'or.

5

L'eunuque en chef du *t'a-t'a-tch'ou*, Tchen le « Passe-pommade », se trouva soudain débordé.

Plus question de fumer l'opium : un de ses apprentis venait, en une soirée, d'être nommé au service personnel de l'impératrice douairière. Apprenant que, félicité pour sa performance théâtrale, il avait reçu une récompense, Tchen avait selon l'usage réclamé sa part d'argent, et voilà que le garçon lui avait offert d'un coup cent taels !

Ce n'était pas là une somme insignifiante, même pour avoir été remarqué par l'impératrice. En outre, il était nommé dès le lendemain au palais. Comme on pouvait s'y attendre, les yeux rusés et avides de Tchen s'ouvrirent grands comme des soucoupes.

Peu lui importait ce qui s'était réellement passé. Le résultat était là : une fois de plus, un des apprentis qui cohabitaient avec lui au *t'a-t'a-tch'ou* montait au palais de l'impératrice, vêtu de l'habit rouge de cérémonie.

D'innombrables eunuques avaient déjà ainsi quitté le nid du *t'a-t'a-tch'ou* pour être affectés à différents postes au palais, mais qu'ils réussissent ou non par la suite, pas un n'avait eu de bienfaits pour Tchen, à qui ils tenaient tous rigueur. Mais cette fois c'était différent. Un messager de Li Lien-yin était venu le voir pour lui ordonner d'accompagner lui-même ledit apprenti jusqu'aux appartements de l'impératrice, car il n'était pas depuis très longtemps au palais. Ce qui revenait à dire que ce Tchouen-yun – ou quel que fût le véritable nom de ce gamin à l'origine indéterminée – entrait au service de l'impératrice sous son égide à lui, Tchen, et que les récompenses qu'on lui octroierait pour son service d'eunuque privé tomberaient, en fonction de la loi naturelle de ce milieu, directement dans son escarcelle.

Cela comportait évidemment un risque, car si un eunuque privé de l'impératrice commettait une faute, son maître recevait lui aussi la bastonnade, en châtiment de sa négligence à surveiller le travail de ses apprentis. Enfin, dans ce cas précis, il n'y avait guère de craintes à avoir...

Tchen passa la soirée à courir çà et là dans le palais, des cuisines impériales aux services de la garde-robe de l'impératrice, baissant la tête devant tous les eunuques qui avaient autrefois été ses élèves, pour leur recommander de veiller sur Tchouen-yun.

Distingué au bout de quelques mois à peine de service, son protégé serait inévitablement en butte à des jalousies. Il fallait, pour prévenir ces effets, graisser un peu la patte aux eunuques chefs de service. Naturellement, le premier à qui il devait offrir un pot-de-vin était Li Lien-yin, qui se montrait très pointilleux sur ce genre de « règle de bienséance ». Ces derniers temps, même les nobles ou les hauts dignitaires devaient le soudoyer afin d'obtenir une audience avec l'impératrice douairière.

Tchen donna donc cinquante taels à Li Lien-yin, puis distribua le reste, par quantités de cinq ou dix taels, aux différents chefs de service. L'argent qu'il avait extorqué à Tchouen-yun eut tôt fait de disparaître.

Cependant, il restait encore un eunuque occupant un poste aussi important que celui du chef de palais Li. C'était Tch'ang Lien-tchong, le surintendant des Neuf Salles. Mais, après mûre réflexion, Tchen décida de ne rien donner à cet aîné à la position particulière. Dans le système des Neuf Salles, il était certes l'eunuque le plus haut placé, mais ne possédait guère de pouvoir réel.

Depuis l'époque où ils étaient apprentis au palais, Li Lien-yin et Tch'ang Lien-tchong, surnommés Petit Li et Vieux Tch'ang le Quatrième, avaient montré des caractères très contrastés. Li était un roublard à l'esprit vif, tandis que Tch'ang se montrait plutôt placide de nature.

Ils avaient commencé leur carrière ensemble et atteint les plus hauts postes dans la hiérarchie des grands castrats, mais leurs caractères étaient restés inchangés. La fonction purement honorifique de surintendant des Neuf Salles convenait à la perfection à Tch'ang : son seul travail, à vrai dire, consistait à accompagner l'empereur une fois par an, lors du solstice d'hiver, jusqu'à l'Autel du Ciel, pour allumer les lampes d'autel à l'occasion de la cérémonie de sacrifice au Ciel.

C'était là une tâche sacrée, mais qui ne lui conférait aucun pouvoir, et en ces temps où l'empereur lui-même n'avait plus qu'un rôle d'apparat, le vieux Tch'ang se voyait sacrifié avec lui sur l'autel de la raison d'Etat.

La plupart des cinq mille eunuques qui travaillaient au palais dépendaient de l'autorité directe de Li Lienyin, tandis que Tch'ang Lien-tchong n'avait guère sous ses ordres que ceux du service privé de l'empereur.

La hiérarchie était très rigoureuse chez les eunuques. D'abord venait le surintendant des Neuf Salles, à la fonction sacrée, puis le chef de palais, qui détenait le pouvoir exécutif, ensuite les intendants. En dessous venaient les chefs des différents services, puis les eunuques privés, les petits castrats, et enfin les apprentis.

Quand il eut terminé sa tournée de politesse auprès des grands castrats, à la seule exception de Tch'ang, Tchen réintégra le *t'a-t'a-tch'ou* et se mit en devoir d'expliquer en détail à Tchouen-yun la façon de s'exprimer et de se comporter qu'il devrait toujours observer au palais. Il le revêtit avec prévenance, comme il eût fait d'une poupée, de la robe rouge foncé des eunuques du service privé de l'impératrice, que tous les petits castrats rêvaient d'endosser un jour, et coiffa son crâne rasé, surmonté d'une petite natte, d'un bonnet à gland rouge vif.

Tchen avait plusieurs choses importantes à expliquer à son jeune protégé. Il n'avait pas fait la carrière de ses aînés Li Lianyin et Tch'ang Lien-tchong, mais au bout de trente ans de service au palais impérial, il n'ignorait plus rien de ce qu'il fallait savoir.

— Tchouen-yun, tu as la déplorable habitude de regarder les gens en face, fais attention. Si jamais tes yeux, même par inadvertance, croisent ceux du Vieux Bouddha, c'en sera fini de toi.

Ce garçon avait beau être un expert en matière d'opéra, dans la réalité, c'était un vrai bébé, inconscient des choses les plus évidentes.

Le cœur de Tchen saignait en imaginant son apprenti à quatre pattes, les fesses en sang, devant les redoutables *san-tch'a* armés de bâtons.

— Que cela reste entre nous, Tchouen-yun, mais, vois-tu, la Vénérable Aïeule perd l'appétit si elle n'a pas battu au moins une personne dans la journée. Il faut t'y résigner. Je vais t'enseigner une technique pour supporter les coups. Tu vois, tu serres bien les muscles du fessier comme ceci.

Tournant le dos à Tchouen-yun, Tchen avait dénudé son arrière-train pour expliquer sa méthode personnelle d'endurer les coups, dont il n'avait jamais fait part à personne. Il n'en tirait aucune gloire, mais dans sa jeunesse il avait reçu plus que son lot de bastonnades.

— Ce n'est pas compliqué. Les *san-tch'a* font le décompte des coups qu'ils donnent, un par un. Tu n'as qu'à bien serrer l'anus, comme ça, juste avant que le bâton s'abatte. Serre aussi les muscles de tes cuisses. Tu comprends, ainsi, la chair protège les os. N'oublie jamais cette astuce, et il ne t'arrivera rien, même si tu es battu jusqu'au sang.

Tchouen-yun, à quatre pattes, s'entraîna à serrer les fesses pendant que Tchen comptait des coups imaginaires.

— Bien. On voit que tu es un acteur virtuose, tu suis bien le rythme. Ceux qui n'ont pas l'oreille musicale se font briser les os. Et puis, tu es très musclé, c'est aussi un avantage.

Peu avant l'aube, les jeunes apprentis commencèrent à rentrer de leurs services. Tchen se hâta de livrer à Tchouen-yun le reste des détails nécessaires à la vie au gynécée.

— La Vénérable Aïeule est une incarnation de Kouan-yin, aussi ne peut-on juger de ses actes selon la logique humaine. En la servant, tu seras sûrement témoin de choses qui te feront frémir. Mais si tu manifestes tant soit peu de surprise, ce sera aussitôt la bastonnade.

— Quel genre de choses ?

— N'étant pas à son service, je ne sais rien de très précis, mais on dit par exemple qu'il y a au palais plusieurs dames d'honneur chargées d'allaiter la Vénérable Aïeule. Car matin et soir, elle boit du lait de femme. N'importe qui frémirait en voyant une chose pareille, non ?

— Beuh... Je frémis rien qu'en t'entendant.

— Et ce n'est pas tout. Elle rit quand elle est très en colère, ou se fâche pour plaisanter. Tu ne peux donc jamais savoir de quelle humeur elle est. Et puis, elle parle toute seule.

— Comment cela ?

— Eh bien, elle parle, rit et pleure à sa fantaisie, à ce qu'il paraît. Non pas qu'elle ait l'esprit dérangé, il paraît qu'elle s'entretient avec l'esprit du Grand Empereur. Dans ces moments-là, les eunuques ne doivent surtout pas lui adresser la parole, ni intervenir en quelque manière que ce soit. Sais-tu ce qu'il faut faire ?

Tchouen-yun s'agenouilla, se retourna, abaissa ses deux longues manches et plaqua son front par terre.

— Parfait, tu retiens bien ce qu'on te dit. Tu dois te prosterner et garder les yeux baissés, puisque l'esprit du Grand Empereur est présent. D'ailleurs, même si tu regardais, tu ne verrais rien, les humains ne peuvent le voir.

— La Vénérable Aïeule est donc vraiment un bouddha ?

— C'est évident. Si elle était humaine, comment pourrait-elle voir l'esprit de l'empereur ? Elle peut supporter de voir des gens se faire battre devant elle et pleurer et hurler sans que cela l'empêche de banqueter, et elle boit du lait de femme comme si elle se régalait : c'est une Kouan-yin, ça ne fait aucun doute.

Tchen ouvrit la fenêtre d'une poussée, leva les yeux vers le ciel de l'aube. Il essuya d'une manche de sa robe rapiécée son visage bleui par la barbe et dit :

— Comme tes débuts se sont déroulés sous mon autorité, si tu commets la moindre erreur, les *san-tch'a* viendront me chercher moi aussi. Ça fait longtemps que je n'ai pas été battu, j'aurai peut-être les bras et les jambes brisés, mais tant pis. En revanche, donne-moi de l'argent, hein, Tchouen-yun ? Moi, avec la moitié de ce que tu gagnes…

Sa voix se cassa avant qu'il ait fini sa phrase.

Le lendemain matin, Tchen conduisit Tchouen-yun au bureau des affaires internes du palais pour une entrevue avec le chef de palais Li Lien-yin.

Ce bureau, qui administrait l'ensemble des affaires domestiques du palais, était la charnière entre la cour extérieure et le gynécée. Au sud des jardins impériaux, dans les bureaux qui s'alignaient le long du mur vermillon séparant les deux cours, fonctionnaires de la cour extérieure et eunuques du palais de l'impératrice se croisaient, se mélangeaient. Dans les jardins intérieurs, un jeune eunuque vêtu d'une robe rouge sombre flambant neuve, conduit lui aussi par un chef de service, attendait l'heure de son entrevue.

Les deux chefs de service semblaient se connaître, car ils échangèrent des saluts chaleureux. Quand ses yeux croisèrent ceux du jeune eunuque debout d'un air inquiet, Tchouen-yun sursauta :

— Lan-ts'in, c'est toi ?

En reconnaissant Tchouen-yun, les larmes montèrent aux yeux de Lan-ts'in.

— Grand Frère, comme tu as grandi, j'ai manqué ne pas te reconnaître !

— Toi, tu n'as pas changé.

Tchouen-yun sourit à son ancien ami, tout en se demandant pourquoi, depuis six mois qu'il était au palais, ils ne s'étaient pas encore croisés. Lan-ts'in travaillait sans doute au service de l'empereur, au palais de la Nourriture de l'Esprit, dans l'aile ouest du palais, un monde nettement séparé de celui du gynécée.

— J'entre au service du Père de Dix Mille Ans. Je dois avoir une entrevue avec Tch'ang. Et toi ?

Lan-ts'in s'exprimait comme autrefois avec des intonations très féminines.

Tchouen-yun murmura en réponse, tout en surveillant du coin de l'œil les deux chefs de service qui bavardaient sous les arbres :

— Moi, je vais travailler au palais de l'impératrice douairière.

— Le Vieux Bouddha ? s'exclama Lan-ts'in qui se tenait maladroitement debout, protégeant une de ses jambes.

— Tu as été battu ?

— Tous les jours. Depuis que l'on sait que je suis nommé auprès de Sa Majesté, c'est terrible. Mais le Père de Dix Mille Ans est gentil, il ne frappe jamais ses eunuques.

Ils allaient donc travailler pour les deux partis rivaux : celui de l'empereur et celui de l'impératrice douairière. A la réflexion, même leurs deux chefs de service, qui discutaient dans un coin, veillaient à maintenir une certaine distance entre eux et à ne pas manifester trop d'intimité.

Lan-ts'in raconta brièvement à son compagnon les circonstances de son entrée au palais.

— Si tu ne m'avais pas redonné courage après mon opération, je crois bien que j'aurais bu de l'eau et me serais laissé mourir, tu sais. Après ce que tu as fait pour moi, je ne t'ai jamais oublié.

Ayant échappé de justesse à la mort dans la maison de Bi le Cinquième, Lan-ts'in était d'abord entré au service de la maison du prince Tch'ouen, le père de l'empereur Kouang-siu. Il y était resté deux ans, puis avait été sélectionné pour entrer au palais. Après avoir été le domestique des jeunes frères de l'empereur, princes de sang, voilà qu'il entrait au service du frère aîné qui, lui, était devenu empereur.

— Je ne suis pas particulièrement doué, mais comme je travaillais déjà dans sa famille, on m'a envoyé au service de Sa Majesté. J'ai de la chance.

Un sourire joyeux éclaira son visage naïf.

— Oui, c'est bien. Maintenant, l'heure de gloire du Père de Dix Mille Ans va venir. Le Vieux Bouddha est déjà âgé et…

Tchouen-yun eut à peine prononcé ces mots que le visage de Lan-ts'in se figea. Tchen accourut vers eux, et gifla Tchouen-yun.

— Qu'est-ce que tu racontes ? lança-t-il en jetant des coups d'œil circonspects aux alentours. Il attrapa Tchouen-yun par le cou et reprit plus bas :

— Si quelqu'un t'entendait dire ça, Tchouen-yun, tu serais battu à mort. Et pas seulement toi : moi non plus, je ne m'en tirerais pas vivant. La Vénérable Aïeule est un bouddha, comprends-tu ? Elle est immortelle et, naturellement, elle ne vieillit pas.

Le chef de service du palais de la Nourriture de l'Esprit observait la scène par-dessus son épaule avec un sourire en coin.

Bientôt, un secrétaire vint les conduire à la salle d'audience du bureau des affaires internes du palais.

Installés de part et d'autre d'une table en bois de rose représentant les Huit Immortels, les deux grands castrats du palais bavardaient, revêtus de somptueuses robes aux motifs de pythons surmontées de vestes brodées d'un faisan doré, portant sur leurs bonnets l'insigne de corail des fonctionnaires de deuxième rang.

Si leurs tenues étaient semblables, leurs physionomies différaient totalement. Le long visage chevalin de Li Lien-yin contrastait avec celui de Tch'ang Lien-tchong, dont les traits poupins et les manières douces évoquaient plutôt un haut dignitaire de la cour qu'un eunuque. En son for intérieur, Tchouen-yun les compara à un cheval rétif et à un lapin.

Agenouillés par terre, les visiteurs saluèrent en abaissant leurs manches. Les deux grands castrats continuèrent à chuchoter entre eux un moment sans leur prêter la moindre attention, puis tournèrent des visages impassibles vers les nouveaux venus. Sous ses paupières tombantes, Li Lien-yin fixa un regard terne sur Tchouen-yun :

— Tu sembles bien jeune. Quel âge as-tu ?

— Treize ans, Vénérable Père Li.

Il était impossible que Li Lien-yin se souvînt de leur rencontre trois années auparavant, sur la place de la Paix Céleste envahie de sable, mais Tchouen-yun de son côté ressentait vivement l'illusion que le temps avait cessé de s'écouler depuis cet incident : il avait suivi la chaise à porteurs et l'escorte qui l'avaient tellement fasciné ce jour-là, et c'est ainsi qu'il s'était retrouvé transporté ici. De même que ce jour-là, le sable jaune tourbillonnait à l'extérieur de la salle d'audience.

— On dit que c'est Pivoine Noire qui t'a enseigné le théâtre. Ne t'aurait-il pas appris d'autres choses que tu n'as nul besoin de savoir ?

Tchouen-yun hésitait sur la réponse à faire. Les eunuques du temple de la Noble Abondance lui avaient parlé tant et plus de Li Lien-yin, de l'homme et de ses habitudes. Tous avaient plus ou moins été victimes de celui qui régnait en despote sur le gynécée.

— Il ne t'a tout de même pas appris à jouer du luth ?

Le regard de Li Lien-yin était dangereux, inquisiteur.

Cet homme connaissait l'existence du temple de la Noble Abondance. Il semblait même savoir que Ngan Tö-hai, dont il avait autrefois pris la place après lui avoir tendu un piège, vivait encore.

Le visage dissimulé dans ses manches, Tchouen-yun avait blêmi en comprenant que Li Lien-yin était d'ores et déjà son ennemi.

— *Chao tö, Li lao ye*, Vénérable Père Li, je vous réponds humblement, commença le jeune garçon, utilisant la formule conforme aux usages. J'ai rencontré par hasard Pivoine Noire, qui montrait son opéra sur les routes pour vivre, et il m'a donné quelques leçons. Je ne sais rien d'autre.

— Oh ? fit Li Lien-yin en fronçant ses sourcils fins d'un air soupçonneux. Quelques leçons, dis-tu ? Bah, je ne ferai pas d'enquête superflue, dis-moi plutôt, j'ai une autre question à te poser : il paraît que tu es intime avec Liang Wen-sieou, le secrétaire du Conseil privé ?

— Vénérable Père Li, je vous réponds humblement : Son Excellence Liang Wen-sieou est originaire du même village que moi. Je l'ai rencontré par hasard hier soir au pavillon des Sons Agréables et nous avons simplement échangé des salutations.

— Des salutations ? On m'a rapporté que vous bavardiez comme de vieux amis.

— Il n'y a rien de tel, répondit Tchouen-yun qui luttait pour garder son sang-froid sous le regard malveillant du chef de palais. Li Lien-yin croisa les genoux et aussitôt, un petit eunuque à son service accourut pour remettre en place et lisser le bord de sa robe.

— Sur ordre de feu l'empereur T'ong-che, les relations privées entre eunuques et fonctionnaires sont strictement interdites. Ceux qui enfreignent cette loi sont condamnés à la peine de mort par dépeçage. Le sais-tu ?

— Oui, cette loi est gravée sur une plaque de fer dans le jardin du bureau des affaires internes et dans le jardin impérial.

— Très bien. Dans ce cas, prends garde que ta conduite ne prête plus à malentendu.

Ta vie est entre mes mains, semblait affirmer clairement le chef de palais.

— Oui, Vénérable Père Li, cette loi restera désormais gravée dans mon esprit.

— Qui plus est, le secrétaire Liang est ton ennemi maintenant.

Se demandant ce que cela pouvait signifier, Tchouen-yun jeta un rapide coup d'œil sur Tch'ang, qui souriait en silence.

— Oui, un ennemi ! Comprends-tu ? Le secrétaire Liang fait partie d'une faction qui instille de mauvaises idées dans l'esprit de Sa Majesté l'empereur et complote de renverser la Vénérable Aïeule. Sois donc extrêmement prudent dans ta conduite. N'est-ce pas, Vénérable Tch'ang ?

Tch'ang Lien-tchong, un sourire énigmatique aux lèvres, ne répondit rien.

— A propos. Toi là, à côté.

Le doigt du chef de palais venait de se pointer de façon inattendue vers Lan-ts'in, qui leva la tête en sursautant. Il regardait Tch'ang d'un air embarrassé. Ce dernier désigna le chef de palais en silence, comme pour faire signe à Lan-ts'in de répondre.

— J'ai ouï dire que tu avais servi chez le prince Tch'ouen, poursuivit Li Lien-yin, le regard toujours aussi inquisiteur. Comment va la santé de Son Altesse ?

— *Chao tö, Li lao ye*... Vénérable Père Li, je réponds humblement, Son Altesse le prince Tch'ouen est toujours alité, en proie à une longue maladie.

— Ah, c'est ainsi ? Voilà donc pourquoi nous ne le voyions plus. Si le père de Sa Majesté l'empereur est soufrant, nul doute qu'il doit recevoir de nombreuses visites. Mais j'imagine qu'il y a certainement aussi des gens sans morale qui, en lui rendant visite jusque tard dans la nuit, ne peuvent qu'aggraver sa maladie.

Le sourire disparut enfin du visage du Tch'ang, qui toussota.

— Qu'avez-vous, Vénérable Tch'ang ? Vous sentiriez-vous souffrant, vous aussi ? Veillez à ne pas attraper la grippe de Son Altesse le prince Tch'ouen. Ou voudriez-vous consulter le médecin de notre Divine Souveraine ?

— Non, ce n'est rien de grave.

Tch'ang Lien-tchong se tut à nouveau tandis que Li Lien-yin éclatait d'un rire triomphant. Tchouen-yun trouva fort vulgaire ce rire bruyant, sans souci de son entourage.

— Est-ce clair ? Les eunuques privés de Sa Majesté sont les astres qui accompagnent le Ciel, les étoiles qui protègent la Pléiade. Autrefois, lorsque l'empereur Tch'ong-tchen des Ming, poursuivi par Li Tseu-tcheng, se pendit sur la Colline de Charbon, le seul à l'accompagner dans ses derniers instants fut un de ses eunuques. Toi aussi, tu dois connaître cette histoire ?

Li Lien-yin avait repris un visage grave et pointait un doigt accusateur sur le malheureux Lan-ts'in, qui répondit faiblement :

— Oui… oui, je la connais.

— Eh bien, c'est dans cet esprit que tu dois entrer en service au palais de la Nourriture de l'Esprit. Si un jour il arrive quoi que ce soit au Père de Dix Mille Ans, ton cadavre reposera à côté du sien sur la Colline de Charbon.

— Je jure devant le Ciel de tout faire pour protéger le Père de Dix Mille Ans.

Lan-ts'in tremblait, le regard fixé sur Li Lien-yin.

— Que signifie ce regard ? Un peu de retenue. L'insigne de ma coiffe te semble-t-il une verroterie, pour que tu oses soutenir ainsi mon regard, vil esclave ? Si tu veux regarder quelqu'un, regarde plutôt le surintendant Tch'ang ici présent. Il porte le même insigne de corail que moi, mais tu peux le lécher, il a un goût plus sucré.

Dédaigneux de l'expression ostensiblement vexée qu'avait prise Tch'ang, Li Lien-yin éclata à nouveau d'un rire strident.

— Très bien, l'entrevue est terminée. Servez tous deux Leurs Majestés impériales comme des étoiles qui accompagnent le Ciel dans sa gloire. Qu'on apporte ma chaise ! C'est l'heure de l'audience du ministre des Affaires Militaires. Je dois rentrer au palais de l'impératrice d'Occident.

Aussitôt une chaise à porteurs fut apportée jusqu'au jardin de devant, et le chef de palais se retira, dans les bruissements de sa majestueuse robe brodée de pythons.

Personne ne bougea de la salle jusqu'à ce que les voix des eunuques criant de dégager le passage se fussent complètement éteintes. Le vénérable Tch'ang, qui gardait baissé son visage à l'expression débonnaire, laissa alors échapper une série de petits soupirs.

6

Dans la petite cour intérieure entourée de quatre corps de bâtiments, tourbillonnait un vent chargé de glace.

Lingling, assise près du fourneau, les mains croisées autour des genoux, se retournait de temps en temps pour jeter un coup d'œil sur la pièce de réception, de l'autre côté du jardin. A travers la fenêtre fermée filtraient les voix rieuses de Wen-sieou et de la fille du ministre.

Les paroles prononcées par la jeune fille lui résonnaient encore aux oreilles. Tout à l'heure, quand Lingling était venue apporter le thé, la demoiselle l'avait longuement observée puis avait lancé tout à trac :

— Quand je pense que je m'inquiétais parce que l'on m'a dit que vous viviez avec une charmante jeune fille ! C'est pour cela que je suis venue vous voir, d'ailleurs, pour m'en assurer de mes yeux. Enfin, me voilà rassérénée.

Elle ne pouvait plus s'arrêter de rire. Le jeune maître avait alors posé cette étrange question :

— Quel est l'auteur de cette mauvaise plaisanterie ?

— Personne en particulier, c'est une rumeur qui circule à Pékin.

— Je crois bien savoir d'où elle vient, mais...

— Avancez un nom, alors. Cette personne m'a dit : « Le secrétaire Liang a déjà une jeune concubine pour s'occuper de lui. » Alors, Messire Liang, qui a bien pu faire cette blague, selon vous ?

Le jeune maître avait ri à son tour d'un air gai, puis pointé le doigt sur le bout du nez de la jeune dame.

— C'est K'ang Yeou-wei. Toutes les plaisanteries et les bons mots en vogue à la capitale sont son œuvre.

— Exactement ! Quel personnage étrange, n'est-ce pas ?

Le jeune maître avait alors expliqué très sérieusement, comme pour se justifier, les raisons de la présence de Lingling chez lui. Lingling, qui servait le thé, avait le visage et l'esprit en feu en l'écoutant.

— Oh, comme c'est triste ! Vous êtes si bon, Messire Che-leao. Je comprends que mon père vous ait remarqué.

Le visage de la jeune dame, qu'elle avait regardé un instant, était beau comme si elle sortait d'un tableau.

Elle avait dix-sept ans et elle était la fille du ministre des Rites. Comme son nom de famille était Yang, tout le monde disait d'elle qu'elle était la réincarnation de la célèbre favorite impériale de l'époque Tang, Yang Kouei-fei, réputée pour sa beauté. Le père de cette jeune fille était le précepteur du jeune empereur, et tout le monde le donnait pour le prochain premier ministre.

— Quel âge as-tu ?

Lingling s'agenouilla devant la demoiselle qui lui adressait la parole.

— Onze ans.

— T'es-tu habituée à la vie à Pékin ?

— Cela fait trois ans que j'y vis.

— Ah ? Tu es donc arrivée quand Messire Che-leao habitait encore au foyer du Tsing-hai ?

— Oui, et depuis, je suis toujours restée avec lui, riposta Lingling.

Elle voulait ainsi signifier à cette demoiselle qu'elle le connaissait depuis bien plus longtemps qu'elle.

Pendant ces trois années, elle avait tout fait pour lui, lessive et raccommodage, sans compter la cuisine et le ménage depuis qu'il était venu s'installer dans cette résidence. Elle connaissait le jeune maître mieux que quiconque.

— Tiens, Lingling.

La demoiselle lui tendait une pièce d'argent, posée dans sa paume blanche comme un lys.

— Prends-la, Lingling, dit Wen-sieou.

Les visiteurs lui donnaient souvent des pourboires, mais cette demoiselle était la seule personne dont elle ne voulait rien accepter.

— Qu'y a-t-il, Lingling ? Ne sois pas gênée, de toute façon, cette dame sera bientôt ta maîtresse.

Comment ?

Lingling avait bien entendu des rumeurs dans le voisinage disant que le jeune maître allait prendre femme, mais de là à penser qu'il s'agissait de cette jeune dame !

Lingling prit la pièce d'argent, honteuse de ses propres mains sales et crevassées.

Elle s'était enfuie à la cuisine, et depuis, les bras autour des genoux, elle contemplait le feu d'un œil vague.

Le jeune maître allait épouser la fille de Yang Si-tcheng. Cette pensée enflait dans son esprit comme les flammes dans le fourneau, crépitant comme elles.

Dans la pièce principale, les rires continuaient.

— *Ni hao !* Bonjour, Lingling, ton maître est-il là ?

Encore un visiteur indésirable. Décidément, quelle journée ! Lingling désigna le bâtiment principal de la main sans même se retourner.

— Ah, il a une visite ? Je parie que c'est une femme ?

— C'est Mademoiselle la fille de Messire Yang Si-tcheng. Comme elle s'éternise un peu trop, ça tombe bien, je vais aller prévenir que vous êtes là.

K'ang Yeou-wei posa en riant la main sur l'épaule de Lingling qui s'apprêtait à se lever.

— Mais non, ce serait un manque de délicatesse.

— Quoi donc ?

— De les déranger, voyons !

La main toujours sur l'épaule de Lingling, K'ang Yeou-wei s'assit à son tour devant le fourneau, puis se réchauffa les mains à la flamme.

Quel homme étrange, songea Lingling. Il paraît que c'est un célèbre professeur très savant, mais il n'en a pas l'air. Il a une espèce de barbiche comme une loche, des yeux tout ronds et il est bavard, mais bavard ! Quand il n'a personne à qui parler, il prend même pour interlocutrice une petite servante comme moi.

Il n'était pas bien méchant, mais plaisantait un peu trop au goût de Lingling, qui, pour cette raison, ne l'appréciait guère.

— Dites, Professeur K'ang, cette demoiselle va vraiment épouser le jeune maître ? demanda Lingling, en tisonnant violemment dans les bûches qui finissaient de brûler.

— Ma foi, oui, il paraît. Seulement, ce ne sera pas pour tout de suite.

— Pour quand alors ?

— Eh bien, fit K'ang Yeou-wei en choisissant ses mots, quand le Vieux Bouddha aura quitté la Cité Interdite pour s'installer dans son palais retiré.

Que voulait-il dire ? Sans doute que le jeune maître, qui, tout comme Son Excellence Yang, était un vassal de l'empereur, ne pourrait se marier que quand il aurait un peu moins de travail au palais ?

— Dans combien d'années cela sera-t-il ?

— Je l'ignore. Le plus tôt serait le mieux mais ça ne semble pas en prendre le chemin. Pourquoi ces questions ?

K'ang Yeou-wei fixait ses yeux ronds sur Lingling tout en se réchauffant les mains à la tasse d'eau chaude qu'elle venait de lui tendre.

— Ha ha, mais tu es jalouse ! Très bien, je vais le dire à Che-leao.

— Non, Professeur, ne faites pas ça, s'il vous plaît !

Elle lui avait secoué l'épaule sans y penser, et la tasse que K'ang Yeou-wei tenait dans ses mains déborda. Il se leva d'un bond.

— Aïe aïe, c'est chaud ! Je plaisantais, voyons. Enfin, tu as encore l'air d'une enfant, et pourtant... Cela te déplaît tant que ça, que ton maître se marie ?

— Pas du tout, voyons ! C'est un événement très heureux, je ne vois pas pourquoi cela me déplairait.

— Hum, hum, fit K'ang Yeou-wei en caressant sa barbe, l'air de méditer profondément. Dis-moi, Lingling. Qu'es-tu pour Che-leao ? Il t'a sauvée alors que tu étais en train de mourir de faim au fond de ta campagne du Tsing-hai. S'il ne s'était pas occupé de toi, tu serais morte, n'est-ce pas ?

Pourquoi avait-il toujours besoin de dire les choses d'une manière aussi abrupte ? C'était vrai, bien sûr, mais s'entendre le dire ainsi en face la rendait triste.

— Je le sais bien.

— Alors, réfléchis un peu. Dans la vie, chacun a une place. Si on commence à se plaindre ou à se fâcher sans discerner où est sa place, ce n'est que du caprice.

— Je sais. Mais tout de même, Professeur K'ang, d'habitude, vous dites le contraire. Vous dites toujours que tous les hommes sont égaux et que c'est pour ça qu'ils doivent bénéficier d'une chance égale d'étudier et de faire carrière.

— Ah, fit le professeur, en portant sa main à son front d'un air embarrassé. Elle ne savait pas s'il était sérieux ou faisait cela pour plaisanter, mais elle enfonça cependant le clou :

— Si tous les gens sont égaux, pourquoi n'aurais-je pas le droit de me mettre en colère ou de me plaindre ?

— Eh bien, d'après les enseignements de Confucius…

— Ah, voilà, Confucius, vous n'avez que ce nom à la bouche, vous pensez que comme ça je ne peux plus rien dire.

— Mais non, pas spécialement.

— Tout de même, c'est curieux. Vous dites toujours que tous les hommes sont égaux, pourtant vous êtes un vassal du Père de Dix Mille Ans. Je trouve cela vraiment étrange.

— Hum… C'est étrange. Hum… Curieux, certainement. Etrange mais…

— Si vous ne trouvez pas une réponse correcte à cette question, vous aurez des ennuis un jour, vous verrez, Professeur.

— Oui, tu as raison. Je vais étudier le problème. Ah, je ne t'arrive pas à la cheville, tu frappes toujours là où ça fait mal ! Je vais réfléchir et la prochaine fois je t'expliquerai tout ça clairement. Aujourd'hui, excuse-moi, nous en resterons là.

La porte du bâtiment principal venait de s'ouvrir ; la demoiselle sortit, au bras d'une dame d'honneur. Comme j'aimerais qu'elle glisse sur les dalles gelées et se casse la jambe ! songea Lingling.

— Lingling, raccompagne Mademoiselle ! appela Wen-sieou. Apercevant alors K'ang Yeou-wei dans la cuisine, il leva la main pour le saluer. Le professeur sortit dans le jardin et agita lui aussi la main avec des airs facétieux.

Le faible soleil d'hiver déclinait vers l'ouest, dessinant l'ombre mince de la demoiselle debout dans le jardin, dans sa longue robe brodée de petites fleurs recouverte d'un manteau.

Devant la porte d'entrée, la jeune fille joignit les deux mains devant la poitrine et fit une gracieuse courbette pour souhaiter « dix mille bonheurs » à son hôte.

— Je vous quitte à regret, Messire Che-leao, je vous reverrai bientôt, j'espère.

Posant sur sa tête un chapeau de velours orné d'un gland rouge, elle fit un sourire charmant, puis monta dans la carriole tirée par deux mules qui l'attendait devant la porte.

— Lingling, appela-t-elle soudain en soulevant la jalousie. Prenez bien soin de Messire Che-leao. Ce n'est pas commode de vivre seul. Veillez à ce qu'il n'aille pas manger des nouilles à un étal en quittant le palais !

Tout le monde se mit à rire sauf Lingling. Au cours de ces trois années qu'elle avait passées auprès de lui, pas une fois le jeune maître n'avait manqué de quoi que ce fût. Quand il rentrait ivre, elle lui donnait une bonne bouillie bien chaude le lendemain, et tous les autres jours, du riz blanc fraîchement cuit.

— Ne vous inquiétez pas, Mademoiselle.

— Merci. Tu es une petite fille intelligente.

La carriole s'en alla le long du chemin bordé par un étang, où les feuilles de lotus tremblaient dans le soleil couchant. Lingling la suivit des yeux jusqu'à ce qu'elle disparaisse.

— Pourquoi me dit-elle merci ?

La fillette se sentait seule et triste. Elle se demandait quelle mine elle ferait le jour où une somptueuse procession de mariage ferait son entrée dans cette demeure.

Le jeune maître et K'ang Yeou-wei, enfermés dans le cabinet de travail, discutaient d'elle ne savait quoi avec des accents animés.

Lingling alla débarrasser le service à thé dans le salon, et se regarda subrepticement dans le miroir. Elle plia légèrement les genoux, joignit les mains devant la poitrine, comme elle avait vu faire à la jeune dame tout à l'heure, puis elle chuchota en minaudant :

— Je vous quitte à regret, Messire Che-leao, je vous reverrai bientôt, j'espère.

C'était vraiment disgracieux, conclut-elle.

A peine entré dans le cabinet de travail de son ami, K'ang Yeou-wei l'avait saisi par l'épaule :

— Bonne nouvelle, Che-leao ! La Vénérable Aïeule va enfin se retirer dans son palais d'été.

Wen-sieou se dégagea doucement :

— Encore ? Voilà au moins dix fois que tu m'annonces cette « bonne nouvelle » !

— Non, cette fois, c'est certain. Au moment de repartir à Tientsin, Son Excellence le gouverneur Li a mandé Yang Si-tcheng et lui a transmis cette volonté de l'impératrice. Tu en seras bientôt informé, sans aucun doute. Sa Majesté l'empereur va pouvoir commencer à régner. Notre heure est enfin venue !

L'excitation de K'ang montait tandis qu'il parlait, et il entama un discours tout en arpentant le bureau à pas précipités.

Il était le théoricien du parti de l'empereur, le porte-drapeau d'une restauration qui verrait naître un nouvel Etat et s'attaquerait aux fondements de l'ancien système, c'est-à-dire changerait concrètement les lois au lieu de rester un simple mouvement en faveur de l'occidentalisation comme jusqu'alors.

Malgré son jeune âge, c'était un érudit qui avait étudié à Tchou-kieou-kiang, puis approfondi ses connaissances en menant joyeuse vie dans les concessions de

Hong-kong et Shanghai. Sa théorie, qui consistait à vouloir construire un nouvel Etat dirigé par l'empereur Kouang-siu, basé sur un système politique et administratif réformé sur le modèle de l'empire Meiji du Japon, rencontrait un soutien actif et passionné de la part des groupes de jeunes fonctionnaires Han et des étudiants qui contestaient le système des examens.

— On va avoir énormément de choses à faire : établir une Constitution, créer une Assemblée nationale, étendre les lignes de chemins de fer, réformer le système éducatif, fonder une nouvelle armée nationale…

Wen-sieou fréquentait K'ang Yeou-wei depuis longtemps et avait appris à bien le connaître. Il ne pensait jamais à ses propres intérêts, et c'était ce qui faisait son charme. Etre altruiste à ce point lui conférait à coup sûr un respect et une valeur indéniable dans un pays en proie à la corruption.

Simplement, de temps en temps, Wen-sieou avait des doutes : K'ang Yeou-wei continuait à contester les examens supérieurs sans comprendre l'esprit du fonctionnariat. Il ne se rendait même pas compte que son idéal revenait à renverser un Etat basé sur le système administratif. Ou bien, il le savait mais ne s'en souciait pas et continuait à foncer tête baissée.

Comment, par exemple, concilier la création d'une Constitution avec les anciennes lois impériales ? Que faire des vassaux mandchous et des nobles si l'on créait une Assemblée nationale ? Même pour étendre le réseau ferré, comment s'y prendre pour traiter avec les classes de riches propriétaires et de hobereaux de province ? Réformer l'éducation revenait à nier le système des examens. Et comment intégrer à une nouvelle armée les traditionnels bataillons mandchous des Huit

Bannières et les troupes de Chinois Han, sans compter la flotte de Chine du Nord commandée par Li Hong-tchang ?

En entendant K'ang Yeou-wei vanter haut et fort les mérites de ce nouvel Etat, Wen-sieou ne pouvait s'empêcher de penser qu'il lui décrivait un impossible paradis terrestre.

— Oui, il y aura beaucoup à faire, c'est certain. Il ne fait pas précipiter les choses. Je pense que Chouen-kouei et moi sommes à même de nous rendre compte à quel point ton idéal est difficile à réaliser, bien plus que toi-même ou tes disciples, dit Wen-sieou, comme pour calmer un cheval fougueux.

K'ang Yeou-wei courait les réunions dans tout le pays, pour gagner de jeunes partisans. Son idéalisme manquait du sens des réalités et son éloquence était un peu trop forcée, quelle que fût la justesse des réformes qu'il évoquait. Il était sans conteste la tête pensante des agitateurs politiques, ainsi que l'en accusaient avec sévérité les fonctionnaires conservateurs. En outre, Liang Ch'i-chao et Tan Sseu-tong, ses principaux disciples, parcouraient le pays pour répandre la pensée de leur maître, éditaient un journal, établissaient çà et là dans le pays des îlots de contestation.

Wen-sieou savait à quel point tout cela était dangereux. Si ce mouvement faisait alliance avec celui du Hounan qui avait pour mot d'ordre « abattre les Mandchous, restaurer les Han » et plongeait ses racines dans la révolte de Taiping, on courait tout droit vers le coup d'Etat...

— Allons, assieds-toi. Je comprends ce que tu ressens, mais ce n'est pas de beaux discours dont nous avons besoin, c'est d'une Assemblée.

Ignorant les avertissements de Wen-sieou, K'ang Yeou-wei continuait à décrire son idéal avec passion. Sans conteste, cet homme avait du génie, mais il ne voyait pas plus loin que le bout de son nez.

Renonçant à calmer l'éloquence de son compagnon, Wen-sieou se mit à contempler le jardin intérieur où tourbillonnaient des éclats de gel. Lingling, portant le plateau du thé, venait de le traverser, tête basse, et de rentrer à la cuisine. Wen-sieou remarqua que son *k'ou-tseu* rapiécé avait l'air trop petit et l'appela. Lingling se retourna : elle avait les paupières rougies.

— Qu'y a-t-il ? Quelque chose ne va pas ?

Lingling poussa un léger soupir et leva le regard vers le ciel glacé du crépuscule.

Elle allait vers l'adolescence, peut-être était-elle tourmentée par le souvenir de ses parents morts. Mais lui, Wen-sieou, que pouvait-il faire de plus pour elle ?

— Demain, j'irai t'acheter un pantalon neuf. J'en ai vu du côté de Sseu-t'ang-pai-leou qui t'iraient fort bien.

Lingling renifla ; ses yeux longuement étirés vers les tempes se tournèrent vers Wen-sieou avec une gravité d'adulte :

— Non, Jeune Maître, j'irai acheter un *k'ou-tseu* moi-même, avec l'argent que m'a donné la jeune dame.

— Ne dis pas ça, voyons, je peux t'acheter des vêtements, c'est la moindre des choses.

— Les gens vont encore jaser si vous faites ça. Messire Che-leao a une concubine, diront-ils. Certains trouvent amusant de faire ce genre de plaisanteries, vous savez.

K'ang Yeou-wei, qui avait jusque-là poursuivi tout seul son discours, s'arrêta net et passa la tête par la fenêtre pour dire en riant :

— Ah, me voilà découvert ! C'était une blague, Lingling, une blague. Ne prends pas ça si au sérieux.

Lingling serra contre elle le nécessaire à thé et regarda K'ang Yeou-wei d'un air furieux :

— Je vous déteste, Professeur K'ang. Vous êtes bavard, menteur, et vous ne vous prêtez aucune attention aux sentiments des gens à qui vous créez des ennuis !

K'ang et Wen-sieou se regardèrent. Il leur semblait que Lingling venait de soulever là un point important.

— Même si vous, Professeur K'ang, et la jeune dame, et tout le monde, considérez cela comme une plaisanterie, pour moi, ce n'en est pas une. Je n'entends pas comme des plaisanteries les choses que vous autres, les gens haut placés, dites pour vous amuser. Je ne suis pas la concubine du jeune maître ! Je prépare tous ses repas, je m'occupe de son ménage, sa lessive, je ferais n'importe quoi pour lui ! Mais c'est tout, c'est tout, je ne suis pas sa maîtresse ! Je voudrais mourir !

Sur cette sortie, Lingling se précipita à la cuisine.

K'ang et Wen-sieou, médusés, se regardaient.

— Tu parles trop durement, K'ang. Tu causeras un malheur un jour, à force de bavardages ! Je t'en prie, essaie de te retenir un peu. De toute façon c'est moi qui hérite des ennuis, finit par dire Wen-sieou en tapant sur l'épaule de son ami.

7

Tchouen-yun, « l'enfant du printemps », fit son entrée au gynécée impérial en même temps que cette saison.

Tandis qu'il courait dans la galerie, dans sa robe rouge sombre, les petits oiseaux gazouillaient sous l'auvent. En se penchant par-dessus la balustrade, il aperçut des pruniers en fleurs au bout du jardin.

Dès qu'elle voyait arriver ce jeune eunuque, avec son perpétuel petit sourire aux lèvres, l'impératrice Tseu-hi oubliait aussitôt tous les soucis qui assombrissaient son existence et retrouvait la joie de vivre.

Qui peut donc être ce jeune homme? se demandait-elle avec curiosité.

Faire donner la bastonnade aux eunuques nouvellement arrivés faisait partie de la discipline du palais. Mais cet adolescent qui ne commettait jamais la moindre erreur ne donnait pas l'occasion de le punir. Elle avait bien ordonné aux eunuques les plus anciens de battre ce jeune homme plein de promesses pour l'endurcir, mais même le chef de palais si sévère ne trouvait rien à lui reprocher.

Il avait de beaux yeux, des traits réguliers et l'esprit vif. Dépourvu de la moindre méchanceté, il gardait sa bonne humeur en toutes circonstances. Son comportement, forgé à la dure école du théâtre, était de loin plus accompli que celui des eunuques d'expérience. Tseu-hi ne se rappelait pas avoir vu, en trente ans de règne, un seul novice qui au bout d'un mois de service au palais n'eût jamais été remis aux mains des *san-tch'a*, à part Li Lien-yin.

Tseu-hi se mit à l'appeler flatteusement « mon Tchouen-yun » comme elle avait toujours fait avec les eunuques qui jouissaient de ses faveurs. Bientôt, on ne la vit plus sortir qu'accompagnée de son couple de pékinois et du jeune Tchouen-yun.

Depuis trente ans qu'elle se maintenait au pouvoir, les journées de Tseu-hi se déroulaient selon la même routine précise. Jamais elle n'y avait dérogé, pas même lors de ses séjours au palais d'été de Jehol, ou dans son palais de Yi-he-yuan.

Elle se levait à trois heures du matin, déjeunait d'un bol de bouillie où avaient cuit des légumes de saison, puis prenait un bain. Elle ne se maquillait pas, nouait ses cheveux après avoir accordé des soins minutieux à sa peau, et revêtait ensuite sur des sous-vêtements de soie sa robe noire de veuve. Elle détestait les ornements somptueux et ne portait que des bijoux d'argent, de perles et de jade vert.

Quand le jour commençait enfin à se lever, elle se rendait à l'audience matinale, dans un palanquin porté par huit jeunes eunuques.

En tête du cortège venaient Li Lien-yin et le vice-chef de palais Ts'ouei Yu-kouei, puis le chef du service chargé d'enlever la rosée, frappant dans un gong et criant sans cesse : « *Tcha, tcha!* » A droite et à gauche, les gardes du corps marchaient de côté comme des crabes, tournés vers l'extérieur, et derrière le palanquin suivait une longue procession d'eunuques portant au-dessus de leurs têtes vêtements de rechange, nécessaire à écrire, boîte à pharmacie, pot de chambre, nécessaire à thé et autres ustensiles.

L'audience du matin ressemblait davantage à une cérémonie qu'à une réunion politique.

Tseu-hi se contentait d'écouter, sans donner son avis, ce que les ministres avaient à lui dire, en commençant par celui des Affaires Militaires, puis elle fixait de nouveaux jours et heures d'audience avec les différents ministres et responsables ; c'est au cours de ces audiences personnelles qu'elle leur donnait des indications précises et détaillées.

En fait, les pouvoirs de l'impératrice d'Occident étaient immenses, car les vassaux héréditaires et les vieux princes de sang n'avaient aucune compétence et même les hauts fonctionnaires Han ne pouvaient rivaliser avec la souveraine mandchoue. C'est pourquoi les ministres partisans de l'empereur eux-mêmes craignaient son autorité et feignaient de se prosterner devant elle. Le jeune empereur avait beau être intelligent, tout le monde s'accordait à reconnaître qu'il ne pouvait égaler sa puissante mère adoptive en matière d'habileté politique.

A la fin de l'audience matinale, Tseu-hi retournait au palais en palanquin, et redevenait la vieille femme réservée et solitaire qu'elle était en réalité. Elle admirait les fleurs dont les jardins étaient emplis, prêtait l'oreille aux chants des oiseaux dans les cages suspendues sous l'auvent, faisait des pliages de papier, lisait ou écrivait.

Quand elle en avait assez de ces activités quotidiennes, elle sortait se promener dans les jardins du palais, à nouveau suivie d'une procession d'eunuques, et de temps à autre, montait méditer sur la colline artificielle où personne d'autre qu'elle ne s'aventurait.

Il existait cependant un cérémonial plein de faste, et que pour rien au monde Tseu-hi n'eût négligé : c'était celui de ses repas. A midi et le soir, elle prenait en effet deux repas somptueux. Elle ne s'abîmait pas comme les princesses de sang en stupides prières, mais en revanche, elle partageait ses repas avec d'innombrables dieux, bouddhas et ancêtres, persuadée que sa table était le lieu de communication avec le divin.

Depuis les maîtres queux et le personnel des cuisines jusqu'aux petits eunuques chargés d'apporter les plats, environ cinq cents eunuques participaient à l'élaboration des repas de l'impératrice.

L'architecture du palais avait été conçue autour de la figure centrale de l'empereur, si bien que le palais de l'impératrice douairière était situé au sud du palais de la Nourriture de l'Esprit où résidait l'empereur, soit assez loin des cuisines. Or, pour apporter jusqu'à la table de Tseu-hi ces plats du Hopei élaborés pour être dégustés chauds, pareille distance équivalait à celle qui sépare la Terre du Ciel. Le seul moyen de surmonter cet obstacle et de transporter les plats jusqu'au palais de l'impératrice sans qu'ils refroidissent consistait à former au moment des repas une longue chaîne composée d'eunuques du service privé et des cuisines impériales, qui se passaient les innombrables pièces de vaisselle de main en main jusqu'à la salle à manger de Tseu-hi.

Les mets une fois prêts étaient disposés dans des assiettes recouvertes de couvercles d'argent, protégés par plusieurs couches de papier huilé les jours de pluie et posés sur de magnifiques plateaux d'argent.

La plupart du temps, c'était à l'occasion des repas que les eunuques encouraient la colère impériale. Autrefois, lorsque le célèbre maître queux Tcheou Ma-tseu avait la charge des cuisines du gynécée, il préparait à merveille des plats d'une simplicité et d'une perfection si rares que les eunuques se voyaient rarement punis. Mais depuis que Tcheou Ma-tseu avait été chassé du palais contre toute attente, les deux jambes brisées, il ne se passait pas un repas sans que de nombreux eunuques fussent battus. Lors d'authentiques accès de furie, Tseu-hi faisait donner la bastonnade à tous les eunuques qui avaient participé au transport des plats, et souvent, les *san-tch'a* n'avaient pas achevé leur tâche que l'heure du repas suivant était déjà arrivée.

La plupart des eunuques savaient que la destitution de Tcheou Ma-tseu était due aux machinations de Li Lien-yin. Des petits eunuques l'avaient surpris aux cuisines en train de glisser subrepticement une mouche morte dans un plat de viande dont raffolait l'impératrice et auquel elle goûtait invariablement...

Après s'être humecté la bouche d'une gorgée de thé au chèvrefeuille, Tseu-hi ordonna qu'on lui apporte le sauté de viandes farci dans des feuilles de chou.

Les eunuques entourant la table impériale retinrent leur souffle. Ce *pao-tseu* était non seulement un des plats favoris de l'impératrice douairière, mais aussi un mets raffiné et de bon augure. Si le goût en déplaisait à la souveraine, c'était un manque de respect envers elle et un mauvais présage, et aucun des eunuques présents n'échappait à la bastonnade.

Lors du dîner, les plats étaient servis en trois fois, disposés sur quatre grandes tables rondes, et le nombre de mets atteignait les trois cent soixante.

Prenant son courage à deux mains, le chef du service apporta respectueusement le plat de *pao-tseu*, mais se retira aussitôt après des prosternations répétées, comme pour échapper à la suite.

Confier à un eunuque le rôle consistant à rouler le sauté de viandes brûlant dans une feuille de chou pour le présenter sur une assiette tenue à bout de bras haut au-dessus de sa tête, revenait à demander à une souris d'attacher une clochette au cou d'un chat. Si le plat déplaisait à la souveraine, l'eunuque qui l'avait servie était le premier battu, et son offense était considérée comme la plus grave.

Tête baissée, les eunuques autour des tables attendaient avec angoisse, se demandant qui l'impératrice allait désigner cette fois.

Tseu-hi jeta un sévère regard circulaire sur les esclaves tremblants en dessous d'elle. Un seul parmi eux, le visage levé, ne paraissait éprouver aucune crainte.

— Tchouen-yun, je t'ordonne de m'apporter un roulé.

Le soulagement éclaira aussitôt tous les visages. Si Tchouen-yun était chargé de ce rôle, le repas s'achèverait peut-être sans que personne fût frappé.

Tchouen-yun obéit de bonne grâce, résolu au pire. Il était au palais depuis un mois et n'avait pas encore été battu. Conscient de sa bonne fortune, il souffrait aussi de cette injustice : tous ses compagnons recevaient régulièrement la bastonnade, il était le seul à y échapper. Ces derniers temps, il avait entendu des remarques jalouses. Dix ou vingt coups de bâton ne lui laisseraient pas de marques, s'il appliquait la technique que lui avait enseignée Tchen le Neuvième et serrait les fesses. C'était peut-être pour lui l'occasion de goûter enfin aux châtiments, se dit-il.

Il choisit avec soin une feuille de chou, en enveloppa une part de l'assortiment de viandes brûlant. Puis il le présenta haut au-dessus de son front baissé, en pliant un peu les genoux.

Le bruit de mastication de l'impératrice douairière résonna dans la salle, dans un silence de mort.

— Infect !

En même temps que le verdict, le *pao-tseu* entamé tomba sur la tête de Tchouen-yun.

— Infect, infect, infect ! On n'en trouverait pas d'aussi infâme même dans les bouges aux portes de la ville ! C'est trop mauvais, ma patience est à bout ! Appelez les *san-tch'a* ! Cinquante coups de bâton pour Tchouen-yun ; le chef des cuisines et le chef du service de table en recevront trente chacun. Et dix pour tous les autres !

Des soupirs d'effroi et de désespoir s'élevèrent à l'annonce de ce châtiment, bien plus sévère que d'habitude.

Aussitôt un groupe de *san-tch'a* se précipita, faisant craquer le parquet de la galerie.

— Attendez ! Attendez, Vénérable Aïeule, je vous en prie ! cria Tchouen-yun, en se frappant le front sur le sol.

Aussitôt, un silence de mort tomba sur la salle. Jamais un condamné à la bastonnade n'avait osé contester sa punition.

— Comment oses-tu, Tchouen-yun, alors que Sa Majesté vient d'exprimer son désir ? hurla Li Lien-yin qui était aussitôt accouru à petits pas.

L'impératrice répondit d'une voix basse :

— Oh ? Un vil castrat m'ordonne d'attendre ?...

Tchouen-yun poursuivit, tout en frappant son front par terre à coups répétés :

— Votre humble esclave vous supplie, Divine Souveraine. Je suis seul coupable, si le goût du *pao-tseu* vous a déplu. Je vous supplie de ne punir personne d'autre que moi, dans votre immense compassion de bodhisattva.

Il agissait sur une simple impulsion, tant il lui paraissait absurde et injuste d'incriminer les eunuques qui avaient transporté les plats du mieux possible, après une longue station debout dans la galerie glaciale.

Tseu-hi réfléchit un moment puis demanda :

— Es-tu prêt à subir la punition à la place des autres et à recevoir cent coups de bâton ?

Cent coups de bâton : cela signifiait la mort.

— Oui, je vous en prie, j'accepte de tout cœur.

Il lui sembla que quelqu'un d'autre avait prononcé à sa place ces mots ridicules. Les *san-tch'a* l'entouraient déjà, les gourdins crissant dans leurs mains.

Tchouen-yun se rendit compte qu'il aspirait à mourir, tout au fond de lui. Une fois mort, il retrouverait enfin ses parents, ses frères. Comment ne s'était-il pas encore aperçu que la seule chose qu'il désirait vraiment, c'était la mort ?

La voix de l'impératrice se fit violente :

— Tu prends mes paroles à la légère parce que tu es l'objet de ma faveur, tu penses que je ne te laisserai pas briser les jambes, car alors, je ne pourrais plus profiter de tes talents sur scène, c'est cela ?

— Ce n'est pas le cas, je conjure la Vénérable Aïeule de me croire ! Faites-moi battre, je vous en prie.

— Une dernière fois : est-ce vraiment ce que tu souhaites ?

— Oui. Votre humble esclave n'a aucune intention cachée.

Autour de lui, des soupirs s'élevèrent.

— Chef de palais, qu'en penses-tu ?

L'impératrice regardait Li Lien-yin. Ce dernier mit un genou en terre et répondit :

— Votre humble esclave vous répond respectueusement, Vénérable Aïeule : ce garçon sait qu'il a déjà été l'objet de nombreuses faveurs de Votre Majesté. Tenter d'échapper à une punition en affirmant que l'on accepte de recevoir seul la bastonnade, cela s'appelle depuis toujours du calcul. Cette ruse pleine de bassesse prouve la vilenie de son cœur. Je suis d'avis de lui appliquer les cent coups de bâton sans aucune clémence.

— Du calcul ? En effet. Quel petit malin !

La calomnie de Li Lien-yin avait attisé la colère de Tseu-hi. Elle se mit à hurler en trépignant dans ses chaussures surélevées et en agitant ses doigts gantés :

— Frappez-le ! Frappez-le ici même ! Brisez les os de ce misérable, ce calculateur qui compte sur ma miséricorde ! J'ai dit, non pas cent coups, mais frappez-le jusqu'à ce qu'il éclate en morceaux, brisez-lui les os ! Quiconque montrera de la pitié pour lui sera châtié de même !

L'impératrice se rassit, aspira bruyamment son thé, et se mit à manger voracement dans tous les plats qui se trouvaient à sa portée.

Elle enfournait les uns à la suite des autres les mets délicats que lui présentaient les eunuques, puis les recrachait à peine mastiqués. Souillée de bave et de larmes, on eût dit une vache incapable de quoi que ce soit d'autre que de se remplir la panse.

C'était de pire en pire.

Tous ceux qu'elle aimait lui étaient aussitôt enlevés, comme emportés par un raz-de-marée. Son peuple, sa terre, ses parents, les oiseaux, le soleil, son cher époux, l'enfant né de ses entrailles, tout !

Le chef des *san-tch'a* se dressait à côté de Tchouen-yun, maintenu à terre par ses subalternes. Cet homme d'une taille impressionnante, qui dépassait les autres eunuques d'une tête et que tout le monde craignait, avait été surnommé « l'équarrisseur ». Quand il sortait son gourdin de son étui en tissu et l'agitait pour en vérifier la flexibilité, le simple sifflement de l'objet dans les airs faisait trembler les eunuques de terreur.

— Votre humble esclave vous supplie, Vénérable Aïeule : daignez écouter son dernier souhait en ce monde.

— Inutile de réclamer la vie sauve, le prévint Tseu-hi en recrachant une bouchée de nourriture.

— Je supplie seulement Votre Majesté de me considérer comme seul responsable de cette négligence. Mon maître au *t'a-t'a-tch'ou* n'a commis aucune erreur dans mon éducation, et je vous supplie de ne pas lui tenir rigueur de mes manquements.

A nouveau, de profonds soupirs se firent entendre dans les rangs des eunuques. L'impératrice abaissa le regard sur le chef de palais et demanda :

— Qui est ce maître du *t'a-t'a-tch'ou* ?

— Il s'agit de Tchen le Neuvième, Majesté.

— Tchen le Neuvième ? Je ne le connais pas.

— En effet, Vénérable Aïeule. C'est un vieil eunuque, entré au palais à la même époque que moi, un personnage insignifiant qu'il n'y a pas lieu, je pense, d'impliquer dans cette affaire.

Li Lien-yin protégeait Tchen au nom de leur vieille amitié, et surtout, des pots-de-vin dont Tchen le gratifiait.

— Vraiment ? Très bien, je ne me soucierai donc pas de lui.

Le bâton de l'équarrisseur siffla dans l'air, et tous les eunuques rentrèrent le cou dans les épaules en fermant les yeux. Le bruit sourd du gourdin s'abattant sur les chairs retentit, et le *san-tch'a* qui immobilisait la nuque de Tchouen-yun commença à compter : « Un ! »

Tandis que Tchouen-yun endurait les coups sans une plainte, l'impératrice continuait à s'emplir les joues des mets qui lui étaient présentés les uns après les autres, qu'elle recrachait un par un en grimaçant, sans se soucier de souiller ses vêtements ni ses parures.

C'est de pire en pire.

Même les repas deviennent de jour en jour plus insipides, comme par un fait exprès.

A chaque aube qui se lève, mon corps a encore vieilli, à chaque nuit qui s'en va, ce pays lui aussi vieillit. Tout ne fait qu'empirer…

A chaque chiffre que criait le *san-tch'a* pour compter les coups, Tseu-hi croyait entendre compter les vies de son peuple qui disparaissaient d'instant en instant. Les vies de son peuple que prenaient sans pitié ces haïssables diables étrangers.

L'empire Ts'ing allait à sa perte. Quatre cents millions d'âmes exterminées peu à peu.

Tseu-hi attrapa en tremblant un plat de viande et s'en empiffra en en renversant la moitié sur elle.

Bientôt la robe de Tchouen-yun fut en pièces, le sang qui giclait de ses reins commença à noircir le tissu rouge.

A ce moment Tchouen-yun, qui avait jusque-là enduré la bastonnade en silence, laissa échapper une sorte de cri plaintif: il chantait. Aux premières paroles de ce chant à peine audible, Tseu-hi se dressa d'un bond, renversant le plat.

Père de Dix Mille Ans,
Père de Dix Mille Ans,
Pardonne au malheureux esclave.
Tes bienfaits infinis
Résonnent jusqu'au ciel,
Illuminent la terre entière.

L'impératrice frissonnait. Quelle créature chantait ainsi par la bouche de ce petit esclave agonisant ? Elle avait déjà entendu cette voix. Qui était-ce donc ?...

Cette voix cristalline comme celle d'une femme, elle la reconnaissait : cet eunuque extraordinaire s'était dévoué pour elle corps et âme, dans la confusion qui avait suivi la mort de son époux, l'avait sauvée des complots manigancés par Sou-chouen et ses complices, grâce à lui elle avait finalement pu exercer la régence. Cette voix, oui, c'était la voix de Ngan Tö-hai ! Tseu-hi se recroquevilla sur elle-même avec un cri, les bras autour du corps. C'était la voix de Ngan Tö-hai, la voix d'un mort !

Li Lien-yin, debout aux côtés de sa souveraine, d'abord paralysé par la terreur, esquissa un mouvement de recul.

Tchouen-yun continuait à chanter, sous les coups qui pleuvaient sans pitié sur lui.

Père de Dix Mille Ans,
Père de Dix Mille Ans,
Ton esclave ne dira pas,
Même si on lui fend la bouche,
Où se trouve la Perle du Dragon
Cachée par l'empereur Ch'ien-lung.

— Arrêtez ! Ne le frappez plus ! hurla Tseu-hi. Partez, partez tous immédiatement ! Toi aussi, Li Lien-yin.

Le chef de palais se retira en rampant et les eunuques qui entouraient les tables, oubliant même de se prosterner, s'enfuirent comme une couvée d'araignées.

Il ne resta plus que l'impératrice douairière, debout, l'air hagard, et Tchouen-yun, effondré à terre, ensanglanté, immobile.

Les rayons de la lune, dans le ciel du sud, éclairèrent soudain les tables dévastées et firent ressortir ces deux ombres échouées sur le sol jonché de reliefs de nourriture, pareilles à deux oiseaux de mer flottant à la surface du courant.

— Qui es-tu donc ?...

Tchouen-yun, toujours à terre, incapable de bouger, finit par répondre :

— L'humble esclave répond à la Vénérable Aïeule... Je suis Li Tchouen-yun, d'une famille pauvre du Tsing-hai...

— Tu mens ! Comment es-tu arrivé jusqu'ici ? Pourquoi es-tu ici ?

Tchouen-yun ne répondit pas.

— Réponds ! Quel était ce chant ? Qui te l'a appris ?

— Personne... C'est une chanson des rues qu'on entend à la capitale. On dit que la chanter protège de toutes les souffrances, de tous les malheurs.

L'impératrice d'Occident s'approcha lentement de Tchouen-yun. Allongé à terre, la tête de côté, hébété, le garçon regardait sans les voir les hautes chaussures de noble tartare, qui glissaient vers lui sur le sol de marbre luisant sous les rayons de lune.

— Tu as parlé de la Perle du Dragon. Sais-tu ce que cela veut dire, sais-tu ce qu'est la Perle du Dragon ?

Sous les yeux de Tchouen-yun, les hautes chaussures étaient agitées de tremblements.

— Oui, je sais.

— Tu mens ! Comment le saurais-tu ?

— Vénérable Aïeule, votre humble esclave sait. La Perle du Dragon est l'emblème du pouvoir impérial, depuis les temps lointains des trois Augustes et des cinq Vertueux Souverains. C'est l'emblème du Fils du Ciel qui règne sur la terre.

— Aaah !

Tseu-hi chancela et s'effondra, les coudes sur une table.

— Mensonge ! Mensonge ! Comment un être tel que toi saurait-il où se trouve la Perle du Dragon cachée par l'empereur Ch'ien-lung ?

Les plats posés sur la table à laquelle elle se retenait s'étaient mis à s'entrechoquer, comme des armes en plein combat. Tchouen-yun posa les coudes à terre, parvint enfin à redresser le torse.

— Tu sais où elle est ? Tu le sais ? Dis-le-moi ! Si je possède la Perle du Dragon, le monde sera sauvé ! L'empereur, mon Tsai-t'ien, sera sauvé !

Tchouen-yun ne comprenait pas la raison de l'effroi qui s'était emparé de sa souveraine. L'impératrice était livide. Frissonnante, elle s'assit sur le sol souillé et joignit les mains, tournée vers Tchouen-yun comme pour l'implorer :

— Je t'en supplie, dis-moi où est ce joyau. Peu m'importe ce que je deviendrai. Que les mânes de Ch'ien-lung me réduisent en pièces, que je tombe au fond des enfers infinis, je n'aurai aucun regret. Mais Tsai-t'ien sauvera cet empire !

L'impératrice s'effondra en larmes devant Tchouen-yun, les mains jointes comme en prière.

8

Reposant sur un matelas de plumes, sur son lit de briques chaudes, le prince consort Tch'ouen Yi-houan tendait l'oreille au frémissement des feuilles de lotus sur le lac de la Grande Paix, porté par le vent. Il semblait attendre quelque chose.

Le ministre des Affaires Militaires, les ministres des six ministères, tous les hauts dignitaires qui, durant de longues années, avaient partagé ses joies et ses épreuves, étaient déjà venus le voir. Il avait fait ses adieux aux jeunes princes de sang, ses enfants. Une visite de l'empereur ou de l'impératrice douairière était improbable.

Le prince Tch'ouen, fumant du bout de ses lèvres exsangues une pipe d'opium pour calmer ses souffrances, plia ses doigts amaigris par la maladie.

Bientôt son frère arriverait. Puis, ce serait fini.

Il n'attendrait plus qu'une dernière visite, celle du messager de l'autre monde qui viendrait le chercher, glissant sur la surface lisse du lac, entre les feuilles de lotus.

Comme il faisait sombre ! Les lampes étaient-elles allumées ? Les lumières qui brillaient le long du chemin tremblaient dans son champ de vision brouillé. Il les voyait de temps en temps flamber comme des torches, et à d'autres moments rétrécir jusqu'à la taille de lucioles, plongeant les alentours dans les ténèbres.

Même la clarté allait donc se dérober à ses yeux ? Mais non, ce devait être la faute de cet opium qu'il fumait sans discontinuer depuis plusieurs jours, songea le prince pour se rassurer.

Il ne souffrait plus mais en revanche ses mains et ses jambes ne lui obéissaient plus. Sans doute sa voix s'était-elle éteinte aussi. Dans les ténèbres, les images aux couleurs lumineuses d'un passé révolu s'épanouissaient, pour disparaître aussitôt avant qu'il ait eu le temps de les contempler. Tous ses souvenirs concernaient son enfance dans la Cité Interdite, entouré de ses nombreux frères.

— Votre Altesse, le Vénérable Sixième Prince est là.

Un eunuque agenouillé à la porte de la chambre à coucher annonçait l'arrivée du prince Kong.

Bientôt, guidé par une lanterne, le prince fit son entrée. Sa tenue – des vêtements ordinaires sur lesquels il avait jeté une veste matelassée – disait assez qu'il était accouru en hâte à l'annonce de l'aggravation soudaine de l'état de son frère.

Tout était-il donc fini ?

A vrai dire, les visites s'étaient succédé sans répit depuis le matin, après le départ du médecin. Et tous les visages, comme celui de son frère maintenant, semblaient désespérés.

— Comment te sens-tu ? s'enquit le prince Kong en s'asseyant au chevet de son frère, choisissant exprès une formule évasive.

Le prince Tc'houen n'avait plus la force de répondre. Seul un mince filet de fumée d'opium sortit de sa bouche.

— Je voulais venir plus tôt, mais je ne tenais pas à me trouver nez à nez avec les dignitaires de la cour. Je n'ai aucune envie de soutenir une conversation officielle. Et il suffit que j'échange des propos affables avec l'un d'entre eux pour être aussitôt l'objet de soupçons invraisemblables. Pardonne-moi.

Parmi ses nombreux frères, celui-ci, de huit ans son aîné, était le seul auquel le prince Tch'ouen pouvait ouvrir son cœur et qu'il respectait profondément.

Parmi ceux de ses frères qui s'occupaient de politique, le prince impérial Yi-ning, devenu plus tard l'empereur Sien-feng, menait une vie dissolue qui l'avait rapidement affaibli. Le prince Yi-tsong était un ambitieux sans la moindre substance, et ses autres frères étaient à l'avenant.

Le prince Tch'ouen avait toujours trouvé curieux que leur père, l'empereur Tao-kouang, n'ait pas plutôt choisi ce prince intelligent pour lui succéder ; aujourd'hui encore, cette question le tourmentait.

La guerre de l'Opium avait éclaté du vivant de son père, qui devait savoir mieux que personne combien les capacités d'un souverain seraient vitales pour l'avenir. Pourtant, il n'avait pas choisi comme successeur parmi ses fils celui dont l'intelligence surpassait tous les autres.

Dans l'édit impérial secret par lequel il désignait l'héritier du trône et dont le sceau ne devait être ouvert qu'après sa mort, selon la coutume instaurée par un de leurs ancêtres, il avait nommé Yi-ning pour lui succéder comme empereur du grand empire Ts'ing. A la réflexion, pareil choix équivalait à céder le pouvoir à l'impératrice d'Occident.

Il est trop tard pour les regrets, songea Tch'ouen en observant, dans les volutes de fumée d'opium, le profil de son frère malchanceux.

L'empereur Sien-feng, affaibli par la maladie, était mort prématurément, et comme il n'avait pas d'enfant de son épouse officielle Tseu-ngan, ce fut le prince Tsai-tch'ouen, le fils qu'il avait eu de sa concubine

Tseu-hi, qui monta sur le trône sous le nom d'empereur T'ong-che, ce qui était dans l'ordre des choses.

Cependant, T'ong-che mourut lui aussi prématurément et sans descendance. A cette époque, il y avait de nombreux princes de sang fort capables, dans les familles du prince Kong et du prince Yi-tsong. Mais Tseu-hi avait déjà fixé son choix, et ce fut elle qui trancha : l'empereur serait Tsai-t'ien, son neveu, âgé de trois ans.

Pour l'empire comme pour la famille des princes consorts Tch'ouen, c'était un grand malheur. Désormais tout le monde avait conscience de la décadence de l'empire Ts'ing. En apprenant que le fils qu'il avait eu avec la sœur de Tseu-hi était choisi comme empereur, le prince Tch'ouen frappa son front contre terre, se lamenta, s'effondra à demi évanoui : la situation était sans espoir.

On ne pouvait penser que Tseu-hi avait choisi ce prince simplement parce qu'il était son neveu ; elle n'était pas simple ni stupide à ce point.

— Ne t'inquiète pas pour l'avenir. Tsai-t'ien est un empereur magnifique, murmura Yi-sin à son frère cadet pour l'aider à affronter ses derniers instants dans la paix. Je n'ai pas un caractère aussi pondéré que le tien, ajouta-t-il. Je me suis souvent disputé avec Tseu-hi, nous avons eu de nombreux désaccords. Nous avons le même âge. Au cours des trente dernières années, nous avons parfois été unanimes, souvent nous nous sommes haïs. Mais si je me retourne vers ce passé, je me dis qu'elle n'est pas une si méchante femme. La malédiction des Yehonala est sans doute une simple légende.

Le prince Tch'ouen songea qu'il tentait par ces mots d'apaiser ses ressentiments au moment où il allait mourir. Il savait que son frère aîné devait haïr plus que quiconque sa belle-sœur.

— Tseu-hi ne tardera pas à se retirer à Yu-he-yuan. Je l'ai appris du gouverneur Li, qui est passé me voir en repartant à Tientsin. Pour ma part, à soixante ans, j'aimerais si possible me retirer de la politique et finir ma vie en contemplant les fleurs et en composant des poèmes. Tseu-hi doit avoir les mêmes pensées que moi. Il n'est de remparts si solides dont le temps ne vienne à bout.

Mon frère, n'est-ce pas par trop irresponsable ? Qu'adviendra-t-il de Tsai-t'ien, mon fils ? Qu'adviendra-t-il de la Cité Interdite si je meurs et que Tseu-hi et toi vous vous en allez ? murmurait en lui-même le prince Tch'ouen.

Le prince Yi-sin prit la pipe à opium des mains de l'eunuque qui la présentait à son frère, et lui ordonna de se retirer.

— Puisqu'il m'a annoncé lui-même le départ de Tseu-hi, cela signifie que le gouverneur de Tientsin soutient l'empereur. Avec Li Hong-tchang comme bouclier, le règne de l'empereur est assuré. Personne ne pourra rien contre lui.

— Le gouverneur Li... murmura enfin Tch'ouen.

— Oui. Il n'est l'allié de personne. C'est un vassal fidèle de l'Etat, voilà tout. Jong-liu et Li Lien-yin font courir le bruit qu'il possède son propre camp, mais ce ne sont que des rumeurs : toi-même, tu n'es pas sans le savoir. A près de soixante-dix ans, il travaille encore jour et nuit jusqu'à l'épuisement. Comment un homme loyal comme celui-là pourrait-il s'associer avec un bandit comme Jong-liu ? Son Excellence Li doit être le premier attristé de la lutte sans fin que se livrent partisans de l'empereur et partisans de Tseu-hi. Voilà pourquoi il ne prête pas non plus l'oreille au mouvement de réforme de Yang Si-tcheng et de ses disciples. Sais-tu ce qu'il m'a dit en se prosternant au moment où je quittais sa résidence ? « Je ferai tout ce qui est en mon pouvoir pour le bien de l'empire Ts'ing », voilà ce qu'il m'a dit.

Plein de rage impuissante de ne plus pouvoir parler, Tch'ouen pleurait à chaudes larmes.

— Veux-tu fumer ?

Yi-sin, manquant d'habitude, présenta maladroitement la pipe, ses traits nobles grimacèrent devant la fumée. En aspirant sur l'embout qu'il lui avait mis dans la bouche, Tch'ouen sentit s'évanouir rapidement la douleur qui l'avait à nouveau assailli.

— Repose-toi un moment pendant que l'opium fait son effet. Je reste près de toi.

Le prince Kong contempla longuement le visage de son frère étendu, plongé dans l'abîme de la drogue et de la mort.

Le même souvenir d'un événement vieux de vingt ans occupait l'esprit des deux frères.

Ce jour-là, Tseng Kouo-fan, le célèbre héros de la restauration de l'empire mandchou, venait d'écraser la révolte du Royaume Céleste de Taiping qui avait fait rage pendant de longues années ; il revenait en triomphe à Pékin, portant haut le drapeau impérial du dragon jaune.

Le retour du brave rendait fous de joie les habitants de la capitale, mais faisait trembler de crainte la cour et les fonctionnaires mandchous. Tseng Kouo-fan était en effet un général de sang chinois, un Han, et tous ses soldats étaient également des Han de pure souche, qui avaient recruté leurs camarades dans leurs provinces natales.

Ce retour triomphal à la capitale avait pour but d'annoncer la nouvelle de la victoire, mais qui sait si le « héros chevauchant un tigre » ne profiterait pas de la force dont il disposait pour exterminer la cour mandchoue et s'emparer du trône ?

A l'abri des murailles du palais, suppositions et conjectures diverses allaient bon train. En fait, le pouvoir était d'ores et déjà entre les mains de Tseng Kouo-fan. S'il jetait aux orties ses oripeaux de confucianiste fidèle à l'empire et annonçait qu'il prenait la tête du pays, la Chine lui appartiendrait sans le moindre obstacle.

Déjà, les soldats de la garde d'honneur manchoue de la Cité Interdite ne connaissaient plus le maniement des armes, et les troupes composées de Chinois Han, sur lesquelles la cour pouvait normalement compter, se rallieraient sûrement à Tseng Kouo-fan plutôt que d'obéir aux ordres d'un empire mandchou en plein déclin. La dynastie Ts'ing n'était plus qu'un poisson hors de l'eau, posé sur la planche à découper de Tseng Kouo-fan.

L'illustre général avait cantonné ses troupes à Tientsin, et n'avançait plus. Au milieu de ce calme inquiétant, de nouvelles rumeurs commencèrent à circuler au palais impérial. Tseng Kouo-fan s'était arrêté à Tientsin pour entrer en contact avec les puissances occidentales, disait-on : il comptait ainsi obtenir le soutien des étrangers et la reconnaissance internationale du nouveau pouvoir établi sur la Chine.

La cour se perdait également en conjectures au sujet d'une lettre qu'avait fait parvenir au palais l'état-major de Tseng Kouo-fan et qui embrouillait encore l'affaire.

Moi, Tseng Kouo-fan, vassal de l'empereur, suis arrivé sain et sauf et viens me présenter respectueusement devant Sa Majesté impériale. Après de longues années de campagne, mon armure tachée de salpêtre est en loques, mon casque et mes vêtements ont perdu tout leur lustre. Je ne puis monter au palais et me présenter ainsi devant la face du Dragon. Je prie Sa Majesté de m'accorder un moment avant d'entrer dans la capitale, afin de nettoyer le plumet de mon casque, peigner ma chevelure emmêlée, raccommoder mes vêtements en lambeaux, etc.

Les dignitaires de la cour, tremblants d'effroi, lisaient et relisaient cette missive, y cherchant quelque sens caché. *Nettoyer le plumet de mon casque* signifiait sûrement « renouveler le gouvernement ». La *chevelure emmêlée* évoquait la rébellion du général, *raccommoder mes vêtements en lambeaux* était une allusion méprisante à l'état de l'empire Ts'ing. *Changer de vêtements* signifiait tout bonnement qu'il déclarait la guerre à l'empire mandchou. Il n'y avait aucun moyen de défendre la cour. Les dignitaires eurent le plus grand mal à retenir l'impératrice d'Occident et l'empereur T'ong-che qui voulaient s'enfuir sur-le-champ au palais d'été de Jehol. Au beau milieu de cette confusion, un messager secret envoyé de Tientsin arriva aux résidences des princes de sang Tch'ouen et Kong. La missive, rédigée de la main même de Tseng Kouo-fan, dans son habituelle écriture, belle mais peu lisible, demandait avec force formules de politesse et de respect aux deux princes de bien vouloir se rendre immédiatement à Tientsin pour le rencontrer.

Les deux princes craignirent d'abord pour leur vie. Mais de toute façon, si une guerre civile devait éclater, leur vie ne vaudrait pas grand-chose. Et, comme dit le proverbe, *le chasseur ne saurait tuer l'oiseau qui cherche refuge auprès de lui*, si bien qu'il leur parut opportun de répondre à l'invitation secrète du général. Nul ne connaissait les intentions réelles de Tseng Kouo-fan. Il n'était peut-être pas trop tard pour entamer des négociations. La ville de Tientsin, où ils arrivèrent en grand secret, regorgeait de soldats.

Une longue guerre venait de s'achever, et les combattants étaient effectivement tous hirsutes, vêtus de loques. A l'idée de les voir déferler sur la capitale sous le commandement de Tseng Kouo-fan, tel un raz-de-marée déchaîné, les mains des eunuques qui soutenaient les palanquins des princes se mirent à trembler, manquant de faire chavirer leur fardeau.

Aussi, quand Tseng Kouo-fan vint les accueillir devant la résidence du gouverneur, en robe de cour, son casque sur la tête, les deux frères, livides, commencèrent par échanger un regard involontaire. Le général victorieux les accueillit aimablement, avec des civilités indiquant qu'il se considérait leur vassal. Il y eut d'abord un banquet de bienvenue, puis les princes, ainsi que Tseng Kouo-fan et le général Li Hong-tchang en qui tout le monde voyait son futur successeur, se retrouvèrent autour d'une table pour tenir une réunion secrète.

— Nous n'avons pas la moindre ambition de nous emparer du pouvoir, déclarèrent le général et son disciple. Cependant, le déclin de l'empire Ts'ing est dû principalement au despotisme de l'impératrice d'Occident et à l'incapacité de gouverner de l'empereur T'ong-che. En conséquence, nous envisageons de restaurer un véritable empire mandchou en éliminant la mère et le fils et en mettant sur le trône le prince Kong, autour d'un gouvernement dirigé par le prince Tch'ouen.

Les deux princes impériaux frémirent d'épouvante devant ces intentions inattendues, bien qu'elles n'eussent d'autre but que le salut de l'empire. Tandis que Tseng Kouo-fan fermait les yeux comme s'il se désintéressait de la scène, le jeune général Li, dressé de toute sa stature, insistait en frappant violemment sur la table :

— Princes, vous êtes tous deux les héritiers légitimes de la branche de notre bien-aimé ancêtre Aisingyoro. Et nous, nous sommes des vassaux fidèles du grand empire Ts'ing. Qu'une femme d'une tribu mandchoue qui ne descend pas directement de la lignée impériale s'empare à sa guise du pouvoir est contraire à la Voie que nous enseigne Confucius. Dès que le prince Kong sera installé sur le trône, le peuple tout entier le soutiendra. Voilà pourquoi nous vous avons demandé de venir ici secrètement en palanquin, sans entrer nous-mêmes à la capitale.

Le silence de Tseng Kouo-fan était effrayant. Les dizaines de milliers de soldats cantonnés à Tientsin n'appartenaient pas à l'armée impériale. C'était une armée privée à ses ordres. Il aurait suffi d'un seul battement de paupières du vieux confucéen pour que les deux princes mandchous fussent tués sur place et l'empire Ts'ing anéanti.

Li Hong-tchang poursuivit, comme pour se faire le porte-parole de Tseng Kouo-fan, toujours muet :

— Nous avons levé pour combattre les rebelles une armée de paysans qui souffraient d'une extrême misère. Ils se sont battus pour défendre leurs champs, leurs rizières. Comment pourrions-nous, maintenant que la révolte de Taiping est écrasée, les laisser retourner à leurs terres et continuer à souffrir, accablés d'impôts ? Ce que désirent ces soldats, ce n'est ni une récompense pour leurs exploits, ni une médaille, c'est un nouvel empereur ! Altesses, que décidez-vous ?

Tout en observant la réaction de son frère aîné, le prince Tch'ouen s'interrogeait sur l'absence d'un troisième général, qui aurait normalement dû participer lui aussi à cette réunion secrète.

Tout comme Li et Tseng Kouo-fan, cet homme était passé par les examens supérieurs et possédait le titre de docteur. Cependant, Tso Tsung-t'ang, puisqu'il s'agissait de lui, avait toujours eu l'étoffe d'un général, et on le donnait pour le bras droit de Tseng Kouo-fan.

— Pourquoi Tso Tsung-t'ang n'est-il pas ici avec nous ? finit-il par demander.

Li réfléchit un moment puis répondit sèchement :

— Il est au quartier général en train de donner des instructions aux soldats. La garde menée par le général Tso est toujours à la tête de nos troupes.

Ainsi, l'ensemble du plan apparaissait clairement. Si les princes refusaient de coopérer à la restauration, ils seraient assassinés tous les deux, puis les troupes de Tseng Kouo-fan envahiraient la capitale. L'empire mandchou serait anéanti, et une nouvelle dynastie Han serait mise en place.

Cependant, Tseng Kouo-fan, qui était un confucéen rigoureux, préférait éviter de tirer l'épée contre la maison de son souverain.

Le prince Kong réfléchit longuement. Il n'y avait pas d'alternative : il fallait accepter ou refuser. Pourtant, lorsqu'il prit enfin la parole, après un long moment de tension, ce fut pour exprimer une réponse inattendue qui n'était ni un oui ni un non :

— Je ne doute pas de votre sincérité, Excellence, dit-il en s'adressant à Tseng Kouo-fan, nous aussi sommes conscients des souffrances du peuple. Nous sommes prêts à donner nos vies pour le bien de l'empire. Que je prenne place sur le trône ou que vous, Excellence, fondiez une nouvelle dynastie, ce ne peut être qu'au nom du bien-être du peuple. Nous sommes bien d'accord ?

Tseng Kouo-fan avait lentement soulevé ses paupières : ses yeux étaient embués de larmes.

— Je suis entièrement d'accord avec vous, dit-il à voix basse.

Le prince Kong pencha au-dessus de la table son visage noble et pensif :

— Cependant, Tseng Kouo-fan, ai-je le Mandat du Ciel ? Vous-même, l'avez-vous ? Où est le signe qui prouve que le Ciel vous a élu pour régner ?

Ce que voulait dire Yi-sin était clair. A l'esprit des quatre personnes présentes revint à ce moment le souvenir de la même légende.

— Vous parlez de la Perle du Dragon, n'est-ce pas ? demanda Tseng Kouo-fan d'une voix étranglée.

— Oui. Ou bien, n'avez-vous pas foi en cette légende ?

Cette fois ce fut au tour de Tseng Kouo-fan de se plonger dans ses réflexions.

— Je n'en sais pas assez pour oser réfuter l'existence de la Perle du Dragon comme un conte sans valeur, finit-il par répondre.

— Que faire, dans ce cas ? répliqua le prince. Lors de la chute de la dynastie Ming, Li Tseu-tcheng ne put s'emparer de la Perle du Dragon. On dit que, plus tard, elle fut secrètement remise entre les mains de l'empereur Ch'ien-lung enfant. Présentons-nous devant la Perle du Dragon, symbole du pouvoir impérial, pour voir qui de nous deux a le Mandat du Ciel, et nous déciderons alors de l'avenir de l'empire.

— Mais où se trouve ce joyau ?

— On dit qu'il est conservé au Tang-tseu, où les empereurs tartares rendent hommage à leurs dieux. Que décidez-vous, Général Tseng Kouo-fan ?

Entre les deux princes mandchous et les deux généraux chinois, le temps s'égrena lentement, chaque seconde pesant un poids d'airain. Ils avaient mis le pied dans le monde irréel de la légende, alors même qu'ils préparaient un coup d'Etat on ne peut plus réaliste.

— Venez-vous avec moi au Tang-tseu, Général Tseng Kouo-fan ?

— C'est impossible. Je suis trop vieux, je ne peux me fier à mes forces. Même une épée à la main, je ferais un bien piètre ennemi... Emmenons mon disciple le général Li avec nous.

— Dans ce cas, mon frère Yi-houan m'accompagnera également. Cela vous convient-il ?

— J'emmènerai aussi mes soldats. Au moins en nombre suffisant pour nous défendre contre les gardes impériaux des Huit Bannières, si besoin est.

— Combien ?

— Un bataillon.

— Impossible. Ne prenez qu'une escouade. Si l'un de vos bataillons entre dans la capitale, cela fera grand bruit. L'impératrice douairière et son fils pourraient s'affoler et vouloir s'enfuir à Jehol. Cela ne ferait que compliquer les choses.

— Dans ce cas, j'emmènerai un bataillon que je laisserai par petits groupes aux portes des remparts extérieurs. Et nous nous rendrons au Tang-tseu avec une escouade.

— En effet, vous êtes prudent. Vous voulez donc, non seulement empêcher la fuite de l'empereur et de sa mère, mais nous tenir également à votre merci ?

— Je n'ai pas le choix. C'est le seul moyen d'éviter d'inutiles effusions de sang.

— Il ne faut pas aller à l'encontre des décisions du Ciel. La Perle du Dragon ne tombera pas entre les mains d'un homme qui n'a pas le véritable Mandat du Ciel. Si jamais un tel homme s'en emparait de force, il serait sur-le-champ anéanti.

— Vous avez raison. Nous verrons donc, en prenant tous les deux le joyau en même temps dans nos mains, lequel sera anéanti.

— Peut-être le serons-nous ensemble. Mais l'un de nous restera sans doute. Le seul fait que nous soyons aujourd'hui réunis ici est déjà l'œuvre de la Perle du Dragon.

— J'admire votre clairvoyance, Prince Kong. Si c'est moi qui suis réduit en miettes, je souhaite que vous accomplissiez la tâche qui vous revient avec les armées du général Li Hong-tchang. Jurez de ne rien faire qui soit contraire à la décision du Ciel.

— Naturellement, je le jure. Si c'est moi qui disparais, l'affaire en restera là. Jurez-le donc vous aussi.

— Je le jure.

Tseng Kouo-fan s'inclina profondément et posa le front à terre.

Après avoir échangé des coupes pour sceller leur promesse, Li Hong-tchang se leva et donna à un bataillon l'ordre de se préparer au départ.

Le son des feuilles de lotus bruissant dans le vent sous la fenêtre rappelait aux deux frères le brouhaha des soldats rassemblés en rangs dans la cour de la résidence du gouverneur Tseng Kouo-fan, ce soir-là.

Les hennissements des chevaux de guerre, le cliquetis des armures, le grincement des cartouchières pendues aux épaules des soldats, le bruit des roues des canons… Tous ces sons, réunis en une seule clameur, s'élevaient dans la nuit, pareils au cri de guerre de quelque bête géante prête à dévaster la Terre.

Le prince Tch'ouen tremblait si fort qu'il ne parvenait pas à prononcer un mot.

Les bataillons de Tseng Kouo-fan étaient parfaitement entraînés : les soldats des Huit Bannières de la capitale ne pouvaient espérer avoir le dessus. Sur tous les visages se lisaient la volonté de se battre et le mépris de la mort. Pour la première fois, le prince Tch'ouen était confronté à l'irrépressible force que peut insuffler une cause juste. L'unique force permettant à l'être humain de dépasser sa peur de la mort. Cette armée de la justice et de la loyauté formait un groupe capable d'accomplir des miracles, grâce à toutes ces énergies individuelles réunies.

Le prince Kong, tenant toujours l'embout d'argent de la pipe à opium de son frère, murmura à la silhouette émaciée recroquevillée sur le lit :

— Cela ne sert plus à rien maintenant. Le Ciel recouvre la terre entière. Il n'est pas sur terre un seul être qui ne soit là par la volonté du Ciel. Les hommes sont peu de chose face à la volonté du Ciel. C'est Lui qui décide de tout. Si le Ciel pouvait parler, il nous indiquerait peut-être un autre moyen…

Un vent coulis fit frissonner les cheveux échappés de la natte en désordre du prince Yi-sin, et vint frapper les yeux de son frère, qui déjà ne pouvaient plus se refermer.

Ils arrivèrent devant le Tang-tseu, à la porte de Tchang-ngan, dans les faubourgs de Pékin, par une de ces nuits printanières où le vent soulève de violents tourbillons de sable jaune. Le calme régnait dans la rue où s'alignaient les bâtiments de l'administration. Entouré de grands camphriers et de vétustes barrières vermillon, le sanctuaire privé où les souverains mandchous venaient prier leur dieu tutélaire était l'image même de la sérénité.

Selon l'entente conclue entre Tseng Kouo-fan et les princes, des soldats avaient été postés à chaque porte et une escouade, toutes torches éteintes, avait discrètement pris place autour du Tang-tseu.

Aucun Chinois Han, fût-il haut fonctionnaire ou noble, n'avait le droit de pénétrer dans l'enceinte sacrée réservée à la famille impériale. Dans une salle de l'académie Hanlin toute proche, Tseng Kouo-fan et Li Hong-tchang avaient revêtu des robes de cérémonie de princes de sang, que leur avaient prêtées les deux princes.

Un garde leur ouvrit la porte surmontée d'un pavillon, donnant sur un jardin paisible tapissé de sable blanc.

Li Hong-tchang, une torche à la main, menait la marche ; les quatre compagnons se dirigèrent vers le temple octogonal situé au fond du jardin. La poussière jaune qui tombait sans discontinuer crépitait sur l'étole de renard blanc jetée sur les épaules du prince Yi-sin, tandis que le sable du jardin poudrait de blanc le cuir de ses bottes. L'atmosphère qui régnait sur le Tang-tseu, au milieu de ces volutes de sable, leur parut oppressante.

Ils ôtèrent la barre transversale qui maintenait la porte fermée, poussèrent les lourds battants, pénétrèrent dans le temple obscur où flottaient des vapeurs d'encens au santal.

Une fois par an, les descendants du souverain Aisingyoro et leurs vassaux héréditaires, les chefs des tribus des Huit Bannières, assistaient au rite du « Sacrifice au Ciel » qui se déroulait dans ce temple. L'empereur, qui présidait la cérémonie, montait seul les marches du temple dédié au Ciel, tandis que sa famille et ses vassaux s'agenouillaient au pied des six rangées de six piliers dressées dans le jardin.

C'était donc la première fois que les princes impériaux pénétraient dans la salle principale.

Li Hong-tchang éclaira l'intérieur obscur du temple d'un mouvement circulaire de son bras armé d'une torche. L'édifice était d'une simplicité inattendue. On ne voyait nulle part l'or et le vermillon omniprésents dans la Cité Interdite, les murs étaient en bois brut patiné par le temps et sculpté de façon à la fois fruste et hardie.

Le petit trône placé face à l'autel devait être l'endroit où l'empereur s'agenouillait pour prier.

Derrière l'autel se trouvait un écran de bambou ; on distinguait vaguement au fond, dans la pénombre, une porte de laque noire.

Li Hong-tchang remit sa torche dans le candélabre, et tous quatre gravirent les marches situées à droite et à gauche de l'autel, se faufilèrent sous l'écran et s'arrêtèrent devant la magnifique porte de laque noire incrustée de nacre. Une fois ouverte, elle donnait sur un long couloir, une sorte de tunnel rectangulaire dont le sol, le plafond, les parois étaient eux aussi laqués de noir. Comme s'ils cherchaient la lumière au fond d'une matrice, ils s'enfoncèrent dans les entrailles du temple.

Ils parvinrent bientôt dans une salle secrète, rectangulaire, basse de plafond, dépourvue de fenêtres et de piliers de soutènement. Les torches des visiteurs clandestins, dirigées sur ces murs séculaires recouverts d'une épaisse couche de laque noire, semblaient éclairer un gouffre d'insondables ténèbres.

La salle était vide : ni statues, ni stèles, rien, si ce n'est, posée au centre de l'espace, une grosse boîte en camphrier sculptée de splendides motifs de nuages et de dragons.

Tous quatre s'avancèrent vers la boîte.

— Ne faut-il pas faire une prière avant de la toucher ? demanda Yi-sin au moment de poser la main sur le couvercle en regardant le prince Tch'ouen d'un air hésitant.

Celui-ci, tremblant, répondit d'une voix que la peur de violer un tabou rendait aiguë :

— Quand bien même il faudrait prier, nous ne connaissons plus les anciennes prières tartares.

— Nous n'allons tout de même pas chanter des sûtras ?

Le prince Kong regarda un à un les visages qui l'entouraient, essaya de soulever le couvercle, puis, surpris par son poids inattendu, posa son candélabre et s'y reprit à deux mains. La cassette s'ouvrit en grinçant. Aussitôt, de fins rayons aux couleurs de l'arc-en-ciel, pareils à un tourbillon d'innombrables lucioles, vinrent illuminer la salle. Tous poussèrent en même temps une exclamation de surprise.

Sur un carré de soie violette reposait un diamant de la taille d'une tête de nourrisson.

L'éclat irisé qui émanait de ses innombrables facettes, enfin libéré, éclairait les ténèbres.

Le prince Tch'ouen avait lâché sa torche; il recula et s'affaissa à terre, se laissant glisser le long du mur de laque.

— Garde ton sang-froid, gronda la voix de son frère Yi-sin, qui tremblait cependant elle aussi.

Tseng Kouo-fan fit un pas en arrière et se prosterna; Li Hong-tchang faisait des efforts visibles pour rester planté fermement sur ses pieds.

— Mon frère, je suis saisi d'une crainte respectueuse, permettez-moi de me tenir à l'écart...

— Dans ce cas, reste où tu es et sois le témoin du jugement de la Perle du Dragon, répondit Yi-sin. Nous allons savoir qui, de Tseng Kouo-fan et de moi, est investi du Mandat du Ciel.

Tseng Kouo-fan avait achevé ses prosternations et, se relevant, s'était tourné à nouveau vers le joyau. Les visages des trois hommes penchés sur le diamant brillaient d'une lumière surnaturelle, tandis que le prince Tch'ouen les contemplait, toujours affaissé contre un mur de la salle.

C'était donc ce diamant que Houang-ti, premier empereur des Ts'in, puis l'empereur Wou des Han, l'empereur Siuan-tsong des Tang, l'empereur Yong-le des Ming, avaient tenu tour à tour dans leurs mains alors qu'aucun héros, aucun rebelle n'était jamais parvenu à s'en emparer. Il était l'incarnation même du pouvoir impérial.

Le prince Kong et le gouverneur Tseng Kouo-fan déclarèrent l'un après l'autre, d'une voix extrêmement calme:

— Moi, Yi-sin, prince de Kong, petit-fils à la huitième génération de Nouratchi, fondateur de la dynastie des Ts'ing, je demande humblement le Mandat du Ciel.

— Moi, Tseng Kouo-fan, général, je m'incline respectueusement et demande humblement le Mandat du Ciel.

Introduisant en même temps une main dans la cassette, ils soulevèrent à hauteur de leurs poitrines la Perle du Dragon, toujours posée sur son carré de soie violette.

Une lumière étincelante emplit alors la salle. La laque noire du plafond et des murs réfléchissait l'éclat d'innombrables rayons émanant du joyau, et dans cette lueur aveuglante, les quatre visiteurs eurent soudain l'illusion de se mettre à flotter dans l'espace. Il y eut un long silence. Ni Tseng Kouo-fan ni Yi-sin n'avaient été anéantis.

— Mensonge… murmura soudain inconsciemment Li Hong-tchang, qui, agenouillé à côté d'eux, contemplait fixement le joyau. Il secoua la tête, sans quitter le diamant du regard : Ceci n'est pas la Perle du Dragon… C'est un faux : une simple boule de cristal…

— Sacrilège ! Qu'oses-tu dire, Li ? gronda Tseng Kouo-fan, sa barbe blanche tremblant de colère, les mains toujours posées sur le joyau.

Li s'était levé et braquait sa torche sur la boule étincelante :

— Ceci n'est pas un diamant. J'en ai vu beaucoup, apportés par des marchands européens de Shanghai. J'ai fait venir d'Annam ou de Birmanie des pierres rares, que je vendais pour payer mes dépenses militaires. Mon œil exercé ne peut se tromper.

Il s'approcha du prince Kong médusé, et posa à son tour la main sur la pierre :

— Il est tiède… dit-il en regardant sa paume.

— Que signifie ?

Le prince Kong était blême.

— C'est la preuve qu'il s'agit d'un faux. Les marchands européens m'ont enseigné une méthode simple et infaillible pour juger de la valeur d'une pierre. Les diamants naturels, qui viennent des tréfonds de la terre, en gardent toujours la fraîcheur. Tout comme l'eau d'une source qui, hiver comme été, garde la même fraîcheur, c'est à sa température que l'on reconnaît un véritable diamant. Cet objet, qui a la tiédeur d'une peau humaine, est un faux, une pierre artificielle.

Il retroussa sa manche, s'empara d'un geste brusque de la pierre en s'écriant : « Pardon ! », la brandit au-dessus de sa tête puis la jeta par terre.

Le joyau se brisa en mille morceaux.

Ses compagnons et lui restèrent longtemps figés sur place en silence au milieu des débris qui jonchaient le sol comme autant de cailloux.

Au bout d'un moment, Tseng Kouo-fan et le prince Kong s'assirent par terre, comme si leurs jambes ne les supportaient plus.

— Une vulgaire verroterie… Impossible… murmurait le prince Kong, hébété, jouant avec un morceau de verre. Nos empereurs ont été victimes d'une machination, ajouta-t-il en ramassant des éclats qu'il laissait couler entre ses doigts. Il en lança soudain une poignée au visage de ses compagnons, tandis qu'il éclatait d'un rire de dément :

— Tous trompés ! Tous nos empereurs, conduits ici seuls lors d'une cérémonie et s'agenouillant devant ce vulgaire morceau de verre, persuadés qu'ils en recevaient le Mandat qui faisait d'eux les Fils du Ciel ! J'ai compris. Tout s'éclaire maintenant ! Pourquoi l'empereur T'ong-che était faible d'esprit, pourquoi mon frère aîné l'empereur Sien-feng, au mépris des affaires de l'Etat, en a confié la charge à l'impératrice d'Occident, pourquoi notre père l'empereur Tao-kouang vivait dans la crainte, incapable de se défendre contre les injustices des diables étrangers et prêt à accepter toutes leurs conditions... Tous n'étaient que des empereurs de pacotille, des Fils du Ciel sans Mandat du Ciel !

— Mais… Qui donc aurait fait une chose si affreuse… ? demanda en tremblant le prince Tch'ouen. Son frère se tourna vers lui, lui lança à nouveau au visage une poignée de fragments de verre :

— La réponse est simple ! De toute évidence, notre ancêtre, qui possédait la véritable Perle du Dragon !

Le général Tseng Kouo-fan se mit à sangloter bruyamment ; Li Hong-tchang regardait d'un air hagard un morceau de verre qu'il tenait à la main.

— Mais, mon frère, où serait le véritable joyau ?

Le prince arracha sa coiffe de fonctionnaire de premier rang, se mit à en frapper rageusement le mur :

— Comment le saurais-je ?

Riant pour juguler sa colère, il se mit à hurler :

— Notre ancêtre l'a probablement emporté avec lui au royaume des ombres, en même temps que l'empire qu'il avait bâti ! Nous avons beau être ses descendants, il ne voulait pas nous le transmettre. Ha ha ha ! Le Vieillard Parfait, c'est bien ainsi qu'on le nommait, n'est-ce pas ? Certainement, il était parfait, vraiment parfait !

Le vent mugissait sur les toits de la résidence.

Le prince Kong ouvrit ses yeux las, comme pour plonger son regard dans les souvenirs qui agitaient l'esprit de son frère en ses derniers instants.

— Tu sais, j'ai raconté à Tseu-hi les événements de cette nuit-là…

Le prince Tch'ouen, qui sombrait peu à peu dans l'inconscience, eut un sursaut en entendant ce surprenant aveu.

— Tseu-hi ne m'a pas cru. Elle m'a accusé de sacrilège, puis m'a révoqué sous le prétexte que je n'arrivais pas à mettre un terme à la guerre contre les Français. Mais je suis sûr qu'elle s'est rendue au Tangtseu à son tour, pour vérifier la chose de ses propres yeux. Elle a dû voir les morceaux de verre brisé. La démence de son comportement par la suite en est la preuve. L'être le plus touché par ce malheur, ce n'est ni toi ni moi, mon frère. C'est cette Yehonala qui a perdu son époux, son fils, et qui finalement doit supporter seule la charge de l'empire, sans même le Mandat du Ciel.

Quand il eut fini de parler, le prince Kong referma ses yeux fatigués et appuya sa tête au dossier de sa chaise.

Bientôt des ronflements s'élevèrent : il s'était endormi.

Les feuilles de lotus bruissaient : quelqu'un approchait.

Enfin, le voilà, songea le prince Tch'ouen.

L'embout de sa pipe tomba de sa bouche, il tourna la tête vers la porte : il distinguait une sorte de brume, une vapeur, qui sans nul doute venait emporter son âme.

« Altesse, je suis venu vous chercher. »

Avait-il rêvé ? Non, il avait bien entendu murmurer cette phrase. Derrière la fenêtre fermée, les montants d'un palanquin grincèrent.

« Je ne puis marcher. Miné par la maladie, je ne puis qu'attendre la mort », murmura intérieurement le prince, cherchant à percer du regard les brumes qui l'enveloppaient.

« Vous n'avez plus besoin de marcher avec vos jambes de chair, Altesse. Je vous tiendrai la main pour vous conduire. »

« Qui es-tu ? »

« Un messager du royaume des ombres. Levez-vous. »

La vapeur avait pris la forme d'un guerrier en armure.

« Le messager de l'au-delà… Non, je ne veux pas mourir, pas encore. »

« Il est trop tard pour vous montrer capricieux. Tous vous attendent avec impatience : l'empereur Sien-feng, votre père l'empereur Tao-kouang… »

Répondant à l'invitation du messager, le prince se leva. Debout à côté de son lit, il s'étonnait de se sentir si léger, quand il aperçut son propre cadavre émacié étendu sur sa couche.

« Pourquoi dois-je mourir ? Ma vie me laisse tant de regrets, je ne puis me présenter ainsi devant mon père. »

« Non, Altesse, votre vie fut pleine de grandeur. »

« De grandeur ? Moi ? Voilà qui me fait rire, moi qui n'ai rien su achever pour le bien de mon peuple. »

Le guerrier fit grincer les manches de son armure et tendit la main au prince Tch'ouen.

« Tous vos ancêtres admirent vos accomplissements dans cette vie. Vous avez secondé l'impératrice d'Occident et installé le prince Tsai-t'ien sur le trône impérial. Non seulement vous laissez au monde un empereur extraordinaire, mais grâce à vous, plus tard, un souverain d'immense envergure naîtra en ce monde. Vous vous acquittez d'une tâche capitale. »

Il semblait au prince que tous les liens qui le rattachaient à cette existence se dénouaient un à un. Le corps léger comme une plume, il se sentait heureux.

Son frère aîné dormait toujours. Il posa les lèvres près de son oreille, sur la chevelure à demi blanchie, et fit ainsi ses adieux à cet aîné tant aimé et respecté.

« Adieu, mon frère, je pars avant toi. Pardonne-moi, je regrette profondément de ne t'avoir été d'aucune aide dans les moments critiques. Je t'en prie, protège mon fils Tsai-t'ien, veille sur son avenir. »

Entraîné par la main du guerrier, le prince Tch'ouen quitta la chambre d'un pas aérien.

Dans les jardins de la résidence, un palanquin couvert de soie blanche les attendait.

Ainsi mourut le prince Tch'ouen Yi-houan, au cours de l'hiver de l'an 17 de l'ère Kouang-siu.

La pièce dénudée où reposait son corps ne contenait pas un seul ornement digne d'un prince de sang impérial. Il y avait seulement, posé sur une table d'ébène, un vieux vase à pieds sur lequel le prince Tch'ouen avait gravé ces mots de son élégante écriture :

La fierté apporte la perte, l'humilité est source de bien.

Achevé d'imprimer
sur les presses de
l'imprimerie France Quercy
à Mercuès

N° d'impression : 81855a
Dépôt légal : octobre 2008